Leidenschaft, Reichtum und Schönheit: Die LaFata-Familie hat alles davon – bis in einer dunklen Nacht in Monaco ihr Familienoberhaupt Giancarlo spurlos von seiner Luxusyacht verschwindet. Seine Töchter, die zuverlässige Francesca und das Glamourmodel Angelica, sind am Boden zerstört. Auch seine vierte Frau Jade – ein goldgelocktes Luxusgirl – ist traurig. Aber anscheinend nur, weil sie als Letzte von seinem Verschwinden erfahren hat. Und sein nichtsnutziger, aber extrem heißer Sohn Carlo versucht, sich in Go-go-Bars von seiner Trauer abzulenken. Sie alle fragen sich: Ist der alternde Playboy Giancarlo von der Yacht gefallen oder wurde er gestoßen? Um das Familienunternehmen zu retten, müssen sich die glamour-gewöhnten Ladys auf die dunkle und gefährliche Seite der schimmernden Stadt wagen …

Katie Agnew wurde in Edinburgh geboren und verbrachte ihre Kindheit in Schottland. Sie arbeitete viele Jahre als Journalistin, unter anderem für »Marie Claire«, »Cosmopolitan« und die »Daily Mail«. Katie Agnew lebt mit ihrer Familie in Bath, England. Ihr erster Roman ›Bling Bling‹ ist ebenfalls im Fischer Taschenbuch Verlag erschienen.

Weitere Informationen, auch zu E-Book-Ausgaben, finden Sie bei www.fischerverlage.de

KATIE AGNEW

GLITTER

ROMAN

Aus dem Englischen von
Alice Jakubeit

Fischer
Taschenbuch
Verlag

Veröffentlicht im Fischer Taschenbuch Verlag,
einem Unternehmen der S. Fischer Verlag GmbH,
Frankfurt am Main, Oktober 2012

Die Originalausgabe erschien 2010 unter dem Titel
›Saints v Sinners‹ bei Orion Books,
ein Imprint von The Orion Publishing Group Ltd, London

Satz: Pinkuin Satz und Datentechnik, Berlin
Druck und Bindung: GGP Media GmbH, Pößneck
Printed in Germany
ISBN 978-3-596-18188-9

Für meine Kinder Olivia und Charlie

Prolog

Typisch Fatty, sich für seine Beerdigung den heißesten Tag des Jahres auszusuchen. Als er noch lebte, hatte er es genossen, wenn er die Menschen dazu bekam, sich in seiner Gegenwart unwohl zu fühlen. Und jetzt als Toter tat er auch nichts anderes. Ja, er hätte seine helle Freude daran gehabt, dass hier zweihundert Leute in ihrer feinsten Trauerdesignergarderobe in der sengenden Mittelmeersonne schwitzten, dachte Francesca und wischte sich einen Schweißtropfen von der Stirn. Es war Ende September, Nachsommer also, aber auf dem Cimetière de Monaco war es heißer als in der Hölle.

Die Trauergäste trugen allesamt Schwarz – die Männer modische figurbetonte Anzüge, weiße Hemden, die ihre tiefe Sonnenbräune hervorhoben, schwarze oder goldene Ray-Bans, hinter denen sich tränenlose Augen verbargen, und elegante italienische Lederschuhe, die derart auf Hochglanz poliert waren, dass ihre Besitzer bei Bedarf mit einem Blick nach unten ihr makelloses Erscheinungsbild bewundern konnten. Die Frauen trugen schicke schwarze Etuikleider von Chanel, Valentino oder Dior und hatten die glänzenden – blonden oder schwarzen – langen Haare mit kunstvollen Accessoires geschmückt: Federn, Spitzenbändern, Haarnetzen, Perlen. Francesca hatte ihre liebe Mühe, eine flüchtige Bekannte von der anderen zu unterscheiden, so ähnlich waren sie mit ihren großen Sonnenbrillen, ihren spitzen Wangenknochen und Schlüsselbeinen.

Über ihren Köpfen schwirrten Pressehubschrauber, noch

weitaus hartnäckiger als die Wespen, die die Trauergäste, angezogen von deren Parfüm- und Aftershave-Wolken, umschwärmten. Natürlich war das der Grund, warum sie alle hier waren, die Milliardäre, Oligarchen, Rennfahrer, Models und Filmstars. Fattys Ableben scherte sie einen Dreck, doch seine Beerdigung war eine großartige Gelegenheit, sich ein bisschen Aufmerksamkeit bei der Boulevardpresse zu sichern, jetzt, wo die Sommersaison vorüber war. Und was für ein passender Zeitpunkt, so kurz vor dem Startschuss zur Monaco Yacht Show an diesem Wochenende, dachte Francesca zynisch. Die gesamte Szenerie erinnerte an einen Spielfilm: Der wunderschöne Schauplatz, die brillante Besetzung, der strahlend blaue Himmel. Das alles war so unecht, dass Francesca den Drang, den Set zu verlassen, niederkämpfen musste.

Der Priester, Padre Gabriele Fontana, war eigens aus Palermo eingeflogen worden, wie Fatty es in seinem Testament gewünscht hatte. Er war ein hochgewachsener, charismatischer, silberhaariger Fuchs von einem Mann, der eher wie ein Statist aus *Der Pate* wirkte als wie ein Mann Gottes. Selbst er trug eine schwarze Sonnenbrille. Mit dem Friedhof, der in Terrassen zum Meer hin abfiel, im Rücken und von der Mittagssonne perfekt umrahmt, ragte er über dem Grab auf. Geduldig lauschte Francesca dem Priester, der in lyrischen englischen Worten mit starkem italienischen Akzent das tragische und verfrühte Hinscheiden seines Vetters zweiten Grades und engen Freundes Giancarlo Roberto LaFata beklagte.

Francescas jüngerer Bruder Giancarlo junior beugte sich zu ihr herüber und flüsterte ihr ins Ohr: »Scheiße, von wem redet der da?«

»Schsch«, zischte sie tadelnd, doch Carlo hatte recht. Der aufrechte, kühne, ehrliche Mann des Volkes, von dem der Priester da sprach, hatte wenig Ähnlichkeit mit dem liebenswerten Gauner, der an diesem Tag zu Grabe getragen wurde.

Ja, Fatty hatte seine guten Seiten gehabt. Er war überlebensgroß gewesen, und das nicht nur wegen seines Körperbaus von eins dreiundachtzig bei hundertachtundfünfzig Kilo. Unvergleichlich die laut dröhnende Stimme, unnachahmlich sein schallendes Lachen. Zum ersten Mal an diesem Tag spürte Francesca eine Träne im Augenwinkel brennen. Sie musste daran denken, wie er bei ihrer Geburtstagsfeier im vergangenen Jahr die Tarantella getanzt hatte, mit glänzenden Augen und mit vom Champagner geröteten Wangen, absurd leichtfüßig für solch einen massigen Mann. Sie erinnerte sich, wie er sich als Weihnachtsmann verkleidet hatte, als sie ein kleines Mädchen gewesen war, an seinen heißen, nach Brandy riechenden Atem, wenn er ihr Geschenke versprochen hatte, die nie ausgeblieben waren, selbst wenn er pleite gewesen war. Und sie erinnerte sich daran, wie er in der winzigen Küche des kleinen Restaurants, das ihre Eltern betrieben hatten, als sie noch ein Kind gewesen war, »Frankie-Pizza« gebacken hatte: Ein lachendes Gesicht aus Peperoni und roter Paprika mit Haaren aus Mozzarella. Niemals würde sie die bärenhaften Umarmungen vergessen, die sie nach Luft schnappen ließen, oder die Diamantohrringe, die er ihr zum sechzehnten Geburtstag geschenkt hatte – sie trug sie auch heute. Reflexartig betastete sie ihre Ohrläppchen, nur um sich zu vergewissern, dass sie noch dort waren. Alles war so viel kostbarer, jetzt, wo er tot war.

Doch Francesca gab sich keinen Illusionen hin. Ein Heiliger war der Mann nicht gewesen. Sie erinnerte sich auch an seine aufbrausende Art, die Drohungen, die Anschuldigungen. An die Frauen, denen er das Herz gebrochen hatte, die unschuldigen Angestellten, die er aus einer Laune heraus gefeuert hatte, die Teller, die er zertrümmert, die Geburtstage, die er vergessen, die Autos, die er zu Schrott gefahren, die Leben, die er ruiniert hatte … Sie wischte sich die einzelne Träne von der Wange und versuchte, die Fassung zurückzugewinnen.

»Frankie.« Carlo holte sie zurück in die Gegenwart.

Der Priester schwieg jetzt, und die Trauergäste sahen Francesca erwartungsvoll an. Sie wirkten ernst und respektvoll, doch Tränen wurden für Giancarlo LaFata keine vergossen. Francesca trat vor an den Rand des Grabes und sah auf den großen Mahagonisarg hinunter.

Sie warf eine einzelne weiße Rose ins Grab. Eine weiße Rose für den Mann, der immer behauptet hatte, seine weiße Weste könne ihm niemand nehmen.

»Wiedersehen, Dad«, sagte sie schlicht. Es gab nichts mehr zu sagen.

Die übrige Familie folgte ihrem Beispiel. Jeder warf seine Blumen auf den Sarg und nahm auf seine Weise Abschied. Dann löste die Trauergemeinde sich allmählich auf, und die Leute gingen zu ihren wartenden Bentleys, Range Rovers und Ferraris, um zu dem noblen Leichenschmaus zu fahren, den Francesca im Hotel de Paris ausgerichtet hatte.

Die engsten Angehörigen blieben noch eine Weile am Grab stehen, jeder in seine eigenen Gedanken versunken, bis Carlo schließlich sagte: »Na kommt, die Show ist vorbei. Betrinken wir uns!«

Er warf einen letzten Blick auf das Grab, öffnete den obersten Hemdknopf, lockerte seine Krawatte, warf seine dichten schwarzen Haare zurück und zündete sich eine Zigarette an. Er sah höllisch gut aus, und das wusste er auch. Jede seiner Bewegungen war wohlüberlegt und vermutlich vor dem Spiegel eingeübt. Carlo lebte für sein Publikum. Ohne noch einmal zurückzublicken, schlenderte er mit seinen langen Gliedern davon, nach außen hin völlig locker und lässig, ganz das coole GQ-Model. Aber Francesca konnte er nichts vormachen. Sie wusste, dass er innerlich litt. Carlo mochte die Eitelkeit seiner Mutter und den Stolz seines Vaters geerbt haben, doch als Francesca ihrem jüngeren Bruder jetzt hinterherblickte, sah sie nur den kleinen Jungen, der gerade seinen Papa verloren hatte.

Die übrigen folgten Carlo, nur Francesca blieb, wo sie war, die Füße unbeweglich, den Blick auf den Sarg geheftet. Das Herz war ihr schwer, doch gebrochen war es nicht. Sie spürte … was genau eigentlich? Bedauern? Reue? Nun ja, beides, aber da war noch etwas anderes. Vor allem verspürte Francesca Erleichterung. Ja, das war es. Erleichterung. Endlich war es vorbei.

Doch wo hatte das alles begonnen? In den staubigen Gassen Siziliens, 1946, als Giancarlo LaFata geboren worden war? In Edinburgh, 1970, als der Immigrantensohn seine erste Pizzeria eröffnet und die Marke »Fatty's« ins Leben gerufen hatte? Oder 1988, als der millionenschwere Unternehmer mit seiner Familie ins Steuerexil Monaco umgezogen war? Möglich. Aber für Francesca hatte es nicht damit begonnen. Sie konnte genau den Moment bestimmen, an dem alles anfing so furchtbar schiefzugehen …

1

Vier Monate zuvor …

Mit einem Ruck erwachte Francesca aus einem verstörenden Traum, der vergessen war, sobald sie die Augen öffnete. In letzter Zeit hatte sie häufig solche Träume. Hinterher konnte sie sich nie an das erinnern, was sie geträumt hatte, aber jedes Mal war sie in kalten Schweiß gebadet, das Herz klopfte ihr bis zum Hals, und in der Brust verspürte sie einen Anflug von Panik. Allmählich gewann das Zimmer, das noch im Dämmerlicht lag, Konturen. Laken und Bettdecke waren klamm, und Francesca zitterte in ihrem dünnen Baumwollnachthemd. Die Klimaanlage war wohl schon wieder zu kühl eingestellt, dachte sie. Es war noch nicht Hochsommer. Sie würde später mit der Haushälterin darüber sprechen müssen. Sie betätigte die Klingel an der Wand über ihrem Bett, damit die Küche Bescheid wusste, dass sie wach und bereit für ihren Morgenkaffee war.

Dann rollte sie sich auf die trockene Bettseite und zog die Bettdecke bis zum Kinn hoch. William war selbstverständlich nicht da. Er schlief neuerdings in einem anderen Zimmer. Begonnen hatte es mit »ich muss noch arbeiten« und »ich will dich nicht stören, Liebling«, doch allmählich war es zur Regel geworden. Francesca betrachtete die Entscheidung ihres Mannes, das Ehebett zu verlassen, mit zwiespältigen Gefühlen. Einerseits genoss sie es, Raum für sich allein zu haben. William war ein großer Mann, und acht Jahre lang hatte sie sein Schnarchen, sein Gemurmel und – am schlimmsten von allem – sein mitternächtliches Gefummel über sich ergehen lassen. Ihr Mann hatte durchaus seine guten Seiten, doch der angenehmste Bettgenosse war er nicht. Und den Sex vermisste sie bestimmt nicht! Francesca war eine gute Ehefrau, aber offen gesagt war sie erleichtert, dass es mit speziell dieser ehelichen Pflicht ein Ende hatte. Bei der Erinnerung daran schauderte es sie.

Als sie sich zum letzten Mal geliebt hatten ... Nein! Das war Unsinn. Nicht geliebt. Rückblickend betrachtet hatten sie sich niemals wirklich *geliebt*. So etwas taten die Leute in Spielfilmen. Nein, ihr Sexleben war niemals wirklich – nun, wirklich sexy gewesen! Das letzte Mal, dass sie *Sex gehabt* hatten, lag sechs Monate zurück. Mit einem flauen Gefühl im Magen erinnerte sie sich daran, wie er seinen mittelalten Körper auf sie gewälzt und sie sehr flüchtig geküsst hatte, ehe er sein Gesicht in ihrem Haar vergraben hatte und zur Sache gekommen war. Ein Vorspiel hatte es nicht gegeben. Lediglich eine Art unausgesprochener Übereinkunft, dieses Ritual alle vierzehn Tage zu vollziehen, weil Ehepaare das eben so machten. Francesca hatte über seine Schulter gestarrt, an die Arbeit und die Kinder gedacht und ... nun, sie hatte nicht viel dabei empfunden außer dem vagen Verlangen nach etwas Besserem. Doch seine Anstrengungen dauerten nie sehr lange, und auch diesmal war der Akt von kurzer Dauer gewesen. Er hatte gegrunzt, einige Minuten schwer auf ihr gelegen und ihr ins Ohr gekeucht und sich schließlich auf seine Bettseite gerollt.

»Danke, Liebling«, hatte er höflich gesagt, als hätte sie ihm ein leckeres Essen gekocht. »Gute Nacht.«

Und dann war er eingeschlafen.

Francesca jedoch hatte nicht schlafen können. Sie hatte in jener Nacht stundenlang wach gelegen und versucht, die Stimme in ihrem Kopf zu ignorieren, die ihr keine Ruhe ließ und ihr immer wieder sagte: »Es muss etwas Besseres geben als das.«

Liebte sie William noch? Gott, hatte sie ihn je wirklich geliebt? War sie derart auf Stabilität versessen gewesen, dass sie einen schrecklichen Fehler begangen hatte? Und liebte er sie noch? Wenn er sie ansah, machte sein Gesichtsausdruck ihr manchmal Angst. Er war kalt, beinahe gefühllos. Aber nein, das war ja paranoid, sagte sie sich. William war ein guter Mann. Er war lediglich ein wenig, nun, eingefahren in seinen Gewohnheiten. Und sie selbst war einfach ein bisschen gelangweilt. So war Ehe eben, nicht wahr? Nach beinahe einem Jahrzehnt hatte sich Monotonie eingestellt. Aber was wäre die Alternative? Scheidung? Undenkbar. Francesca war nicht der Typ Frau, die ihren Mann verließ. Außerdem würden die Kinder darunter zu sehr leiden. Und was wäre mit dem Geschäft? Offiziell führte ihr Vater Giancarlo »Fatty« LaFata das Familienunternehmen LaFata International. Doch das Tagesgeschäft erledigte Francesca. Und um die finanzielle Seite der Dinge kümmerte sich William. William und Francesca waren nicht nur Mann und Frau, sie waren Geschäftspartner. Ihre beiden Leben waren unwiderruflich miteinander verbunden – Francesca sah keine Möglichkeit, sich jemals von ihm zu lösen. Nein, sie hatte sich selbst so gebettet, hatte sie gedacht und einen Blick auf den schnarchenden massigen William neben sich geworfen, nun musste sie auch so liegen.

Francesca wusste nicht, ob es Zufall war oder William in jener Nacht ihre Gedanken gelesen hatte, aber aus irgendeinem Grund hatte er gleich am nächsten Tag beschlossen, in ein eigenes Zimmer umzuziehen. Und obwohl Francesca den Sex nun wirklich nicht vermisste, nagte das Gefühl, versagt zu haben, an ihr. Was war das für eine Frau, die ihren Mann dazu trieb, aus dem gemeinsamen Schlafzimmer auszuziehen? War ihre Beziehung ein solches Desaster? War sie selbst *dermaßen* unsexy? Bedeutete sie ihm überhaupt noch etwas?

Aber William war auch nicht gerade ein leidenschaftlicher

Mann. Weder Fußball noch die Formel 1 versetzten ihn in besondere Erregung, weder Gartenarbeit noch Bücher, weder Politik noch Geschichte. Und Sex ganz offensichtlich auch nicht. Er war absolut süchtig danach, online die Aktienmärkte zu beobachten, aber das zählte eigentlich nicht als Leidenschaft, oder? Bevor William ihr über den Weg gelaufen war, war sie mit einer Reihe gutaussehender Mistkerle zusammen gewesen, und die hatten ihr nur beigebracht, dass Liebe weh tut. Im Vergleich dazu war William ihr wunderbar pflegeleicht vorgekommen. William war kein gutaussehender Mann. Er war nicht sonderlich groß. Seine Schultern hingen ein wenig. Aber es war ja auch nicht sein Aussehen gewesen, von dem Francesca sich ursprünglich zu ihm hingezogen gefühlt hatte. Seine ruhige ausgeglichene Art hatte sie angesprochen, und obwohl sie nie in ihn verliebt gewesen war, hatte sie Hochachtung für seine gelassene Haltung empfunden und mit der Zeit eine Zuneigung zu ihm entwickelt, die sich an guten Tagen ein wenig wie Liebe anfühlte. Er war extrem zuverlässig, kam niemals zu spät, er blieb seinem Wort treu, er flirtete nicht mit ihren Freundinnen oder warf auf der Straße anderen Frauen lüsterne Blicke zu. Sie stritten kaum miteinander, selbst jetzt nicht. Und vor allem: Er tat ihr nie weh. Er war ungefährlich. Vielleicht ein bisschen langweilig, aber ungefährlich. Und in Francescas Leben hatte es bereits genügend Turbulenzen gegeben.

Ihr Leben lang hatte sie mit angesehen, wie ihr Vater Frauen die Herzen gebrochen hatte, hatte aus erster Hand miterlebt, wie sehr er ihrer armen Mutter weh getan hatte, und schon in jungen Jahren hatte sie sich gelobt, dass sie sich niemals auf einen Schürzenjäger wie Fatty einlassen würde. Doch jetzt wusste sie, dass sie, indem sie den schlechten Seiten einer leidenschaftlichen Liebesbeziehung aus dem Weg gegangen war, auch die guten Seiten geopfert hatte. Nie hatte Francesca

Schmetterlinge im Bauch, niemals hatte sie wilden, zügellosen Sex; niemand brachte ihr ein Ständchen oder schrieb Gedichte für sie. Mein Gott, sie bekam ja nicht einmal Blumen oder Pralinen geschenkt. So war William einfach nicht. Gefühle waren einfach nicht »sein Ding«. Seriosität war seins. In Sachen Zuverlässigkeit war er Fachmann. Und in Verantwortungsbewusstsein glänzte er regelrecht. Aber Gefühle zeigen? Nein. Das war nicht seine Stärke. Die wenigen Gefühle, die er hatte, waren so gut verborgen, dass Francesca sie nur sehr flüchtig zu sehen bekam. Sie erinnerte sich, bei Lucas Geburt die Spur einer Träne in seinem Augenwinkel entdeckt zu haben. Aber als zwei Jahre später Benito zur Welt gekommen war, war William der Meinung gewesen, ein Hedgefondsmeeting in Frankfurt sei wichtiger. Hier war ein Mann, der das Anlageportefeuille seines Schwiegervaters vor die Geburt des eigenen Sohnes setzte. Für William kam der Kopf stets vor dem Herzen. Manchmal ertappte Francesca sich dabei, dass sie von Männern träumte, die zu schnell Auto fuhren und zu viel tranken, die aufschrien, wenn sie verletzt wurden, und brüllten, wenn sie wütend waren, und die mitten am Nachmittag, wenn sie eigentlich im Büro sein müssten, leidenschaftlichen Sex hatten.

Vielleicht hatte sie ja nur so eine Art frühe Midlife-Crisis, sagte sie sich. Sehnte sich nach einer romantischen Liebe, die nicht existierte, bloß weil sie die Eheroutine ein wenig satt hatte. Es war ja nicht so, als ob sie jemals wirklich eine Affäre haben würde. Und es ging auch nicht um Sex. Eigentlich nicht. Damit hatte sie es nie so gehabt. Vielleicht hatte sie Williams Antrag deshalb angenommen – den Antrag des unerotischsten Mannes, der je gelebt hatte. Francesca hatte noch nie diese unbändige sexuelle Anziehung verspürt, dieses Ich-muss-dich-jetzt-sofort-Haben, wovon sie in Büchern las. Und um ehrlich zu sein, sie hatte den Verdacht, dass es sich dabei eher um einen Mythos handelte. Und die Liebe? Auch von deren Existenz war sie nicht so recht überzeugt. Ihre kleine Schwester Angelica verliebte sich mindestens einmal im Monat unsterblich, und es brachte ihr nichts als ein gebrochenes Herz, Enttäuschungen und eine weitere Entziehungskur ein. Nein, Francesca brauchte keinen neuen Mann. Sie hatte ihre Kinder und ihre Arbeit. Und sie hatte William, trotz all seiner Fehler. Bei diesem Gedanken seufzte Francesca traurig. Einmal hatte sie einen Mann getroffen, der etwas in ihr angerührt hatte. Doch den würde sie nie wiedersehen. Und so war es vermutlich auch am besten. Er war ja doch nur einer von diesen gutaussehenden Mistkerlen, von denen sie sich fernhalten wollte, wie sie sich vor so vielen Jahren geschworen hatte. Gefährlich. Und um jeden Preis zu meiden.

2

Ihre goldene Tank Française von Cartier zeigte erst halb sechs, doch Francesca war hellwach und wusste, sie würde nicht wieder einschlafen können. Die Geschäfte bereiteten ihr Sorgen, und wenn sie jetzt aufstand, konnte sie ein, zwei Stunden Arbeit geschafft kriegen, bevor die Kinder aufwachten. Die Kreditkrise machte sich jetzt allmählich auch bei La-Fata International bemerkbar. Der Bau eines Hotelkomplexes in Dubai war halb fertig aufgegeben worden, weil die Bauunternehmen pleitegegangen waren; die Hälfte der Kapitalanlagen der Familie war den sinkenden Zinsen zum Opfer gefallen; die Restaurantkette in Großbritannien schwächelte, weil die Leute den Gürtel enger schnallten und zu Hause aßen; und sogar das von ihrer Familie gesponserte Formel-1-Team war in Schwierigkeiten, weil ihr neuer Supersportwagen nicht ein einziges Rennen gewann. Letzteres hatte allerdings nichts mit der Kreditkrise zu tun, sondern war einzig die Schuld des deutschen Autokonstrukteurs (den ihr Vater gerade gefeuert hatte).

Ihr Vater sagte ihr immer wieder, alles werde gut, er habe alles unter Kontrolle. Er habe die letzte Rezession überlebt, prahlte er, und würde selbstredend auch diese überleben. Ihm könne keiner etwas anhaben. Wie jedes Mal. Was sagte er noch gleich immer?

»Je höher das Risiko, desto höher der Gewinn, Frankie!«

Und Fatty war schon immer ein Spieler gewesen. Wie hätte er sonst schon mit 45 Jahren Milliardär werden können? Nein, er war sich sicher, dass er so viel Geld hatte, dass ihm niemand mehr etwas anhaben konnte. Das war selbstverständlich absoluter Schwachsinn, wie Francesca wusste. Sie selbst hielt es eher mit der Devise: »Wer hoch steigt, fällt tief«, aber damit konnte sie ihrem Vater nicht kommen. So etwas wollte er einfach nicht hören. Das Einzige, was noch umfangreicher war als Fattys Taille, war sein Ego. Der Mann hatte immer recht. Man konnte ihm einen Pikbauern vor die Nase halten, und er schwor blind, es sei ein Herzkönig, bis man schließlich anfing, an sich selbst zu zweifeln.

Und so steckte Fatty weiter Geld in neue Projekte und den Kauf bankrotter Unternehmen, Geschäfte, Restaurants und Hotels zu, wie er es nannte, Schnäppchenpreisen. Er verhielt sich eher wie ein bankrotter Kaufsüchtiger, der es nicht lassen konnte, Schuhe auf Kredit zu kaufen, als wie ein gerissener milliardenschwerer Geschäftsmann. In diesem einen Punkt waren Francesca und William einer Meinung – Fatty schien die Bodenhaftung zu verlieren. Daher versuchten sie, hinter seinem Rücken still und leise den Gürtel enger zu schnallen. Sie entließen Mitarbeiter, verschoben Kapitalanlagen und schlossen einige der kleineren Restaurants und Hotels in der Hoffnung, dass er es nicht bemerkte. Bisher waren sie damit durchgekommen. Doch ihre Bemühungen waren zwecklos, solange Fatty das Geld weiter zum Fenster hinauswarf. Es war, als würde man versuchen, die Titanic mit einem Teelöffel auszuschöpfen.

Francesca schlüpfte aus dem Bett und öffnete die weißen Fensterläden vor den deckenhohen Fenstern. Die Welt lag in jenem romantischen dunstigen Licht zwischen Nacht und Tag. Es war magisch. Die Sonne ging gerade auf, doch die Lichter Monte Carlos am Fuß des Berges funkelten noch. Francesca trat hinaus auf den kleinen Balkon und atmete die kühle Frühlingsluft ein. Der Himmel war wolkenlos. Später würde es warm werden, und die Touristen würden sich, zur Belustigung der Einheimischen, an die Strände wagen. Es ist doch Mai, nicht August, würden die Leute spotten und ihre Jacken enger ziehen. Im Augenblick war es jedenfalls noch entschieden frisch. Francesca hörte, wie hinter ihr die Tür geöffnet wurde und Audrey, das hübsche junge Dienstmädchen, das ihr Vater gerade eingestellt hatte (hübsch waren sie immer, aber dieses hier konnte außerdem noch einen guten Cappuccino machen), mit ihrem Morgenkaffee erschien. Sie dankte dem Mädchen und nahm den Kaffee entgegen, froh, dass sie sich an der zarten Porzellantasse die Hände wärmen konnte.

Francesca liebte diesen Ausblick über die modernen Wohnblocks, Villen, Hotels und Geschäfte von Monaco. Das LaFata-Anwesen *Le Grand Bleu* war ein seltenes Juwel im Fürstentum, ein prachtvolles, wunderschön restauriertes, zweihundert Jahre altes Gebäude im italienischen Stil auf eigenem Grund, das verborgen abseits der Küstenstraße nach Italien lag. Es besaß zwölf riesige, mit Läden versehene Fenster, die den Blick aufs Meer freigaben, sowie ein kunstvoller Fries, der sich ums Dach zog. Und auf dem Dach selbst thronte der denkbar exquisiteste Taubenschlag. In Francescas Augen hatte das Haus schon immer ausgesehen wie ein gigantisches Puppenhaus. Es war beinahe zu schön, um echt zu sein.

Im Lauf der Jahre waren immer mehr Apartmenthäuser zwischen *Le Grand Bleu* und dem Meer emporgeschossen, aber wundersamerweise hatte man von Francescas Balkon aus noch immer einen freien, unverbauten Blick aufs Mittelmeer. Es war, als wäre das Haus gesegnet. Oder vielleicht hatte ihr Vater ja nur die Bauunternehmer bestochen, ihre Häuser einige Meter weiter links oder rechts zu errichten. Das würde Fatty ähnlich sehen. Bei dem Gedanken musste Francesca lächeln.

Sie erinnerte sich daran, wie ihr Vater das Haus leuchtend himmelblau hatte anstreichen lassen, als sie 1988 in Monaco angekommen waren, im Überschwang des Erfolgs und frisch erlangten Reichtums. Francesca hatte den Anblick ihres neuen Heims geliebt – weithin sichtbar hatte es am Berghang gestanden und unübersehbar von ihrer Ankunft gekündet. Seht her, schien es zu schreien, die LaFatas sind hier!

»Wir sind laut, wir sind schön, wir sind nicht zu übersehen!«, hatte ihr Vater mit seiner dröhnenden Stimme und seinem schottisch-italienischen Akzent gesungen, wenn er seinen Aston Martin mit Vollgas die gewundene Straße zum Haus hinauf gesteuert hatte. Fatty war tatsächlich nicht zu übersehen gewesen mit seiner brandneuen Freundin – einem französischen Filmstar –, seinem protzigen Sportwagen und seinem leuchtend blauen Haus am Berghang.

Damals war Francesca vierzehn gewesen und zwischen zwei Welten hin- und hergerissen. Ihr altes Leben hatte sie in Edinburgh zurückgelassen. Der Abschied von dem robusten Haus im Edinburgher Vorort Corstorphine hatte ihr schwer zu schaffen gemacht. Bis dahin war dieses Haus ihr so großartig erschienen, doch im Vergleich zu dem fürstlichen Gebäude in Monaco wirkte es sehr bescheiden. Aber sie hatte ihr hellrosafarbenes Zimmer mit der Blümchentapete von Laura Ashley, ihre Ponys Smudge und Fudge sowie ihre beste Schulfreundin Heather vermisst. Und am meisten hatte ihr ihre Mutter Maggie gefehlt.

»Es ist deine Entscheidung«, hatte ihr Vater zu ihr gesagt. »Komm mit mir nach Monaco oder bleib hier bei dieser Schlampe.«

Ihre arme Mum war alles andere als eine Schlampe. Ihr einziges Vergehen hatte darin bestanden, sich schließlich doch von ihrem krankhaft untreuen Ehemann scheiden zu lassen. Doch schon mit vierzehn war Francesca klar gewesen, dass es so etwas wie eine freie Entscheidung nicht gab, wenn es um Fattys Wünsche ging. Er hatte die Augen zusammengekniffen und kühl hinzugefügt: »Aber wenn du hierbleibst, werde ich dich enterben, hörst du? Du bist dann für mich genauso gestorben wie deine Mutter. Deine Entscheidung, Francesca, mein Liebling, deine Entscheidung.«

Fatty hatte derart gehässig über seine Exfrau gesprochen, dass es Francesca geschaudert hatte. Arme Maggie, sie hatte sich von ihrem Mann befreit, aber dabei ihr einziges Kind verloren. Erst heute, wo sie selbst Mutter war, konnte Francesca wirklich ermessen, wie schwer ihrer Mutter diese Entscheidung gefallen sein musste. Allerdings war Maggie gar keine andere Wahl geblieben. Am Ende hatte Fattys Affäre mit dem französischen Flittchen Sandrine de la Plage (Francesca und ihre Mutter hatten sie Sandy Beach – Sandstrand – getauft) in sämtlichen Zeitungen gestanden, und als Maggie die Scheidung eingereicht hatte, war Sandrine bereits schwanger gewesen. Wie hätte Maggie da noch bei Fatty bleiben können, wo jeder wusste, dass er eine andere Frau geschwängert hatte? Maggie war viel zu stolz gewesen, um eine solche öffentliche Demütigung hinzunehmen. Zudem muss man gerechterweise sagen, dass sie Fattys Verhalten über die Jahre hinweg mit unglaublicher Toleranz begegnet war. Aber darüber hinaus hatte die arme Frau noch ganz andere Probleme, mit denen sie fertig werden musste …

»Muss ich gehen?«, hatte Francesca ihre Mutter weinend gefragt. »Ich habe Dad lieb, aber ich glaube, ich würde lieber bei dir bleiben.«

Maggie hatte ihre Tochter fest in die Arme genommen. »Ich weiß, Liebes«, hatte sie sanft gesagt. »Aber das ist eine großartige Gelegenheit für dich. Du wirst langsam erwachsen. Es ist ein aufregendes Abenteuer. Du gehst jetzt da raus in die Welt, und du wirst dich hervorragend machen. Vergiss nur nicht, dass ich immer an dich denke und immer hier für dich da bin, egal was passiert. Okay?«

Francesca hatte tapfer genickt, doch insgeheim war sie ein wenig gekränkt darüber gewesen, dass ihre Mutter sie so einfach gehen ließ.

»Und bitte, Frankie«, hatte Maggie ernst hinzugefügt. »Lass nicht zu, dass er dir weh tut …«

»Dad würde mir niemals weh tun«, hatte Francesca empört entgegnet. Sie hatte es satt, ständig ein Elternteil gegen das andere verteidigen zu müssen. »Er hat mich genauso lieb wie du. Er würde mir nie weh tun. Er hat mir noch nicht mal eine Ohrfeige gegeben. Bloß weil du ihn nicht mehr liebst, heißt das nicht, dass du mich gegen ihn aufhetzen kannst, Mum.«

»Das weiß ich doch, Liebes«, hatte Maggie mit einem tiefen Seufzer erwidert. »Und ich will dich auch nicht gegen deinen Vater aufhetzen. Ob du's glaubst oder nicht – ich liebe ihn immer noch. In gewisser Weise werde ich das immer tun. Aber er ist ein schwieriger Mann, Frankie. Egoistisch, selbstverliebt und höllisch stur. Sein Ehrgeiz und sein Temperament können manchmal furchterregend sein. Er wird niemals zulassen, dass jemand sich seinen Träumen in den Weg stellt. Auch du nicht.«

»Aber Daddy liebt mich mehr als jeden anderen auf der Welt«, hatte Francesca stolz erklärt. Das sagte er ihr immer, laut und in aller Öffentlichkeit, wo jeder es hören konnte.

»Ja«, hatte Maggie ruhig erwidert. »Das stimmt. Dein Dad liebt dich mehr als jeden anderen auf der Welt – *außer sich selbst*! Daran musst du immer denken, Frankie. Bei einem Brand würde Giancarlo LaFata zuerst sich selbst retten und uns andere verbrennen lassen. Wenn du das im Hinterkopf behältst, wirst du gut zurechtkommen.«

Maggie hatte ihre Tochter auf die langen braunen Haare geküsst und geflüstert: »Ich liebe dich«, so leise, dass Francesca es nur gerade eben verstehen konnte. Ihre Mutter hatte nie viel für dramatische Liebeserklärungen übrig gehabt. Sie war ebenso stark und stolz gewesen wie ihr Vater, aber damit endeten die Gemeinsamkeiten auch schon. Während Fatty leidenschaftlich, laut, temperamentvoll und emotional war, war Maggie still, reserviert und in sich gekehrt gewesen. Die Liebe zu ihrer Tochter hatte still in ihren stahlblaugrauen Augen geglänzt, während Fatty sie immer laut herausposaunt hatte. Er hatte Frankie seine Liebe mit Ponys und Glücksarmbändern von Tiffany bewiesen, während Maggie die ihre mit Pflastern auf aufgeschrammten Knien, makellos gebügelten Schuluniformen und selbstgebackenen Schokobrownies gezeigt hatte. Und so war Francesca hin- und hergerissen gewesen: zwischen ihrer Mum und ihrem Dad, zwischen Schottland und Monaco, zwischen ihrem alten Leben im Mittelschichtwohlstand und einem neuen glamourösen High-Society-Leben an der Riviera. Selbstverständlich war sie bei Fatty geblieben. Jeder richtete sich nach seinen Wünschen, immer.

Sehr bald war Francesca klargeworden, warum ihre Mutter sie so ohne weiteres an ihren Vater abgegeben hatte. Sie hatte es aus Selbstlosigkeit getan. Als Maggie ihre Tochter am Flughafen zum Abschied in die Arme geschlossen hatte, musste sie gewusst haben, dass sie ihr einziges Kind nie wiedersehen würde. Doch sie war stark geblieben. In Francescas letzter Erinnerung an ihre Mutter lächelte diese warmherzig und aufmunternd, wünschte ihr einen guten Flug nach Nizza und winkte ihr zum Abschied zu. Rückblickend betrachtet, hatte sie sehr dünn und ein wenig blass ausgesehen. Gott, wie lange mochte Maggie schon gewusst haben, dass sie Krebs hatte? Francesca würde es nie erfahren. Sie wusste nur, dass ihre Mutter drei Monate nach ihrer Ankunft in Monaco tot war. Erst als jemand vom Krankenhaus in Edinburgh angerufen hatte, um sie über den Tod ihrer Mutter zu unterrichten, hatte Francesca von der Krankheit erfahren. Fatty hatte ganz offensichtlich ebenfalls keine Ahnung gehabt. Er war schluchzend in sich zusammengesackt wie eine überdimensionale Lumpenpuppe, als er die Nachricht erhielt. »Maggie, meine Maggie, nein. Nein. Nein …«, hatte er gemurmelt. Und dann hatte er sie nie wieder erwähnt. Er hatte die Erinnerung an seine Exfrau in eine Gruft namens »Die Vergangenheit« gesperrt und weitergemacht.

Die darauffolgenden Monate hatten unter einem Schleier aus Kummer und Tränen gelegen. Doch dann hatte Francesca allmählich den warmen Sonnenschein des Mittelmeers in ihr Herz gelassen. Nun, da Maggie nicht mehr war, hatte nichts sie noch an Edinburgh gebunden. Und so war das große blaue Haus am Berg ihr Zuhause geworden. Heute konnte sie sich nicht mehr vorstellen, anderswo zu leben. Ihre jüngeren Halbgeschwister waren in Luxusapartments direkt am Meer gezogen, sobald die Tinte auf den Glückwunschkarten zu ihren achtzehnten Geburtstagen trocken gewesen war. Nicht so Francesca. Als sie vor acht Jahren William geheiratet hatte, hatte er gewollt, dass sie in ein eigenes Haus zogen, doch Francesca hatte ihm klargemacht, dass sie niemals aus dem Haus ihres Vaters ausziehen würde – ebenso wie sie ihm klargemacht hatte, dass sie den Namen ihres Vaters niemals ablegen würde. Und so war sie Francesca LaFata geblieben. Francesca LaFata aus *Le Grand Bleu*. Ihr Name, ihr Zuhause.

Im Lauf der Jahre war der Anstrich des Hauses zu einem blassen Himmelblau verblichen, und Francesca gefiel es so. Wann immer ihr Vater drohte, das Haus neu streichen zu lassen – was er jedes Frühjahr tat –, bat sie ihn, es nicht zu tun. Mittlerweile verschmolz *Le Grand Bleu* wohltuend mit der Landschaft, und Francesca gefiel der Gedanke, dass sie selbst das auch tat. Als frecher, naiver und unbeholfener Teenager war sie in Monaco angekommen. Nach und nach hatte sie sich in ihre neue Umgebung eingewöhnt, bis sie ebenso ein Teil der feinen monegassischen Gesellschaft geworden war wie die

Grimaldis. Sie war stolz auf das, was aus ihr geworden war. Sie war eine clevere Geschäftsfrau, eine stolze Mutter, eine geschmackvolle Gastgeberin, eine loyale Tochter, eine gute Ehefrau, nun ja, vielleicht keine ganz so gute Ehefrau, aber in einem Punkt zu scheitern stand jedem zu.

Francesca zitterte. Jedes Mal, wenn sie über die Situation mit William nachdachte, spürte sie Beklemmung in der Brust. Vielleicht sollte sie einmal mit ihrem Vater darüber reden? Hatte ihr Vater bemerkt, dass sie getrennte Schlafzimmer hatten? Würde er irgendeinen guten Rat für sie haben? Gott, in Zeiten wie diesen vermisste sie ihre Mutter am meisten. Nein, mit Fatty konnte sie nicht über dieses Problem sprechen. Er hatte genug mit dem Unternehmen zu tun, da musste er sich nicht auch noch Sorgen um den Zustand von Francescas Ehe machen. Er würde ihr sowieso bloß raten, William zu verlassen. Fatty war nie ein großer Fan von William gewesen. Er war auf seine Weise durch und durch ein Snob. Da er selbst bei null angefangen hatte, war er zutiefst davon überzeugt, dass alle, die von Geburt an Geld hatten, nur faule, eingebildete Waschlappen waren, die durchs Leben kamen, weil sie sich gewählt ausdrücken und schon in der Schule die richtigen Beziehungen knüpften konnten. William war tatsächlich in privilegierte Verhältnisse hineingeboren worden. Er war im grünen Surrey geboren, in Eton zur Schule gegangen und hatte dann in Cambridge Wirtschaftswissenschaften studiert. Ja, er stammte aus einer reichen Familie, aber er war auch wirklich brillant in allem, was mit Finanzen zu tun hatte. Als Francesca ihn kennenlernte, hatte er sich bereits einen Namen als Direktor einer Londoner Bank gemacht. Da war er gerade einmal dreiunddreißig gewesen.

Sie waren zwei Jahre zusammen gewesen, als William seinen Job aufgegeben und angeboten hatte, für Fatty zu arbeiten. Francesca war so beeindruckt von seinem Engagement für ihre Familie gewesen, dass sie das Gefühl gehabt hatte, ja sagen zu müssen, als er sie gebeten hatte, ihn zu heiraten. Schon damals, als sie sich auf die Hochzeit vorbereitet hatte, hatte sie sich Sorgen gemacht, einen Fehler begangen zu haben. William war clever und er war nett. Aber reichte *nett* für ein glückliches Leben bis ans Ende ihrer Tage? Selbst auf dem Weg zum Altar hatte sie tief im Innern gewusst, dass sie der Stabilität die Leidenschaft opferte – und dennoch entschieden, dass dies ein fairer Preis sei. Sie hatte niemals Schmetterlinge im Bauch, wenn er ins Zimmer kam. Doch er war beständig, vernünftig und fleißig, und das sprach die Pragmatikerin in ihr an. William würde sie niemals im Stich lassen, und er würde ihr nie das Herz brechen. Wie sollte er auch? Er hatte ihr Herz ja niemals erobert. Zudem hatte er ihrem Vater gegenüber enorme Loyalität bewiesen, indem er die finanzielle Leitung von LaFata International übernommen hatte. Er hatte eine Belohnung verdient. Von Fatty erhielt er jedenfalls keinen Dank. Der nannte seinen Schwiegersohn, das Finanzgenie, noch heute seinen »Buchhalter«. Nein, ihr Vater würde ihr garantiert nur raten, William zu verlassen.

Zudem war Fatty mittlerweile bei seiner vierten Ehefrau angelangt. Für einen Katholiken hatte er bemerkenswert wenig Achtung vor dem Sakrament der Ehe. Er schien der Ansicht zu sein, dass eine Ehefrau pro Jahrzehnt eine ziemlich gute Regelung sei. Aber bei Fatty war das ja auch etwas anderes. Von Männern wie Fatty wurde erwartet, dass sie Affären hatten und ihre Frauen alle paar Jahre gegen ein jüngeres prächtigeres Modell eintauschten. Das kam bloß ihrem Ruf zugute. Und was ihren Bruder Carlo betraf – nun, der wechselte seine Frauen öfter als seine Unterhosen. Francesca musste die britischen Klatschzeitschriften lesen, um darüber auf dem Laufenden zu bleiben, mit welchem attraktiven blonden Model/Filmsternchen/Popstar/It-Girl ihr Bruder gerade ins Bett ging. Doch Francesca selbst hatte immer die ernsthafte, vertrauenswürdige, achtbare LaFata verkörpert. Sie war stolz auf ihren Ruf. Okay, sie mochte es nicht, wenn Angelica sie »die Langweilige« nannte, aber für Angel war jeder, der nicht schon einmal Heroin genommen hatte, ein Spießer.

Francesca konnte nicht einfach ihren Mann verlassen. Frauen wie sie taten so etwas einfach nicht. Sie würde bei ihm bleiben, zumindest bis ihr jüngerer Sohn Benito achtzehn war. Dann würde sie ihre Situation neu überdenken. Dreizehn Jahre musste sie also noch warten. Bis dahin konnte sie ebenso gut versuchen, das Beste daraus zu machen. In letzter Zeit waren sie und William praktisch wie Fremde miteinander umgegangen. Am Frühstückstisch nickten sie einander höflich zu, Bilanzen diskutierten sie wie Arbeitskollegen, und in der Öffentlichkeit begrüßten und verabschiedeten sie einander um des äußeren Anscheins willen mit Luftküsschen, damit niemand bemerkte, dass ihre Ehe schneller in die Brüche gegangen war als eine Vase, die jemand fallen gelassen hatte. Francesca durfte nicht zulassen, dass es noch schlimmer wurde. Sie war durchaus zufrieden, auf ihr Sexleben verzichten zu können – sie konnte wunderbar ohne leben –, doch auf ihre Freundschaft? Denn sie waren früher gute Freunde gewesen. Und das mussten sie irgendwie wieder hinkriegen. Vielleicht sollte sie ihn diese Woche zum Mittagessen ausführen – nur sie beide allein. Das war zwar keine übermäßig romantische Geste, aber es wäre immerhin ein Anfang.

Freundschaft würde ihr genügen, um sie durchhalten zu lassen. Man konnte schließlich nicht alles haben. Und Francesca wusste, dass es in ihrem Leben vieles gab, wofür sie dankbar sein musste – ihre beiden Söhne, ihre Familie, ihr Reichtum, ihr Status, ihre Arbeit, ihre Gesundheit. In vielerlei Hinsicht hatte sie ein gesegnetes Leben. Ihrer Mutter war es immer wichtig gewesen, dass sie dies auch begriff.

»Pass auf, dass du nicht zu verwöhnt wirst, Frankie«, hatte sie sie immer wieder gewarnt, als das Familienvermögen wuchs und sie aus der Sozialwohnung in Leith in die neu gebaute Doppelhaushälfte in Joppa gezogen waren, und von dort aus in die prachtvolle viktorianische Villa in Corstorphine. An dem Tag, an dem Francesca mit elf Jahren auf der Mary Erskines eingeschult worden war, hatte Maggie es wieder gesagt. »Bloß weil du jetzt auf eine private Mädchenschule gehst, bist du nicht besser als deine alten Freunde«, hatte sie ihr eingeschärft. »Vergiss nie, woher du kommst, Liebes. Wir sind nicht besser als andere, wir haben nur Glück gehabt.«

»Glück gehabt?!«, hatte Fatty gebrüllt, der das Gespräch mit angehört hatte. »Glück?! Red keinen Unsinn, Frau. Mit Glück hat das nichts zu tun. Ich hab das alles gemacht«, hatte er stolz verkündet und sich mit ausgebreiteten Armen in ihrem feudalen Wohnzimmer umgesehen. »*Dio mio!* Als ich noch klein war, in Sizilien, da waren wir so arm, dass ich …«

»… ohne Schuhe zur Schule gehen musste«, hatte Francesca ihn kichernd unterbrochen. Sie hatte die Geschichte bereits tausendmal gehört.

»Du spottest, junge Dame«, hatte Fatty gesagt. »Aber ich bin mit zwölf von der Schule abgegangen. Mit zwölf! Hörst du? Da war ich nur sechs Monate älter als du jetzt. Klassenbester war ich, aber meine Familie, die hat mich gebraucht, ich musste arbeiten, Kohle nach Hause bringen. Mein Vater war ein Esel, zu nichts zu gebrauchen. Faul. Mama, sie brauchte meine Hilfe, oder meine Brüder und Schwestern, sie wären verhungert ohne mich.«

Francesca und Maggie hatten einen Blick gewechselt, der besagte: »Fängt er schon wieder an«, und geduldig dem Monolog gelauscht, der nun folgte.

»Und als ich gerade mal fünfzehn Jahre alt war, fünfzehn, hörst du?! Da starb mein Vater, und ich war der Mann in der

Familie. Aber ich war tapfer. Ein Spieler. Ich hab was riskiert. Ich bin mit nichts in der Tasche aus Sizilien weg und nach Schottland gekommen. Ich konnte kein Wort Englisch. Ich machte Pizza für Onkel Enzo in seinem Restaurant in Glasgow. Erinnerst du dich an Onkel Enzo? Er starb, als du drei warst. Jedenfalls, er zahlte mir nichts. Er ließ mich bloß ein Jahr lang auf seinem Sofa schlafen, und ich aß die Reste vom Restaurant. Aber ich wollte mehr, und ich überredete ihn, dass er mich sein neues Restaurant in Edinburgh führen ließ. Er sagte ja, weil ich zur Familie gehörte und er wusste, dass er mir vertrauen konnte, aber auch, weil ich billig war und in einem dreckigen Zimmer hinter der Küche wohnte. Da hab ich deine Mutter kennengelernt. Im Restaurant, nicht in dem dreckigen Zimmer hinter der Küche, obwohl später kam sie da oft hin, hihihi. Jedenfalls, sie war Studentin, sie kam mit ihren eingebildeten Studentenfreundinnen hin. Die dachten alle, sie sind zu gut für Fatty, aber ich belehrte sie bald eines Besseren. Hab ich doch, Maggie? Ich zeigte den schicken Mädchen da, dass Fatty eine Liebesmaschine ist. Hahaha. Stimmt doch, Maggie?«

Es war keine Frage gewesen, und Fatty hatte nicht auf eine Antwort gewartet, aber schon in diesem Alter hatte Francesca erkannt, dass sich im Blick ihrer Mutter Liebe und Schmerz mischten. Sie hatte zigmal mit angehört, wie die beiden sich wegen anderer Frauen stritten. Und schon mit ihren elf Jahren hatte Francesca begriffen, dass ihr Vater neben ihrer Mutter Geliebte hatte. Manchmal hatte sie ihn sogar in seinen Restaurants mit ihnen gesehen – Kellnerinnen, die zu dicht bei ihm standen, weibliche Gäste, die zu häufig vorbeikamen, und sogar eine Freundin ihrer Mutter, die zu Besuch kam, wenn Maggie gar nicht zu Hause war. Francesca war schon immer ein aufgewecktes Mädchen gewesen, sie war nicht leicht zu täuschen.

»Als Enzo seinen dritten Herzinfarkt hatte, hatte ich das

Restaurant schon zur kleinen Goldmine gemacht. Ich hatte den alten Mann reich gemacht, und als er starb, vermachte er mir deshalb in seinem Testament das Restaurant. Ich änderte den Namen von LaFata's in Fatty's, richtete alles ein bisschen freundlicher ein, mehr *moderno*, und *opplà*, plötzlich war es das beliebteste Restaurant in der Stadt! Sein Sohn, mein Cousin Enzo junior, vergab mir nie. Bis heute spricht der Mann meinen Namen nicht aus. Er hasst es, dass ich mit Fatty's so erfolgreich war. Ah, aber Neid, das ist ein schreckliches Gefühl. Stimmt doch, Maggie?«

Grinsend hatte er seine Frau angesehen und hatte dann weiter gesprochen: »Jedenfalls, als du fünf Jahre alt warst, mein Liebling, war ich ein reicher Mann. Ich kaufte uns ein Haus und noch ein Restaurant. Und dann kaufte ich noch drei Restaurants und ein halbes Hotel zusammen mit Tony, meinem Cousin zweiten Grades. Dann kaufte ich uns das wunderschöne große Haus hier, noch ein Hotel, und in diesem Sommer mache ich Restaurants in Birmingham, Newcastle, Manchester und London auf. Bald gibt's auf jeder Hauptstraße im Land ein Fatty's. Und heute geht meine *bambina* auf die Mädchenschule Mary Erskines, und ich bin ein stolzer, stolzer Papa, denn *mia figlia* wird nie ohne Schuhe zur Schule gehen müssen!«

Und dann hatte ihr Vater sie aus dem Haus gezogen und in seinen glänzenden grünen Bentley gesetzt (mit dem Nummernschild Fatty1), der Francesca immer ziemlich peinlich gewesen war – sie zog die relative Anonymität des BMWs ihrer Mutter vor. Doch ihr Vater hatte seine protzigen Spielzeuge immer geliebt. Und wer wollte es ihm verdenken? Wie er selbst so oft sagte: Er war der Immigrantenjunge ohne Schuhe, ohne einen Cent in der Tasche – wer wollte ihm da die äußeren Anzeichen seines Reichtums nicht gönnen, den er sich so hart erarbeitet hatte?

Francesca blickte den Hang hinab, über die Dächer der Wohnblocks, der Geschäfte, des Kasinos, des Hôtel de Paris hinweg und ostwärts in Richtung des Hafens Port Hercule. Die Yachten dort waren ihr so vertraut, dass sie die ihrer Freunde und ihrer Familie selbst von hier oben aus erkennen konnte. Da war Carlos brandneues 36 Meter langes Jungenspielzeug. Die Yacht war schnittig, schwarz und wirkte bedrohlich – Francesca fand, sie sah aus, als gehörte sie einem Schurken aus einem James-Bond-Film. Der Name am Heck lautete *Pulling Power* – Zugkraft –, doch Carlo nannte die Yacht immer »Pussy Magnet« – Muschimagnet. Angelicas Yacht war viel hübscher – du lieber Gott, alles an Angelica war hübsch! –, ein bescheidenes 24 Meter langes Schiff aus weißem Holz. Fatty hatte ihr die Yacht zu ihrem einundzwanzigsten Geburtstag geschenkt und sie *Daddy's Money* – Papas Geld – genannt, worüber er stets lachen musste und Angelica errötete. William und Francesca besaßen eine robuste 45-Meter-Yacht namens *The Conqueror* (benannt nach Wilhelm dem Eroberer, was Francesca immer peinlich war), doch selbst dieses Schiff wirkte wie ein kleines Bötchen verglichen mit Fattys Ungetüm, der 73 Meter langen *Vigorosa III*.

»Oooch, hättest du sie nicht Lady Jade taufen können?«, hatte Fattys aktuelle Ehefrau gequengelt, als er der Familie sein neuestes Spielzeug vorgeführt hatte.

Fatty hatte herzhaft gelacht und den kessen Hintern seiner jungen Frau getätschelt. »Sei nicht albern, Liebling. Dich werde ich vielleicht an einen arabischen Prinzen verkaufen, aber diese Schönheit hier gebe ich niemals her!«

Francesca kniff die Augen zusammen und runzelte die Stirn. Es war noch immer nicht richtig hell, aber sie sah sofort, dass da irgendetwas nicht stimmte. Die *Vigorosa III* war nicht wie gewöhnlich ordentlich zwischen der *Pulling Power* und der *Conqueror* vertäut. Von hier oben sah es sogar so aus, als steuerte die *Vigorosa III* auf die Hafenausfahrt zu. Warum sollte ihr Vater zu dieser Tageszeit mit der Yacht hinausfahren? Er schlief doch sicher noch unten in seinem Zimmer. Er ließ die Fünfzehn-Mann-Crew kaum jemals ohne ihn mit der Yacht losfahren. Jedenfalls nicht ohne guten Grund. Manchmal holten sie Freunde oder Geschäftspartner in Cannes, Antibes oder Saint-Tropez ab, doch nie ohne Vorankündigung, und Francesca hätte davon gewusst, wenn ein Besuch angestanden hätte. Sie kannte jeden einzelnen Termin im Kalender ihres Vaters. Außerdem war heute Samstag. Samstags arbeitete ihr Vater nie. Nervös kaute Francesca auf einem abgebrochenen Fingernagel. Sie hatte ein mulmiges Gefühl. Was, wenn die Yacht gestohlen worden war? Piraten? Man las immer wieder davon, dass so etwas in der Karibik vorkam – Besatzungen, die in ihren Kabinen ermordet, und Yachten, die mitten in der Nacht gekapert wurden –, aber doch nicht hier in Monaco. Vielleicht hatte Carlo in betrunkenem Zustand einen Streich gespielt und die Yacht losgebunden? Aber nein, bestimmt würde nicht einmal Carlo etwas derart Dummes tun. Und die Besatzung hätte ihn auch davon abgehalten! Francesca rieb sich die Schläfen. Irgendetwas stimmte hier ganz und gar nicht.

Sie ging wieder hinein und wanderte unruhig in ihrem Schlafzimmer auf und ab. Schließlich ging sie nochmals hinaus auf den Balkon, um sich zu vergewissern, dass sie nicht halluzinierte. Nein, die *Vigorosa* hatte sich eindeutig von ihrem Ankerplatz entfernt. Verdammt! Sie musste etwas unternehmen. Francesca lief die weiträumige Wendeltreppe hinunter ins Erdgeschoss, wo das Schlafzimmer ihres Vaters lag. Laut klopfte sie an seine Tür. Stille. Sie klopfte noch lauter. Nichts.

»Dad?«, rief sie. »Dad? Bist du da?«

Normalerweise hätte Francesca das Schlafzimmer ihres Vaters niemals betreten, schon gar nicht jetzt, wo seine vierte

Frau Jade dort eingezogen war. Aber es war derart ungewöhnlich, dass die *Vigorosa III* im Hafen trieb, dass sie einfach *irgendetwas* unternehmen musste.

Leise öffnete sie die Tür und spähte hinein. Das mit dunklem Holz getäfelte Schlafzimmer ihres Vaters war das größte im Haus. Es verfügte über einen riesigen reich verzierten Marmorkamin, zwei gewaltige Fenster mit Balkonen und ein ausladendes antikes Himmelbett aus geschnitzter Eiche mit taubengrauen Samtvorhängen. In der Mitte des frisch bezogenen Bettes lag ein zierliches blondes Mädchen in einem blauen Seidenneglige und schlief tief und fest. Hellblonde Locken umrahmten ein ach so hübsches Gesicht. Sie hatte die vollen Lippen geschürzt und murmelte etwas im Schlaf, und ihr rechter Daumen lag dicht an ihrem Mund, als wollte sie gleich daran lutschen. Sie hatte das Gesicht eines Engels und den Körper eines Playboyhäschens. Das Negligé hatte sich hochgeschoben und gab den Blick frei auf wohlgeformte, straffe, gebräunte Beine, und die linke Brust des Mädchens war vollkommen entblößt. Das war Francescas neueste »Stiefmutter«, die 26-jährige Jade LaFata. Eine Stiefmutter, die neun Jahre jünger war als sie selbst. Wenn das nicht lächerlich war!

»Jade«, flüsterte Francesca noch an der Tür. »Jade, wach auf.«

Jade murmelte ein wenig lauter, streckte die gebräunten Beine, drehte sich auf den Bauch und schlief weiter. Auf Zehenspitzen schlich Francesca ans Bett.

»Jade«, rief sie, diesmal ein wenig lauter. »Wach auf.«

Doch Jade rührte sich nicht. Francesca beugte sich über die junge Frau und berührte sie vorsichtig an der Schulter. Jade rührte sich, murmelte etwas, das irgendwie unhöflich klang, und lag dann wieder still.

»Jade!«, rief Francesca laut, diesmal dicht vor dem Gesicht ihrer Stiefmutter. »Wach auf!«

»Hmmm?« Langsam drehte Jade sich auf den Rücken und

öffnete die riesigen blauen Augen. Benommen starrte sie Francesca an, als hätte sie diese Frau noch nie gesehen. Dann rieb sie sich die Augen und fragte: »Frankie? Was zum …? Es ist mitten in der Nacht. Was ist denn los?«

»Es ist fast sechs Uhr«, sagte Francesca.

»Eben«, sagte Jade. »Mitten in der Nacht.«

»Jade«, sagte Francesca geduldig. Sie wusste, dass dies nicht der richtige Zeitpunkt für eine Diskussion darüber war, wann die Nacht endete und der Tag begann. »Wo ist mein Vater?«

Jade sah auf die leere Betthälfte neben sich und blickte sich dann im Zimmer um. Sie sah verwirrt aus. Allerdings sah Jade häufig verwirrt aus. Sie war ein süßes Mädchen, liebenswürdig und zweifelsohne ausgesprochen hübsch, aber sie würde garantiert niemals Mitglied bei MENSA werden.

»Ähm.« Jade setzte sich auf und zog ihr Negligé zurecht. »Ähm …« Nochmals sah sie sich im Zimmer um. »Ich weiß nicht, wo Fatty ist.«

»Ist er gestern Abend nach Hause gekommen?«, fragte Francesca geduldig. Eine Unterhaltung mit Jade ähnelte manchmal der mit einer Dreijährigen.

Jade dachte lange nach und versuchte offensichtlich, sich an die Ereignisse des vergangenen Abends zu erinnern. Dann runzelte sie die Stirn. »Nein«, sagte sie und schürzte die Lippen. »Gegen elf hat er mich angerufen und gesagt, es würde spät, er hätte einen alten Freund getroffen, und ich solle schon mal ohne ihn ins Bett gehen.«

Das war nichts Ungewöhnliches. Fatty führte ein sehr unabhängiges Leben. Zwar hatte er Jade gleich nach der Verlobung verboten, mit ihren Freunden auszugehen, aber er selbst traf sich weiterhin beinahe jeden Abend mit seinen alten Kumpeln zum Spielen, Trinken und Feiern. Jade schien die meisten Abende allein vor dem Fernseher zu verbringen. Sie tat Francesca beinahe leid. Beinahe.

»Er hat gesagt, wir würden uns dann heute Morgen sehen«, erinnerte sich Jade. »Aber er ist nicht hier.«

»Nein«, stimmte Francesca ihr zu. »Er ist nicht hier. Schlaf du einfach noch ein bisschen, Jade. Ich rufe ihn an. Bestimmt ist er bei einem Pokerturnier, das die ganze Nacht gedauert hat.«

»Warum denn?«, fragte Jade mit weit aufgerissenen Augen. »Was ist los?«

»Nichts, worüber du dir Sorgen machen müsstest, Jade«, erwiderte Francesca sanft. »Es gibt nur ein kleines Problem mit Dads Yacht, das ist alles. Schlaf du nur. Wir sehen uns dann später.«

»Oh. Okay, Frankie«, sagte Jade gehorsam. »Gute Nacht.«

»Es ist Morgen, verdammt nochmal!«, murmelte Francesca vor sich hin, als sie die Zimmertür hinter sich schloss.

Sie griff zum nächsten Telefon – auf einem Tisch am Treppenabsatz – und drückte die Eins, die Kurzwahltaste für Fattys Handy. Das Telefon war ausgeschaltet. »Diese Nummer ist momentan nicht erreichbar«, sagte ihr eine Automatenstimme. »Bitte versuchen Sie es später noch einmal.«

»Was?!« Fatty schaltete sein Telefon niemals aus. Francesca probierte es noch einmal. Und dann noch einmal, und noch einmal, und … Jedes Mal mit dem gleichen Ergebnis.

Sie atmete tief durch. Es musste eine logische Erklärung für das alles geben. Sie wählte die Sechs, die Kurzwahl für das Satellitentelefon auf der Yacht ihres Vaters. Es klingelte und klingelte, doch niemand nahm ab.

»Was zum Teufel ist da los?«, murmelte Francesca und drückte eine andere Nummer. James würde wissen, was los war. Er war der Kapitän der *Vigorosa III*, ein stämmiger, blonder, rotwangiger Kanadier Ende vierzig, der seit zehn Jahren für Fatty arbeitete. Falls irgendjemand wusste, was da los war, dann er.

»James?!«, fragte Francesca völlig außer sich, als er sich endlich mit müder Stimme meldete. Sie hatte ihn ganz offensichtlich geweckt, aber dies war schließlich ein Notfall. »Endlich! Ich bin's, Francesca. Tut mir leid, falls mich das nichts angeht, aber was ist mit der *Vigorosa* los? Wo bringen Sie sie hin?«

Ein langes Schweigen trat ein, ehe James antwortete. »Francesca, ich bin mit dem Rest der Crew an Land. Ihr Vater hat uns gestern Abend freigegeben. Er ist an Bord gekommen und hat uns praktisch von der Yacht geworfen.«

»Was? Ich verstehe nicht …«

»Wir auch nicht.« James klang ein wenig empört. »Er hat gesagt, er wolle seine Ruhe haben. Ich dachte, er hätte sich vielleicht mit Jade gestritten oder so. Steht mir nicht zu, ihn zu fragen. Er ist der Boss. Ähm, warum? Gibt es ein Problem?«

»James, bitte gehen Sie einfach zum Hafen. Entweder fährt Dad allein mit der *Vigorosa* raus, oder sie hat sich losgemacht.«

»Heilige Scheiße«, sagte James. »Fatty fährt nie allein mit ihr raus. Was hat er vor?«

»Ich weiß nicht«, erwiderte Francesca, und allmählich stieg die Panik in ihr auf. »Bitte, James, gehen sie einfach hin und finden Sie raus, was da los ist. Ich treffe Sie in einer Viertelstunde am Hafen.«

Sie rannte die Treppe wieder hinauf und nahm dabei immer zwei Stufen auf einmal. Ohne anzuklopfen platzte sie in Williams Zimmer. William saß in seinem karierten Schlafanzug am Schreibtisch, die Brille ganz vorn auf der Nasenspitze, den Laptop aufgeklappt vor sich. Er sprang auf und klappte hastig den Computer zu. Seine Wangen waren leicht gerötet. Flüchtig fragte sich Francesca, ob er etwas vor ihr zu verbergen hatte – sah er sich womöglich Pornos an? Hastig verdrängte sie diesen Gedanken.

»Haben wir nicht die Vereinbarung, dass wir zuerst anklopfen?«, fragte er. Er klang beinahe wütend, aber jetzt war nicht der richtige Zeitpunkt, sich darum zu sorgen.

»Nein«, sagte Francesca atemlos. »Nicht wenn Dads Handy ausgeschaltet ist, die *Vigorosa* nicht mehr an ihrem Ankerplatz liegt und James mit dem Rest der Besatzung an Land ist.«

»Oh.« William wurde blass. Er ging ans Fenster und öffnete die Läden. »Oh«, wiederholte er und sah hinab zum Hafen, wo die Yacht weiterhin in Richtung Hafenausgang trieb. »Das ist nicht gut, oder?«

Er nahm sein Handy vom Schreibtisch und rief Fatty an. Francesca verdrehte die Augen.

»Meinst du nicht, das hätte ich nicht schon versucht?«, fragte sie ungeduldig.

»Tja, kann nicht schaden, es noch mal zu versuchen, oder?«, sagte er in väterlichem Ton.

Dann schüttelte er den Kopf. »Tot. Er schaltet sein Handy nie aus.«

»Ich weiß«, sagte Francesca. »Genau das habe ich auch gedacht. Deshalb ist es ja so beunruhigend. Und an Bord nimmt auch niemand ab.«

»Sollen wir die Polizei rufen?«, fragte William und drückte die Wahlwiederholung. »Meinst du, es könnte Diebstahl sein? Die Yacht da unten ist mehr als Hundert Millionen Euro wert, und wir haben überhaupt keine Ahnung, wer sie steuert!«

Typisch William, in einer solchen Situation an Geld zu denken, dachte Francesca, aber das behielt sie für sich. Sie hatte Wichtigeres zu tun, als sich über solche Nichtigkeiten zu streiten.

»Der Gedanke ist mir auch gekommen, aber nein, lassen wir die Polizei noch außen vor. Womöglich gibt es eine ganz einfache Erklärung«, sagte sie, eher um sich selbst, denn um William zu überzeugen. »Lass uns einfach runter zum Hafen gehen. Ich habe James gesagt, dass wir ihn da treffen. Ich ziehe mir eben etwas über. In fünf Minuten treffen wir uns draußen.«

William nickte ernst. Er wirkte besorgt, aber nicht panisch. Wenn es eines gab, was Francesca an William loben musste, dann die unglaubliche Gelassenheit, mit der er Krisensituationen begegnete. Als sie eine weiße Jeans und einen blauen Kaschmirpulli angezogen und die Treppe hinuntergelaufen war, wartete er bereits auf dem Beifahrersitz ihres weißen Range Rover Sport. Er zog es vor, sich fahren zu lassen. Er selbst war ein nervöser Autofahrer, und obendrein sah er nicht besonders gut. William hatte Francesca schon immer gern das Steuer überlassen.

3

Das Telefon klingelte. Carlo LaFata fuhr hoch. Automatisch streckte er die Hand ungefähr in Richtung des Nachttischs aus und warf dabei eine halbvolle Flasche Cristal um.

»Scheiße«, murmelte er, als ihm der Geruch abgestandenen Champagners in die Nase stieg.

Hektisch tastete er im Dunkeln nach der Flasche. Sie war leer, und das Kuhfell neben dem Bett hatte sich bereits vollgesogen. Das Telefon verstummte. Wer zum Teufel rief ihn um diese Uhrzeit an? Und wie spät war es überhaupt, verdammt nochmal? Es musste mitten in der Nacht sein. Er fühlte sich, als hätte er nur zwei Minuten geschlafen. Carlo tastete nach seinem iPhone. Schließlich fand er es unter einem feuchten Tuch. Er warf es auf das Fell neben die leere Flasche. Er sah aufs Display: 6 Uhr 27. Ein entgangener Anruf. Frankie. Tja, die konnte warten. Bloß weil seine lebhafte, brave große Schwester zu dieser unheiligen Stunde bereits auf war, musste er das nicht ebenfalls sein. Außerdem war Samstag, Herrgott! Was dachte die sich dabei? Nichts konnte so wichtig sein, dass man ihn um halb sieben weckte, verdammt! Sie wusste doch, dass er freitags nie vor drei Uhr ins Bett kam.

Er ließ sich zurück aufs Kopfkissen fallen. Einen Augenblick lang drehte sich alles, und Übelkeit stieg in ihm auf. Er hatte den Kater des Jahrhunderts. Wieder einmal. Um wie viel Uhr war er ins Bett gegangen? Wie war er ins Bett gekommen? Carlo hatte nicht den Hauch einer Ahnung. Er versuchte, die Geschehnisse der vergangenen Nacht zu rekonstruieren, doch da war nichts – nur ein dickes fettes klaffendes Loch, wo seine Erinnerung hätte sein sollen. Argh! Na, egal. Im Augenblick brauchte er nur mehr Schlaf. Der vergossene Champagner konnte warten, und Frankie sowieso. Er schloss die Augen. Sofort begann das Telefon wieder zu klingeln.

»O Mann …« Er griff wieder nach dem Telefon. Es war wieder Frankie.

»Fuck. Off«, sagte Carlo, drückte auf »Abweisen« und schaltete das Telefon aus.

Was war heute Morgen bloß mit ihr los? Wahrscheinlich hatte er irgendeinen Geburtstag vergessen, und Little Miss Tüchtig rief an, um ihn daran zu erinnern. Schlaf. Er würde jetzt einfach weiterschlafen. Egal was Frankie von ihm wollte, es konnte warten. Carlo lag in der pechschwarzen Dunkelheit und wartete darauf, dass der Schlaf sich wieder einstellte. Doch nun pochte sein Schädel, und sein Mund war ekelhaft trocken und schmeckte nach abgestandenem Champagner, und o Gott, war ihm übel. Das Zimmer drehte sich in der Dunkelheit. Und noch etwas anderes stimmte hier nicht. Er konnte nur noch nicht genau sagen, was es war. Ein seltsam klaustrophobisches Gefühl überkam Carlo.

Dank der Rollläden vor den Fenstern war es völlig dunkel im Raum. Carlo wohnte in einem Penthouse im fünften Stock, und von dort aus hatte man einen großartigen Panoramablick auf den Strand und das Meer, aber diese frühen Sonnenaufgänge brachten einen Partytypen wie ihn um. Dank der Dreifachverglasung, die er hatte einbauen lassen, sollte es auch völlig still sein. Carlo liebte das Meer, er konnte stundenlang die Wellen betrachten, aber das Rauschen verdarb ihm das Ausschlafen. Daher hatte er das Meer zum Schweigen gebracht. Was zum Teufel war also dieses leise schnaufende Geräusch, das von irgendwo in der Nähe seines linken Ohrs kam? Carlo lag da und lauschte eine Weile dem sanft an- und abschwellenden Schnaufen. Es klang beinahe wie ein schnurrendes Kätzchen. Aber natürlich hatte Carlo kein Kätzchen. Ein Kätzchen musste gefüttert und geliebt werden. Das war viel zu viel an Verpflichtung für ihn. Er stöhnte innerlich. O Gott, nicht schon wieder …

Carlo konnte überhaupt nichts sehen, doch er hatte das unangenehme Gefühl, dass er womöglich nicht ganz allein in seiner Wohnung war. Vorsichtig ließ er die Finger unter die Bettdecke gleiten, bis er etwas Warmes, Weiches und unbestreitbar Menschliches berührte. Scheiße! Er riss die Hand zurück, als hätte er einen Stromschlag bekommen. Da lag eindeutig jemand in seinem Bett. Sein Herz setzte einen Schlag aus. Warum tat er das immer wieder? Er hatte mit sich selbst eine Abmachung getroffen, dass er nie, niemals wieder eine Frau einladen würde, über Nacht zu bleiben. Am darauffolgenden Morgen wurde es jedes Mal peinlich und unerfreulich, wenn sie dann fragte, ob sie ihn wiedersehen könne, und darauf bestand, dass er ihre Telefonnummer notierte, obwohl er nur wollte, dass sie endlich verschwand.

Carlo wollte keine Beziehung. Was war daran so falsch? Er liebte Frauen, er liebte Sex, aber er war erst dreiundzwanzig und garantiert noch nicht bereit für dieses todlangweilige Monogamieding, auf das Mädchen so versessen zu sein schienen. Sie kapierten es einfach nicht. Okay, er gab ihnen etwas zu trinken aus, tanzte mit ihnen, küsste sie, machte ihnen Komplimente, nahm sie mit nach Hause und ging mit ihnen ins Bett, sie hatten ihren Spaß … und dann, bam, am nächsten Morgen glaubten sie schon, es sei die große Liebe! Welchen Teil des Wortes One-Night-Stand begriffen diese Mädchen nicht? Sie sahen zu viele schlechte Filme und lasen zu viele Schundromane. Die setzten ihnen alberne Ideen in ihre hübschen Köpfchen – romantische Spaziergänge am Strand und Verlobungsringe mit Diamanten … Nein, Carlo dürfte überhaupt nicht in dieser Situation sein. Das war der Alkohol! Ein paar Gläser Schampus, und schon gewann der Schwanz die Oberhand über den Verstand. Also lag er wieder einmal hier neben einer unbekannten Frau, ohne die geringste Ahnung zu haben, wer sie war, wie sie überhaupt hierhergekommen war oder wie er sie wieder loswerden sollte.

Das Schnaufen wurde lauter, verwandelte sich in ein Murmeln, und dann rollte sein geheimnisvoller Gast auf ihn zu. Hastig sprang Carlo aus dem Bett und landete inmitten der Champagnerpfütze. Irgendetwas Kaltes, Klebriges haftete an seinem nackten Fuß: ein benutztes Kondom. Ekelhaft! Angewidert schüttelte er es ab. Die Tatsache, dass er wenigstens keinen ungeschützten Sex gehabt hatte, tröstete ihn im Augenblick kaum.

Carlo stolperte zum angrenzenden Bad. Er tastete nach dem Türgriff und dem Lichtschalter, schlüpfte hinein und schloss hinter sich ab. Die Strahler blendeten ihn, und er musste sich am Natursteinwaschbecken abstützen. Sein Kopf brachte ihn um, und sein Spiegelbild verschwamm ihm vor den verquollenen Augen. Er konnte sich ums Verrecken nicht an die vergangene Nacht erinnern. Er starrte sein Spiegelbild an. »Wer zum Teufel liegt da in meinem Bett?« Doch der hochgewachsene junge Mann mit den zerzausten dunklen Haaren und den blutunterlaufenen Augen vor ihm wusste keine Antwort auf diese Frage. Carlo spritzte sich kaltes Wasser ins Gesicht und klopfte sich auf die Wangen, um endlich richtig wach zu werden. Okay, er war mit den Jungs auf einen Happen ins Stars'n' Bars gegangen – Burger und Bier. Dann waren Christian und er in Jimmy'z Nachtklub gegangen. Christian war sein bester Kumpel. Er war der Erbe eines schwedischen Tiefkühlkostimperiums und ebenso blond wie Carlo schwarzhaarig. Im Doppelpack waren die beiden unwiderstehlich. Die Frauen hatten nicht die geringste Chance, wenn sie zusammen auftraten. Auf der Fahrt ins Jimmy'z hatten sie zwei englische Studentinnen aufgegabelt, die von Nizza aus einen Tagesausflug nach Monaco unternommen hatten – einfach weil es ihrem Ego guttat. Es war ein Kinderspiel, die Mädchen in Carlos Lamborghini Gallardo Spyder zu locken. Christian hatte einen schwarzen, aber Carlo zog sein rotes Modell vor. Das klappte immer. Sein Auto war beinahe ein solcher Muschimagnet wie seine Yacht. Die beiden Mädchen waren ganz niedlich gewesen, aber ihr Akzent hatte Carlo abgestoßen, und er konnte sich nicht erinnern, nochmals mit ihnen geredet zu haben, nachdem er ihnen den Eintritt in den Klub bezahlt und ihnen ihre ersten Getränke ausgegeben hatte.

Im Jimmy'z hatten sich die üblichen Verdächtigen gedrängt – alte Freunde, deren Väter Kumpel seines Vaters waren; die Casiraghis waren dort gewesen, Lewis Hamilton und sein Pussycat Doll sowie jede Menge braungebrannter Männer in weißen Hemden, die sich auf der Tanzfläche mit hochgewachsenen mageren blonden Mädchen drehten, die wie Models aussahen, höchstwahrscheinlich aber bloß teure russische Nutten waren. In Monaco war es manchmal schwierig, die Tochter eines Oligarchen von einer Prostituierten zu unterscheiden. Besonders wenn der Blick schon durch diverse Biere getrübt war.

Sie hatten einige Flaschen Cristal geköpft und irgendeinen Deal gefeiert, den Christian gerade erst beim Lunch in Paris abgeschlossen hatte.

»Worum ging's?«, hatte Carlo ihn gefragt.

Doch Christian hatte nur beiläufig die Achseln gezuckt und gesagt: »Ich weiß nicht. Hatte irgendwas mit Garnelen zu tun.«

Dann hatten die beiden jungen Männer hysterisch gelacht, denn – nun ja, Garnelen waren doch einfach zum Schreien, oder? Christian hatte nicht gerade viel übrig fürs Geschäft.

Auf dem Papier war er einer der Direktoren des Unternehmens. Aber in Wirklichkeit ging er nur hin und wieder mit seinem Vater zu einem Meeting, spielte seine Rolle in seinem Savile-Row-Anzug und unterzeichnete jedes Dokument, das man ihm unter die Nase hielt, mit seinem Mont-Blanc-Füller. Er war der Erste, der zugab, dass er eigentlich gar nicht begriff, worum es eigentlich ging, aber es gefiel ihm, seine eigene persönliche Assistentin (eine ziemlich appetitliche) und einen Hubschrauber zur Verfügung zu haben. Christian war gut gebaut, tatkräftig, eifrig, loyal und voller Begeisterung – ein bisschen wie ein Golden Retriever, hatte Carlo immer gedacht. Er war einer der wenigen Menschen, die Carlo aufrichtig liebte und denen er vertraute. Es war ein Klischee und ein bisschen albern, aber Christian war wie der Bruder, den Carlo nie gehabt hatte.

Sehr zum Bedauern seines Vaters Sven hatte Christian sowohl das gute Aussehen als auch die beschränkte Intelligenz seiner Mutter Inga geerbt, einer norwegischen Sängerin, die in den Achtzigern mit ihrem überaus peinlichen Europop zwei kleinere Hits gelandet hatte. Die Ironie lag darin, dass Christians jüngere Schwester Ingrid das Ebenbild ihres Vaters war – unscheinbar, mager, bebrillt und x-beinig –, aber die Harvard Business School besuchte, und jeder wusste, dass sie diejenige sein würde, die das Familienunternehmen leiten würde, sobald sie ihren Abschluss gemacht hatte. Und Christian würde der Erste sein, der ihr dazu gratulierte. Er schien nicht ein einziges Neidmolekül im Leib zu haben.

Manchmal wünschte Carlo, er wäre seinem Freund ähnlicher – unbeschwert, entspannt und großzügig. Carlo war nicht geizig. Er trennte sich freizügig von seinem Geld (nun ja, von dem seines Vaters). War er etwa nicht der Erste, der einen Tisch in der Amber Lounge bezahlte – sogar in der Grand-Prix-Woche, wenn ein Tisch 24000 Pfund kostete?

Doch wenn es um seine Gefühle ging, konnte Carlo ein wenig, nun ja, wirklich gemein sein, das wusste er selbst. Er zeigte seine Gefühle nicht gerne. Nicht, dass er keine gehabt hätte. Aber wenn man zeigte, was man empfand, konnte man verletzt werden. Und wer wollte schon verletzt werden? Und was Neid betraf – Himmel, er strotzte vor Neid, besonders wenn es um seine Schwestern ging …

Anders als Carlo, der sich damit brüstete, dass er sich noch nie verliebt hatte und noch nie verlassen worden war, verliebte Christian sich leicht und wurde häufig verlassen. Seine neueste Flamme war eine amerikanische Erbin namens Sasha Constantine, eine verführerische Brünette mit hitzigem Temperament, die mehr von sich eingenommen war, als ihr guttat. Sie war eine heiße Frau, keine Frage – irrsinnig geil, orgasmisch heiß –, aber Carlo konnte sie kein Stück leiden. Teils weil sie eine große Klappe hatte, überheblich war und allem widersprach, was Carlo sagte; teils aber auch, weil sie seit kurz vor Weihnachten seinen besten Freund mit Beschlag belegte. Hauptsächlich aber konnte er sie deshalb nicht leiden, weil sie ihn so offensichtlich nicht ausstehen konnte. Und Carlo hatte keine Zeit für Leute, die ihn nicht mochten.

Genau genommen – jetzt fiel es ihm wieder ein – war Sasha am vergangenen Abend auch aufgetaucht. Sie war mit ihrer nervtötenden kleinen Freundin Teri unterwegs gewesen, der Tochter eines texanischen Ölbarons, die Carlo in einer betrunkenen Nacht im vergangenen Sommer zufällig gebumst hatte und die jetzt zu glauben schien, sie habe das Recht, sich jedes Mal, wenn sie sich trafen, auf seinen Schoß zu setzen. Das hatte sie auch gestern Abend getan, und er hatte sie weggeschubst. Sie war auf den Boden gefallen und in Tränen aufgelöst auf die Toilette gerannt. Dummes Mädchen. Carlo grinste sich im Spiegel an. Eigentlich war es ziemlich komisch gewesen. O Gott, aber das war es! Jetzt erinnerte er sich! Sasha war wegen der Art, wie er Teri behandelt hatte, über ihn hergefallen. Und dann wegen der Art, wie er Frauen im Allgemeinen behandelte. Und dann hatte sie geschrien, er sei ein erbärmliches Stück Eurotrash oder etwas in der Art und dass sie hoffe, er habe den Tripper, und zum Schluss hatte sie ihm einen Tequila ins Gesicht gekippt. Miststück!

Und danach? Carlo verzog das Gesicht und versuchte, sich an den Rest des Abends zu erinnern. Zwecklos. An den Streit mit Sasha erinnerte er sich bestenfalls verschwommen, aber was die Zeit danach betraf, herrschte gähnende Leere in seinem Kopf. Seufzend wickelte er sich ein flauschiges weißes Handtuch um die Hüften. Wer zum Teufel war das also da in seinem Bett? Bitte, lieber Gott, lass es nicht Teri sein!

Carlo schlich zurück ins Schlafzimmer und ließ die Tür zum Bad offen, so dass Licht hereinfiel und er etwas sehen konnte. Nachdem seine Augen sich ans Halbdunkel gewöhnt hatten, erkannte er deutlich die Umrisse eines Körpers in seinem Bett. Die Frau lag in Fötushaltung da, hatte die Bettdecke bis zum Kinn hochgezogen, und ihr Gesicht war unter dunklen Haaren verborgen. Eine Brünette? Na, das war mal etwas Neues. Damit schied zumindest Teri aus. Puh! Nun war Carlo neugierig. Normalerweise waren Brünette nicht sein Ding. Er trat ans Bett und beugte sich über die Frau. Sie roch nach Orangen und Vanille. Der Geruch war ihm irgendwie vertraut, aber Carlo wusste nicht mehr, woher. Die Frau schnaufte und schnurrte noch immer im Schlaf. Nervös versuchte Carlo, ihr die Haare ein wenig aus dem Gesicht zu streichen, weil er wissen wollte, wie sie aussah, aber sie waren so dicht und lang, dass er nur einen Blick auf volle, bebende, halb geöffnete Lippen erhaschen konnte. Ansonsten war das einzige Fleckchen Haut, das er sehen konnte, ein Stück Schulter, das unter der Bettdecke hervorlugte. Die Haut war gebräunt und glatt. Carlo wollte mehr sehen. So behutsam wie möglich schlug er die Bettdecke zurück, bis die Frau bis zur Taille nackt dalag.

Wow! Der Mann hatte Geschmack! Der nackte Körper vor ihm war wirklich scharf. Schlank, kurvenreich, straff und durch und durch prachtvoll. Genüsslich ließ Carlo den Blick über ihre vollen Brüste, ihre straffen Arme, die Mulde ihrer Taille und ihren flachen gebräunten Bauch wandern und spürte, wie er einen Ständer bekam. Er ließ das Handtuch um seine Hüften zu Boden gleiten und beobachtete, wie ihre Brüste sich mit dem Atem hoben und senkten. Er wusste nicht, wer sie war, da er ihr Gesicht nicht sehen konnte, aber irgendwie wurde sie dadurch noch verführerischer. Vielleicht hatte er gestern Nacht doch keinen Fehler gemacht.

Sein Blick fiel auf einen spitzenbesetzten schwarzen Slip zu seinen Füßen. Er hob ihn auf und sah nach, welche Größe er hatte. Small. Das war gut. Er stand nicht auf große Hintern. Und dann konnte er nicht anders …

»Carlo, du mieser Perversling! Was tust du da, verdammt?«, kreischte eine Stimme.

Er ließ den Slip fallen und spürte, wie sein Ständer erschlaffte. Entgeistert starrte er die junge Frau an. Sie saß senkrecht im Bett und strich sich die wilde Mähne aus dem Gesicht.

»Heilige Scheiße, was mache ich hier?«, tobte sie weiter. »Warum bin ich nackt? Warum bist *du* nackt? Was hast du mit meinem Slip gemacht und – o Gott, du hast an dir rumgespielt, du widerlicher, perverser, mieser Scheißkerl!«

»Sasha!« Hätte Carlo ein kopfloses Pferd in seinem Bett gefunden, er hätte nicht erschütterter oder entsetzter sein können. »Du bist das …«

4

James Sanderson hatte sein gesamtes Erwachsenenleben auf dem Wasser verbracht. Seit beinahe dreißig Jahren waren Yachten aller Arten und Größen sein Zuhause und sein Lebensunterhalt. Er hatte Stürme in der Nähe des Kaps der Guten Hoffnung, Eisberge vor Nova Scotia und den Angriff eines Hais vor New South Wales überlebt. Und er hatte noch nie, noch niemals ein Schiff verloren. Bis jetzt ...

James war stolz auf seine makellose Unfallbilanz. Er war nun im mittleren Alter, und die Jahre der Adrenalinstöße waren vorüber, also machte er sich hier in Monaco ein angenehmes Leben, während er für Fatty LaFata arbeitete. Er konnte seinen Chef gut leiden. Zugegeben, der Mann hatte jede Menge Mist im Kopf, und sein Ego war größer als sein Bankguthaben, aber er brachte James jedenfalls zum Lachen. Außerdem war Fatty großzügig und zahlte ihm ein Drittel mehr als das marktübliche Gehalt für den Kapitän einer Superyacht, und er ließ James mehr oder weniger freie Hand bei der Führung der *Vigorosa III*. Offen gesagt betrachtete James die *Vigorosa* als sein eigenes Schiff. Er kannte sie in- und auswendig. Okay, er nutzte weder das Bordkino noch den einziehbaren Heliport oder den Pool (obwohl Fatty ihm gesagt hatte, er solle sich nicht scheuen), doch er war derjenige, der diese Schönheit sozusagen auf der Stelle wenden konnte, der beim Filmfestival in Cannes die Paparazzi abhängte oder die *Vigorosa* am bevorstehenden Grand-Prix-Wochenende auch auf kleinstem Raum parken konnte. Wenn James ehrlich war, musste er zugeben, dass er die Yacht mehr liebte, als er je eine Frau geliebt hatte. Und nun trieb sie unbemannt im Hafen. Das war im besten Falle peinlich. Im schlimmsten Fall würde er seinen Job verlieren. Und seine geliebte *Vigorosa.*

»Monsieur Sanderson?«, fragte der Polizist. »Sie sind der Kapitän?«

»Ja, Sir«, sagte James und begrüßte den Mann mit einem festen Händedruck.

James hatte sich entschlossen, die Wasserschutzpolizei einzuschalten. Francesca LaFata hatte ihn zwar angewiesen, im Hafen auf sie zu warten, aber scheiß drauf. Das war ein Notfall. James sah doch, dass niemand am Steuer war. Himmel, jeder Idiot konnte erkennen, dass der Motor nicht lief. Zudem kannte er die Gezeiten hier besser als jeder andere, und wenn sie nicht innerhalb der nächsten zwanzig Minuten an Bord der *Vigorosa* wären, würde sie frontal mit Roman Abramowitschs Yacht kollidieren, und das würde eine Demütigung sein, die James niemals verwinden können würde.

»Wir nehmen unser Boot«, sagte der Polizist energisch.

»Klar.« James folgte dem Mann die Treppe hinunter zum roten Polizeiboot und nickte dabei dem Kapitän höflich zu.

»Mein Kollege wird dafür sorgen, dass die *Vigorosa* keinem anderen Schiff gefährlich werden kann, während wir an Board gehen«, erklärte der Polizist. »Und dann werden Sie sie unverzüglich zu ihrem Liegeplatz zurückbringen.«

Sie tuckerten zwischen den vertäuten Yachten und Superyachten hindurch und steuerten dann quer durch den Hafen auf die *Vigorosa III* zu. Als sie bei der gewaltigen Yacht angekommen waren, stieg Übelkeit in James auf. Dreißig Jahre auf See, und noch nie war er so nahe dran gewesen, seekrank zu werden. Er hatte das Gefühl, dass der heutige Tag sein Leben verändern würde. Und zwar nicht zum Guten. James war kein ängstlicher Mann. Herausforderungen ließen ihn aufblühen, Angst verspürte er kaum jemals, selbst dann nicht, wenn er wusste, dass sein Leben in Gefahr war. Doch als er nun dem Polizisten die Leiter zum ersten Deck der *Vigorosa III* hinauf folgte, schlug James das Herz bis zum Hals.

»*Allô*!«, rief der Polizist, als er aufs unterste Deck kletterte. »Monsieur LaFata!«

»Auf diesem Deck ist er bestimmt nicht, Sir«, sagte James. »Hier sind die Mannschaftsräume. Mr LaFata war nie hier unten. Kommen Sie mit.«

James führte den Polizisten zum gläsernen Aufzug, der sie zu den höheren Decks bringen würde. Es war unheimlich still auf der *Vigorosa*. James war an eine vielfältige Geräuschkulisse gewöhnt: die Crew, die an Deck plauderte, die Musik aus der Stereoanlage von Bang & Olufsen, das Lachen der LaFatas und ihrer Freunde auf den oberen Decks, das Geräusch von Weingläsern beim Anstoßen, von Tellern, die von Kellnern eingedeckt wurden, von Fattys Enkeln, die barfuß über die hölzernen Decks liefen. Doch nun hörte er nur die Wellen unter sich und das Kreischen der Seemöwen über dem Schiff.

Zuerst sahen sie in Fattys Suite nach. Mit angehaltenem Atem öffnete James die schwere Eichentür und rechnete halb damit, Fatty auf seinem gewaltigen Bett liegen zu sehen, tot nach einem Herzinfarkt. James neigte nicht dazu, die Dinge zu dramatisieren, doch er sorgte sich bereits seit einiger Zeit um die Gesundheit seines Chefs. Der Mann war deutlich über sechzig, stark übergewichtig und hatte fürchterliche Essgewohnheiten, selbst nach italienischen Maßstäben. Und was den Alkoholkonsum des Mannes betraf – verdammt, der war einfach unglaublich. Wein, Champagner, Brandy, Cognac, Whisky, Bier – er trank alles, was er in die Finger bekam, Hauptsache Alkohol. James hatte noch nie erlebt, dass dem Mann auch nur ein Tropfen Wasser über die Lippen gekommen wäre. In letzter Zeit war Fatty immer kurzatmiger geworden, und sein einst entschlossener Gang war einem langsamen Watscheln gewichen. James hatte sich bei der Sorge ertappt, sein Chef könne womöglich nicht mehr lange unter ihnen weilen. Um seinen Job machte er sich keine Sorgen – wer die *Vigorosa III* übernahm, würde sehr wahrscheinlich auch ihn übernehmen. Nein, er machte sich Sorgen um Fatty, weil er den Mann vermissen würde, wenn er nicht mehr da wäre.

Zu seiner enormen Erleichterung stellte James fest, dass die Master Suite leer war. Er sah in den Ankleideraum, ins Bad und in den privaten Salon. Alles war noch genau so wie am Vorabend. Das Bett war gemacht, die Kissen aufgeschüttelt, in den Vasen standen Blumen. Auf dem gläsernen Couchtisch lagen der *Economist* (Fattys) und die neueste Ausgabe von *Hello!* (Jades) ordentlich nebeneinander. Als Nächstes sahen sie in den übrigen vier Schlafzimmern nach, doch auch diese waren leer und unberührt. Dann nahmen sie den Aufzug zum Oberdeck.

Im Stillen hatte James die *Vigorosa III* immer mit einem schwimmenden Boutiquehotel verglichen – nicht dass er je in einem Boutiquehotel übernachtet hätte, aber er hatte Jades Zeitschriften oft genug durchgeblättert, um zu wissen, wie solche Hotels aussahen. Die Yacht war nur ein kurzes Stück die Küste hinab in Cannes gebaut und die Inneneinrichtung von einer Nobeldesignerin aus Paris entworfen worden. Auf der Suche nach Lebenszeichen liefen James und der Polizist in den Salon.

»Und Sie sagen, Monsieur LaFata war gestern Nacht an Bord?«, fragte der Polizist und betrachtete die teuren weißen italienischen Ledersofas, die Ziegenledersessel, den gewaltigen Plasmafernseher und den hochmodernen, per Fernbedienung gesteuerten Kamin. Die verschwenderische Einrichtung ließ den Mann offenbar völlig unbeeindruckt. Vermutlich sah er in seinem Job jeden Tag solche Yachten, dachte James.

»Ganz sicher«, erwiderte er. »Er kam gegen halb zwölf nachts an Bord und wies uns an, an Land zu gehen. Er gab mir ein Bündel Geldscheine und sagte, ich solle dafür sorgen, dass die Jungs sich amüsierten.«

»War das normal?«, fragte der Polizist.

»Himmel, nein!«, antwortete James. »In den ganzen zehn Jahren, die ich jetzt schon für ihn arbeite, hat er das noch nie getan.«

Es gab kein Anzeichen dafür, dass Fatty im Salon gewesen wäre. Der Boss war nicht dafür bekannt, dass er hinter sich aufräumte. Sein gewaltiger Hintern hätte eine Mulde im Sofa hinterlassen, und im Aschenbecher würden jetzt ein, zwei Zigarrenstummel liegen. Beinahe liebevoll betastete James den Aschenbecher aus Sterlingsilber auf dem Couchtisch aus Walnussholz. Er hatte den Gestank von Fattys Zigarren immer verabscheut, doch nun wünschte er, der Raum würde nach kaltem Rauch stinken. Jedes Lebenszeichen wäre eine Erleichterung.

»Bitte fassen Sie nichts an, Monsieur Sanderson«, sagte der Polizist schroff. »Womöglich haben wir es mit einem Tatort zu tun.«

»Oh, ja, sicher.« James zog die Hand weg. Ein Tatort? Scheiße! So hatte er das noch gar nicht gesehen.

»Und wie ging es Monsieur LaFata?«, fragte der Polizist, als er durch die geöffnete Flügeltür nach draußen ging, wo sich ebenfalls Sitzgelegenheiten befanden.

James folgte ihm. »Er war bester Stimmung«, erinnerte er sich. »Vergnügt, würde ich sagen.«

»Angetrunken?«, fragte der Polizist knapp. Die Frage war nicht so indiskret, wie sie klang. Fatty war in Monaco eine Figur des öffentlichen Lebens. Jeder wusste, dass der Mann gerne trank.

»Nun, ich würde nicht direkt betrunken sagen«, erwiderte

James vorsichtig. »Aber er hatte sicherlich das eine oder andere Glas ...«

Die beiden Männer betrachteten die Sofas und Liegestühle aus Teakholz an Deck. Alles wirkte völlig unberührt – dafür, dass Fattys 160-Kilo-Hintern irgendwo gesessen hätte, sahen sie keinerlei Anzeichen.

»Und er war allein?«, fuhr der Polizist fort und untersuchte währenddessen den Pool und den Whirlpool.

»Ja.« James spähte in den Swimmingpool, dessen Wasser zu seiner Erleichterung klar und völlig ruhig war. Keine Leiche lauerte unter der Oberfläche.

»Was ist dahinter?«, fragte der Polizist und deutete auf eine Doppeltür.

»Der Speisesaal«, erwiderte James. »Nun ja, ehrlich gesagt ist es eher ein Ballsaal, da geben die LaFatas ihre Dinners und Bälle. Aber er wird nur für große Partys genutzt, also ist die Tür vermutlich abgeschlossen ...«

Doch die Tür zum Speisesaal war nicht abgeschlossen, und der Polizist war bereits eingetreten. Er fand den Lichtschalter, und sogleich wurde der prachtvolle Saal von einem riesigen Kronleuchter aus Glas erleuchtet.

»*Mon Dieu!*«, rief der Polizist aus.

Es war bei weitem der ausgefallenste Raum auf der Yacht. Während die Inneneinrichtung des Schiffs ansonsten modern, von schlichter Eleganz und sehr im Stil einer schicken Manhattaner Junggesellenwohnung gehalten war, herrschten im Speisesaal der pure Luxus und die Phantasie. Er war Jades Projekt gewesen. Der runde Raum hatte eine gewölbte Decke, die mit Fresken von Engeln, Meerjungfrauen und Nymphen bemalt war, welche die Gesichter von Fattys Kindern und Enkeln besaßen. Und selbstverständlich gab es auch ein lebensgroßes Gemälde der nackten Jade, bei dessen Anblick James stets errötete. Die Wände waren mit rotem Samt ausgeschlagen, und der Holzboden war derart auf Hochglanz poliert, dass bei den Dinnerpartys immer wieder Kellnerinnen darauf ausrutschten und dabei Teller und Gläser fallen ließen. In der Mitte des Raums stand ein neun Meter langer Mahagonitisch umgeben von zwanzig Stühlen. Wenn Fatty Gäste hatte, war der Tisch überladen mit eleganten Tischdecken und Servietten, Tafelsilber, Blumenarrangements und Eisskulpturen. Doch im Augenblick war er leer. Bis auf eine Flasche Brandy und zwei Kristallgläser am anderen Ende.

Zielstrebig ging der Polizist durch den Raum, und seine Schritte hallten in James' Ohren wider. Am anderen Ende des Tischs blieb er stehen, besah sich die Flasche und schnappte nach Luft.

»Hennessy, Beauté du Siècle«, konstatierte er. »Einhunderttausend Euro die Flasche.«

Er schüttelte den Kopf und schnalzte missbilligend, als fände er die Vorstellung geschmacklos. James hatte sich mit den Jahren an die verschwenderischen Gewohnheiten der Superreichen gewöhnt, doch dies schien selbst nach Fattys Maßstäben ein höllischer Preis für eine Flasche Brandy zu sein. Er musste irgendetwas gefeiert haben. Aber was? Und mit wem?

»Und zwei Gläser ...«, sinnierte der Polizist. »Es scheint also, als wäre er doch nicht allein gewesen.«

Der schwere, mit Schnitzereien verzierte Stuhl, der am Kopfende des Tisches hätte stehen müssen, lag ein Stück von seinem angestammten Platz entfernt auf dem Rücken. Für James sah das so aus, als wäre er umgefallen, weil jemand hastig aufgesprungen war. Auf dem Boden unter dem Stuhl lag Fattys marineblauer Lieblingsblazer, so als hätte er zuvor über der Rückenlehne gehangen.

»Wir müssen gehen«, erklärte der Polizist unvermittelt.

James nickte und sah auf die Uhr. Er musste die *Vigorosa*

ohnehin schnellsten wieder auf Kurs bringen, sonst würde er Mr Abramowitsch Rede und Antwort stehen müssen.

»Soll ich den Motor anwerfen und sie zurück zu ihrem Ankerplatz bringen?«, fragte er.

»Ja, bitte, Monsieur Sanderson. Aber bitte fassen Sie nichts an.«

James ließ den Polizisten, der eilig auf Französisch in sein Funkgerät sprach, im Speisesaal zurück. Er verspürte noch immer einen Anflug von Seekrankheit, nahm jedes Auf und Ab der Wellen unter sich wahr. James war ein Gewohnheitstier. Er mochte die Routine. Deshalb hatte das Leben auf See ihm auch so gut gefallen. Nichts konnte die Gezeiten ändern. Sie waren absolut. Er wusste jederzeit, woran er mit dem Meer war. James wachte jeden Morgen um sechs Uhr dreißig auf und ging jeden Abend um Mitternacht schlafen. Morgens trank er drei Becher Kaffee, abends zwei Glas Rotwein, und dazwischen eineinhalb Liter Evian. Er hatte zahlreiche Rituale. Jeden Sonntag rief er seine Mutter in Vancouver an, abends machte er vor dem Zubettgehen hundert Liegestütze, an seinem freien Tag aß er immer im selben Restaurant in einer Seitenstraße in Nizza Steak, zweimal im Jahr kaufte er das gleiche Paar Deckschuhe aus braunem Leder von Sebago, und das jedes Jahr, und er las ausschließlich Thriller. Nie hatte James ein eigenes Haus, eine Heimatstadt oder auch nur ein Heimatland gebraucht. Seine Routine genügte ihm. Das ließ ihn geerdet und ausgeglichen bleiben. Doch als Fatty gestern Abend an Bord gekommen war und die Crew an Land geschickt hatte, da hatte sich etwas verschoben, seine Welt hatte einen Satz gemacht, seine Routine war durchbrochen worden. Was jetzt? Chaos? James brachte die Yacht zurück zu ihrem Anlegeplatz und hatte dabei das sichere Gefühl, geradewegs hinein ins Auge des Sturms zu steuern.

5

Empört starrte Sasha Carlo an. Ihre grünen Augen blitzten wütend. Das schwarze Augen-Make-up des vergangenen Abends war wild verschmiert. Sie starrte ihn an, so als wäre sie besessen. Teuflisch. Furchteinflößend. Ihre zerzauste dunkle Mähne umgab ihr Gesicht wie die Schlangen der Medusa. Sie erinnerte ein wenig an eine Hexe, allerdings eine wirklich verführerische kleine Hexe. Sie sprang aus dem Bett und sammelte ihre Kleidung vom Boden auf. Dabei fluchte sie ununterbrochen und hielt Carlo vor, was für ein nichtsnutziger, schmieriger, mieser Perverser er sei.

Carlo beobachtete die Freundin seines besten Freundes halb amüsiert, halb entsetzt. Die hitzköpfige amerikanische Erbin war zweifelsohne ein unterhaltsamer Gast, aber sie war außerdem Christians Mädchen, und das machte diese Situation so verdammt falsch! Nun kämpfte Sasha sich in den schwarzen Spitzenslip, hüpfte dabei erst auf einem, dann auf dem anderen Bein, und ihre kecken Titten wippten auf und ab. Unwillkürlich fiel Carlo auf, dass ihre perfekten Brustwarzen sich aufgerichtet hatten. Ihm schoss durch den Kopf, dass es nett sein könnte, sie in den Mund zu nehmen und daran zu saugen.

»Ich kann einfach nicht glauben, dass du mich so fies ausgenutzt hast, Carlo. Warte, bis Christian davon erfährt …«, schrie sie.

Carlo hob eine Augenbraue.

»Und wie genau willst du Christian das hier erklären?«, fragte er spöttisch.

»O Gott, keine Ahnung!« Angewidert sah Sasha zu ihm hoch. »Ich kann mich nicht mal erinnern, wo ich ihn gestern Nacht aus den Augen verloren habe. Du etwa?«

Carlo schüttelte den Kopf und reichte Sasha ihr schwarzes Cocktailkleid. Ohne ein Wort des Dankes riss sie es ihm aus der Hand und zwängte ihren scharfen kleinen Körper in das enge trägerlose Versaceteil.

»Mach dich mal nützlich, zieh den Reißverschluss hoch«, befahl sie und drehte ihm den gebräunten Rücken zu.

Langsam zog Carlo den Reißverschluss hoch und betrachtete dabei ihre Poritze, die Wölbung ihres Rückgrats und die winzige Narbe auf ihrem linken Schulterblatt.

»Beeil dich«, fauchte sie. »Ich muss hier weg! Aber zuerst brauche ich Kaffee. Mach mir einen Kaffee. Schwarz, kein Zucker.«

Kein Zucker? Du lieber Gott, falls jemand etwas Süßes brauchte, dann Sasha. Carlo tat wie geheißen und bereitete ihr mit seiner Maschine einen frischen Espresso zu.

»Also, wirst du Christian erzählen, was passiert ist?«, fragte Carlo, als er ihr den Kaffee reichte.

Hoffentlich nicht. Er hatte nicht viele echte Freunde und konnte es sich nicht leisten, Christian zu verlieren. Außerdem war Christian ziemlich kräftig, ein Schlag von ihm würde Carlo die Nase brechen. Und ihm gefiel seine Nase so, wie sie war.

Sasha kniff die Augen zusammen. »Was soll ich ihm denn erzählen? Ich kann mich nicht mal mehr erinnern, was passiert ist. Du etwa?«

Carlo zuckte die Achseln und schüttelte den Kopf. »Totaler Blackout«, sagte er. »Schade, wir hatten bestimmt viel Spaß heute Nacht.«

»Oh, bitte, Carlo, bild dir bloß nichts ein. Ich würde selbst dann nicht mit dir schlafen, wenn du nach einem Atombombenangriff der letzte lebende Mann wärst. Ich wette, wir sind nur hier gelandet, weil …« Sie hielt kurz inne und zuckte dann mit den Schultern. »Ach, was weiß ich, und dann sind wir einfach weggepennt.«

Carlo sah sich im Zimmer um und suchte nach dem benutzten Kondom, auf das er vorhin getreten war. Es klebte am Marmorfuß der Stehlampe. Er schwang es triumphierend vor Sashas Gesicht hin und her, während sie an ihrem Kaffee nippte.

»Ich glaube nicht, Sasha«, sagte er grinsend und blickte bedeutungsvoll auf das Beweisstück. »Wir haben es eindeutig getan.«

Sasha folgte seinem Blick. Sie verzog den Mund und stemmte die freie Hand in die Hüfte.

»Pff«, schnaubte sie. »Was soll das beweisen? Du hast es dir wahrscheinlich selbst besorgt, Carlo. Jeder weiß doch, dass du schon einen Steifen kriegst, wenn du dich im Spiegel ansiehst. Du bist der narzisstischste, egoistischste Mistkerl, der mir je untergekommen ist. Und weißt du was? Nicht mal das bist du so richtig!«

Höhnisch ließ sie den Blick über seinen nackten Körper wandern, bis er auf seinem Schwanz ruhte. »Und wenn wir es heute Nacht getan haben, dann verstehe ich, warum du keinen großen Eindruck bei mir hinterlassen hast«, spottete sie. »Da ist nichts, worauf man stolz sein könnte.«

Carlo spürte, wie sein Schwanz schrumpfte. Hätte sie ihn in die Brust gestochen, sie hätte ihn nicht schlimmer verletzen können. Sonst sagten die Frauen immer, er hätte einen riesigen Schwanz! Einen herrlichen, schönen, prachtvollen Schwanz! Und er ließ sich regelmäßig Sack und Pospalte enthaaren, um glatt und gepflegt für die Frauen zu sein. Sasha war ein verlogenes Miststück!

»Sonst hat sich noch nie jemand beklagt«, hörte er sich sagen. Er wusste, es klang kläglich, aber es stimmte. Wie konnte sie es wagen, so etwas zu sagen?!

»Frauen lügen, Carlo«, gab Sasha grinsend zurück. »Ständig. Oh, Liebling, das ist sooo gut. O bitte, Schatz, genau da, das ist unglaublich. Wow, das ist der Größte, den ich je gesehen habe. O ja, Baby, ich komme, ich komme, ich komme …«

Mit einem selbstgefälligen Grinsen trank sie ihren Espresso in einem Schluck aus und reichte ihm die leere Tasse. »Oh, du hast noch viel zu lernen, Carlo, Baby«, sagte sie und tätschelte ihm so fest die Wange, dass es beinahe als Schlag durchging. »Wo ist das Bad?«

Carlo deutete auf die Tür. Mit ihrem Schlangenhauttäschchen von Chanel stolzierte Sasha barfuß Richtung Bad. Carlo folgte ihr und beobachtete von der Tür aus, wie sie ihre langen Haare bürstete, ihr Augen-Make-up in Ordnung brachte und frischen Lipgloss auftrug. Sie war so schön. Warum hasste sie ihn so sehr? Das machte ihm zu schaffen. Die Mädchen flogen auf ihn. *Immer.* Was stimmte mit Sasha nicht?

»Warum hasst du mich so?«, hörte er sich fragen. Er zuckte zusammen, sobald die Worte heraus waren. Er klang wie ein Volltrottel.

»Mein Gott, Carlo, du bist wirklich völlig daneben!« Sasha lachte und fing im Spiegel seinen Blick auf. »Ich hasse dich doch nicht. Dafür bist du mir nicht wichtig genug. Ich würde sagen, gleichgültig trifft es eher.«

Sie sprühte sich mit einem Parfüm von L'Occitane ein – aha, das war der vertraute Geruch nach Orangen und Vanille – und bewunderte kurz ihr Spiegelbild. Offenbar war sie zufrieden mit dem, was sie sah, und ihre Eitelkeit schien ihr kein bisschen peinlich zu sein. Himmel, in ihr hatte er vielleicht doch noch seine Meisterin gefunden. Die Frau schien keine der üblichen Komplexe und Unsicherheiten zu haben. Aber sie war zugleich die Freundin seines besten Freundes, rief er sich in Erinnerung. Und deshalb absolut tabu. Was sie wiederum umso begehrenswerter machte.

»Verzeihung.« Sie drängte sich an ihm vorbei.

Carlo spürte, wie sein Schwanz sich erneut regte, als ihr Po seine nackte Haut streifte. Verdammt, in Gedanken zog er diesem kleinen Plagegeist das Höschen wieder aus. Je mehr er versuchte, sich zu beherrschen, desto eifriger nahm sein Schwanz Haltung an.

»Du bist wirklich widerlich«, erklärte Sasha und betrachtete desinteressiert seinen Ständer. »Wahrscheinlich hast du mir gestern was in meinen Drink getan, nur damit dein jämmerlicher Schwanz zum Zuge kommt.«

»Du weißt, so etwas würde ich nicht tun, Sasha«, sagte Carlo. »Ich habe keine Ahnung, warum du so eine schlechte Meinung von mir hast. Ich bin eigentlich ein ziemlich guter Kerl, wirklich. Frag Christian.«

Sie lachte ihm ins Gesicht. »Frag Christian? Klar doch, als ob Christian dich noch für einen *guten Kerl* halten würde, wenn er dich jetzt sehen könnte …«

Carlo fühlte sich gedemütigt. Sie war schlagfertig. Schlagfertiger als er. »Na, jedenfalls muss ich den Frauen garantiert nichts in ihren Drink tun, um sie flachlegen zu können. Klar?«, entgegnete er schwach.

Allmählich kam er sich sehr klein vor, wie ein Kind, das von seiner Lieblingslehrerin gerüffelt worden war und jetzt verzweifelt wieder in Gnaden aufgenommen werden wollte.

»Hm, vielleicht nicht«, sinnierte sie und tat einen Schritt auf ihn zu. »Habe ich das arme kleine empfindliche Baby gekränkt?«

Mit den Fingerspitzen streifte sie ganz leicht seinen Schwanz. Carlo war sich nicht sicher, ob absichtlich oder nicht.

»Willst du etwa sagen, dass das alles nur Fassade ist, Carlo?«, stichelte sie. »Dass du also gar nicht der Megatyp bist? Hab ich dich missverstanden, Baby?«

Barfuß war sie etwa eins fünfundsechzig groß, und Carlo mit seinen eins neunzig ragte weit über ihr auf. Mit ihren feurigen grünen Augen sah sie zu ihm hoch und trat dann noch einen Schritt näher, bis sie an ihn gepresst stand. Scheiße, er wollte sie. Er wollte sie mehr, als er je irgendeine Frau gewollt hatte. Wollte sie ihn auch? Verdammt! Was spielte sie für ein Spiel? Er war doch hier der Playboy, warum hatte er dann das Gefühl, dass sie mit ihm spielte? Sie warf den Kopf zurück, die vollen Lippen geöffnet. Mit der Zunge fuhr sie sich provozierend über die Zähne. Ihr Blick bohrte sich in seinen, und Carlo hätte schwören können, dass sie innerlich sagte: »Fick mich, Carlo. Bitte.« Aber dann schob sie ihn von sich und drehte sich auf dem Absatz um.

»Wo zum Teufel hab ich meine Jimmy Choos gelassen?«, murmelte sie, zog die Bettdecke vom Bett und warf die Kissen von der Chaiselongue.

»Dein Läufer ist klatschnass«, teilte sie ihm munter mit. »Und ganz klebrig.«

»Ich hab eine Flasche Champagner verschüttet«, erklärte er.

»Ich mag eigentlich keinen Champagner«, sagte Sasha, ließ sich auf alle viere nieder und tastete unter dem Bett nach ihren vermissten Schuhen. »Ich mag harte Sachen lieber.«

»Kann ich mir denken.« Carlo beobachtete, wie ihr kurzes Kleid bis zu den Hüften hochrutschte.

»*Voilà*«, verkündete sie und tauchte mit zwei schwarzen Riemchenstilettos wieder unter dem Bett auf. »Okay, ich bin weg.«

Carlo war enttäuscht. Er wollte nicht, dass sie ging. Sie war unverschämt und ekelhaft zu ihm, und sie behandelte ihn wie den letzten Dreck, aber du lieber Himmel, sie war etwas Besonderes.

»O Baby«, sagte sie in ihrem sarkastischsten Tonfall. »Jetzt guck nicht so traurig. Wirst du mich vermissen, wenn ich weg bin?«

»Warum bist du so boshaft, Sasha?«, fuhr Carlo auf.

»Ach, keine Ahnung«, sagte sie spöttisch. »Vielleicht weil du der beste Kumpel meines Freundes bist und ich heute Morgen in deinem Bett aufgewacht bin, als du gerade meinen Slip in der Hand hattest und dir einen runtergeholt hast. Ich denke, das gibt mir das Recht, ein bisschen sauer auf dich zu sein, meinst du nicht?«

Wieder stand sie zu dicht bei ihm in ihrem kurzen Kleid, das ihr bis auf die Hüften hochgerutscht war, und diesem Fick-mich-Blick. Carlo ließ es darauf ankommen. Er legte ihr die Hand auf den nackten Oberschenkel. Sie verzog keine Miene. Er strich aufwärts über ihren Schenkel, bis er den Spitzensaum ihres Slips erreichte. Sie bewegte sich noch immer nicht. Ihre Haut fühlte sich warm und einladend an. Unwillkürlich entfuhr Carlo ein Stöhnen. Sie grinste. Und dann glitten seine Finger unter die Spitze und berührten ihre heiße feuchte Möse.

»Wenn du mich so sehr hasst, warum bist du dann so angetörnt?«, fragte er atemlos.

»Bild dir bloß nichts ein, Carlo«, gab sie gelassen zurück. »Morgens bin ich immer geil. Du bist einfach nur zur rechten Zeit am rechten Ort, das ist alles. Abgesehen davon hab ich dir ja gesagt: Ich hasse dich nicht. Du bist mir gleichgültig.«

Ohne Vorwarnung packte sie seinen Nacken und zog seinen Mund zu sich herab. Sie schmeckte nach Zahnpasta und Kaffee. Ihre Lippen waren voll, weich und warm. Ihre Zunge drängte in seinen Mund, während seine Finger tiefer in ihre Möse drangen, und dann stieß sie ihn plötzlich auf den kalten Marmorboden, schälte sich aus ihrem Slip und setzte sich rittlings auf ihn, immer noch in ihrem kleinen schwarzen Cocktailkleid. Sie bot einen eindrucksvollen Anblick – Sasha Constantine, rittlings auf ihm.

»Du bist so verdammt sexy«, stieß er atemlos hervor.

Sasha lächelte nur wissend und rieb sich an seiner Schwanzspitze. Und dann ließ ihn tief in sich hineingleiten und fickte ihn, rhythmisch, ganz Herrin der Lage. Sie hatte alles unter Kontrolle. Was man von Carlo nicht behaupten konnte. O Gott, er würde gleich kommen. Sie zog ihr Kleid weiter hoch, damit er zusehen konnte, und dann berührte sie sich, während sie ihn ritt. Sie schloss die Augen und warf den Kopf zurück, rieb ihre Klitoris immer fester, immer heftiger, bis sie aufstöhnte und vor Lust schrie. Doch sie sah ihn dabei nicht an. Noch nie war Carlo mit einer Frau zusammen gewesen, die sich in ihrem Körper so wohl fühlte und Sex so locker sah.

Carlo versuchte, an etwas Unerotisches zu denken, das ihn davon abhalten könnte, zu früh zu kommen und wie ein Anfänger dazustehen vor Sasha, die eindeutig alles andere als eine Anfängerin war. Er dachte an den Tod seines Hundes, als er zwölf gewesen war, und an den Porsche, den er vergangenen Sommer zu Schrott gefahren hatte, aber es half alles nicht. Er sah nur diese erstaunliche verführerische Frau auf sich, die ihn um den Verstand vögelte.

»Ich komme gleich, Sasha«, platzte er gerade noch rechtzeitig heraus. »O mein Gott«, keuchte er. »O mein Gott. Das ist unglaublich, Sasha. Ich komme immer noch. Ich komme immer noch.« Carlo fühlte sich, als wäre er gestorben und in den Himmel gekommen. Noch nie hatte er eine Frau getroffen, die den Sex so sehr zu genießen schien.

»Okay«, sagte Sasha, stand auf und stieg zum zweiten Mal an diesem Morgen in ihren Slip. »Also dann, jetzt muss ich aber wirklich los!«

Carlo rappelte sich ebenfalls hoch.

»Ähm, willst du meine Telefonnummer?«, fragte er. Er gab

den Frauen nie seine Telefonnummer, aber bei Sasha war das etwas anderes. Sasha war anders.

Stirnrunzelnd sah sie ihn an. »Nein, Carlo. Sei nicht albern. Was soll ich denn mit deiner Telefonnummer?«

Carlo errötete, zuckte die Achseln und trat nach dem Kuhfellvorleger.

»Nur so. Ich dachte bloß, vielleicht ...«, murmelte er verlegen.

»Carlo, das war eine einmalige Geschichte«, erklärte sie sachlich. »Ich hab's dir doch gesagt, morgens bin ich geil. Normalerweise hätte ich jetzt meinen Vibrator rausgeholt, aber da du gerade da warst ...«

Er wünschte, der Boden würde sich auftun und ihn verschlucken. Jetzt wusste er, wie die Frauen sich fühlten, wenn er sich weigerte, ihnen seine Telefonnummer zu geben.

Sasha stützte sich an seinem Arm ab und zog eine Sandale an.

»Ach, übrigens«, sagte sie unvermittelt, stand auf und wedelte mit dem anderen Stiletto vor seiner Nase herum. »Falls du Christian jemals davon erzählst, schneide ich dir den klitzekleinen Schwanz da mit einem stumpfen Brotmesser ab, *compris?*«

Carlo nickte. Ihm fiel keine Erwiderung ein. Sasha schlüpfte in die zweite Sandale, zog sich das Kleid über den Po, ging hinaus in die Diele und öffnete die Wohnungstür.

»Bis dann!«, rief sie und stolzierte zum Fahrstuhl.

Carlo sah ihr hinterher. Ihr perfekter kleiner Arsch entfernte sich hin- und herwackelnd von ihm, war schon außer Reichweite. Er sah ihr hinterher, bis sie den Fahrstuhl erreichte hatte. Dann beobachtete er, wie sie den Knopf drückte und ihr Kleid zurechtzupfte, während sie wartete; wie sie ihr Handy aus der Tasche fischte und auf eingegangene Nachrichten überprüfte; wie sie ihren Lipgloss auffrischte. Er beobachtete sie die ganze Zeit, bis der Fahrstuhl kam, versuchte, sie mit reiner Willenskraft dazu zu bewegen, dass sie sich umdrehte und lächelte, winkte, irgendwas! Doch Sasha blickte nicht zurück. Als der Fahrstuhl da war, ging sie hinein, die Tür schloss sich hinter ihr, und dann war sie fort. Carlo hatte keine Ahnung, wann er sie wiedersehen würde. Und das machte ihn regelrecht wahnsinnig.

Er ging zurück ins Schlafzimmer, hob die Bettdecke vom Boden auf, wo Sasha sie hingeworfen hatte, und legte sich wieder ins Bett. Die Bettdecke roch nach ihrem Parfüm. Es war nicht einmal acht Uhr. Normalerweise schlief er samstags bis zum Mittag. Was gab es auch sonst zu tun? Doch jetzt war er hellwach, und in seinem Kopf überschlugen sich die Gedanken. Sollte er Christian anrufen? Er hatte keine Ahnung, wie Sasha mit ihm in seiner Wohnung gelandet war. Wohin hatte es Christian verschlagen? Was zum Teufel war gestern Nacht passiert?

Er griff nach dem Telefon und schaltete es ein. Sofort piepte es und teilte ihm mit, er habe drei neue Nachrichten. O Gott, ob das Christian war? Wusste er bereits, dass Sasha hier übernachtet hatte? Hatte Carlo sich vor Christians Augen an sie rangeschmissen? Er wünschte, er könnte sich an irgendetwas erinnern. Irgendetwas! Nervös hörte er seine Nachrichten ab, fürchtete, jeden Augenblick Christians Stimme zu hören. Aber die Nachrichten waren gar nicht von Christian. Sie waren allesamt von Francesca. Und seine normalerweise so unerschütterliche große Schwester war in einer schrecklichen Verfassung. Als Carlo schließlich die letzte der Nachrichten abgehört hatte, wich alle Farbe aus seinem Gesicht, und jeder Gedanke an Sasha und Christian war wie weggeblasen.

6

Zum gefühlt tausendsten Male lief Francesca am Hafenbecken entlang. Sie wusste nicht, was sie sonst tun sollte, außer zu laufen, sich zu bewegen, um etwas zu tun, *irgendetwas*, gleichgültig wie sinnlos es sein mochte, um sich die Zeit zu vertreiben, während die Polizei das Schiff mit Spürhunden durchsuchte. Ihre Absätze klapperten über das Kopfsteinpflaster, in ihrem Inneren hallten James' Worte wider: »Es ist wie auf der *Marie Céleste* da drin«, hatte er gesagt. »Als ob Fatty sich in Luft aufgelöst hätte.« Das Beiboot der Yacht, ein Minihovercraft, befand sich immer noch in der Garage im Heck der *Vigorosa III*, neben zwei Jet-Skis, einem Schlauchboot sowie der Tauch- und Wasserskiausrüstung. Zurück an Land hätte Fatty nur gelangen können, wenn er geschwommen wäre. Und Francesca wusste besser als jeder andere, dass Fatty nicht schwimmen konnte. »Das ist widernatürlich«, hatte er immer gespottet. »Wenn Gott gewollt hätte, dass wir schwimmen, dann hätte er uns Schwimmhäute gegeben.« Darüber hatte Francesca immer lachen müssen, doch jetzt fand sie es überhaupt nicht mehr lustig.

Alles geschah so schnell, und dennoch verging die Zeit quälend langsam. Nun war ein Spurensicherungsteam an Bord. Es war vor etwa zehn Minuten eingetroffen, drei Männer und eine Frau in weißen Overalls und mit ernsten Mienen. Niemand hatte Francesca gesagt, was hier vor sich ging, aber sie wusste nur zu gut, dass die Polizeitaucher, die gerade erst im blaugrünen Wasser des Hafens verschwunden waren, nach einer Leiche suchten. Nach der Leiche ihres Vaters. Wie konnte das sein? Es war alles so grauenvoll unwirklich.

Gestern Nachmittag im Büro hatte sie ihn zuletzt gesehen. Er war bester Laune eingetroffen, sogar noch lauter und von sich eingenommener als gewöhnlich. Doch seine gute Laune hatte nicht lange angehalten. Francesca hatte ihn auf einen Deal angesprochen, das er mit einigen italienischen Geschäftsleuten aushandelte. Ständig raste er die Küste entlang wegen irgendwelcher Meetings in San Remo, weigerte sich aber, Namen oder Angaben zu den Unternehmen in den Terminkalender einzutragen. Es war frustrierend. Francesca informierte sich gerne über künftige Geschäftspartner, ehe sie sich mit ihnen einließ, doch ihr Vater hatte ihr gesagt, dass es sie nichts angehe. Sie war verärgert. Wirklich verdammt verärgert. Sie fühlte sich ausgeschlossen und machte sich Sorgen, dass er womöglich noch mehr Geld zum Fenster hinauswarf. Er hatte sie daran erinnert – und ließ dabei seinem berüchtigten aufbrausenden Temperament zunehmend freien Lauf –, dass es immer noch sein Unternehmen sei, und ihr unmissverständlich zu verstehen gegeben, dass sie für ihn arbeitete. Fatty war nur sich selbst Rechenschaft schuldig, sonst niemandem, und gewiss nicht seiner Tochter. *Capisci?* Er hatte sie in die Schranken gewiesen, und das hatte ihr überhaupt nicht gefallen.

»Dieses Unternehmen würde dir um die Ohren fliegen, wenn ich das alles nicht machen würde«, hatte Francesca entgegnet und sich mit ausgebreiteten Armen im Büro gedreht: Sämtliche Computer waren perfekt eingerichtet, die Papiere ordentlich gestapelt, und in den Regalen reihten sich ledergebundene Akten in chronologischer und alphabetischer Reihenfolge aneinander. Francesca war stolz auf die gut geölte Maschinerie, die sie führte.

Ihr Vater lachte sie aus. »Ach, Francesca, *mia bella.* Du hast noch viel zu lernen. Du glaubst, du hast das alles unter Kontrolle? Ich hab dich nur in dem Glauben gelassen. Aber glaub mir, *bambina*, du siehst nur, was ich dich sehen lasse. Du hast keine Ahnung, was unter der Oberfläche los ist.«

»Behandel mich nicht so herablassend«, erwiderte sie verärgert. »Und halt nicht ständig was vor mir geheim. Das ist ein Familienunternehmen. Es funktioniert, weil wir einander vertrauen und uns nie anlügen würden. Das hast du mir doch immer gesagt. All die Jahre über hast du es mir immer wieder eingeschärft. Also warum hältst du jetzt etwas vor mir geheim? Wer sind diese Italiener? Worum geht es bei dem Geschäft?«

»*Niente!*«, brüllte er. Seine geröteten Wangen wurden noch röter, und die Ader an seiner rechten Schläfe pochte wie immer, wenn sie zu weit ging. Dann ließ er die Schultern sinken, legte den Kopf schräg und sah sie an.

»Weißt du noch, was ich dir immer gesagt habe, als du ein kleines Mädchen warst, Frankie? Wenn du mich dabei erwischt hast, wie ich vor dem Abendessen Plätzchen gegessen habe?«, hatte er gefragt und nun sehr ernst geblickt. »Tu nicht das, was ich tue, tu was ich sage. Weißt du noch? Tja, so läuft das immer noch. Ich bin der Vater, und ich bin der Boss. Du bist ein gescheites Mädchen, aber du weißt gar nichts.«

»Ich weiß eine Menge mehr, als du mir zutraust«, fuhr sie ihn an.

»Nein«, hatte Fatty einfach gesagt und war kopfschüttelnd zur Tür hinausgegangen. »*Sei ancora ingenua, bambina!*«

Du bist immer noch naiv, Mädchen. Die Worte hallten ihr in den Ohren wider. Sollten das seine letzten Worte an sie gewesen sein?

William brachte ihr einen Becher mit dampfend heißem Kaffee. »Von Wally«, sagte er. Wally Johnson war der Kapitän von Carlos Yacht.

»Danke. Irgendeine Nachricht von Carlo?«

William nickte. »Ich habe gerade mit ihm gesprochen. Er ist unterwegs.«

»Und Angelica?« Francesca biss sich auf die Lippe. Wie sollte sie das Angel erklären, der jüngsten und verletzlichsten LaFata? Sie war erst einundzwanzig, das Küken. Und immer Daddys Liebling.

William schüttelte den Kopf. »Sie hatte ein Bademode-Shooting in Miami. Im Moment sitzt sie in einem Flugzeug zurück nach London. Sie wird erst in ein paar Stunden landen. Aber das ist nur gut. Vielleicht haben wir bis dahin schon gute Nachrichten. Wer weiß, Fatty könnte jeden Augenblick hier auftauchen und sich über den Aufruhr totlachen, den er ausgelöst hat.«

William lächelte matt, doch er wirkte nicht sehr überzeugt. Er trat vor und umarmte Francesca linkisch. Seine Arme umschlangen ihre Schultern, doch sein übriger Körper hielt ein paar Zentimeter Abstand. Es war ihr erster Körperkontakt seit Monaten. William war von Natur aus kein Mann, der zu Berührungen neigte. Er hatte nie etwas dafür übrig gehabt, sie einfach so zu umarmen, mit ihr Händchen zu halten oder sie zu küssen, auch als sie noch glücklich miteinander gewesen waren – nun, mehr oder weniger glücklich, damals in ihrer Anfangszeit. Seinen Söhnen gegenüber war er ebenso distanziert, und Francesca machte es wett, indem sie ihre Jungen mit Umarmungen und Küssen überhäufte. Jetzt bemühte William sich, sie zu trösten, doch sein linkischer, steifer Versuch, Zuneigung zu zeigen, führte nur dazu, dass sie sich noch einsamer fühlte. Er war ganz offensichtlich nicht mit dem Herzen dabei, aber immerhin versuchte er, das Richtige zu tun. Bloß war das, was Francesca jetzt brauchte, *echte* Liebe. Sie wünschte, Carlo würde sich beeilen und endlich kommen. Ihr Bruder war unzuverlässig, selbstbezogen und verwöhnt, aber wenigstens gehörte er zur Familie. Und die Familie war, wie Fatty ihnen immer gesagt hatte, das Einzige, was wirklich zählte in dieser Welt.

Mit Höchstgeschwindigkeit steuerte Carlo seinen Lamborghini durch die Haarnadelkurve am Hotel Fairmont Monte Carlo, als wäre er ein Formel-1-Fahrer beim Grand Prix. Er hatte kaum geschlafen, dennoch fühlte er sich wacher und aufgedrehter denn je. Er fuhr mit offenem Verdeck, und der Wind peitschte ihm die Haare ins Gesicht, so dass er jedes Mal, wenn er eine Kurve nahm, halb blind war. Er musste zum Port Hercule, und zwar so schnell wie möglich. Was für ein Morgen! Himmel! Was für ein irrer, abgefahrener Morgen das gewesen war! Zuerst wacht er mit Sasha, der Freundin seines besten Freundes, neben sich im Bett auf, dann treibt sie irgendein Spiel mit, danach treibt sie es tatsächlich mit ihm, und gleich darauf erfährt er, dass sein Vater vermisst wird. Von der *Vigorosa III* verschwunden, hatte William gesagt. Was zum Teufel war da los? Das ergab doch alles keinen Sinn.

Als er durch das Viertel La Condamine Richtung Hafen raste, sah er schon, dass das Verschwinden seines Vaters für Aufsehen gesorgt hatte. Überall standen Polizisten, manche mit Hunden, und der gesamte westliche Teil des Hafens war abgesperrt worden. Auf dem Bürgersteig oberhalb des Hafens hatte sich bereits eine große Gruppe Schaulustiger versammelt. Es war Samstag, und Hunderte von Touristen unternahmen von Villefranche aus, wo die Kreuzfahrtschiffe im Hafen lagen, oder von Nizza aus Tagesausflüge nach Monte Carlo. Die Tagesausflügler strömten aus dem Bahnhof und hasteten wie die Ameisen sogleich hinunter zum Hafen. »Scheiß Parasiten!«, brüllte er und machte keinerlei Anstalten abzubremsen, als eine Gruppe japanischer Jugendlicher vor ihm die Straße überquerte. Sie rannten um ihr Leben, und Carlo wusste, er hatte mehr Glück als Verstand gehabt, dass er ihnen nicht über die Zehen gefahren war. Wütend starrte er sie hinter seiner goldenen Ray-Ban an, als sie ihre Handys hochhielten, um seinen Wagen zu fotografieren.

Carlo raste auf das Absperrband zu und kam mit quietschenden Reifen nur Zentimeter vor dem Polizisten, der den Zugang regelte, zum Stehen.

»Ich bin Giancarlo LaFata junior«, erklärte er gewichtig. »Soweit ich weiß, wird mein Vater vermisst.«

Der Polizist winkte ihn durch die Absperrung, und Carlo parkte neben Frankies Range Rover Sport. Er sah seine Schwester direkt am Hafenbecken stehen. Den Kopf schräg gelegt, hörte sie aufmerksam einem höherrangigen Polizisten zu. Sie wirkte besorgt, aber gefasst. Genauso wie es ihr gefällt, dachte Carlo ein wenig verbittert. Die Erstgeborene. Die Auserwählte. Der Boss.

»Carlo!«, rief sie. »Carlo, Lieber, Gott sei Dank bist du da.«

Sie umarmte ihn voller Zuneigung, und sogleich hatte Carlo ein schlechtes Gewissen, weil er so eifersüchtig auf sie war. Er liebte seine Schwester und bewunderte sie sogar, wenn auch widerwillig. Sie war ein kluges Köpfchen. Grundanständig. Vertrauenswürdig, verlässlich, gerecht, verantwortungsvoll und wirklich erwachsen. Sie war zwölf Jahre älter als er, die Tochter aus der ersten Ehe seines Vaters. Doch es war nicht nur der Altersunterschied, der einen Keil zwischen sie trieb. Es war eher der Umstand, dass ihr Vater ihr vorbehaltlos vertraute. Wenn Fatty Francesca ansah, lag Stolz in seinem Blick; wenn Carlo seinem Vater in die Augen sah, erblickte er dort nur Enttäuschung.

»Du bist reine Platzverschwendung, Giancarlo! Wann fängst du endlich etwas mit deinem Leben an? Wirst zum Mann, hm? Du müsstest mehr wie deine Schwester Francesca sein!«

Wie oft hatte er sich das von seinem Vater anhören müssen? So häufig, dass es sich in ihm festsetzen und gären konnte, so viel war sicher. Tja, Frankie war alles, was Carlo nicht war, und ein Teil von ihm hasste sie dafür. Oder vielleicht hasste er auch sich selbst, weil er nicht mehr wie sie war. Manchmal wusste er nicht, wo die Geschwisterrivalität endete und der Selbsthass begann.

»Das ist mein Bruder Carlo«, stellte sie ihn dem Polizisten vor. »Vielleicht weiß er mehr als ich.«

Frankie wandte sich ihm zu, die hellen graublauen Augen blickten ihn fragend an. Diese Augen in ihrem dunklen olivfarbenen Gesicht waren stets eine Überraschung. Sie hatte sie zusammen mit ihren langen Fohlenbeinen von ihrer Mutter Maggie geerbt. Der Rest war LaFata. Noch mit fünfunddreißig war Frankie eine echte italienische Schönheit. Sophia Loren mit blauen Augen.

»Wann hast du Dad zuletzt gesehen?«, fragte Frankie hoffnungsvoll.

Der Polizist zückte sein Notizbuch und sagte: »Danke, Ms LaFata, das ist dann alles. Ich spreche jetzt mit Ihrem Bruder. Unter vier Augen.«

»Oh. Ja, sicher«, sagte Frankie.

Liebevoll tätschelte sie Carlo den Arm und ging zu William.

»Haben Sie Ihren Vater gestern Abend gesehen?«, fragte der Polizist.

»Ja«, erwiderte Carlo. »Im Stars'n'Bars. Ich habe da mit Freunden etwas gegessen. Er ist rübergekommen und hat hallo gesagt.«

»Um wie viel Uhr war das?«

Carlo zuckte die Achseln. »Weiß nicht genau. Vielleicht gegen zehn? So in etwa …«

Der Polizist seufzte. Er schien von Carlo enttäuscht zu sein, dabei kannte er ihn erst seit einer Minute.

»Könnte mir irgendjemand eine genauere Zeitangabe machen?«, fuhr er geduldig fort.

»Na ja, meine Freunde waren ehrlich gesagt ziemlich dicht, aber vielleicht erinnert die Kellnerin sich. Wir sind Stammkunden, und sie ist unsere Lieblingskellnerin. Dominique, sie ist die niedliche Schwarze, die Beine bis unter die Achseln hat, sie ist nicht zu übersehen.«

Der Polizist schnalzte missbilligend und schrieb etwas in sein Notizbuch, aber Carlo bezweifelte, dass es sich dabei um »Beine bis unter die Achseln« handelte.

»Und er war allein, Ihr Vater?«

Carlo nickte. »Ja, aber er wollte sich mit einem Freund treffen. Er ist nur fünf Minuten geblieben. Hat nicht mal was getrunken, was ihm gar nicht ähnlich sieht! Aber auf dem Weg hinaus hat er unsere Rechnung beglichen, fällt mir jetzt ein. Dafür muss ich ihm noch danken, wenn ich ihn sehe …«

Carlo verstummte. Was, wenn er nie mehr die Gelegenheit erhielte, ihm dafür zu danken?

»Hat er gesagt, wer dieser Freund war?«

Carlo schüttelte den Kopf. »Dad hat jede Menge Freunde. Er ist ein beliebter Typ. Sehr bekannt in Monaco, aber das wissen Sie wohl schon …«

Der Polizist zuckte mit den Schultern, offensichtlich unbeeindruckt von Fattys gesellschaftlichem Ansehen.

»Es ist mir gleich, wer Ihr Vater ist, wichtig ist nur, dass wir ihn gesund und wohlbehalten finden«, erwiderte er.

Carlo merkte, wie er zornig wurde. Giancarlo LaFata war einer der reichsten und charismatischsten Männer im Fürstentum. Der Mann war eine Legende! Carlo konnte es nicht ausstehen, wenn die Leute seinen Vater nicht mit der ihm gebührenden Hochachtung behandelten. Wenn Carlo selbst sauer auf ihn war, dann ging das in Ordnung. Er war ja sein Vater. Aber nicht bei irgendeinem dahergelaufenen Hafen-Cop, der sich für den Größten hielt, bloß weil er ein paar Streifen an der Schulter hatte.

»Und in welcher Stimmung war Ihr Vater?«

»Er war fröhlich.« Carlo erinnerte sich, dass sein Vater ihm und Christian vergnügt auf den Rücken geklopft hatte. »In letzter Zeit war er immer ziemlich brummig, aber gestern Abend schien er besser drauf zu sein, entspannter.«

»Wissen Sie, warum er, ähm, wie haben Sie es formuliert? Warum er immer brummig war?«, fragte der Polizist.

Carlo zuckte die Achseln. »Geschäfte, schätze ich. Die Kreditkrise. Aber da müssen Sie Frankie fragen, ähm, ich meine Francesca. Sie ist der Kopf des Unternehmens. Ich mische mich in die geschäftliche Seite nicht ein. Ich bin besser darin, Geld auszugeben, als es zu verdienen.«

Carlo lachte, um zu zeigen, dass das ein Witz war, aber der Polizist musterte ihn voller Abneigung, den Mund verzogen, als hätte er gerade einen besonders unerfreulichen billigen Wein gekostet. Allmählich ging der Mann ihm wirklich auf die Nerven.

»Das wäre dann alles«, sagte der Polizist knapp. »Ich schlage vor, Sie und Ihre Familie fahren jetzt nach Hause und lassen uns hier unsere Arbeit tun. Wie ich sehe, hat sich schon eine ganze Menschenmenge angesammelt. Es ist sicher nur eine Frage der Zeit, bis die Presse hier eintrifft, und Ihre Anwesenheit wird sie nur noch ermutigen.«

»Ich möchte nur wissen, wo mein Vater ist«, sagte Carlo. Ihm war bewusst, dass er verzweifelt klang. »Ich möchte hier sein, wenn irgendwas …« Er sah sich nach der *Vigorosa III* um, auf der es immer noch von Polizisten, Hunden und Spurensicherungsleuten wimmelte. »Wenn sich irgendwas ergibt.«

»Sobald es etwas Neues gibt, setzen wir uns mit Ihnen in Verbindung, und ein höherrangiger Kollege wird Sie später alle noch ausführlicher befragen. Bis dahin verlassen Sie Monaco bitte nicht, Sir. Verstanden?«

»*Compris*«, erwiderte Carlo kühl.

Er zündete sich eine Zigarette an und starrte dem Polizisten wütend hinterher. Wo blieb sein Mitgefühl? Mit Frankie hatte er garantiert nicht so geredet. Männer mochten ihn nicht. Er war jung, sah gut aus, war reich und, jetzt auch noch so etwas wie berühmt. Carlo vermutete, dass Männer ihn irgendwie einschüchternd fanden. Grrr. Verlassen Sie Monaco nicht! Was sollte das alles, verdammt? Glaubte die Polizei etwa, die Familie hätte etwas mit Fattys Verschwinden zu tun? Von wegen! Wusste der Mann denn nicht, wer sie waren? Den LaFatas *gehörte* Monaco praktisch, um Himmels willen! Und eine Familie mit engerem Zusammenhalt musste er erst einmal finden. Sie standen felsenfest zueinander. Sie hatten keine Geheimnisse voreinander.

Warte, bis mein Vater erfährt, wie du mich behandelt hast! Fatty war gut mit dem Polizeichef befreundet, und er würde einiges dazu zu sagen haben, wenn er ... Wenn er was? Auftauchte? Erneut sah Carlo zur Yacht seines Vaters hinüber, und spürte einen Stich im Herzen. Vielleicht würde sein Vater nicht wieder auftauchen. Was, wenn Fatty für immer fort wäre? Carlo spürte die Tränen in seinen Augen brennen und hatte das Gefühl, die Beine würden gleich unter ihm nachgeben. Er ging in die Hocke und legte die Hand über die Augen, um seine Tränen zu verbergen. Große Jungs weinten nicht. Was würde sein Dad sagen, wenn er ihn jetzt sehen könnte, wie ein kleines heulendes Kind, hm? Er würde sagen: »Sei nicht so ein Mädchen, Giancarlo. Steh auf. Sei ein Mann. Du machst mir Schande, mein Sohn.«

»Alles okay, Carlo?« Frankie legte ihm die Hand auf die Schulter.

Carlo nickte, sah aber nicht zu seiner Schwester hoch.

»Verkatert«, murmelte er. »Und gerade hab ich Rauch ins Auge bekommen.«

Er warf seine Zigarettenkippe ins Wasser und wischte sich über die Augen. Dann stand er auf und zwang sich zu lächeln.

»Was zum Teufel hat der Alte jetzt wieder ausgeheckt, hm?«, sagte er bemüht fröhlich.

Frankie lächelte ihn an, aber ihre Augen waren traurig und gequält.

»Komm her, kleiner Bruder«, sagte sie sanft, genau wie damals, als sie fünfzehn und er drei gewesen und von seinem Vater ausgeschimpft worden war. Sie zog ihn an sich und ließ ihn den Kopf in ihren weichen schwarzen Haaren vergraben, während er schluchzte.

»Alles wird gut«, flüsterte sie ihm ins Ohr. »Wart's ab, Carlo. Daddy geht es bestimmt gut. Ihm kann nichts etwas anhaben, weißt du noch?«

Als Christian die Neuigkeit hörte, rannte er den gesamten Weg von seinem Apartmenthaus in Fontvieille bis zum Port Hercule. Schon von seinem Balkon aus hatte er gesehen, dass der Verkehr völlig zum Erliegen gekommen war, daher hatte er das Auto in der Garage gelassen und rannte nun, so schnell seine Beine ihn trugen, stieß mit Touristen zusammen, trat auf kleine Hunde und entschuldigte sich in einem fort: »Verzeihung, Verzeihung, oh, ähm, Verzeihung.«

Gestern Abend war er stinksauer auf Carlo gewesen. Er hatte bemerkt, wie sein bester Freund seine Freundin angesehen hatte, und es hatte ihm ganz und gar nicht gefallen. Sasha gab vor, Carlo zu hassen, aber Christian war kein Idiot. Keine Frau hasste Carlo, auch wenn sie es noch so sehr wollte. Es war die uralte Geschichte: Auf einen Mistkerl fuhren alle Frauen ab. Sicher, sie schwatzten lang und breit über Gleichberechtigung und Feminismus, aber die meisten Frauen, die er kannte, schienen noch immer einen Höhlenmenschen zu wollen, der ihnen eins überzog, sie zurück in seine Höhle schleifte und da liegen ließ, während er die Höhlenfrau nebenan bumste. Und Sasha machte da, all ihrem herausfordernden Benehmen und der kecken Fassade zum Trotz, keine Ausnahme.

Für Christian ergab das keinen Sinn. Er behandelte die Frauen stets mit Respekt. Carlo schienen die Gefühle der Frauen völlig einerlei zu sein. Dennoch war es Carlo, der die Frauen abschleppte. Carlo, der niemals seine Telefonnummer herausrückte. Carlo, der sich nie ein zweites Mal mit einer Frau verabredete. Carlo, der jede Frau, die er kennenlernte, Schätzchen, Süße oder Baby nannte, weil er sich nicht die Mühe machte, sich ihren Namen zu merken. Es war nicht richtig, und es war nicht fair. Aber so war das Leben. Und normalerweise verfolgte Christian das Treiben seines Freundes eher amüsiert als eifersüchtig. Gestern Abend allerdings hatte Carlo die Grenze beinahe überschritten. Als er mit Sasha getanzt hatte, war seine Hand an ihrer Taille hinabgeglitten und auf ihrem Po gelandet. Und Sasha hatte Carlos Hand nicht weggeschoben. Das war respektlos gewesen und hatte Christian verletzt, er war sich vorgekommen wie ein Vollidiot. Aber er ging nicht gern auf Konfrontationskurs. Es war nur betrunkenes Flirten gewesen und würde zu nichts weiter führen. Carlo würde ihm das niemals antun, da war Christian sicher. Es war bloß nicht leicht, dabei zuzuschauen. Anstatt sich das weiter anzutun, hatte Christian sich lieber still und leise davongeschlichen und war nach Hause ins Bett gegangen.

Bei Männern kam Carlo nicht so gut an. Er war großspurig, eitel, reich und sah gut aus. Keine günstige Kombination, wenn es darum ging, Freundschaften mit anderen Männern zu schließen. Er tat nichts – beruflich –, was andere Männer respektierten. Von den Einkünften des Vaters zu leben, galt selbst in Monaco nicht als respektabler Lebensstil. Und dann war da natürlich seine Beliebtheit bei den Frauen. Letztlich ging es immer wieder um Eifersucht.

Doch Christian sah den Menschen hinter Carlos schicken Anzügen und seiner Glattzüngigkeit. Es konnte nicht leicht gewesen sein, in Fattys Schatten aufzuwachsen, und Carlo hatte eine Fassade errichtet, hinter der er sein Leben so gut wie möglich bewältigte. Aber wenn es hart auf hart kam, wäre Carlo immer für Christian da.

Christian musste an einen Zusammenstoß mit zwei älteren Jungen denken, als sie noch Teenager gewesen und während der Sommerferien mit Christians Eltern am Strand gewesen waren. Mit ihren dreizehn Jahren hatten sie sich ein Stück von den Erwachsenen abgesetzt. Carlo war Getränke kaufen gegangen, und während er fort war, waren zwei Rowdys von etwa sechzehn Jahren zu Christian gekommen und hatten begonnen, ihn mit seiner Mutter aufzuziehen. Sie hatten gesagt, sie sei sexy, und sie wollten sie ficken. Christian neigte eigentlich nicht zu Wutausbrüchen, aber diese Jungen hatten einige wirklich widerliche Dinge gesagt. Er war ausgeflippt, hatte sie angebrüllt, sie sollten sich verpissen, und ihnen mit dem Fuß Sand ins Gesicht geschleudert. Im nächsten Augenblick hatte er mit dem Gesicht nach unten dagelegen, den Mund voller Sand und eine Faust in den Nieren.

Carlo war schon immer groß gewesen. Bereits mit seinen dreizehn Jahren hatte er die älteren Jungen überragt. Christian erinnerte sich, wie sein Angreifer durch die Luft geflogen und mehrere Meter weiter mit einem dumpfen Aufprall zu Boden gegangen war. Dann hatte Carlo den anderen Jungen an den Eiern gepackt und ihm erklärt, er sei Fatty LaFatas Sohn. Ob er etwa nicht wisse, welche guten Beziehungen die LaFatas hätten? Wenn er Christians Mutter auch nur noch einmal ansehe, hatte Carlo gedroht, werde er einen Mafiakiller anheuern, der ihn umlegen würde. Damit waren sie sie los gewesen.

Während Christian den fliehenden Jungen hinterhersah, hatte Carlo sich wieder auf sein Handtuch plumpsen lassen und gesagt: »Wohlgemerkt, deine Mum ist wirklich sexy.« Aus irgendeinem Grund war es in Ordnung, wenn Carlo das sagte. Aus irgendeinem Grund fand Christian alles in Ordnung, was Carlo tat oder sagte.

Doch nun brauchte Carlo seine Hilfe. Christian drängelte sich weiter durch die Menschen und entdeckte schließlich Carlo und Francesca, die am Kai standen und einander umarmten. Beide sahen erschöpft und bekümmert aus. Und was noch schlimmer für sie sein musste war, dass dieser Albtraum vor den Augen Hunderter von Menschen stattfand. Ein LaFata zu sein, musste dem Leben in einem Goldfischglas ähneln, dachte Christian, während er zwei Journalisten zur Seite schob und an die Polizeiabsperrung trat.

»Ich bin ein Freund der Familie«, sagte Christian dem Polizisten.

Der lachte und entgegnete: »Jeder hier ist heute ein Freund der Familie. Na los, gehen Sie weiter.«

»Nein, das bin ich wirklich«, beharrte Christian.

»Aber natürlich«, erwiderte der Polizist sarkastisch. »Und ich bin Prinz Alberts lange vermisster Zwillingsbruder.«

Zum Glück blickte Frankie genau in diesem Augenblick hoch und entdeckte Christian. Eilig kam sie herüber und erklärte dem Polizisten, dass er »praktisch zur Familie« gehöre. Selbstgefällig lächelte Christian dem verlegenen Polizisten zu und umarmte Francesca herzlich.

»Das tut mir alles so leid«, sagte er, unsicher, wie er sein Mitgefühl formulieren sollte.

Was zum Teufel sagte man einer Frau, deren Vater gerade von seiner Yacht verschwunden war? Francesca nickte, dankte ihm und zwang sich zu einem matten Lächeln.

»Wir haben keine Ahnung, was los ist, Christian«, fügte sie

hinzu. »Aber ich bin sicher, die Polizei wird der Sache rasch auf den Grund gehen. Du kennst ja Dad. Alles Mögliche könnte passiert sein …«

Sie verstummte und sah zu dem Polizeitaucher, der gerade aus dem Wasser gestiegen war. Christian hatte ebenfalls keine Ahnung, was los war, aber es sah nicht gut aus. Ihm fiel auf, dass Carlo zurückgeblieben war und so tat, als hätte er ihn nicht gesehen. War es ihm unangenehm, dass er gestern Abend mit Sasha geflirtet hatte? Dummer Kerl! Was spielte das jetzt noch für eine Rolle? Beherzt ging Christian zu seinem besten Freund und legte die Arme um ihn.

»Tut mir leid, Kumpel«, sagte er. »Das muss wirklich schwer für dich sein. Als ich davon erfahren habe, habe ich mich gleich auf den Weg gemacht. Ich will dir helfen. Was kann ich tun?« Christian meinte es ernst. Er würde alles tun, um den LaFatas zu helfen. Er hatte sie alle wirklich gern.

»Danke, Chris«, erwiderte Carlo aufrichtig. Seine Augen waren gerötet, er sah aus, als hätte er geweint. Christian war erschüttert. Er hatte seinen Freund noch nie weinen sehen.

»Im Augenblick ist es einfach ein Wartespiel«, fuhr Carlo fort und strich sich mit der Hand durch die Haare wie immer, wenn er nervös war. »Ein Albtraum, ehrlich gesagt. Ich weiß noch gar nicht, wie ich es Angel beibringen soll …«

»Wo ist Angelica denn?«, fragte Christian, der sich sogleich Sorgen um die jüngste LaFata machte.

»Auf dem Rückflug von Miami«, erwiderte Carlo. Er schlug sich die Hand vor den Mund und seufzte tief. »Ach, Scheiße, Chris, was soll ich bloß mit Angel machen? Wenn sie in London landet, ist sie gleich mitten drin in diesem Wahnsinn …«

Carlo nickte in Richtung einer Gruppe Journalisten und TV-Crews, die gerade eingetroffen waren und am Hafen ihr Lager aufschlugen.

»Wann landet ihr Flugzeug?«, fragte Christian. »Und wo?«

»Um eins. In Gatwick.«

Christian sah auf die Uhr. »Gut. Tja, damit ist wenigstens eine Sache geregelt. Ich fliege mit dem Jet nach London und hole sie ab. Sie braucht ein freundliches Gesicht, wenn sie landet.«

»Im Ernst?«, fragte Carlo. »Das würdest du tun?«

»Versuch nur, mich davon abzuhalten«, entgegnete Christian nachdrücklich.

Dankbar drückte Carlo Christians Schulter. »Du bist ein guter Freund, Christian. Du weißt ja, Angel muss man mit Samthandschuhen anpacken, aber dir vertraut sie. Es beruhigt mich ungemein, zu wissen, dass du sie abholst.«

In Wahrheit wäre Christian auch barfuß über heiße Kohlen gelaufen, um zu Angelica LaFata zu gelangen. Er war in sie verliebt, so weit er zurückdenken konnte. Die meisten Menschen entwuchsen ihrer ersten Schwärmerei irgendwann, doch bei Christian hatte sie sich einfach zu einer richtigen Verliebtheit ausgewachsen. Unglücklicherweise war es eine ziemlich einseitige Angelegenheit. Angelica schien ihn recht gern zu haben, aber er war für sie einfach nur der verlässliche Freund ihres großen Bruders. Immer zur Stelle, um sie nach Hause zu bringen, wenn sie in einer Bar zusammenbrach, oder um ihr die Tränen abzuwischen, wenn irgendein Mistkerl ihr das Herz gebrochen hatte. Sie hatte keine Ahnung, was Christian für sie empfand.

Carlo glücklicherweise ebenso wenig. Er wäre ausgeflippt, wenn er gewusst hätte, dass Christian an den meisten Abenden beim Einschlafen an Angel dachte. Carlo mochte die meisten Frauen ja wie Hundescheiße an seinen besten Gucci-Slippern behandeln, aber wenn es um seine kleine Schwester ging, entwickelte er tatsächlich Beschützerinstinkte. Ein bisschen absurd bei einem Mann, der es in Ordnung fand, Christians Mutter »The Milf« zu nennen, aber dennoch verständlich.

Carlos kleine Schwester war eines der höchstbezahlten Models der Welt, und jeder Mann auf der Erde wollte sie haben. Das machte Carlo schier wahnsinnig. Christian wusste gar nicht, wie oft er Carlo drohen gehört hatte, er werde diesem oder jenem Typen eine verpassen, bloß weil dieser seine »Angel« falsch angesehen hatte. Nein, besser behielt er seine Gefühle für Angelica für sich.

Nicht dass Christian sich Chancen bei Angelica ausgerechnet hätte. Sie spielte in einer völlig anderen Liga als er. Also traf er sich weiter mit anderen Frauen und versuchte verzweifelt, sich in jemand anderes zu verlieben. Aber es war zwecklos. Er mochte Sasha. Sie war wunderschön und klug. Ein bisschen beängstigend vielleicht, aber er hatte nichts gegen Frauen mit einer eigenen Meinung. Doch er liebte sie nicht, und sollte Angelica LaFata irgendwann einmal auch nur das leiseste Interesse an ihm bekunden, würde er Sasha sofort fallenlassen.

»Okay«, sagte Christian zu Carlo und tätschelte seinen Arm. »Ich mache mich dann auf den Weg. Wenn ich einen Hubschrauber zum Flughafen bekomme, kann ich noch vor Angelica in Gatwick sein.«

7

»Heilige Scheiße, Robbie. Ich glaube, ich hab hier eine, die dir gefallen wird!«, brüllte der Redakteur Bernie Ferguson von seinem Schreibtisch aus quer durch den Raum. Er klang sehr zufrieden mit sich. »Gerade von AFP reingekommen.«

Robbie sah von seinem Computer hoch, lächelte Bernie gutmütig an und gab vor, interessiert zu sein. Bernie hatte keine besonders gute Nase für Nachrichten, weshalb er auch Redakteur war, und nicht Reporter. Außerdem war AFP – Agence France-Presse – die französische Nachrichtenagentur. Die meisten großen Storys kamen aber von Reuters oder Associated Press. Nach Zeitungsmaßstäben war Bernie so etwas wie ein Dinosaurier und hartnäckig altmodisch in seinen Ansichten. Er verabscheute die heutige Celebrity-Kultur und beklagte in einem fort den Niedergang des politischen Bewusstseins in Schottland.

»Früher«, erzählte er seinen jüngeren Kollegen gern bei ein, zwei Pints in der Waverly Tavern, »hatte der Mann auf der Straße – und damit meine ich Leith Walk, und nicht Herriot Row – zu allem eine Meinung, von Atom-U-Booten bis hin zum Holy Loch, der rechtmäßigen Heimstatt des *Stone of Destiny*. Der selbstverständlich ohnehin eine Fälschung ist. Aber heutzutage kümmert die Leute nur noch, ob Jennifer Aniston endlich einen Mann gefunden hat oder was dieses Cheryl-Cole-Mädchen Samstagabend in *X Factor* getragen hat. Unfassbar, wirklich.«

Die anderen lachten hinter seinem Rücken über Bernie,

doch Robbie hatte den Mann wirklich gern. Er arbeitete bereits ewig für diese Zeitung und sprach über den Bergarbeiterstreik, als wäre er eine aktuelle Nachricht. Aber er war ein feiner Kerl und verdammt brillant in seinem Job, nach Robbies Meinung der beste Schlagzeilenschreiber im ganzen Land. Daher nahm Robbie seine Marotten geduldig hin.

»Hey, worum geht's denn, Bernie?«, fragte Robbie jovial. »Alex Ferguson hat den Nobelpreis gewonnen? Gordon Brown lässt sich Botox spritzen?«

»Viel besser«, entgegnete Bernie aufgeregt. »Fatty LaFata hat den Robert Maxwell gemacht.«

»Was?!« Robbie verschluckte sich beinahe an seinem Schokoriegel. »Wie meinst du das?«

»Dein Steckenpferd, Edinburghs berühmtester Pizzabäcker, ist offenbar von seiner Yacht im ach so noblen Monte Carlo verschwunden«, verkündete Bernie und riss die Augen hinter seinen Brillengläsern weit auf. »Polizeitaucher suchen den Hafen nach seiner Leiche ab, und warte mal, es ist schon überall im Internet ... Ich hab hier Bilder von seinem verhätschelten Sohn, der flennt wie ein Knirps.«

Robbie sprang auf und rannte zu Bernies Schreibtisch. Es war Samstag, nur eine Rumpfbesetzung war anwesend, und die beiden Männer hatten das riesige Großraumbüro für sich allein. Das Herz schlug Robbie bis zum Hals. Giancarlo LaFata war mehr als ein Steckenpferd, er war eher eine fixe Idee, und Robbie konnte kaum fassen, was er da hörte. Er sah Bernie über die Schulter und überflog den Text und die Fotos auf dem Bildschirm. Endlich war es so weit. Die große Story. Die Story, auf die er gewartet hatte!

»Ich muss da hin, Bernie«, sagte Robbie. »ASAP.«

»Wenn das mal klappt.« Der ältere Mann lachte wiehernd. »Der Boss lässt dich garantiert nicht noch mal Hals über Kopf nach Monaco abdampfen. Nicht nach dem, was du letztes Mal gebracht hast. Wegen der Reisekostenabrechnung hätten sie dich fast gefeuert.«

»Zur Not bezahle ich alles aus eigener Tasche«, erwiderte Robbie. »Abgesehen davon musste ich in die Kasinos und die Nachtklubs gehen, um ein Gespür für den Ort zu entwickeln. Das war Arbeit. Ist doch nicht meine Schuld, wenn ein Bier fünfundzwanzig Euro kostet.«

»Ich glaube ja, am meisten hat den Boss der Hubschraubertransfer vom Flughafen genervt, wenn ich mich recht erinnere«, sagte Bernie lachend. »Du hältst dich für was Besseres, Robbie McLean. Und das meine ich gar nicht mal böse.«

Robbie richtete sich auf und steckte sich das Hemd wieder in die Jeans. Der Chef konnte Jeans nicht leiden. Robbie wünschte, er hätte heute ausnahmsweise einmal seinen Anzug angezogen.

»Wo willst du hin?«, fragte Bernie.

»Mir vom Boss grünes Licht für meinen Trip nach Monaco holen«, erwiderte Robbie zuversichtlich.

Bernie musste so heftig lachen, dass er fast von seinem Drehstuhl gefallen wäre. »Du hast Nerven, Rob. Der Boss geht durch die Decke, wenn er das hört.«

»Nee, er wird es als großartige Gelegenheit verstehen. Wie oft geht der reichste Mann Schottlands schon über Bord? Da ist eine ganz heiße Story drin. Und ich glaube, ich weiß, worum es dabei geht, Bernie. Niemand kennt LaFatas Geschichte so gut wie ich. Ich bin *der* Experte für den Kerl, weltweit, und ich sag dir, was ich dir schon seit Monaten sage: Der Kerl hat Dreck am Stecken. Er steckt bis zum Hals drin. Und ich bin der, der es der Welt erzählen wird.«

»Bescheiden wie immer! Das liebe ich so an dir, Robbie.« Bernie lachte noch immer. »Na dann, viel Glück. Ich steck mir jetzt Ohrstöpsel in die Ohren, weil du nämlich den Anschiss des Jahrhunderts kriegst, wenn du ihm das vorschlägst …«

Doch Robbie war nicht eingebildet, er vertraute lediglich auf seine Fähigkeiten. Er wusste, er war einer der besten investigativen Reporter im Land. Hatten ihn im Lauf der Jahre etwa nicht die Headhunter sämtlicher überregionalen Boulevardblätter angesprochen? Wenn seine Töchter nicht wären, säße er jetzt schon seit Jahren in London, würde sich einen Namen machen und verdammt nochmal viel mehr Geld verdienen als hier. Aber jedes Mal, wenn ihm eine neue Stelle angeboten wurde, geschah das Gleiche: Sein Kopf sagte ja, und sein Herz sagte nein. Seit der Scheidung sah er Grace und Ruby ohnehin selten genug – eine Nacht die Woche und jedes zweite Wochenende, das war alles, was Lady Heather (wie seine Mutter seine Exfrau nannte) und ihr neuer Trottel von Ehemann Lord Fuckwit erlaubten. Robbie hatte nicht vor, seine Zelte hier abzubrechen und vierhundert Meilen weit wegzuziehen, gleichgültig, wie gut das Stellenangebot war. Seine geliebten Mädchen nur in den Schulferien und zu besonderen Anlässen sehen? Auf keinen Fall. Nur über seine Leiche! Robbie liebte seine Töchter mehr als sein Leben. Diese großartigen Mädchen waren sein Ein und Alles, und er würde freudig für sie sterben. Also blieb Robbie in Edinburgh.

Heather und Fuckwit – oder Fraser Magnuson, wie der Rest der Welt ihn nannte – versuchten immer wieder, ihn zum Wegziehen zu bewegen. Das könnte denen so passen! Damit sie ihn los wären und mit ihrer Familienidylle weitermachen könnten, ohne dass ihnen ständig ein ärgerlicher Exmann in die Quere kam. Glücklicherweise waren die Kinder auf Robbies Seite. Sie liebten ihren Vater. Und er liebte sie. Nichts würde sich je zwischen sie stellen.

Wenn Robbie die Mädchen abholen kam, ließ Fraser es sich nicht nehmen, ihn jedes Mal in die geräumige Diele ihres riesigen Hauses in Morningside zu bitten – angeblich aus Gastfreundlichkeit, doch Robbie durchschaute ihn. In Wirklichkeit wollte er Robbie nur vorführen, wie widerlich reich er war, und ihm zu verstehen geben, dass Heather und die Mädchen es bei ihm viel besser hatten als in Robbies bescheidenem Reihenhaus in Trinity. Vergangenes Wochenende hatte er es wieder getan.

»Wie ich höre, hast du wieder einen Preis gewonnen, Robert«, hatte Fraser im Plauderton bemerkt. »Gute Sache. Wirklich gute Sache. Freut mich zu hören. Freut mich wirklich sehr.«

Das tat er immer. Sagte alles zweimal, wie ein besonders aufgeblasener Papagei. Ruby konnte ihren Stiefvater großartig imitieren, worüber Robbie sich köstlich amüsierte. Stiefvater. Autsch! Er konnte sich einfach nicht damit abfinden, dass seine Töchter einen anderen Vater neben ihm hatten.

»Ich bin überrascht, dass ein Mann mit deinen Fähigkeiten nicht längst in London ist«, war Fraser fortgefahren, ohne zu bemerken, dass Ruby ihm auf halber Treppe die Zunge herausstreckte. »Ein Mann mit deinen Fähigkeiten gehört nach London …«

Robbie hörte nur mit halbem Ohr zu. Er war damit beschäftigt, Ruby mit einem missbilligenden Blick zu verstehen zu geben, dass sie nicht so frech sein solle, während er sich zugleich das Lachen verkneifen musste. So war das mit Kindern: Häufig waren sie genau dann, wenn sie am ungezogensten waren, besonders witzig. Abgesehen davon hörte er das alles nicht zum ersten Mal.

»Ach, ich gehe nirgends hin, Fraser«, unterbrach Robbie ihn schließlich, als die Mädchen mit ihren Übernachtungstaschen die Treppe heruntergehüpft kamen. Sie stellten sich neben ihn, und er legte ihnen beschützend die Arme um die blonden Köpfe. »Außer die beiden hier kommen mit.«

In diesem Moment erschien Heather oben am Treppenabsatz und hörte Robbies Bemerkung noch. Sie war so hoch gewachsen, blond und ätherisch schön, dass es ihm sogar jetzt noch – nach all den Verletzungen, die sie ihm zugefügt hatte – den Atem verschlug, wenn er sie sah. Sie warf ihrem Exmann einen finsteren Blick zu und schwebte die Treppe hinab.

»Hör nicht auf ihn, wir wissen alle, dass das niemals geschehen wird, Fraser«, entgegnete sie und schmiegte sich in Frasers Arme. »Also lassen wir bitte das alberne Gerede, ja?« Mit ihren eisblauen Augen sah sie Robbie wütend an.

Robbie zog die Mädchen enger an sich – ein kindisches Machtspiel mit seiner Exfrau: Sieh her, du magst *ihn* haben, hatte er ihr zu verstehen gegeben, aber ich habe immer noch *sie*. Es war drei Jahre her, dass Heather ihn wegen Fuckwit verlassen hatte, dem Inhaber der Eventmanagementfirma, bei der sie arbeitete. Aber es fühlte sich noch immer falsch an, sie so zu sehen, in die Arme eines anderen Mannes geschmiegt. Denn früher war sie seine Heather gewesen. Und auch wenn er die Frau, zu der sie geworden war – so eisig, teuer gekleidet und gepflegt –, kaum wiedererkannte, steckte irgendwo unter dem Make-up und den Designerklamotten noch immer das Mädchen, in das er sich einst verliebt hatte.

»Tja, vielleicht sollte Fraser mir dann nicht ständig vorschlagen, dass ich wegziehe«, erwiderte Robbie.

Fraser schnappte nach Luft und wechselte einen »Blick« mit Heather.

»Robbie, Robbie, Robbie«, sagte Fraser seufzend. »Ich nehme doch nur Anteil an deiner Karriere. Es besteht kein Anlass, so …«

»Verdammt kindisch!«, warf Heather ein und drehte sich zu Fraser um. »Verschwende nicht deinen Atem, Liebling. Robbie war schon immer nur ein großer Junge, und er wird sich nicht mehr ändern. Ignorier ihn einfach. Ich tu's auch.«

Und das tat sie wirklich. Genau das tat sie, vor den Kindern, beim Elternabend in der Schule, bei Ballettaufführungen und

Turnwettbewerben. Sie tat einfach so, als wäre er gar nicht da. Und das tat weh. Es tat verdammt weh. Nach sechs Jahren Ehe und zwei Kindern konnte sie sich nicht einmal dazu überwinden, mit ihm zu reden. Wäre Herabsetzung eine olympische Disziplin, Heather hätte die Goldmedaille gewonnen.

»Und Mädchen«, rief Heather, als Robbie mit den Kindern hinausging. »Putzt euch die Zähne, bleibt nicht zu lange auf und lasst nicht zu, dass euer Vater euch Junkfood zu essen gibt!«

Er hatte Heather im letzten Jahr ihres Jurastudiums an der University of Edinburgh geschwängert. Damals war er fünfundzwanzig gewesen und hatte gerade erst als Nachwuchsreporter bei der Zeitung angefangen. Sie war dreiundzwanzig. Bei der Hochzeit trug Heather trotz ihres dicken Bauchs Weiß. Bevor das Kind zur Welt kam, schloss sie noch ihr Jurastudium ab, doch dann hatte sie nie als Juristin gearbeitet. Stattdessen fand sie sich in einer Welt wieder, die aus Windeln, Stillen und den morgendlichen Kaffeekränzchen des Mutter-Kind-Vereins NCT bestand, mit Frauen, die zehn Jahre älter waren als sie. Sie hasste es. Und gerade als Grace anfing zu krabbeln, war Heather wieder schwanger geworden. Ein weiterer Unfall! Sie hatte damit gedroht, dieses Mal eine Abtreibung vornehmen zu lassen, aber Robbie hatte sie angefleht, ihr Kind zu behalten. Sollte Grace denn keine Geschwister haben? Sie hatte schließlich wütend nachgegeben, aber ihre Wut nie verloren. Sie hatte das Gefühl, sich auf dem Altar der Mutterschaft zu opfern. Und Robbie gab sie die Schuld daran.

Er versuchte sie zu unterstützen, ihr zu sagen, er sei für sie da, er bewundere sie, sie ziehe ihre Kleinen großartig auf, und ihre Zeit werde noch kommen. Sie könne sich eine Arbeit suchen, sobald Ruby in die Schule käme. Sie sei doch noch jung. Sie habe ihr Leben noch vor sich. Doch Robbie irrte sich. Als ihre Jüngste in die Grundschule kam, war es zu spät. Er sah mit an, wie Heather Lebenslauf um Lebenslauf an jede einzelne Anwaltskanzlei in Edinburgh verschickte. Die meisten erhielt sie nicht einmal zurück. Die Kanzleien, die ihr antworteten, erklärten ihr, sie habe einfach nicht die nötige Erfahrung. Robbie beobachtete, wie die Wut und die Enttäuschung seiner Frau wie ein Krebsgeschwür immer weiter anwuchsen, während sich ihre Liebe für ihn in Luft auflöste. Und dann nahm sie aus reiner Verzweiflung die Stelle in der Eventmanagementfirma an und organisierte Wohltätigkeitsbälle, Musikveranstaltungen und geschäftliche Kongresse. Es war nicht ihr Traumjob, und zuerst fand sie es furchtbar, doch nach und nach wirkte sie zufriedener, weil sie wieder in der Welt der Erwachsenen war und ihr eigenes Geld verdiente. Etwa sechs Monate lang hoffte Robbie, ihre Ehe sei auf dem Wege der Besserung, doch dann ließ Heather die Bombe platzen – sie hatte sich in ihren Chef verliebt. Innerhalb einer Woche zog sie mit den Kindern aus und in Frasers riesigem Stadthaus ein. Der Rest war, wie man so schön sagt, Geschichte.

Vielleicht war ihre Ehe von Anfang an zum Scheitern verurteilt gewesen. Das junge Paar war erst wenige Monate zusammen gewesen, als Heather schwanger geworden war. Sie war so schön, dass Robbie sein Glück einfach nicht hatte fassen können. Warum sollte ein Mädchen wie Heather sich auf Dauer mit einem Typen wie ihm einlassen? Überdies war sie vornehm – ein Mädchen mit Privatschulausbildung, die in einem großen Haus aufgewachsen war, deren Vater in einem Anzug mit Aktentasche zur Arbeit ging und deren Mutter Klavier spielte und fließend Französisch sprach. Robbie dagegen war in einer Sozialwohnung in Wester Hailes allein von seiner Mutter Brenda aufgezogen worden, die im Genossenschaftsladen Regale befüllt hatte. Seinen Vater hatte er nicht mehr gesehen, seit dieser sich 1979 mit seiner neuen Freundin nach Irland abgesetzt hatte. Und er hatte dem miesen Taugenichts keine Träne nachgeweint. Seine Mutter war ein Arbeitstier. Ihre drei Kinder hielt sie sauber und ordentlich und ernährte sie gut. Sie sorgte stets dafür, dass sie zur Schule gingen und ihre Hausaufgaben machten, aber Robbies akademischer Erfolg überraschte sogar Brenda.

»Weiß nich, wo du den Grips her hast«, sagte seine Mutter immer in ihrem schottischen Englisch und lachte heiser, eine Zigarette der Marke Lambert and Butler in der Hand, wenn er mit seinen ausgezeichneten Zeugnissen nach Hause kam. »Von mir jedenfalls nich. Aber gut gemacht, mein Sohn. Bin mächtig stolz auf dich.«

Von klein auf war Robbie ein kluges Kind mit einer raschen Auffassungsgabe gewesen, ganz versessen darauf, aus der miesen Wohngegend, in der er aufwuchs, rauszukommen. In der Schule war er fleißig, und die Lehrer, die erleichtert waren, wenigstens einen aufmerksamen Schüler in ihrer Klasse zu haben, ließen ihm alle Aufmerksamkeit und Unterstützung zukommen, die er benötigte.

Vor den Privatschülern, die er in der Stadt sah, hatte er gewaltigen Respekt. Während seine Schulkameraden ihnen Beleidigungen zuriefen, wünschte Robbie nur, er hätte eine so schöne Aussprache wie sie und könnte auch Rugby spielen und auf die Universität gehen. Diese Jungs waren fein raus. In ihrer Zukunft würde es schöne Häuser, schnelle Autos und vor allem vornehme Mädchen mit tollen Beinen, hohen Wangenknochen und langen, glänzenden Reiche-Mädchen-Haaren geben. Robbie war beim weiblichen Geschlecht beliebt, doch er konnte sich nicht vorstellen, jemals bei einem solchen Mädchen zu landen. Aber eigentlich wollte er genau das – ein nettes, ehrbares Mittelschichtleben mit einem netten ehrbaren Mittelschichtmädchen. Es war das Leben, das er im Fernsehen sah, in diesen Sitcoms, die unten im Süden spielten, wo offenbar niemand stempeln oder auf den Strich ging, Klebstoff schnüffelte oder fixte.

Robbie machte einen guten Abschluss und verkündete, er wolle Journalist werden. Seine Mutter hätte sich vor Lachen beinahe in die Hose gemacht bei der Vorstellung, er, ein McLean, könne bei einer Zeitung arbeiten. Für Brenda McLean waren Zeitungen etwas, worin man freitagabends seine Fish and Chips eingewickelt bekam. Aber Robbie hatte sich ohnehin nie auf die Unterstützung seiner Familie verlassen, weder finanziell noch emotional. Er war schon immer sehr autark gewesen. Er glaubte an sich, und das genügte ihm. Bis spät in die Nacht arbeitete er in einer Bar auf der Rose Street, um sich das Journalismusstudium an der Napier University zu verdienen, und als er das Studium als Jahrgangsbester abschloss, bekam er sofort eine Stelle als Nachwuchsreporter bei einem Lokalblatt in West Lothian angeboten.

Als er Heather in einem Café im vornehmen Stockbridge kennenlernte, arbeitete er bereits bei Schottlands meistverkaufter überregionaler Zeitung. Doch er hatte nie die Absicht gehabt, dort zu bleiben. Es sollte nur ein Sprungbrett für eine Stelle in London sein, und danach – wer weiß? Vielleicht New York? Robbie war ehrgeizig und hegte damals keinen Zweifel daran, dass er jedes Ziel erreichen würde, das er sich setzte.

Heather warf ihn einfach um. Hochgewachsen, langbeinig und naturblond, waren ihr Herkunft und Klasse von weitem anzusehen. Sie sprach mit einem entzückenden, feinen Edinburgher Akzent, wie eines von Miss Jean Brodies Mädchen, und Robbie fand, sie sei die Crème de la Crème! Ihre langen Haare flogen hin und her, wenn sie lebhaft über alle möglichen Themen, von Indie-Musik bis zur schottischen Selbstverwaltung, sprach. Sie besaß die Art Selbstbewusstsein, die man nur mit Geld kaufen kann. Wie sich herausstellte, lag ihre Wohnung gleich um die Ecke von Robbies Wohnung, und bald trafen sie sich regelmäßig im Café. Er brachte sie immer nach Hause. Hand in Hand liefen sie dann im Regen über die kopfsteingepflasterten Straßen, und er war der stolzeste Mann Schottlands, weil er eine solche Schönheit an der Hand hielt. Später tauschten sie Küsse mit Kaffeearoma und plauderten stundenlang auf ihrem Sofa. Er liebte es, ihrer Stimme zu lauschen. Sie erzählte ihm, sobald sie ihren Juraabschluss habe, wolle sie nach London ziehen und in der City arbeiten. Sie sagte, Edinburgh sei ihr als Stadt zu klein, sie wolle die Welt sehen und etwas erreichen. Bewundernd hatte er an ihren Lippen gehangen und gedacht, er hätte eine Seelenverwandte in ihr gefunden. Bei der Erinnerung seufzte Robbie traurig. Noch immer fragte er sich völlig fassungslos, wohin dieses Mädchen verschwunden war.

Und so wohnte Robbie meistens allein in dem bescheidenen Haus, das einmal das Zuhause seiner kleinen Familie gewesen war. Er hatte sich daran gewöhnt, ohne Heather zu leben, aber er konnte sich nicht recht damit abfinden, dass das Zimmer der Mädchen leer und still war, wenn er morgens wach wurde. Die Wahrheit war, Robbie war einsam. Seit Heathers Auszug hatte er eine Handvoll Freundinnen gehabt. Aber keine von ihnen konnte das klaffende Loch füllen, welches das Scheitern ihrer Ehe hinterlassen hatte, und er ließ sie alle sanft ziehen, ehe ihre Beziehung zu ernst werden konnte, aus Angst, sie zu verletzen oder selbst verletzt zu werden und wieder einen Fehler zu begehen. Nur eine andere Frau hatte wirklich etwas in ihm angerührt. Scheiße, sie hatte ihn völlig umgehauen! Aber sie spielte in einer *völlig* anderen Liga. Er hatte immer irgendwie den Verdacht gehabt, dass Heather zu vornehm für ihn war, schon bevor sie ihn verlassen hatte. Du lieber Himmel – Heather stammte lediglich aus einer anderen Schicht, aber diese Frau kam von einem anderen Stern! Nein, besser er ließ die Finger von dieser Frau. Das konnte nur in Tränen enden. Seinen Tränen!

Und so hatte Robbie sich in seine Arbeit gestürzt, abends und am Wochenende gearbeitet, Preise gewonnen, war Storys über schmutzige Verbrechen hinterhergejagt, die aus Angst vor Vergeltungsmaßnahmen niemand anders anpacken wollte. Er wusste, dass sein Chefredakteur Ed Patterson ihn schätzte, doch was den Monaco-Trip anging, hatte Bernie recht. Da hängte er sich weit aus dem Fenster. Seine Reisekosten hatten sich beim letzten Mal auf fast drei Riesen belaufen, und dabei war er nur zwei Tage dort gewesen. Was die Sache noch schlimmer machte, war der Umstand, dass die Story über Giancarlo »Fatty« LaFata nie erschienen war, weil die Anwälte der Zeitung Angst vor Klagen gehabt hatten. Aber Robbie hatte in Monaco gute Kontakte geknüpft, und jetzt war da wirklich eine Story. Fatty wurde vermisst, war vermutlich ertrunken, und Robbie musste hin. Er strich sich die rotblonden Haare aus dem Gesicht und atmete tief durch. Dann klopfte er an Pattersons Tür. Er musste das richtig anpacken. Er musste noch heute nach Monaco.

»Komm rein, Robbie«, rief Patterson ungeduldig durch die geschlossene Tür.

Wie zum Teufel machte er das? Robbie war immer wieder verblüfft über die Fähigkeit seines Chefredakteurs, durch geschlossene Türen, um die Ecke und in die Zukunft zu sehen. Man konnte ihn nicht hinters Licht führen, denn er hatte so eine Art sechsten Sinn und wusste immer, was los war.

Robbie öffnete die Tür und trat ein. Patterson machte ihn nervös. Er rieb seine ein wenig verschwitzten Hände hinten an seiner Jeans ab und räusperte sich.

»Die Antworten lauten ja, nein, nein und ja«, sagte Patterson rundheraus.

»Wie bitte?« Ed Patterson hatte eine Art an sich, bei der Robbie sich wie ein Idiot vorkam, auch wenn er genau wusste, dass er alles andere als das war.

Patterson seufzte, als wäre Robbie begriffsstutzig.

»Ja, du kannst nach Monaco reisen. Nein, du kannst nicht noch mal den Hubschrauber nehmen. Nein, du kannst dir keine Yacht chartern. Und ja, ich glaube auch, dass LaFata tot ist.«

»Im Ernst?!« Robbie hätte nicht gedacht, dass es so einfach sein würde. »Jaaa!« Er reckte die Faust in die Luft.

»Im Ernst«, sagte Patterson und verdrehte angesichts von Robbies Reaktion die Augen. »Aber diesmal machst du es wasserdicht, Robbie. Ich brauche eiskalte, harte Fakten – was hatte LaFata vor? Ist er tot? Falls ja, war es Selbstmord oder Mord? Ich verlasse mich auf dich, Robbie. Ich will die Story hinter der Story. Ich will den Knüller.«

»Du hast ihn«, sagte Robbie grinsend. »Das wirst du nicht bereuen, Chef.«

»Das hoffe ich für dich«, erwiderte Patterson entschieden. »Jetzt geh nach Hause und schnapp dir eine Tasche. Ich will dich so schnell wie möglich vor Ort haben.«

Als Robbie hinausging, fügte Patterson noch hinzu: »Aber ruinier die Zeitung diesmal nicht, McLean. Hörst du? Miet dir ein Auto, keinen verdammten Hubschrauber. Das ist ein Befehl.«

8

Wie Ratten huschen die Touristen durch den Hafen, sie schieben und drängeln und treten einander auf die Füße, um bessere Sicht zu haben. Mit Abstand betrachtet wird deutlich, wie selbstsüchtig die Menschen im Grunde sind.

Auch die Polizei huscht umher, aufgeblasen und selbstgefällig. Es ist befremdlich, dass manche Menschen ihr Leben in einer Uniform verbringen und Befehle geben und empfangen wollen. Einer Theorie zufolge sollte der Wunsch, Polizist zu werden, automatisch dazu führen, dass derjenige eben nicht Polizist werden darf. Die Beamten brüllen die Touristen an, sie sollen zurückbleiben, und scheuchen sie fort wie Tauben, aber auch sie genießen das heutige Theater am Port Hercule. Monaco ist winzig, bloß rund zwei Quadratkilometer groß, nur die Vatikanstadt ist noch kleiner. Zugleich ist es das Land mit der höchsten Polizeidichte der Welt, und die Verbrechensrate ist niedrig. Daher langweilen die Polizisten sich offen gesagt meistens zu Tode. Doch heute hat Giancarlo »Fatty« LaFata ihnen etwas zu tun gegeben. Dafür sind sie ihm sicher aufrichtig dankbar.

Neben dem Yacht Club de Monaco haben sich bereits eine kleine Gruppe Journalisten und einige Fernsehteams niedergelassen. Und die ersten Pressehubschrauber umschwärmen den Hafen wie Wespen ein Picknick. Sie fliegen so tief, dass sie drohen, die Masten der Superyachten im Hafen zu kappen. Das wäre einmal eine unerwartete und höchst amüsante Wendung der heutigen Ereignisse – ein Hubschrauberabsturz. Ja, das würde die karnevaleske Atmosphäre des Tages sicher noch verstärken.

Fattys Angehörige sind schon wieder unterwegs zum Familien-

wohnsitz oben am Berghang. Die beiden älteren Kinder Francesca und Giancarlo junior waren vor einer Weile hier und haben mit der Polizei gesprochen; sie wirkten besorgt und verstört. Carlo hat geweint, etwas, das er nicht mehr getan hat, seit er ein kleiner Junge war. Unterdessen müsste die jüngste Tochter Angelica, die gerade aus Miami kommt, in London landen. Ein Freund der Familie wird sie dort abholen und ihr die schreckliche Neuigkeit vom Verschwinden ihres Vaters beibringen. Das Mädchen wird zusammenbrechen. Sie ist der Liebling ihres Vaters. Was für eine Schande, dass die Ärmste das durchmachen muss, aber das Leben ist nun einmal grausam. Sie muss lernen.

Niemand hat daran gedacht, LaFatas Frau, Jade, mitzuteilen, dass ihr Mann vermisst wird. An sie wird man zuletzt denken. Francesca wird ein schlechtes Gewissen haben, wenn sie ihr Versäumnis bemerkt, aber Carlo wird es gleichgültig sein. Er ist ein selbstbezogener junger Mann, der sich nur um sich kümmert. Als Kind wurde er von seiner Mutter schrecklich verwöhnt, und sein Vater hat ihn nicht oft genug diszipliniert. Es ist stets die Schuld der Eltern.

Die Kinder betrachten Jade nicht als Teil der Familie. Sie denken normalerweise gar nicht an sie. Sie halten sie für dumm und begriffsstutzig und hoffen, sie werde ihren Vater bald langweilen. Vielleicht haben sie damit recht. Vielleicht auch nicht. Vielleicht werden sie das jetzt nie herausfinden.

Noch immer suchen Polizeitaucher im Hafenbecken nach einer Leiche, doch heute werden sie nicht finden, wonach sie suchen. Auch die Spürhunde auf der Vigorosa III *suchen vergeblich. LaFatas Leiche liegt nicht an Bord versteckt.*

LaFatas Rolls-Royce Phantom parkt zwei Straßen vom Hafen entfernt. Der Polizei ist es nicht gelungen, ihn ausfindig zu machen. Niemand ahnt, dass in den frühen Morgenstunden – lange bevor Francesca erwachte und die Yacht im Hafen treiben sah – ein elegant gekleideter junger Mann mit einer Narbe auf der rechten Wange den Kofferraum des Phantom geöffnet und eine schwarze Aktentasche her-

ausgenommen hat. Er winkte ein Taxi herbei und ließ sich zum Kasino fahren, wo ein Angestellter des Parkservice am Abend zuvor seinen roten Ferrari geparkt hatte. Der Mann gab dem Angestellten ein großzügiges Trinkgeld und warf die Aktentasche auf den Rücksitz. Dann fuhr er zurück über die Grenze nach Italien, ehe die Sonne aufging, und weiter zum Flughafen San Remo, wo ein Privatjet auf ihn wartete. Von dort aus wurde die Aktentasche nach Palermo geflogen, und schließlich langte ihr kostbarer Inhalt sicher wieder auf Sizilien an, wo er hingehört.

Unterdessen war der junge Mann mit der Narbe und dem eleganten Anzug zurück nach Monaco gefahren, im Hôtel de Paris abgestiegen, hatte geduscht, sich umgezogen und auf dem zum Zimmer gehörigen Balkon mit Blick aufs Meer ein Frühstück mit Croissants und frischem Kaffee zu sich genommen. Dann hatte er sich wieder an die Arbeit gemacht. Er ist jetzt da unten, zwischen den umherhuschenden Touristen, trägt eine dunkle Sonnenbrille und beobachtet, mit einem kaum merklichen Lächeln im gutaussehenden Gesicht, die Polizei und die Pressehubschrauber. Er ist der Einzige, der versteht, was sich heute am Port Hercule ereignet. Doch er wird niemandem davon erzählen. Nicht wenn ihm sein Leben lieb ist.

9

Angelica LaFata rückte die riesige Sonnenbrille von Oliver Peoples auf dem Kopf zurecht, zog sittsam das kurze Schlauchkleid einige Zentimeter tiefer und warf die honigblonde Mähne über die Schulter zurück. Als sie mit ihrer violetten Hermès-Birkin-Handtasche und ihrem Louis-Vuitton-Koffer jonglierte, schwankte sie ein wenig auf ihren Louboutins, fing sich jedoch rasch wieder. Sie war daran gewöhnt, auf sehr hohen Schuhen zu laufen. Bereits mit acht Monaten hatte sie begonnen, die Stilettos ihrer Mutter zu tragen, wie zahlreiche Videoaufnahmen belegten.

Na bitte, jetzt war sie bereit für eine Nahaufnahme. Sollten in der Ankunftshalle irgendwelche Paparazzi lauern, wäre sie gewappnet. Offen gesagt hoffte Angelica, man werde sie fotografieren. Genau genommen *brannte* sie darauf, abgelichtet zu werden. Sie sah gut aus, das wusste sie. Sie hatte vielleicht ein paar Pfund mehr auf den Hüften als noch vor einem Jahr, doch ihre Wangen hatten eine gesunde Farbe, und in ihren Augen lag ein Glanz, der viel zu lange gefehlt hatte. Wenn sie jetzt in den Spiegel sah, gefiel ihr das Mädchen, das ihr daraus entgegenlächelte, und zwar nicht nur ihres Aussehens wegen. Vielmehr mochte sie die Person, zu der dieses Mädchen geworden war. Wie ihre Therapeutin ihr immer sagte: Sie entwickelte sich allmählich zu einer ausgeglichenen jungen Frau. »Ich bin toll. Ich bin toll. Ich bin toll.« Das Mantra ihrer Therapeutin. Endlich hatte Angelica einen klaren Kopf.

Auch die positive Aufmerksamkeit, die ihr plötzlich zuteilwurde, genoss sie sehr. Vergangene Woche war ein Foto von ihr im *Grazia Magazin* erschienen (wo man offenbar die Art, wie sie ihren Burberry-Trenchcoat mit nackten Beinen und klobigen Boots kombiniert hatte, bewunderte), und in der Woche davor waren in zwei Boulevardblättern Schnappschüsse von ihr abgebildet worden, wie sie gerade nach einem Essen mit Freunden das Nobu verließ. Eine Bildunterschrift hatte schlicht gelautet: »Fashionista Angelica LaFata«, die andere: »*Fatty's*-Pizzaerbin Angelica LaFata kostet exklusive Kochkunst – was würde Daddy dazu sagen?« Als ob sie diesen kohlenhydratreichen Mist, der in der Restaurantkette ihres Vaters serviert wurde, wirklich essen würde! Und als ob Daddy das wollte! Also, bitte! Aber hey, egal, verglichen mit der Presse, die sie früher bekommen hatte, war das alles gutmütiger, fairer Spott.

Fashionista, das gefiel ihr. Angelica hatte schon immer viel für Mode übrig gehabt, doch neuerdings entwickelte sie ihren eigenen Stil, mischte moderne Designerstücke mit den Pucci- und Ossie-Clarke-Klassikern ihrer Mutter. Heute trug sie Hervé Léger. Sie liebte es, wie seine Kleider sich an ihre neuen Kurven schmiegten. Mit einem Mal hatte Angelica Busen und einen Hintern, und sie würde den Teufel tun und sie verstecken! Selbstverständlich war sie nicht in diesem Outfit geflogen. Sie war doch nicht verrückt. Ein Transatlantikflug in einem Schlauchkleid und mit fünfzehn Zentimeter hohen Plateausohlenboots wäre einfach nur dumm. Nein, sie hatte den weit verbreiteten Celebrity-Trick angewandt, war in ihren schicken Klamotten an Bord gegangen und hatte dann für den Flug sofort ihr Kaschmirkapuzenshirt, Leggings und ihre Uggs angezogen. Noch ein Jahr zuvor hätte ein Langstreckenflug ein, zwei Flaschen Champagner, ein paar ordentliche Wodka und diverse Ausflüge zur Toilette, um zu koksen, bedeutet. Doch gestern Abend hatte sie ihr Make-up entfernt, eine dicke Schicht Crème de la Mer aufgetragen, eine Schlaftablette eingeworfen und sich in ihrem Bett in der ersten Klasse mit einer Schlafmaske aus Satin unter die weiche Decke gekuschelt. Sie hatte volle acht Stunden wie ein Baby geschlafen und war erstaunlich erfrischt aufgewacht. Eine halbe Stunde vor der Landung hatte sie wieder ihr Hervé-Léger-Kleid angezogen und Make-up aufgelegt – nicht ganz einfach in einer Flugzeugtoilette, doch als Model war Angelica daran gewöhnt, sich auf engstem Raum umzuziehen –, und *voilà*, wie ihre Mutter sagen würde, *magnifique*!

Angelicas Stern war im Aufsteigen begriffen. Ihre Modelkarriere kam in letzter Zeit richtig in Schwung, mit hochklassigen Werbekampagnen für Gucci und L'Oréal, nicht zu vergessen das Shooting für Bademode von Melissa Odabash, das sie gerade in Miami absolviert hatte. Sie hatte sogar einige Beiträge über ihre Heimat, die Côte d'Azur, für MTV gemacht. Nächste Woche, wenn der Grand Prix von Monaco stattfand, wollten sie noch mehr mit ihr drehen. Sie konnte es kaum erwarten!

Angelica fühlte sich gesund, glücklich und zuversichtlich. Ihr Leben lag vor ihr wie die weißen Blätter eines noch nicht geschriebenen Romans, bereit, mit einer strahlenden Karriere, sagenhaften Partys, auserlesenen Kleidern und scharfen jungen Männern gefüllt zu werden! Jene finsteren Zeiten des Trinkens und Drogenkonsums, in denen sie häufiger im Entzug gewesen war als Amy Winehouse, waren lange vorüber. Und von nichtsnutzigen Verlierertypen würde sie sich zukünftig auch nicht mehr das Herz brechen und den Kopf verdrehen lassen. Nein, dank der hartnäckigen Entschlossenheit ihrer Schwester Francesca (beziehungsweise dank deren Tyrannei, wie sie es damals gesehen hatte) hatte ein langer Aufenthalt in einer rigorosen Entzugsklinik in Arizona sie schließlich von ihren Dämonen befreit, und nun war sie seit neun Monaten clean. Kein Alkohol mehr, keine Drogen, keine Männer, die Gift für sie waren.

Ihr Bild in der Presse schwankte noch immer zwischen Ruhm und Verrufenheit, doch sie hatte das Gefühl, dass man sie allmählich positiv wahrnahm. Keine Schlagzeilen mehr über die »Junkie-Erbin« oder – die Lieblingsbezeichnung der Presse – den »Gefallenen Engel«. Letzteres hatte in riesigen Lettern quer über einem Foto von ihr geprangt, auf dem sie um vier Uhr morgens am Arm des Ehemanns einer anderen Frau aus einem Nachtklub gestolpert war. Gefallener Engel! Haha! Nein, neuerdings konnte Angelica den Kopf hoch tragen. Sie war ein dermaßen braves Mädchen, dass sie praktisch einen Heiligenschein hatte.

So elegant sie konnte, stolzierte Angelica durchs Gate. Den Rollkoffer zog sie hinter sich her, die Schultern hatte sie zurückgebogen und den neuen Busen vorgereckt, in der Hoffnung, dass sie vielleicht von ein, zwei Fotografen erwartet wurde. Danach würde sie in ein Taxi zum Sloane Square springen und sich mit einigen Freundinnen zum Lunchen und Shoppen auf der Kings Road treffen. Die eine Hälfte ihrer Zeit verbrachte Angelica in ihrem Apartment am Meer in Monaco, die andere in ihrem kleinen Haus in Chelsea. Daddy hatte ihr das süße Häuschen zur Belohnung gekauft, als sie mit siebzehn zum ersten Mal von einer Modelagentur unter Vertrag genommen worden war, und nun, da ihre Karriere wieder in Schwung kam, war es wirklich ein göttliches Geschenk. Am Dienstag hatte sie ein weiteres Shooting in London, so dass es keinen Sinn hatte, dieses Wochenende zurück an die Riviera zu fliegen. Sie würde am Mittwoch zurückfliegen, gerade rechtzeitig für die größten Partys zum Filmfestival von Cannes, das diese Woche stattfand.

Als die Automatiktür zur Ankunftshalle sich öffnete, atmete sie tief durch und setzte ihr bezauberndes Lächeln auf. Es gefror ihr im Gesicht. Nichts hätte Angelica auf den Anblick vorbereiten können, der sich ihr dort bot. Da warteten nicht bloß ein, zwei Paparazzi, sondern Dutzende. Was zum Teufel war da los? Was hatte sie jetzt wieder angestellt? Angelica zerbrach sich den Kopf, was sie getan haben mochte, um solches Aufsehen zu erregen, doch ihr fiel nichts ein. Sie hatte in letzter Zeit nicht einmal mit einem der Freunde ihrer Freundinnen geknutscht. Sie war wirklich ein neuer Mensch. Die Journalisten drängten nach vorn, Kameras blitzten ihr ins Gesicht, und alle schrien ihr etwas zu. Immer wieder fragten sie sie nach ihrem Vater. Angelica hörte die Fragen, doch sie begriff sie nicht.

»Angel! Angel! Wie fühlst du dich?«

»Was glaubst du, ist mit deinem Dad passiert?«

»Ist er gesprungen, oder wurde er gestoßen?«

»Fliegst du jetzt zurück nach Monaco?«

Für einen Augenblick war Angelica wie gelähmt, die Füße waren wie angewurzelt, die Augen vom Blitzlichtgewitter geblendet; das Geschrei hallte ihr in den Ohren wider. Sie war wie ein Kaninchen im Scheinwerferlicht eines Autos, sie sah nur eine Mauer aus Kameras und unbekannten Gesichtern. Plötzlich bekam sie Angst. Ihr frisch erlangtes Selbstvertrauen löste sich in Luft auf, als sie die Paparazzi auf sich zuströmen sah wie eine angreifende Armee. Ihr war schwindelig, und ihre Knie waren wie aus Gummi. Sie ließ die Tasche fallen und sah hilflos zu, wie ihr Handy, ihre Make-up-Utensilien und ihre Geldbörse heraus auf den Boden purzelten, während die Kameras immer weiter blitzten. Als sie auf die Knie fiel und mit zitternden Händen ihre Habseligkeiten einsammelte, hörte sie eine vertraute tiefe Männerstimme.

»Lasst mich durch, ihr Aasgeier!«, befahl die Stimme. »Lasst mich der Dame helfen.«

Und dann war plötzlich Christian neben ihr, sein liebenswürdiges attraktives Gesicht lächelte sie an, während er rasch ihre Habseligkeiten zurück in ihre Tasche beförderte, ihren Koffer nahm, die Fotografen zur Seite schob und Angelica eilig durch den Flughafen führte. Sanft, aber entschieden lag seine Hand auf ihrem Rücken und steuerte sie Richtung Tür und hinaus zu dem schwarzen Mercedes mit getönten Scheiben, der draußen wartete.

Christian war der beste Freund ihres Bruders Carlo, und er war ein richtiger Schatz. Er war ein Mann, vor dessen Augen man sich übergeben konnte, während er geduldig dastand, einem den Rücken rieb und die Haare aus dem Gesicht hielt. Obendrein sah er gut aus, auf eine vierschrötige, blonde, skandinavische Art. Nicht Angels Typ natürlich. Sie hatte ihre Männer lieber mager, dunkel und als Frontmann einer Rockband, aber sie betete ihn an. Es war, als hätte sie zwei große Brüder – in Carlo einen verrückten, wilden Partytypen und in Christian einen warmherzigen, liebenswürdigen Freund, der einen in den Arm nahm. Angel war zutiefst erleichtert, Christian zu sehen. Hier war etwas entschieden unheimlich.

»Was ist los, Chris?«, fragte sie zittrig. Sie hatte Angst vor der Antwort, doch sie musste die Wahrheit erfahren. Fotografen liefen jetzt neben dem Wagen her, klopften an die Türen, hielten die Kameras direkt an die getönten Scheiben, um vielleicht doch noch zu ihrem Foto zu kommen.

»Wir fliegen zurück nach Monaco, Angel«, sagte Christian, nahm ihre Hand und drückte sie. »Mein Flugzeug wartet auf der Rollbahn. Ich fürchte, es gibt schlimme Neuigkeiten, die deinen Vater betreffen.«

Quälende Stille herrschte im Salon im ersten Stock von *Le Grand Bleu*, wo die Familie LaFata wartete. Hin und wieder drang das helle Lachen von Benito und Luca durchs offene Fenster aus dem Garten herauf. Die Jungen spielten mit ihrem Kindermädchen, in glückseliger Unwissenheit. Francesca wünschte, sie könnte bei ihnen sein, mit ihnen zwischen den Palmen und Pinien Verstecken spielen. O Gott, sie sehnte sich danach, ihre Jungen in die Arme zu nehmen, ihre rundlichen Ärmchen um den Hals und ihre klebrigen Küsse auf der Wange zu spüren. Doch wenn sie sie jetzt ansähen, würden sie sofort wissen, dass etwas nicht stimmte, und Francesca wusste nicht, wie sie es ihnen erklären sollte. Sie hatte keine Antworten für sie. Verdammt, sie verstand ja selbst nicht, was da los war, wie sollte sie da einem Fünf- und einem Siebenjährigen erklären, dass ihr geliebter Großvater sich in Luft aufgelöst hatte?

Jade saß auf einem Klavierhocker, kehrte den anderen den Rücken zu und starrte mit leicht gebeugtem Kopf und hängenden Schultern hinaus aufs Meer. Sogar ihr Rücken wirkte traurig. Die Nachricht von Fattys Verschwinden hatte sie völlig niedergeschmettert, doch sie war auch wütend auf Francesca und Carlo. Francesca konnte es ihr nicht verdenken. Was für ein dummes Versäumnis, Jade nicht sofort anzurufen. Das arme Mädchen hatte die Neuigkeit vom Dienstmädchen erfahren müssen, das diese wiederum zufällig im Radio gehört hatte. Als Francesca, William und Carlo zurück nach Hause gekommen waren, war sie völlig außer sich gewesen. Francesca hatte sich bis zum Gehtnichtmehr entschuldigt; sie hatte versucht, ihr zu erklären, dass sie in der Verwirrung und der Hast einfach vergessen hatte, sie anzurufen. Es war ihr wirklich schrecklich unangenehm. So ein Versäumnis sah Francesca überhaupt nicht ähnlich. Normalerweise war sie extrem gut organisiert. Andererseits war sie auch noch nie in einer solchen Situation gewesen.

Gott sei Dank war Jade nicht streitlustig. Sie neigte eher dazu, eingeschnappt zu sein als zu schreien. Vielleicht war es ja das gewesen, was Fatty so gut an ihr gefallen hatte. Sie gab keine Widerworte. Entweder sie tat, was man ihr sagte, oder sie schmollte still in ihrem Zimmer, wenn sie ihren Willen nicht bekam. Sie wurde niemals laut. Genau genommen war sie meistens ziemlich still. Manchmal vergaß Francesca sogar, dass sie bei ihnen im Haus lebte. Was vermutlich auch der Grund dafür war, dass sie heute Morgen vergessen hatte, sie anzurufen. Als Jade sich wieder beruhigt und aufgehört hatte zu weinen, hatte sie Francescas Entschuldigung widerwillig angenommen. Doch seitdem hatte sie kein einziges Wort mehr gesprochen, und ihrer Körpersprache war deutlich zu entnehmen, dass sie noch immer schmollte.

Carlo lümmelte in der Ecke auf einer Chaiselongue, starrte vor sich hin und summte unaufhörlich irgendeine undefinierbare Melodie. Alle paar Minuten sah er auf seine Rolex, schnalzte enttäuscht, und dann fing er wieder an zu summen. Er ging Francesca auf die Nerven, doch sie brachte es nicht übers Herz, ihm zu sagen, er solle still sein. Francesca selbst saß auf der Sofakante, hielt das Telefon umklammert und wartete darauf, dass etwas geschah. Irgendetwas. Ein Anruf der Polizei oder der Besuch eines Kriminalpolizisten. Alles wäre besser als diese unerträgliche Ungewissheit. Plötzlich piepte das Telefon in ihrer Hand. Francesca zuckte zusammen. Carlo verstummte, und Jade drehte sich auf ihrem Hocker um.

»Es ist Christian. Angelica ist bei ihm. Sie sind auf der Rollbahn«, sagte Francesca. »In ein paar Stunden sind sie hier.«

»Arme Angel«, sagte Carlo und setzte sich auf. »Es ist toll, dass Christian bei ihr ist, aber ich wette, sie ist am Boden zerstört. Scheiße, das ist das Letzte, was sie jetzt braucht. Wir haben sie doch gerade erst wieder auf Spur gebracht.«

»Wir?«, fragte Francesca. Das war ja unglaublich! »*Wir* haben sie also wieder auf Spur gebracht, ja? Ich hatte den Eindruck, du warst in der Regel der, mit dem sie mitten in der Nacht aus den Nachtklubs gestolpert kam.«

Finster blickte Carlo seine Schwester an. »Ja, kann sein, aber ich hab nur auf meine kleine Schwester aufgepasst. Außerdem weißt du doch, Drogen sind nicht mein Ding. Waren sie nie.«

»Nein, für dich nur harter Alkohol, schnelle Autos und leichte Mädchen, heiliger Giancarlo ...«, entgegnete Francesca.

Carlo sah sie nur durch seine langen dichten schwarzen Wimpern an. Er bemühte sich, verärgert zu wirken, doch seine braunen Augen waren noch immer vom Weinen gerötet, und er musste sich auf die Unterlippe beißen, damit sie nicht bebte. O Gott, sie war so ungerecht zu ihm. Carlo war kein Engel, aber er war ihr kleiner Bruder, und das Letzte, was er jetzt brauchte, war eine Strafpredigt. Sie ließ bloß ihren Frust und ihre Sorge an ihm aus, und das war nicht richtig. Er war ebenso beunruhigt wie sie selbst.

»Tut mir leid«, sagte sie leise. »Das ist die Anspannung.«

»Wir sind alle angespannt, Francesca«, murmelte Carlo. »Das gibt dir nicht das Recht, dich wie ein Miststück aufzuführen.«

»Ach, haltet einfach die Klappe, alle beide!«, fauchte Jade. Dieser unerwartete Ausbruch war so untypisch für sie, dass Francesca zusammenfuhr. »Denkt an den armen Fatty und hört auf, euch selbst leidzutun. Hört auf, euch wie verwöhnte Blagen aufzuführen.«

Francesca wechselte einen schuldbewussten Blick mit Carlo. Jade hatte recht. Doch sie sorgte sich so um ihren Vater. Wo war er nur? Sie war sämtliche Möglichkeiten durchgegangen, aber immer auf dieselbe Antwort gekommen. So weit Francesca sah, gab es nur eine logische Erklärung: Er musste ertrunken sein. Die Vorstellung, dass sein massiger Körper verloren irgendwo im Mittelmeer trieb, ließ sie vor Entsetzen schaudern.

Plötzlich schoss ihr die Formulierung »Bei den Fischen schlafen« durch den Kopf. Damit hatten sämtliche Geschichten ihres Vaters, die in Sizilien spielten, geendet. Als sie ein kleines Mädchen gewesen war, hatte er abends an ihrem Bett gesessen und diese verrückten, unglaublichen Geschichten über irgendwelche längst toten Onkel erzählt, die damals in der alten Heimat die Cosa Nostra verärgert hatten. Manchmal hatte Onkel Alfonso die schöne halbwüchsige Tochter eines Mafioso verführt, dann wieder hatte Onkel Federico den örtlichen Mafiaboss beim Kartenspiel besiegt, oder Onkel Guido hatte sich geweigert, für einen Gangsterboss zu morden. Die Namen und Handlungen änderten sich von Geschichte zu Geschichte ein wenig, doch im Grunde ging es immer um dasselbe. Der furchtlose LaFata-Held flüchtete und schlug sich geschickt durch, überlebte Erdbeben, Kriege, Hungersnöte und Attentate. Und das Ende war stets das gleiche.

»Was ist aus ihm geworden, Daddy?«, hatte Francesca oft gefragt, die Augen weit aufgerissen, in der vergeblichen Hoffnung auf ein Happy End.

»Ah, *molto triste*«, hatte Fatty dann seufzend erwidert, die Achseln gezuckt und traurig den Kopf geschüttelt. »Am Ende hat er bei den Fischen geschlafen.«

Schlief Fatty nun auch bei den Fischen? Francesca war übel. Sie hatte den ganzen Tag noch nichts gegessen, aber so viel Kaffee getrunken, dass ihr die Hände zitterten. Vielleicht war es aber auch der Schock. Quietschend öffnete sich die schwere Holztür, und William trat ein. Er blickte grimmig, sein Gesicht war aschfahl. Francesca starrte ihn an, wollte ihn mit reiner Willenskraft dazu veranlassen, etwas zu sagen, was den Schmerz stillte, dabei sah sie längst an seinem Blick, dass er schlechte Nachrichten brachte.

»Sie haben Fattys Handy gefunden«, sagte er ernst.

»Wo?«, fragten Francesca, Carlo und Jade wie aus einem Mund. Sie hatten immer wieder versucht, ihn anzurufen, doch das Gerät war nach wie vor ausgeschaltet.

»Ich fürchte, der Polizeitaucher hat es auf dem Grund des Hafens gefunden«, erwiderte er.

Wie Giftgas hingen seine Worte im Raum. Francesca hatte das Gefühl, keine Luft mehr zu bekommen. Lange Zeit sagte niemand etwas.

»Tja, das war's dann wohl«, sagte Carlo schließlich und brach damit das Schweigen. »Er ist tot.«

Jade sprang so heftig auf, dass der Klavierhocker durchs Zimmer flog, und rannte schluchzend hinaus.

»Carlo, bitte«, schimpfte Francesca. »Es war absolut unnötig, so etwas zu sagen.«

»Finde ich nicht«, widersprach Carlo ihr wütend. »Der dämliche alte Narr hat Brandy im Wert von hundert Riesen getrunken und ist über Bord gekippt, oder nicht? Fällt dir eine bessere Erklärung ein?«

»Ich weiß nicht, Carlo«, sagte Francesca und zermarterte sich das Hirn. »Ich weiß es wirklich nicht. Aber das sagt doch noch gar nichts …«

»Ach nein, Frankie?« Carlo stand auf und fuhr sich verzweifelt mit den Händen durch die Haare. »Willst du etwa sagen, die Oper ist erst zu Ende, wenn die dicke Frau nicht mehr singt? Oder wenn die Leiche des dicken Mannes am Cap Ferrat angespült wird?«

10

Padre Gabriele Fontana saß auf seiner sonnenüberfluteten Terrasse, genoss die Aussicht auf die Bucht von Palermo und nippte an einem Glas mit köstlichem Chianti. Er blickte über den Kopf seines Gastes hinweg und hörte nur halb zu, während der Mann von seiner Reise erzählte. Er hatte seinem Besucher nichts zu trinken angeboten. Der Mann würde nicht lange bleiben.

»Gefällt ihnen mein Haus, Marco?«, fragte Fontana unvermittelt, gelangweilt von den Erzählungen des jungen Mannes.

Marco nickte begeistert. »Es ist sehr schön, Padre«, sagte er. »Und ich fühle mich geehrt, dass ich hier sein darf.«

Fontana nickte. Selbstverständlich war dieser dämliche junge Mann von seinem Haus beeindruckt. Das prächtige Gebäude aus dem Mittelalter war in den Berg oberhalb von Palermo hineingebaut und bot einen Panoramablick auf die Stadt und das Meer. Wer wäre nicht beeindruckt von solcher Schönheit?

»Und nun zum Geschäft.« Mit einem Mal hatte Fontana es eilig, die Sache hinter sich zu bringen, um endlich diesen Marco wieder loszuwerden. »Sie haben die Aktentasche?«

»Ja«, bestätigte Marco.

Behutsam legte er die Aktentasche vor dem Priester auf den Tisch.

»Man hat mir gesagt, sie sei sehr wertvoll, Padre. Ich habe sie mit meinem Leben geschützt«, erklärte Marco stolz.

»Nichts anderes habe ich erwartet«, erwiderte Fontana.

Gespannt blickte der junge Mann auf die Tasche, offenbar in der Erwartung, Fontana werde sie jetzt öffnen. Er war naiv und nicht damit vertraut, wie so etwas gehandhabt wurde. Deshalb war er auch für diesen Auftrag ausgewählt worden. Marco hatte keine Ahnung, worin er hier verwickelt war. Zudem standen seine Augen zu weit auseinander, entschied Fontana. Er mochte ihn nicht länger ansehen. Mittlerweile war er verärgert, weil der Mann seinen schönen Tag störte. Keinesfalls würde er die Aktentasche öffnen, ehe dieser Marco fort war. Selbstverständlich spielte es eigentlich keine Rolle, ob der törichte Junge den Inhalt der Tasche sah oder nicht. Fontana wollte ihm einfach nicht diese Genugtuung gewähren.

»Man hat Sie bezahlt?«, fragte Fontana unvermittelt.

Marco nickte. »Sehr großzügig, ja, ich danke Ihnen, Padre.«

»Nun, dann dürfen Sie jetzt gehen, Marco.« Ungeduldig entließ Fontana den jungen Mann. »Na, gehen Sie schon. Husch!«

Die Enttäuschung war Marco deutlich anzusehen, doch sogar er wusste, dass es besser war, sich nicht länger hier aufzuhalten, wenn man ihm befohlen hatte zu gehen. Widerstrebend stand er auf und verbeugte sich halb vor dem Priester.

»Es war mir eine Ehre, Ihnen dienen zu dürfen, Padre«, erklärte er feierlich.

Fontana lachte über Marcos Einfalt.

»Ich bin Priester, kein Gott«, spottete er. »Es besteht kein Grund, vor mir zu kriechen. Mein Dienstmädchen wird Sie zur Tür bringen. Arrivederci.«

»Arrivederci, Padre«, erwiderte Marco, den Kopf noch immer gebeugt, und stolperte, als er rückwärts Richtung Haus ging, wo Fontanas Dienstmädchen Karina, eine korpulente und für ihr Alter kräftige Frau, schon wartete. Sie packte Marco fest am Ellbogen und führte ihn ins Haus. Endlich war er fort, und Fontana hatte seinen Frieden. Er saß noch eine Weile einfach da und genoss den Wein und die Sonne. Es war später Nachmittag, und die Sonne sank bereits. Bald käme der Sonnenuntergang, Fontanas liebste Tageszeit.

Marco war bereits eine halbe Stunde fort, als Fontana schließlich die Aktentasche öffnete. Er tat es bedächtig und methodisch, kostete den Augenblick aus, als würde er ein begehrtes Geschenk auspacken. Und dann fiel sein Blick schließlich auf die Belohnung für all seine Mühen. Endlich. Es war genauso, wie er es in Erinnerung hatte. Der kostbare Inhalt der Aktentasche war wieder in Sizilien, wo er hingehörte. Auf diesen Augenblick hatte Fontana seit Jahren gewartet, und nun, dank Giancarlo LaFata, war ein Traum in Erfüllung gegangen. Fontana lächelte in sich hinein, goss sich ein weiteres Glas Chianti ein und lehnte sich zurück, um den Sonnenuntergang über der Bucht zu betrachten. Er hob sein Glas und rief: »*Salute*, Fatty!« Seine Stimme hallte von den Felsen wider. »Fatty, Fatty, Fatty …«

Padre Gabriele Fontana wusste nicht, wann er zuletzt so zufrieden gewesen war. Er wünschte bloß, sein entfernter Cousin und guter Freund Giancarlo Roberto LaFata könnte jetzt hier sein, um mit ihm zu feiern.

Mit klopfendem Herzen und leichtem Schwindelgefühl steuerte Marco seine Vespa durch die verschlungenen Seitenstraßen Palermos. Fünftausend Euro! Für einen Tag Arbeit! Das war verrückt. Wenn er sich beeilte, konnte er beim Juwelier sein, ehe dieser schloss. Er malte sich Gabriellas Gesicht aus, wenn er ihr den Ring gab. Sie würde so glücklich sein, so stolz, so überrascht! Wie oft hatte er sie diese Ringe betrachten sehen, wenn sie auf dem Weg zu ihrer Arbeit beim Friseur an der Ecke am Juweliergeschäft vorbeikam. Die Saphire gefielen ihr am besten, blau wie das Meer, und Marco würde ihr den größten Saphirverlobungsring kaufen, den man für fünftausend Euro bekommen konnte.

Er hatte es nicht fassen können, als sein Cousin ihm von dem Job erzählt hatte. Er hatte nicht mehr tun müssen, als einen elegant gekleideten Mann in einem Café in der Nähe des Flughafens zu treffen, die Aktentasche entgegenzunehmen und damit hinauf in die Berge zu Padre Gabriele Fontana zu fahren. Offen gesagt hatte ihm der Mann im Café ein wenig Angst gemacht. Doch Marco hatte nur fünf Minuten mit ihm verbringen müssen. Nun besaß er genügend Geld, um seiner wunderschönen Gabriella einen Ring zu kaufen, und heute Abend würde er sie beim Essen in einem schicken Restaurant bitten, seine Frau zu werden. Vielleicht würde Padre Fontana sich ja bereit erklären, sie zu trauen. Na, wenn das nicht das Sahnehäubchen auf der Hochzeitstorte wäre!

Mit Schwung nahm Marco die nächste Kurve und wäre beinahe auf einen Fiat geprallt, der vor ihm auf der Straße stand. Er trat auf die Bremse und hupte dreimal. Er hatte es eilig! Er hatte einen Ring zu kaufen! Das Auto rührte sich nicht vom Fleck. Die Gasse war eng, und Marco hatte nicht genügend Platz, um an dem Wagen vorbeizufahren. Vielleicht hatte das Auto ja eine Panne. Normalerweise hätte Marco dem Fahrer seine Hilfe angeboten, doch an diesem Abend hatte er keine Zeit zu verlieren. Er würde kehrtmachen und eine andere Strecke nehmen. Als er gerade ein Stück zurücksetzte, jagte hinter ihm ein zweites Auto heran und bremste scharf. *Dio mio!* Nun saß er fest. So hatte er sich das alles nicht vorgestellt.

»Na los, fahr! Fahr schon!«, schrie Marco ungeduldig und wedelte mit den Armen. »Setz zurück!«

Doch auch das zweite Auto rührte sich nicht von der Stelle. Nun öffnete sich die Fahrertür, und ein Mann stieg aus – ein elegant gekleideter Mann in einem schwarzen Anzug, in dem

Marco sofort den Typen wiedererkannte, den er vor einigen Stunden im Café getroffen hatte, den Mann, der ihm die Aktentasche gegeben hatte.

»Stimmt etwas nicht?«, fragte Marco, plötzlich verunsichert, als der Mann auf ihn zukam. »Ich habe Padre Fontana die Aktentasche gegeben, wie Sie gesagt haben.«

»Gib mir das Geld«, sagte der Mann kühl. Er war einige Zentimeter größer als Marco und diverse Zentimeter breiter. »Die fünftausend Euro. Gib sie mir, sofort.«

»Nein«, erwiderte Marco. »Ich habe getan, was ich tun sollte. Warum sollte ich Ihnen mein Geld geben?«

Marco war kein besonders mutiger Mann, aber er hatte ein ausgeprägtes Gefühl für richtig und falsch. Und das hier war eindeutig falsch. Er würde sich nicht so einfach von seinem Geld trennen, nicht, wenn er damit Gabriella einen Verlobungsring kaufen konnte. Doch der große Mann zog ein Messer aus dem Gürtel und hielt Marco die blitzende Klinge an den Hals. »Gib mir einfach das Geld, du kleine Made«, stieß er hervor.

Marco spürte den kalten Stahl auf seiner Haut. Er wurde aschfahl, die Knie zitterten ihm, und dann spürte er, wie seine Blase sich entleerte. Er wollte etwas sagen, doch sein Mund war derart ausgetrocknet, dass er nichts herausbrachte. Der Mann warf ihn aufs Kopfsteinpflaster, und Marco spürte, wie sein Stirnbein brach. Dann stellte der brutale Kerl ihm den Fuß auf den Rücken und beugte sich hinab, um ihn zu durchsuchen. Marcos Brieftasche war nicht schwer zu finden; sie befand sich in einer der Gesäßtaschen seiner Jeans. Marco blickte über die Schulter und sah, wie der Mann die Geldscheine an sich nahm, sie zählte, und dann die Brieftasche quer über die Straße schleuderte. Er faltete das Bündel Geldscheine und steckte es sich in die Brusttasche. Dann packte er Marco an den Schultern und zerrte ihn hoch. Marco spürte, dass ihm

Blut übers Gesicht lief. Er dachte an seine Mutter und Gabriella und betete zu Gott, dass diese Tortur bald vorüber sein möge. Der Mann hielt immer noch das Messer in der Hand.

Schließlich fand Marco seine Stimme wieder. »Was würde Padre Fontana dazu sagen?«, fragte er in der Hoffnung, dem Dieb ein schlechtes Gewissen einzuflößen.

»Ha!« Der Mann warf den Kopf in den Nacken und lachte. »Padre Fontana hat gesagt, ihm gefällt dein Gesicht nicht. Er hat gesagt, deine Augen stehen zu weit auseinander.«

Völlig verwirrt starrte Marco den Mann an. Er hatte das Gefühl, die Welt unter seinen Füßen geriet ins Wanken. Was sagte der Mann da? Wie meinte er das? Sein ganzes Leben lang war Marco ein guter Katholik gewesen. Fromm. Er hatte nie die Messe verpasst. Er ging regelmäßig zur Beichte und verehrte die Priester sehr, genau wie seine Mutter es ihn gelehrt hatte. Konnte ein so berühmter Priester wie Padre Fontana wirklich etwas mit diesem Verbrechen zu tun haben? Nein. Der Mann log. Er trieb ein Spiel mit Marco. Er war nichts anderes als ein gemeiner Dieb und ein verdammter Lügner!

Als er gerade den Mund öffnete, um seinem Angreifer zu sagen, was er von ihm hielt, sah Marco Metall aufblitzen und spürte einen dumpfen Schmerz an der Kehle. Es gab keine Worte mehr, nur ein Gurgeln und einen erstickten Laut, als das Blut ihm in den Mund strömte. Marco sank aufs Kopfsteinpflaster. Sein letzter Gedanke galt der armen Gabriella, die ihren Saphirring nun niemals bekommen würde.

11

Es war ein angenehmer Flug. Der Himmel war klar, und Robbie feierte den Beginn seiner Reise mit einem kalten Bier. Er war nicht überrascht gewesen, zwei Kollegen der Konkurrenzzeitungen im selben Flugzeug zu sehen. Hier ging es um eine heiße Story, und in aller Welt berichtete die Presse bereits darüber. Doch es amüsierte ihn, wie unterschiedlich die Zeitungen an den LaFata-Skandal herangingen. Das Boulevardblatt hatte einen Klatschjournalisten geschickt, während die seriöse Zeitung ihren Finanzreporter entsandt hatte. Robbie war der leitende investigative Reporter seiner Zeitung, und er war sicher, dass Fattys Verschwinden weit mehr mit seinem Spezialgebiet zu tun hatte als mit Wirtschaft oder Klatsch.

Die drei Journalisten hatten in der Abflughalle miteinander geplaudert, herausgefunden, dass sie in benachbarten Hotels wohnten, und verabredet, sich später am Abend in Monte Carlo auf einen Drink zu treffen. Simon Featherstone-Waugh und Dan Donovan waren feine Kerle. Auch wenn sie für die Konkurrenz arbeiteten und die Story aus anderen Blickwinkeln angingen, konnten sie doch ein bisschen Spaß auf ihrer Reise haben. Schließlich musste sich nicht alles nur um die Arbeit drehen. An diesem Wochenende hatte Heather die Mädchen, und ein paar Tage in Monaco waren deutlich reizvoller als die Aussicht auf ein weiteres einsames Wochenende in seinem leeren Haus.

»Monaco?«, hatte Heather mit eisiger Stimme gefragt, als er

sie angerufen hatte, um ihr Bescheid zu geben, dass er nicht rechtzeitig zurück sein würde, um seine Töchter Dienstagabend zu sich zu nehmen, und sie zu bitten, sie noch eine Nacht bei sich zu behalten. »Schon wieder? Ich meine mich zu erinnern, dass du die Kinder schon letztes Mal, als du in Monte Carlo warst, versetzt hast.«

Nur so sprach sie direkt mit ihm. Am Telefon. Und selbst dann klang alles, was sie sagte, so als richte es sich an ein Publikum. Ihre Antworten schienen nie für ihn bestimmt zu sein, sondern eher dazu zu dienen, einem Dritten zu bestätigen, wie recht sie gehabt hatte, diesen nichtsnutzigen Mann zu verlassen. Unwillkürlich fragte sich Robbie – nicht zum ersten Mal –, ob Heather das Gespräch auf Lautsprecher umgestellt hatte und in Gegenwart von Fuckwit mit ihm telefonierte. Ja, er könnte wetten, dass es so war. Er sah sie vor sich, wie sie dicht nebeneinander auf dem Sofa in ihrem prächtigen Salon saßen und sich selbstgefällig anschauten.

»Heather«, hatte Robbie geduldig erwidert. »Es ist Arbeit. Ich würde die Mädchen niemals absichtlich versetzen. Das weißt du. Aber meine Arbeit ist nun mal unberechenbar. Ich kann nicht steuern, wann eine Story heiß wird. Es ist ja nicht so, als würde ich in Urlaub fahren. Ich habe meine Badehose und die Sonnenmilch gar nicht eingepackt. Das ist mein Job. Der Job, mit dem ich den Unterhalt der Mädchen verdiene.«

Heather lachte verächtlich, und Robbie zuckte zusammen. »Robbie«, antwortete sie. »Das bisschen, was du für Grace' und Rubys Unterhalt zahlst, reicht kaum für ihre Klavier- und Reitstunden.«

»Ich zahle, so viel ich kann«, verteidigte Robbie sich, darum bemüht, ruhig zu bleiben und sich seine Verärgerung nicht anhören zu lassen. Das war so unfair! Er zahlte ihr beinahe die Hälfte seines verdammten Gehalts, und es genügte ihr immer noch nicht!

»Das weiß ich, Robbie.« Wieder dieses herablassende Lachen. »Mir ist bewusst, dass du nicht viel verdienst. Gott sei Dank ist Fraser in der Lage, die Schulgebühren der Mädchen zu bezahlen …«

»Tja, du weißt, wie ich darüber denke«, erwiderte er, und diesmal war ihm seine Verärgerung anzuhören. »Ich hab nie gewollt, dass sie auf diese affige Schule gehen. Auf der örtlichen Grundschule waren sie bestens aufgehoben. Mir hat die staatliche Schule jedenfalls nicht geschadet …«

»Nein, Robbie«, bemerkte Heather sarkastisch. »Du bist ja auch die reinste Erfolgsgeschichte. Gehst auf die vierzig zu, bist alleinstehend, lebst in einem engen kleinen Reihenhaus und arbeitest für ein Provinzblatt. Tja, du wirst verzeihen, aber ich will mehr für meine Töchter.«

»Unsere Töchter«, korrigierte Robbie sie barsch.

»Ich werde den Tagesablauf der Mädchen nicht um deine Monte-Carlo-Sause herum neu organisieren, Robbie. Du wirst sie diese Woche nicht sehen können. Du kannst bis nächsten Samstag warten.«

»Mein Gott, du bist so ein Miststück, Heather«, platzte Robbie heraus und trat sich gleich darauf innerlich in den Hintern. Er war sicher, dass Fraser zuhörte, was die Art, wie sie ihn behandelte, noch demütigender machte.

Heather schwieg einen Augenblick. Dann atmete sie hörbar durch die Nase ein und sagte: »Das lasse ich mir nicht bieten, Robbie. Wiederhören.«

Robbie knallte den Hörer auf die Gabel, rannte die Treppe hinauf und warf den Inhalt seines Kleiderschranks aufs Bett. Alles war zerknittert, und er hatte keine Zeit, das Bügeleisen zu suchen, daher stopfte Robbie seinen Anzug, seine beste (von einem Haufen abgetragener) Jeans und seine zwei besten weißen Hemden in die abgewetzte alte Reisetasche, dazu zwei saubere Unterhosen und Socken, die rochen, als wären sie erst einmal getragen worden. Seine Garderobe war eindeutig eher Midlothian als Monte Carlo, aber das war jetzt nicht zu ändern. Draußen wartete bereits das Taxi.

Der Flug gab Robbie Gelegenheit, über die LaFata-Geschichte nachzudenken. Er war sämtlichen anderen Reportern mehrere Schritte voraus, weil Giancarlo LaFata seit langem sein Steckenpferd war. Jeder Journalist hatte eine Story, die ihm unter die Haut ging und dort gärte, und das war Robbies Story. Er konnte sich kaum an eine Zeit erinnern, in der er noch nicht gewusst hatte, wer LaFata war. In Robbies Kindheit hatte ihn jeder in Edinburgh gekannt, weil er als eine Art Lokalheld galt. Unentwegt hatte er Sportmannschaften gesponsert und Geld für Wohltätigkeitszwecke gesammelt. Ständig hatte sein breites, rundes, vergnügtes Gesicht von den Titelseiten der Lokalzeitungen gegrinst. In den Achtzigerjahren, als Robbie ein Teenager war, waren die Fatty's-Restaurants die angesagten Esslokale. Oh, schick waren sie nicht. Alles andere als das. Und sie waren auch nicht teuer. Brenda ging mit ihren Kindern immer zum Geburtstagsessen dorthin, und die McLeans waren wahrhaftig nicht wohlhabend! Doch die Pizzen waren phantastisch, und für das Eis hätte man sterben können. Hin und wieder sah Robbie Fatty in seinem grünen Bentley durch die Stadt fahren, und er war immer beeindruckt davon, dass dieser Mann, der bei null angefangen hatte, so erfolgreich geworden war. Als armer Teenager fühlte Robbie sich inspiriert von den Geschichten über den mittellosen Immigranten, der nach Schottland gekommen war und hier sein Vermögen gemacht hatte.

Später ging Fatty dann aus Edinburgh fort. Auf dem Gipfel seiner Beliebtheit wechselte Fatty die Seiten, ließ sich von seiner braven, zuverlässigen schottischen Frau scheiden und setzte sich mit seiner neuen Freundin, dem Filmstar Sandrine de la Plage, ins Steuerexil Monaco ab. Wenige Wochen nach seiner Abreise war Maggie LaFata tot. Die Autopsie ergab Brustkrebs, doch die schottische Presse deutete an, sie sei an gebrochenem Herzen gestorben, nachdem Fatty ihr die Tochter weggenommen hatte. In Schottland herrschte das kollektive Gefühl, Fatty, ihr adoptierter Nationalheld, habe sie alle im Stich gelassen.

Robbie hatte LaFata nicht vergessen. In der Presse war häufig über ihn berichtet worden, über seine Hochzeiten und Scheidungen, über seine zunehmend befremdlichen Konsumgewohnheiten und in den letzten Jahren auch über das Verhalten seiner ungeratenen Kinder. Doch erst eine Unterhaltung in seinem Stammpub vor etwa einem Jahr hatte bei Robbie einen Schalter umgelegt. Ein alter Knabe namens Rick, der für gewöhnlich in der Waverley Tavern an der Theke saß, hatte wie üblich über dies, das und jenes geschwafelt. Plötzlich erwähnte er einen Brand, der sich in Robbies Kindheit in Edinburgh ereignet und ein Todesopfer gefordert hatte. Robbie konnte sich noch an den Vorfall erinnern, weil er zufälligerweise am nächsten Tag am Schauplatz des Brandes auf der Lothian Road vorbeigekommen war, als der Coroner gerade die verkohlten Überreste des Opfers herausgetragen hatte. So etwas vergaß man nicht. In dem ausgebrannten Gebäude hatte sich ein italienisches Restaurant namens ›Giuseppe's‹ befunden, und der Inhaber Giuseppe Romano war unglücklicherweise im Haus gewesen, als der Brand ausgebrochen war.

»Daran erinnere ich mich«, hatte Robbie zu Rick gesagt. »Es war ein defekter Herd, oder?«

»Nee!«, hatte Rick höhnisch erwidert und seinen Whisky in einem Schluck ausgetrunken. »Das war Fatty LaFata.«

»Was?« Robbie hätte sich beinahe an seinem Bier verschluckt. »Du spinnst ja, Rick. Willst du ernsthaft andeuten, Giancarlo LaFata hätte den Brand gelegt?«

»Genau.« Rick hatte genickt. »Na, vielleicht hat er das

Streichholz nicht selbst angerissen, aber dann hat er jemanden dafür bezahlt. Das ›Giuseppe's‹ war damals seine Hauptkonkurrenz gewesen. Und dann zack – über Nacht is das Problem gelöst. Sehr praktisch. Erst nachdem das ›Giuseppe's‹ abgebrannt war, ist es mit ›Fatty's‹ so richtig abgegangen.«

Als investigativer Reporter hörte Robbie viele Verschwörungstheorien und hatte die Geschichte schon als Phantasie eines Betrunkenen abtun wollen, als Rick hinzugefügt hatte: »Tatsächlich hab ich die Geschichte hier im Pub gehört, von Pete Wallace.«

Pete Wallace war leitender investigativer Reporter bei der Zeitung gewesen, als Robbie noch Nachwuchsreporter gewesen war. Robbie hatte stets zu Pete aufgeschaut, und er war am Boden zerstört gewesen, als der arme Kerl vor einigen Jahren bei einem Verkehrsunfall in den Borders ums Leben gekommen war.

»Bist du dir da sicher, Rick«, hatte Robbie gefragt.

»Klar, ziemlich sicher.« Rick hatte energisch genickt. »Das ist jedenfalls das, was Pete mir erzählt hat.«

Zurück im Büro hatte Robbie die Archive durchsucht, doch da gab es keine Anzeichen dafür, dass man irgendeine Verbindung zwischen Giancarlo LaFata und dem Brand im ›Giuseppe's‹ gezogen hätte.

»Was ist nach Pete Wallace' Tod mit seinen Akten passiert?«, hatte er Bernie gefragt.

»Tja, alles, woran er gerade gearbeitet hat, hat man den anderen Kollegen übergeben«, hatte Bernie geantwortet. »Aber ich meine mich zu erinnern, dass da ein paar Notizblöcke waren, mit denen niemand groß etwas anfangen konnte. Pete hatte sich selbst Steno beigebracht, weißt du? Nur er konnte das lesen.«

Bei der Erinnerung hatte Bernie lächeln müssen. Er und Pete waren gute Freunde gewesen.

»Ich meine aber, ich hab sie nicht weggeschmissen«, hatte er hinzugefügt. »Kam mir nicht richtig vor, die ganze Arbeit einfach in die Tonne zu werfen, deshalb denke ich …«

Bernie war aufgestanden, hatte einen Schlüsselbund aus seiner obersten Schublade geholt und war eilig quer durchs Büro zu einem alten Metallaktenschrank, der in der Ecke neben dem Wasserspender verstaubte, gelaufen.

»… ich denke, ich hab sie hier reingelegt«, hatte er gesagt, die unterste Schublade aufgeschlossen und durchsucht.

»Genau, hier sind sie.« Bernie war wieder aufgestanden und hatte den Staub von mehreren alten DIN-A4-Notizblöcken gewischt.

Robbie hatte mehrere Wochen benötigt, um Petes Stenosystem zu entschlüsseln. Er hatte das schlecht in seiner Arbeitszeit tun können, daher hatte er die Blöcke mit nach Hause genommen und an den Abenden und Wochenenden darüber gebrütet.

Irgendwann hatte Petes Gekritzel allmählich einen Sinn ergeben. Für Robbie waren diese Notizblöcke so wertvoll wie Goldbarren. Pete war Giancarlo LaFata auf die Schliche gekommen. Er hatte gründlich herumgeschnüffelt, ehe er gestorben war, und einige ziemlich windige Machenschaften aufgedeckt – Geldwäsche, Betrug, Unterschlagung und natürlich den verdächtigen Brand im ›Giuseppe's‹. Doch er wusste das alles hauptsächlich durch das Gerede von kleinen Gaunern, und Pete war offensichtlich gestorben, ehe er die Gelegenheit gehabt hatte, Beweise für diese Geschichten zu sammeln. Robbie war begeistert von dieser Story, mehr als von jeder anderen in seiner Karriere. Überdies hatte er das Gefühl, er sei es Pete schuldig, seine Entdeckungen weiterzuverfolgen und den Dingen auf den Grund zu gehen. Gab es eine bessere Art, Pete Wallace' Andenken zu ehren?

Doch der Großteil des Materials aus Edinburgh war veraltet. Zeugen waren verstorben, Aufzeichnungen verloren gegangen oder zerstört worden und die Erinnerungen der Menschen mit der Zeit verblasst. Was Robbie brauchte, war eine Reise nach Monaco, um neuere Geschichten auszugraben. Er hatte Patterson wochenlang belagern und anflehen müssen, ehe er grünes Licht für seine Reise erhalten hatte, doch schließlich – vergangenen Oktober – hatte man ihm erlaubt, nach Monaco zu fliegen, wenn auch nur für ein Wochenende. Es war in vielerlei Hinsicht eine aufschlussreiche Reise gewesen. Und jetzt kehrte er noch einmal zurück, um die Früchte seiner harten Arbeit zu ernten.

Robbie blickte aus dem Flugzeugfenster. Draußen wurde es allmählich dunkel, doch unter sich konnte er noch schemenhaft die Gipfel der Alpen erkennen. Bald würden sie landen. Er war aufgeregt. Er war sicher, dass seine Recherchen zu LaFata in Verbindung zu seinem Verschwinden allmählich einen Sinn ergeben würden. Jetzt würden die Leute anfangen zu reden. Er musste lediglich dafür sorgen, dass sie mit ihm, Robbie McLean, redeten, und nicht mit einem der hundert anderen Journalisten, die sich ebenfalls auf die Story stürzten.

Während der letzten Reise hatte er durchaus einige ziemlich schmutzige Fakten über den Mann ausgegraben. Er war nur nicht in der Lage gewesen, ihm irgendetwas davon eindeutig anzuhängen. Giancarlo LaFata schien immer nur einen Schritt davon entfernt zu sein, in Schwierigkeiten zu geraten. Sein Hotelbau in Dubai wurde teilweise von einem Scheich finanziert, dessen Bruder kürzlich mit internationalen Waffenhändlern in Verbindung gebracht worden war. Von seinen russischen Geschäftspartnern hieß es, sie seien einst Partner eines Mannes gewesen, der jetzt in einem Washingtoner Gefängnis auf seinen Prozess wartete: Ihm wurde Geldwäsche im Wert von insgesamt sieben Milliarden Dollar vorgeworfen.

Und dann gab es da noch die ehemaligen Angestellten, die auf geheimnisvolle Weise verschwunden waren, sowie die Exfrau, die Selbstmord begangen hatte – allesamt wenige Tage, nachdem Giancarlo LaFata sie fallengelassen hatte.

Trotz alledem war Fatty einer der beliebtesten Männer in Monaco. Niemand wusste etwas Schlechtes über den Mann zu sagen. Alle – vom Wirt seiner Lieblingsbar über den Kapitän seiner Yacht bis zu der Frau, die seine Kleidung reinigte – führten Worte wie vergnügt, lustig, großzügig und charismatisch im Munde. Verdammt, es klang wie eine Beschreibung des Weihnachtsmanns. Alle mochten Fatty. Oder jedenfalls *hatten* sie Fatty alle gemocht. Denn jetzt, zwölf Stunden nach seinem Verschwinden, wurde es immer wahrscheinlicher, dass LaFata tot war. Aber Robbie hätte gern gewusst, wie und warum. Ein tragischer Unfall? Der Mann konnte nicht schwimmen – konnte er also über Bord gefallen und ertrunken sein? Robbie hoffte es nicht. Das wäre ein wirklich lahmer Abgang. Selbstmord? Hatte die Kreditkrise das LaFata-Imperium so schwer getroffen, dass Fatty dem Druck nicht mehr standgehalten hatte? Das erschien unwahrscheinlich. Der Mann hatte zig Unternehmen laufen, ganz zu schweigen von seinen Yachten, Privatjets und den Immobilien überall auf der Welt. Gewiss hätte er zur Not doch bloß einige seiner Aktivposten veräußern müssen. Überdies war Robbie sicher, dass Giancarlo LaFata bei all seinen Fehlern kein Feigling war. Damit blieb nur Mord. Vielleicht war Fatty doch nicht bei allen so beliebt gewesen.

Plötzlich erblickte Robbie unter sich die Lichter der Riviera, blinkende Neonsterne am schwarzen Meereshimmel. Von hier oben betrachtet wirkte die gesamte Küste wie ein gigantischer Vergnügungspark. Was sie in gewisser Weise auch war, dachte Robbie. Der Spielplatz der Reichen und Berühmten – Strände, Restaurants, Bars, Kasinos, Nachtklubs – lag unter ihm. Als das Flugzeug eine scharfe Kurve über dem Mittelmeer flog und dann mit dem Landeanflug auf den Flughafen von Nizza begann, hatte Robbie vor lauter Aufregung Schmetterlinge im Bauch.

12

Die Kriminalpolizei war gekommen und wieder gegangen. Carlo stand auf dem Balkon, zog heftig an seiner Zigarette und sah zu, wie die Rauchringe, die er blies, in die Nacht davonschwebten, zerfielen und verschwanden. Er versuchte, in dem, was die Polizei ihm erzählt hatte, einen Sinn zu erkennen. Sie hatten zwei Gläser auf dem Tisch im Speisesaal der *Vigorosa III* gefunden, doch nur die Fingerabdrücke und die DNA von einer Person. Derzeit gingen sie davon aus, dass beides von seinem Vater stammte, doch die Ergebnisse der Laboruntersuchungen würden sie erst in einigen Tagen erhalten. Sie hatten alle Speichelproben abgeben müssen. Er dürfe das nicht persönlich nehmen, hatte die Polizistin ihm gesagt, als sie ihm das Wattestäbchen in den Mund gesteckt hatte. Jedem, der in den letzten Tagen an Bord der Yacht gewesen war – Angehörigen, Freunden, Geschäftspartnern und Besatzung –, werde eine Probe abgenommen, damit man sie ausschließen könne. Das Ganze erschien Carlo so unwirklich, dass er das Gefühl hatte, sich selbst in einer Folge *CSI* zuzuschauen.

Wie sich herausstellte, gab es Zeugen. Die Yacht war um ein Uhr morgens, als Wally, der Kapitän von Carlos Yacht *Pulling Power*, zu Bett gegangen war, noch an ihrem Liegeplatz gewesen. Zu diesem Zeitpunkt musste Fatty dort gewesen sein, zusammen mit demjenigen, mit dem er den Brandy getrunken hatte. Doch Wally war kein Lebenszeichen an Bord der *Vigorosa* aufgefallen. Um vier Uhr morgens hatte eine Putzfrau in einem Bürohochhaus an der Straße zum Hafen bemerkt, dass die *Vigorosa III* ihren Liegeplatz verlassen zu haben schien, doch die Frau kannte sich mit Luxusyachten nicht aus und hatte einfach angenommen, dass der Eigentümer schon wisse, was mit seinem Schiff passiere. Auch sie hatte niemanden an Deck gesehen.

Und dann kam der wirklich unheimliche Teil. Mitarbeiter der Spurensicherung hatten Hinweise darauf gefunden, dass sein Vater über Bord gefallen war. Auf dem Oberdeck hatte man an der hölzernen Reling einen winzigen Fetzen weißer Baumwolle gefunden, auf dem Boden einen einzelnen Hemdknopf und am Handlauf frische Fingerabdrücke. Carlo hatte den Kriminalpolizisten bestätigen können, dass sein Vater am Vorabend tatsächlich ein weißes Hemd getragen hatte. Beigefarbene Hose, weißes Hemd, marineblauer Blazer, alles Größe XXL. Das trug er am liebsten. Die Telefongesellschaft hatte bestätigt, dass das Handy seines Vaters um 2 Uhr 47 morgens den Betrieb eingestellt hatte. Die Polizisten hatten gesagt, es täte ihnen sehr leid, aber nun gingen sie davon aus, dass Giancarlo LaFata ertrunken sei, und würden ihre Bemühungen darauf konzentrieren, seine Leiche zu finden. Sobald sie die hätten, könnten sie rekonstruieren, wie genau Carlos Vater gestorben war.

Carlo vermutete nach wie vor, dass sein Vater betrunken gewesen und versehentlich über Bord gefallen war. Oder vielleicht hatte er auch einen Herzinfarkt gehabt, während er sich über die Reling gebeugt, die Aussicht genossen und eine Zigarre geraucht hatte. Wie oft hatte Carlo ihn genau das tun sehen? Ja, klang nicht unwahrscheinlich. In letzter Zeit war sein Vater gesundheitlich in keiner guten Verfassung gewesen.

Carlos Beziehung zu seinem Vater war nie leicht gewesen. Er hatte sich immer ein wenig wie das fünfte Rad am Familienwagen gefühlt und sich manchmal gefragt, ob es seinem Vater überhaupt auffallen würde, wenn er nicht da wäre. Die Mädchen hatten ihre festen Rollen. Francesca war immer der schlaue Kopf des Unternehmens gewesen und hatte sich, auch weil sie zwölf Jahre älter war als Carlo, bereits als stellvertretende Geschäftsführerin von LaFata International etabliert, ehe er auch nur die Schule abgeschlossen hatte. Diese Stelle war also bereits besetzt. Und Angel, Gott segne sie, war so niedlich und blond und perfekt geboren worden, dass sie das Herz ihres Daddys von Anfang erobert hatte. Carlo erinnerte sich daran, wie er und seine Geschwister als Kinder immer hinaus in die Auffahrt gerannt waren, wenn ihr Vater von der Arbeit nach Hause gekommen war. Als Erste hatte Fatty immer Angel auf den Arm genommen und ihr hübsches Gesichtchen geküsst. Dann hatte er sich gebückt und Francesca auf die Wange geküsst, sie nach ihrem Schultag oder ihrer Meinung zu irgendeiner Tagesnachricht gefragt. Erst dann hatte er Carlo schließlich halbherzig die Haare zerzaust und gefragte: »Alles in Ordnung, Sohn?« Doch er hatte nie auf eine Antwort gewartet. Bis Carlo den Mund geöffnet hatte, um ihm zu antworten, war sein Vater immer schon halb im Haus gewesen, Angel noch auf dem Arm, und hatte an Francescas Lippen gehangen. Carlo war zurückgeblieben, hatte neben dem Auto gestanden und Daddys Mädchen aus der Ferne hinterhergesehen. Damals hatte er gelernt, wie verletzlich Liebe machen konnte. Wenn einem jemand wichtig war, besaß der die Macht, einen zu verletzen. Es war besser, die Gefühle abzuschalten und das Herz zu schützen.

Während Angel auf eine private Mädchenschule in Monaco gegangen war, war Carlo im Alter von acht Jahren auf ein Internat in England geschickt worden. Er wusste, dass sein Vater ihn fortschickte, weil er zu viel Ärger machte. Er hatte seine Eltern deswegen streiten gehört. Mum hatte gewollt, dass er zu Hause blieb, doch Dad hatte darauf bestanden, dass er ins Internat kam. Wohlgemerkt, damals stritten seine Eltern sich bereits über alles. Noch während seines ersten Schuljahrs im Internat trennten sie sich.

Das Internat erwies sich als gar nicht so übel. Christian war auch dort – die Jungen kannten sich bereits aus Monaco, wo ihre Mütter befreundet waren. Carlo war damals bei den anderen Jungen beliebt und zudem gut im Sport, doch er sah keinen Sinn darin, fleißig zu lernen, um gute Noten zu bekommen. Sein Vater hatte so viel Geld, dass er ohnehin niemals in die Verlegenheit kommen würde, sich eine Arbeit zu suchen oder etwas ähnlich Langweiliges. O nein, Carlo verwandte seine gesamte Energie darauf, Spaß zu haben. Sehr zur Enttäuschung seiner Lehrer! Schon mit zehn Jahren hatte er entdeckt, dass er umso mehr Aufmerksamkeit von seinem Vater erhielt, je mehr er in Schwierigkeiten geriet. Sicher, der Anschiss, den er bekam, als Fatty nach England zu einer Notfall-Besprechung mit dem Schuldirektor fliegen musste, war furchterregend. Dabei hatte er nur den Sportplatz in Brand gesteckt. Was spielte es für eine Rolle, dass die erste Mannschaft an jenem Wochenende nicht Rugby spielen konnte? Es war ja schließlich niemand verletzt worden.

»Du bist eine Schande, Giancarlo!«, brüllte sein Vater, die Wangen hochrot, mit pochenden Adern an den Schläfen. »Ich bin ein vielbeschäftigter Mann. Meinst du, ich habe nichts Wichtigeres zu tun, als hier zu sitzen und mir Vorträge über das Verhalten meines Sohnes anzuhören, von einem – wie sagt man? –, von irgend so einem dahingelaufenen Lehrer!«

»Dahergelaufen«, berichtigte Carlo ihn und musste sich das Kichern verkneifen.

»Die sind so kurz davor, dich rauszuschmeißen, mein Junge! So kurz!«

Fatty hielt Daumen und Zeigefinger ganz dicht aneinander. »Jetzt musste ich ihnen anbieten, einen neuen Sportplatz zu bezahlen, und als Zeichen des guten Willens auch einen neuen Swimmingpool, nur damit sie dich nicht rausschmeißen. Du hast mich Zeit gekostet und du hast mich Geld gekostet. Ich bin nicht zufrieden mit dir, Giancarlo. Ich bin ganz und gar nicht zufrieden mit dir. Du bringst Schande über die Familie. Deine Schwestern, sie machen nie Ärger. Aber du? Bei dir kommt immer eins zum anderen.«

Carlo genoss es keineswegs, von seinem Vater angebrüllt zu werden, doch es war immerhin eine Form von Aufmerksamkeit. Es war um Längen besser, als ignoriert zu werden. In den letzten Jahren hatte Angelica die Rolle des Sorgenkinds übernommen mit ihren Suchtproblemen, ihren Zusammenbrüchen und Entziehungskuren. Dennoch war es Carlo, der dafür verantwortlich gemacht wurde. Carlo hatte beobachtet, wie es seinem Vater jedes Mal das Herz brach und er alles tat, was in seiner Macht stand, um Angel zu helfen. Aber Fatty war nicht ein einziges Mal wütend auf sie geworden, er fand immer wieder eine Entschuldigung für sie und hob sie jedes Mal auf, wenn sie erneut von dem Podest gefallen war, auf das er sie stellte.

»Ist nicht ihre Schuld«, sagte er dann. »Angel ist sehr verletzlich. Sie ist leicht zu verführen. Ich gebe diesen Freunden von ihr die Schuld. Es ist deine Aufgabe, sie von denen fernzuhalten, Carlo, hörst du? Sie ist deine Schwester, du musst sie schützen. Wenn Angel etwas Schlimmes zustößt, werde ich dich verantwortlich machen, okay?«

Aber das war nicht okay. Wie sollte Carlo Angelicas Verhalten kontrollieren, wenn ihre Modelkarriere sie nach London, New York, Paris und Mailand führte? Wie sollte er sie davon abhalten, mit fixenden Rockstars abzuhängen oder Affären mit verheirateten Schauspielern zu haben?

Carlos Leben schenkte Fatty derweil wenig oder gar keine Beachtung. Er überwies jeden Monat eine feste Summe auf das Bankkonto seines Sohnes und ließ ihn mehr oder weniger tun und lassen, was er wollte. Hin und wieder gab er Carlo Ratschläge zum Thema Frauen.

»Du bist zu jung, um eine Familie zu gründen, mein Sohn«, pflegte er zu sagen. »Tob dich aus, stoß dir die Hörner ab. Du hast Glück, dass du hier lebst, in Monaco. Hier wirst du die schönsten Frauen der Welt finden. Du bist ein gutaussehender Junge. Genau wie dein Vater. Haha! Du kannst zwischen vielen, vielen Mädchen wählen. Frauen sind wie Autos, eine neue macht eine Weile Spaß, aber bald langweilt sie dich, und du möchtest sie gegen ein neues Modell eintauschen.«

Carlos Gedanken wanderten flüchtig zu Sasha. Scheiße, war das erst heute Morgen gewesen? Es schien bereits wochenlang her zu sein. Sie war etwas Besonderes, diese Frau. Mit ihr war er noch nicht fertig. Aber sie würde warten müssen.

Durch die geöffnete Tür sah Angelica Carlo auf dem Balkon stehen.

»Kann ich bitte eine Zigarette haben, Carlo?«, fragte sie.

»Natürlich kannst du, Hübsche«, erwiderte Carlo und zwang sich zu lächeln. Doch Angelica sah ihm an, dass er geweint hatte.

»Bei dir alles okay?«, fragte sie, obwohl ihr klar war, wie absurd die Frage war.

Carlo zuckte die Achseln. »Mehr oder weniger«, erwiderte er, wenig überzeugend. »Und bei dir?«

Angelica schüttelte den Kopf. Nein, bei ihr war nicht alles okay. Ihre Gemütsverfassung und das Wort okay hatten nichts miteinander zu tun. Alle hatten ihr gesagt, dass Daddy wahrscheinlich tot war, aber sie konnte sich nicht überwinden, das zu glauben. Nicht Daddy. Er würde sie niemals verlassen. Sie zitterte, obwohl die Abendluft mild war. Carlo reichte ihr eine bereits angezündete Marlboro.

»Ich glaube nicht, dass er tot ist«, sagte sie trotzig. »Wenn er tot wäre, hätten sie seine Leiche schon gefunden.«

Carlo musterte sie wachsam. Sie sah ihm an, dass er sich genau überlegte, was er ihr antworten sollte. Alle hielten sie für so verdammt zerbrechlich, dass sie Angst hatten, zu sagen, was sie wirklich dachten.

»Manchmal dauert es Wochen, bis eine Leiche angespült wird«, antwortete Carlo schließlich sanft. »James sagt, das hängt von den Gezeiten ab. Aber vielleicht hast du recht. Vielleicht lebt Dad noch.«

Angelica sah ihm an, dass er log. Er glaubte nicht eine Sekunde daran, dass Fatty noch lebte. Er sagte das nur, damit es ihr besserging. Sie betrachtete den beleuchteten Garten und dann weiter unten die Lichter von Monte Carlo. Alles sah genauso aus wie vor drei Tagen, als sie nach Miami aufgebrochen war. Wie konnte ihre Welt sich so dramatisch verändert haben und dabei völlig unverändert aussehen? Sie war sicher, dass sie es wissen würde, wenn ihr Vater gestorben wäre. Sie standen einander so nahe. Wie konnte er aufgehört haben zu atmen, ohne dass Angelica davon wusste? Nein, er konnte nicht tot sein. Das wäre nicht fair!

»Tja, ich werde jedenfalls nicht trauern«, erklärte Angelica ihrem Bruder, beinahe verärgert darüber, dass alle anderen vom Schlimmsten ausgingen. »Kommt nicht in Frage. Ich kann doch nicht einfach die Hoffnung aufgeben, bloß weil ihn den ganzen Tag niemand gesehen hat. Das ist doch lächerlich. Ich meine, ich weiß, es sieht merkwürdig aus. Und ich habe auch gehört, was die Polizei über das Hemd und das Handy und alles gesagt hat, aber …«

Sie zog an ihrer Zigarette und seufzte. »Aber Daddy würde

mich nicht einfach so verlassen. Also werde ich einfach warten und hoffen, dann breche ich auch nicht zusammen.«

Carlo schnippte seine Zigarettenkippe über die Brüstung und legte Angel sanft den Arm um die Schultern.

»Wir müssen einfach zusammenhalten«, sagte er. »Egal, was passiert. Solange wir füreinander da sind, stehen wir das durch. Das hätte Dad auch gewollt.«

Angelica nickte. Carlo hatte recht. Dad hatte ihnen von Geburt an eingeschärft, wie wichtig die Familie war. Freunde waren gut und schön, aber wirklich vertrauen konnte man nur der Familie.

»Lass mich einfach wissen, wenn ich dir irgendwie helfen kann, Angel«, sagte er.

Angelica dachte kurz nach. Da war etwas, von dem sie wusste, dass es helfen würde. Etwas, das diesen grauenvollen hohlen Schmerz in ihr lindern würde.

»Na ja, da wäre etwas, Carlo«, sagte sie und lächelte ihren großen Bruder an. »Mir ist irgendwie danach, heute Abend auszugehen. Hier ist es ja wie im Leichenschauhaus. Frankie telefoniert dauernd mit der Polizei und den Anwälten. William ist mit seinem Computer verwachsen, und Jade hat vom Arzt Valium bekommen und liegt völlig weggetreten im Bett. Ich meine, ich weiß gar nicht, wieso sie so fertig ist. Sie kennt Daddy doch erst circa fünf Minuten. Wir kennen ihn schon unser Leben lang.«

Carlo brachte ein mattes Lächeln zustande. »Es ist wirklich ein bisschen deprimierend da drin, das gebe ich zu«, sagte er. »Aber ich dachte, du trinkst nicht mehr?«

»Tue ich auch nicht.« Angelica schenkte ihm ihr treuherzigstes Lächeln. »Ich möchte nur mal eine Weile aus dem Haus.«

Schon in zartem Alter hatte Angelica gelernt, dass kein Mann ihr widerstehen konnte, wenn sie ihn so anlächelte.

Francesca konnte es nicht fassen, als Carlo und Angelica ihr verkündeten, sie wollten ausgehen.

»Seid ihr zwei verrückt geworden?«, fragte sie und starrte ihre Geschwister ungläubig an. Sie hatten sich in Schale geworfen und waren bereit für die Stadt. »Dad wird vermisst und ist vermutlich tot, da draußen vor dem Tor kampieren etwa fünftausend Fotografen, wir sind völlig am Boden zerstört, und ihr wollt ausgehen? Herrgott noch mal, ich glaub's nicht.«

»Aber Frankie«, sagte Angel und riss die Augen auf. »Wir können die Warterei einfach nicht mehr ertragen. Das ist so quälend. Wir müssen einfach etwas tun.«

»Und was? Wenn ihr ausgeht und euch volllaufen lasst, geht es euch also besser, ja? Ich dachte, du wärst jetzt trocken, Angel. Du hast mir versprochen, nicht mehr zu trinken. Wie kannst du in einem solchen Augenblick auch nur daran denken auszugehen?«

»Ich gehe nicht aus, um zu trinken«, verteidigte sich Angel. »Ich gehe nur aus, um Carlo Gesellschaft zu leisten. Stimmt doch, Carlo?«

Doch Francesca kannte ihre kleine Schwester in- und auswendig, und ihr entging nicht, wie Angel Carlo in die Rippen stieß. Auch der Anflug von Entgeisterung in seiner Miene, als seine Schwester ihm wieder einmal die Verantwortung zuschob, entging ihr nicht. Allerdings war es ihr ein Rätsel, warum Carlo immer noch überrascht darüber war. Er musste die Verantwortung für Angelicas Handeln übernehmen, seit sie auf der Welt war.

»Ähm, ja, es war meine Idee. Angel hat mir nur angeboten, mitzukommen, das ist alles«, murmelte er.

O Gott, warum waren bloß alle Männer solche Narren, wenn Angelica in der Nähe war, fragte sich Francesca. Sogar Carlo, der sonst immer zuerst an sich selbst dachte, würde sich bereitwillig von der nächsten Klippe stürzen, sollte Angel das von ihm verlangen. Das Problem mit Angel war, dass sie keine Grenzen kannte. Niemand hatte je nein zu ihr gesagt, daher ging sie immer weiter und stellte dabei fest, dass es keinerlei Konsequenzen hatte, egal was sie tat oder wie sehr sie sich danebenbenahm. Alle verziehen ihr, immer. Schlimmer noch! Sie sagten ihr, es sei nicht ihre Schuld. Francesca war genauso schlimm gewesen, hatte immer wieder eine Entschuldigung für Angel gefunden, hinter ihr aufgeräumt und sie wieder aufgebaut, wenn sie zusammengebrochen war. Aber damit war es vorbei. Francesca hatte soeben ihren Vater verloren, und sie hatte nicht vor, ein weiteres Mitglied ihrer Familie aus den Fingern zu lassen.

»Du gehst nicht aus, junge Dame«, befahl Francesca. »Du wirst hier bei deiner Familie bleiben und deinem armen vermissten Vater Respekt erweisen.«

»Wofür hältst du dich eigentlich, Frankie?«, schrie Angelica und stampfte mit dem stilettobekleideten Fuß auf. »Du bist nur meine Schwester. Ich bin einundzwanzig. Erwachsen. Du sagst mir nicht, was ich tun oder lassen soll, verstanden? Du bist nicht meine Mutter!«

»Nein, aber wenn deine Mutter dich besser erzogen hätte, dann wärst du nicht zu so einer verzogenen, verkorksten kleinen Kuh geworden!«, schrie Francesca unwillkürlich zurück.

Sofort tat es ihr leid, doch nun war es zu spät, die Worte waren heraus und hingen in der Luft, und sie konnte sie nicht mehr zurücknehmen.

»Tut mir leid, Angel«, entschuldigte sie sich sogleich. »Es war ein aufreibender Tag, und ich weiß, du bist außer dir, Liebling, nur glaube ich nicht, dass Ausgehen die Lösung für dich ist.«

»Ach, fahr zur Hölle, Francesca«, stieß Angel hervor und

drehte sich auf dem Absatz um. »Komm schon, Carlo, hauen wir aus diesem Irrenhaus ab.«

Carlo warf Francesca einen schuldbewussten Blick zu, murmelte, er müsse auf Angel aufpassen, und weg waren sie. Francesca ließ sich auf den nächsten Stuhl fallen und brach zum ersten Mal an diesem Tag in Tränen aus. Sie fühlte sich schrecklich allein. Verängstigt, ungeliebt und allein.

»Ich will meinen Daddy«, schluchzte sie unbeherrscht. »Ich will einfach nur meinen Daddy.«

13

In der Nähe von Palermo, Sizilien, September 1961

Die Cousins sind müde, Fallen und Gift für die Ratten auszulegen. Der Vater des älteren Jungen hat ihnen befohlen, das Ungeziefer in der wackeligen alten Scheune auf seinem Besitz auszumerzen, weil es die Olivenernte vertilgt. Doch es ist ein heißer stickiger Tag, und hier im Dorf weht kein Lüftchen. Sie beschließen, an den Strand zu gehen, um sich abzukühlen.

Sie klettern über die Felsen von der Dorfstraße hinab zum Strand. Der jüngere Cousin findet einen toten Tintenfisch im Sand. Er klatscht ihn dem älteren Jungen ins Gesicht, und dann laufen sie, lachen, spielen Fangen. Atemlos vor Lachen rennen sie in eine Höhle am anderen Ende des Strands. Es herrscht Ebbe, und die Höhle erstreckt sich wie ein Tunnel vor ihnen.

Der ältere Junge, der seinem Vater seit neuestem Zigaretten klaut, hat eine Schachtel Streichhölzer in der Tasche. Er reißt eines an, schirmt es mit der Hand ab und bedeutet seinem Cousin, ihm zu folgen. Vorsichtig gehen sie immer tiefer in die Höhle hinein, lachen von Zeit zu Zeit nervös, und ihre Stimmen hallen von den feuchten Steinwänden wider. Es stinkt. Richtig schlimm. Schlimmer als im Schlachthaus im Dorf. Das Streichholz erlischt, und der ältere Junge tastet in seiner Tasche nach der Schachtel.

Im Dunkeln tritt er gegen etwas Weiches am Boden. Er stolpert und fällt auf die Knie. Er reißt ein weiteres Streichholz an, und es wird wieder hell in der Höhle. Verblüfft starren die beiden Jungen auf das, was da vor ihnen liegt. Es ist ein Mann. Oder jedenfalls war es einmal ein Mann. Jetzt ist er eine verwesende aufgedunsene Leiche. Der Jüngere der beiden würgt und übergibt sich heftig.

»Ich will nach Hause«, sagt er. »Das gefällt mir nicht. Ich hab Angst.«

Doch der ältere Junge ist fasziniert. Die Leiche trägt einen schwarzen Nadelstreifenanzug mit breiten Aufschlägen, ein weißes Hemd und eine schwarze Krawatte. Die Männer im Dorf kleiden sich anders. Ihre Kleidung ist alt und schäbig, ausgeblichen von der Landarbeit in der sizilianischen Sonne. Die Leiche hat einen Schuh verloren, doch der verbliebene ist nach wie vor glänzend schwarz und elegant. Aus irgendeinem Grund hat die Leiche noch immer einen Hut auf dem Kopf, und gleich unterhalb der Krempe ist deutlich ein perfekt rundes Einschussloch zu erkennen.

»Cosa Nostra!«, sagt der ältere Junge ehrfürchtig.

»Bitte, ich will nach Hause. Ich hab Angst«, ruft der Jüngere nochmals.

»Eine Minute«, befiehlt der ältere Junge.

Er ist der Boss. War er schon immer, wird er immer sein. Sein Cousin schluchzt leise neben ihm und wartet. Der ältere Junge entdeckt ein rotes Stoffsäckchen, das im Hosenbund des toten Mannes steckt. Er zerrt so lange an dem Säckchen, bis es freikommt, und dann legt er es auf den Boden und öffnet es. Er findet ein schweres Goldkreuz mit einer Christusfigur darauf. Fremdartige Worte sind kunstvoll auf dem Kreuz eingraviert, und es ist mit roten Edelsteinen besetzt.

»Padre celeste*«, murmelt der Jüngere und bekreuzigt sich hastig.*

Der ältere Junge stopft das Kreuz zurück in den roten Stoffbeutel und stupst seinen Cousin in die Rippen.

»Na, komm!«, befiehlt er. »Gehen wir. Los!«

Immer wieder stolpernd, verlassen die Jungen die Höhle, laufen den Strand entlang und erklimmen den steilen Abhang hinauf zur Straße. Als sie wieder beim Haus des älteren Jungen ankommen, verstecken sie sich in der Scheune, um ihren Fund genauer zu untersuchen.

»Glaubst du, das ist was wert?«, fragt der Jüngere.

Der Ältere nickt zuversichtlich. »Das ist massives Gold. Und gehört hat es …«

Da fällt ein Schatten auf sie – es ist der Vater des älteren Jungen.

»Zeigt mal, was ihr da habt, Jungs«, befiehlt er ihnen.

Er schwankt – wie üblich ist er betrunken. Der ältere Junge ergreift seinen Schatz und drückt ihn fest an die Brust.

»Nein, das gehört uns. Wir haben es am Strand gefunden.«

Doch sein Vater ist ein Riese von einem Mann und ein brutaler Kerl und hat seinen Sohn im Nu überwältigt, schubst ihn zu Boden und entreißt ihm das Kreuz.

»Dio mio!«, ruft er aus. »Ich trau meinen Augen nicht. Wisst ihr, was das ist?«

Die Jungen schütteln den Kopf.

»Das ist das Kreuz des Heiligen Nicasius«, sagt der Vater aufgeregt. »Meine Mutter hat mich immer zu ihm beten lassen, als ich ein kleiner Junge war. Es ist eine Reliquie! Es war in einem besonderen abgeschlossenen Behälter, aber dann wurde es eines Nachts gestohlen. Es war ein riesiger Skandal, ein schreckliches Verbrechen, sie haben jahrelang danach gesucht. Und jetzt, jetzt halte ich es in der Hand!«

Ein gieriges Grinsen breitet sich auf dem Gesicht des Vaters aus. »Und ich werde ein sehr reicher Mann sein, weil ich es wiedergefunden habe! Die Kirche wird mich großzügig dafür belohnen.«

Der ältere Junge wird wütend. »Aber du hast es nicht gefunden, Vater«, regt er sich auf. »Wir haben es gefunden. Wenn es eine Belohnung gibt, dann gehört sie uns.«

Sein Vater stößt ihn wieder zu Boden, steckt das Kreuz zurück in den roten Stoffbeutel, dreht sich um und will gehen.

»Wem wird man wohl glauben, dir oder mir?« Er lacht. »Nein. Ich habe das Kreuz des Heiligen Nicasius gefunden. Nicht du.«

Plötzlich ertönt ein dumpfer Schlag – der jüngere Cousin hat seinem Onkel mit einer Harke auf den Kopf geschlagen. Staunend sieht *der ältere Junge zu, wie sein Vater rückwärts taumelt und dann in die Körbe mit den reifen schwarzen Oliven stürzt.*

»Was machen wir jetzt?«, fragt der jüngere Cousin. Er zittert und kann nicht fassen, was er gerade getan hat.

Der Vater des älteren Jungen stöhnt und hält sich den Kopf. Er ist verletzt, aber bei Bewusstsein.

»Gib mir das Rattengift«, befiehlt der ältere Junge seinem Cousin. »Schnell!«

Der Jüngere tut wie geheißen und sieht dann staunend zu, wie sein Cousin seinem Vater Rattengift in den Hals schüttet. Die Augen des Vaters sind sehr weit aufgerissen, er gibt gurgelnde, erstickte Geräusche von sich. Schließlich liegt er still.

»Ist er tot?«, fragt der jüngere Cousin.

»Ja«, sagt der ältere nüchtern. »Er war sowieso ein Esel und zu nichts zu gebrauchen. Den wären wir los, sage ich.«

Die Jungen beseitigen das verschüttete Rattengift. Dann schleifen sie die schwere Leiche ins Haus und hieven sie in den Lieblingssessel des Vaters. Die Mutter des älteren Jungen wird bald mit seinen jüngeren Brüdern und Schwestern zurückkehren, daher müssen sie sich beeilen.

»So, wir müssen gehen«, sagt der ältere Cousin, »und so tun, als wären wir heute Nachmittag weit weg gewesen.«

»Was ist mit dem Kreuz?«, fragt der jüngere.

»Das verwahre ich erst mal. Wir müssen warten, bis die Zeit reif ist, erst dann können wir jemandem davon erzählen. Aber ich verspreche dir, es gehört genauso dir wie mir. Wir stecken hier zusammen drin. Cousins. Blutsbrüder. Gib mir deine Hand.«

Der ältere Junge holt ein Taschenmesser aus der Tasche und macht einen kleinen Schnitt in die Haut am Daumen seines Cousins. Dann macht er das Gleiche bei sich selbst und hält seine blutende Wunde an die des Jüngeren.

»Das bleibt unser Geheimnis, für immer«, sagt der ältere Junge feierlich.

»Für immer.« Der jüngere Cousin nickt.

Dann rennen die beiden davon, so schnell sie können, fort vom Grundstück, durch Olivenhaine und den Hügel hinter dem Dorf hinauf. Sie rennen sehr lange.

14

Kopfschüttelnd lauschte Jade LaFata dem Geschrei, das von unten heraufdrang. Dämliche verwöhnte Blagen! Die hatten keine Ahnung, wie gut sie es hatten. Alles war ihnen auf einem Silbertablett serviert worden, und trotzdem stritten sie und quengelten und beklagten sich. Sie taten so, als wären sie alle völlig fassungslos über Fattys Verschwinden, dabei fragten sie sich bestimmt bloß, wer von jetzt an ihre Rechnungen bezahlen würde.

Jade konnte sie allesamt nicht ausstehen. Francesca tat so, als wäre sie eine Scheißheilige, doch Jade hatte sie durchschaut. Ihre Ehe mit William war ein Witz, die beiden schliefen nicht einmal mehr miteinander, ganz zu schweigen davon, dass sie sich liebten. Francesca glaubte, niemand hätte bemerkt, dass William aus dem ehelichen Schlafzimmer ausgezogen war. Doch Jade war eine aufmerksame Beobachterin. Das war das Schöne an ihrer Situation hier in *Le Grand Bleu*. Niemand bemerkte sie, doch ihr selbst entging nichts. Es befand sich alles hier oben, in ihrem hübschen Köpfchen, und wartete nur darauf, dass sie es zu ihrem Vorteil einsetzte, sollte das nötig werden. Und sie hatte das Gefühl, dass es sehr bald nötig werden würde.

Carlo war noch der Beste in diesem Haufen, räumte Jade widerwillig ein. Er war ein eingebildeter Mistkerl und kleidete sich wie ein Lackaffe mit diesen ganzen James-Bond-Anzügen und Designersonnenbrillen. Eigentlich war er ziemlich aufgeblasen. Aber er bot wenigstens einen netten Anblick in diesem grässlichen alten Haus. Wenn Jade ihm sein großes Mundwerk zukleben und ihn nackt ausziehen könnte, wäre er vielleicht einen Fick wert. Sie fragte sich, ob ihm das gefallen würde. Vermutlich. Sein Vater, der schmutzige alte Trottel, hatte die Dominabehandlung jedenfalls genossen. Gott sei seiner Seele gnädig.

Und dann Angelica. Daddys kleiner Engel. Argh! Sie war die Schlimmste. Stolzierte da in diesen lächerlichen Designerklamotten durch die Gegend, wie ein Schaupony mit ihren Wallehaaren und ihren dünnen Beinchen. Jade könnte kotzen, wenn sie sie sah. Es war nicht normal, dass ein Mädchen und sein Vater sich so nahestanden. Das war doch krank. Angelica setzte sich noch immer bei Fatty auf den Schoß, und sie wickelte ihn nach wie vor um den kleinen Finger, wenn sie etwas von ihm wollte. Und das wollte sie fast die ganze verdammte Zeit. Jedenfalls hatte sie ihn *früher* um den kleinen Finger gewickelt. Vergangenheitsform. Was der kleine Engel jetzt tun würde, wo Fatty nicht mehr war, war Jade ein Rätsel. Ha! Bei diesem Gedanken musste sie lächeln.

Sie beobachtete, wie Carlo und Angelica in Carlos Lamborghini stiegen und davonfuhren. Am Tor dauerte es einige Minuten, bis sie an den dort wartenden Fotografen vorbei waren. Oh, das hatte ihnen sicher gut gefallen! Jade hatte noch nie jemanden getroffen, der so publicitysüchtig war wie diese beiden. Carlo und Angelica waren derartig damit beschäftigt, sich in Pose zu werfen, dass sie ganz vergaßen, auf andere zu achten. Sie hatten keine Ahnung, was gleich vor ihrer Nase passieren würde. Umso besser für Jade.

Plötzlich hörte sie draußen vor ihrem Zimmer eine Diele knarren. Sie warf sich wieder aufs Bett, schloss die Augen und gab vor zu schlafen. Es klopfte leise, doch das ignorierte sie. Dann ging quietschend die Tür auf, und Schritte näherten sich ihrem Bett. Das war sicher Francesca, die nach der »armen kleinen Jade« sehen wollte. Sie hörte sie schniefen. Ach je. Die liebe Seele hatte geweint. Jade musste ins Kopfkissen beißen, um nicht zu kichern. Alle glaubten, sie sei derart außer sich vor Trauer, dass der Arzt ihr sogar Valium geben musste. Das war ein herrlicher Witz. Am liebsten hätte Jade eine Party geschmissen. Fatty war tot, und sie war frei! Die Schritte entfernten sich wieder, und die Tür schloss sich.

Jade war eine gute Schauspielerin, und die Rolle der trauernden Witwe hatte sie heute überzeugend gespielt. Auch in der Rolle der treuen Ehefrau hatte sie in den vergangenen Monaten geglänzt. Jade hatte Fatty im Internet kennengelernt. Er hatte sie aufgespürt, nachdem er einen ihrer Pornofilme gesehen hatte. Jade – oder Madame Juju, wie sie in der Branche hieß – war eine Domina, spezialisiert auf Bestrafung, Schmerzen und Erniedrigung. Das war genau das, was mächtige Männer wie Fatty im Schlafzimmer wollten nach der ganzen plumpvertraulichen Speichelleckerei in den Sitzungssälen. Nichts genoss Fatty mehr, als von Jade in ihrem Latexanzug gefesselt und ausgepeitscht zu werden. Dieses Arrangement kam ihnen beiden zupass. Es hatte nie auch nur die geringste Liebe zwischen ihnen gegeben, dafür aber gegenseitigen Respekt. Fatty hatte bekommen, was er in sexueller Hinsicht brauchte, ohne dafür seine Freiheit aufgeben zu müssen, und Jade konnte in diesem Herrenhaus wohnen und ihre Lieblingssoaps ansehen oder durch Monte Carlo schlendern und das Geld ihres Mannes bei Hermès, Versace oder Chanel ausgeben. In ihren Filmen trug Madame Juju stets eine Maske, daher bestand keine Gefahr, dass jemand sie wiedererkannte. Zudem war sie zu ihrem alten Namen zurückgekehrt. Doch, es war ein sehr vorteilhaftes Arrangement für eine junge Frau wie Jade.

Zudem war Fatty bereits alt und gesundheitlich angeschlagen. Jade hatte von Anfang an nicht geglaubt, dass ihr Arrangement von langer Dauer sein würde. Sie hatte gehofft, er werde bald einen tödlichen Herzinfarkt erleiden und sie als reiche Witwe zurücklassen. Und nun hatten die Dinge diese glückliche, wenn auch unerwartete Wendung genommen, und Jade hätte nicht entzückter sein können.

Nun, Patterson hatte doch gesagt, er solle sich ein Auto mieten, dachte Robbie. Er befolgte nur seine Anweisungen. Okay, Patterson hatte nichts davon gesagt, dass er einen brandneuen glänzenden silberfarbenen Audi R8 Cabriolet für 2000 Euro die Woche mieten sollte, aber Robbie musste sich doch an seine Umgebung anpassen, nicht wahr? Er konnte ja schlecht in einem Fiat Punto durch Monte Carlo fahren. Als er nun von Nizza aus über die gewundene Küstenstraße jagte, fühlte er sich so frei und lebendig wie schon seit Jahren nicht mehr. Er schaltete das Radio ein, drehte die Lautstärke ganz auf und gab Vollgas. Robbie war in seinem Element – ein schickes Auto, eine großartige Story vor der Nase, ein Hotelzimmer in Monte Carlo und vielleicht eine weitere Begegnung mit der Frau seiner Träume?!

Sein Hotel lag auf halbem Weg zwischen dem Kasino und dem Meer. Ebenso wie mit dem Wagen überschritt er damit sein Budget ein wenig. Okay, er *sprengte* sein Budget. Doch es war nicht leicht gewesen, ein Zimmer zu finden bei den zahlreichen Journalisten, die nach Monaco strömten, um über die LaFata-Story zu berichten. Und in der Not fraß der Teufel Fliegen, nicht wahr? Daher beschied sich dieser spezielle Teufel mit dem Viersternehotel Fairmont Monte Carlo (ein Schnäppchen für 450 Euro die Nacht). Das Leben ist hart, dachte Robbie grinsend, als er seine Kleidung auspackte und in den geräumigen Kleiderschrank verstaute. Seine Hemden und der Anzug sahen ein bisschen traurig aus in ihrer neuen

Luxusumgebung. Und seine Schuhe waren einfach nur eine verdammte Schande! Während der Reise hatte er seine Jeans und die Converse All Stars getragen. Beim Schülerlauf in Edinburgh sahen die ja cool aus, aber hier in Monaco wirkten sie erbärmlich schäbig. Aber was sorgte er sich deswegen? Wen wollte er denn beeindrucken?

In einer Bar an der Place du Casino, dem Hauptplatz im glitzernden Zentrum von Monte Carlo, traf Robbie sich mit Simon und Dan. Sie setzten sich auf der Terrasse des Lokals an einen Tisch gegenüber dem Eingang zum Kasino, ließen die verrückte, verrückte Welt von Monte Carlo an sich vorüberziehen und waren bald trotz der exorbitanten Bierpreise ein wenig angetrunken. Sie begannen, den Fall LaFata zu diskutieren. Morgen würden sie alle ihre eigenen Nachforschungen anstellen und ihre Erkenntnisse für sich behalten, doch heute Abend herrschte noch Schonzeit. Gerüchte verbreiteten sich in Monte Carlo schneller als Chlamydien unter jungen Pauschalurlaubern.

»Der alte Saufkopf ist wahrscheinlich einfach über Bord gekippt, machen wir uns doch nichts vor«, sagte Dan. »Aber tun wir einfach mal so, als wüssten wir, dass es Mord war. Wer kommt in Frage?«

Dan Donovan war der Jüngste der drei. Er war Ende zwanzig, ein großspuriger Glasgower, klein, aber recht gutaussehend auf eine billige Boygroup-Art. Er redete viel, aber er war witzig und kannte immer den neuesten Klatsch und Tratsch, wie es sich für einen guten Klatschreporter gehörte.

»Tja, man muss sich immer zuerst die Familie ansehen«, sagte Simon Featherstone-Waugh, der sich rasch für dieses Spiel erwärmte.

Simon war älter, er ging auf die fünfzig zu, und Robbie hatte ihn bisher immer als Langweiler abgeschrieben. Normalerweise wirkte er steif und ungesellig. Er war ein Wirtschaftsjournalist, der sich den Kick bei Aktieneinbrüchen und sinkenden Zinssätzen holte – also nicht gerade sexy. Aber jetzt, nach ein paar Bieren, wurde Simon allmählich lockerer, und Robbie stellte fest, dass er die Gesellschaft des Mannes genoss.

»Okay, Folgendes wissen wir«, sagte Dan mit glänzenden Augen. Er hatte offensichtlich seinen Spaß. »Angelica LaFata ... Sex auf zwei Beinen, das Mädchen. Jedenfalls, das süße Ding war bei einem Bademode-Shooting in Miami, die fällt also aus. Carlo, der International-Playboy, war angeblich mit der Freundin seines besten Kumpels im Bett. Ihr seid jetzt die Ersten, die das hören! Er ist also auch raus aus der Sache ...«

»Und Francesca und Jade LaFata lagen brav in ihren Betten da oben im Familiensitz«, fügte Simon hinzu und deutete auf den Berg hinter sich.

»Und was ist mit diesem William?«, fragte Robbie. »Der Schwiegersohn, Francescas Ehemann. Er kümmert sich um die Finanzen bei LaFata International. Der muss ein Motiv haben.«

»Der war bei seiner Frau im Bett, nach allem, was man hört«, sagte Dan.

»Nee, nee.« Robbie schüttelte den Kopf. »Die beiden haben getrennte Schlafzimmer.«

»Woher willst du das wissen?«, fragte Dan lachend.

Robbie tippte sich an die Nasenseite und grinste. »Ich hab so meine Quellen, junger Mann. Denk dran, ich war schon mal hier.«

»Okay, tja, das ändert alles«, sagte Simon. Er nahm ihr kleines Spiel ernster als die anderen beiden. »Das bedeutet, dass Francesca, William und Jade eigentlich kein Alibi haben. Wenn die Tochter und ihr Mann in getrennten Schlafzimmern schlafen, können sie sich nicht füreinander verbürgen, und wenn LaFata selbst an Bord der Yacht war, dann muss seine Frau allein im Bett gewesen sein.«

»Ah, merkwürdig, merkwürdig ...«, sagte Dan grinsend. »Was ist mit dem Motiv?«

»Ach, das ist einfach«, sagte Robbie, der jetzt ebenfalls viel Spaß hatte. »Es ist immer die Ehefrau. Sie ist erst seit ein paar Monaten mit ihm verheiratet, sie ist fast vierzig Jahre jünger als er, und sie erbt wahrscheinlich ein kleines Vermögen.«

»Da irrst du dich«, widersprach Simon und schüttelte den Kopf. »Es gibt einen Ehevertrag, sie bekommt nur ein paar Millionen, wenn der Alte stirbt. Die Milliarden bekommen die Kinder.«

»Was uns zu der entzückenden Francesca führt.« Dan grinste.

Unwillkürlich zuckte Robbie zusammen. »Neee«, sagte er. »Das sehe ich nicht. Mir kommt sie ziemlich anständig vor.«

»Ah, aber es sind immer die stillen Wasser ...«, erwiderte Dan lachend. »Aber du hast recht, der Schwiegersohn hat ein Motiv. Ich habe gehört, dass Fatty den Mann nicht ausstehen konnte, und er ist für all das Monopolygeld verantwortlich, und wenn es mit seiner Frau auf der Kippe steht ...«

»Vermutlich Selbstmord«, warf Simon ein und bekam einen Schluckauf. »LaFata International hat allein im letzten Quartal Millionenverluste gemacht. Wer weiß, was da hinter den verschlossenen Türen der Tresorräume vorgeht? Aber das finde ich noch raus!«

»Hm, tja, hoffen wir mal, dass es irgendwas Pikantes ist«, sagte Dan. »Es wäre doch scheißlangweilig, wenn er sich einfach die Kante gegeben hätte und ersoffen wäre. Noch ein Bier, Jungs?«

Robbie nickte. Ein weiteres Bier war auf jeden Fall angebracht.

Jade wartete, bis es ganz still im Haus war. Dann holte sie den Koffer unter dem Bett hervor. Sie öffnete eine abgeschlossene Schublade im Schrank und begann, den Inhalt der Schublade in den Koffer zu packen: Handschellen, Peitschen, Ketten, Seile, Vibratoren, Gleitmittel, Latexanzüge, Stilettos, Nietenhalsbänder, Ledermasken ... Morgen würde die Polizei hier herumschnüffeln. Sie musste alles Verfängliche fortschaffen. Nicht um Fattys willen. Sie war sicher, dass ihr Mann tot war. Was nutzte ihm da noch ein guter Ruf? Nein, um ihrer selbst willen musste sie das Zeug loswerden. Bisher war ihr niemand auf die Schliche gekommen, das würde sie nicht noch aufs Spiel setzen. Nicht jetzt, wo sie so dicht dran war, die Belohnung zu kassieren.

Sie schickte ihrem Geliebten eine SMS, sie sei unterwegs. Er würde ihr helfen. Das tat er immer. Dann schlich sie barfuß langsam und geräuschlos die Treppe hinunter. Den Koffer und ihre Schuhe trug sie. Sie rief die beiden Wachhunde aus dem Garten herein und ließ sie durch die Hintertür in die Waschküche. Liebevoll rieb sie ihnen die Köpfe. Jade hatte schon immer gut mit Tieren umgehen können. Dann gab sie ihnen zwei Filetsteaks und schloss sie ein. Sie ging hinaus in den Garten und schlüpfte in ihre Ballerinas. Normalerweise trug sie lieber Absätze, aber jetzt waren diese flachen, bequemen Schuhe mit den Gummisohlen praktischer.

Sie schlich an der Hausseite entlang und duckte sich hinter Büsche und Statuen, um den Überwachungskameras zu entgehen. Sie wusste genau, wo die kritischen Stellen waren. Schließlich schlich sie sich nicht zum ersten Mal mitten in der Nacht aus *Le Grand Bleu* davon. Zum Schluss sprintete sie so schnell sie konnte mit ihrem Koffer über den Rasen, während die Sprenkler sie duschten. Sie hievte den Koffer in die Höhe, klemmte ihn auf einer Zeder zwischen zwei Äste und kletterte hinterher. Von hier aus gelang es ihr, den Koffer über die Mauer auf die schmale Straße hinter dem Grundstück zu wuchten. Dann zog Jade sich selbst auf die Mauer hoch, krabbelte an den anderen Rand und hing dort einen Moment lang, ehe sie den Mut aufbrachte loszulassen. Es war ein tiefer Fall, doch als Kind hatte Jade Kunstturnen gemacht, und sie landete mühelos in der Hocke. Sie nahm den ein wenig verbeulten Koffer, überquerte die Straße und ging durch den Wald zur Hauptstraße. Ein Wagen mit ausgeschalteten Scheinwerfern hielt an. Jade warf den Koffer in den Kofferraum, öffnete die Beifahrertür und setzte sich mit einem zufriedenen Grinsen neben ihren Geliebten.

»So ist's recht, mein Mädchen«, sagte er stolz.

»Ich bin wirklich dein Mädchen«, stimmte sie glücklich zu, beugte sich zu ihm und gab ihm einen langen Kuss. »Vergiss das bloß nicht.«

»Also, Robbie, du meinst, das sind alles Nutten?«, fragte Simon und riss die Augen auf.

»Ja.« Robbie nickte nachdrücklich. »Jede einzelne von denen.«

»Was? Sogar die da?« Dan deutete auf eine auffallend schöne junge Frau in einem knielangen weißen Kleid, die wirklich Klasse hatte. Ihre langen pechschwarzen Haare schwangen hin und her, als sie am Arm eines schmerbäuchigen Mittsechzigers vorbeischlenderte.

»Die da ganz besonders«, erwiderte Robbie. »Der alte Knabe hätte niemals eine Chance bei einem solchen Mädchen, wenn er sie nicht bezahlen würde.«

Das war natürlich völliger Unsinn. In Wirklichkeit hatte Robbie keine Ahnung, ob die Frau eine Prostituierte war – ebenso gut hätte sie die Tochter eines russischen Oligarchen sein können. Aber das war an diesem Abend nun einmal seine

These, und er blieb dabei. Außerdem stimmte es, in Monaco gab es viele Escortdamen.

»Eins verstehe ich nicht«, sagte Dan, der bereits ein wenig nuschelte. »Warum ziehen die Männer sich alle gleich an?«

Es stimmte: Unabhängig von Alter oder Statur trug jeder Mann, der an ihnen vorbeikam, die gleiche Uniform: schicke dunkelblaue Jeans mit schmalem Bein, ein gestärktes weißes Hemd mit großem Kragen, einen schwarzen oder marineblauen Blazer und weiche schwarze oder braune italienische Schuhe.

»Smart Casual heißt das, glaube ich«, sagte Simon.

»Hatte dich gar nicht für einen Modeexperten gehalten, Si«, prustete Dan, der beim sechsten Bier angelangt war.

Unwillkürlich lachte Robbie ebenfalls. Der gute Simon trug eine abgetragene alte Cordhose, ein kariertes Hemd, ein Tweedjackett und derbe gelbbraune Straßenschuhe.

»Ich gebe mir wenigstens Mühe«, gab Simon zurück. »Im Gegensatz zu dir, Robbie. Du kleidest dich immer noch wie ein Teenager. Wie alt bist du? Bald vierzig?«

»Quatsch! Ich bin sechsunddreißig«, sagte Robbie gekränkt. »Und zwar gerade erst geworden.«

»Also fast vierzig«, fuhr Simon fort. »Und du trägst immer noch Baggy-Jeans, T-Shirts und Turnschuhe. Ich bin kein Modeexperte, nein. Aber sogar ich weiß, dass dieser Look mit Blur und Oasis aus der Mode gekommen ist.«

Robbie lachte, denn es hätte kindisch ausgesehen, wenn er wegen einiger humoriger Bemerkungen zu seinem Kleidungsstil eingeschnappt wäre, aber innerlich ärgerte er sich. Simon hatte durchaus recht. Robbie kleidete sich seit fünfzehn Jahren so.

»Ja, du brauchst eine Generalüberholung, Kumpel«, stimmte Dan ein. »Hab ich schon die ganze Zeit gedacht – du bist ein gutaussehender Kerl, aber deine Klamotten sind einfach nur peinlich!«

Robbie wollte sich eben rechtfertigen, da rief Dan plötzlich: »Wow! Seht euch diese Schönheit an!«

Die Köpfe der beiden anderen fuhren herum. Schon den ganzen Abend beobachteten sie die Autos, die am Kasino vorfuhren. Zweierlei war Robbie besonders aufgefallen: Zum einen waren beinahe alle Autos in Monaco schwarz (außer Ferraris, die mussten rot sein), und zum anderen gab es eine strikte Hierarchie beim Parkservice des Kasinos. Verblüfft hatten die Journalisten mit angesehen, wie ein schwarzer Audi RS6, um den bei ihnen zu Hause den Besitzer alle beneidet hätten, hinter dem Gebäude geparkt wurde, weil er »unter ferner liefen« rangierte. Nur die wirklich protzigen Autos durften vorne parken. Offenbar durfte nicht zugelassen werden, dass irgendetwas, was weniger als 250000 Euro kostete, das Niveau der Gegend senkte.

»Was ist das?«, fragte Simon und kratzte sich am Kopf.

»Das ist ein Bugatti Veyron«, erklärte Dan aufgeregt. »Und wenn du eines dieser Babys haben wolltest, würdest du auf deine Million nicht viel Wechselgeld rausbekommen.«

»Das ist hier wirklich eine andere Welt«, sagte Simon ehrfürchtig. »Ich komme mir vor wie Alice hinter den Spiegeln.«

»Wisst ihr, wie viel Geld man auf dem Konto haben muss, wenn man hier wohnen will?«, fragte Dan.

Robbie und Simon schüttelten die Köpfe.

»Ich auch nicht.« Dan kicherte. »Aber ich wette, der weiß es!«

Er deutete auf den Fahrer des Bugatti.

»*Money, money, money*«, begann Simon unvermittelt mit tiefer, erstaunlich melodischer Stimme zu singen, »*must be funny ...*«

»*In a rich man's world!*«, stimmten Dan und Robbie lachend ein.

»*Money, money, money*«, fuhr Simon fort, »*always sunny ...*«

»In the rich man's world. Aha-ahaaa!!!«

»So I must leave, I'll have to go …«

»To Las Vegas or MONACO!«

Plötzlich jagte ein leuchtend roter Lamborghini um den Platz, gefolgt von einer Meute Fotografen auf Motorrädern und Mopeds. Mit quietschenden Reifen kam der Wagen vor dem Kasino zum Stehen, und ein Angestellter öffnete die Fahrertür. Ein hochgewachsener Mann mit scharf geschnittenen Zügen in einem schicken schwarzen Anzug stieg aus, fuhr sich mit den Händen durch die Haare, die ihm immer wieder ins Gesicht fielen, und ging um den Wagen herum zur Beifahrertür. Ein Paar unglaublich langer, schlanker Beine wurde aus dem Auto gestreckt, in leuchtend roten Lacklederstilettos, die perfekt zum Wagen passten, und eine atemberaubend schöne junge Frau mit wehenden langen blonden Haaren ergriff die Hand des jungen Mannes und stieg aus dem Auto.

»Ich fasse es nicht«, sagte Dan. »Das sind die LaFata-Kids.«

»Tja, jedenfalls wissen sie, wie man stilvoll trauert«, bemerkte Simon.

Und dann brach die Hölle los. Die Paparazzi schrien: »Carlo! Angelica!« Journalisten und Fotografen rannten über den Platz aufs Kasino zu. Einige kletterten sogar über den Brunnen in der Mitte des Platzes, um noch schneller zu sein. Schaulustige standen von ihren Tischen in den Bars und Restaurants auf und gingen dem Tumult entgegen. Es war der reinste Massenansturm.

»Kommt schon!«, rief Robbie. »Gehen wir näher ran. Beeilt euch!«

Er wartete nicht erst auf die anderen beiden. Sein journalistischer Instinkt ließ ihn aufspringen, und schon rannte er auf die LaFatas zu, ehe seine Freunde sich auch nur von ihren Stühlen erhoben hatten. Er drängelte sich so weit wie möglich nach vorn durch. Das Herz klopfte ihm bis zum Hals, Adrenalin schoss durch seine Adern. Er erreichte die Treppe vor dem Kasino gerade rechtzeitig, um zu sehen, wie Carlo und Angelica die Drehtür erreichten. Die junge Frau hielt kurz inne und blickte zurück auf diesen Menschenauflauf. Kein Zweifel, sie war wunderschön, aber als Robbie ihren glasigen Blick sah, wurde ihm das Herz schwer. Er hatte in seinem Leben genügend Drogenabhängige gesehen, um die Anzeichen zu erkennen. Angelica LaFata war jung und atemberaubend schön. Sie hatte alles, was man sich nur wünschen konnte. Doch ihre Augen waren tot.

Als Dan ihn eingeholt hatte, waren die LaFatas schon im Kasino verschwunden. Keuchend stand Dan an Robbies Schulter gelehnt und versuchte, wieder zu Atem zu kommen.

»Hast du das gesehen?« fragte Robbie und schüttelte traurig den Kopf.

»Was gesehen?«, fragte Dan zurück.

»Angelica LaFata.«

»Nur aus der Ferne. Tolle Frau, was? Und live ist sie sogar noch toller.« Dan grinste.

Robbie schüttelte den Kopf. »Nein. Sie war nicht toll. Sie war völlig zugedröhnt. Ihre Augen … Sie war high, Dan. Hat sich ihr dummes Köpfchen zugekokst.«

»Dann heißt es für Angel wohl wieder ab in den Entzug.« Dan zuckte mit den Schultern. »Na ja, steigert die Auflage.«

Robbie lächelte seinen Freund matt an, doch der Abend hatte seinen Zauber verloren. Plötzlich fiel ihm auf, wie müde er war.

»Ich glaube, ich hau mich in die Falle«, sagte er. »Wichtiger Tag morgen. Viel Arbeit. Leute treffen, Orte aufsuchen …«

»Bist du verrückt geworden?«, fragte Dan ungläubig. »Ich bleibe hier, ich will sehen, was als Nächstes passiert. Ich gehe nicht ins Bett, solange die LaFata-Kids noch auf den Putz hauen.«

Schließlich hatte auch Simon sie eingeholt. »Ihr Jungs schuldet mir jeder hundert Euro«, verkündete er atemlos.

»Hundert Euro?!«, rief Dan entgeistert. »Für sechs Bier? Machst du Witze?«

»Willkommen in Monte Carlo«, sagte Simon.

15

»Nein, Audrey, tut mir leid. Ich weiß nicht, wo die Steaks sind«, sagte Francesca dem Dienstmädchen geduldig.

Das hatte ihr noch gefehlt. Zwei Filetsteaks fehlten also im Kühlschrank? Na und? Ihr Vater wurde vermisst, da war das ja wohl kaum von Bedeutung.

»Ich glaube eigentlich nicht, dass von uns jemand heute großen Hunger hat«, fügte sie hinzu. »Sagen Sie dem Koch, wir möchten zum Mittagessen Salat. Sagen Sie ihm, Carlo ist nicht hier, und Angelica geht es nicht so gut, so dass sie wohl nicht mitessen wird. Danke, Audrey. Das ist alles.«

Fatty wurde nun seit beinahe sechsunddreißig Stunden vermisst, und Francesca ging allmählich die Wände hoch. Sie wusste, sie hatte etwas von einem Kontrollfreak. Okay, sie war ein *totaler* Kontrollfreak. Sie musste im Voraus planen. Sie brauchte Fristen und Termine. Sie musste wissen, dass alles da war, wo es sein sollte, und das zum richtigen Zeitpunkt. Es war ihr unmöglich, im Chaos zu leben oder zu arbeiten. Wie sollte sie also mit dieser Ungewissheit leben? Immer nur warten und warten, ohne Antworten, ohne zu wissen, wann oder ob das jemals enden würde. Was, wenn die Leiche nie gefunden würde? Was, wenn das nie mehr aufhörte? Diese unheimliche Benommenheit, irgendwo zwischen lähmender Trauer und blinder Hoffnung. Es war grauenvoll. Sie wünschte sich eine Vorspultaste. Oder eine zum Zurückspulen. Am liebsten würde sie auf Löschen drücken.

Ihre Familie war auch keine Hilfe. Jade hatte ihr Zimmer

seit vergangenem Nachmittag nicht mehr verlassen, Carlo war mit Christian irgendwo hingefahren, William arbeitete an seinem Computer, und Angelica … Tja, Angelica war in GROSSEN Schwierigkeiten.

Francesca klopfte an die Zimmertür ihrer Schwester und trat ein. Angel hatte sich unter ihrer rosafarbenen Bettdecke zusammengerollt, stöhnte und hielt sich den Bauch.

»Geht's dir ein bisschen besser, Angel?«, fragte Francesca und versuchte mitfühlend zu klingen, obwohl sie ihre kleine Schwester am liebsten kräftig geohrfeigt hätte.

»Nein«, wimmerte Angelica kläglich. »Ich glaube, ich sterbe. Mein Bauch … Mein Kopf …«

»Und du hattest wirklich nur zwei Gläser Champagner?« Francesca war skeptisch.

»Definitiv.« Angelica nickte. Ihre Augen wirkten in dem bleichen, abgespannten Gesicht sogar noch größer und blauer als sonst. »Ich schwöre es, Frankie. Ich dachte, das wäre okay. Ich hätte nie gedacht, dass ich mich hinterher so fühlen würde.«

»Dein Körper kann offenbar überhaupt keinen Alkohol mehr vertragen«, sagte Francesca. »Soll ich einen Arzt rufen?«

»Nein. Keine Ärzte«, sagte Angelica und schüttelte so heftig den Kopf, dass ihre Lippen wackelten.

»Ich weiß sowieso nicht, was du dir dabei gedacht hast, gestern auszugehen«, erklärte Francesca, öffnete die Fensterläden und ließ das Mittagslicht ins Zimmer strömen. »Du bist verängstigt und durcheinander. Das Letzte, was du brauchen kannst, ist, bis spät in die Nacht auszugehen und dich zu betrinken. Du hast den Entzug diesmal so gut durchgestanden, Liebes. Ich verstehe nicht, wie du das alles einfach so aufs Spiel setzen kannst.«

Geblendet kniff Angelica die Augen zusammen, streckte eine kalte klamme Hand nach Francescas aus und drückte sie matt. »Es tut mir leid, Frankie«, sagte sie leise. »Aber ich bin so durcheinander wegen Daddy. Ich konnte einfach nicht klar denken.«

»Ich weiß, Angel.« Francesca bemühte sich um einen mitfühlenden Ton. »Es ist wirklich schwer, damit umzugehen. Versuch einfach, ein bisschen zu schlafen.«

Angelica nickte gehorsam und zog den Kopf unter die Bettdecke, um das Licht auszusperren.

»Verlogene kleine Göre«, dachte Francesca bei sich, als sie wieder die Treppe hinabging. Sie glaubte nicht eine Minute lang an die Geschichte mit den zwei Gläsern Champagner. Carlo und Angelica waren erst um fünf Uhr morgens nach Hause gekommen. Francesca war wach geworden und hatte gehört, wie die Hunde bellten und die Hintertür geschlossen wurde. Sich wie zwei Teenager durch die Hintertür ins Haus zu schleichen! Das war erbärmlich. Carlo hatte Angelica wie immer den Rücken gedeckt.

»Nein, Frankie«, hatte er ihr ins Gesicht gelogen. »Wir sind um zwei nach Hause gekommen, ich schwöre es. Und sie hatte wirklich nur zwei Gläser Schampus, ehrlich. Ich hab versucht, sie davon abzuhalten, aber du weißt ja, wie überzeugend sie sein kann.«

Ach, sollten sie doch tun, was sie wollten, dachte Frankie. Die beiden behandelten sie, als könnte sie nicht bis drei zählen. Sie hatte es satt, als selbstverständlich betrachtet zu werden und hinter ihnen aufzuräumen. Vielleicht war es an der Zeit, dass sie einmal an sich selbst dachte. Vielleicht war es an der Zeit, dass Francesca ihre eigenen Wünsche voranstellte. Doch welche Wünsche hatte sie? Francesca wusste es nicht einmal.

Leise schlüpfte Angelica aus dem Bett und suchte aus dem Kleiderhaufen auf dem Boden ihre Chanel-Handtasche heraus. Sie durchwühlte sie, bis sie fand, was sie suchte: eine kleine blaue Tüte von Tiffany. Darin befand sich eine noch kleinere, verschlossene Plastiktüte mit drei papierenen Briefchen und fünf Pillen. Angelica seufzte erleichtert. Sie hatte genug, um ein, zwei Tage zu überstehen.

Der Engel auf ihrer rechten Schulter war außer sich vor Sorge. Tu das nicht, Angelica, flehte er sie an. Gestern Abend war nur ein Ausreißer. Spül die Drogen in der Toilette hinunter. Du bist stark, du kannst das ohne diesen Mist durchstehen. Weißt du noch, wie gut es dir ging, als du clean warst? Sei tapfer, Angelica. Denk an das, was deine Therapeutin gesagt hat. »Ich bin toll. Ich bin toll. Ich bin toll.«

Mach schon, sagte der Teufel auf ihrer linken Schulter. Zieh eine Line durch. Nur die eine. Ein kleiner Muntermacher. Das kann doch nicht schaden. Schau doch, was du durchmachst, Angelica. Die können nicht ernsthaft von dir erwarten, dass du das alles ohne jede Hilfe durchstehst. Scheiß auf das, was die Therapeutin gesagt hat. Was weiß die denn schon von Angelica LaFata? »Ich bin schwach. Ich bin schwach. Ich bin schwach.«

Angelica saß auf dem Boden und hielt das Tütchen in der Hand. Sie hatte hämmernde Kopfschmerzen, der Bauch tat ihr weh, und ihr Herz … Nun, ihr Herz fühlte sich an, als wäre es zertrümmert worden. Wo war Daddy? Warum war er fortgegangen? Wie sollte sie ohne ihn weitermachen? Wer würde sich nun um sie kümmern? Nur eine klitzekleine Line, und all der Schmerz wäre fort. Nur eine kleine Line. Die konnte doch nicht schaden, oder?

Durch den Spalt in der Schlafzimmertür beobachtete Jade Angelica: erbärmlicher kleiner Junkie. Das Mädchen hatte kein Rückgrat. Beim ersten Hauch von Schwierigkeiten drückte sie den Selbstzerstörungsknopf. Jedes verdammte Mal. Das war das Problem mit diesen verzogenen reichen Blagen. Sie hatten nie gelernt, auf eigenen Füßen zu stehen, daher benötigten sie eine Krücke. Angelica hatte ihre Drogen und den Alkohol, Carlo seine Autos, seine Yacht und seine Frauen, und sogar die heilige Francesca hatte ihre Laster. Zum einen war sie ein Kontrollfreak, zum anderen ein Workaholic. Mit ihren entzückenden kleinen Jungen verbrachte sie kaum Zeit. Die Ärmsten hielten bestimmt das Kindermädchen für ihre Mutter. Francesca schien zu glauben, die ganze Welt würde zusammenbrechen, wenn sie nicht das Haus und das Büro führte. Aber niemand war unentbehrlich. Niemand war *so* wichtig. Eines Tages würde Francesca das selbst feststellen.

Als Francesca Angelica und Carlo vorgeworfen hatte, dass sie erst um fünf Uhr morgens nach Hause gekommen seien, hatte Jade lachen müssen. Es waren gar nicht die beiden gewesen, die Francesca gehört hatte! Es war Jade gewesen, die nach einer Nacht mit ihrem Geliebten zurück ins Haus geschlichen war. O Gott, dieses Haus steckte voller Geheimnisse und Lügen. Fatty hatte ihnen allen ständig Vorträge über Loyalität, Vertrauen und die Bedeutung von Aufrichtigkeit innerhalb der Familie gehalten. Aber jetzt schaut sie euch an! Schleichen herum, verbergen ihre schmutzigen kleinen Geheimnisse voreinander, wie Eichhörnchen, die ihre Nüsse verstecken. Tja, sie waren ja auch bei einem Meister in die Lehre gegangen. Niemand hatte so viele Geheimnisse gehabt wie Fatty. Das wusste Jade nur zu gut.

Nun ja, damit war es bald vorbei. Jade würde die vergiftete Atmosphäre in diesem unheimlichen alten Haus nicht mehr lange ertragen müssen. Noch einige Tage, und dann wäre sie fort. Er war beinahe bereit für sie. Er hatte es versprochen. Bald würden sie gemeinsam fortgehen und weit weg ein neues Leben beginnen. Jade konnte es kaum erwarten.

Carlo hatte sich auf einem Liegestuhl ausgestreckt, die Hände hinter dem Kopf verschränkt und betrachtete die Küste, die sich in der Ferne auf- und abbewegte. Christian lag neben ihm. In einvernehmlichem Schweigen hingen die beiden Freunde ihren Gedanken nach, während die *Pulling Power* die Küste entlang Richtung Antibes fuhr. Jedwede Befangenheit, die Carlo Sashas wegen empfunden hatte, war verflogen. Wie sie gesagt hatte, es war eine einmalige Sache gewesen. Es würde sich nicht wiederholen, daher musste Christian gar nicht erst davon erfahren. Carlo war froh, dass der Vorfall nicht seine einzige echte Freundschaft ruinieren würde, doch zugleich war er niedergeschlagen, weil er nie wieder flach auf dem Rücken liegen und die knackige Sasha rittlings über sich sehen würde.

Er versuchte, ihr Bild aus seinen Gedanken zu löschen, aber es war hartnäckig. Offen gesagt sah er dieses Bild seit gestern Morgen immer wieder vor sich. Wie ihre Schenkel seine Taille umklammert hatten, wie ihre Zunge in seinen Mund vorgedrungen war … O Gott, er merkte, wie er schon wieder einen Ständer bekam! Wie pietätlos war das denn? Sein Vater wurde vermisst, war vermutlich tot, und Carlo konnte an nichts anderes denken als daran, die Freundin seines besten Kumpels zu vögeln.

»Denkst du an deinen Vater?«, fragte Christian besorgt.

Carlo rollte sich auf den Bauch. Die Wangen brannten ihm vor Scham.

»Ähm, ja, natürlich«, log er. »Kann an nichts anderes denken.«

Bis zu einem gewissen Punkt stimmte das sogar. Carlo konnte an nichts anderes denken – außer an Sasha! Aber natürlich war er auch völlig durch den Wind, seit sein Vater verschwunden war. Was sollte er denken? Tun? Sagen? Da war ja keine Leiche, die er hätte betrauern können, kein Zeuge, der hätte erklären können, was geschehen war; keine handfesten Spuren. Carlo war zu dem Schluss gekommen, es sei am besten, nicht weiter darüber nachzugrübeln. Deshalb unternahmen Christian und er – und die fünf Mann Besatzung natürlich, schließlich war Carlo gar nicht in der Lage, eine Yacht zu führen! – diesen kleinen Tagesausflug nach Antibes und wieder zurück. Sozusagen als Therapie. Einmal hatte Carlo im Hafen eine Yacht gesehen, die so hieß – *Therapy* –, und da war es ihm aufgegangen: Es gab wirklich nichts Beruhigenderes, als an einem strahlend schönen Frühlingstag mit ein paar Bieren und dem besten Kumpel übers Mittelmeer zu fahren.

»Ähm, du brauchst darauf jetzt nicht zu antworten, wenn du nicht willst«, setzte Christian vorsichtig an, »aber … dein Vater ist, ähm, na ja, du weißt schon …«

»Tot«, ergänzte Carlo rundheraus.

Tja, es hatte doch keinen Sinn, wie die Katze um den heißen Brei zu schleichen, oder? Dad war beinahe sicher tot. Er konnte doch nicht schwimmen!

Jetzt war es an Christian, zu erröten. »Ähm, ja, wenn Fatty tot ist, wie geht's dann jetzt weiter? Mit LaFata International und dem Grundbesitz und den Immobilien und allem?«

Carlo zuckte die Achseln. Darüber hatte er noch nicht so genau nachgedacht. »Ich glaube nicht, dass sich viel ändern wird«, sinnierte er. »Francesca und William leiten größtenteils das Unternehmen ja jetzt schon. Unsere Apartments hat Dad uns geschenkt, die gehören also uns. Genau wie die Yachten und Autos. Ich weiß nicht genau, was aus dem Geld wird, das ich jeden Monat bekomme, aber ich schätze, das läuft so lange weiter, bis ich mein Erbe kriege.«

»Und falls sie seine Leiche nie finden?«, fragte Christian.

»Scheiße, was weiß ich? Da muss ich Frankie fragen. Wie lange muss jemand vermisst sein, bevor man ihn offiziell für tot erklären lassen kann?«

Christian zuckte die Achseln. »Keine Ahnung. Ist noch nie jemand über Bord gegangen, den ich gekannt habe.«

Carlo lief ein Schauder über den Rücken. Wenn er sich vorstellte, wie sein Vater ertrank, bekam er Albträume. Andererseits … wenn er ganz ehrlich zu sich war, befürchtete er, dass er nicht ganz so untröstlich war, wie er sein sollte. Er bekam beinahe Schuldgefühle, weil er sich innerlich so leer und benommen fühlte. Müsste er nicht wie Jade mit Valium vollgepumpt im Bett liegen? Oder ein Nervenbündel sein wie Frankie? Oder wütend und weinerlich wie Angelica? Heute Morgen hatten alle drei Frauen geweint. Er hatte sie gesehen. Doch er selbst hatte nicht eine einzige Träne vergießen können seit gestern Morgen im Hafen. Vielleicht war das alles noch nicht ganz zu ihm durchgedrungen. Wie konnte es auch, wenn es keine Leiche gab?

»Du wirst dir also keinen Job suchen müssen oder so was?«, fragte Christian.

»Himmel, nein!«, erwiderte Carlo, drehte sich zurück auf den Rücken und setzte sich auf, da seine Erektion zurückgegangen war. »Scheiße, was sollte ich auch tun?«

»Ach, komm schon«, sagte Christian. »Es muss doch etwas geben, was du gern tun würdest. Ich meine, du weißt schon, wenn alles anders wäre und du arbeiten müsstest wie, du weißt schon, normale Leute.«

Carlo kratzte sich am Kopf und rückte seine Ray-Ban zurecht. Ehrlich gesagt hatte er darüber noch nie nachgedacht. Das war nie nötig gewesen. Seine Familie war immer, nun ja, stinkreich gewesen, daher hatte er nie so etwas wie ein Arbeitsethos entwickeln müssen. Er begriff nicht, warum Frankie so verdammt viel arbeitete. Sie war immer im Büro, und sogar wenn sie zu Hause war, war sie gestresst von der Arbeit. LaFata International hätte es sich locker leisten können, jemand anderen einzustellen, der hinter Fatty als die Nummer zwei im Vorstand fungierte. Insofern war Carlo schleierhaft, wieso Frankie ihre Zeit nicht mit Shoppen, Lunchen und Schönheitspflege verbrachte wie normale Frauen in Monaco. Bei Angel war es etwas anderes. Ein Model zu sein, das war keine ernsthafte Arbeit, oder? Hin und wieder für ein paar Stunden vor einer Kamera die Lippen zu schürzen oder einen Laufsteg auf- und abzuwackeln, das war ja wohl nicht schwer. Außerdem tat Angel es der Aufmerksamkeit wegen. Angel tat alles, um Aufmerksamkeit zu erregen.

»Nein«, beantwortete Carlo schließlich Christians Frage. »Da fällt mir nichts ein. Als ich klein war, wollte ich Feuerwehrmann werden, und später wäre ich gerne Fußballer geworden, und dann, als ich meinen Führerschein hatte, hab ich ganz kurz gedacht, ich wäre gerne ein Formel-1-Rennfahrer, aber sonst …«

»Okay, stell dir einfach mal vor, es wäre kein Geld da, was würdest du tun?«, beharrte Christian.

»Aber es wird immer Geld da sein«, sagte Carlo, den dieses Spiel allmählich langweilte. »Also besteht auch keine Notwendigkeit, darüber nachzudenken.«

»Aber wenn du müsstest …« Langsam ging Christian ihm auf die Nerven.

»Tja, ich würde mir keinen Job suchen«, sagte Carlo. »Ich würde einfach einen Rucksack packen, abhauen und reisen.«

»Reisen?« Christian hob eine Augenbraue. »Aber du warst doch schon überall auf der Welt.«

»Nein, nicht diese Art Reisen. Nicht im Privatjet, mit Hubschraubertransfers und Fünfsternehotels. Ich meine die Sorte Reisen auf primitivstem Niveau, die die Typen in unserem Alter nach der Uni machen, bevor sie sich einen Job suchen. Ich würde gern ein bisschen von der Welt sehen. Von der *anderen* Welt. Afrika, Asien, Südamerika …«

»Ich dachte, da warst du überall schon.« Christian war offenbar gerade ein wenig begriffsstutzig. Er schien es einfach nicht zu kapieren.

»Ja, ich war in Südafrika, Kenia, Thailand, Hongkong, Mexiko, Brasilien …«, entgegnete Carlo. »Und es sah überall gleich aus. Nettes großes Hotel, prachtvoller Strand, hübscher Swimmingpool, großartiges Essen, phantastischer Service. Genauso gut hätte ich in Monaco bleiben können. Ich habe eigentlich nichts zu sehen bekommen, was ich nicht auch hier jeden Tag sehe. Bloß einen Haufen reicher Weißer, die sich sonnen und Cocktails trinken.«

»Okay, ich verstehe, was du meinst. Und eine Weile würde das auch bestimmt Spaß machen«, stimmte Christian zu. »Aus dem Rucksack leben, in Hütten schlafen und so, Reis und Bohnen essen. Aber ich könnte das nicht. Ich würde die Annehmlichkeiten zu Hause zu sehr vermissen.«

Plötzlich grinste er breit. »Du weißt schon, Dom Pérignon, Foie gras, Prada-Slips und meinen Hubschrauber!«

Unwillkürlich musste Carlo ebenfalls lächeln. »Tja«, sagte er. »Wenn du es so darstellst … Vielleicht überlasse ich das Reisen doch der Plebs.«

Damit streckten die beiden Männer sich wieder auf ihren Liegen aus. Carlo starrte in den perfekten blauen Himmel über sich. Die Vorstellung, nur mit einem Rucksack zu reisen, gefiel ihm eigentlich ganz gut. Ein paar Jahre zuvor hatte er seinem Vater einmal von dieser Idee erzählt. Fatty wäre beinahe vom Stuhl gefallen, so sehr hatte er lachen müssen.

»Nur über meine Leiche geht ein Sohn von mir so auf Reisen. Was würden die Leute denken? Aber du würdest sowieso keine fünf Minuten durchhalten. Du bist ein Weichei, ein Muttersöhnchen. Ich kann mir dich nicht ohne Dienstmädchen, ohne Auto, ohne eigenes Bad vorstellen! Du wärst nach zwei Tagen wieder hier und hättest dich zum Gespött der Leute gemacht. Nein. Wenn du reisen willst, Giancarlo, dann nimmst du den Privatjet und wohnst im Four Seasons.«

Nur über seine Leiche. Das brachte ihn auf einen Gedanken …

»Langweilt dein Leben dich manchmal, Chris?«, fragte Carlo, setzte sich wieder auf und trank einen Schluck Bier. »Fragst du dich manchmal, ob es irgendwo da draußen etwas Besseres gibt?«

Christian schüttelte den Kopf und sah Carlo an, als hätte dieser völlig den Verstand verloren. »Was? Besser als Monaco? Besser als Yachten und Nachtklubs und schnelle Autos und tolle Frauen? Nein! Wir sind die Glücklichen, Carlo. Wir leben den Traum.«

Carlo ließ den Blick über seine Luxusyacht mit der Designerausstattung und der allerneuesten Technik schweifen. Wenn er ehrlich war, machte sie ihn nicht glücklich. Auch schon bevor sein Vater verschwunden war, war er nicht glücklich gewesen. Schon lange spürte er eine unterschwellige Unzufriedenheit in sich gären. Er kaufte immer schnellere Autos und immer größere Yachten, trank immer exklusiveren Champagner, kaufte idiotisch teure Kleidung und bumste immer mehr schöne Frauen. Doch es genügte alles nicht. Vielleicht war er bloß gierig. Aber er wollte gar nicht mehr, als er schon hatte. Er wollte etwas anderes.

»Wo siehst du dich in zehn Jahren?«, fragte er seinen besten Kumpel, und unvermittelt wurde ihm klar, dass sie noch nie ein so tiefgründiges Gespräch geführt hatten.

»Hier natürlich«, erwiderte Christian. »Na ja, nicht hier auf der *Pulling Power*, aber hier in Monaco. Mit einer hübschen großen Wohnung am Meer und vielleicht einer Villa in Villefranche oder Beaulieu für die Wochenenden. Wo ich mit Frau und Kindern hinfahren könnte …«

»Frau und Kinder?«, platzte Carlo heraus.

Christian nickte. »O ja, ich will nicht ewig Junggeselle bleiben. Das ist doch nur traurig. Mit dreißig will ich definitiv verheiratet sein.«

Plötzlich kam Carlo ein schrecklicher Gedanke: Was, wenn Christian plante, Sasha zu heiraten? Das wäre eine Katastrophe. Wahrscheinlich würde er ihn bitten, sein Trauzeuge zu sein, und wie sollte er das tun, nachdem er die Braut gevögelt hatte?

»Also ist Sasha diejenige, welche?«, fragte er nervös.

Zu seiner Erleichterung schüttelte Christian den Kopf. »Nein, eindeutig nicht. Sie ist toll, sie ist witzig, und sie ist großartig im Bett …«

Carlo versteifte sich. Die Vorstellung, dass Sasha mit Christian schlief, war schrecklich. Was natürlich völlig schwachsinnig war, schließlich war sie seine Freundin, aber trotzdem, es fühlte sich falsch an. Irgendwie hatte Carlo gehofft, dass sie nur bei ihm großartig im Bett wäre. Dass es zwischen ihnen beiden eine ganz besondere Chemie gegeben hätte, die sie so geil gemacht hatte.

»… aber sie ist kein Ehefrauentyp«, fuhr Christian fort, ohne das Monster mit den grünen Augen auf der Liege neben sich zu bemerken. »Sasha ist wie ein wilder Tiger. Die kann man nicht zähmen.«

16

Robbie lag im Bett und stimmte sich auf den vor ihm liegenden Tag ein. Er versuchte, an Spuren und Kontakte zu denken, doch seine Gedanken wanderten immer wieder zu einer Person. Zu *ihr*. Sechs Monate zuvor hatten sie sich in der Bar des Hôtel de Paris kennengelernt. Robbie war sich fehl am Platz vorgekommen in seiner schäbigen Kleidung. Sie dagegen hatte einen schwarzen Bleistiftrock, eine gestärkte weiße Bluse und schwarze Stilettos getragen, welche die perfekte Rundung ihrer Waden betonten. Er hatte gedacht, sie sei die schönste, anmutigste, eleganteste Frau, die er je gesehen hatte. Er hatte gedacht, sie sei mehr als eine Nummer zu groß für ihn.

Zwischen ihnen war nichts gelaufen. Sie hatten sich nicht geküsst oder sonst etwas Dramatisches getan. Es war lediglich eine von diesen Zufallsbegegnungen, die etwas bedeuten konnten – oder aber auch nicht. Doch was es auch sein mochte, er musste ständig daran denken. An sie. Sie war ihm unter die Haut gegangen. Und jetzt war er wieder hier, in ihrer Heimatstadt, und fragte sich, ob er Kontakt zu ihr aufnehmen sollte.

Es hatte ganz harmlos begonnen. Sie waren ins Reden gekommen, er hatte ihr einen Drink ausgegeben, und dann hatten sie den ganzen Nachmittag verplaudert. Sie hatte ihm gesagt, sein Akzent sei sexy, und dann war sie errötet. Da war noch immer etwas Kindliches an dieser sonst so selbstbewussten, kultivierten Frau gewesen.

Sie hatten einander zum Lachen gebracht, und dann hatte er sie zum Weinen gebracht, indem er sie nach ihrer Ehe gefragt hatte. Und aus irgendeinem Grund hatte sie ihm erzählt, wie unglücklich sie war, und dann hatte er ihr natürlich von seiner Scheidung erzählt, und wie sehr er seine Töchter vermisste. Sie hatten ein Band zwischen sich geknüpft. Zwei einsame Menschen, die sich gemeinsam im Hôtel de Paris betrunken hatten.

Je mehr sie erzählte hatte, desto mehr hatte sie ihn fasziniert. Alles, was sie gesagt hatte, hatte einen Sinn ergeben, und irgendwann hatte er gedacht: Diese Frau, die praktisch einen Fremde ist, ist die Frau, die ich hätte heiraten sollen. Das ist sie! Ach, vielleicht war es nur der Alkohol, oder die Umgebung, oder die Erregung darüber gewesen, mit einer so scharfen Frau zu sprechen. Andererseits war Robbie nicht naiv. Er war kein alberner Romantiker oder liebeskranker Teenager. Da war wirklich ein Band zwischen ihnen. Das hatte er sich nicht nur eingebildet. Deshalb war er auch so am Boden zerstört gewesen, als er alles vermasselt hatte. Vielleicht hätte er offener zu ihr sein, ihr von vornherein sagen müssen, dass er Journalist war. Doch er hatte nicht als Reporter mit ihr gesprochen, er hatte als *Mann* mit ihr gesprochen. Es hatte im Streit geendet. Sie war so schnell davongestürmt, dass Robbie beinahe Funken hatte sehen können, dort wo ihre Absätze den Marmorboden berührt hatten.

Robbie versuchte, nicht an sie zu denken, aber das fiel ihm schwer. Er war in Monaco und ihr damit *so* nahe. Doch vermutlich verabscheute sie ihn. Sie hatte ihm gesagt, sie wolle ihn nie wiedersehen. Und jetzt würde sie ihn wohl kaum willkommen heißen, oder? Außerdem erinnerte sie sich vielleicht überhaupt nicht an ihre Begegnung. Womöglich war es nur für ihn eine so große Sache gewesen. Er durchsuchte das Adressbuch in seinem Handy, um sich zu vergewissern, dass sie noch da war. Ihre Telefonnummer. Sie hatte sie ihm gegeben, ehe sie sich gestritten hatten. Wagte er es, sich mit ihr in Verbindung zu setzen? Im Moment nicht, so viel war sicher.

Stattdessen stürzte er sich in die Arbeit, telefonierte sämtliche Kontakte ab, die er bei seinem letzten Monaco-Aufenthalt geknüpft hatte, oder suchte die Leute persönlich auf. Wenn er ein Profil des Mannes hätte anlegen wollen, wäre er fein heraus gewesen. Alle wollten darüber reden, was für ein witziger, brillanter, charismatischer, mächtiger und großzügiger Mann Giancarlo LaFata gewesen war. Und die Betonung lag eindeutig auf *gewesen*. Niemand glaubte auch nur im Geringsten daran, dass der Mann noch am Leben war. Der Blumenberg am Kai neben dem Liegeplatz der *Vigorosa III* wuchs stündlich. Allerdings lag die Yacht nicht mehr dort. Die Polizei hatte sie ins Polizeidock überführt und sie vor der Öffentlichkeit abgeschirmt, solange die Spurensicherung das Schiff unter die Lupe nahm.

Die meisten Menschen schienen an einen tragischen Unfall zu glauben – hochprozentiger Brandy, krankhaftes Übergewicht und dazu die Tatsache, dass er Nichtschwimmer war. Und die Leiche? Nun, die konnte jeden Tag auftauchen. Einige Verschwörungstheoretiker wiesen auf Mafiaverbindungen hin, doch das war einfach nur dumm. Fatty hatte Sizilien mit fünfzehn verlassen und war nie wieder dorthin zurückgekehrt. Zudem wusste doch jeder, dass die sizilianische Mafia in die Knie gezwungen war. Heute herrschte in Europa die Russenmafia. Und es war auch die Russlandverbindung, die Robbie am meisten interessierte. Fatty hatte mit einer ganzen Reihe russischer Unternehmen und Einzelpersonen Geschäfte gemacht, und die waren nach allem, was man hörte, nicht unbedingt Heilige.

»Hi, Simon«, sagte er und ließ sich auf einer Caféterrasse

mit Blick auf die Bucht neben seinem Kollegen auf einen Stuhl fallen. »Wie läuft's?«

»Schleppend«, erwiderte Simon seufzend. »Ich komme nicht voran.«

»Bei mir genauso«, bekannte Robbie. »Ich weiß, es ist ein bisschen dreist von mir, Simon, aber würdest du mir vielleicht erzählen, was du über LaFatas russische Geschäftspartner weißt? Und falls ich etwas habe, das du brauchen kannst, gehört es natürlich dir.«

Skeptisch hob Simon eine Augenbraue. Robbie war sich bewusst, dass er soeben gegen den Ehrenkodex der Journalisten verstoßen hatte: Gib nie deine Quellen preis, und bitte nie Konkurrenten darum, für dich die Schwerstarbeit zu machen.

»Was? Eine Hand wäscht die andere?«, fragte Simon.

Robbie nickte. Er brauchte Hilfe. Er brauchte eine Story. Und verfahrene Situationen erfordern drastische Maßnahmen. Er rechnete durchaus damit, dass Simon ihn zur Hölle schicken würde, doch stattdessen nickte der Ältere.

»Ich geb dir alles, was ich über die Russkis habe, und du gibst mir alles, was du über den Schwiegersohn William hast.«

»Abgemacht«, stimmte Robbie dankbar zu. »Ich weiß tatsächlich eine ganze Menge über ihn, aber er scheint ein ziemlich langweiliger Kerl zu sein. Ich bezweifle, dass du viel Dreck an seinem Stecken finden wirst.«

»Da wäre ich nicht so sicher«, entgegnete Simon geheimnisvoll. »Ich habe mir mal sein Hedgefonds-Portfolio angesehen – ziemlich interessante Lektüre.«

Genau in diesem Augenblick kam Dan mit einem selbstgefälligen Grinsen im Gesicht angeschlendert.

»Morgen, Leute«, sagte er fröhlich.

»Es ist Nachmittag«, konstatierte Simon.

»Ach was?«, fragte Dan. »Schon? Du lieber Gott, ich bin gerade erst aufgestanden. War gestern bis zwei Uhr draußen, bis die LaFata-Kids endlich fanden, sie hätten genug gefeiert und sollten nach Hause fahren und um Daddy trauern. Dann war ich noch bis halb fünf auf, um meinen Text abzuliefern. Kam heute Morgen aber groß auf der Titelseite. Hat sich also gelohnt!«

»Du hast echt einen lauen Job, was, Dan?«, neckte ihn Robbie. »Hier sitzen wir, Si und ich, und strampeln uns ab, aber du musst nur beschreiben, was Angelica anhatte und welches Auto Carlo gefahren hat.«

»Ein bisschen mehr ist schon dran, Robbie«, erwiderte Dan immer noch grinsend. »Aber nicht sehr viel mehr. Ich musste auch ihre Auswahl an Bars und Nachtklubs auflisten sowie die schockierende Tatsache vermelden, dass Angelica, die ja angeblich abstinent ist seit dem letzten Entzug, zwei Gläser Champagner hatte.«

»Zwei Gläser Champagner, Junge, Junge!«, spottete Robbie und dachte an ihre toten Augen. »Schon eher zwei Gläser Champagner plus eine halbe Tonne Drogen.«

»Ja, logo«, sagte Dan. »Aber ohne ihr auf die Damentoilette zu folgen, kann ich das schlecht beweisen. Und die LaFata-Anwälte sind die reinsten Pitbulls. Die würden sich meine Eier holen, wenn ich das schreiben würde. Das ist ja mein Hauptziel: einen zwielichtigen Dealer zu finden, der zugibt, dass er ihr Lieferant ist. Natürlich nur wenn der Preis stimmt …«

»Ich wünschte, ich hätte dein Budget.« Simon klang niedergeschlagen. Es war eine traurige Tatsache, dass Boulevardblätter mehr zahlten als seriöse Zeitungen und Klatschreporter die großzügigsten Spesenkonten von allen hatten.

»Celebritys verkaufen sich eben am besten«, erwiderte Dan mit einem frechen Grinsen. »Wirtschaftswissenschaften für Anfänger. Dachte, du wärst der Erste, dem das klar ist, Si.«

»So sieht also deine Woche aus, Dan?«, fragte Robbie. »Du jagst hinter Angel her?«

Dans Grinsen wurde noch breiter. »Ach, es wird noch besser, Jungs. Erst darf ich Angel jagen, und dann hüpf ich rüber nach Cannes zum Filmfestival, und zum Grand-Prix-Wochenende komme ich wieder hierher. Könnt ihr euch vorstellen, wie braun gebrannt ich bin, wenn ich zurückfliege? Falls ich überhaupt zurückfliege. Mir gefällt es hier nämlich. Ich glaube, ich habe meine geistige Heimat gefunden. Ob bei der *Monaco Times* wohl was frei ist?«

»Glückspilz«, kommentierte Robbie neidisch.

Was würde er dafür geben, wenn er bis zum nächsten Wochenende an der Riviera bleiben dürfte? Nicht weil er nach Cannes wollte, oder zum Grand Prix. Nun, ehrlich gesagt, den Grand Prix würde er sich ganz gerne ansehen, aber das war nicht sein Hauptgrund. Nein, je länger er hier in Monaco blieb, desto größer war die Chance, *sie* zu treffen.

Robbie fiel ein Mann etwa in Dans Alter auf. Er saß allein am Nebentisch, las ein italienisches Magazin und sah unbeschreiblich cool aus. Unwillkürlich sah Robbie sich den Mann genauer an. Wie bekamen diese Kerle es hin, so verdammt elegant auszusehen? Der Mann trug eine schwarze Hose mit schmalem Bein, ein weißes Hemd, einen Gürtel von Hermès (sogar Robbie erkannte dieses Logo) und glänzend schwarze Schnürschuhe, ebenfalls schmal und ein wenig spitz. Sogar seine schwarzen Socken wirkten gebügelt. Er war bemerkenswert gepflegt, kein einziges Brusthaar lugte aus dem Hemd hervor, dessen oberste Knöpfe geöffnet waren, nur glatte gebräunte Haut. Er war glattrasiert und hatte nicht einen einzigen Pickel oder so etwas wie eine Windpockennarbe im Gesicht. Allerdings befand sich auf seiner rechten Wange eine deutlich sichtbare zwei bis drei Zentimeter lange Narbe, aber die schien sein gutes Aussehen nur noch zu betonen. Seine Augenbrauen waren buschig, aber gepflegt, seine Fingernägel sauber und gerade. Er trug eine goldene Uhr und einen schlichten goldenen Ehering. Seine Zähne waren beinahe ebenso weiß wie die gestärkte Baumwolltischdecke. Und sogar von seinem Sitzplatz aus konnte Robbie sein Aftershave riechen.

Robbie rieb sich die eigenen stoppeligen Wangen. Er hatte sich seit einigen Tagen nicht mehr rasiert. Er betrachtete seine abgetragenen Converse-Schuhe, seine gute alte Levi's, die an den Knien beinahe durchgescheuert war, sowie seine tintenfleckigen Fingernägel, und Dans Worte hallten in seinen Ohren wider. Womöglich war er wirklich peinlich. Was dachte er sich dabei, von einer Frau wie *ihr* zu träumen? Man brauchte sich doch bloß die Männer anzusehen, von denen sie umgeben war. Warum zum Teufel sollte sie sich da für ihn interessieren?

»Alles in Ordnung, Jade?«, fragte Francesca mit ihrem nervtötenden Heiligenlächeln. »Ich weiß, es muss wirklich schwer für dich sein, Liebes. Aber bitte zieh dich nicht zurück. Wir sind jetzt eine Familie, und wir sind für dich da.«

Jade zwang sich zu einem matten Lächeln und murmelte: »Danke, aber ich glaube, ich möchte lieber allein sein.«

»Nun, wenn du meinst«, sagte Francesca. »Du weißt, wo du mich finden kannst, wenn du mich brauchst.«

Sie stellte eine Tasse Tee und ein Stück Erdbeerkuchen auf Jades Nachttisch. Verdammt, das war, als würde man mit Mary Poppins zusammenleben. Niemand konnte *so* nett sein. Nicht die ganze Zeit. Jade würde wetten, dass Francesca nachts davon träumte, Menschen zu ermorden.

»Manchmal ist es besser, Gesellschaft zu haben«, fügte Francesca hinzu, als sie das Zimmer verließ. »Ich bin im Salon.«

Jade fragte sich, ob es nicht eher Francesca war, die sich nach Gesellschaft sehnte. Sie musste einsam sein. William zog sich immer in sein Zimmer zurück, und die Kinder waren die ganze Zeit beim Kindermädchen. Nicht, dass Jade sich um

Francescas Gefühle scherte. Sie würde nie einen der LaFatas an sich heranlassen.

Jade hatte es immer leicht gefunden, die Menschen auf Abstand zu halten. Sie konnte nett sein und die Leute bei Laune halten, ohne ihnen wirklich zu zeigen, wie es in ihr aussah. Sie hatte noch nie zu Gefühlsausbrüchen geneigt. Sie wurde nicht gerne laut. Im Waisenhaus hatte sie gelernt, dass Herumschreien einem nur noch mehr Ärger eintrug. Besser man hielt den Mund, senkte den Kopf und machte einfach weiter. So wurde man nicht als Unruhestifter abgestempelt und hatte bessere Chancen, eine Pflegefamilie zu finden.

Francesca hatte keine Ahnung, wie Jade aufgewachsen war. Niemand wusste davon bis auf Fatty. Er hatte ihr geholfen, sich eine gefälschte Vergangenheit zu erschaffen, die sie benutzen konnte, wenn jemand von ihr wissen wollte, wer sie sei oder woher sie käme. Sie hatten vorgegeben, sie stamme aus Kent und sei die Tochter eines Automechanikers und einer Kosmetikerin. Sie hatten sich auch einen Bruder für sie ausgedacht, der angeblich bei ihrem Vater in der Werkstatt arbeitete. Und sie hatten behauptet, Jade sei Croupier gewesen. So habe sie auch Fatty kennengelernt, bei einem Pokerspiel im Kasino in London. Es klang alles sehr beschaulich. In Wirklichkeit war Jade eine Waise und ein Einzelkind.

Sie hatte den Überblick über die Zahl an Pflegefamilien verloren, bei denen sie im Lauf der Jahre gelebt hatte. Waren es elf gewesen? Oder zwölf? Manche Familien hatte sie lieber gemocht als andere, aber die meisten waren in Ordnung gewesen. Jade hatte festgestellt, dass sie mit so ziemlich jedem auskam, wenn sie sich wie das Kind verhielt, das sie sich wünschten. Die Smiths hatten es mit Fußball, daher hatte Jade jeden Samstag im Stadion verbracht und ihre Mannschaft angefeuert. Die Robinsons liebten Gesellschaftsspiele, und so war Jade zum Scrabble- und Kniffelass geworden. Die Johnsons waren Freiluftfanatiker, daher hatte Jade ihre Wanderstiefel angezogen und war ihnen bei Wind und Wetter in die Berge gefolgt. Die Flannighans waren sportbegeistert, und so hatte Jade ihr Talent für Turnen weiterentwickelt, so dass ihre Pflegeeltern stolz auf die Medaillen sein konnten, die sie gewann. Jade wusste noch, wie sie ihre Trophäen auf dem Kaminsims neben ihrem Schulfoto angeordnet hatten. Sie hatten keine eigenen Kinder, und Jade hatte wirklich geglaubt, nun wäre sie endlich angekommen. Sie hatte gedacht, sie wäre eine richtige Flannighan geworden. Sie hatte sich gestattet, an das Happy End zu glauben. Welch ein Irrtum. Die Flannighans hatten sie ebenso im Stich gelassen wie alle anderen auch. Jade war ein hübsches Kind und eine brave Schülerin gewesen. Die meisten Pflegefamilien hatten sie eigentlich adoptieren wollen, bis sie dann ihr psychologisches Gutachten gesehen hatten. Dann hatten sie es sich anders überlegt. Die Flannighans waren da, wie sich erwiesen hatte, keine Ausnahme gewesen.

Im Alter von sieben Jahren war Jade vom System mit einem Etikett versehen worden: »In sich gekehrt, emotional distanziert, unfähig, starke Bindungen zu anderen einzugehen, mangelnde Empathie.« Die Liste ging noch weiter. Was war das für eine Art, über ein kleines Mädchen zu reden? Oh, sie hatten ihre Erklärungen. In dem Gutachten stand ein ausführlicher Bericht über ihre ersten Lebensjahre. Er schilderte die Misshandlungen und die Vernachlässigung, die Tatsache, dass ihre sogenannte Mutter sie tagelang allein gelassen hatte, in schmutzigen Windeln, ohne etwas zu essen, ohne jemanden, der nach ihr geschaut hätte, während sie selbst gestohlen und sich überall in London prostituiert hatte, gierig nach dem nächsten Fix. O Gott, kein Wunder, dass Jade Drogenabhängige verabscheute!

In Jades frühesten Erinnerungen war sie allein in einer kalten, dunklen Wohnung. Hungrig und verängstigt rief sie nach ihrer Mama. Aber die Mama kam nicht. Wie sich herausstellte, war ihre Mutter in einem leerstehenden Haus drüben in Camberwell an einer Überdosis Heroin gestorben. Als die Sozialarbeiter kamen, um Jade mitzunehmen, war sie unterernährt, dehydriert und anämisch. Da war sie vier Jahre alt.

Trotz aller Bemühungen, sich anzupassen, war sie also nie richtig in eine Familie aufgenommen worden. Sie war jeweils einige Monate geblieben, und dann hatte es geheißen: zurück ins Waisenhaus, bis die nächste Familie des Wegs gekommen war und alles wieder von vorne angefangen hatte. Es war ihr Schicksal. Ihre Bestimmung. Von einer Gruppe Menschen zur nächsten zu treiben und nie wirklich dazuzugehören. In Jades Leben war nichts von Dauer.

Und so war es noch immer, hier bei den LaFatas. Sie spielte die Rolle der albernen kleinen Vorzeigegattin ihres Mannes, weil es das war, was die anderen von ihr erwarteten. Aus diesem Grund hatte sie vorgegeben, verstimmt zu sein, als Fatty seine Yacht nicht nach ihr benannt hatte, hatte vorgegeben, an seinen Lippen zu hängen, und tat jetzt so, als sei sie am Boden zerstört, weil er vermisst wurde. Vielleicht stimmte jenes psychologische Gutachten ja doch. Wenn man an der Oberfläche kratzte, stellte man fest, dass Jade keine echten Gefühle hatte. Emotional distanziert, unfähig, starke Bindungen zu anderen einzugehen. Es stimmte alles. Oder jedenfalls hatte es bis vor kurzem gestimmt. Bis sie *ihn* kennengelernt hatte.

Ihm gegenüber hatte sie sich geöffnet. Er verstand sie, denn auch er war in einer Scheinehe gefangen. Sie hatte begonnen, ihm zu vertrauen. Hatte ihm ihre dunkelsten Geheimnisse anvertraut. Er hatte sie festgehalten, hatte ihr über die Haare gestrichen und ihr gesagt, es werde alles gut, jetzt habe sie ja ihn, und er werde sie retten. Er werde ihr Schicksal verändern.

Als sie ihm von ihrer Dominakarriere erzählt hatte, hatte

er nicht einmal mit der Wimper gezuckt. Er hatte bloß genickt und gesagt, er verstehe, es sei ja auch nicht überraschend nach all den Jahren der Vernachlässigung und Misshandlung. Er hatte gesagt, es sei lediglich ein Ventil für die Wut und die Enttäuschung gewesen, die sich in ihr angestaut hätten. Eine Möglichkeit, ein wenig Macht zurückzugewinnen und Menschen zu verletzen, so wie sie selbst verletzt worden war. Der Wunsch, zurückzuschlagen, sei nur menschlich. Jade habe es nur buchstäblicher getan als die meisten Menschen – mit der Peitsche in der Hand! Er sagte, er bewundere sie sogar, er bewundere die Art, wie sie ihr Leben in die Hand genommen habe. Sie hatte niemals Drogen genommen oder war in Konflikt mit der Polizei geraten, und sie hatte gutes Geld verdient. Er sagte, sie sei eine Kämpfernatur, eine, die wisse, wie man überlebt. Er nannte sie seine Kriegerprinzessin. Das war ein bisschen kitschig, aber es gefiel ihr irgendwie.

Die Liebe hatte Jade nie kennengelernt. Genau genommen hatte sie bis kurzem nicht einmal daran geglaubt. Wie sollte sie an etwas glauben, das sie nie empfunden hatte? Woher sollte sie wissen, dass es Liebe gab? Doch nun begann sie allmählich daran zu glauben. Er liebte sie. Dessen war sie sich sicher, und sie gestattete es sich allmählich auch, ihn ihrerseits zu lieben. Sie hatte eine kleine Tür zu ihrem Herzen geöffnet und ihn hineinschlüpfen lassen. Und nun würden sie zusammen fortgehen. Nur noch ein paar Tage. Und dann würde Jade vielleicht – nur vielleicht – doch noch das Happy End erleben, von dem sie sich nie zu träumen erlaubt hatte.

Ein weiteres Klopfen an der Tür riss sie aus ihren Gedanken. Es war schon wieder die scheißheilige Francesca.

»Jade, ich wollte dir nur sagen, dass die Polizei hier ist. Sie müssen sich im Haus umsehen. Sie werden auch hier reinwollen, denke ich. Es ist ja Fattys Schlafzimmer …«

Jade geriet nicht in Panik. Sie hatte alles Kompromittierende fortgebracht. Es war nichts mehr da, was die Polizei finden konnte.

»Möchtest du dich eine Weile zu mir setzen, während die Polizei hier drin ist?«, fragte Francesca.

O Mann, die Frau war wirklich verzweifelt!

»Nein, danke, Frankie«, erwiderte Jade in ihrem liebenswürdigsten Tonfall. »Ich denke, ich gehe schwimmen. Das wird mir helfen, den Kopf freizubekommen.«

»Oh. Okay. Wenn es dir hilft, Liebes.«

»Angelica, die Polizei ist hier«, sagte Francesca.

Scheiße! Angelica saß kerzengerade im Bett. Daran hatte sie überhaupt nicht gedacht. Natürlich waren die Scheißbullen hier und schnüffelten überall herum. Sie wollten wissen, was mit Daddy geschehen war. Aber in Angelicas Zimmer würden sie unter Umständen Dinge finden, mit denen sie nicht gerechnet hatten.

»Ähm, okay«, sagte Angelica nervös. »Gib mir eine Minute, Frankie.«

Sie wartete, bis sie Frankies Schritte auf der Treppe hörte, und stopfte sich dann das Tiffany-Tütchen in den BH. Ach, verdammt, was hatte sie sonst noch alles hier versteckt? Sie lebte ja seit Jahren nicht mehr in *Le Grand Bleu*, jedenfalls nicht offiziell. Und ihr Schlafzimmer war immer noch mit der rosa Blumenfeetapete dekoriert, die sie sich mit neun Jahren ausgesucht hatte. Das weiße Himmelbett sah sogar aus wie Aschenbrödels Kutsche. Es war alles so widerlich süß! Und stand in herbem Kontrast zu ihrem Boho-Chic-Apartment in einem Art-déco-Gebäude in der Innenstadt.

Doch wenn etwas schiefging, landete sie immer wieder hier. Wenn ein Entzug scheiterte oder die Boulevardpresse von einer Affäre mit einem verheirateten Mann erfuhr, oder wenn sie als das Gesicht einer berühmten Kosmetikmarke in Ungnade fiel, flüchtete sie sich hierher. Zurück in ihr rosafarbenes Zimmer in *Le Grand Bleu*. Zurück zu Daddy. Das Problem war, immer wenn etwas schiefging, griff Angelica außerdem in ihre Wundertüte. Sie hatte immer einen geheimen Vorrat für Notfälle. Und so waren überall im Zimmer Upper, Tranquilizer, XTC, Koks und Gras versteckt. Angelica sah in ihren Lieblingsverstecken nach – im Puppenhaus, im Schmuckkästchen mit der eingebauten Spieluhr, im Schlafanzugbeutel in der Form eines Kätzchens, in der Balletttasche, im Klarinettenkoffer, unter dem Sattel des Schaukelpferds – und hatte schließlich einen ordentlichen Vorrat beisammen. Wow! Mit so viel hatte sie nicht gerechnet. Damit würde sie die ganze Woche über die Runden kommen.

Nochmals sah sie in alle Ecken und Winkel, bis sie sicher war, dass sie alles gefunden hatte. Dann nahm sie zwei Upper (weil sie Daddys wegen immer noch so niedergeschlagen war) und rundete das Ganze mit einer weiteren Line Koks ab. Schon fühlte sie sich viel besser als noch am Morgen.

»Siehst du, ich hatte recht«, frohlockte das Teufelchen auf ihrer linken Schulter.

17

Francesca konnte es kaum ertragen: Sie durchwühlten das ganze Haus. Durchsuchten ordentlich abgeheftete Korrespondenz und sorgfältig archivierte Familienfotos und warfen hinterher alles in unordentlichen Haufen auf den Boden. Dekorationsgegenstände waren verrückt worden, die Gemälde hingen schief, und überall auf dem Perserteppich waren schmutzige Fußspuren. Francesca wusste natürlich, dass die Leute nur ihre Arbeit taten, nur versuchten, ihren Vater zu finden, aber sie empfand es als unerträglich, mit anzusehen, wie ihr Zuhause auseinandergenommen wurde. Noch vor zwei Tagen war alles an seinem Platz gewesen, und nun herrschte das Chaos.

Sie klopfte an Williams Tür.

»Ähm … äh … hi«, sagte sie beinahe nervös. Er saß am Computer und sah nicht hoch. »Was treibst du so?«

»Ich arbeite«, erwiderte er nachdrücklich, ohne den Blick vom Bildschirm abzuwenden.

»Wirklich? Warum? Heute ist Sonntag.«

William zuckte mit den Schultern. »Die Bilanz macht sich nicht von allein.« Er klang eine Spur ungeduldig.

»William, du arbeitest *immer*«, sagte Francesca. »Ich dachte, wir könnten einmal ein bisschen Zeit miteinander verbringen, weißt du, unter den gegebenen Umständen …«

Nun sah William sich doch nach ihr um, aber in seinem Blick lag keinerlei Wärme. »Ich weiß, du sorgst dich um deinen Vater«, sagte er nüchtern. »Aber die Geschäfte zu vernachlässigen, bringt ihn auch nicht zurück. Das Nützlichste, was ich jetzt tun kann, ist dafür zu sorgen, dass die Rädchen im Getriebe von LaFata International sich weiterdrehen.«

Francesca seufzte und nickte. Vielleicht hatte er recht. Vielleicht sollte sie das auch tun, sich beschäftigen, sich nützlich machen.

»Dann fahre ich vielleicht ins Büro«, sagte sie. »Um mich ein bisschen abzulenken. Ich ertrage es nicht, dabei zu sein, wenn die Polizei Dads Sachen durchwühlt.«

»Gute Idee«, pflichtete William ihr bei und wandte sich schon wieder seinem Laptop zu. »Auf meinem Schreibtisch liegen ein paar Dokumente, die du mir mitbringen könntest. Vergiss sie nicht. Dann mal cheerio.«

Francesca liefen die Tränen übers Gesicht, doch er bemerkte es nicht. Er wirkte so unbeteiligt, so abweisend. Und cheerio? Wer sagte das denn noch? Manchmal erschien William Francesca wie ein Wildfremder. Wo war sein Mitgefühl? Warum konnte er nicht wenigstens versuchen, sie zu trösten? Okay, sie waren in einer schwierigen Phase, aber ihr Vater wurde vermisst! Als Francesca jetzt den abweisenden Rücken ihres Mannes anstarrte, erkannte sie, dass sie überhaupt nicht mehr wusste, wie es sich anfühlte, William nahe zu sein. Ihre Unterhaltungen waren gestelzt und schwierig. Außer dem Geschäft hatten sie nichts miteinander gemein. Niemals lachten sie zusammen. Plötzlich fühlte Francesca sich quälend einsam.

Schon an der Presse vorbei aus dem Tor zu gelangen, war eine Strapaze. Die LaFatas waren in den Schlagzeilen. Sämtliche Zeitungen Europas spekulierten darüber, was ihrem Vater zugestoßen sein mochte – Unfall, Mord, Selbstmord. Sie schrieben allen möglichen Unsinn. Niemand hatte auch nur die leiseste Ahnung, was Fatty zugestoßen war. Francesca las den Mist, der über ihren Vater verbreitet wurde, gar nicht, aber sie lebte auch nicht auf einer Insel. Jedes Mal, wenn sie an einem Fernseher oder einem Radio vorbeikam, wurde gerade über Giancarlo LaFata gesprochen. Noch schlimmer war, dass die Boulevardblätter Fotos von Angelicas und Carlos Feierei am Vorabend gebracht hatten. Wie sah das bloß aus? O Gott, sie war so wütend auf die beiden. Aber es hatte keinen Sinn, ihnen Vorhaltungen zu machen. Sie litten wohl alle auf ihre eigene Weise. Francesca hätte die Familie in dieser Krise gerne zusammengehalten, doch außer ihr schien niemand diesen Wunsch zu verspüren. Als sie nun den Berg hinab Richtung Monte Carlo fuhr, fühlte sie sich sehr einsam. Nun ja, abgesehen von den drei Fotografen, die ihr auf Mopeds folgten. Sie trat das Gaspedal durch und konnte die Paparazzi an einer Ampel abhängen. Auf diese Gesellschaft konnte sie gut verzichten.

Francesca stellte den Wagen in der Tiefgarage des Bürogebäudes in Fontvieille ab, in dem LaFata International seinen Hauptsitz hatte. Die Tiefgarage war unheimlich leer. Hier arbeitete sonntags niemand. Normalerweise ging die Familie sonntags gemeinsam zur Messe – darauf hatte Fatty stets bestanden. Auch heute Morgen war Francesca mit den Jungen hingegangen, entschlossen, den armen Kleinen so etwas wie Normalität zu bieten. Ansonsten hatte sich keiner aus ihrer Familie blicken lassen. Angelica und Carlo hatten immer noch geschlafen, Jade hatte sich geweigert, das Bett zu verlassen, und William hatte irgendeine Ausrede gemurmelt – er müsse die Dubai-Konten überprüfen. Es war beschämend. Fattys Freunde und Geschäftspartner waren in großer Zahl erschienen, um der Familie ihre Unterstützung zu bekunden, und der Priester hatte besondere Gebete für Fattys sichere Rückkehr gesprochen. Nur von den LaFatas war kaum einer da gewesen.

Das Klappern ihrer Absätze hallte vom Beton wider, als

sie zum Lift ging und in den zehnten Stock fuhr. Francesca wusste eigentlich gar nicht, was sie hier wollte. Was spielte es für eine Rolle, ob sie die Geschäfte in Ordnung hielt, wenn ihr Vater wer weiß wo war? Es war eigentlich nur ein Vorwand, um aus dem Haus zu kommen. Und eine Gelegenheit, einen Blick in das Büro ihres Vaters zu werfen. Nur für den Fall, dass sich dort irgendetwas fand, das erklärte, was Freitagabend geschehen war. Wen hatte er mit an Bord genommen? Da waren zwei Brandygläser gewesen, aber niemand hatte sich offenbart. Alle seine Freunde waren befragt worden. Anscheinend war es keiner aus dem üblichen bunten Haufen alternder Milliardäre, Spieler und Steuerflüchtlinge gewesen. Vielleicht war es eine Frau gewesen. Ihr Vater war zwar erst wenige Monate mit Jade verheiratet, doch wenn es um Frauen ging, hatte er schon immer eine kurze Aufmerksamkeitsspanne gehabt. Hatte er also ein Date gehabt? Mit der Frau eines anderen vielleicht? Mit einer Frau, der es zu peinlich war, sich zu melden, die zu verängstigt war? Vielleicht hatte er ja einen Namen in seinen Terminkalender geschrieben, oder auf einen Zettel …

Mit ihrer Magnetkarte öffnete Francesca die Tür zu den Büroräumen von LaFata International. Alles war genauso, wie sie es am Freitag zurückgelassen hatte. Sie schaltete die Klimaanlage ein, kochte sich einen Kaffee und hörte den Anrufbeantworter ab. Traurig hockte sie auf dem Rand ihres Glasschreibtischs, sah hinaus aufs Meer und hörte die Nachrichten von Geschäftskontakten, Kollegen und Freunden ab, die von der Neuigkeit erfahren hatten.

»Hier ist Tim Solomon aus New York«, begann eine Nachricht. »Ich hab gerade gehört, was bei euch da drüben los ist, und es tut mir so leid. Ich weiß gar nicht, was ich sagen soll, außer dass Fatty hier im Big Apple eine Legende ist und wir alle an euch denken und für euch beten. Lasst uns wissen, wenn wir hier bei der Bank irgendwas tun können, um euch zu helfen.«

Und das von einem Wall-Street-Banker! Francesca wischte sich eine einzelne Träne von der Wange, schaltete den Computer ein und rief ihre E-Mails ab: unendlich viele Nachrichten von Menschen, mit denen sie zum Teil jahrelang nichts mehr zu tun gehabt hatte, die ihr jedoch jetzt ihr Mitgefühl aussprachen.

Dann fischte sie den Schlüssel zum Büro ihres Vaters aus der Schublade und ging zu seiner Tür. Das hatte sie noch nie getan – in Fattys Abwesenheit in seinem Büro herumgeschnüffelt. Sie hätte es niemals gewagt! Aber drastische Umstände erfordern drastische Maßnahmen. Ein wenig nervös drehte sie den Schlüssel im Schloss, aber … was war das? Er ließ sich nicht drehen. Sie versuchte es erneut. Er musste definitiv im Uhrzeigersinn gedreht werden, da war sie sich sicher. Dann versuchte sie einfach, den Türknauf zu drehen, und zu ihrer Überraschung ließ die Tür sich öffnen. Es sah Fatty gar nicht ähnlich, sein Büro übers Wochenende unverschlossen zu lassen. Niemals wäre er so nachlässig gewesen. Niemand durfte in sein Büro, wenn er nicht da war, nicht einmal Francesca. Unvorstellbar, dass er es offen gelassen hatte, so dass jeder einfach so hineingehen konnte. Die Putzkolonne müsste gestern da gewesen sein, vielleicht hatte von denen jemand vergessen wieder abzuschließen. Sie würde mit der Reinigungsfirma sprechen müssen. Ja, das war die einzig logische Erklärung.

Dennoch schlug Francescas Herz schneller, als sie Fattys Büro betrat. Es war stets irgendwie unheimlich, allein in diesem riesigen Gebäude zu sein, und heute war sie besonders schreckhaft. Doch Fattys Büro sah genauso aus wie immer – der überwältigende Panoramablick aufs Mittelmeer, der gewaltige Mahagonischreibtisch, zwei Apple-Mac-Computer, der Plasmafernseher, die Minibar in der Ecke, die Stereoanlage von Bang & Olufsen, die Fotos von ihr selbst, Angelica, Carlo, Jade und den Jungen in Silberrahmen. Francesca seufzte und atmete tief durch. Sie war albern, hier war nichts, wovor sie Angst haben müsste. Sie verbrachte ihr halbes Leben in diesem Gebäude, es war ihr zweites Zuhause.

Doch dann vernahm sie plötzlich ein lautes Knarren. Der ausladende Bürostuhl mit der hohen Rückenlehne, der dem Fenster zugewandt gewesen war, schwang zu ihr herum, und Francesca sah sich unvermittelt einem Fremden gegenüber. Sie schrie auf, vor Schreck war sie wie gelähmt. Einen Augenblick lang starrten sie einander bloß an. Er war ein großer Mann von Mitte vierzig mit breiten Schultern und einem sehr quadratischen Kinn. Seine Haare waren sehr kurz geschnitten, er trug eine Brille mit goldenem Rahmen und hatte einen breiten Mund, der Francesca nun angrinste, während sie vor Angst bebte.

»Wer zum Teufel sind Sie?«, stieß sie schließlich hervor, als sie ihre Sprache wiedergefunden hatte. »Und was machen Sie auf dem Stuhl meines Vaters?«

»Hallo, Frankie«, sagte der Mann freundlich. »Keine Angst. Ich werde Ihnen nichts tun.«

Francesca schlug das Herz bis zum Hals, und die drei silbernen Armreifen, die sie stets am rechten Handgelenk trug, klirrten, so sehr zitterte sie. Der Mann sprach mit einem deutlichen russischen Akzent.

»Ich bin Andrea Dubrowski«, stellte er sich vor und lächelte sie noch immer an, als wäre dies eine völlig normale Begegnung. »Und ich bin ein Geschäftspartner Ihres Vaters – und ein Freund, möchte ich hinzufügen.«

Langsam wich Francesca zurück zur Tür. Sie wäre am liebsten davongerannt, doch ihre Füße waren bleischwer, und sie stolperte über ihre Absätze, so dass sie zu Boden stürzte und dabei mit dem Rücken die Tür zuschlug. Sie saß in der Falle.

»Es besteht kein Grund zur Angst, schöne Francesca. Ich will Ihnen nichts Böses«, fuhr Dubrowski fort.

»Wa-wa-was tu-tun Sie hier?«, stammelte Francesca. »Wie sind Sie hier reingekommen?«

Dubrowski zuckte die Achseln. »Ist keine große Sache. Es ist leicht, wenn man weiß, wie.«

»Und woher wussten Sie, dass ich hier sein würde?«

Noch nie im Leben hatte sie solche Angst gehabt. War dieser Mann ihr gefolgt? Aber nein. Er war ja bereits hier gewesen. Hatte auf sie gewartet. Was sollte das?

»Ich habe viele Freunde. Die lassen mich wissen, wer wann wo sein wird. Wie gesagt, ist keine große Sache.« Wieder grinste er, und dabei blitzte ein Goldzahn auf.

»Was wollen Sie von mir?« Francesca setzte sich auf und rieb sich den Ellbogen.

»Setzen Sie sich doch«, sagte Dubrowski und bot Francesca den Stuhl vor dem Schreibtisch an. »Sie können es nicht besonders bequem haben da auf dem Boden, und das ist auch nicht der richtige Ort für eine Dame ...«

Francesca tat, was er sagte, eher aus Angst als um der Bequemlichkeit willen. »Was wollen Sie?«, fragte sie erneut, bemüht, mit fester Stimme zu sprechen.

Sie dachte an ihr Handy, doch das befand sich in ihrer Handtasche nebenan. Sie war ganz auf sich allein gestellt mit diesem, diesem, diesem ... Wer zum Teufel war das eigentlich?

»Ich habe ein klitzekleines Problem, Frankie«, sagte er. »Sehen Sie, ich habe Ihrem Vater vor kurzem eine große Menge Geld gegeben, aber jetzt ist der arme Fatty in der großen Pizzeria im Himmel. Das ist eine große Tragödie, ich weiß, und ich möchte Ihnen und Ihrer ganzen Familie mein aufrichtiges Beileid aussprechen, aber ich bin sicher, Sie werden verstehen, Frankie, dass ich dadurch ein Problem habe.«

Sie fand es grauenvoll, dass er sie Frankie nannte, dabei bekam sie eine Gänsehaut. Niemand außer ihrer engsten Familie nannte sie Frankie. Sogar William nannte sie stets Francesca.

»Mein Mann, William, kümmert sich um die Finanzen«, erwiderte sie so gelassen wie möglich. »Er wird selbstverständlich dafür sorgen, dass Sie Ihr Geld zurückerhalten. Oder vielleicht bringen wir das Geschäft, an dem Sie und mein Vater beteiligt waren, doch noch zum Abschluss ...«

Verflucht sollte er sein! Er hatte es schon wieder getan! Hatte sich hinter ihrem Rücken auf irgendein windiges Geschäft eingelassen. Und jetzt war er fort, und sie konnte sehen, wie sie da rauskam. Sie hätte ihn umbringen mögen. Nur dass er wahrscheinlich schon tot war. Ihre Wut verpuffte, und Trauer und Schmerz setzten sich wieder durch. Ach, Dad, was hast du bloß getan?

Dubrowski lachte sie aus. »Ich glaube nicht, dass Sie mir dabei helfen können, mein liebes Mädchen. Und ich vermute, ihr Mann wird in seinen Büchern eine solche Zahlung nicht verzeichnet finden. Es war – wie soll ich sagen? Eine Privatangelegenheit zwischen Ihrem Vater und mir.«

Francesca war kein Grünschnabel. Eine geschäftliche Privatangelegenheit? Keine Aufzeichnungen darüber, dass er Fatty das Geld gegeben hatte? Dieser Kerl war doch bloß ein Erpresser.

»Aha«, sagte sie und atmete tief durch. »Sie wollen, dass ich Ihnen das Geld zurückzahle, obwohl Sie nicht belegen können, dass Sie es meinem Vater überhaupt gegeben haben?«

»Das ist richtig.« Dubrowski nickte. Sein Lächeln war plötzlich verschwunden.

Francesca schüttelte den Kopf. »Nein«, sagte sie. »Bevor ich nicht einen Vertrag, einen Bankauszug oder irgendeinen anderen Transaktionsbeleg sehe, gebe ich Ihnen keinen Cent. Ich schlage also vor, dass wir einen passenderen Zeitpunkt für ein Meeting verabreden, bei dem Sie die Angelegenheit mit meinem Mann und unseren Anwälten besprechen können.«

So, nun wusste er Bescheid. Jetzt fühlte sie sich mutiger.

»Ich denke nicht, Francesca«, sagte Dubrowski. »Es war nicht diese Sorte Geschäft, wenn Sie verstehen, was ich meine.«

Francesca verstand nicht, was er meinte. Doch sie vernahm den drohenden Unterton, und ihr Herzschlag beschleunigte wieder. Sie hörte nur noch das laute Klopfen ihres Herzens und das Klirren ihrer Armreifen.

»Über wie viel Geld reden wir hier?«, fragte sie und musste schlucken.

Vielleicht lohnte es sich ja ihn auszuzahlen, nur damit er verschwand.

»Zehn Millionen Euro«, erwiderte Dubrowski finster.

»Zehn Millionen? Machen Sie Witze?«, fragte Francesca ungläubig. Wie zum Teufel hatte ihr Vater eine solche Summe annehmen können, ohne zuerst mit ihr und William darüber zu reden? Und wofür war das Geld bestimmt gewesen?

Dubrowski starrte sie kühl an. »Sehe ich aus, als würde ich Witze machen?«, fragte er.

Francesca schüttelte den Kopf. »Nein. Aber ohne Rücksprache mit William und den Anwälten zu halten, komme ich nicht an so viel Geld heran. Wenn wir also einen neuen Termin …«

»Fünf Tage«, sagte Dubrowski entschieden. »Am Freitag werden Sie mir das Geld geben.«

»Aber …?«

Dubrowski stand auf. Und wurde immer größer. Der Mann war über zwei Meter groß. Francesca musste schlucken. Er streckte die Arme über den Kopf, so dass die Pistole, die in seinem Hosenbund steckte, sichtbar wurde.

»Ich bin froh, dass wir diese Unterredung hatten, Francesca«, sagte er und klopfte mit dem Finger auf seine Waffe. »Freitag bin ich wieder hier. Ach, und habe ich bereits erwähnt, dass ich Bargeld will?«

»Aber so viel Geld kann ich nicht bar beschaffen«, widersprach Francesca verzweifelt.

»Doch, das können Sie«, entgegnete Dubrowski finster. »Oder …«

»Oder was?«, fragte Francesca mit zittriger Stimme.

»Oder ich bin nächstes Mal nicht so freundlich«, sagte er. »Auf Wiedersehen, Francesca. Wir sehen uns in fünf Tagen. Mittags. Ich finde allein hinaus. Ich kenne den Weg.«

Und dann war er fort, und Francesca blieb allein zurück im Büro ihres Vaters. Ihr drehte sich der Kopf, und in ihrem Leben herrschte noch mehr Chaos als zuvor.

18

Carlo lag auf dem Bett und starrte an die Decke. Er hatte beschlossen, diese Nacht in seinem Apartment zu verbringen. Allein. *Le Grand Bleu* erinnerte ihn nur an den ganzen Mist, der da passierte. Frankie hatte ihm gesagt, die Polizei sei den ganzen Tag dort gewesen, das Haus sei ein einziges Chaos. Angel war noch immer sehr mitgenommen, und Jade hatte sich offenbar wieder in ihr Schlafzimmer geflüchtet. Frankie selbst hatte noch nervöser und gestresster geklungen als vorher schon, und Carlo war wirklich nicht in der Stimmung, sich mit anderer Leute Trauer zu befassen.

Zudem erinnerte das ganze Haus an seinen Vater, das machte Carlo ganz fertig. Seine Mäntel und Blazer hingen noch an der Garderobe, die Stiefel, in denen er mit dem Hund spazieren gegangen war, lagen an der Hintertür. Porträts hingen über den Kaminen, und Fotos von Fatty, der grinsend mit Politikern, Filmstars und Formel-1-Rennfahrern posierte, säumten die Kaminsimse und Regale. Jeder gemütliche Ledersessel, jedes halb gelesene Buch zeugten von seiner Präsenz. In einem Glas in der Küche befanden sich seine bretonischen Lieblingskekse, im CD-Ständer steckte seine Sammlung von Opern-CDs, in jedem Badezimmer fand sich eine Flasche mit seinem Parfüm, in der Garage standen seine Autos, und auf dem Anrufbeantworter war seine Stimme zu hören. Alle seine Sachen waren noch da, doch er selbst war fort, und das fühlte sich einfach so verflucht falsch an. Carlo konnte es nicht ertragen. Das Haus war zu still ohne seinen Vater, und plötzlich kam es ihm auch zu groß vor für eine einzige vom Schicksal gebeutelte Familie. Nein, *Le Grand Bleu* erinnerte Carlo nur an das, was fehlte. Und heute Nacht wollte er einfach nur vergessen.

Er hatte ein schlechtes Gewissen gehabt, weil er am Morgen nicht mit Frankie zur Messe gegangen war. Dad wäre fuchsteufelswild geworden, wenn er das gewusst hätte. Daher hatte er nach dem Tagesausflug mit Christian noch in der Kathedrale vorbeigeschaut und die Beichte abgelegt. Es war seit Jahren das erste Mal, dass er den Beichtstuhl betrat, und als er die Tür hinter sich schloss und sich bekreuzigte, ergriff ihn ein Gefühl von Klaustrophobie.

»Segne mich, Vater, denn ich habe gesündigt. Meine letzte Beichte war …« Carlo brach ab und dachte nach.

»Meine letzte Beichte war, ähm, vor vier Jahren. In Demut und Reue will ich meine Sünden bekennen.«

»Bitte fahre fort, mein Kind …«, ermunterte ihn der Priester.

Carlos Sündenregister war lang und peinlich, und als er sich selbst so reden hörte, wurde ihm bewusst, was für ein oberflächlicher, selbstsüchtiger, ichbezogener Wichser er geworden war. Tiefe Scham erfüllte ihn, während er beichtete, er habe getrunken, geflucht, masturbiert, sich seiner Mutter, seinen Schwestern, seinem Vater gegenüber respektlos verhalten. Er gestand, er habe gelogen (jedermann gegenüber), betrogen (die Frauen und beim Kartenspiel), gegen das Gesetz verstoßen (zu schnelles Fahren nach zu viel Champagner) und gespielt (bei jeder sich bietenden Gelegenheit). Und schließlich musste er die größte seiner Sünden beichten.

»Und letzten Freitag, Vater, habe ich mit der Freundin meines besten Freundes geschlafen … Und wenn ich ganz ehrlich bin, würde ich es gerne wieder tun. Diese und alle meine Sünden bereue ich von Herzen. Mein Jesus, Barmherzigkeit!«

Der Priester schwieg sehr, sehr lange. Carlo hörte nur seinen schweren Atem und nahm an, der Priester sei schockiert. Die Liste der Sünden, die er gerade über sich hatte ergehen lassen, war schon ziemlich beeindruckend. Aber dann sagte der Priester einfach nur: »Sei nicht so streng zu dir selbst, mein Kind. Du hattest ein paar schwierige Tage. Sprich sechs Ave Marias.«

»O mein Gott, alle meine Sünden bereue ich von ganzem Herzen …« Die Worte kamen ihm ganz leicht über die Lippen. Wie oft hatte er sie als Kind gesprochen? Nicht weil er sie so gemeint hätte. Sondern weil man ihm befohlen hatte, sie zu sprechen. »… weil ich von dir Strafe verdient habe. Ganz besonders aber bereue ich sie, weil ich dich, meinen besten Vater und meinen gütigsten Erlöser, beleidigt habe. Mit deiner Gnade nehme ich mir fest vor, nicht mehr zu sündigen und die nächste Gelegenheit zur Sünde zu meiden. Amen.«

Der Priester sprach das Lossprechungsgebet und endete: »Ich spreche dich los von deinen Sünden im Namen des Vaters und des Sohnes und des Heiligen Geistes. Der Herr hat dir deine Sünden vergeben. Gehe hin in Frieden.«

»Danke, Vater«, erwiderte Carlo, der nur noch aus diesem stickigen Holzkasten hinauswollte.

Was für ein unglaublicher Quatsch! Als Carlo die Kirche verlassen hatte, konnte er sich daran erinnern, warum er überhaupt aufgehört hatte, zur Beichte zu gehen. Er fühlte sich hinterher nicht geläutert und gereinigt. Er fühlte sich schlechter denn je. Und nun lag er hier auf seinem Bett und fühlte sich so minderwertig, dass er sich mit Freuden aus dem Fenster hätte stürzen mögen, wenn er dazu nur den Mut aufgebracht hätte. Doch damit würde er seiner Sammlung nur eine weitere Todsünde hinzufügen. Carlo war ein (sehr) sündiger Katholik, doch irgendwie glaubte er noch immer an die Sache mit dem Himmel und der Hölle. Oder jedenfalls wollte er keinesfalls riskieren, auf die harte Tour herauszufinden, ob etwas dran war. Sollte er jetzt sterben, gäbe es keinen Zweifel daran, wo er landen würde. Carlo würde zur Hölle fahren! Und eine Ewigkeit in Hölle und Verdammnis entsprach nicht seiner Vorstellung von Spaß. Vielleicht sollte er lieber noch ein bisschen länger auf Erden bleiben, damit er die Möglichkeit hatte, seine Sünden abzubüßen. Ja, das war sicherlich der beste Plan.

Unvermittelt ertönte der Summer seines Apartments. Carlo war hin- und hergerissen, ob er an die Tür gehen sollte oder nicht. Vermutlich war es Christian, der sich als guter Kumpel Sorgen um ihn machte und mit ein paar Flaschen Bier vorbeikam. Doch Carlo hatte bereits den ganzen Tag mit Christian verbracht und war eigentlich nicht in Stimmung für weitere Gespräche von Mann zu Mann. Ehrlich gesagt war er überhaupt nicht in Stimmung für Gesellschaft. Der Summer ertönte erneut. Diesmal ließ sein Besucher den Finger wirklich lange auf dem Klingelknopf.

»Okay, okay, ich komme ja schon«, murrte Carlo, stand auf und ging widerstrebend zur Gegensprechanlage.

»Ja?«, meldete er sich. »Was wollen Sie?«

»Ein Stück von deinem Arsch«, hörte er eine verführerische amerikanische Stimme sagen. »Und noch einen Blick auf diesen klitzekleinen Schwanz, den du da hast.«

Himmel, es war Sasha!

»Ähm, okay, dann kommst du wohl besser rauf«, erwiderte er und versuchte, lässig zu klingen, obwohl er am liebsten vor Freude gejubelt hätte.

Es war Sasha! Sie war zurückgekommen! Doch Carlo war nicht präsentabel. Er hatte heute Morgen nicht einmal geduscht oder sich rasiert. Und er war den ganzen Tag auf dem Meer gewesen, seine Haut und seine Haare waren salzverkrustet. Er riss sich die Kleider vom Leib und sprang unter die Dusche, wo er sich fieberhaft abseifte und die Haare wusch. Er hatte gerade noch Zeit, sich ein Handtuch um die Hüften zu wickeln, als sie schon an die Tür klopfte.

Dann stand sie vor ihm, in einem marineblau-weiß gestreiften Minikleid und goldenen Sandalen, in der einen Hand eine Flasche Jack Daniels und in der anderen eine Riesentüte Chips.

»Proviant«, sagte sie mit dem typisch amerikanischen strahlend weißen Lächeln. »Ich hab das mit deinem alten Herrn gehört. Das ist wirklich ätzend, Carlo-Baby. Da hab ich mir gedacht, du kannst vielleicht eine kleine Aufmunterung vertragen, nach Sasha-Art.«

»Danke.« Carlo konnte noch nicht recht fassen, dass sie wirklich hier war, in seinem Apartment. »Du bist heute Abend sehr nett zu mir. Wo bleiben die Beleidigungen?«

»Ich finde, du hast es in den letzten Tagen schwer genug gehabt, deshalb kann ich dich mal ein, zwei Stunden schonen. Aber keine Sorge, Baby, mein Mitgefühl nutzt sich garantiert verdammt schnell ab. Ich bin nicht gerade für meine Geduld bekannt, die alte beleidigende Sasha kann jeden Augenblick wieder zum Vorschein kommen. Genieß die nette Sasha, so lange es geht, sie ist ein seltener Glücksfall. So, wo hast du das Eis?«

Carlo deutete auf die Eismaschine neben seinem Kühlschrank, reichte ihr zwei Gläser und sah zu, wie Sasha sich in ihrem Minikleid vorbeugte. Es rutschte hoch und gab den Blick frei auf ihre straffen gebräunten Schenkel. Der Rock spannte sich über ihrem perfekten kleinen Arsch, und Carlo hielt den Atem an, als er an das dachte, was nur wenige Zentimeter oberhalb des Saums auf ihn wartete.

Sie reichte ihm einen Jack Daniels auf Eis, sagte »Cheers«, und stieß klirrend mit ihm an. »Auf glücklichere Zeiten!«

»Auf glücklichere Zeiten«, stimmte Carlo zu und trank einen Schluck.

Sasha hüpfte auf die weiße Corian-Arbeitsplatte, schlug die Beine übereinander und warf Carlo einen fragenden Blick zu.

»Und? Glaubst du, Christian ahnt was?«, fragte sie. »Von der Sache zwischen dir und mir?«

Carlo schüttelte den Kopf. Er wollte jetzt nicht an Christian denken. Er wollte die Zeit mit Sasha genießen, ohne Schuldgefühle zu bekommen. Vielleicht würde er von nun an einmal die Woche zur Beichte gehen, vielleicht konnte er Sasha auf diese Weise regelmäßig bumsen und danach die Absolution erteilt bekommen. Jedenfalls war er sich sicher, dass Sex mit Sasha besser für seine Seele war als jede beliebige Menge Ave Marias.

»Ich glaube, ich bin sowieso fertig mit ihm«, verkündete sie unbeschwert. »Er ist ein netter Kerl, aber ein bisschen, na ja, langweilig …«

»Im Ernst?« Carlo bemühte sich, sich nicht anmerken zu lassen, wie sehr ihn die Aussicht erregte, dass sie seinen besten Freund abservieren würde, doch in seinem Kopf überschlugen sich bereits die Gedanken.

War Sasha deshalb hier? Wollte sie jetzt seine Freundin sein? Erstaunlicherweise musste Carlo bei diesem Gedanken lächeln. Carlo, der größte Beziehungsmuffel der Welt. Der nichts von Beziehungen hielt, ebenso wenig von Brünetten oder Frauen unter eins fünfundsiebzig – und Amerikanerinnen, wenn er es recht bedachte (zu nervtötend). Und eben dieser Carlo war jetzt ganz wild darauf, etwas mit dieser kleinen, dunkelhaarigen, geschwätzigen Amerikanerin anzufangen.

»Im Ernst.« Sasha nickte. »Christian ist süß, aber er ist viel zu ernst für mich. Zu hohe Erwartungen an der Beziehungsfront. Er hat es mit ›absoluter Treue‹. Ich meine, gähn, wie langweilig ist das denn? Ich will nicht nur mit einem Kerl schlafen. Ich bin zweiundzwanzig. Ich will mich doch jetzt noch nicht festlegen!«

Carlo versuchte, sich seine Enttäuschung nicht anmerken zu lassen. Sasha wollte mit jedem vögeln, auf den sie Lust hatte. Bei der Vorstellung, dass diese Schenkel einen anderen Mann umschlangen, hätte er am liebsten gegen die Wand geboxt. O Gott, sie ging ihm unter die Haut. Was sollte das alles? Ihm war klar, dass er ein Heuchler wäre, wenn er sie deswegen verurteilen würde. Sie sagte nur das, was er selbst schon hundertmal gesagt hatte. Tja, diesmal hatte er wirklich eine Frau gefunden, die ihm ebenbürtig war. Mit Sasha zusammen zu sein, war wie ein Blick in den Spiegel. Sie war eine weibliche Ausgabe von Carlo, nur dass sie für ihn womöglich die Frau des Lebens war? Carlo war sich völlig im Klaren darüber, dass er nur vorgab, der große Zampano zu sein, wie Sasha es formuliert hatte. Aber Sasha schien nicht nur so zu tun, als ob. Diese Frau schien wirklich nichts und niemandem verpflichtet zu sein.

Nun spreizte sie ihre Schenkel ein wenig. »Wie kommt es, Carlo«, fragte sie und leckte sich die vollen roten Lippen, »dass du immer halb nackt bist, wenn ich dich sehe?«

Doch Carlo brachte kein Wort heraus. Sasha trug keinen Slip, und er konnte seine Augen nicht von ihrer makellos enthaarten Möse losreißen. Er hatte Schmetterlinge im Bauch, in der Lendengegend spürte er einen lustvollen Schmerz, und sein Schwanz drängte gegen das Handtuch.

»Ich will mich gar nicht beschweren«, fuhr Sasha fort und leckte an einem Finger. »Ich mag deinen Körper. Er macht mich ganz heiß und scharf hier unten …«

Gebannt sah Carlo zu, wie Sasha ihren feuchten Finger zwischen die gespreizten Schenkel schob. Sie streichelte sich langsam und rhythmisch … Nun stöhnte sie leise, und ihr Atem ging schneller.

»Ich bin so heiß auf dich, Baby«, sagte sie.

Sie rutschte vor an den Rand der Arbeitsplatte und spreizte die Beine noch weiter, so dass Carlo sie in ihrer ganzen Herrlichkeit bewundern konnte. Erneut leckte sie an ihren Fingern.

»O Mann«, hörte Carlo sich unwillkürlich sagen. »Du bist die schärfste Frau, die ich je getroffen habe.« Er knallte sein Glas auf die Arbeitsplatte, packte ihre weichen Schenkel und drückte sie noch weiter auseinander.

»Zieh dein Kleid aus«, drängte er sie. »Bitte. Ich möchte deine Titten sehen. Du hast die perfektesten Titten.«

Sasha zog sich das Kleid über den Kopf. Sie trug keinen BH, und Carlo ließ den Blick bewundernd über ihren nackten Körper gleiten. Noch nie im Leben hatte er eine Frau so sehr begehrt. Er küsste ihren weichen vollen Mund, seine Finger fanden ihre harten Nippel und wölbten sich dann um ihre runden Brüste. Er küsste sie auf den Hals, aufs Schlüsselbein, umspielte mit der Zunge ihre Nippel. Sie stöhnte und sagte: »Leck mich, Carlo. Schmeck mich.«

Er küsste ihren flachen Bauch, und nun konnte er sie riechen, wanderte weiter hinab, näherte sich dem Ziel seiner Wünsche. Er küsste die glatte Haut an der Innenseite ihrer Schenkel, und sie stöhnte vor Lust.

»Jetzt, Carlo«, sagte sie atemlos. »Ich komme gleich, Baby. Du machst mich höllisch geil.«

Und dann war er dort, im Himmel, verlor sich in ihrem Geschmack und ihrem Duft und der Art, wie sie sich anfühlte. Seine Zunge umspielte ihre Klit, seine Finger drangen immer tiefer vor.

»O Gott, Carlo, ich komme«, stieß sie plötzlich hervor. »Fick mich. Fick mich hart, Carlo. Ich brauche dich jetzt!«

Wer war Carlo, sich dem zu verweigern? Er stand auf, küsste sie auf den wunderschönen Mund und ließ sich in sie hineingleiten, tiefer und tiefer. Sie warf den Kopf zurück und schob die Hüften vor, bis sie einander in perfektem Einklang ritten. Sie schrie jetzt, völlig hemmungslos.

»Ich komme noch mal, Carlo«, schrie sie. »Lass mich noch mal kommen.«

Und dann konnte Carlo nicht mehr dagegen an. Als ihr Körper im Orgasmus erschauerte, konnte auch er sich nicht mehr zurückhalten. Er kam so heftig, so vollständig, dass es sich anfühlte, als schenkte er ihr seinen ganzen Körper. Das Gefühl schien nicht enden zu wollen. So verharrten sie lange, ineinander verschlungen, nackt und verschwitzt, Haut an feuchter Haut, keuchend und mit wild klopfenden Herzen.

Schließlich fand Carlo seine Sprache wieder. »Das meine ich jetzt ernst, Sasha«, sagte er und sah ihr in die Augen. »Das war wirklich der beste Fick, den ich je hatte.«

Frech zwinkerte sie ihm zu, schob ihn fort und sprang von der Arbeitsplatte.

»Natürlich war er das, Baby, ich bin wirklich gut im Bumsen. Das ist eins meiner liebsten Hobbys«, sagte sie, riss die Chipstüte auf und schob sich eine Handvoll Chips in den Mund. »Macht aber Appetit. Ich bin am Verhungern!«

Sasha verwirrte Carlo völlig. Sie war das Gegenteil von dem, wie Frauen zu sein hatten. Sie schien sich nicht im Geringsten emotional an ihn gebunden zu fühlen, sie benutzte nur seinen Körper, so wie er früher all jene Frauen benutzt hatte. Ehrlich gesagt war Carlo ein wenig, tja, ein wenig elend zumute. Und was noch schlimmer war: Je weniger sie an ihm interessiert war, desto mehr wuchs sein Interesse an ihr. O Gott, sie war wirklich unglaublich. Er dachte an das, was sie beim letzten Mal gesagt hatte – dass Frauen beim Sex logen. Sie *schien* den Sex mit ihm zu genießen, doch Carlo hatte keine Ahnung, woran er mit ihr war. Sasha ließ ihn an sich selbst zweifeln. Allmählich fragte er sich, ob sie ihn womöglich nicht nur ficken, sondern auch fertigmachen wollte.

»Ähm, Sasha«, begann er verunsichert. »Was du da gesagt hast, als wir uns geliebt haben …«

Sasha hätte sich beinahe an ihren Chips verschluckt.

»Eins will ich gleich mal klarstellen, Carlo.« Sie stemmte die Hände in die Hüften. »Wir haben uns nicht geliebt. Das war Sex. Sehr angenehmer Sex, vielleicht bekommt er sogar sieben oder acht von zehn Punkten, aber es war nur Sex. Klar? Du brauchst mir keinen Scheiß zu erzählen. Ich bin keine von diesen rührseligen Barbiepuppen, die du sonst vögelst.«

Carlo errötete. Sie schaffte es immer wieder, dass er sich wie ein Idiot vorkam.

»Na dann«, fuhr er tapfer fort. »Das, was du gesagt hast, als wir Sex hatten – hast du das ernst gemeint? Oder hast du gelogen? Frauen lügen, das hast du doch gesagt.«

Sasha zuckte mit den Schultern. »Keine Ahnung«, sagte sie. »Wenn ich komme, lasse ich mich immer ein bisschen gehen. Kann mich wirklich nicht mehr erinnern, was ich da gesagt habe. Hast du mal eine Zigarette?«

Sie zog Carlos hellblauen Kaschmirpulli an – seinen Lieblingspullover –, der ihr nur knapp bis über den Po ging, und tappte barfuß hinaus auf den Balkon. Er warf sich den Bademantel über und folgte ihr. Sie teilten sich eine Zigarette, lehnten sich nebeneinander ans Geländer und blickten hinaus aufs Meer.

»Sasha«, begann er. Er wollte wissen, ob an dieser … Was war es eigentlich? … An dieser *Sache*, ob an dieser *Sache* mehr war als bloß Sex. Ob sie irgendetwas gemeinsam hatten? Plötzlich war es Carlo wichtig, zu wissen, wie sie tickte. »Willst du manchmal mehr als das da? Mehr als Monaco?«

Die gleiche Frage hatte er vor einigen Stunden Christian gestellt. Sasha nickte energisch.

»Logisch«, erwiderte sie. »Das hier ist doch nicht echt. Das ist nicht das echte Leben. Das ist alles Fake, Carlo. Ich haue bald ab von hier und guck mir an, was sonst noch im Angebot ist.«

Ihre Antwort gefiel Carlo, doch sie machte ihm auch Angst. Sasha war genau wie er selbst, vermutete er, und das war gefährlich. Eine Frau wie Sasha konnte ihn verletzen. Sasha konnte ihm das Herz brechen.

Sie blieb nicht lange. Nach einem weiteren Glas JD zog sie ihr Kleid an und verkündete, sie müsse gehen, um sich mit Christian zu treffen. Diesmal blieb sie an der Tür nochmals stehen und sah Carlo in die Augen.

»Ich hab übrigens keinen Scheiß erzählt«, sagte sie.

Carlo entdeckte eine leichte Röte auf ihren Wagen – sie wirkte beinahe schüchtern, das hatte er bei ihr noch nie erlebt.

»Was ich da gesagt habe, dass du scharf bist und ein guter Fick … Das stimmt alles«, sagte sie. »Aber lass es dir nicht zu Kopfe steigen!«

Carlo lächelte und spürte, wie sein Herz dahinschmolz.

»Dann kann ich deine Telefonnummer haben?«, fragte er und war sich völlig sicher, dass sie sie ihm nun geben würde.

Sasha runzelte die Stirn. »Nein, Carlo«, sagte sie. »Sei nicht albern. Ich hab's dir doch gesagt. Keine Telefonnummern. Ich weiß ja, wo ich dich finde, wenn ich dich will. Ist bei dir was durchgeschmort?«

Sie küsste ihn flüchtig auf die Wange. »Bis dann, Sexy-Baby!« Weg war sie. Er sah ihr hinterher. Sie schlenderte über den Korridor wie ein Cowgirl, das soeben einen wilden Hengst zugeritten hatte. Nun traf sie sich mit Christian, ihrem Freund, seinem besten Kumpel. Sie warf keinen Blick zurück.

Padre Romano D'Alessio saß still in einer Kirchenbank, ließ den Rosenkranz durch die Finger gleiten und dachte über seinen Tag nach. Es war einer der schwierigsten Tage seiner Laufbahn gewesen, und sein christlicher Glaube an die Menschheit war bis an die Grenzen strapaziert worden.

Flüchtig dachte er an den jungen Carlo LaFata, der heute zur Beichte gekommen war – zum ersten Mal seit Jahren. Der Junge hatte gestern seinen Vater verloren und sich an die Kirche um Hilfe gewandt. Bei diesem Gedanken musste D'Alessio lächeln, vielleicht wurde sogar sein Glaube wieder ein wenig gestärkt.

Carlo besaß eine gute Seele, da war Padre D'Alessio sich sicher. Ein Priester spürte so etwas. Er hatte Carlo seine tief empfundene Scham und die Schuldgefühle angehört und war davon völlig überrascht worden. Padre D'Alessio war ein Mann Gottes, doch er war auch ein Mann des Volkes. Er wusste, was in der Welt um ihn herum geschah, und Carlos Ruf als Playboy war ihm durchaus nicht entgangen. Doch heute hatte Padre D'Alessio einen ganz anderen Carlo LaFata erlebt.

Die Sünden des armen Jungen waren so gewöhnlich und prosaisch. Ein dreiundzwanzigjähriger junger Mann, der mit der Freundin seines besten Freundes geschlafen hatte? Heutzutage? In Monaco? Das gab wohl kaum Anlass zu Verdammnis und Höllenfahrt! Dennoch war der Junge so voller Selbsthass und Selbstgeißelung, dass D'Alessio ihn am liebsten in die Arme genommen hätte.

Er wünschte, er hätte dem Jungen von den Sünden anderer erzählen können. Oh, das würde er natürlich niemals tun, das Beichtgeheimnis brechen, doch manchmal wünschte er, er könnte den guten Menschen sagen, wie schlecht die echten Sünder waren, nur damit sie sich nicht mehr so geißelten.

Padre D'Alessio musste an die andere Beichte denken, die er heute abgenommen hatte. Bei dem Gedanken daran gefror ihm das Blut in den Adern. Erpressung, Betrug, Gewalt, Diebstahl und Mord. Es war der Stoff, aus dem Albträume gemacht waren. Das Wissen um diese Taten lastete schwer auf Padre D'Alessios Seele. Nun würde er die ganze Nacht beten. Nie zuvor hatte er Gottes Hilfe so verzweifelt benötigt. Er würde für die guten Menschen beten, aber auch für die Sünder.

19

Francesca konnte nicht einschlafen. In ihrem Kopf jagten sich groteske Bilder – die aufgedunsene Leiche ihres Vaters, die von den Wellen hin- und hergeworfen wurde; Dubrowskis bedrohliches Grinsen, das Aufblitzen seines Goldzahns, der Blick auf seine Waffe; Angelicas wunderschönes Gesicht, verhärmt und abgezehrt, ohne Leben. Angel war wieder ausgegangen. Sie hatte sich geweigert, ihr zu erzählen, wohin oder mit wem. Francesca hatte das grässliche Gefühl, dass ihre kleine Schwester wieder einmal rückfällig wurde, und zum ersten Mal fühlte Francesca sich nicht stark genug, sie zu retten. Ihr Herzschlag hallte ihr in den Ohren wider. Sie war hellwach und konnte sich nicht vorstellen, dass der Schlaf sich noch einstellen würde. Wie zum Teufel war sie bloß da hineingeraten? Mitten in diesen Albtraum, so verloren und verängstigt und allein.

Francesca war immer die Verantwortungsvolle in der Familie gewesen. Ihr gesamtes erwachsenes Leben lang hatte sie sich um die anderen gekümmert, hatte alles unter Kontrolle gehabt, hatte ihre Probleme gelöst und hinter ihnen aufgeräumt. Aber wer würde sich jetzt um Francesca kümmern? Heiße Tränen liefen ihr über die Wangen.

Sie hatte noch niemandem von Dubrowski erzählt. Nicht einmal William. Noch nicht. Sie wusste, sie würde morgen mit ihm darüber reden müssen, sie hatte keine Möglichkeit, ohne seine Hilfe an das Geld zu kommen. Doch einstweilen wollte sie den ganzen beängstigenden Vorfall einfach nur verdrängen. Sie schloss die Augen und versuchte einzuschlafen, doch die Bilder verfolgten sie. Francesca hatte das Gefühl, sie würde wahnsinnig. Zum ersten Mal in ihrem Leben fühlte sie sich schwach und verloren. Sie hatte niemanden, an den sie sich wenden konnte …

»Ich schaffe das nicht«, sagte sie sich laut. »Ich schaffe das nicht mehr.«

Und dann rollte sie sich zusammen und schluchzte, mit bebenden Schultern und schwerem Herzen. Noch nie hatte sie sich so traurig, so einsam, so verängstigt gefühlt. Sie wollte einfach nur, dass jemand sie hochhob und alles in Ordnung brachte. Sie wollte sich beschützt, geschätzt und bewundert fühlen. Sie wollte, dass jemand sie in die Arme nahm. Sie wollte die Kontrolle abgeben …

Angelica fühlte sich hemmungslos – ein phantastisches, überwältigendes, erstaunliches, ganz und gar verrücktes Gefühl. Sie stand am Bug ihrer Yacht, die mit sechzig Knoten übers dunkle Mittelmeer fuhr, und kam sich vor wie Kate Winslet in *Titanic*. Ihr rattenscharfes rosafarbenes Chiffonkleid blähte sich im Wind, und die Haare wurden ihr wild ins Gesicht gepeitscht. Sie fühlte sich lebendig und frei.

»Schneller, schneller«, schrie sie Pat, dem Kapitän, zu – den sie auch Pirate Pat nannte, weil sie darüber lachen musste und er dann die Stirn runzelte. »Fahren wir nach Cannes! Lasst uns feiern.«

»Sei vorsichtig, Angelica«, sagte ihre Freundin Milly. »Du bist völlig überdreht, Liebes, nicht dass du über Bord gehst!«

Genau genommen war Milly keine Freundin. Nun ja, irgendwie schon, wenn man ein Mädchen, das man erst vor zwei Stunden kennengelernt hatte, als Freundin bezeichnen konnte. Doch sie war witzig. Sie waren alle witzig! Diese drei verrückten Australier, die sie in der Bar kennengelernt hatte.

Sie waren Touristen auf der Durchreise und wollten in Monaco einmal einen Blick auf das Leben der oberen Zehntausend werfen, wie sie es formuliert hatten.

»Ich zeig euch, wie die oberen Zehntausend *wirklich* leben«, hatte Angelica angeboten. Sie hatte Lust zu feiern, mit jedem, der in Stimmung war. »Kommt, wir fahren mit meiner Yacht raus. Wart ihr schon mal auf einer Yacht, Leute?«

Nach fragenden Blicken und gemurmelten Fragen wie: »Ist die noch ganz echt?«, hatten die Australier – ein Kerl und zwei Mädchen – beschlossen, es darauf ankommen zu lassen, und waren ihr zum Kai gefolgt. Pat hatte nicht allzu begeistert gewirkt von dieser spontanen Party, aber scheiß drauf, es war ihre Yacht, und er wurde dafür bezahlt, zu tun, was sie ihm sagte. Die übrige Besatzung ebenfalls.

»Wir brauchen Champagner, jede Menge Champagner, Roséchampagner!«, hatte Angel der Stewardess befohlen, deren Namen sie vergessen hatte, weil sie neu war. Die letzte war abgehauen, weil ihr irgendetwas nicht gepasst hatte. Dumme Kuh!

»*Daddy's Money*«, hatte Connor, der Aussie-Typ, den Namen der Yacht laut vorgelesen. »Das ist es also, ja? Dein alter Herr ist stinkreich?«

»Widerlich, scheußlich, unanständig reich.« Angelica hatte gekichert. »Genau genommen wird er im Augenblick vermisst, aber ich bin sicher, er taucht wieder auf.«

»Was?«, hatte Trina, die kleine Rothaarige mit weit aufgerissenen Augen verwirrt gefragt. »Dein Vater wird vermisst? Wie vermisst?«

»Ach, das ist keine große Sache.« Angel hatte die Achseln gezuckt. »Er spielt bloß mit uns. Ich meine, die Polizei glaubt, er sei tot, aber ich weiß, er ist nicht so … Kommt schon, klettert an Bord. Machen wir eine Spritztour mit *Daddy's Money.*«

Anfangs hatten ihre neuen Kumpel ein bisschen entgeistert gewirkt, als ob sie ihr eigentlich nicht über den Weg trauten, aber jetzt hatten sie richtig Spaß. Sie waren bei der dritten Flasche Champagner, und ihre niedlichen kleinen Aussie-Gesichter wirkten glücklich und aufgeregt und ehrfürchtig.

»Will jemand eine Line?«, rief Angelica und sprang von ihrem Aussichtspunkt am Bug der Yacht hinunter.

Die drei Freunde wechselten fragende Blicke, unsicher, was sie von diesem Angebot halten sollten.

»Ähm, ich weiß nicht«, sagte Milly schließlich. »Du meinst Kokain, ja?«

»Natürlich meine ich Kokain, Dummerchen«, erwiderte Angelica kichernd. »Jedenfalls keine Wäscheleine.«

»Ich finde, das sollten wir nicht tun«, sagte Trina, die offenbar ein bisschen spießig war. »Wir haben das noch nie getan.«

»Wie ihr wollt, Leute«, sagte Angel. »Connor? Milly? Wollt ihr was?«

Milly war die, mit der man am meisten Spaß haben konnte. »Klar«, erwiderte sie. »Ich probiere alles wenigstens ein Mal aus.«

»O. k.«, schloss Connor sich an. »Ich bin dabei.«

Verstimmt schüttelte Trina den Kopf und sagte: »Das gefällt mir gar nicht, Leute. Drogen sind nicht unser Ding. Ihr wollt sie doch nur beeindrucken. Das ist doch scheiße, das ist einfach falsch.«

Angelica lächelte den kleinen Partymuffel liebenswürdig an und fragte: »Wie kann es falsch sein, wenn es sich doch sooo richtig anfühlt?«

Trina sonderte sich von ihnen ab und setzte sich auf einen Stuhl am anderen Ende des Decks. Sie sah aus, als würde sie gleich in Tränen ausbrechen. Was für eine Niete! Die anderen folgten Angel nach drinnen und sahen zu, wie sie drei dicke Lines vorbereitete. Sie rollte einen Fünfzigeuroschein zusammen und zeigte ihnen, wie man es machte. Und schon waren die beiden keine Koksjungfrauen mehr.

»Also, was treibst du so, Angelica«, fragte Milly, deren Pupillen vom Koks und der Aufregung so groß wie Untertassen waren.

»Ich bin Model«, erwiderte Angelica ein wenig verstimmt, weil sie sie nicht erkannt hatten. »Ihr wisst nicht, wer ich bin?«

Milly und Connor schüttelten beide die Köpfe. Na ja, dachte Angel, die beiden kamen aus Australien, das war verdammt nochmal am Arsch der Welt. Vielleicht kamen sie ja aus dem Outback oder so und lasen nie Modezeitschriften. Genau genommen – wenn sie sich so ihre Kleidung besah, hätte ihr klar sein müssen, dass sie keine Modemagazine lasen.

Nach der fünften Flasche Champagner war Milly ein bisschen grün um die Nase.

»Wir sind bald in Cannes«, versprach Angelica. »Da gehe ich mit euch in einen echt coolen Club und stelle euch allen meinen Freunden vor.«

»Mir ist wirklich nicht besonders gut«, sagte Milly schwach. »Ich glaube, mir wird schlecht.«

»Nimm eine E«, schlug Angel vor. »Ich hab gerade eine eingeworfen. Die möbelt dich wieder auf.«

»Sie braucht nicht noch mehr Drogen«, warf Connor ein. »Bist du verrückt? Es geht ihr nicht gut. Du musst uns zurück nach Monaco bringen, zurück zur Jugendherberge.«

»Ich fahre noch nicht zurück«, versetzte Angelica trotzig.

O Gott, man konnte mit niemandem mehr Spaß haben. Sogar Carlo hatte sich geweigert, heute Abend mit ihr auszugehen. Unvermittelt musste Milly sich übergeben.

»Iiih!«, rief Angel angeekelt. »Du hast gerade auf meine Jimmy Choos gekotzt. Scheiße, pass doch auf, das ist Ponyfell.«

Connor drehte sich zu ihr um. Jetzt wirkte er wütend. »Hör zu, Papas Töchterchen«, sagte er mit einem angeekelten Blick. »Es ist mir egal, wer du bist oder wie viel Geld du hast. Milly geht es schlecht. Also sag einfach deinem Skipper Pirate Pat oder wie du ihn nennst, er soll das Schiff wenden und uns zurück zu unserer Jugendherberge bringen, klar?«

»Es ist eine Yacht, nicht irgendein Schiff, du ignoranter Aussie-Trottel«, brauste Angel auf. »Und wir fahren nach Cannes.«

Wie konnte er es wagen, so mit ihr zu reden?! Nachdem sie ihn und seine dummen kleinen Freundinnen mit auf ihre Yacht genommen und ihnen Schampus vorgesetzt und ihnen angeboten hatte, mit ihnen nach Cannes zu fahren! Himmel, wie oft bekamen *Nullen* wie die da die Chance, so etwas zu tun? Sie tat ihnen doch einen Gefallen.

Milly rollte nun an Deck auf dem Boden herum, hielt sich den Bauch und übergab sich krampfartig. Trina sah hoch, erblickte Milly und rannte zu ihr. Sie kniete sich neben ihre Freundin und funkelte Angelica böse an.

»Ich wusste, dass so was passieren würde«, sagte sie wütend. »Milly, ich hab dir doch gesagt, du sollst das Zeug nicht anrühren.«

Aber Milly wimmerte nur leise. Die Göre war ja wirklich eine super Schauspielerin. Den sterbenden Schwan bekam sie so gut hin, dass jetzt alle ein Riesentheater um sie machten. Alle bis auf Angel selbstverständlich. Angel fiel nicht eine Sekunde lang darauf herein.

»Es geht ihr richtig schlecht«, sagte Trina weinerlich, »ich mache mir Sorgen. Sie hat noch nie Drogen genommen. Was, wenn sie stirbt?«

»Werde ich sterben?«, fragte Milly.

»Oh, heilige Scheiße«, erwiderte Angel ungeduldig. »Sie hatte eine Line Koks. Eine Line hat noch niemanden umgebracht. Sie ist seekrank, das ist alles. Sobald wir an Land kommen, geht es ihr wieder gut.«

»Ich hab jetzt genug von dir«, verkündete Connor unvermittelt. »Ich hab noch nie im Leben ein so verzogenes, gehässiges, gefühlloses Miststück wie dich getroffen. Ich rede jetzt mit dem Kapitän.«

Angelica konnte nicht fassen, wie dreist diese Leute waren. Für wen hielten die sich? Sie war hier diejenige, die die Befehle gab. Milly lag am Boden und stöhnte, Trina strich ihr über die Stirn, weinte jämmerlich und redete beruhigend auf sie ein: »Schon gut, Milly. Connor spricht mit dem Kapitän. Bald sind wir wieder in der Jugendherberge.«

Das würde Angel auf keinen Fall zulassen. Sie stürmte Connor hinterher und fand ihn im Gespräch mit Pirate Pat.

»Ich verlange, dass du uns nach Cannes bringst«, sagte Angel und stampfte mit ihren Jimmy Choos auf.

Pat warf Angelica einen vernichtenden Blick zu und entgegnete: »Angelica, ich werde die Yacht jetzt wenden und nach Monaco zurückfahren. Deiner Freundin da drüben geht es richtig schlecht. Das geht so nicht.«

Angel kochte. »Du tust, was ich dir sage, Pat!«, schrie sie. »Bring mich nach Cannes. Ich verlange, dass du mich nach Cannes bringst, sonst feuere ich dich!«

»Spar dir die Mühe«, erwiderte Pat. »Ich kündige. Ich bringe diese armen Jugendlichen jetzt zurück nach Port Hercule, und das war's dann. Mir reicht's. Du bist unmöglich, Angelica. Ich weiß, du machst eine schwere Zeit durch, aber das ist keine Entschuldigung dafür, wie du die Leute behandelst.«

Angelica stapfte zurück unter Deck und zündete sich eine Zigarette an. Ach, scheiß auf die, scheiß auf sie alle! Sie brauchte sie sowieso nicht. Sie brauchte niemanden. Sie bereitete eine weitere Line Koks vor, und dann noch eine, und noch eine. Sie fand eine halb volle Flasche Roséchampagner, trank sie aus und ließ sie zu Boden fallen, wo sie umherrollte, während die Yacht übers Meer pflügte.

Als sie schließlich wieder in Monaco waren, beobachtete sie, wie Pat und Connor Milly von Bord trugen und sie auf den Boden legten. Pat holte ihr eine Decke von der Yacht und wickelte sie hinein. Was für eine blöde hysterische Tussi! Das tat sie doch nur, um Aufmerksamkeit zu erregen, das war doch völlig klar.

Trina, der kleine sauertöpfische Rotschopf, trat zu Angelica. »Wenn das das Leben der oberen Zehntausend ist, kannst du's behalten. Wir sind vielleicht gewöhnlich und abgerissen und nicht sehr glamourös, aber wenigstens ganz passable menschliche Wesen. Ich würde keinen streunenden Hund so behandeln, wie du heute Abend Milly behandelt hast. Es spielt keine Rolle, wie viel Geld du hast – wenn du kein Herz hast, bist du nichts wert!«

»Verpiss dich!«, kreischte Angelica.

Sie hatte es satt, dass irgendwelche Leute ihr Vorträge hielten und ihr sagten, was für ein schlechter Mensch sie sei. Dachten die, sie wüsste nicht, was für ein Versager sie als Mensch war? Dachten die, es wäre ihr nicht aufgefallen? »Ich bin schwach. Ich bin schwach. Ich bin schwach«, sagte die Stimme in ihrem Kopf. Connor, Pat und die neue Stewardess, an deren Namen Angel sich nicht erinnern konnte, starrten sie jetzt auch alle an. Sie sahen sie an, als wäre sie ein Stück Dreck.

»Und du verpiss dich auch«, sagte sie und deutete auf Connor. »Und du!« Sie zeigte auf Pat. »Und du auch!« Sie deutete auf die namenlose Stewardess. »Und du auch!« Dies galt Milly, die noch immer in die Decke gehüllt am Boden lag.

Dann stolperte Angel davon in die Nacht. Der Kai schwankte unter ihren Füßen, und in ihrem Kopf drehte sich alles, so dass die Lichter der Lokale am Hafen wie Kometenschweife vor ihren Augen verschwammen. Immer wieder stieß sie mit Leuten zusammen und stolperte über ihre eigenen Füße. Sie wusste nicht mehr, wo sie war oder wohin sie lief. Und ihre Tasche hatte sie irgendwo liegen gelassen. Wo war ihr Telefon? Und Scheiße, sie fühlte sich ganz komisch, alles drehte sich …

Sie wusste nicht genau, wo Christian so plötzlich herkam, aber unvermittelt tauchte sein Gesicht vor ihr auf, und dann hoben seine starken Arme sie hoch. Er legte sie sich über die Schulter und sagte ihr, sie werde wieder in Ordnung kommen. Und dann nichts mehr.

Christian saß in seinem Schlafzimmer auf dem Stuhl in der Ecke und wachte über Angelicas Schlaf. Er hatte die ganze Nacht dort gesessen und darauf achtgegeben, dass es ihr gutging, hatte ihrem Atem gelauscht und genau beobachtet, wie ihre Brust sich hob und senkte. Sie lag auf dem Bauch in seinem Bett und hatte Arme und Beine von sich gestreckt. Sie trug noch ihr leuchtend rosafarbenes Kleid und das Make-up vom Vorabend. Eyeliner und Lippenstift waren übers ganze Gesicht verschmiert, und ihre goldenen Haare waren verfilzt und umgaben ihren Kopf in wirren, verknoteten Strähnen. Doch in Christians Augen war sie noch immer das Schönste, was er je gesehen hatte.

Er hatte mit Sasha in einer Bar am Hafen gesessen und etwas getrunken, als sich plötzlich ein Tumult erhob. Sasha war eine Stunde zu spät zu ihrer Verabredung gekommen, und als sie endlich aufgetaucht war, nach Jack Daniels und Zigaretten riechend, war sie ausgesprochen abgelenkt und distanziert gewesen. Sie schien kein Wort von dem zu hören, was er sagte, sondern starrte in die Ferne, und als er sie nach ihrer Meinung zu irgendetwas fragte, sagte sie: »Hm? Wie war das? Entschuldige, Baby, ich war gerade in Gedanken ganz weit weg.«

Christian war beinahe erleichtert, als die Leute anfingen, auf irgendetwas am Kai zu deuten.

»O Gott«, sagte jemand. »Sieh dir das an. Sie kann ja kaum laufen.«

Christian wandte sich um, um nachzusehen, worüber die Leute redeten, und erblickte ein Mädchen, das auf wackligen Beinen den Kai entlangschwankte, vor sich hin murmelte und Leute aus dem Weg stieß. Sie stolperte und verlor einen Schuh, humpelte jedoch achtlos weiter. Sie hatte weder Jacke noch Tasche bei sich. Gekleidet war sie wie ein Model, aber sie benahm sich wie ein Flittchen.

»Sie tut mir leid«, sagte eine andere Stimme. »Zu ihrer eigenen Sicherheit sollte man sie wegschließen.«

Erst nach mehreren Minuten erkannte Christian, dass das Flittchen in Wirklichkeit Angelica war. Sie war stehen geblieben und sah sich um, offensichtlich verwirrt und desorientiert. Er stürzte aus der Bar, ohne Sasha zu erklären, was los war, und lief zu Angelica, gerade als ihre Augen glasig wurden. Wäre er nicht rechtzeitig da gewesen, um sie aufzufangen, sie wäre flach aufs Gesicht gefallen.

Sasha holte ihn ein, als er Angel zu seinem Auto trug.

»Himmel, die ist ja völlig hinüber«, bemerkte sie und musterte die völlig derangierte Angelica. »Sollen wir Carlo holen?«

Christian schüttelte den Kopf. »Carlo hat selbst genug Sorgen«, sagte er gesagt. »Ich werde schon mit Angelica fertig.«

»Soll ich dir helfen?«, bot Sasha an.

Doch Christian lehnte ab. Er hatte Sasha in ein Taxi gesetzt und sich auf die wahre Liebe seines Lebens konzentriert. Und nun wachte er über ihren Schlaf. Ihr Mund stand offen, und von Zeit zu Zeit schnarchte sie wie ein Ferkel, leckte sich über die Lippen, murmelte etwas und war wieder still. Christian musste lächeln.

Gestern Abend hatte er überlegt, ob er Francesca anrufen sollte, dann jedoch entschieden, dass er auch allein mit der Situation fertig wurde. Es war besser, er ließ Angelica ausschlafen und wieder nüchtern werden. Dann konnte er sie nach Hause bringen. Das arme Ding hätte ernsthafte Schwierigkeiten gehabt, wenn Francesca sie in diesem Zustand erlebt hätte. Sie hätte sie schnurstracks ins nächste Flugzeug nach Arizona gesetzt, zurück zur Entgiftung in dieses Bootcamp in der Wüste. Vielleicht war sie dort ja am besten aufgehoben – Francesca schien das jedenfalls zu glauben. Aber Christian fragte sich, ob es nicht eine etwas näher gelegene Klinik gab, in der man Angelica wieder auf die Beine stellen konnte. All ihren Wutanfällen und ihrem Füßestampfen zum Trotz war Angelica nämlich bloß ein Mädchen, das geliebt werden wollte. Sie musste in der Nähe von Menschen sein, die sie liebten.

Christian musste daran denken, wie Angelica Carlo und ihm als kleines Mädchen überallhin gefolgt war. Carlo hatte sich immer geärgert, wenn sie wieder einmal hinter ihnen zu den Tennisplätzen oder zum Swimmingpool von *Le Grand Bleu* gehüpft war.

»Hau ab, Angel«, hatte er gesagt. »Husch! Geh und such dir eigene Freunde zum Spielen.«

Doch Angelica schien nie Besuch von Freunden zu bekommen, mit denen sie spielen konnte. Sandrine LaFata hatte Christians kleine Schwester Ingrid mehrfach zum Spielen mit Angelica eingeladen, aber das waren Fiaskos gewesen. Ingrid war schon immer ernsthaft und fleißig gewesen, und sogar mit sieben oder acht Jahren ärgerte sie sich über Angelicas Kichern und ihre Mädchenhaftigkeit. Sie konnte Angelica noch heute nicht ausstehen.

Damals war es Christian gar nicht in den Sinn gekommen, dass das kleine Mädchen einsam sein könnte, doch rückblickend musste es so gewesen sein. Sie hatte alles getan, um die Aufmerksamkeit der Jungen zu erregen. Manchmal sprang sie mitten in einem Tennismatch unvermittelt nackt aus einem Gebüsch und fegte quer über den Platz. Oder wenn sie im Pool waren, Unsinn machten und sich gegenseitig Wasser in die Augen spritzten, sprang sie manchmal zu ihnen hinein und gab vor zu ertrinken, damit einer von ihnen sie retten musste. Manchmal versteckte sie sich auch in Carlos Kleiderschrank und belauschte sie. Sie konnte stundenlang dort drin hocken, bis sie sie irgendwann entdeckten.

Christian hatte nie etwas dagegen gehabt, dass Angelica bei ihnen herumlungerte. Er hatte sie witzig und niedlich gefunden. Das fand er noch heute. Er wünschte nur, er wäre etwas mehr für sie als der Freund ihres Bruders. Doch das war reines Wunschdenken. Und Angelica ein Freund zu sein, war immer noch besser als gar nichts.

20

Immer fester schlugen Sashas Füße auf das Laufband, und der Schweiß rann ihr über die Stirn, bis sie das Salz im Mund schmeckte. Sie erhöhte die Geschwindigkeit und veränderte die Neigung des Laufbands, so dass sie praktisch den Montblanc erklomm. Ihr Herz schlug wie wild, sie war völlig außer Atem, und ihre Muskeln schmerzten, doch sie lief weiter, über das Muskelbrennen hinweg …

Himmel, sie brauchte ein Ventil für ihre Frustration. Der Mistkerl war ihr unter die Haut gegangen, er hatte sich in ihrem Kopf festgesetzt, und nun musste sie ständig an ihn denken. An seinen herrlichen, gut gebauten Körper, an diese verflixten Welpenaugen, daran, wie er sich die Haare aus dem Gesicht strich und … O Gott, was hatte sie getan? Das lief überhaupt nicht nach Plan. Sie durfte nichts für Carlo LaFata empfinden. Von allen Männern, mit denen sie geflirtet, gespielt und gevögelt hatte, musste es ausgerechnet dieser egoistische, von sich selbst besessene, eitle Mistkerl sein, der es endlich, endlich in Sasha Constantines Herz geschafft hatte. Dorthin, wo bisher noch kein Mann gewesen war.

Sasha rannte und rannte, doch sie wurde dieses Gefühl in ihrem Bauch nicht los – die Schmetterlinge, die Aufgeregtheit, die Vorfreude. Sie wusste, sie musste ihn wiedersehen. Schon bald. Sie würde sich nicht beherrschen können. Ihr Körper sehnte sich nach ihm. Oh, sie hatte so getan, als wäre es keine große Sache, als gefiele ihr nur der Sex. Sie hatte nicht vor, Carlo wissen zu lassen, wie scharf sie auf ihn war.

Scharf auf ihn? Himmel, das war die verdammt größte Untertreibung des Jahres! Sie stand in Flammen! Sasha brauchte bloß im selben Raum wie der Kerl zu sein, und schon wurden ihre Nippel hart, und sie wollte, dass er sie berührte und küsste und, o Gott, der bloße Gedanke an ihn machte sie höllisch geil.

Mit Carlo zu schlafen, hatte sie völlig umgehauen. Sie hatte sich noch nie, noch nie im Leben so sexy, so lebendig, so angetörnt gefühlt. Sie hatte sich solche Mühe gegeben, ihm gegenüber besonders unverschämt und streitlustig zu sein, ihn zurückzustoßen, die sexuelle Anziehung zwischen ihnen zu leugnen, weil – nun, weil er Carlo LaFata war, Herrgott noch mal! Wie abgedroschen! Jetzt war sie nicht besser als alle anderen, die dummen Gänse, die ihn anhimmelten, ihm überallhin folgten, um ihn herumscharwenzelten, sich mies von ihm behandeln und schon die Höschen fallen ließen, wenn er sie auch nur ansah.

Aber nein, Sasha würde nicht sein wie all die anderen Frauen. Sie war mehr wert als das. Wenn Carlo sie wollte, würde er das Spiel nach ihren Regeln spielen müssen. Das würde sie all ihre Kraft und Willensstärke kosten, doch Sasha würde weiter die Coole spielen. Sie würde ihm nicht ihre Telefonnummer geben, auch wenn sie sich noch so sehr wünschte, er möge sie anrufen. Sie würde nicht nett und liebenswürdig zu ihm sein, auch wenn sein Vater vermisst wurde und er so verloren und todunglücklich aussah und sie ihn am liebsten in die Arme genommen und seinen Kummer mit Küssen gelindert hätte. Nein. Nein, nein, nein, nein!

Ihre Füße hämmerten weiter auf das Laufband ein. In ihrem Kopf überschlugen sich die Gedanken. Christian? Was zum Teufel sollte sie mit Christian anfangen? Sie hatte überhaupt nur deshalb angefangen, sich mit Christian zu treffen, weil er nicht Carlo war. Auch wenn das widersinnig klang.

Sie war so versessen darauf gewesen, sich selbst und alle anderen davon zu überzeugen, dass sie Carlo verabscheute, dass sie ja gesagt hatte, als Christian sie zum ersten Mal eingeladen hatte, mit ihm auszugehen. Und dann war er so höflich und gentlemanlike gewesen, dass es irgendwie schwierig war, ihn abzuservieren. Obendrein war er eng mit Carlo befreundet. Dadurch konnte sie in Carlos Nähe sein, mit Carlo streiten, mit ihm tanzen, ohne tatsächlich zu einem Häkchen in seinem Adressbuch zu werden. Nur dass sie Carlo dann doch gevögelt hatte. Und zwar nicht nur einmal, als sie betrunken gewesen war – das wäre ja noch fast verzeihlich gewesen. Aber nein, am nächsten Morgen, als Sasha stocknüchtern gewesen war, war sie noch einmal schwach geworden, und dann gestern Abend wieder. Sie hatte einfach vor seiner Tür gestanden, weil sie sich nicht von ihm fernhalten konnte. Danach hatte sie zu einer Verabredung mit Christian gehen müssen. Was hatte sie sich nur dabei gedacht? Sie hatte ganz offensichtlich den Scheißverstand verloren.

O Gott, jetzt würde sie mit Christian Schluss machen müssen. Nicht aus schlechtem Gewissen – damit konnte sie leben –, aber wie sollte sie jetzt noch Christian vögeln? Den lieben, langweiligen Christian, den Loser im Bett? Das konnte sie nicht. Sie würde es nicht mehr tun! Das wäre, als hätte man einen Bissen von einem Filetsteak probieren dürfen und müsste dann weiter Corned Beef aus der Dose essen. Sasha konnte sich einfach nicht vorstellen, jemals wieder mit Christian zu schlafen. Das an sich war ja noch nicht so schlimm. Nein. Wirklich schlimm war, dass sie sich nicht vorstellen konnte, jemals wieder mit *irgendeinem* anderen Mann als Carlo zu schlafen. Das hatte sie ihm selbstverständlich nicht gesagt. Natürlich nicht. Sie hatte weiter ihre Rolle gespielt und vorgegeben, sie wolle frei sein, viele Typen treffen und in der Gegend herumvögeln. Dabei war das alles totaler Quatsch.

Sasha wollte Carlo mit Haut und Haaren. Verstand, Körper und Seele. Es war nicht nur der Sex mit ihm gewesen, der sie umgehauen hatte.

Da war etwas an ihren Gefühlen für Carlo, das ihr eine höllische Angst einjagte. Wenn sie bei ihm war, verlor sie völlig die Beherrschung, nicht nur körperlich, sondern auch emotional. Nun war es doch geschehen. Jetzt wusste sie, worum es in den ganzen schmalzigen Liebesliedern ging. Sie hatte es kapiert. Sie begriff. Das war die Liebe. Eine völlig neue Erfahrung für Sasha. Sie hatte nie jemanden gebraucht oder gewollt. Aber sie wollte Carlo. Sie wollte ihn unbedingt, und zwar für immer. Sasha war ein kluges Köpfchen. Sie hatte einen Psychologieabschluss aus Yale. Wenn jemand Carlo den Kopf verdrehen konnte, dann sie. Denn Sasha wollte nicht eine Beziehung nach der anderen haben. Sie war eine Ein-Mann-Frau, und Carlo war ihr Mann. Er wusste es nur noch nicht.

Sasha stellte das Laufband auf Höchstgeschwindigkeit und spürte, wie das Blut durch ihre Adern rauschte. Ohne Schweiß kein Preis, sagte sie sich und rannte weiter. Bei Herausforderungen blühte sie auf. Sie war hartnäckig und entschlossen und höllisch stur, doch sie konnte auch geduldig sein. Sie würde sich Zeit lassen. Ein Typ wie Carlo brauchte die Jagd. Er hatte es zu leicht gehabt, ihm war alles auf einem Silbertablett präsentiert worden. Doch Sasha würde sich kein Schleifchen umbinden und sich Carlo LaFata auf dem Silbertablett servieren. Er würde um sie kämpfen müssen. Nur dann würde er sie wahrhaft begehren und sie zu schätzen wissen. Nur dann würde sie ihn für immer bekommen.

»Ich weiß, ich hab gesagt, du brauchst eine Generalüberholung, aber was ist das? Eine Midlife-Crisis?«, fragte Dan und musterte neugierig Robbies Einkaufstüten. »Prada? Gucci?

Hugo der Boss? Junge, Junge, Robbie, offenbar bezahlen die dich zu gut.«

Robbies Wangen brannten vor Verlegenheit. Schuldbewusst ließ er die Tüten unter dem Tisch verschwinden. »Schön wär's«, murmelte er und errötete noch stärker. »Hab mir seit Jahren nichts Neues mehr gekauft, und da dachte ich, nach dem, was du gestern Abend gesagt hast, ich sollte mich vielleicht mal ein bisschen in Schale werfen. Du weißt ja, wie es hier ist, wie protzig alle sind, ich dachte, ich werde eher ernst genommen, wenn ich passend gekleidet bin ...« Robbie wusste, er redete wirres Zeug, aber er versuchte, seinen Einkaufsrausch zu rechtfertigen, und zwar eher vor sich selbst als vor Dan. Er versteckte sich hinter der Speisekarte und gab vor, über sein Mittagessen nachzudenken.

»Und? Wie läuft die Arbeit?«, fragte Dan. »Nicht so toll, nehme ich an, wenn du dir erst eine neue Garderobe zulegen musstest.«

»Nein, es läuft ganz okay«, sagte Robbie wahrheitsgemäß. »Du weißt, dass sie sein Auto gefunden haben?«

Dan nickte. »Ist das zu fassen, dass sie drei Tage dafür gebraucht haben? Und dabei stand es nur zwei Straßen vom Hafen entfernt.«

»Verrückt«, stimmte Robbie zu. »Ich frage mich, wie es sein kann, dass sie es übersehen haben.«

»Wer weiß, aber damit ist die Sache ziemlich eindeutig, oder? LaFata ist hin«, sinnierte Dan.

Robbie nickte. »In seinem Haus fehlen weder Kleider noch sonst irgendwas, was ihm gehört hat, seine Bankkonten sind nicht angerührt worden, sein Pass liegt im Safe, und sein Auto verstaubt das ganze Wochenende in La Condamine. Er ist tot, eindeutig.«

»Seine Bankkonten sind nicht angerührt worden?« Dan riss die Augen auf. »Woher weißt du das?«

»Hab's vor fünf Minuten im Radio gehört«, sagte Robbie seufzend. »Gar nicht so einfach, bei so vielen Pressefritzen irgendwas als Erster zu bringen. Wie läuft's bei dir? Benimmt sich Angel?«

»Zum Glück nicht.« Dan grinste. »Gestern Abend war sie wieder aus. Ist mit ein paar australischen Rucksacktouris auf ihrer Yacht gelandet. Ist eine lange Geschichte, aber am Ende war sie völlig hinüber, Robbie. Du hättest sie sehen sollen.«

»Lieber nicht«, entgegnete Robbie. »Ich bekomme eine Gänsehaut, wenn ich ein hübsches junges Mädchen in so einem Zustand sehe. Dann muss ich an meine beiden denken, weißt du? Nicht mehr lange, und dann fangen die auch mit Jungs und Make-up und Klamotten und Gott weiß womit noch an.«

Dan gluckste. »Du klingst wie eine alte Frau. Komm, iss was, trink was, und dann geh zurück ins Hotel und probier dein Midlife-Crisis-Outfit aus. Dann fühlst du dich gleich wieder jung.«

»Verpiss dich, Dan«, gab Robbie lachend zurück.

»Mache ich auch gleich.« Dan grinste. »Ich will mit den Aussie-Kids über ihren Abend mit Angel reden. Eine von denen ist gerade erst aus dem Krankenhaus raus. Muss hoch hergegangen sein!«

Staunend schüttelte er den Kopf, stand auf und wandte sich zum Gehen. »Ach, und Robbie …«, sagte er über die Schulter. »Wenn du schon eine Generalüberholung machst, dann solltest du auch was an deinen Haaren ändern. Die sind ein bisschen …«

»Ein bisschen was?« Robbie fasste sich in seinen Wust rotblonder Haare. Die Haare waren sein ganzer Stolz. Heather hatte immer gesagt, sie fände sie wundervoll. Nun ja, einmal hatte sie das jedenfalls gesagt, damals, als sie sich kennengelernt hatten …

»Na ja, die sind ein bisschen 1994, oder?«, sagte Dan. »Ein bisschen Britpop.«

Robbie fragte sich, ob er noch genug Zeit hatte, um einen Besuch beim Friseur einzuschieben. O Gott, was war nur in ihn gefahren? Robbie kannte seine Schwächen, aber eitel war er nie gewesen. Und jetzt saß er hier, mitten in der größten Story seiner Karriere, und sorgte sich um sein Erscheinungsbild! Das war natürlich alles nur ihretwegen – die Kleidung, die Schuhe, das Aftershave, das teure Rasieröl. Er hatte schließlich doch den Mut gefunden, ihr eine SMS zu schicken, in der er ihr geschrieben hatte, er sei in der Stadt, und sie gefragt hatte, ob sie Lust hätte, sich mit ihm zu treffen. Doch sie hatte nicht geantwortet, und er würde nicht herumsitzen und darauf warten. Warum tat er das also alles?

Heute war die Polizei im Büro und durchsuchte sämtliche Computer und Akten. Die Polizisten schienen zu denken, dass sie in den Geschäftsunterlagen möglicherweise einen Hinweis darauf finden könnten, was ihrem Vater zugestoßen war, doch Francesca war sich sicher, dass sie sich irrten. LaFata International mochte in letzter Zeit einige unbedeutende Rückschläge hingenommen haben – sie hatten die eine oder andere *Fatty's*-Filiale schließen müssen, und das Bauprojekt in Dubai hatte sich als Fiasko erwiesen –, doch wer hatte im vergangen Jahr keine Probleme gehabt? Es herrschte eine globale Rezession. Sogar in Monaco!

Fattys Kindern hatte man gesagt, sie sollten dem Büro bis auf weiteres fernbleiben. Francesca wusste nicht, was sie mit sich anfangen sollte. Sie war nach wenigen Stunden unruhigen Schlafs um fünf Uhr aufgewacht und hatte sich damit beschäftigt, das Haus aufzuräumen. Selbstverständlich hatten sie für so etwas Dienstmädchen und Putzfrauen, doch Francesca empfand es als entspannend. Die Polizei hatte ein einziges Chaos hinterlassen, und sie wollte einfach nur, dass alles wieder an seinen Platz kam, wieder normal war. Doch nun war das Haus aufgeräumt, und es fühlte sich noch immer falsch an. Francesca wusste, nun, wo Fatty tot war, würde *Le Grand Bleu* nie mehr sein wie zuvor. Es würde sich nie mehr wie ihr Zuhause anfühlen.

Mittlerweile hatte sie die Hoffnung aufgegeben, dass sie ihren Vater jemals lebend wiedersehen würde. Sie wusste, Carlo ging es genauso. Es dauerte schon zu lang. Es gab keine logische Erklärung. Fattys Pass lag sicher im Safe in seinem Schlafzimmer verwahrt, und William hatte seine persönlichen Konten überprüft. Ihr Vater hatte seine Kontokarte seit Freitag nicht mehr benutzt. Sein letzter Kauf war eine Flasche Brandy der Marke Hennessy Beauté du Siècle gewesen.

Angel leugnete das Offensichtliche noch immer vehement. Sie ging aus, traf ihre Freunde und benahm sich, als wäre nichts geschehen. Oh, das war selbstverständlich nur Fassade. Sie schob das Unvermeidliche nur hinaus, verdrängte ihre Gefühle, damit sie nicht mit der gewaltigen, vernichtenden Trauerwelle umgehen musste, die auf sie zurollte. Francesca konnte nur warten, bis die Realität Angelica in ihren perfekten kleinen Hintern trat. Und wer wusste schon, was dann passieren würde – Francesca würde dieses Mal sicher nicht in der Lage sein, ihre Schwester zu retten.

Normalerweise hätte Francesca im Büro Trost gesucht, doch das war ihr im Moment verwehrt. Und nach dem gestrigen Besuch dieses Russen war sie auch nicht sicher, ob sie heute wirklich dorthin wollte. Die Jungen waren in der Schule, Carlo in seinem Apartment, Jade im Bett – schon wieder! –, und Angel hatte bei Christian übernachtet. Christian hatte heute Morgen angerufen und ihr erzählt, er habe gestern Abend zufällig Angel in der Stadt getroffen und ihr angeboten, dass sie bei ihm übernachten könne. Er sagte, sie schlafe noch, aber es gehe ihr gut. Es war ein bisschen seltsam, dass er sie deswegen anrief. Vielleicht gingen Angel und Christian neuerdings miteinander aus? Das wäre schön. Christian war genau die Sorte zuverlässiger Mann, der sich vernünftig um Angel kümmern und sie davor bewahren würde, auf Abwege zu geraten. Ja, falls sich da eine Romanze anbahnte, würde Francesca ein Stein vom Herzen fallen.

Als sie nun an Williams Tür klopfte, schlug ihr das Herz bis zum Hals. Sie wollte ihm am liebsten nicht erzählen, was gestern im Büro vorgefallen war, doch sie wusste, ihr blieb keine andere Wahl. Trotz der Kluft zwischen ihnen brauchte sie jetzt seine Hilfe wie nie zuvor.

Er saß wie immer am Computer. Als sie eintrat, blickte er auf, klappte den Laptop zu, nahm die Brille ab und legte sie bedächtig auf den Schreibtisch, doch er lächelte nicht. Seine Miene war ausdruckslos und gab nichts preis, nur in seinen Augen blitzte etwas Kaltes auf. Was war das? Hass? Groll? Misstrauen? Sie wusste es nicht. Und schon war es wieder fort. Francesca fragte sich, ob die Sorge und der Schlafmangel sie allmählich paranoid werden ließen.

»William«, sagte sie und setzte sich auf den Stuhl neben ihn. »Gestern im Büro ist etwas Seltsames passiert. Wir haben ein Problem.«

»Noch ein Problem?«, fragte William und hob die Augenbrauen. »Davon scheint es im Augenblick eine ganze Menge zu geben.«

»Ich fürchte, dieses ist wirklich ernst«, bekräftigte sie.

Sie atmete tief durch und berichtete ihm dann von Andrea Dubrowskis Überraschungsbesuch. Sie erzählte ihm, welche Angst sie gehabt hatte, allein im leeren Büro mit einem bedrohlichen, riesengroßen Russen, der in Fattys Büro, auf Fattys Stuhl, bereits auf sie gewartet hatte; der irgendwie gewusst hatte, dass sie ins Büro kommen würde, und irgendwie ohne

Schlüssel hineingelangt war. Francesca erzählte William auch von der Pistole im Hosenbund.

»Meinst du, wir sollten die Polizei informieren?«, fragte sie und zitterte bei der Erinnerung an die beängstigende Begegnung. »William, ich weiß nicht, was ich tun soll. Ich will Dad nicht in Schwierigkeiten bringen, und er hat offenbar irgendwas mit ihm zu tun, aber wir können doch nicht zulassen, dass bei uns im Büro eingebrochen wird, oder?«

»Nein, aber die Polizei können wir selbstverständlich nicht einbeziehen. Das ist eine geschäftliche Angelegenheit. Aber wir müssen offensichtlich etwas an unserem Sicherheitssystem tun«, erwiderte William nüchtern. »Damit so etwas nicht noch einmal passiert.«

Francesca war erschüttert über Williams Mangel an Mitgefühl. Na gut, sie schliefen nicht mehr im selben Bett, aber sie waren seit acht Jahren verheiratet, sie war die Mutter seiner Kinder, und sie war von einem Mann mit einer Waffe bedroht worden!

»Machst du dir keine Sorgen?«, fragte sie. »Um meine Sicherheit? Um *unsere* Sicherheit?«

»Nein«, erwiderte William kühl. »Nicht besonders. Die Russen handhaben die Dinge anders, das ist alles.«

»Anders?« Francesca traute ihren Ohren nicht. »William, der Kerl ist da eingebrochen. Er hatte eine Waffe.«

»Sei nicht so naiv, Francesca.« Nun klang William beinahe ungeduldig.

Seine Worte beschworen eine Erinnerung herauf. »*Sei ancora ingenua, bambina.*« Du bist immer noch naiv, Mädchen. Das war das Letzte, was ihr Vater zu ihr gesagt hatte. Und nun sagte William ihr etwas ganz Ähnliches. Was entging ihr hier?

»Schau, du musst doch wissen, dass dein Vater sich mit einigen ziemlich merkwürdigen Typen eingelassen hat.« Jetzt klang William wieder sanfter. »Als er noch da war, haben wir nicht darüber gesprochen. Wir haben so getan, als wäre da nichts. Aber du musst davon gewusst haben, Francesca. Bestimmt! Und jetzt, wo Fatty nicht mehr da ist, sind wir diejenigen, die sich um diese Leute kümmern müssen, bis die Schulden, die dein Vater bei ihnen gemacht hat, getilgt sind.«

Francesca drehte sich der Kopf. Merkwürdige Typen? Schulden? Wovon redete William da?

»Ich verstehe nicht«, sagte sie. »Du und ich, wir sind doch diejenigen, die sich immer um die laufenden Geschäfte gekümmert haben.«

»Francesca, bist du denn blind und taub?«, fragte William ungläubig. »Ich dachte, du bist eine intelligente Frau? Wir leiten die langweilige, achtbare, *offizielle* Seite von LaFata International. Dein Dad hatte immer nebenbei noch Geschäfte laufen. Große Geschäfte. Sachen mit hohem Risiko. Und die Männer, mit denen er da zu tun hat – oder hatte, sollte ich wohl sagen –, sind keine netten, freundlichen Buchhalter aus Fulham oder charmante Banker von der Wall Street. Jetzt, wo dein Dad nicht mehr da ist, müssen wir den Schlamassel in Ordnung bringen, den er hinterlassen hat. Ich dachte, das wäre dir klar.«

»Nein«, bekannte Francesca und spürte, wie ihr vor Enttäuschung und Angst die Tränen in die Augen traten. »Ich verstehe das alles nicht. Was für Schulden? Ich dachte, es ginge uns gut.«

»Francesca, es geht uns überhaupt nicht gut. Aus allen Ecken kommen Leute gekrochen und behaupten, Fatty würde ihnen Geld schulden. Was glaubst du, was ich den ganzen Tag an meinem Computer treibe, seit er verschwunden ist?«

Francesca zuckte die Achseln und wischte sich mit dem Ärmel die Tränen ab. »Ich habe das alles nicht gewusst. Ich habe das ehrlich nicht gewusst.«

»Also, wie viel will dieser Dubrowski?«, fragte William

seufzend, als wäre der Russe nur eine Unannehmlichkeit auf einer sehr langen Liste von Unannehmlichkeiten.

»Zehn Millionen«, erwiderte sie zitternd.

William zuckte die Achseln. »Ach, das geht ja noch«, bemerkte er und klang beinahe erleichtert. »Das bekommen wir hin. Und wann will er das Geld?«

»Am Freitag.« Unvermittelt fühlte Francesca sich erschöpft. Das war alles zu viel auf einmal. Sie hatte das Gefühl, ihr Gehirn würde gleich den Dienst verweigern.

»Okay, kein Problem.« William holte seinen Organizer hervor und notierte den Termin.

»William, werden wir es schaffen?«, fragte Francesca. »Finanziell, meine ich?«

William seufzte und sah ihr in die Augen. »Tja, es wird sich jedenfalls vieles ändern, Francesca. Nichts wird so bleiben wie bisher.«

21

Zaghaft betrachtete Robbie sich im Spiegel. Er sah okay aus. Besser. Eher Lebemann als am Boden zerstörter Geschiedener. Dennoch kam er sich ein bisschen blöd vor, wie eines der Versuchskaninchen aus dieser TV-Show – *Gut aussehen, um zehn Jahre jünger wirken und dabei wissen, was man nackt nicht tragen sollte* oder wie die hieß.

Heather hatte diese Shows immer angeschaut. Argh! Heather! Er wollte nicht an sie denken. Diesmal hatte sie den Bogen wirklich überspannt. Robbie hatte vorhin angerufen und die Mädchen sprechen wollen, und da hatte Grace die Bombe platzen lassen.

»Ich hab in den Nachrichten nach dir gesucht, Dad«, hatte sie ganz aufgeregt erzählt. »Die bringen jede Menge über diesen Fatty, aber ich hab dich noch nicht entdeckt. Wink doch, wenn du das nächste Mal eine Kamera siehst, okay?«

»Okay, Schatz«, erwiderte er lachend. »Mache ich.«

»Mummy sagt, sie hat ihn gekannt, weißt du?«, fuhr Grace fort, so schnell, wie nur eine Elfjährige reden kann. »Sie ist früher mit seiner Tochter zur Schule gegangen, und sie waren die besten Freundinnen und sind immer zusammen ausgeritten, und sie durfte auch in diesem großen grünen Auto mitfahren, das hat ein Chauffeur gefahren und …«

»Was?« Robbie versuchte, ihren Redefluss zu unterbrechen. Er hatte geglaubt, sich verhört zu haben. »Grace, langsam, langsam, warte mal. Mum hat Giancarlo LaFata gekannt? Sie war die beste Freundin von …«

»Von seiner Tochter Francesca. Ja«, bestätigte Grace. »Ich hab gehört, wie sie Fraser davon erzählt hat. Ich glaube, sie wollte ein bisschen angeben … Weil er richtig berühmt ist und so. Oder er war es jedenfalls, oder? Ich glaube, vielleicht ist er tot, Dad. Was meinst du? Ich weiß doch, dass du der Experte bist und so, und du weißt bestimmt mehr als ich, aber er ist bestimmt ertrunken, oder? Wir haben in der Schule darüber gesprochen, und Annabel hat gesagt, ihre Mum hat das gesagt … aber Chloe meinte, nein, sie hätte gedacht …«

Doch in Robbies Kopf überschlugen sich die Gedanken. Fieberhaft überlegte er, warum Heather das vor ihm geheim gehalten haben mochte. All die Jahre, die sie zusammen gewesen waren. Sie wusste doch, wie wichtig ihm diese Story war. Und sie hätte ihm helfen können!

»Grace, Liebes, kann ich ganz kurz mit deiner Mum sprechen, bitte?«, unterbrach er seine Tochter.

»Ähm, ja, klar, Dad«, sagte Grace verwirrt. Robbie wollte sonst *nie* mit Heather sprechen.

»Was willst du, Robbie?«, fragte Heather und machte keinen Hehl aus ihrer Verachtung für ihn. »Ich dachte, du wärst viel zu sehr damit beschäftigt, Gangster zu jagen und Obenohne-Models am Strand zu begaffen …«

»Kennst du Francesca LaFata?«, unterbrach er sie.

Schweigen.

»Also?«

»Nun ja, zufällig kenne ich sie tatsächlich, Robbie, aber ich wüsste wirklich nicht, was dich das angeht.«

»Was mich das angeht? Du weißt, dass ich an der LaFata-Story gearbeitet habe. Schon als wir noch zusammen waren, war ich an dem Mann interessiert. Ich weiß, wir sind nicht mehr verheiratet, aber es wäre einfach nett gewesen, wenn du es mir gesagt hättest. Du hättest mir helfen können.«

»Warum zum Teufel sollte ich dir helfen wollen, Robbie McLean?«, fragte sie, und aus ihrer Stimme troff Gift.

»Weil ich der Vater deiner Kinder bin?«, schlug er vor und versuchte, sich nicht anhören zu lassen, wie verletzt er war. »Weil ich dir nie etwas getan habe? Weil ich zwar nicht perfekt bin, ich weiß, aber ein ganz anständiger Kerl, der bloß versucht, seinen Lebensunterhalt zu verdienen, und wenn ich Karriere mache, dann profitieren unsere Töchter davon?!«

»Unsere Töchter brauchen dein Geld nicht«, erwiderte Heather selbstgefällig. »Sie haben jetzt Fraser.«

»Ach, ja? Und für wie lange?« Robbie wusste, er benahm sich kindisch, aber er konnte nicht dagegen an. »Bis du ihm zu alt wirst, und er dich gegen ein jüngeres Modell eintauscht? Wie alt ist seine Sekretärin, Heather? Ist sie hübsch? Nimmt er sie auf Geschäftsreisen mit?«

»Ach halt die Klappe, Robbie, du bist doch bloß eifersüchtig«, fuhr Heather ihn an. »Bloß weil du immer noch jämmerlich allein bist, musst du nicht so verbittert sein, weil ich eine funktionierende Beziehung führe. Himmel, ist es da ein Wunder, dass ich dich Francesca nicht vorstelle?«

»Was?« Robbie traute seinen Ohren nicht. »Du hast immer noch Kontakt zu Francesca?«

»Ja«, erwiderte Heather ungeduldig. »Sporadisch. Wir schreiben uns Weihnachtskarten, hin und wieder mal eine E-Mail. Wenn sie in Edinburgh ist, gehen wir einen Kaffee trinken, haben wir schon immer getan.«

»Was? Auch als wir noch zusammen waren?«, fragte Robbie. Er hörte heute zum ersten Mal von dieser Freundschaft.

»Ja.« Nun klang Heather gelangweilt.

»Warum hast du mir nie von ihr erzählt? Warum habe ich sie nie kennengelernt?«, fragte er fast verzweifelt.

Er hörte Heather seufzen. »Die Wahrheit?«, fragte sie und klang etwas sanfter.

»Die Wahrheit.«

»Weil es mir peinlich war«, erwiderte Heather. »Ein kleines bisschen peinlich.«

»Was? Ich?« Robbie hatte einen Kloß im Hals. Plötzlich ergab vieles einen Sinn.

»Ja, du«, gab Heather zu. »Du hast nicht zu meinen Schulfreunden gepasst, besonders nicht zu solchen wie Francesca LaFata. Du hattest nicht den richtigen Akzent, und du hast immer so abgerissen ausgesehen, deshalb habe ich dich von ihnen ferngehalten ...«

Ihre Worte verletzten ihn bis ins Mark, aber der Schmerz war befreiend. Robbie spürte, wie eine eigenartige Last von ihm abfiel. All die Jahre hatte er sich selbst gegeißelt und sich gefragt, was er hätte tun können, um seine Ehe zu retten, und nun wurde ihm plötzlich klar, dass es nichts gab, was er zu irgendeinem Zeitpunkt hätte tun können. Heather war ein oberflächlicher Snob, der gesellschaftlich nach oben wollte. Ein Junge aus einem Sozialbau würde niemals gut genug für sie sein, gleichgültig, wie sehr er sich bemühte. Er hatte aufgelegt, noch während sie geredet hatte. Er musste sich ihr dummes Zeug nicht mehr anhören.

Die Arbeiterklasse, ja, das war seine Herkunft, und er war stolz darauf. Aber abgerissen? Jetzt nicht mehr. Was würde Heather sagen, wenn sie ihn jetzt sehen könnte? In seinem schicken neuen Aufzug – graue Gucci-Hose, schwarze Prada-Schuhe, ein brandneues weißes Hemd mit einem dieser großen Kragen, wie es die ganzen eleganten Typen trugen. Er hatte auch eine dunkelblaue Jeans mit schmalem Bein (ebenfalls Prada), einen grauen Kaschmirpulli mit V-Kragen und einen neuen Gürtel, dazu Socken und Unterhosen gekauft. Im Kopf rechnete er zusammen, was er ausgegeben hatte – mehr als sein Auto wert war. Doch diesen Gedanken verdrängte er einstweilen.

Robbie fuhr sich mit der Hand durch die nun kurz geschnittenen Haare und rieb sich die glatt rasierten Wangen. Dann setzte er seine neue Ray-Ban auf, nur um den vollständigen Look zu sehen. Fast wie Daniel Craig! Das hatte er gut gemacht. Wer brauchte schon Stilberater?

Genau in diesem Augenblick klopfte es an der Tür. Robbie fuhr zusammen. Aber dann fiel ihm wieder ein, dass er Simon gebeten hatte, an diesem Abend vorbeizukommen, um über die Arbeit zu sprechen. Er nahm die Sonnenbrille ab und öffnete die Tür.

»Wer zum Teufel bist du?«, fragte Simon sarkastisch. »Und was hast du mit meinem Freund Robbie gemacht? Du weißt schon, dieser abgerissene Typ mit dem Mopp auf dem Kopf und der zerrissenen Jeans?«

»Ich habe ihn vom Balkon geworfen.«

»Verständlich«, sagte Simon. »Ich habe den Typen sowieso nicht besonders gemocht.«

Dann grinste Simon und schüttelte ihm die Hand.

»Dan hat recht, du hast offenbar eine Midlife-Crisis, Rob. Aber ich muss zugeben, du siehst gut aus. Du musst eine Frau getroffen haben …«

»Schön wär's!« Robbie lachte. »Aber man gibt ja nie auf.«

Nun, getroffen hatte er sie nicht. Nicht auf dieser Reise. Noch nicht. Aber er hatte ihr eine Nachricht auf ihrer Voice-Mail hinterlassen. Sie hatte ihm einmal gesagt, dass sie seinen Akzent sexy finde. Vielleicht funktionierte das also besser als die SMS, die sie ignoriert hatte. Und er hatte Heather als »Eintrittskarte« benutzt.

»Hi, Francesca, hier ist Robbie McLean«, hatte er gesagt und sich bemüht, trotz der Schmetterlinge in seinem Bauch zuversichtlich und beiläufig zu klingen. »Ich dachte, ich frage mal, ob du Lust hast, dich mal wieder mit mir zu treffen, während ich in Monaco bin. Es gibt außerdem einen wirklich komischen Zufall, von dem ich dir erzählen möchte. Ich dachte, wir könnten zusammen darüber lachen. Weißt du, du kennst meine Exfrau, Heather McLean, ähm, ich meine Heather Mountstevens. Die Welt ist klein, was? Jedenfalls, ruf mich an, wenn du Lust auf einen Drink hast. Ich hoffe, dir geht's gut, weißt du, trotz alldem, was da los ist und ...« Er hatte gewusst, dass er dummes Zeug redete und es ihr im Augenblick unmöglich gutgehen konnte, wo doch ihr Vater vermisst wurde, und so war er mitten im Satz ins Stocken geraten. »Und, ähm, und, ähm, und so, na ja, vielleicht bis später? Bye.«

Bei der Erinnerung daran errötete er. Er bezweifelte, dass sie sich mit ihm in Verbindung setzen würde. Aber er hoffte es.

»Okay«, sagte Simon und riss Robbie aus seinen Gedanken. »An die Arbeit. Darf ich vorstellen? Andrea Dubrowski.«

Simon legte eine Mappe auf den Schreibtisch und entnahm ihr diverse Dokumente sowie ein Foto eines blonden Mannes, der wie eine Kreuzung aus Showmaster und Ringkämpfer aussah.

»Ein reizender Bursche, Russe, Ex-KGB natürlich – sind sie das nicht alle? Macht jetzt in Immobilien und Öl – und tun sie das nicht alle? Monegassischer Staatsbürger, Sammler von Kunst und Artefakten, Glücksspielkumpan von LaFata, und jetzt kommt der interessante Teil: Er soll unserem lieben Freund Fatty in den letzten Wochen über zehn Millionen Dollar gegeben haben.«

»Wow!« Robbie musste sich am Schreibtisch abstützen. Im Vergleich dazu wirkte sein kleiner Einkaufsbummel außerordentlich bescheiden. »Irgendeine Ahnung, wofür das Geld war?«

Simon zuckte die Achseln. »Offenbar war es ein privates Geschäft, also vermute ich, es war für eins von LaFatas Gemälden. Er hat eine private Sammlung im Wert von mehreren

Hundert Millionen irgendwo in seinem Wohnsitz da oben auf dem Berg versteckt.«

»Dann liegen die Gerüchte von der Kreditkrise alle völlig daneben?«, fragte Robbie. »Mit all diesen Yachten, Immobilien, Unternehmen und jetzt noch dieser Kunstsammlung, von der du mir gerade erzählt hast, kann ihn die Rezession nicht besonders hart getroffen haben.«

»Tja, da wäre ich mir nicht so sicher«, fuhr Simon fort. »Offenbar haben Francesca LaFata und William Hillier ein paar der kleineren Firmen abgewickelt. Allein in diesem Jahr haben elf *Fatty's*-Filialen in UK dichtgemacht, dazu drei Hotels, und das Dubai-Projekt ist ein einziger Scherbenhaufen. Der offiziellen Version von LaFata International zufolge sind die Bauunternehmen pleitegegangen, was stimmt. Aber die Unternehmen selbst behaupten, sie seien nur deshalb pleitegegangen, weil Fatty ihnen keinen müden Cent gezahlt hat.«

»Und warum hat Fatty dann nicht einfach irgendwas verkauft?«, fragte Robbie.

»Weil der Einsatz ums Hundertfache erhöht ist, wenn man so stinkreich ist. Klar, sein persönliches Vermögen ist Milliarden wert, aber seine Ausgaben sind auch irre hoch. Das Problem ist, seit einigen Jahren sind seine Gewinnspannen in beängstigender Geschwindigkeit geschrumpft, und mit einigen seiner Unternehmungen hat er Verluste gemacht, aber seine Kaufgewohnheiten haben sich nicht geändert. Genau genommen sind sie eher noch schlimmer geworden. Fatty hat so schnell neue Unternehmen gekauft, wie seine Tochter und ihr Mann sie verkauft haben. Wenn man dann noch die drastisch gefallenen Zinssätze dazunimmt und sich ausrechnet, dass die Einkünfte aus seinem Kapitalvermögen gen null tendieren, tja, dann muss man kein Mathegenie sein, um darauf zu kommen, dass der Mann in Schwierigkeiten war.«

»Deshalb der Verkauf von Gemälden und Artefakten an

private Käufer?«, fragte Robbie und deutete auf Dubrowskis Foto.

»Genau«, erwiderte Simon. »Auf den Russen komme ich gleich noch zurück. So. Heute ist der Aktienkurs von LaFata International wegen Fattys Verschwinden auf einen Tiefstand gesunken, und das Unternehmen ist nicht mal ein Zehntel dessen wert, was es noch letzten Freitag wert war. Egal ob er von Bord gefallen, gesprungen oder gestoßen worden ist, unterm Strich kommt raus, dass er seiner Familie ernste Probleme hinterlassen hat. Auch das ist wie bei Maxwell. Den armen LaFata-Kindern steht ein gewaltiger Schock bevor.«

»Aber hätte Hillier die Familie nicht vor so was bewahren müssen?«, fragte Robbie, der beinahe wütend auf den Kerl war. »Er ist doch der Finanzdirektor.«

»Eben, eben!« Simon nickte aufgeregt. »Und genau da brauche ich deine Hilfe, Robbie. Bei den Kapitalanlagen und Hedgefonds-Portefeuilles der LaFatas ist irgendetwas richtig faul. Ein Mann von Hilliers Erfahrung und Sachkenntnis hätte nie zulassen dürfen, dass das Unternehmen finanziell so verwundbar wird. Außer er hat es mit Absicht gemacht.«

»Mit Absicht?« Robbies kleine graue Zellen liefen auf Hochtouren. »Inwiefern? Willst du damit sagen, William hat die Familie absichtlich um Geld gebracht?«

Simon nickte. Robbie fiel auf, dass Simons Brille beschlagen war, so aufgeregt war er. »Ja. Und ich will wissen, warum.«

Robbie dachte kurz nach. Vielleicht ergab das ja wirklich einen Sinn. Er wusste einiges über Francescas und Williams Ehe, er erinnerte sich noch gut an ihre Tränen im Hôtel de Paris. Dieser Bund war bestimmt nicht im Himmel geschlossen worden.

»Das Einzige, was ich sicher weiß, ist, dass es in Francescas und Williams Ehe kriselt. Mittlerweile sind sie kaum mehr als Geschäftspartner. Natürlich kann ich meine Quelle nicht preisgeben …«

»Natürlich nicht«, stimmte Simon zu. »Ich kann meine Quellen auch nicht preisgeben, aber ich kann dir sagen, dass die Polizei sich definitiv auf die geschäftliche Seite der Dinge konzentriert …«

Robbie nickte. Er begriff, was Simon ihm sagen wollte. »Hillier und Fatty haben sich nicht nahegestanden«, fuhr Robbie fort. »Noch nie. Und nach allem, was man hört, hat Hillier sich von den LaFatas ziemlich unterbewertet und gering geschätzt gefühlt. Er hat für die Familie seiner Frau eine erfolgreiche Karriere in London aufgegeben, aber letztlich haben das weder seine Frau noch sein Schwiegervater zu schätzen gewusst. So muss das zumindest für ihn ausgesehen haben. Groll kann ein gefährliches Gefühl sein.«

»Ich glaube, wir haben hier was, Robbie«, sagte Simon aufgeregt. »Wirklich. Ich glaube, das ist meine Story. Ich glaube, William Hillier hat LaFata International finanziell ausbluten lassen.«

»Aber du glaubst doch nicht wirklich, dass er Fatty deswegen umbringen würde, oder?«, fragte Robbie.

Simon schüttelte den Kopf. »Du bist hier der investigative Reporter, die Verschwörungstheorien überlasse ich dir. Nein, ich glaube absolut nicht, dass Hillier seinen Schwiegervater getötet hat, aber ich vermute, am Ende muss Fatty aufgegangen sein, wie kurz er davor war, seine Milliarden zu verlieren, und ich schätze, so oder so ist ihm der Stress an die Nieren gegangen. Entweder ist er gesprungen. Oder sein Herz hat versagt.«

»Und wo ist dann meine Story?«, fragte Robbie, beinahe enttäuscht von Simons Schlussfolgerungen. »Wo ist mein Verbrechen?«

»Genau hier«, erwiderte Simon und klopfte mit dem Finger auf das Foto von Dubrowski. »Der Kerl ist ein Krimineller, ein Gangster, da bin ich mir sicher. Und er ist nicht der einzige zwielichtige Typ, mit dem Fatty sich im Lauf der Jahre eingelassen hat. Ich denke, deine Story ist die, dass Giancarlo LaFata nicht der aufrechte Selfmademan war, als der er immer aufgetreten ist. Ich denke, wenn du ein bisschen an der Oberfläche kratzt, wirst du allerlei windige Geschäfte finden. Wenn LaFata bereit war, Geld von diesem Kerl anzunehmen, dann muss er bereit gewesen sein, alles dafür zu tun, dass er seine Milliarden behält.«

Robbie dachte an den Brand im Giuseppe's in Edinburgh und an die Gerüchte von Geldwäsche und Betrug, die er im Lauf der Jahre über Fatty gehört hatte. Er war also die ganze Zeit auf der richtigen Spur gewesen. Jetzt musste er nur weiter seiner Nase folgen, dann würde er am Ende die größte Story seiner Karriere haben. Aber der Druck war hoch. Freitag musste er wieder an seinem Schreibtisch sitzen. Ihm blieben bloß noch drei Tage in Monaco.

22

Francesca hatte ihre normalerweise makellos gepflegten Nägel völlig abgekaut. Gleichgültig wie sehr sie sich bemühte, nicht die ganze Zeit an Dubrowski zu denken, es gelang ihr nicht. Sein Gesicht war das Letzte, was sie vor sich sah, wenn sie zu Bett ging, es verfolgte sie in ihren Träumen, und wenn sie morgens erwachte, war es immer noch da und grinste sie bedrohlich an. William hatte ihr gesagt, sie solle sich keine Sorgen machen, aber wie sollte sie *nicht*, wenn ein riesiger Russe sie bedrohte? Was, wenn William sich irrte? Was würde geschehen, wenn sie das Geld nicht zusammenbekamen? Wie weit würde Dubrowski gehen? Würde er ihr wehtun? Würde er William wehtun? Oder schlimmer noch, was war mit den Kindern? Man hörte doch ständig, dass Kinder entführt wurden. Wenn Dubrowski nicht bekam, was er von Francesca wollte, wie weit würde er dann gehen? Sie sah Benitos und Lucas unschuldige kleine Gesichter vor sich, ihre großen braunen Augen voller Liebe und blindem Vertrauen. Was, wenn sie durch ihre Schuld in Gefahr gerieten? Falls ihnen etwas zustieße, würde sie sterben. Sie waren ihr Leben, und ohne sie … O Gott, sie durfte nicht daran denken. Es war unerträglich.

Sie musste William wieder mit ins Boot holen. Sie musste mit ihm reden, ihm von ihren Ängsten erzählen, damit er begriff, dass sie diesmal alle an einem Strick ziehen mussten. Francesca fühlte sich schrecklich verwundbar und allein, sie fühlte sich hilflos. Wie sollte sie die Kinder schützen, wenn sie nicht einmal sich selbst helfen konnte? Doch wenn William und sie wieder ein Team wären, dann wären sie stärker, oder nicht? Von wegen gemeinsam sind wir stark und so weiter. Vielleicht würde diese Krise sich ja als Katalysator für die Rettung ihrer Ehe erweisen. Manchmal erwuchs aus schlimmen Dingen Gutes. Ja, sie würde mit William heute zum Mittagessen ausgehen und ihm erklären, wie sie sich fühlte. Sie würde ihm sagen, dass sie ihrer Ehe noch eine Chance geben wollte. Sie würde sich Mühe geben, sich für ihn hübsch anziehen, ihm das Gefühl geben, etwas Besonderes zu sein. Vielleicht hätte sie das schon vor Jahren tun sollen …

In Unterwäsche stand sie in ihrem begehbaren Kleiderschrank und inspizierte skeptisch ihre Garderobe. Der Schrank hing voll nüchterner Businesskleidung. Hundert verschiedene Variationen desselben Themas – Stange auf Stange voller schwarzer Bleistiftröcke, weißer Blusen, adretter Blazer, schwarzer Pumps. Gähn. Heute wollte Francesca anders aussehen, mädchenhafter, sie wollte nicht mehr vernünftig und langweilig sein. Sie wollte William zeigen, dass sie mehr war als bloß eine Arbeitskollegin. Sie war eine Frau, und sie war seine Ehefrau.

Mit einem Knall flog die Schlafzimmertür auf, und Angelica platzte herein, ohne anzuklopfen. Francesca war ihr noch immer böse wegen ihres Verhaltens am Abend zuvor. Wie sich herausgestellt hatte, war sie gar nicht mit dem entzückenden Christian ausgegangen, sondern hatte mit einer Gruppe australischer Rucksacktouristen auf ihrer Yacht Unsinn getrieben. Ihr Verhalten war so ungeheuerlich gewesen, dass der Kapitän ihrer Yacht gekündigt hatte und eine der Australierinnen im Krankenhaus gelandet war. Das alles hatte Francesca selbstverständlich nicht von Angelica erfahren. Natürlich nicht! Nein, Francesca hatte in der Zeitung von den Umtrieben ihrer Schwester gelesen.

»Was willst du?«, fragte sie Angelica daher in einem Ton, der zum Ausdruck brachte, dass sie immer noch sehr, sehr böse auf sie war.

»Wollte nur sagen, dass es mir leidtut«, erwiderte Angelica mit großen unschuldigen Augen und Schmollmund.

»Mich brauchst du gar nicht so anzusehen, Angel«, ermahnte Francesca sie. »Du weißt ja, das zieht bei mir nicht. Ich hab's dir doch gesagt, es braucht dir gar nicht leidzutun, wenn du nicht wieder in die Klinik zurückgehst. Solange du dich weigerst, einen Entzug zu machen, will ich nichts davon hören, klar?«

Angelica kletterte auf Francescas Bett und rollte sich zusammen wie eine Katze. »Ich kann nirgends hin, solange Daddy vermisst wird«, erklärte sie. »Was, wenn er auftaucht, und ich bin irgendwo in einer Klinik? Das wäre nicht richtig.«

»Angel«, sagte Francesca geduldig. »Wir hatten das jetzt schon hundertmal. Daddy wird nicht wiederauftauchen. Jedenfalls nicht so, wie du das willst. Das musst du endlich akzeptieren, Liebes.«

Angel zog die Knie ans Kinn und schüttelte den Kopf wie ein bockiges Kleinkind, das nicht ins Bett gehen will.

»Nein«, sagte sie rundheraus. »Ich kann nicht, Frankie. Wenn ich anfange, zu glauben, dass Daddy …«

Sie brach ab, unfähig, das gefürchtete Wort auszusprechen. Tot.

Francesca spürte, wie ihr Herz unwillkürlich doch weich wurde. Wie schaffte Angel das bloß immer wieder?

»Okay, Liebes«, sagte sie sanft. »Sprechen wir nicht mehr davon. Wir warten einfach ab, was passiert, und kümmern uns darum, wenn es so weit ist.«

Angelica nickte.

»Aber bitte, Angel, versprich mir, dass du ab jetzt trocken bleibst.«

Angelica nickte, konnte Francesca dabei aber nicht in die Augen sehen.

»Warum trägst du nie kurze Röcke?«, fragte Angelica unvermittelt, um das Thema zu wechseln, und musterte ihre Schwester in ihrer Unterwäsche.

»Hm?«

»Kurze Röcke. Du trägst nichts, was oberhalb vom Knie endet. Dabei hast du schöne Beine. Tolle Beine. Ich finde, das ist eine furchtbare Verschwendung.«

»Ich bin fünfunddreißig«, erwiderte Francesca. »Wenn man über dreißig ist, trägt man keine kurzen Röcke mehr.«

»Warum?«, wollte Angelica wissen. »Wer sagt das?«

»Ich weiß nicht, das ist einfach die Regel, oder?«

»Ich mag keine Regeln«, verkündete Angelica. »Regeln sind dazu da, dass man dagegen verstößt.«

Nun, das überraschte Francesca nicht. Alle wussten, dass Angelica nie tat, was man ihr sagte. Doch ausnahmsweise musste Francesca einräumen, dass ihre Schwester nicht Unrecht hatte. Warum sollte sie keinen kurzen Rock tragen? Vielleicht nicht direkt einen Minirock. Nicht so ein winziges hautenges Teil, das kaum den Hintern bedeckte, wie die, die Angel trug. Aber etwas, das das Knie unbedeckt ließ, wäre eine hübsche Abwechslung. Das einzige Problem war, so etwas besaß sie nicht.

»Angel?«, fragte Francesca. »Hast du viele deiner Kleider mit hierhergebracht? Oder sind die alle in deinem Apartment?«

»Ich habe die Sachen, die ich in Miami mithatte. Ich bin ja vom Flughafen aus gleich hierhergekommen, weißt du noch? Warum?«

»Ich hab mich nur gefragt, ob du mir etwas leihen könntest«, erklärte Francesca ein wenig verlegen.

Ihre einundzwanzigjährige Schwester zu fragen, ob sie ihr etwas zum Anziehen lieh, erschien Francesca angesichts ihres eigenen Alters eigentlich absurd, doch sie fühlte sich bereit für eine Veränderung, und da konnte sie ebenso gut bei ihrer Garderobe beginnen. Angelica war sofort Feuer und Flamme. Sie setzte sich auf und lächelte – das erste echte, aufrichtige Lächeln in dieser Woche.

»O mein Gott, ich fände ganz, ganz, ganz toll, dich zurechtmachen zu dürfen, Frankie. Darf ich? Bitte. Du wirst phantastisch aussehen, das verspreche ich dir.«

Es machte Francesca glücklich zu sehen, wie Angel sich für etwas anderes als die nächste Party begeisterte.

»Okay«, stimmte sie zu. »Aber pass auf, dass ich hinterher nicht aussehe, als wollte ich auf jugendlich machen.«

»Ich schalte den Jugendlichkeitswahnmesser ein.« Angel kicherte. »Wenn der piept, wissen wir, dass ich zu weit gegangen bin.«

Sie sprang vom Bett und lief aus dem Zimmer. Ein paar Minuten später kehrte sie zurück, die Arme voller Kleider, Schuhe, Gürtel und Schals.

»O mein Gotte, das will ich schon seit Jahren mit dir machen, Frankie«, quietschte Angelica. »Ich mache dich um Jahre jünger! Jahre! Warte, bis William dich sieht. Du wirst wie seine Tochter aussehen.«

Francesca musste grinsen, obwohl sie eigentlich nicht wie Williams Tochter aussehen wollte. Sie wollte ihn vielmehr daran erinnern, dass sie seine Frau war.

Eine Stunde später stand Francesca vor dem Spiegel und starrte sich verblüfft an. Sie sah aus wie …

»Was für eine scharfe Braut!«, sagte Angel und trat zurück, um ihr Werk zu betrachten.

Selbst Francesca musste zugeben, dass sie gut aussah. Und der Jugendlichkeitswahnmesser hatte nicht ein einziges Mal angeschlagen! Sie trug ein geblümtes Partykleid von Luella, das oben eng anlag, ein tolles Dekolleté machte und dann luftig bis knapp oberhalb des Knies herabfiel. Angel hatte gewollt, dass sie Cowboystiefel zu diesem Kleid trug, doch Francesca hatte entschieden, dass sie sich damit dann doch nicht mehr wohl fühlen würde. Also hatten sie sich stattdessen auf ein Paar cremefarbene Plateausandalen von Miu Miu geeinigt. Ach, und eine dazu passende Abendtasche.

»Da bekomme ich niemals alle meine Sachen unter«, sagte Francesca und beäugte das Täschchen skeptisch.

»Warum nicht?«, fragte Angel. »Da ist reichlich Platz für deinen Lippenstift, dein Portemonnaie und dein Handy. Was brauchst du denn sonst noch?«

Normalerweise hätte Francesca außerdem ihren Organizer, Kugelschreiber, Notizblöcke, ihren Terminplaner und die eine oder andere Akte, an der sie gerade arbeitete, benötigt. Doch heute brauchte sie das alles eigentlich nicht. Da war die Abendtasche perfekt.

»Wo willst du eigentlich hin, Frankie?«, wollte Angelica plötzlich wissen. »In dem scharfen Outfit!«

»Es ist eine Überraschung für William«, erwiderte Francesca. »Ich will mit ihm irgendwo nett zu Mittag essen gehen.«

Angel wirkte enttäuscht.

»Wie langweilig!« Sie machte einen Schmollmund. »Warum willst du diesen scharfen Anblick an William verschwenden? Als ob der deine Beine auch nur bemerken würde …«

»Weil er mein Mann ist«, entgegnete Francesca.

»Argh!«, stöhnte Angel. »Ich hab nie verstanden, warum du den überhaupt geheiratet hast. Er ist so laaaangweilig …«

»Angelica«, mahnte Francesca.

»Was? Ist er doch. Ich hatte gehofft, du hättest einen geheimen Liebhaber oder so was. Ich hab gedacht, deshalb willst du dich so aufbrezeln.«

»Nein«, erwiderte Francesca. »Ich will einfach nur nett mit meinem Mann essen gehen und gut aussehen für ihn.«

»Ich geb auf, Frankie«, sagte Angel seufzend. »An den bist du verschwendet. Du bist zu gut für ihn.«

Francesca zuckte mit den Schultern. »Ach ja? So wie du zu gut bist, um dein Leben an Alkohol und Drogen zu verschwenden? Ich glaube nicht, dass es dir zusteht, mich zu verurteilen, Angel.«

»Kann sein.« Unvermittelt klang Angel sehr ernst. »Aber ich bin kein Einfaltspinsel, egal was du über mich denkst. Und ich sage dir, William ist der völlig falsche Mann für dich. Du bist nicht glücklich, Frankie. Ihr zwei liebt euch nicht. Da ist keine Freude. Es tut weh, das zu sehen. Herrgott, du machst dir doch bloß was vor! Dein Leben ist nicht realer als meins.«

Damit stand sie auf und verließ das Zimmer.

Francesca starrte die Frau im Spiegel an. Sie erkannte sich kaum wieder. Angel hatte recht, sie war nicht glücklich damit, wie ihr Leben verlief. Aber sie versuchte ja, das in Ordnung zu bringen. Und ein Brückenschlag zwischen ihr und William war ein Schritt in die richtige Richtung. So musste es einfach sein. Denn was wäre die Alternative?

William Hillier überprüfte die Konten ein letztes Mal. Es war beinahe geschafft – Monate der Planung, Budgetierung und des Verschiebens von Fonds von einem Depot ins andere. Fattys Verschwinden hatte einerseits alles viel komplizierter gemacht – der Aktienpreis des Unternehmens war gestürzt, und die Investoren waren plötzlich misstrauisch geworden; manche hatten sogar gedroht auszusteigen. Doch William war es gelungen, die meisten bei Laune zu halten. Er hatte sie davon überzeugt, dass das alles nur ein Ausreißer war und sich bald wieder normalisieren würde. Andererseits jedoch hatte Fattys Verschwinden ihm die Dinge bemerkenswert einfach gemacht.

Er duschte und genoss das Gefühl des starken Wasserstrahls auf seiner Haut. Dann zog er seinen elegantesten Geschäftsanzug an. Es war wichtig, dass sein Äußeres seiner Rolle entsprach, dass er den richtigen Eindruck vermittelte, das Spiel weiter mitspielte. William war immer gut in diesem Spiel gewesen. Dann packte er eine Hose zum Wechseln, saubere Socken und Unterhosen, zwei Hemden und seinen Kulturbeutel ein. Nun war er bereit.

Er klopfte an Francescas Tür. Seinen Koffer ließ er draußen auf dem Treppenabsatz stehen. Sie trug ein albernes Sommerkleid mit Volants, das viel zu kindisch für sie war. Es erschien ihm völlig unangemessen für eine Frau ihres Alters. Doch jetzt war nicht der rechte Zeitpunkt, um seine Frau wegen ihres Kleidergeschmacks zu kritisieren. Was Francesca tat oder nicht tat, spielte eigentlich keine Rolle mehr. Es betraf ihn nicht.

»Francesca, ich muss zu einer Dringlichkeitssitzung nach London«, erzählte er ihr.

»Oh?« Sie wirkte überrascht, enttäuscht. »Davon wusste ich ja gar nichts.«

»Nein«, erwiderte er geduldig. »Wie gesagt, es ist eine Dringlichkeitssitzung. Sie ist gerade erst angesetzt worden. Es gibt ein paar Probleme mit unserem Aktienindex. Die Hedgefonds-Manager wollen besprechen, wie es jetzt weitergeht.«

»Aber ich wollte dich zum Lunch ausführen.« Sie wirkte aufrichtig bestürzt, doch William empfand nichts. Keine Schuldgefühle. Keine Reue. »Ich dachte, wir könnten reden.«

»Ich glaube wirklich nicht, dass wir viel zu besprechen haben, Francesca«, erwiderte er. Er wusste, er klang gefühllos, doch es kümmerte ihn nicht mehr.

Er beobachtete, wie ihr die Tränen in die Augen traten.

»Bitte, William.« Sie trat einen Schritt auf ihn zu. »Kannst du nicht einen späteren Flug nehmen? Es tut mir leid, dass ich es zwischen uns so weit habe kommen lassen, aber ich möchte es gerne in Ordnung bringen. Du bist mein Mann. Ich ...«

»Ach, nun sei nicht so melodramatisch, Francesca«, unterbrach er sie und schob ihre Hand von seinem Arm. Ach was? Jetzt sollte er plötzlich ihr Mann sein, ja? Jetzt, wo sie verängstigt war und nicht mehr alles unter Kontrolle hatte? Tja, das hätte sie sich früher überlegen sollen, schon vor Jahren. Jetzt war es zu spät. Sie blinzelte verzweifelt, um die Tränen zurückzuhalten. Ein kläglicher Anblick.

»Wie lange bleibst du weg?«, fragte sie in verzweifeltem Ton. »Hier passiert so viel, ich weiß nicht, ob ich das ohne dich schaffe.«

Doch Francesca würde lernen müssen, es ohne ihn zu schaffen.

»Nur ein, zwei Tage«, erwiderte er. »Du schaffst das schon. Wir können ja eine Telefonkonferenz abhalten, wenn irgendetwas Wichtiges passiert.«

Plötzlich verdüsterte sich Francescas Gesicht, und die Tränen liefen wieder. »Du bist doch vor Freitag wieder da, oder?«, schluchzte sie. »Wir müssen Dubrowski das Geld geben.«

»Ja, ja«, beruhigte er sie ungeduldig. »Mach dir wegen Dubrowski keine Sorgen. Ich hab dir doch gesagt, ich bin nur ein, zwei Tage weg.«

»Wie kommst du zum Flughafen?«, fragte Francesca hoffnungsvoll. »Kann ich dich hinfahren? Vielleicht können wir unterwegs reden.«

»Nein, danke. Das ist nicht nötig. Ich fahre selbst«, erwiderte er. »Ich lasse den Wagen am Flughafen.«

»Aber du fährst doch nicht gern.«

»Ich bin schon ein großer Junge, Francesca«, versetzte William. »Ich komme bestimmt zurecht.«

Warum bekundete sie plötzlich solches Interesse an ihm?

»Ich muss los«, sagte er schroff. »Cheerio.«

»Oh. Ja gut, bye.« Sie winkte ihm kurz zu. Ihre Augen waren noch tränenfeucht. Er wusste, dass er sie zum letzten Mal sah, aber empfand nichts.

William hatte sich vor langer Zeit schon von Francesca verabschiedet, nicht im buchstäblichen Sinne, sondern auf seine eigene stille Weise. Er hatte sie einmal geliebt, sehr sogar. Doch er hatte nicht recht gewusst, wie er ihr seine Gefühle zeigen sollte. Er hatte gedacht, wenn er seine Karriere aufgab und die Geschäfte ihres Vaters führte, würde das genügen. Doch es hatte nicht genügt. Sie war immer distanzierter geworden, hatte sich auf die Kinder und in die Arbeit gestürzt und ihn immer mehr auf Abstand gehalten. Er hatte gewusst, dass sie es nicht genoss, mit ihm zu schlafen. Im Lauf der Jahre hatte ihn das sehr bestürzt. Aber dann hatte er eines Nachts ihren Blick gesehen. Es war ein Blick vollständigen Desinteresses gewesen. Das war für William der Anfang vom Ende gewesen. Am nächsten Tag war er in ein anderes Zimmer umgezogen.

Er hätte sich gerne richtig von den Jungen verabschiedet, doch die waren jetzt in der Schule, und er durfte sich dort nicht blicken lassen und Aufsehen erregen. Er hatte sie an diesem Morgen geküsst, als sie sich zur Schule aufgemacht hatten. Sie hatten überrascht, aber erfreut über diese Zuwendung gewirkt. Normalerweise küsste er sie nicht.

Als William nun die Auffahrt hinabfuhr, warf er im Rückspiegel einen letzten Blick auf das Haus. Er würde *Le Grand Bleu* nicht vermissen. Es war nie sein Zuhause gewesen. Es war ein trauriges altes Gebäude voller Geheimnisse und Lügen. Die LaFatas konnten es gerne behalten. Es passte gut zu ihnen.

Francesca saß auf dem Bett und spielte mit ihrem Telefon. Ihre Tränen waren getrocknet, und die Kränkung durch Williams beiläufige Zurückweisung war Zorn gewichen. Wie konnte er es wagen, in einer Zeit wie dieser einfach abzuhauen und sie und die Jungen allein zu lassen? Sie trauerten, und sie waren in Gefahr. Aber ihn schien das einfach nicht zu kümmern. Es war ganz offensichtlich, dass er Francesca nicht liebte. Und wenn sie schonungslos aufrichtig war, wusste sie auch, dass sie ihn ebenfalls nicht liebte. Vielleicht hatte Angel recht. Vielleicht war ihr Leben eine Lüge …

Francescas Finger schwebte über dem Senden-Knopf. Dann tat sie es. Sie sah zu, wie ihre Antwort im Cyberspace verschwand, und fragte sich, wo das alles enden würde. Sie hatte die Büchse der Pandora geöffnet und wusste nicht, ob sie davor stand, etwas völlig Irrsinniges oder etwas sehr Vernünftiges zu tun. Sie wusste lediglich, dass die Regeln, nach denen sie bisher gelebt hatte, nichts mehr bedeuteten. Warum also sollte sie sie blind befolgen? Was hatte es ihr eingebracht, dass sie das brave Mädchen in der Familie gewesen war, das es jedem recht machte und immer das Richtige tat? War sie glücklich? Himmel, nein! Doch vielleicht konnte sie noch glücklich werden. Wenn sie einen anderen Weg verfolgte …

23

In seinem R8 ließ Robbie Monaco hinter sich, jagte die Grande Corniche entlang und fühlte sich wie Jenson Button – nur noch besser! Er hatte das Dach geöffnet, die neue Ray-Ban aufgesetzt und kam sich vor wie der König der Welt, während er den Wagen mit Höchstgeschwindigkeit über die Bergstraße steuerte und die Kings of Leon aus den Lautsprechern schallten.

»Whoah-oh-oh, your sex is on fire!«, sang er aus voller Kehle mit und dachte dabei an sie. Die Sonne brannte auf ihn herab, der Himmel war unglaublich blau, und wenn er um eine Kurve bog, erhaschte er manchmal einen kurzen Blick auf das blaue Meer. Das schlug die Edinburgher Umgehungsstraße im Regen um Längen! Aber das alles konnte in diesem Moment auch nicht weiter weg sein – das miese Wetter, die Unzufriedenheit, die unterdrückten Träume und seine Exfrau. Nein, heute war er ungehemmt und frei. Heute war er der Mann, der er schon immer hatte sein wollen, und er war unterwegs zu einer Verabredung mit der Frau, mit der er zusammen sein wollte. Sie hatte geantwortet. Endlich. Und sämtliche Zweifel hatten sich in dem Augenblick verflüchtigt, in dem er ihre SMS gelesen hatte.

Diese Straße war nicht die direkte Strecke zu seinem Ziel – ach was, es war überhaupt keine direkte Strecke irgendwohin. Genau genommen fuhr er eine gewaltige Schleife, beinahe bis nach Nizza, und von dort aus wollte er auf den tiefer gelegenen Straßen zurückkehren. Doch diese Fahrt diente nicht dazu, von A nach B zu kommen. Robbie unternahm sie aus reiner hemmungsloser Freude am Fahren. Außerdem war er an diesem Morgen zu aufgeregt gewesen, um länger zu schlafen oder zu essen oder zu arbeiten. Daher hatte er das Hotel frühzeitig verlassen, um eine Spritztour zu unternehmen. Heute war der große Tag. Nach Monaten des Träumens würde er sie endlich in Fleisch und Blut sehen. Er trug seine neue Prada-Jeans und den hellgrauen Kaschmirpulli. Und natürlich seine neuen Schuhe! Auf dem Beifahrersitz wartete ein Strauß Lilien auf sie. Robbie fühlte sich wie ein Teenager vor seinem ersten Date.

Er bog scharf von der Grande Corniche ab und schlängelte sich die N 53 hinunter, eine trügerische Abfolge von adrenalinsteigernden Haarnadelkurven, die umwerfende Ausblicke bot. Er kam an der Stelle vorbei, an der Fürstin Gracia Patrizia tödlich verunglückt war, und bemerkte die Blumensträuße am Straßenrand. Beinahe dreißig Jahre nach ihrem Tod wurde die schöne Grace Kelly immer noch betrauert. Robbie fragte sich, ob die Monegassen Fatty LaFata auch so lange in liebevoller Erinnerung behalten würden. Er bezweifelte es. Wenn erst die Wahrheit über diesen Gauner ans Licht käme, würden sie froh sein, ihn los zu sein.

Dann war er auf der Moyenne Corniche und schlängelte sich hinab in Richtung Küste, westwärts, zurück Richtung Monaco. Ein Stück weiter bog er auf die Basse Corniche ab, fuhr vorbei am Hafen von Villefranche – einer Postkartenidylle –, wo die riesigen Kreuzfahrtschiffe anlegten, und weiter über das mondäne Cap Ferrat, wo hinter hohen Hecken und hohen weißen Mauern die Luxuspaläste der Milliardäre lagen, umgeben von üppigen, leuchtend rosafarbenen Bougainvilleen.

Schließlich erreichte er den idyllischen Badeort Beaulieu-sur-Mer und hielt neben dem Restaurant. In Monaco konnten sie sich nicht treffen. Sie war eine verheiratete Frau und durfte nicht dabei gesehen werden, wie sie sich davonschlich, um mit einem britischen Journalisten zu Mittag zu essen! Er las erneut ihre SMS, nur um sich zu vergewissern, dass er sich auch am richtigen Ort befand, prüfte ein letztes Mal im Seitenspiegel sein Erscheinungsbild, und dann nahm er die Lilien sowie seine zarten Hoffnungen und ging hinein. Als er durchs Restaurant lief, sah er an einem Tisch den elegant gekleideten Herrn sitzen, den er einige Tage zuvor in einem Café in Monaco gesehen hatte. Den unglaublich gepflegten Mann mit der goldenen Uhr und der Narbe. Robbie lächelte ihm zu, doch der Mann starrte durch ihn hindurch. Na ja, er hatte sich ein bisschen aufpoliert seit neulich, der Mann erkannte ihn offensichtlich nicht.

Robbie setzte sich auf die Terrasse in die Sonne. Er war fünf Minuten zu früh. Was sollte er jetzt tun? Champagner in einem Kühler bestellen? Nein, zu abgedroschen. Zu sehr James Bond. Wein? Aber würde sie roten oder weißen wollen? Eigentlich wusste er sehr wenig über sie. Schließlich bestellte er sich einfach ein Bier, um seine Nerven ein wenig zu beruhigen.

Und dann sah er sie. Sie kam zwischen den Tischen hindurch, vorbei an dem tadellos gekleideten Mann aus Monaco, auf ihn zu. Sie wirkte nervös. Sie trug ein hübsches Sommerkleid, das ihre unglaublichen Beine betonte. Es verschlug ihm den Atem. Sie war wirklich die schönste Frau, der er je begegnet war, und hier war sie nun, riskierte alles, für ihn! Es kam ihm unwirklich vor.

Er stand auf, um sie zu begrüßen, und seine Hände zitterten.

»Hallo, Robbie«, sagte sie beinahe schüchtern.

Er fragte sich, ob er sie auf die Wange küssen sollte, zögerte zu lange und küsste die Luft über ihrem Kopf, als sie sich setzte. Robbie wurde rot. Unwillkürlich bemerkte er, dass ihr kurzes luftiges Kleid hochrutschte, als sie sich setzte, und ein großes Stück ihres sonnengebräunten Schenkels freigab. Widerstrebend riss er den Blick von ihren Beinen los und setzte sich ihr gegenüber.

»Du siehst umwerfend aus«, hörte er sich sagen. Und trat sich innerlich in den Hintern, weil das eine billige, dumme Bemerkung war und nicht einmal annähernd beschrieb, wie wunderschön sie war. Zudem kannten sie einander kaum.

»Du siehst …« Sie musterte ihn von oben bis unten. »Du siehst anders aus, Robbie. Deine Kleidung, deine Haare. Wo sind deine Turnschuhe? Woran erinnert mich dein Aussehen? Jetzt weiß ich, du siehst aus, als wärst du von hier!« Sie lachte.

»Ich war einkaufen«, erklärte er und wurde noch röter.

»Möglich, aber ein Leopard wird mit ein paar neuen Designerklamotten nicht gleich seine Flecken los.« Sie beäugte ihn argwöhnisch. »Du bist immer noch Journalist, und ich dürfte mich eigentlich gar nicht mit dir abgeben. Du bist gefährlich.«

Robbie seufzte. Ob sie nur gekommen war, um ihm erneut Vorhaltungen zu machen? Bei ihrem letzten Treffen, als er ihr endlich erzählt hatte, womit er seinen Lebensunterhalt verdiente, war sie ausgerastet und hatte ihn beschuldigt, dass er sie nur benutzt habe, um an ihren Vater heranzukommen. Sie hatte gesagt, dass sie sich ausgenutzt und beschmutzt fühle, sie hatte ihn einen miesen Schmierfinken genannt und war hinausgestürmt.

»Ich bin nicht gefährlich«, sagte er, als er die Sprache wiederfand.

»Aber du bist doch nur deshalb in Monaco, weil mein Vater verschwunden ist, oder?«, wollte sie wissen.

Robbie seufzte erneut und nickte. Sie wussten beide, dass es so war. Es hatte keinen Sinn, es abzustreiten.

»Ja, ich bin in Monaco, um herauszufinden, was deinem Vater zugestoßen ist, aber hier, in diesem Restaurant, bin ich nicht deswegen. Das musst du mir glauben. Ich bin nicht als Journalist hier. Ich bin hier, weil ich …«

Sie legte den Kopf schräg und sah ihn fragend an. »Warum?«, fragte sie. »Warum bist du dann hier?«

»Das könnte ich dich auch fragen«, erwiderte er und hielt ihrem Blick stand.

Nun war es an Francesca, zu erröten und den Blick abzuwenden.

»Ich weiß es eigentlich nicht«, gestand sie. »Ich dürfte nicht hier sein. Ich muss verrückt geworden sein.«

»Verrückt, möglich, aber hast du mir verziehen?«, fragte Robbie sanft. »Du glaubst nicht immer noch, dass ich ein mieser Schmierfink bin?«

Francesca zuckte die Achseln. »Ich kenne dich eigentlich überhaupt nicht, Robbie McLean«, erwiderte sie. »Aber ich bin hier, oder? Also muss ich dir wohl verziehen haben. Aber ich werde nicht über …« Sie brach ab, und ihre Miene verdüsterte sich.

Die Ärmste machte sicher eine schlimme Zeit durch, dachte Robbie. Für ihn war Fatty LaFata bloß eine gute Story, doch für sie – tja, der Mann war ihr Vater!

»Wie wirst du damit fertig?«, fragte er, bemüht, besorgt, aber nicht neugierig zu klingen.

Sie biss sich auf die Unterlippe und richtete den Blick kurz aufs Meer. Erneut verdüsterte sich ihr entzückendes Gesicht.

»Robbie, ich werde nicht mit dir über meinen Vater reden«, sagte sie, wandte sich ihm wieder zu und sah ihm beinahe trotzig in die Augen. »Ich kann nicht. Ich werde es nicht tun. Also frag nicht …«

Er öffnete den Mund, doch sie hielt einen Finger hoch und sagte entschieden: »Und falls du deshalb hier bist, dann gehe ich jetzt. Ich musste viel Vertrauen aufbringen, um heute hierher zu kommen und dich zu treffen, also …« Sie machte Anstalten, aufzustehen und davonzustürzen.

Robbie legte ihr sanft die Hand auf den Unterarm. »Fran, bitte, bleib. Ich werde dich nicht nach deinem Vater fragen. Ich bin nicht seinetwegen hier. Ich bin deinetwegen hier …«

Er brach ab, denn was hätte er noch sagen können? Es war sehr einfach, und es stimmte. Im Moment interessierte ihn nicht, wer ihr Vater war, er wollte einfach nur mit ihr zusammen sein. In ihren großen grau-blauen Augen las er, dass sie ihm glauben wollte, aber Angst hatte. Und wer konnte es ihr verdenken? Er bedeutete ihr nichts. Noch nicht. Doch Robbie würde sie nicht benutzen, um etwas über Fatty in Erfahrung zu bringen. Dies hier hatte nichts mit seiner Arbeit zu tun oder damit, wer sie war, und der Name ihres Vaters würde nicht ein einziges Mal fallen, wenn sie es so wollte. Er hielt ihrem Blick stand und flehte sie stumm an, ihm zu glauben. Schließlich setzte sie sich wieder.

»Okay«, sagte sie, noch immer ein wenig zögerlich. »Ich will mal die Unschuldsvermutung gelten lassen. Ich meine, du warst einmal mit meiner Freundin verheiratet, du kannst also nicht ganz schlecht sein …«

Robbie grinste. »Schon, aber sie hat sich von mir scheiden lassen, vergiss das nicht!«

Francesca lachte, anscheinend widerstrebend. »Heather war nie wirklich meine beste Freundin.«

»Nein?«, fragte Robbie. »Sie hat es so dargestellt, als wärt ihr Busenfreundinnen.«

»Waren wir auch«, erwiderte Francesca und musste grinsen. »Aber nur so lange, wie ich genau das tat, was sie wollte! Ich glaube, sie hat sich nur mit mir abgegeben, weil sie dann von einem Chauffeur herumgefahren wurde. Meistens hat sie mir ziemliche Angst eingejagt. Du hättest sie mit ihrem Lacrosseschläger in der Hand erleben sollen. Verdammt furchterregend!«

»Klingt ganz nach Heather.« Robbie nickte. »Eine, die gesellschaftlich nach oben wollte, schon als Schulmädchen. Sei meine Freundin, reiches Kind, oder ich hau dich um!«

»Ja, so in der Art. Trotzdem, ich kann gar nicht glauben, dass sie deine Exfrau ist«, sinnierte Francesca.

»Von allen Spelunken dieser Welt …« Robbie grinste.

»Ich weiß, noch so ein seltsamer Zufall«, stimmte Francesca zu, jedoch ohne zu lächeln. Sie war noch immer auf der Hut, das sah Robbie.

»Wann hast du sie das letzte Mal gesehen?«, fragte er.

»Ach, wir haben einen Kaffee zusammen getrunken, das muss, o Mann, vier oder fünf Jahre her sein. Ich war schwanger, glaube ich«, erinnerte sich Francesca. »Ich meine, sie hätte mir gesagt, ihr Mann sei Medienmanager.« Nun musste Francesca doch lächeln. »Medienmanager, also wirklich!«

Robbie lachte schallend. »Sie konnte unmöglich zugeben, dass sie mit einem wie mir verheiratet ist.«

»Und was würde sie sagen, wenn sie uns jetzt hier sehen könnte?«, fragte Francesca.

»Ihr würde eine Ader platzen.« Robbie lachte erneut und wünschte, Heather *könnte* sie jetzt sehen. »Sie würde sich fragen, was um alles auf der Welt du in einem wie mir siehst!«

Sobald die Worte heraus waren, hätte Robbie sie am liebsten wieder verschluckt. Er wusste doch nicht, ob sie überhaupt etwas in ihm sah! Er musste wie ein Idiot geklungen haben!

»Ich, ähm, äh, ich …« Er lief knallrot an. »Damit meine ich nicht, dass du irgendwas in mir siehst, logisch, eine Frau wie du, und du bist verheiratet, und wir sind hier nur als …«, schwafelte er weiter.

»Freunde«, ergänzte Francesca entschieden. »Ich bin hier,

weil du mich letztes Mal zum Lachen gebracht hast und ich eine kleine Aufmunterung vertragen könnte.«

»Klar«, sagte Robbie und wünschte, die Erde würde sich auftun und ihn verschlucken. »Freunde.«

Francesca grinste. Plötzlich wirkte sie schelmisch. Da war so ein Funkeln in ihren Augen. Sie flirtete mit ihm. Bei dieser Erkenntnis schlug sein Bauch einen dreifachen Purzelbaum. Vielleicht, nur vielleicht, empfand sie ja wie er.

Eine Weile saßen sie schweigend da, doch es war kein unbehagliches Schweigen. Es war dieses Gefühl, von dem man immer hörte, das man aber nie selbst zu erleben erwartete: dass sich ein völlig fremder Mensch anfühlte wie der älteste Freund.

»Und? Bestellst du mir auch etwas zu trinken?«, fragte Francesca unvermittelt. »Oder darf ich dir nur beim Trinken zusehen?«

»Oh, nicht nur das.« Robbie grinste. »Wenn du ganz nett zu mir bist, lade ich dich vielleicht sogar zum Mittagessen ein!«

Sie sahen einander in die Augen und lächelten. Und in diesem Augenblick wusste Robbie, dass sie es auch spürte. Das Band zwischen ihnen. Möglicherweise würde es bei ihr zu nichts anderem führen, als dass sie mit ihm zu Mittag aß – schließlich war sie noch immer eine verheiratete Frau. Doch zumindest wusste er nun, dass er es sich nicht eingebildet hatte. Was er spürte, war wirklich da.

Francesca wollte sich nicht in Robbie verlieben, doch sie fragte sich, ob sie das überhaupt in der Hand hatte. Sie empfand dasselbe wie an dem Tag, an dem sie sich kennengelernt hatten. Sie mochte es noch so sehr beschönigen, aber die Wahrheit war: Sie konnte nicht genug von ihm bekommen. Er mochte gefährlich und nicht standesgemäß sein, aber er ließ ihren Magen Salto schlagen. Am verführerischsten an

Robbie war, entschied Francesca, als sie zusah, wie er sich sein Steak mit Pommes frites schmecken ließ, dass er überhaupt nicht ahnte, wie unglaublich sexy er war. Anders als ihr Bruder und all die übrigen eitlen Pfauen in Monaco, die sich in jedem Schaufenster bewunderten und ganz ernsthaft erwarteten, dass jede Frau für sie ihr Höschen fallen lies, hatte Robbie offensichtlich nicht die geringste Ahnung, wie attraktiv er war. Selbst in seinem neuen Outfit schien er geradezu erschütternd blind dafür zu sein.

Er war so lebhaft, so lebendig, dass sich ihr vor Begeisterung die Härchen auf den Armen aufstellten. Jede Geste, jedes Wort, jede Bewegung von ihm schien energiegeladen zu sein. Wenn er sprach – und er sprach leidenschaftlich über alles Mögliche –, blitzten seine Augen, und sein Gesicht hellte sich auf oder verfinsterte sich, oder er runzelte die Stirn oder lächelte strahlend, je nach Thema. Sie bemerkte, dass sein Blick immer wieder durch den Raum schweifte und alles registrierte. Sie kam zu dem Schluss, dass er der wohl klügste Mann war, den sie je kennengelernt hatte. Seine Intelligenz zeigte sich in den Lachfältchen um seine Augen und in dem Lächeln, das so häufig um seine Lippen spielte, als müsse er an einen Witz denken, den nur er kannte. Er sah aus, als wäre er immer einen Schritt voraus, als würden seine Gedanken immer schon zum nächsten Punkt vorpreschen.

Er hatte nicht dieses künstliche gute Aussehen der Männer hier in der Gegend, doch er war weitaus attraktiver als sie alle. Er war nicht braungebrannt und hatte sich nicht enthaaren lassen – aus dem Ausschnitt seines T-Shirts lugten vereinzelte Brusthaare –, und sogar in seiner teuren neuen Kleidung wirkte er entspannt und unbekümmert. Seine starken Oberschenkel spannten sich in der engen Jeans an, wenn er sich bewegte. Als er seinen Pullover auszog, faltete er ihn nicht ordentlich zusammen, wie Carlo oder William es getan hätten, sondern warf ihn achtlos auf den Stuhl neben sich. Er hatte die Ärmel hochgeschoben, das T-Shirt war ihm aus der Hose gerutscht, und jedes Mal, wenn er sich durch die Haare fuhr, zerzauste er sie ein bisschen mehr, sah immer unfrisierter aus. Das war es: Er war unfrisiert. Er war entspannt und fühlte sich wohl in seiner Haut. Er war authentisch.

Und ach, er sah so gut aus. Er hatte rotblonde Haare, die ganz leicht gelockt waren, große, beinahe katzenartige haselnussbraune Augen, deren Pupillen markant schwarz umrandet waren, gerade so, dass ihre Schönheit hervorgehoben wurde, und dann waren da seine Wimpern, so dicht und unglaublich lang, dass es Francesca schien, es müsse anstrengend für ihn sein, mit diesen schweren Wimpern zu blinzeln. Er hatte hohe markante Wangenknochen, sein Kinn war stark und kantig, und seine schöne Adlernase wies in der Mitte einen winzigen Höcker auf, Hinterlassenschaft vielleicht einer Prügelei oder eines Unfalls – etwas, wovon er ihr noch nicht erzählt hatte. Er war groß – etwa einen Meter achtzig – und breitschultrig, doch seine Hüften waren schmal und seine Beine lang. Er war in sehr guter Form. Francesca bezweifelte, dass Robbie ein Mann war, der ins Fitnessstudio ging, doch er war so energiegeladen, dass er sicher schon jede Kalorie verbrannt hatte, die er gerade zu sich genommen hatte. Sie beobachtete ihn dabei, wie er mit großem Appetit sein Steak verzehrte, weiterplauderte, sobald er heruntergeschluckt hatte und sein Essen mit großen Schlucken Bier herunterspülte.

»Ach, das Steak ist ausgezeichnet«, begeisterte er sich. »Ich weiß, angeblich ist Aberdeen Angus das beste Fleisch, aber ich war schon so oft in Aberdeen und habe dort noch nie so köstliches Fleisch gegessen.«

Francesca liebte seinen Akzent. Vielleicht weil er sie an Edinburgh erinnerte, und an ihre Mutter und die ersten Jungen, in die sie sich verliebt hatte. Sein weicher schottischer

Singsang spülte über sie hinweg wie ein Wiegenlied, und sie hätte ihm für den Rest ihres Lebens lauschen mögen. Es war der Klang ihrer Kindheit. Der Klang von zu Hause.

Sie erinnerte sich an ihre erste Begegnung mit ihm: Er hatte lässig an der Bar des Hôtel de Paris gelehnt und völlig fehl am Platz gewirkt in dieser protzigsten aller Bars mit seinen zerrissenen Jeans, dem zerknitterten Hemd und den abgetragenen Converse-Turnschuhen. Sie hatte ihre Augen nicht von ihm losreißen können. Sie hatte auf Angelica gewartet. Sie hatten sich zum Nachmittagscocktail verabredet. Wie sich herausgestellt hatte, hatte Angel – typisch für sie – ihre Verabredung völlig vergessen. Sie war einfach nicht erschienen. Diesmal hatte es Francesca allerdings nichts ausgemacht. Genau genommen war Angelicas Abwesenheit an jenem Nachmittag nur von Vorteil gewesen.

Francesca hatte sich von Anfang an zu diesem zerknitterten Fremden an der Bar hingezogen gefühlt. Immer wenn sie hochgeblickt hatte, hatte er sie gerade angesehen, und dann war sie errötet und hatte den Blick abgewendet. Nachdem das wohl zwanzigmal so gegangen war, hatte er sein Glas in ihre Richtung erhoben und gegrinst – ein freches, freundliches Grinsen, das nichts Aalglattes oder Lüsternes an sich hatte.

Schließlich war er zu ihr herübergeschlendert und hatte sie gefragt, ob er sich zu ihr setzen dürfe. Gleich darauf hatte Robbie – typisch Robbie! – hinterhergeschoben: »O Gott, ich klinge wie ein Vollidiot. Ich verspreche Ihnen, ich will Sie nicht dumm anmachen. Sie sehen einfach so freundlich aus, und alle anderen hier sehen …«

Er hatte den Blick durch die Bar und über die eleganten Gäste schweifen lassen, die sich leise unterhalten hatten, und hatte das Gesicht verzogen. »Tja, ehrlich gesagt sehen sie aus, als würden sie Totenwache halten.«

Francesca hatte unwillkürlich kichern müssen. Sie war seinem offenen Lächeln und dem schottischen Akzent bereits erlegen gewesen.

»Ich bin kein durchgeknallter Axtmörder oder so was«, hatte er fortgefahren. »Ich bin bloß ein Mensch ohne Freunde und könnte eine neue Freundin gut gebrauchen, mit der ich mich ein Weilchen unterhalten kann.«

»Okay«, hatte Francesca gesagt. »Ich werde Ihre neue beste Freundin sein. Meine Schwester hat mich offenbar versetzt, wir sitzen also im selben Boot. Sie klingen nicht, als wären Sie von hier. Lassen Sie mich raten … Edinburgh?«

Robbie hatte genickt. »Auf Anhieb richtig.«

»Ich bin auch von da«, hatte Francesca ein wenig aufgeregt gestanden. »Na ja, ursprünglich jedenfalls. Bin mit vierzehn von da weggezogen. Wenn das kein Zufall ist?«

»Von allen Spelunken dieser Welt …«, hatte Robbie grinsend angesetzt.

»Muss sie ausgerechnet in meine kommen«, hatte Francesca den Satz zu Ende geführt und ebenfalls gelacht.

»Okay«, hatte er gemeint und sich auf den Stuhl neben ihr fallen lassen. »Wenn das hier funktionieren soll mit unserer neuen Freundschaft, dann will ich lieber gleich reinen Tisch machen, von Anfang an. Beste Freunde sollten keine Geheimnisse voreinander haben, finden Sie nicht? Keine Lügen.«

Neugierig hatte Francesca genickt.

»Ich weiß, wer Sie sind«, hatte er unbeschwert fortgefahren. »Sie sind Francesca LaFata. Und bevor Sie jetzt denken, ich wäre ein durchgeknallter Stalker – das bin ich nicht. Aber da ich auch aus Edinburgh komme, weiß ich logischerweise, wer Ihr Vater ist, und das bedeutet, ich weiß auch, wer Sie sind.«

»Oh«, hatte Francesca gesagt, sprachlos über seine Kühnheit. »Okay.«

Vielleicht hätte sie an dieser Stelle misstrauisch werden sollen. Alarmglocken hätten läuten müssen. Doch Frankie hatte sich nicht von ihm losreißen können. Sie war wie hypnotisiert gewesen. Dreißig Sekunden, nachdem Sie sich kennengelernt hatten, hatte er ihr bereits ein Stückchen von ihrem Herzen gestohlen, dieser gutaussehende Fremde im Hôtel de Paris.

»Robbie McLean«, hatte er gesagt und ihr so fest die Hand geschüttelt, dass es weh getan hatte.

Unwillkürlich hatte sie auf seinen Ringfinger geschaut, hatte aber zu ihrer Erleichterung keinen Ring erblickt. Schuldbewusst hatte sie ihren eigenen Ring betastet. Ein paar Drinks später hatte sie den Mut aufgebracht, ihn nach seinem Familienstand zu fragen.

»Und? Gibt es zu Hause in Edinburgh keine Ehefrau?«, hatte sie gefragt. Die Cocktails hatten sie kühn gemacht.

Robbies Gesicht hatte sich verdüstert, er hatte die Stirn gerunzelt, so als überlegte er fieberhaft, wie er seine Antwort formulieren sollte. »Ähm, nein, meine Frau ist … Hm. Wie soll ich sagen?«

Francesca hatte überlegt, was er sagen wollte. Es war offensichtlich gewesen, dass sie einen wunden Punkt getroffen hatte, dass irgendetwas nicht stimmte, und da hatte sie vorschnell den falschen Schluss gezogen.

»O mein Gott«, hatte sie gestammelt. »Sie ist doch nicht to …«

»Um Himmels willen, nein!« Robbie hatte den Kopf in den Nacken geworfen und gelacht. »Sie ist nicht tot. Sie ist bloß meine Exfrau, das ist alles! Sie hat mich verlassen. Ist mit ihrem Chef durchgebrannt. Ehrlich gesagt ist das Thema ein bisschen heikel …«

Francesca hatte eine unglaubliche Erleichterung verspürt. Und dann hatte sie ein unglaublich schlechtes Gewissen bekommen, weil sie so vollkommen unangemessene Gefühle für jemanden empfand, der praktisch ein Fremder war, obwohl sie selbst noch immer ausgesprochen verheiratet war. Der Alkohol war an jenem Nachmittag in Strömen geflossen, und ihre Unterhaltung war völlig mühelos gewesen. Aus Nachmittag war Abend geworden, und sie hatten einfach weitergemacht, hatten ihre gescheiterten Ehen, ihre enttäuschten Hoffnungen und ihre zerbrechlichen Träume voreinander ausgebreitet. Sie hatten wild beim Sprechen gestikuliert und waren dabei immer wieder mit den Händen aneinandergestoßen, und am späteren Abend hatten sie doch allen Ernstes unter dem Tisch, wie unartige Teenager beim Sonntagsessen mit den Eltern, gefüßelt.

»Fran ... Darf ich dich Fran nennen? Francesca ist zu lang nach neun Bieren.«

Sie hatte genickt, obwohl noch niemand sie je Fran genannt hatte.

»Ich wünschte, ich müsste morgen nicht zurück nach Hause«, war Robbie herausgeplatzt. Dann war er rot geworden und hatte über sich selbst lachen müssen.

»Ich wünschte auch, du würdest morgen nicht zurück nach Hause fliegen«, hatte sie ohne einen Anflug von Verlegenheit erwidert. »Kannst du nicht noch ein paar Tage bleiben? Es gefällt mir, einen neuen besten Freund zu haben.«

»Leider nicht. Ich muss Abgabetermine einhalten. Wenn ich meinem Chef morgen früh keine Story liefere, lässt er sich Sockenhalter aus meinen Eingeweiden machen ...«

Dann hatte er abgebrochen, mit offenem Mund, reinstes Entsetzen im Blick. »Hab ich das gerade laut gesagt?«, hatte er versucht, es ins Lächerliche zu ziehen.

Doch es war zu spät gewesen. Francescas Herz hatte sich bereits wieder verschlossen. Dieser Mann, dieser gutaussehende Fremde, der so ganz anders gewirkt hatte, war nichts anderes als ein herumschnüffelnder Journalist.

»O mein Gott, du bist ein verdammter Journalist!«, hatte

sie hervorgestoßen. »O Gott, nein! Du hast mich nur benutzt, ja? Du hast mich mit Drinks abgefüllt, um Informationen von mir zu bekommen. So weit dazu, dass neue beste Freunde ehrlich zueinander sein sollten! Hm? Du mieser, zwielichtiger, hinterhältiger Schmierfink …«

In diesem Moment hatte sie gewusst, dass sie gehen musste. Ihr Vater hatte ihr stets untersagt, überhaupt mit Journalisten zu sprechen. Nie. Unter keinen Umständen. In Fattys Augen waren Journalisten das Allerletzte. Denen durfte man nicht trauen. Sie waren schlimmer als Anwälte und Immobilienmakler, sogar schlimmer als Steuerbeamte. Und jetzt hatte sich erwiesen, wie sehr er recht hatte. Dieser Mann. Dieser Mistkerl mit der silbernen Zunge, den lockigen Haaren und dem verschmitzten Blick hatte ihr soeben ihre verborgensten Geheimnisse entlockt. Sie hatte ihm Dinge erzählt, die sie sich bisher kaum selbst eingestanden hatte. Sie hatte ihm ihre Visitenkarte gegeben, Herrgott noch mal! Ihre private Handynummer! Was für eine verdammte Närrin sie doch war. Jetzt würden ihre intimsten Gedanken in irgendeinem Boulevardblatt breitgetreten werden. Nie zuvor war Francesca sich so übertölpelt vorgekommen. Sie war versucht gewesen, ihm ihr Getränk ins Gesicht zu schütten, hatte es aber irgendwie noch geschafft, sich zu beherrschen. Stattdessen hatte sie sich auf dem Absatz umgedreht und das Hôtel de Paris praktisch im Laufschritt verlassen.

Er hatte ihr hinterhergerufen, er werde nichts von dem schreiben, was sie ihm erzählt habe, er habe sich mit ihr unterhalten, weil er sie mochte, ihre Begegnung habe nichts mit seiner Arbeit zu tun.

»Das ist doch nur ein dummer Zufall, Fran«, hatte er ihr hinterhergerufen. »Von allen Spelunken dieser Welt … Weißt du noch?«

Doch sie war weitergerannt, bis sie seine Stimme nicht

mehr hören konnte. Sie hatte ihm kein Wort geglaubt. Und seither hatte sie versucht, ihn zu vergessen. Zugegeben, er hatte sein Wort gehalten. Er hatte keine Story über sie geschrieben. Sie hatte sich vergewissert. Hatte in den folgenden Wochen beinahe täglich seinen Verfassernamen gegoogelt. Nichts. Und selbst als sie sicher gewesen war, dass er ihre Geheimnisse nicht veröffentlichen würde, hatte sie ihn weiter gegoogelt, nur um zu sehen, was er trieb … und um das körnige kleine Foto anzuschauen, dass sich auf der Website seiner Zeitung befand. Himmel, er sah so gut aus. Und er war ein talentierter Autor. Doch er war nun einmal Journalist. Und ein Lügner. Robbie McLean war gefährlich. Was zum Teufel tat sie also hier? Was ließ sie sich schon wieder von seinem Charme einwickeln?

»Und? Wie läuft es mit William?«, fragte Robbie ein wenig zaghaft.

Francesca zögerte. Konnte sie ihm vertrauen? Sie würde ihm definitiv nichts über ihren Vater erzählen, oder über die Geschäfte, oder über Angel, aber über William? Verdiente er ihre Loyalität noch? Sie dachte daran, wie gefühllos er an diesem Morgen ihr gegenüber gewesen war, und antwortete schlicht: »Tja, ich wäre nicht hier bei dir, wenn es zu Hause gut liefe, oder?«

Robbie nickte.

»Das wollte ich nur wissen«, sagte er.

Er bestand darauf, die Rechnung zu begleichen, was Francesca erfreut zur Kenntnis nahm. Als LaFata war sie es gewöhnt, immer diejenige zu sein, die zahlte.

»Und jetzt, Fran?«, fragte er sie mit einem Funkeln in den Augen. »Läufst du mir jetzt wieder davon, oder ist mir verziehen?«

»Sagen wir einfach, du stehst wieder auf der Shortlist für die Position meines neuen besten Freundes«, neckte sie ihn. »Jedenfalls, ich möchte noch nicht nach Hause. Wie wäre es mit einem Strandspaziergang?«

»Tja«, sinnierte er. »Nur wenn du die Situation nicht ausnutzt. Ich möchte nicht, dass du über mich herfällst, sobald wir eine abgeschiedene Bucht gefunden haben.«

»An so etwas habe ich dabei überhaupt nicht gedacht«, log Francesca mit gespielter Verärgerung.

»Ach, nein? Wie schade ...«

Es knisterte so heftig zwischen ihnen, dass Francesca sich wunderte, warum die übrigen Gäste sich nicht beschwert hatten. Sie hatten einander hungriger angesehen als ihre Teller mit dem köstlichen Essen. O Gott, worauf ließ sie sich ein? Francesca tat so etwas einfach nicht. Seitdem sie vor all den Jahren William kennengelernt hatte, hatte sie andere Männer nicht einmal angesehen. Und nun stand sie kurz davor ... Was zu tun? Eine Affäre zu beginnen? Der Gedanke erschreckte und erregte sie gleichermaßen.

»Komm«, sagte sie. »Gehen wir.«

Sie überquerten die Straße und gingen in schnellem Tempo die palmengesäumte Promenade entlang, überholten glamouröse Damen mittleren Alters, die absurd kleine Hunde ausführten.

»Ich möchte deine Hand halten«, sagte Robbie.

Francesca schüttelte den Kopf. »Zu riskant«, erwiderte sie. »Zu viele Augen. Aber ich kenne eine ungestörte Stelle.«

Sie führte ihn hinunter zum Strand. Sie zogen ihre Schuhe aus, kicherten wie kleine Kinder und liefen über den Sand, um eine Landspitze herum und fort von der Stadt. Das Herz schlug ihr bis zum Hals, in ihrem Bauch überschlug es sich. Sie wusste, sie geriet in Versuchung, eine Grenze zu überschreiten, und sie wusste nicht, ob sie es jetzt überhaupt noch lassen konnte, selbst wenn sie es gewollt hätte.

»Du musst durchs Wasser waten«, sagte sie, als sie das Ende

des Strands erreichten. »Gleich hinter diesen Felsen ist eine entzückende abgeschiedene Bucht.«

»Also willst du doch nur meinen Körper ...«, bemerkte Robbie.

Das Meer war ziemlich ruhig, doch die Wellen schlugen an ihren nackten Beinen hoch, und Angelicas Kleid wurde nass. Francesca blickte zurück und lachte über Robbie, der die Jeans bis zum Knie hochgekrempelt hatte, mit einem dümmlichen Grinsen im Gesicht durchs Wasser watete und die neuen Schuhe sowie den Strauß Lilien, den er für sie gekauft hatte, vorsichtig hochhielt. Er rutschte immer wieder aus, und seine Jeans wurde immer nasser.

»Gleich sind wir da«, sagte sie, umrundete die Felsen und sah den perfekten leeren Strand vor sich liegen.

Als sie den Strand beinahe erreicht hatten, kam aus dem Nichts eine Welle angerollt und durchnässte sie beide bis zur Taille.

»Das Wasser ist eisig!« Robbie schnappte nach Luft. »Wo kam die her?«

Francesca drehte sich um, und als sie Robbie in seiner völlig durchnässten Jeans erblickte, musste sie laut lachen.

»Du hast gut lachen«, neckte er sie und lachte auch. »Du siehst einfach nur sexy und aufreizend aus, wenn dein Kleid dir so an den Beinen klebt. Ich dagegen sehe aus wie eine ertrunkene Ra...«

Ehe er zu Ende sprechen konnte, wurden sie von einer zweiten, noch größeren Welle getroffen. Diesmal fielen sie beide ins Meer, mussten lachen und schluckten dabei jede Menge Wasser, und während sie noch versuchten, wieder Luft zu schnappen, fanden sie sich auf dem nassen Sand wieder, in einem verworrenen Haufen aus Schuhen und Blumen, Armen und Beinen.

Robbie warf seine neuen Schuhe und die nun doch ein

wenig mitgenommenen Lilien auf den trockenen Sand weiter oben und stützte sich dann auf die muskulösen Arme, so dass er über Francesca lag, das Gesicht dicht vor dem ihrem. Sein Körper berührte ihren, sein Atem traf heiß ihr Gesicht. In seinem Blick lag wildes, verzweifeltes Verlangen, und Francesca spürte, wie ihr Körper ihm entgegendrängte. Und dann lag sein Mund auf ihrem Mund, und sie drückte ihren vor Sehnsucht schmerzenden, nassen Leib an ihn, schlang ihm die Arme um den Hals und die Beine um die Taille. Ihr Körper sehnte sich mit jeder Faser nach ihm, und sie verlor sich vollständig in seiner Kraft und seinem Geruch und seinem Verlangen.

»O Gott, Fran. Du bist so schön. Viel zu schön«, flüsterte er ihr atemlos ins Ohr. »Viel zu gut für mich.«

Er küsste ihre Wangen und ihre Lider. Er küsste ihren Hals und ihr Schlüsselbein. Francesca erbebte, so gut fühlte sich das an. Langsam knöpfte er ihr nasses Kleid auf, und die Hände zitterten ihm ein wenig dabei. Als er ihre nackte Haut und ihren Spitzen-BH freilegte, sah er sie zögernd an, fragte sie mit seinem Blick um Erlaubnis.

Sie nickte. O Gott, ja, es war mehr als in Ordnung, es fühlte sich zum ersten Mal seit Jahren an, als würde sie das Richtige tun. Da vergrub er das Gesicht zwischen ihren Brüsten, küsste sie sanft, aber leidenschaftlich, und seine Hände entdeckten ihren Körper. Er knöpfte ihr Kleid weiter auf, bis ihr Bauch bloß lag, der sich atemlos und erregt hob und senkte. Und dann spürte sie seine Lippen dort, sie kitzelten sie an der Taille, liebkosten ihren Bauch, wanderten weiter hinab, hinab …

Francesca wurde von einer Leidenschaft ergriffen, wie sie sie noch nie zuvor empfunden hatte. Sie wollte diesen Mann. Sie brauchte ihn. Sie sehnte sich nach seinen Händen auf ihrem Körper, nach seinen Lippen auf ihrer Haut, und Bereiche ihres Körpers, die seit Jahren wie tot waren, erwachten wieder zum Leben und verlangten nach seiner Berührung.

»Ich brauche dich, Robbie«, flüsterte sie.

Er zog ihr das nasse Kleid über den Kopf und dann öffnete er ihren BH. Beim Anblick ihrer nackten Brüste stöhnte er laut, und dann küsste er ihre Brustwarzen, ihren Bauch, ihre … O Gott. Das war pure Glücksseligkeit. Er zog ihr den Slip aus, so dass sie völlig nackt dort auf dem nassen Sand lag. Die Wellen umspielten sie, und Robbie war über sie gebeugt, blickte sie an, schüttelte den Kopf und sagte: »O mein Gott, Fran. Du bist perfekt. Absolut perfekt. Ich muss gestorben sein. Ich glaube, ich bin im Himmel.«

Er kämpfte sich aus seinen durchweichten Jeans, seinem T-Shirt, seinen Boxershorts. Das Gefühl seiner nackten Haut auf ihrer war besser als alles, was sie sich vorstellen konnte. Sie streichelte seinen glatten Rücken, seinen starken Po und zog ihn an sich. Sie spürte seinen Schwanz an ihrer Haut. Da sah sie ihm in die Augen, spreizte die Beine und ließ ihn hinein, langsam, vorsichtig. Sie keuchte, als sie ihn immer tiefer in sich spürte.

»Robbie«, sagte sie fast flehentlich. »Ich brauche dich jetzt.«

Und dann lag sein Mund wieder auf ihren Lippen. Er war ganz tief in ihr, und ihr Körper verschmolz mit seinem, während die Wellen ihre nackte Haut umspielten und die Sonne auf sie herabschien. Francesca merkte, dass ihr Tränen über die Wangen liefen und sich mit dem salzigen Meerwasser vermischten. Sie fragte sich, warum sie ausgerechnet jetzt weinte. Schuldgefühle? Sie wusste, die würden später kommen, doch einstweilen waren es Tränen der Freude. Von einem Mann wie Robbie umarmt und begehrt zu werden, war etwas so Besonderes und Schönes. Es war magisch. Francesca fühlte sich wie neugeboren.

Der Italiener beobachtete die Liebenden vom Klippenpfad oberhalb des abgelegenen Strandes aus. Unwillkürlich musste er lächeln. Tief im Innern war er ein Romantiker und erkannte wahre Liebe, wenn er sie sah. Er spürte sie selbst jedes Mal, wenn er seine Frau ansah, und er hatte sie im Restaurant gesehen, als er beobachtet hatte, wie die beiden Liebenden die Gesellschaft des jeweils anderen so viel mehr genossen hatten als ihr Mittagessen. Doch Francesca LaFata war nicht die Frau dieses Mannes. Sie dürfte gar nicht in seinen Armen liegen. Sie gehörte anderswo hin. Und traurigerweise würde ihre Liebe nicht von langer Dauer sein. Sie war zum Scheitern verurteilt. Wunderschön, leidenschaftlich, kurz und zum Scheitern verurteilt.

»*Triste, molto triste*«, sagte er sich, während er beobachtete, wie die beiden einander inmitten der Wellen umarmten, in glückseliger Unwissenheit darum, dass sie beobachtet wurden.

Er sah auf seine goldene Uhr. Es war Zeit zu gehen. Er hatte, weswegen er gekommen war, und musste nun die schlechte Nachricht überbringen. Sein Boss hätte sicherlich gewünscht, dass er diesem Rendezvous hier und jetzt ein Ende setzte, doch das brachte er nicht übers Herz. Es würde bald genug vorüber sein. Sollten sie den Zauber doch eine kurze Zeit lang genießen, voller Leidenschaft und mit Hoffnung im Herzen.

Er warf sich die Jacke über die Schulter und schlenderte zurück zu seinem roten Ferrari. Während er die gewundene Küstenstraße nach Monaco zurückfuhr, dachte er an die Liebenden. Er hoffte, sie lägen einander in diesem Augenblick am Strand in den Armen und redeten über ihre Pläne für die Zukunft. Eine Zukunft, die sie nicht haben würden. Er hoffte, sie waren glücklich und kosteten den Moment aus. Denn von diesem Moment würden sie ein Leben lang zehren müssen. Mit der Zeit würde er zu einer fernen Erinnerung daran verblassen, wie ihr Leben hätte sein können.

In gewisser Weise war etwas Perfektes, Magisches und zutiefst Schönes an einer solch kurzen Liebesaffäre. Das reale Leben würde ihr niemals den Glanz nehmen. Sie würde niemals seine schmutzigen Socken aufsammeln müssen. Er würde sich niemals ihre Quengeleien anhören müssen. Er würde nie mit ansehen müssen, wie ihr prachtvoller Körper alterte und verfiel, er würde sie nicht sterben sehen. Aber dann sah der Italiener auf seinen glänzenden goldenen Ehering und dachte an seine eigene schöne Frau. Er wollte, dass sie an ihm herumnörgelte, er wollte neben ihr alt werden, und er wollte als Erster sterben, damit er niemals ohne sie leben musste.

Empfand der Mann am Strand das Gleiche für Francesca LaFata? Empfand sie das Gleiche für ihn? Manchmal konnte das Leben so grausam sein.

24

»Ich fahre nach Cannes«, erklärte Angel und zog einen Schmollmund. »Und du kannst mich nicht davon abhalten, Carlo. Überhaupt, seit wann gibst du eigentlich den Musterknaben? Ist jemand gestorben, dass du neuerdings so ein Trauerkloß bist?«

Ist jemand gestorben? Sie fragt, ob jemand gestorben ist?! Ungläubig starrte Carlo seine kleine Schwester an. Am liebsten hätte er gebrüllt: Dad! Dad ist gestorben, du dumme Kuh! Aber das tat er natürlich nicht. Allen gegenteiligen Anzeichen zum Trotz weigerte Angel sich noch immer beharrlich zu akzeptieren, dass ihr Vater womöglich nicht mehr wiederkam. Sie trug eine unausgesprochene Drohung vor sich her, wie eine ihrer Designerhandtaschen. Sie zeigte sich in der Neigung ihres Kopfes und in ihrem argwöhnischen Blick, und sie besagte: »Wag es ja nicht, mir die Wahrheit zu sagen, Carlo. Schütz mich. Wenn du mir die Wahrheit sagst, breche ich zusammen, und diesmal wird mich niemand wieder aufbauen können.« Also tat Carlo, was sie wollte. Wie alle.

Er seufzte geduldig und versuchte sie davon zu überzeugen, dass eine wilde Party mit ihren alten Freunden auf einer Yacht in Cannes das Letzte war, was sie jetzt brauchte.

»Angel, Süße«, sagte er. »Sieh dich doch an. Du hast seit Tagen nichts gegessen. Du wirst wieder ganz mager. Und du hast Ringe unter den Augen. Du siehst müde aus. Du weißt, ich liebe Partys mehr als jeder andere, aber selbst mir ist Cannes dieses Jahr zu viel. Jetzt, bei all dem, was hier los ist.«

»Mir ist Cannes dieses Jahr zu viel«, ahmte sie ihn nach. »Ich bin Carlo und ich bin ein wiedergeborener Langweiler.«

Er biss sich auf die Zunge und versuchte, seine Verärgerung herunterzuschlucken. Manchmal konnte sie wirklich ein echtes Biest sein. Früher hatte er es witzig gefunden, wenn sie sich ihrer Mutter oder Francesca gegenüber so benommen hatte – ihrem Vater gegenüber hatte sie das selbstverständlich niemals getan. Ihm gegenüber hatte sie stets die engelhafte Angel hervorgekehrt. Carlo hatte immer die Rolle des unartigen Kumpels gespielt und sie teilweise noch ermutigt, sich danebenzubenehmen. Doch nun wollte er nicht mehr Angels Kumpel sein. Der Witz nutzte sich allmählich ab.

Christian hatte ihm erzählt, in welchem Zustand sie neulich gewesen war, als er sie halb bewusstlos am Kai gefunden hatte, und mittlerweile machte Carlo sich ernsthafte Sorgen um Angel. Er wusste nicht, warum ihm nicht bereits vor Jahren klargeworden war, dass Angelica völlig verkorkst war. Wenn sie so weitermachte, würde sie sterben. Vielleicht lag es daran, dass er bis vor kurzem noch nie so unmittelbar mit dem Tod konfrontiert gewesen war. Er hatte ein behütetes Leben geführt. Er war ein LaFata. Unantastbar. Er hatte gedacht, der Rest seiner Familie wäre das auch. Doch sein Vater war tot, und wenn sich nicht bald etwas änderte, konnte Angelica leicht die Nächste sein.

Selbstverständlich war auch er schon mit dem Tod in Berührung gekommen, aber das war immer irgendwie indirekt gewesen, hatte ihn emotional nie betroffen. Seine Großeltern waren gestorben, doch die waren alt gewesen und hatten weit weg gelebt, und dann war da Darcie, die dritte Frau seines Vaters, die sich mit Schlaf- und Schmerztabletten umgebracht hatte. Doch sie hatte die Freundlichkeit besessen, das in ihrer Villa am Comer See zu tun, daher hatte ihr Tod Carlo nicht allzu sehr mitgenommen. Außerdem war er damals gerade im Internat gewesen und hatte das Drama zum größten Teil verpasst.

Doch nun, da sein Vater vermisst wurde, fühlte sich alles unsicher an. Die Grundfesten von Carlos Welt waren erschüttert worden, und nun stellte er alles in Frage, was er zuvor für selbstverständlich gehalten hatte. Das Geld zum Beispiel. Er war einfach davon ausgegangen, dass immer Geld da sein würde. Er war damit geboren worden. Er war nicht wie Francesca, die sich an ihr Leben in Schottland erinnern konnte, in einem kleineren Haus, als das Geld kaum gereicht hatte, um die Rechnungen zu bezahlen. Carlo hingegen kannte nichts anderes als Wohlstand.

Ihm war völlig klar, dass der Aktienpreis von LaFata International seit dem Verschwinden seines Vaters gesunken war. Und nun hatte die Polizei ihm gesagt, dass man einige der Geschäftskonten sperren werde. Es hatte etwas mit einer Ermittlung wegen Geldwäsche zu tun. Für Carlo ergab das keinen Sinn, aber es war niemand da, der es ihm hätte erklären können. William war zu irgendeinem Meeting nach London geflogen, und Frankie war Gott weiß wo. Angel hatte ihm erzählt, ihre Schwester sei am Vormittag in ihrem Wagen davongebraust und habe ausgesehen, als wäre sie »unterwegs zu einem heißen Date«! Wer's glaubte! Tja, Angel verlor wirklich wieder den Kontakt zur Realität, wenn sie auch nur eine Minute lang glaubte, Francesca könne eine Affäre haben. Dafür war ihre große Schwester einfach nicht der Typ.

Carlo spürte, wie sich allmählich eine schwere Last auf seine Schultern legte – eine völlig neue Erfahrung. Plötzlich war die Seifenblase zerplatzt, und alles, was er kannte, war auf den Kopf gestellt worden. Dad war tot. Das Unternehmen war offensichtlich in Schwierigkeiten. Sogar Frankie war nicht mehr ihr altes verlässliches Selbst. Sie benahm sich unberechenbar, war mal nervös, außer Fassung und verängstigt, dann wieder beinahe – tja, erregbar und kindisch. Und dann war da Sasha – die verführerische, furchterregende, umwerfende Sasha. Seine Gefühle für sie verunsicherten ihn ebenfalls sehr. Sie bedeutete ihm etwas. Sie bedeutete ihm wirklich etwas, und das machte ihm Angst. O Gott, das war alles zu viel auf einmal! Carlo empfand – was genau eigentlich? Sorge? Verantwortungsgefühl vielleicht? Tja, das war neu! Und es gefiel ihm nicht. Es gefiel ihm kein bisschen. Vielleicht war es ja das, was die Leute meinten, wenn sie von schmerzhaften Wahrheiten sprachen. Sie bissen einen in den Hintern wie ein Rottweiler, und das tat weh. Das tat höllisch weh.

Er musterte Angel in ihrem engen Minikleidchen und den gefährlich hohen Schuhen: Beine bis unter die Achseln, riesige blaue Augen und wallende blonde Haare. Sie glaubte, sie sei erwachsen, doch sie war immer noch ein Kind. Was wusste sie von Verantwortungsgefühl oder Konsequenzen? Sie dachte, sie könne einfach tun, was ihr gefiel – sich die Kante geben, sich mit gefährlichen Leuten abgeben, mit den Männern anderer Frauen schlafen, von einer Party zur nächsten taumeln – und ungeschoren davonkommen. Doch das konnte sie nicht, erkannte Carlo unvermittelt. Niemand konnte das. Nicht einmal ihr Vater. Vielleicht ähnelte Angelica Fatty mehr, als ihnen allen klar gewesen war. Beide dachten, sie könnten tun und lassen, was sie wollten, und nichts und niemand könne ihnen etwas anhaben. Aber die Realität war keine endlose Party.

»Ach, leck mich, Carlo!«, stieß Angelica hervor, warf die Haare zurück über die knochigen nackten Schultern und wandte sich zur Tür. »Ich fahre da hin, mit dir oder ohne dich. Das ist die Party des Jahres, und die verpasse ich wegen niemandem.«

»Was? Nicht mal wegen Dad?«, fragte Carlo ernst. »Nicht mal aus Respekt für deine eigene Familie?«

Angel sah ihn an, als wäre er ein völlig Fremder. »E-ga-al«, erwiderte sie in einer Art Singsang und machte eine wegwerfende Handbewegung. »Ich habe überhaupt keine Ahnung, wer du bist, du langweiliger, lästiger Mann, aber wenn du meinen Bruder Carlo irgendwo siehst, kannst du ihm ausrichten, ein Stück die Küste runter findet eine verdammt heiße Party statt, okay? Ich bin sicher, *er* würde sie um nichts auf der Welt verpassen wollen.«

Dann war sie fort. Er sah ihr hinterher, als sie in ihrem weißen Mercedes AMG Cabrio mit offenem Verdeck die Auffahrt hinunterbrauste. Sie hatte ihre riesige Sonnenbrille aufgesetzt, und als sie an den Paparazzi vorbeifuhr, winkte sie ihnen kess zu. Wieder einmal steuerte sie direkt auf die Katastrophe zu, und es gab überhaupt nichts, was Carlo dagegen tun konnte.

Er saß auf dem Sofa, während das Tageslicht immer schwächer wurde, und fühlte sich sehr klein, verängstigt und allein. Er wollte mit jemandem reden. Er spielte mit seinem Telefon herum, ging sein Adressbuch durch und erkannte traurig, dass er wirklich niemanden hatte, an den er sich wenden konnte. Da war nur eine endlos lange Liste von Leuten, mit denen er bestens feiern konnte. Bekannte, Trinkkumpane, Mädchen, die er gevögelt hatte. Da war natürlich Christian, aber er hatte seinen besten Freund in den letzten Tagen stark beansprucht, und außerdem war Chris zwar liebenswürdig und wohlmeinend, doch allein bei seinem Anblick bekam Carlo Schuldgefühle.

Die meisten Menschen würden sich in einer solchen Situation wohl an ihre Mutter wenden, doch Carlos Mutter war … Nun, Sandrine war eine Nummer für sich. Beinahe so überspannt wie Angel. Sie war ganz sicher gerade mit ihrem viel jüngeren Liebhaber und ihren Pudeln in ihrer Villa in Saint-Tropez beschäftigt. Oder erholte sich von ihrem letzten Lifting. Als er ihr von der Sache mit Fatty erzählt hatte, hatte ihre einzige Sorge der Frage gegolten, ob dabei Geld für sie herausspringen würde.

»Mach dich nicht lächerlich, Mum«, hatte Carlo zu ihr gesagt. »Ihr habt euch vor fünfzehn Jahren scheiden lassen. Er hatte nach dir zwei weitere Frauen. Du hast alles bekommen, was dir nach der Scheidungsvereinbarung zustand.«

»Ah«, hatte sie mit ihrem hauchigen französischen Akzent gesagt. »Aber du kennst die Männer nicht, wie ich sie kenne, *mon chéri.* Ich hatte immer einen besonderen Platz im Herzen deines Vaters. Ich habe eine besondere Wirkung auf Männer, das kann ein Junge in deinem Alter noch nicht verstehen. Ich gehe davon aus, dass er mich in seinem Testament berücksichtigt.«

Seine Mutter war total durchgeknallt, ganz zu schweigen davon, dass sie sich etwas vormachte. Früher war sie wirklich süß gewesen – von ihr hatte Angel auch die blonden Haare und das tolle Aussehen. Als junge Frau hatte seine Mutter Brigitte Bardot sehr ähnlich gesehen, unglücklicherweise jedoch ohne deren Schauspieltalent zu besitzen, weshalb ihre Karriere in den vergangenen zehn Jahren auch einen so katastrophalen Verlauf genommen hatte. Heute war sie in Frankreich so etwas wie eine Witzfigur. Dennoch war sie recht glücklich. Um Kritik hatte Sandrine sich nie geschert. Sie hielt sich für großartig, und davon konnte sie niemand abbringen. Das Alter war nicht unbedingt nachsichtig mit ihr umgegangen. Sie hatte ihre Brüste so häufig operieren lassen, dass sie jetzt eine Weile vor dem Rest ihres Körpers zur Tür hereinkamen; ihre Lippen waren von den Kollagenunterspritzungen deformiert und unförmig, und sie hatte sich so viel Botox spritzen lassen, dass Carlo schon seit Jahren nicht mehr auch nur den Hauch einer Regung in ihrem Gesicht gesehen hatte.

Seine Mutter war kein mütterlicher Typ – nun, es sei denn,

man zählte ihre Vorliebe für viel jüngere Männer als Sexspielzeug als Mütterlichkeit. Carlo und Angelica hatte sie beinahe sofort nach deren Geburt an ihr Kindermädchen übergeben, damit sie weiter ihren Champagner trinken konnte, unbehindert von den lästigen Kleinen mit ihren klebrigen Fingern und laufenden Nasen. Nein, Carlo verspürte nicht den Wunsch, seine Mutter anzurufen und sich an ihrer Schulter auszuweinen. Sie war noch nie für ihn da gewesen, und sie würde auch jetzt nicht für ihn da sein. Oder für Angel. Wenn Sandrine über die Eskapaden ihrer Tochter sprach, dann mit prahlerischer Freude.

»Oooh, sie ist genau wie ihre *maman*!«, zwitscherte sie dann. »*Très, très belle*. Sie hat so viel *joie de vivre*! Ich bin stolz auf *ma petite chérie*. Sie ist eine große Schönheit mit vielen, vielen Freunden. Meine Angelica weiß, wie man sich amüsiert. Die Männer verlieben sich in sie, die Mädchen sind eifersüchtig auf sie. Das ist nicht ihre Schuld. Sie ist eine freie Seele, die fliegen muss. Genau wie *moi*.«

Das Bescheuerte war, dass Carlo seiner Mutter mehr oder weniger beigestimmt hatte. Er hatte gedacht, Angel käme schon zurecht. Es liege ihr einfach im Blut, so zügellos zu sein. Doch nun war er sich da nicht mehr so sicher. Vielleicht verhielt Angel sich nur so, weil sie Hilfe brauchte. O Gott, er wünschte, er hätte so eine Mutter gehabt wie Francesca. Vielleicht hatte Francesca ihr Leben deshalb so gut im Griff, weil sie eine solide Ausgangsbasis in ihrer Mutter gehabt hatte, die gekocht und sich um ihre Tochter gekümmert und an Geburtstage gedacht hatte. Es musste schwer gewesen sein für Frankie, ihre Mutter so jung zu verlieren, aber wenigstens hatte sie überhaupt eine gehabt. Sandrine mochte Carlo zur Welt gebracht haben, doch damit hatte sie ihre mütterlichen Pflichten ihm gegenüber auch schon für erfüllt betrachtet.

Nein, Carlo hatte niemanden, den er anrufen konnte.

Hätte er Sashas Telefonnummer gehabt, dann hätte er sie vielleicht angerufen. Doch er hatte Sashas Telefonnummer nicht. Sie hatte sich geweigert, sie ihm zu geben. Nicht nur einmal, nein, gleich zweimal! Wie demütigend war das? Wenn er nur die geringste Selbstachtung besäße, hätte er ihr gesagt, wohin sie sich die Nummer stecken konnte, und sich längst einer ihrer Freundinnen zugewandt. Warum also musste er unablässig an sie denken?

Carlo beschloss, wieder in sein Apartment in der Stadt zu fahren. In *Le Grand Bleu* herrschte Totenstille, jetzt, wo Angel fort war, Jade sich wie immer in ihrem Zimmer verschanzte, William Gott weiß wo war und Francesca … Wo war Frankie eigentlich? Ach, egal, die würde schon wieder auftauchen. Vermutlich kümmerte sie sich um irgendetwas wichtiges Geschäftliches, wovon Carlo sowieso nichts verstand.

Gerade wollte er in seinen Lamborghini steigen, da kam Frankie in ihrem Range Rover Sport die Auffahrt heraufgebraust. Als seine Schwester ausstieg, sah sie aus, als hätte sie soeben den Hurrikan Katrina überlebt. Ihr Kleid, das viel kürzer war als üblich, war völlig durchweicht, und ihre normalerweise so gepflegten Haare waren verfilzt und voller Sand. Sie trug keinen Lippenstift, doch ihre geröteten Wangen waren nicht zu übersehen. Sie lächelte und summte vergnügt vor sich hin.

»Was ist denn mit dir passiert?«, fragte Carlo und kratzte sich am Kopf.

»Ach, nichts«, erwiderte Frankie unbeschwert. »Ich hab nur gerade einen wunderschönen langen Strandspaziergang gemacht und bin irgendwie, tja, ins Wasser gefallen.«

»Du hast einen Strandspaziergang gemacht?«, fragte Carlo ungläubig. »An einem Wochentag? Wenn du hättest arbeiten können?«

Frankie zuckte die Achseln. »Jep. Na und?«

»O-kay …« Carlo war völlig verdattert.

Na bitte! Alle waren völlig verrückt geworden. Nichts war, wie es sein sollte. Francesca trug keine kurzen, luftigen Minikleider. Sie verschwand nicht mitten am Tag, ohne jemandem Bescheid zu geben, wo sie hinging. Und sie ging ganz bestimmt nicht am Strand spazieren und fiel aus Versehen ins Wasser! Sie schlenderte die Treppe zum Haus hinauf, und Carlo sah ihr hinterher. Sie wirkte anders. Verändert irgendwie. Sie hatte so einen glasigen verträumten Blick. Genau diesen Blick hatte Carlo bei vielen Frauen gesehen, wenn sie sein Apartment verließen. Sie sah aus, als hätte sie gerade Sex gehabt! Himmel, ob Angel doch recht hatte? Hatte Frankie ein heißes Date gehabt? Traf sie sich hinter Williams Rücken mit jemandem? Nein! Total ausgeschlossen! Okay, William war eine langweilige, vorzeitig gealterte Trantüte, und Francesca, die, wie sogar Carlo zugeben musste, wirklich wunderschön war, war viel zu gut für ihren Mann, aber trotzdem …

Energisch schüttelte Carlo den Kopf und versuchte, die Vorstellung zu verdrängen, dass seine vernünftige Schwester mit anderen Männern schlief. Er brauchte jetzt die echte Francesca.

»Frankie!«, rief er und rannte ihr hinterher die Treppe hinauf. »Frankie, warte!«

Es dauerte eine ganze Weile, bis Carlos Stimme zu Frankie durchdrang. Doch schließlich drehte sie sich um und sagte: »Hm? Hast du mich gerufen, Carlo?«

»Ähm, ja, habe ich, ziemlich laut und ziemlich lange«, gab er zurück.

»Tut mir leid, Carlo.« Sie setzte sich auf die Stufen und sah zum Himmel hoch. »Was für ein wunderschöner Abend. Findest du nicht? Sieh dir mal die Sterne an, Lieber.«

»Ja, ja, die sind sehr hübsch«, entgegnete Carlo ungeduldig. Er setzte sich neben sie. »Hör mal, Frankie, ich mache mir wirklich Sorgen um Angel. Sie ist zu einer großen Party nach Cannes gefahren, und ich halte das wirklich für keine gute Idee.«

Der verträumte Ausdruck wich aus Frankies Gesicht, und sie seufzte und sah mit einem Male wieder wie seine ältere Schwester aus.

»Dann fahr ihr doch hinterher«, schlug sie vor. »Und behalt sie im Auge.«

»Ich will nicht auf eine Party gehen, Frankie. Das ist das Letzte, was ich will, jetzt, wo Dad vermisst wird und das Unternehmen in Schwierigkeiten ist. Ich will hierbleiben, um zu helfen, und ich will einen klaren Kopf behalten.«

»Wow!«, sagte Francesca und strich ihm über das Knie. »Ich bin stolz auf dich, Carlo. Das ist wirklich eine sehr erwachsene Einstellung.«

Sie meinte das nicht herablassend, doch Carlo war dennoch ein wenig gekränkt.

»Ich bin dreiundzwanzig, Frankie. Ich bin kein Kind mehr. Wenn's drauf ankommt, kann ich mich benehmen«, erklärte er.

»Das merke ich gerade, Carlo.« Francesca lächelte ihn an. »Ich bin nur ein bisschen überrascht, das ist alles. Angenehm überrascht.«

»Und was unternehmen wir jetzt wegen Angelica?«, fragte er. »Sie ist wieder neben der Spur, Frankie. Ich wollte es dir eigentlich nicht sagen, aber ich bin mir sicher, dass sie wieder Drogen nimmt. Sie benimmt sich komisch, sie isst nichts, ihre Augen sind glasig, und sie wirkt ständig, als stünde sie unter Strom.«

Francesca nickte traurig. »Tja, wir haben ja versucht, einzuschreiten und sie zu retten – wie oft bis jetzt?«

»Sechsmal«, erwiderte Carlo. »Sie war jetzt sechsmal im Entzug.«

»Und jedes Mal, wenn wir sie dazu zwingen, macht sie genauso weiter wie vorher, sobald sie wieder raus ist.«

»Diesmal hat sie neun Monate durchgehalten«, rief Carlo ihr in Erinnerung. »Ich habe wirklich gedacht, das war's, sie ist über den Berg.«

»Ich auch.« Francesca seufzte. »Tja, ich hab's jedenfalls gehofft. Aber du hast recht, sie ist wirklich wieder neben der Spur. Sie hat wieder den Selbstzerstörungsknopf gedrückt.«

»Und? Fahren wir nach Cannes und holen sie da raus?«, fragte Carlo. »Ich meine, jetzt gleich. Setzen uns in dein Auto, holen sie von der Party weg und bringen sie direkt in eine Klinik? Es gibt offenbar eine wirklich gute gleich außerhalb von Marseille. Ich hab sie mir online angesehen.«

Liebevoll drückte Frankie sein Knie. »Nein«, erwiderte sie. »Ich denke nicht. Diesmal nicht. Das haben wir schon so oft getan, und sie hat nichts gelernt. Das ist das Problem bei Angel, immer war jemand da, der alles wieder in Ordnung gebracht hat. Sie hat nie die Konsequenzen tragen müssen.«

Carlo nickte. Das Gleiche hatte er auch gedacht. »Also?«, fragte er Francesca.

»Also überlassen wir sie diesmal ihrer Selbstzerstörung«, erwiderte Frankie. »Wir warten, bis sie ganz unten ist und um Hilfe bittet. Sie wird sich nicht ändern, es sei denn, sie will es selbst, Carlo. Wir können sie nicht dazu zwingen, mit dem Trinken oder den Drogen aufzuhören. Sie muss es selbst wollen.«

»Aber sie ist so schwach.« Carlo fühlte sich hilflos. »So zerbrechlich. Nichts tun? Was ist das für eine Hilfe?«

»Es ist das Einzige, was uns übrigbleibt«, erklärte Francesca. »Ich hab mir das immer wieder durch den Kopf gehen lassen. Angel leugnet alles erbittert. Sie gibt nicht zu, dass sie ein Problem hat, sie übernimmt keine Verantwortung, und sie will einfach nicht glauben, dass Dad nicht mehr wiederkommt.«

Frankie biss sich auf die Unterlippe, die zu beben begonnen hatte.

»Carlo, diesmal müssen wir sie gehen lassen. Sie will der Wahrheit nicht ins Gesicht sehen. Sie rennt davon, so schnell sie kann. Aber die Wahrheit wird sie einholen, und wenn es so weit ist, wird sie um Hilfe bitten, weil das wahnsinnig weh tun wird. Dann, erst dann, können wir etwas tun. Wenn sie um Hilfe bittet, sind wir da und besorgen ihr die beste Behandlung, die wir finden können. Aber bis dahin können wir nur warten.«

Warten? Warten! Carlo wusste nicht, ob er die Geduld würde aufbringen können. Neuerdings schien er viel Zeit mit Warten zu verbringen: darauf, dass die Leiche seines Vaters an Land gespült wurde, dass Angel zusammenbrach … und dass Sasha wieder einmal vorbeikam und seine Qualen linderte, wie nur sie es konnte.

25

Jade wartete, bis es dunkel und alles still war, genau wie er gesagt hatte. Dann nahm sie ihre Tasche und schlich sich die Treppe hinab. Carlo war fort, und Francesca nahm ein Bad. Jade verabschiedete sich ein letztes Mal von den Hunden, küsste sie auf das weiche Fell ihrer Köpfe und rieb ihnen die Ohren. Sie würde sie vermissen. Aber die anderen – die Heilige Francesca, Carlo, der International Playboy und die so gar nicht engelhafte Angel – tja, die konnten von ihr aus zur Hölle fahren! An diesem Abend gab sie den Hunden Lammkoteletts zu essen. Sie sah ihnen eine Weile zu, wie sie sich das Abendessen der Familie einverleibten, und ihr wurde ganz warm ums Herz. Dann schlüpfte sie hinaus, ging durch den Garten und kletterte über die Mauer wie schon einige Tage zuvor.

Der Wagen stand in der Parkbucht, genau wie er gesagt hatte. Sie fand die Schlüssel im hinteren Radkasten, wo er sie versteckt hatte, und stieg ein. Als Jade auf der Moyenne Corniche Monaco verließ, musste sie unentwegt grinsen. Endlich war es so weit. Sie gingen zusammen fort. Fort von den LaFatas, fort von ihrer Vergangenheit, fort von dem ganzen Leid.

Sie ließ den Wagen am Fuß des Dorfes Eze stehen und wanderte die steilen Gassen zur Burgruine oben auf dem Berg hinauf. Jetzt, wo die Tagesausflügler fort waren, war es still im Dorf, und niemand bemerkte Jade, die ihre schwere Tasche den steilen Weg hinaufschleppte – Richtung Freiheit und Hoffnung und Zukunft. Sie würde ihn im Jardin Exotique treffen, wo sie sich früher schon häufig verabredet, sich geküsst, unterhalten und ihre Flucht geplant hatten. Und nun würden ihre Träume wahr werden.

Jade wartete am Rand des Abhangs, blickte aufs Meer hinaus und beobachtete die blinkenden Lichter der Fischerboote, die mit ihrem Abendfang zurückkamen. Bald würde er hier sein, und dann würden sie den steilen Maultierpfad hinabgehen, durch Oliven- und Pinienhaine hindurch, bis zur Basse Corniche. Und dann wären sie unterwegs. Irgendwohin. Irgendwo anders hin …

»Jade«, rief eine Stimme in der Ferne. »Jade! Hier drüben!«

Jade wandte sich um und erblickte ein Stück von ihr entfernt am Abhang eine Gestalt in der Dunkelheit. Die Stimme klang gedämpft. War er das? Natürlich war er das. Wer sollte es sonst sein? Lächelnd eilte sie auf ihn zu, doch dann blieb sie wie angewurzelt stehen, und das Lächeln gefror ihr im Gesicht.

»Du?«, fragte sie verwirrt. »Aber … Wie? Warum? Ich verstehe nicht, ich dachte …«

Doch es spielte keine Rolle mehr, was Jade dachte. Starke Hände ergriffen sie an den Schultern und schoben sie auf den Abhang zu. Sie versuchte sich zu wehren, doch er war zu stark. Mit aller Kraft stemmte sie die Absätze in den Boden, doch die losen Steine rutschten einfach unter ihren Füßen weg. Und als sie für einen kurzen Moment über dem Abgrund schwebte, wurde Jade klar, dass sie recht gehabt hatte. Es war gefährlich, jemanden an sich heranzulassen. So etwas wie die Liebe gab es nicht. Es gab kein Happy End. Als sie dann hinabstürzte und der Wind an ihren Ohren vorbeirauschte, zog blitzartig ihr ganzes Leben an ihr vorüber, genau wie es immer gesagt wurde. Es war kein tolles Leben gewesen. Sie war nicht allzu traurig, dass es nun zu Ende war.

Robbie bekam das dümmliche Grinsen nicht aus dem Gesicht. Fran war alles gewesen, was er sich erträumt hatte, und noch mehr. Was für eine Frau! Was für eine wunderbare, verführerische, kluge, tolle, erstaunliche Frau! Er lag in seinem Hotelzimmer auf dem Bett und ließ den Nachmittag nochmals Revue passieren. Pure Glückseligkeit. Er schloss die Augen und stellte sich vor, er wäre jetzt bei ihr, könnte ihre glatte, sonnengebräunte Haut an seiner und ihre langen, langen Beine um die Hüften spüren, ihre …

Als es gerade interessant wurde, riss das Telefon ihn aus seinen Tagträumen. Verdammt! Er nahm sein Handy und sah auf das beleuchtete Display. »Lord und Lady Fuckwit«, stand da.

»Hallo!«, meldete Robbie sich fröhlich in der Erwartung, es wäre eines der Mädchen.

»Robbie«, blaffte Heather. Sein Magen krampfte sich zusammen. Heather war der letzte Mensch, mit dem er jetzt reden wollte.

»Wir müssen über Rubys Benehmen reden«, erklärte sie schroff.

»Was ist denn damit?«, fragte Robbie aufrichtig verwirrt. Ruby war ein ganz liebes Mädchen. Manchmal ein bisschen frech, aber ein liebes Mädchen. Klug. Beliebt. Sportlich. Sie bekam immer glänzende Schulzeugnisse. Robbie war sehr gern mit seiner jüngsten Tochter zusammen. Sie brachte ihn immer zum Lächeln.

»Sie wird immer unhöflicher, schwieriger und unverschämter in letzter Zeit, vor allem Fraser gegenüber …«

Ah, das war es also. Ruby erlag Frasers Charme nicht. Sie durchschaute ihn. Wie gesagt, sie war ein kluges Mädchen.

»Ist Fraser nicht groß und böse genug, um für sich selbst einzutreten?«, fragte Robbie, leicht amüsiert, wie ernst Heather das nahm. »Sie ist eine Achtjährige, kein Rugbystürmer.«

»Hm. Ich hätte mir denken können, dass von dir nichts zu

erwarten ist«, entgegnete Heather verärgert. »Fraser ist hier in einer sehr unangenehmen Position. Er ist ein sehr sensibler Mann, und ihm ist sehr wohl bewusst, dass man behutsam vorgehen muss, wenn man Stiefkinder diszipliniert. Aber Ruby ist neuerdings wirklich unmöglich.«

»In welcher Hinsicht?« Es fiel ihm noch immer schwer, Heather ernst zu nehmen.

»Sie hat ihn …« Heather zögerte und räusperte sich. »Sie hat ihn …«

»Was?« Allmählich riss Robbie der Geduldsfaden.

»Sie hat ihn Fraser Fuckwit genannt!«, stieß Heather angewidert hervor. »Ich meine, ist das zu fassen? Wo zum Teufel hat sie dieses Wort her?«

Huch! Robbie wusste genau, woher Ruby es hatte. Sie musste ihn belauscht haben, als er mit seiner Mutter telefoniert hatte. »Ich rede mit ihr, sobald ich wieder da bin«, versprach Robbie mit schlechtem Gewissen, weil Ruby seines kindischen Verhaltens wegen in Schwierigkeiten geraten war.

»Na, das ist bestimmt eine große Hilfe«, fuhr Heather ihn an.

»Tja, was schlägst du denn vor?«, fragte Robbie aufgebracht. »Soll ich sie in den Kohlenschuppen sperren? Ihr den Mund mit Seife auswaschen?«

»Sie hat zwei Wochen Fernsehverbot bekommen«, erklärte Heather würdevoll. »Fraser fand, das sei eine angemessene Bestrafung, und ich stimme ihm zu. Wenn du also aus deinem kleinen Urlaub zurückkommst und dich wieder an deine väterlichen Pflichten erinnerst, dann musst du unsere Entscheidung unterstützen und das Verbot auch bei dir durchsetzen.«

»Ach, muss ich?«, murmelte Robbie. »Schau mal, Heather, ich werde mit ihr reden, und ich bin sicher, sie versteht, dass sie nicht solche Ausdrücke verwenden darf. Ich sage ihr, sie soll Fu … Fraser ein bisschen schonen, okay? Aber ich diszipliniere meine Töchter auf meine Weise, okay?«

»So lernen sie nie, dich zu respektieren, Robbie«, höhnte Heather. »Du meinst, wenn du immer nur nett zu ihnen bist, lieben sie dich mehr. Du lässt sie lange aufbleiben und gibst ihnen Junkfood zu essen, aber das ist keine Liebe, das ist bloß verantwortungslos.«

Robbie seufzte. Er war so guter Laune gewesen. Warum musste Heather ihm immer alles verhageln? Sie war ungerecht. Er war ein guter Vater. Er sorgte immer dafür, dass die Mädchen rechtzeitig ihre Hausaufgaben machten, er bügelte ihre Schuluniformen, selbst wenn er keine Zeit hatte, sein eigenes Hemd zu bügeln. Er kochte ihnen Spaghetti Bolognese, und er ging mit ihnen ins Café, wo sie heißen Kakao mit Sahne tranken und Marshmallows aßen. Er las ihnen Gedichte von Robert Burns vor und ließ sie alte Billy-Connolly-Videos anschauen. Er ging mit ihnen zu den Spielen der Hearts, seines Fußballvereins, und in den Zoo, selbst wenn es drei Grad unter null waren und der Corstorphine Hill, auf dem der Zoo lag, der kälteste, windigste Ort der Welt war. Und vor allem liebte er die beiden mehr als sein Leben. Heather konnte ihm alles Mögliche vorwerfen, aber dieser letzte Vorwurf traf ihn nicht. Heute jedoch würde Robbie sich nicht provozieren lassen. Normalerweise schon, doch nicht heute. Heute fühlte er sich absolut immun. Er hatte seine Töchter, und nun war auch Francesca Teil seines Lebens, da konnte ihm nichts etwas anhaben.

»Tja, in diesem Punkt können wir uns dann wohl einfach nicht einigen«, sagte er gelassen. »Ich habe übrigens deine alte Freundin Francesca getroffen.«

Er hatte es sich nicht verkneifen können. Es war einfach zu verlockend gewesen.

»Ach?« Er hörte die Neugier in Heathers Stimme. »Was hat sie über mich gesagt?«

Robbie lächelte in sich hinein. Heather fragte nicht etwa, wie ihre »Freundin« das Verschwinden ihres Vaters bewältigte. Oder ob es ihr gutging. Nein, Heather fragte, was Francesca über sie gesagt habe. Es ging immer nur um sie. Tja, da sie schon gefragt hatte …

»Sie hat gesagt, du wolltest nur mit ihr befreundet sein, damit du im Auto ihres Vaters fahren konntest. Außerdem hat sie gesagt, sie hätte Angst vor dir gehabt, und am interessantesten fand ich, dass sie offenbar geglaubt hat, du wärst mit einem Medienmanager verheiratet gewesen. Wie sie wohl auf diese Idee gekommen ist, Heather?«

Robbie lachte. Heather hatte es offensichtlich die Sprache verschlagen. »Sind die Mädchen in der Nähe?«, fragte er vergnügt. »Kann ich sie sprechen?«

»Sie sind beim Klavierunterricht«, fauchte Heather, und dann war die Leitung tot.

Robbie grinste in sich hinein. Das musste Heather ziemlich unangenehm sein. Ha! Wer zuletzt lacht … Er legte sich wieder hin und widmete sich seinen Tagträumen von Francesca.

26

Von seinem Fenster aus konnte William Hillier den Comer See sehen. Im Osten ging gerade die Sonne auf, auf der stillen Wasseroberfläche glitzerten die ersten Sonnenstrahlen, und die pinienbewachsenen Hänge, die ihn umgaben, warfen geisterhafte Schatten. Die Aussicht war atemberaubend, und wenn die engen Fesseln an Hand- und Fußgelenken sowie das Klebeband über seinem Mund nicht gewesen wären, wäre er es durchaus zufrieden gewesen, einfach hier zu sitzen und den Anblick zu genießen.

Beinahe wäre er damit durchgekommen. Er war so nahe dran gewesen. Monatelange hatte er einmal hier hunderttausend, dann dort eine halbe Million beiseitegeschafft und die Gelder von einem Konto zum nächsten überwiesen, hatte das Geld investiert, verschoben, neu investiert, bis er schließlich genügend Geld auf seinem Offshore-Konto angesammelt hatte, um sich aus dem Staub zu machen.

Francesca hatte ihm in der Verwaltung der Finanzen von LaFata International blind vertraut. Als Ehemann achtete sie ihn offensichtlich nicht besonders, doch als Investmentbanker hatte sie ihn für den Größten gehalten. Und sie hatte recht. William war gut. Er war der Beste. In finanzieller Hinsicht konnte er praktisch Wasser in Wein verwandeln. Doch er war nicht gut genug gewesen. Er hatte nicht alles berücksichtigt. Er hatte seinen Schwiegervater unterschätzt und erkannte erst jetzt, was für ein kolossaler Fehler das gewesen war.

Sie hatten Jade umgebracht. Er hatte mit eigenen Augen das körnige Handy-Video gesehen, das ihren Sturz von der Klippe zeigte. Er hatte versucht, den Kopf abzuwenden, doch der weltmännische Italiener mit der Narbe hatte ihm das Handy immer wieder direkt vors Gesicht gehalten, so dass er nicht umhingekonnt hatte, sich die furchtbare Szene anzusehen: ihr entsetzter Gesichtsausdruck, als sie am Rand des Abgrunds getaumelt war, und dann ein letzter Blick auf diese perfekten blauen Augen. In diesem letzten Augenblick schien sie eine Wandlung durchgemacht zu haben. Es hatte so ausgesehen, als hätte sie ihre Angst losgelassen. Was war das gewesen? Ein Akzeptieren vielleicht? Dass es vorbei war? Dass es so einfach hatte enden müssen? Dass es ihr Schicksal war? Dass die grausame Welt sie diesmal vernichtend geschlagen hatte, so wie sie es immer geahnt hatte? Doch es hätte nicht so enden sollen. Sie hätten jetzt frei sein sollen.

Es brach William das Herz. Denn er hatte ein Herz, auch wenn Francesca vom Gegenteil überzeugt war. Er war nie gut darin gewesen, seine Gefühle zu zeigen, doch sie waren da, genauso stark und leidenschaftlich wie bei jedem anderen auch, verborgen unter den verschiedenen Schichten von Achtbarkeit und gespielter Distinktion, die er sich im Lauf der Jahre zugelegt hatte. Und er hatte Jade geliebt. Er hatte sie retten wollen. Sie war Rapunzel, die von diesem Mistkerl Giancarlo LaFata in einem Elfenbeinturm gefangen gehalten wurde. William hatte sie unbedingt retten, hatte ihr Ritter auf dem weißen Pferd sein wollen. Er hätte es beinahe geschafft.

Jade hatte ihn zu dem Mann gemacht, der er immer hatte sein wollen. Während Francesca ihm stets ein Gefühl der Unzulänglichkeit eingeflößt hatte, hatte Jade ihn gebraucht, und dadurch hatte er sich stark und stolz gefühlt, wie ein echter Mann. Francesca hatte alles – Geld, Köpfchen, Schönheit, Macht. Sie hatte bei ihrer Heirat nicht einmal seinen Namen annehmen wollen, Herrgott noch mal! Wie sollte ein Mann sich da fühlen? Doch Jade hatte nichts besessen als ein hübsches Gesicht, ein liebenswürdiges Wesen und tausend Geheimnisse.

Es hatte ganz unschuldig begonnen. Jade hatte ihm häufig eine Tasse Tee gebracht, sich auf seinen Schreibtisch gehockt und ihn nach seiner Arbeit gefragt. Ihr schien an seiner Meinung zu liegen. Sie hörte ihm aufmerksam zu, wenn er sprach. Sie gab ihm das Gefühl, wichtig zu sein. Sie waren beide Außenseiter in *Le Grand Bleu*, das ließ man sie auch niemals vergessen. Sie waren keine LaFatas. Sie waren bloß Gäste, deren Einladung jederzeit widerrufen werden konnte. William war völlig klar, dass seine Tage gezählt waren, seit Francesca und er nicht mehr das Bett teilten.

Zwischen den beiden Außenseitern entwickelte sich rasch eine innige Beziehung. Jade brachte William dazu, Dinge zu tun, die er sich nie erträumt hätte. Sie stahlen sich fort, wann immer sie konnten. Er gab vor, zu einem Meeting oder einer geschäftlichen Veranstaltung zu müssen, und sie kletterte über die hintere Mauer. Er holte sie ab, und dann fuhren sie über die Bergstraßen und hielten zum Abendessen in abgelegenen Dörfern. Manchmal stahlen sie sich auch mitten in der Nacht fort und machten einfach bloß eine Spritztour, glücklich, aus dem Haus, ihrem Gefängnis, entronnen zu sein.

Und der Sex – wow! Der hatte William wirklich überwältigt. Er war immer der traditionelle Missionarsstellungstyp gewesen, doch Jade brachte ihm Dinge bei, von denen er nichts geahnt hatte. Sie ließ ihn Pornos anschauen und inszenierte in erotischer Unterwäsche Shows mit ihrem Vibrator für ihn. Francesca hatte nicht einmal so getan, als würde sie den Sex mit ihm genießen, doch Jade ... Jade bumste ihn voller Leidenschaft! Endlich, mit dreiundvierzig, war William Hillier erwacht, und mit einem Mal schien alles möglich. So lange seine ihn anbetende, bewunderungswürdige Jade an seiner Seite war.

O Gott, was hatten sie getan? Die arme, süße, missverstandene Jade. Sie war auf der Opferseite des Lebens geboren worden, und nun war sie auch so gestorben. Und er hatte sie nicht retten können. Schlimmer noch, es war alles seine Schuld. Es waren seine Idee und sein Plan gewesen. Und nun war Jade tot, seinetwegen. Er wusste, er würde der Nächste sein. Sie ließen ihn nur so lange am Leben, bis sie das ganze Geld zurückbekommen hatten, das er beiseitegeschafft hatte.

Bald würde sein Entführer hereinstolziert kommen, wie ein Filmstar mit seinem guten Aussehen, der gebräunten Haut, der gut geschnittenen Kleidung und dem Duft nach teurem Aftershave, und er würde William mit seinen makellosen weißen Zähnen angrinsen. Er würde ihm die Haut mit Zigaretten verbrennen, ihm vielleicht noch einen Finger brechen, indem er ihm mit einem eleganten italienischen Lederschuh auf die Hand trat. Er würde William seinen kräftigen Arm um den Hals legen und zudrücken, bis William keine Luft mehr bekam und eine weitere Kontonummer hervorstieß. Er konnte jeden Augenblick hier sein. Die Sonne war aufgegangen. Ein neuer Tag brach an – für William möglicherweise der letzte.

Francesca hatte lange geschlafen. Es sah ihr nicht ähnlich, länger als bis halb sieben zu schlafen, aber jetzt war es acht Uhr, und sie lag untätig im Bett, sie fühlte sich innerlich zerrissen. Wenn sie an ihren Vater dachte, fühlte sich das an, als würde eine Klaue an ihrem Herzen zerren, so als wollte sie es ihr aus der Brust reißen. Wenn sie an die Geschäfte dachte, an die Ermittlungen der Polizei, an den rasant sinkenden Aktienpreis, an den Russen ... O Gott, der Russe! Panik ergriff sie und nahm ihr den Atem. Doch wenn sie dann an Robbie dachte und an sein ungezwungenes Lächeln, atmete sie wieder ruhiger und hatte ein warmes Gefühl im Bauch. Wenigstens für einen Augenblick. Dann setzten die Schuldgefühle ein. Sie nagten an ihrem Glück, bis sie sich elend und beschämt fühlte. Was war sie für eine Frau? Wie konnte sie so etwas für einen Mann empfinden, der nicht ihr Ehemann war? William war kein Engel, doch das hatte er nicht verdient. Was würde er tun, wenn er davon erführe? Es würde ihn vernichten. Und die Jungen, o Gott, diese anbetungswürdigen lieben Jungen. Sie hatte nicht bloß William betrogen, sondern auch Benito und Luca. Sie hatte die Grenze überschritten, und nun gab es kein Zurück. Sie konnte es nicht ungeschehen machen. Und sie wollte es auch gar nicht.

Francesca sah auf ihr Handy. Sie hatte eine SMS von Robbie.

Hab die ganze Nacht von Dir geträumt. Kann an nichts anderes denken. Hoffe, Dir geht's gut und Du hältst den Kopf hoch. Würde Dich nachher gern sehen, falls Du wegkannst. Ich denke an Dich.
R x

Lange starrte sie auf diese Nachricht, unsicher, was sie antworten sollte, oder ob überhaupt. Ihr Herz sehnte sich nach einem Wiedersehen mit Robbie, doch ihr Verstand sagte ihr, sie solle die Sache jetzt beenden, bevor sie sich zu tief darin verstrickte. Es konnte nur in Tränen enden. Als es an der Tür klopfte, starrte Francesca noch immer auf ihr Handy. Es war Audrey, das Dienstmädchen. Sie wirkte beklommen.

»Madame LaFata«, sagte sie nervös. »Die Polizei ist unten.«

Sofort stieg wieder Panik in Francesca auf, schlimmer denn je, und als sie aus dem Bett kroch und ihren Morgenmantel überwarf, zitterten ihr derartig die Knie, dass sie fürchtete, die Beine würden gleich unter ihr nachgeben. Was mochte die Polizei von ihr wollen? Gab es schlechte Neuigkeiten? Hatten sie etwas gefunden? Warum sonst sollten sie so früh am Morgen herkommen? Irgendwie gelangte sie die Treppe hinunter, ohne zusammenzubrechen. Die Polizisten, ein Mann und eine Frau, standen im geräumigen Eingangsbereich und blickten ihr düster und respektvoll entgegen. Sie trugen Zivil. Es war also etwas Ernstes, denn sie hatten Kriminalpolizisten geschickt.

»Madame LaFata?«, fragte die Frau, eine attraktive Rothaarige ungefähr in Francescas Alter.

Francesca nickte, doch sie brachte kein Wort hervor.

»Ich fürchte, wir haben schlechte Neuigkeiten«, sagte die Polizistin. »Wir haben eine Leiche gefunden.«

Da gaben Francescas Beine doch nach. Sie wusste, er war tot. Sie rechnete seit Tagen mit diesem Besuch, doch jetzt, wo sie tatsächlich hier waren, die Boten, um ihre schlimmsten Befürchtungen zu bestätigen, konnte sie es nicht ertragen.

Francesca sank auf die kalten Fliesen und schluchzte. »Daddy«, rief sie. »Bitte nicht, Daddy!«

Die Polizistin eilte zu ihr und beugte sich zu ihr hinab.

»Nein, Madame LaFata«, sagte sie und legte Francesca sanft die Hand auf den Arm. »*Non. Non. Non.* Das ist ein Missverständnis. Es handelt sich nicht um die Leiche Ihres Vaters.«

»Was?« Francesca blickte hoch. Der Raum verschwamm ihr vor den Augen. »Ich verstehe nicht.«

Nun trat der Kollege der Rothaarigen vor, streckte die Hand aus und half Francesca auf. Er war ein kräftiger Mann um die fünfzig, mit einem liebenswürdigen Gesicht und einem Schnurrbart.

»Madame LaFata«, sagte er. »Es tut mir leid, wenn wir Ihnen einen Schrecken eingejagt haben. Die Leiche, die wir gefunden haben, gehört einer jungen Frau. Auf den Felsen unterhalb von Eze. Wir glauben, es ist Jade LaFata. Die Frau Ihres Vaters.«

»Jade?« In Francescas Kopf überschlugen sich die Gedanken. »Aber es kann nicht Jade sein. Das muss ein furchtbares Missverständnis sein. Sie ist in ihrem Zimmer. Sie muss da sein …«

»Nein, sie ist nicht in ihrem Zimmer«, sagte Audrey beklommen. »Als ich ihr heute Morgen ihren Tee bringen wollte, war sie nicht da, und das Bett ist unberührt.«

»O Gott, nein!«, sagte Francesca. »Arme Jade. Wie ist das passiert?«

Der Kriminalpolizist zuckte auf typisch französische Art die Achseln und schüttelte den Kopf. »Wir wissen es noch nicht genau, Madame LaFata. Wir müssen die Autopsie abwarten, aber Eze ist bei Selbstmördern sehr beliebt, und Madame LaFata, sie war außer sich wegen des Verschwindens Ihres Vaters, *non*?«

Francesca nickte traurig. Die arme, arme Jade. Sie war so still und verschlossen gewesen in den letzten Tagen, und Francesca wurde plötzlich klar, wie sehr sie das arme Mädchen vernachlässigt hatte. Sie hatte ihren Mann verloren, aber keiner von ihnen hatte groß darüber nachgedacht, wie es ihr wohl ging. Sie waren alle zu sehr mit ihren eigenen Sorgen beschäftigt gewesen.

»Wenn ich gewusst hätte, dass sie Selbstmordabsichten hat«, sagte Francesca, die das dringende Bedürfnis verspürte zu erklären, wie es dazu hatte kommen können, »dann hätte ich etwas unternommen. Ich wusste nicht, dass es ihr so schlechtging. Ich wusste wirklich nicht …«

Genau genommen wusste Francesca überhaupt nur sehr wenig über Jade. Unvermittelt ging ihr auf, dass sie Jade nie etwas Persönliches gefragt hatte – sie wusste, dass ihre »Stiefmutter« aus Kent stammte und ihr Vater Automechaniker war, nicht wahr? Aber mehr nicht. Jades Familie oder Freunde hatte sie nie kennengelernt. Ihr Vater und Jade hatten sich heimlich auf St. Lucia trauen lassen. Die Trauzeugen waren zwei Fremde gewesen, die sie am Strand aufgegabelt hatten. Nein, Francesca hatte sich nicht besonders für Jade interessiert. Sie hatte das Mädchen einfach gewähren lassen. Und nun wurde ihr mit einem Schaudern bewusst, dass sie sie einfach hatte Selbstmord begehen lassen.

»Ich habe furchtbare Schuldgefühle«, sagte Francesca. »Ich hätte für sie da sein müssen. Ich hätte mit ihr reden müssen. Ich meine, vor ein paar Tagen habe ich das versucht, aber sie hat sich einfach in ihrem Zimmer verschanzt. Ich dachte, sie wollte allein sein.«

Die Polizisten nickten mitfühlend. »Es ist nicht Ihre Schuld, Madame LaFata«, sagte die Frau. »Wenn jemand Selbstmord begehen will, findet er auch einen Weg. Das war kein Hilfeschrei. Man springt nicht in Eze in den Abgrund, wenn man hofft, zu überleben. Sie hat ihre Entscheidung getroffen. Sie hätten sie nicht aufhalten können.«

»Aber das ist eine solche Vergeudung. Sie ist – o Gott, sie war! Sie war noch so jung. Und wir wissen nicht einmal, ob mein Vater wirklich tot ist …« Francesca wusste, jetzt klang sie wie Angelica, die sich verzweifelt an einen nicht existierenden Strohhalm klammerte.

Der Kriminalpolizist schüttelte den Kopf. »Nein, wir wissen wirklich nicht mit Sicherheit, was Ihrem Vater zugestoßen ist, Madame LaFata, aber Sie müssen sich auf das Schlimmste gefasst machen. Wenn wir das nächste Mal zu Ihnen kommen, werden wir Ihnen sehr wahrscheinlich mitteilen, dass wir die Leiche Ihres Vaters wirklich gefunden haben.«

Francesca stieß einen tiefen Seufzer aus und ließ die Schultern hängen. »Ich weiß nicht, wie viel schlechte Nachrichten ich noch ertragen kann«, sagte sie. »Haben Sie neue Spuren?«

Der Polizist nickte. »Eine kleine«, sagte er. »Ich kann Ihnen leider nicht viel sagen, aber wir glauben jetzt, dass Ihr Vater mit seinen diversen Geschäften in ernsthaften Schwierigkeiten war.«

»Ich weiß, es lief in letzter Zeit nicht so gut.« Francesca hatte das Gefühl, sich rechtfertigen zu müssen. »Aber ich bin in sämtliche Bereiche von LaFata International stark involviert, und wir kommen zurecht. Jedenfalls sind wir zurechtgekommen, bis der Aktienpreis gefallen ist.«

Der Polizist zuckte erneut die Achseln. »Was Sie da sagen, stimmt sicher, und wir ermitteln jedenfalls nicht gegen Sie oder Ihren Verantwortungsbereich. Aber ich glaube, Ihr Vater hat Ihnen vielleicht nicht alles erzählt, was da vor sich ging. Tut mir leid, aber mehr kann ich Ihnen im Moment nicht sagen.«

Genau das hatte William auch gesagt, und ihr Vater ebenfalls, ehe er verschwunden war. Sie wusste nicht alles. Sie war naiv. Francesca fühlte sich elend. Sie wollte nichts mehr vom Geschäft hören.

»Und das zweite Brandyglas?«, fragte sie und kämpfte dabei gegen Tränen der Enttäuschung und des verletzten Stolzes an. »Haben Sie schon eine DNA? Oder Fingerabdrücke?«

Diesmal schüttelte die Polizistin den Kopf. »*Non*«, sagte sie. »Wir haben nur die DNA Ihres Vaters gefunden. Mit wem er zusammen war, wissen wir nicht. Falls da jemand war …«

»Falls?«, fragte Francesca argwöhnisch. »Aber da waren zwei Gläser. Er war offensichtlich in Gesellschaft.«

Wieder dieses Achselzucken. »*Peut-être*«, sagte der Polizist. »Wir wissen es nicht mit Sicherheit.«

Francesca runzelte die Stirn. Es gab so viele Fragen und keine Antworten. Und nun war Jade tot. Warum? Was hatte sie derart verzweifeln lassen, dass sie sich umgebracht hatte?

»Glauben Sie, mein Vater hat auch Selbstmord begangen?«, fragte sie verunsichert.

»Auch das wissen wir nicht«, erwiderte der Polizist. »Die Antwort werden wir erst kennen, wenn wir seine Leiche gefunden haben.«

Francesca rieb sich mit beiden Händen durchs Gesicht und versuchte sich zu fassen. Ihr Bedauern sollte Jade gelten, nicht ihr selbst.

»Haben Sie es Jades Eltern mitgeteilt?« Francesca hoffte inbrünstig, dass sie jetzt nicht bei wildfremden Menschen anrufen und ihnen mitteilen musste, dass ihre Tochter tot war.

»*Non*«, sagte die Polizistin. »Jade war Waise. Sie hatte keine Angehörigen. Abgesehen von Ihnen, den LaFatas.«

»Was? Aber was ist mit ihrer Familie in Kent? Ich dachte …« Francesca brach ab. Was zum Teufel wusste sie überhaupt? *Sei ancora ingenua, bambina.* Erneut hallten die Worte ihres Vaters ihr in den Ohren wider.

Zum x-ten Male sah Robbie auf das Display seines Handys. Warum hatte sie nicht geantwortet? Es war über eine Stunde her, seit er ihr die SMS geschickt hatte. Er wollte sie unbedingt später sehen. Wie sollte er mit seiner Arbeit weitermachen, wenn er nichts von ihr hörte? Solange er nicht wusste, ob er ihr wundervolles Gesicht später sehen würde, konnte er sich auf nichts konzentrieren. Schon gar nicht auf die größte Story seiner Karriere.

Er fühlte sich wie bei einem Drahtseilakt. Auf der einen Seite waren Fran und seine Gefühle für sie. Auf der anderen Seite war ihr Vater – und Robbie war finster entschlossen zu beweisen, dass er einer der größten Gauner in der westlichen Welt war. Und obendrein ein Mörder, wenn man den Informationen über den Brand im Giuseppe's trauen konnte. Doch wie konnte er beides haben, die Frau seiner Träume und die

Sensationsstory seines Lebens, wenn die beiden so unauflöslich miteinander verknüpft waren? Wenn er die Wahrheit über Giancarlo LaFata schrieb, würde Francesca LaFata ihm dies gewiss niemals verzeihen. Warum war das Leben so verdammt kompliziert?

Robbie sah nochmals nach, ob er eine neue Nachricht hatte, und schaltete dann den Fernseher ein. Er wechselte von Sender zu Sender, durch Kinder-, Fußball- und Shoppingkanäle, bis er eine Nachrichtensendung fand. Jade LaFatas Gesicht füllte den Bildschirm aus. Er drehte die Lautstärke auf und hörte entsetzt, wie der Nachrichtensprecher verkündete, die zerschmetterte Leiche der Siebenundzwanzigjährigen sei in den frühen Morgenstunden von einem Mann, der seinen Hund ausführte, am Fuß des Abhangs bei Eze Bord de Mer gefunden worden. Die Polizei gehe von Selbstmord aus.

Himmel! Fattys Frau hatte Selbstmord begangen. Sofort musste er an Fran denken. Kein Wunder, dass sie nicht auf seine Nachricht reagiert hatte! Sie hatte sicher genug mit den Folgen dieses Todesfalls zu tun. O Gott, mit wie viel Mist würde diese arme Familie noch konfrontiert werden? Er wünschte, er könnte Fran anrufen und mit ihr reden, ihr sagen, dass er für sie da war und an sie dachte. Doch das konnte er natürlich nicht, das war gegen die Regeln.

Doch dann fragte Robbie sich, warum. Warum hatte Jade LaFata Selbstmord begangen, noch bevor Giancarlo LaFatas Tod überhaupt offiziell bestätigt worden war? Ihm fiel wieder ein, dass auch Fattys vorherige Frau Selbstmord begangen hatte. Irgendwo in Italien, nicht wahr? Mit einer Überdosis? Ja, so war es gewesen. Eine junge Opernsängerin namens Darcie. Sie war damals im sechsten Monat schwanger gewesen, was das Ganze doppelt tragisch gemacht hatte. Wenn eine Ehefrau Selbstmord beging, war das ein Unglück. Aber gleich zwei? Das klang in Robbies Ohren zumindest fragwürdig. Der Liebende in ihm sagte ihm, er solle die Finger davon lassen, doch seine Journalistenehre drängte ihn, dem nachzugehen.

27

Williams Handy klingelte in einer Tasche seiner Jacke, die an der Tür hing. Sein Entführer hielt inne, legte das Messer nieder und sah William in die Augen.

»Du gehst ran«, befahl er.

Was? Wie sollte William jetzt mit jemandem reden? Sein Rücken war aufgeschnitten wie ein Schweinebraten, seine Finger waren geschwollen und gebrochen, und seine Arme waren mit Brandmalen übersät. Er wollte sich nur noch zusammenrollen und sterben. Er hatte genug. Er war sich ziemlich sicher, dass sein Folterer ihn nur noch zum Vergnügen am Leben ließ.

»Ist deine Frau«, sagte der Italiener. »Sei ganz normal, oder …« Er wedelte mit dem Messer vor Williams Nase.

»William.« Es war Francesca. »Jade ist tot.«

Am liebsten hätte William geschrien: »Ich weiß. Sie haben sie getötet. Ich habe es gesehen. Sag der Polizei, es war Mord.«

Doch das tat er natürlich nicht. Er versuchte, so unbeteiligt wie möglich zu klingen, sich seinen Schmerz nicht anmerken zu lassen.

»Das tut mir sehr leid«, sagte er. »Was ist denn passiert?«

»Selbstmord?« Er warf seinem Entführer einen Blick zu. Der grinste.

»Nein, du hast recht, das ist sehr traurig. Sehr, sehr traurig.«

»Ja, tu das. Halt mich auf dem Laufenden.«

»Nein, ich denke, es ist nicht nötig, dass ich meine Reise

abbreche. Ich bin sicher, du kommst mit den Beerdigungsvorbereitungen zurecht.«

»London? London ist prima«, sagte William und sah aus dem Fenster auf den Comer See in all seiner funkelnden italienischen Pracht. »Nass, aber das ist ja nichts Neues, hm?«

»Ja, ja, Francesca, ich bin auf jeden Fall bis Freitag zurück. Grüß die Jungen von mir. Gib ihnen einen Kuss von ihrem Vater und sag ihnen, dass ich sie liebe.«

William merkte, dass ihm die Stimme versagte, als er sich seine Söhne vor Augen rief, wissend, er würde sie nie wiedersehen.

»Ich muss jetzt Schluss machen, Francesca«, sagte er, unfähig, die Fassade noch länger aufrechtzuerhalten. »Pass auf dich auf.«

Der Italiener nahm William das Handy ab und steckte es ordentlich zurück in die Jackentasche.

»So.« Er grinste und nahm das Messer. »Wo war ich stehengeblieben?«

William hatte eigenartig geklungen. Francesca fragte sich, ob nun auch er, der stoischste, emotionsloseste Mann auf der Welt, den Druck der Situation spürte. Oder vielleicht hatte er ja auch gespürt, dass sich zwischen ihnen etwas verändert hatte. Dass sie irgendwie anders war. Es war das erste Mal gewesen, dass sie miteinander gesprochen hatten, nachdem Francesca mit Robbie geschlafen hatte, und sie war sich sicher, dass er ihre Schuldgefühle irgendwie gespürt haben musste. Aber nein, da war eindeutig noch etwas anderes. Sag den Jungen, dass ich sie liebe? Pass auf dich auf? So etwas sagte William sonst nie. Er hatte Jade wohl sehr nahe gestanden. Es musste ein Schock für ihn gewesen sein, von Jades Tod zu erfahren. Sie hatte bemerkt, dass sie manchmal in seinem Arbeitszimmer zusammen Tee tranken und plauderten. Sie hatte gedacht, es sei schön, dass sich diese unerwartete Freundschaft zwischen den beiden entwickelt hatte. Francesca gegenüber öffnete William sich ja nicht mehr, und dass Fatty und Jade tiefsinnige Gespräche führten, konnte sie sich auch nicht vorstellen, daher hatte es Francesca gefreut, dass die beiden sich so gut verstanden hatten. Schon seltsam – der Banker und das Betthäschen. Aber warum nicht? Das Leben war seltsam. Und wurde minütlich seltsamer.

Jade war also Waise. Warum hatte sie vorgegeben, sie habe Familie in Kent? Vielleicht hatte sie sich ein nettes, trautes Leben erfinden wollen. Vielleicht hatte sie die Ehe mit Fatty als Neuanfang betrachtet und beschlossen, sich eine passende Vergangenheit zu erfinden. Arme Kleine. Sie hatte niemanden gehabt. Nun fiel es ihr, Francesca, praktisch einer Fremden, zu, ihre Beerdigung zu organisieren. Francesca wusste nicht einmal, welche Religionszugehörigkeit Jade gehabt hatte, aber es war sicher nur recht und billig, sie neben Darcie in der Familiengruft auf dem Cimetière de Monaco beisetzen zu lassen.

Das alles kam ihr grauenvoll bekannt vor, aber bei Darcies Tod war wenigstens Francescas Vater hier gewesen, um zu helfen. Er hatte sie alle immer wieder daran erinnert, dass Darcie labil gewesen war, dass sie ihr gesamtes Erwachsenenleben über Antidepressiva genommen hatte. Er hatte gesagt, sie habe die Tabletten abgesetzt, weil sie schwanger war, doch das sei nach hinten losgegangen. Ohne ihre Medikamente sei sie nicht fähig gewesen, mit ihrer Depression fertigzuwerden. Es sei so tragisch, hatte er gesagt, und dann hatte er begonnen, so heftig zu weinen, dass seine breiten Schultern gebebt hatten, aus Trauer um den Verlust seiner Frau und seines ungeborenen Kindes. Grausame Menschen hatten das Gerücht gestreut, ihr Vater habe Darcie wenige Tage vor deren Selbstmord verlassen, aber das war völliger Unsinn. Er hatte sie einfach nur in sein Ferienhaus am Comer See geschickt, damit sie sich erholen konnte. Fatty hatte Darcie geliebt. Von allen Frauen ihres Vaters war Darcie diejenige gewesen, die sein Herz wirklich erobert hatte. So wie Angelica zweifelsohne sein Lieblingskind war, war Darcie seine Lieblingsfrau gewesen. Die eine wahre Liebe seines Lebens.

Und nun war Jade auch tot. Francescas Glieder fühlten sich bleischwer an. Sie war müde. Sie war es müde, immer alles zu bewältigen. Sie brauchte eine Pause, eine Auszeit von der ganzen Traurigkeit und den Verlusten. Vielleicht war sie ja nicht besser als Angel. Angel hatte ihren Alkohol und ihre Drogen, und Francesca hatte ihren Robbie. Sie griff zum Telefon. Es war vermutlich falsch, doch sie brauchte ihn jetzt.

Hier ist es furchtbar. Du hast bestimmt von Jade gehört. Armes Mädchen. Fühle mich schuldig, weil ich nichts gemerkt habe. Offenbar wird alles immer nur schlimmer. Außer Dir natürlich. Würde Dich später gerne sehen. Hotel Negresco, Nizza, 20 h? F x

»Außer dir natürlich.« Sie wusste eindeutig, wie man das Herz eines Mannes zum Schmelzen brachte. Robbie las Frans Nachricht wieder und wieder. Unwillkürlich musste er lächeln. Tja, das würde ihm auf jeden Fall helfen, den Tag zu überstehen! Mit frischem Elan machte er sich wieder an die Arbeit. Okay, wo war er stehengeblieben? Bei Giancarlo LaFata und seinem besorgniserregenden Hang, Menschen zu verlieren, die ihm nahestanden.

Simon war sich sicher gewesen, dass die brisanteste Story für Robbie in Giancarlo LaFatas Verbindung zu zwielichtigen russischen »Geschäftsleuten« zu finden war, und als Robbie ein wenig gründlicher recherchiert hatte, hatte er herausgefunden, dass Simon richtiglag. Andrea Dubrowski war wirklich ein übler Kerl und ungefähr so gesetzestreu, wie Bernie Madoff vertrauenswürdig war. Er hatte Verbindungen zur russischen Mafia, und es gab Gerüchte über Waffenschmuggel und Frauenhandel. Und Fatty war eindeutig mit dem Kerl befreundet gewesen. Sie hatten zusammen Golf und illegalen Poker mit hohen Einsätzen gespielt. Obendrein hatte definitiv Geld den Besitzer gewechselt. Es war eine *gute* Story, aber Robbie war sich sicher, dass es noch nicht *die* Story war. Zudem war die Polizei LaFata bereits auf der Spur. In den Büros von LaFata International wimmelte es im Moment von Beamten des Dezernats für Wirtschaftskriminalität. Aus der Gerüchteküche war zu hören, dass die Beamten wegen Geldwäsche, Veruntreuung und Diebstahl im Zusammenhang mit LaFatas Privatgeschäften ermittelten. Und wo die Polizei bereits tätig war, war die Hoffnung auf eine frische Story, von der noch kein anderer Journalist Wind bekommen hatte, gering.

Doch Robbie hatte eine gute Nase für Storys, und er roch etwas Größeres. Da war er sich sicher. Irgendwo in diesem Lügengespinst, das LaFatas Leben gewesen war, lauerte die Wahrheit wie eine Schlange im Gras, und diese Wahrheit würde unerfreulicher und schockierender sein als alles, was Robbie bisher aufgedeckt hatte. Im Augenblick war alles noch ziemlich nebulös, doch Robbie war finster entschlossen herauszufinden, was sich im Nebel verbarg.

Er erstellte eine Liste aller Personen, die mit LaFata in Verbindung gestanden hatten und eines vorzeitigen Todes gestorben waren. Dann lehnte er sich zurück und ging die Liste durch.

Darcie LaFata, Ehefrau – Selbstmord
Jade LaFata, Ehefrau – Selbstmord
Giuseppe Romano, Restaurantbesitzer – Feuer

Nun kamen Robbies graue Zellen allmählich in Schwung, und er fügte hinzu:

Pete Wallace, Journalist – Autounfall?????

Das schien weit hergeholt. Vermutlich fiel er hier nur einer Verschwörungstheorie zum Opfer, aber war es nicht ein merkwürdiger Zufall, dass Pete gestorben war, während er über Giancarlo LaFata recherchiert hatte?

Robbie ging weiter alle seine Notizen zu LaFata durch. Er fand noch einen verdächtigen Todesfall, der verheißungsvoll am LaFata-Stammbaum baumelte.

Alessandro LaFata, Vater – unbekannte Todesursache.

Robbie benötigte zwei Stunden, bis er eine Telefonnummer der Familie LaFata in Sizilien ausfindig gemacht hatte, doch schließlich hatte er jemanden am Apparat.

»*Pronto*«, sagte eine fröhliche Frauenstimme.

Mist, Robbie sprach kein Wort italienisch.

»Ähm, ja, hallo«, begann er. »Sprechen Sie englisch?«

»Nicht so viel«, sagte die Frau argwöhnisch. »Was wollen?«

»Ich bin Journalist und recherchiere zum Verschwinden von Giancarlo LaFata, und …«

Klick. Die Leitung war tot. Verdammt! Er hasste das. Doch das gehörte eben auch zu seiner Arbeit. Leute legten abrupt auf oder knallten ihm die Tür vor der Nase zu. Robbie hatte sich im Lauf der Jahre eine dicke Haut zugelegt und gab nicht so leicht auf. Er wählte erneut und musste es lange klingeln lassen.

»*Pronto*«, sagte dieselbe Frau, diesmal zögerlich.

»Bitte legen Sie nicht auf«, bat Robbie. »Hören Sie bitte an, was ich Ihnen zu sagen habe.«

Die Frau schwieg, doch sie legte immerhin nicht auf.

»Ich möchte nach Giancarlos Vater fragen, nach Alessandro.«

»Der Vater von meinem Mann«, sagte die Frau schließlich.

»Ah, Sie sind also mit Giancarlos Bruder verheiratet …?«

»*Sì*«, bestätigte die Frau. »Ich bin Elisabetta LaFata, die Frau von Salvatore.«

»Und haben Sie Giancarlo nahegestanden?«, fragte Robbie behutsam.

»*No, non l'ho mai incontrato*«, erwiderte sie. »Ähm, tut mir leid, nein, ich habe ihn nicht kennengelernt. Er hat Sizilien vor vielen, vielen Jahren verlassen. Ist nicht zurückgekommen.«

»Ist Ihr Mann zu Hause?«, fragte Robbie hoffnungsvoll.

»Nein, er arbeitet«, sagte Elisabetta LaFata. »Ich muss Schluss machen. Ich sollte nicht reden mit Ihnen.«

»Warten Sie!«, rief Robbie verzweifelt. »Ich gebe Ihnen meine Telefonnummer.«

»Nein, ich muss Schluss machen …«

»Ich heiße Robbie McLean«, sagte er hastig. »Und ich bin im Hotel Fairmont Monte Carlo zu erreichen …«

Wieder war die Leitung tot. Eine Sackgasse. Nun ja, auf zur nächsten Spur. Robbie wählte eine örtliche Telefonnummer. Florence Michel, Darcies beste Freundin. Vielleicht würde er bei ihr mehr Glück haben.

»Mum, was tust du hier?«, fragte Carlo und kratzte sich am Kopf, als er Sandrine und ihr Gefolge in *Le Grand Bleu* einfallen sah, als ob das Haus ihnen gehörte.

»Ich bin hier, um mein Gemälde zu holen«, gab sie beiläufig zurück, stieß ihren Sohn mit der Schulter aus dem Weg und marschierte schnurstracks in den Salon, als würde sie noch immer hier wohnen.

Carlo atmete tief durch. Seine Mutter hatte ihren Besuch nicht angekündigt. Sie trug ein leuchtend pinkfarbenes Minikleid aus Lycra, für das sie mindestens zwanzig Jahre zu alt war, etwa zwölf Zentimeter hohe goldene Stilettos und unter dem Arm ihren höchst lächerlichen winzigen Hund. Carlo war nicht in Stimmung für seine Mutter. Er war hergekommen, um Francesca bei der Bewältigung der Folgen von Jades Selbstmord zu helfen. Es war schrecklich, dass die Frau seines Vaters so verzweifelt gewesen war, sich in Eze in den Abgrund zu stürzen. Carlo war am Boden zerstört und hatte höllische Schuldgefühle. Er hatte Jade kaum gekannt, doch sie war lieb und hübsch gewesen und hatte seinen Vater glücklich gemacht. Und Carlo war überhaupt nicht auf die Idee gekommen, Jade dabei zu helfen, über ihre Trauer hinwegzukommen.

Carlo fühlte sich elend. Richtig elend. Jade war tot, von seinem Vater gab es immer noch keine Spur, und Angel war auf und davon nach Cannes und stellte wer weiß was mit wer weiß wem an. Sie war gestern Nacht nicht nach Monaco zurückgekehrt. Sie hatte gesagt, sie wolle die ganze Woche in Cannes bleiben – all die Partys während des Filmfestivals, die sie keinesfalls versäumen durfte, da konnte sie sich offenbar nicht mit familiären Notsituationen befassen! Er hatte am Morgen kurz mit ihr telefoniert, um ihr von Jade zu erzählen, aber die Neuigkeit schien sie erschreckend kalt zu lassen. Was war aus seiner kleinen Schwester geworden? Neuerdings schien sie sich für nichts und niemanden zu interessieren außer für sich selbst. Es war, als hätte sie ihre Gefühle ausgeschaltet. Sie war immer verwöhnt gewesen, aber hin und wieder hatte sie doch ein wenig Mitgefühl gezeigt. Sie war so ein weichherziges, sentimentales kleines Mädchen gewesen. Wenn ein Hund der Familie gestorben war, hatte es ihr das Herz gebrochen. Sie hatte tote Vögel und Mäuse nach Hause gebracht, damit sie eine »anständige Beerdigung« bekamen, und jedes Mal, wenn Carlo zurück ins Internat gemusst hatte, hatte sie geweint. Wo war dieses Mädchen geblieben? Carlo vermisste es. Angel war verlorengegangen, und niemand außer ihr selbst konnte sie finden, genau wie Frankie gesagt hatte. Carlo kam sich nutzlos vor.

Und nun war seine Mutter hier. Das hatte ihm gerade noch gefehlt! Schlimmer noch, sie war nicht allein gekommen. Sandrine hatte Frank, ihren jugendlichen Liebhaber, mitgebracht, einen zweiundzwanzigjährigen Muskelprotz – nichts als Bizeps, kein Hirn; ihren Agenten Blaine Edwards, einen übergewichtigen, herrischen australischen Idioten, den Carlo am liebsten umgehauen hätte; und als Krönung hatte sie auch noch eine vollständige Filmcrew mitgeschleppt.

»Mum«, sagte Carlo, drängelte sich an den anderen vorbei und folgte seiner Mutter in den Salon. »Wer sind diese ganzen Leute, verdammt nochmal? Was soll der Kameramann hier?«

»Fluch nicht, wenn du mit mir sprichst, Giancarlo«, erwiderte seine Mutter und sah schmollend in die Kamera. »Ich habe dich nicht dazu erzogen, dich respektlos gegenüber deiner Mutter zu benehmen. Ts, ts.«

»Mum!«, zischte Carlo und bemühte sich, seine Verärgerung herunterzuschlucken. »Was zum Teufel soll das?«

»Ich mache eine Reality-TV-Show.« Sie lächelte anbiedernd in die Kamera. »Um der Öffentlichkeit zu zeigen, wie wundervoll und aufregend und erfüllt mein Leben ist. Stimmt doch, Blaine?«

»Aber klar, Süße«, erwiderte Blaine Edwards, leckte sich die dicken Lippen und rieb sich die Hände. »Deine Mutter macht einen Karriereneustart, Carlo.«

»Was? Schon wieder?«, fragte Carlo sarkastisch. »Der wievielte Comebackversuch wird das?«

»*Ta gueule*, Carlo!«, flüsterte seine Mutter ihm ins Ohr. »Halt die Klappe!«

Dann lächelte sie in die Kamera und zwitscherte: »Ooh, sei doch nicht so knurrig, Carlo, *mon petit lapin*.«

»Ich bin nicht dein kleines Häschen, Mum«, fuhr er sie an. »Warum hast du all diese Leute mitgebracht? Ausgerechnet jetzt? Jade ist tot. Dad wird vermisst. Das ist völlig unangemessen, Maman!«

»Na, na, na, Carlo, sei lieb zu deiner alten Mutter«, warf Blaine grinsend ein. Offensichtlich fand er es großartig, dass der Kamera nichts von der Action entging. »Sei ein braver Junge und zeig uns, wo das Gemälde ist.«

»Verpisst euch«, murmelte Carlo. »Was für ein Gemälde, Mum?«, fragte er dann. »Wovon redest du?«

»Vom Hochzeitsgeschenk deines Vaters.« Sie lächelte zuckersüß. »Von meinem Toulouse-Lautrec. Er ist in seiner Sammlung. Er hat gesagt, in seinem Tresorraum wäre er sicherer als an meiner Wand, aber jetzt ist er tot, also nehme ich ihn jetzt mit, *oui*?«

In Carlos Ohren klingelten laut die Alarmglocken. Er wusste nichts von einem Gemälde als Hochzeitsgeschenk, und es stand ihm nicht zu, seiner Mutter dabei zu helfen, sich in der Kunstsammlung seines Vaters zu bedienen. Er musste Frankie holen. Sie würde wissen, was zu tun war.

Carlo rannte die Treppe hinauf und nahm je zwei Stufen auf einmal. Er fand Frankie in ihrem Schlafzimmer. Sie telefonierte. Als er ins Zimmer platzte, zuckte sie mit den Schultern und sagte: »Wie merkwürdig. Ich kann William nicht erreichen. Die Polizei will die Unterlagen über sämtliche Dubai-Konten. Sie sind nicht im Büro. Er muss sie mitgenommen haben, aber er geht nicht ans Telefon. Ist wohl in einem Meeting. Ich versuche es später wieder. Was ist los? Du siehst gestresst aus.«

»Es ist meine Mutter«, erklärte Carlo atemlos. »Sie ist unten, mit einer ganzen Meute …«

»Meute?« Frankie hob eine Augenbraue.

»Frank, der Wichser, Blaine, die Nervensäge, eine Ratte, die sich als Hund verkleidet hat … ach, und eine Filmcrew.«

»Oh, verdammt, Carlo.« Mit verzweifelter Miene ließ Francesca sich aufs Bett fallen. »Das ist das Letzte, was wir jetzt brauchen. Deine Mutter bei einer ihrer Publicitynummern.«

»Ich weiß, ich weiß«, sagte Carlo entschuldigend. Immer hatte er das Gefühl, sich für seine Mutter entschuldigen zu müssen. »Ich konnte sie nicht aufhalten. Du kennst sie ja.«

»Was will sie?«, fragte Francesca.

»Ein Gemälde. Anscheinend einen Toulouse-Lautrec. Sie sagt, Dad hätte ihn ihr zur Hochzeit geschenkt, und jetzt will sie ihn mitnehmen.«

»O Gott.« Frankie ließ die Schultern hängen. »Wegen dem haben sie sich ständig gestritten. Du kannst dich wahrscheinlich nicht mehr daran erinnern, du warst noch zu klein, aber als sie sich scheiden ließen, wollte sie das Bild unbedingt mitnehmen. Dad meinte, es wäre zu kostbar, um an einer Wand zu hängen, es sollte hier im Tresorraum bleiben und als Familienerbstück sicher verwahrt werden. Sie hat ihn angeschrien und ihm mit dem Anwalt gedroht und was nicht alles. Ich glaube, am Ende hat er ihr Geld gegeben als so eine Art Pfand. Als Garantie dafür, dass er das Bild sicher verwahren würde. Da war sie dann still.«

»Ah, okay«, sagte Carlo. »Geld. Dafür würde Mum so ziemlich alles tun. Deshalb ist sie jetzt ja auch mit dieser verdammten Filmcrew da unten. Aber diesmal hat sie wohl recht. Das Bild gehört ihr.«

»Ja, theoretisch schon.« Francesca nickte. »Aber es ist Millionen wert, Carlo. Du verstehst doch bestimmt auch, warum Dad Bedenken hatte, dass Sandrine es einfach bei sich an die Wand hängt. Du weißt, wie viele Partys sie gibt. Jemand würde Rotwein daraufkippen, oder irgendein gemieteter Begleiter, von so einem Escort-Service könnte es stehlen.«

Carlo zuckte zusammen. Es war eines, wenn er seine Mutter kritisierte, was er unentwegt tat, aber wenn Frankie über Sandrine herfiel, konnte er das nur schwer ertragen.

»Okay, möglich, aber wenn er es ihr zur Hochzeit geschenkt hat, dann gehört es rechtmäßig ihr.«

Frankie schwieg einen Augenblick, dann nickte sie. »Ja, du hast recht, Carlo«, sagte sie. »Geben wir ihr einfach das Bild, damit wir sie los sind. Alles in allem betrachtet, macht das jetzt wohl auch nichts mehr aus. Ich hole den Schlüssel zum Tresorraum.«

Francesca nahm einen Spiegel von der Wand, hinter dem sich ihr Safe befand. Sie tippte den Code ein, öffnete den Safe und holte einen Schlüsselbund heraus. Dann ging sie nach unten, dicht gefolgt von Carlo.

»Francesca, *ma belle*!«, rief Sandrine, als sie ihre Stieftochter erblickte. »Lass dich ansehen, *ma chérie*.«

Die ältere Frau hielt Francesca auf Armeslänge von sich, musterte sie von oben bis unten, zog sie dann an ihren üppigen Busen und küsste sie dreimal auf die Wangen.

»Es tut mir so schrecklich, schrecklich leid, Francesca«, erklärte sie und wischte sich eine Krokodilsträne von der Wange. »Dein armer, armer Vater. Und seine junge Frau. Jade, richtig? Ich habe es in den Nachrichten gesehen. *C'est une tragédie!*«

Angesichts dieses melodramatischen Auftritts seiner Mutter zuckte Carlo innerlich zusammen. Sie war nie eine gute Schauspielerin gewesen. Das alles war natürlich ausschließlich für die Kameras bestimmt. Normalerweise grüßte sie Francesca kaum.

»Schön, dich zu sehen, Sandrine«, sagte Francesca, allerdings zähneknirschend, wie Carlo sehr wohl wusste. »Bringen wir es hinter uns. Wir müssen uns um vieles kümmern und könnten gut ohne die Presse auskommen.«

Wütend blickte sie auf die Kamera. »Genau genommen«, fuhr sie fort, »denke ich, alle bleiben hier oben, während ich das Gemälde hole.«

»*Non*«, sagte Sandrine, urplötzlich eisig. »Ich will mit dir kommen, und meine Freunde auch. Ist wichtig für meine künstlerische Integrität, dass ich ihnen erlaube, alles zu filmen.«

»Mum!«, rief Carlo tadelnd. »Bitte. Du bekommst ja dein Bild. Lass Frankie machen.«

»*Non*«, sagte seine Mutter nochmals trotzig. »Wir kommen mit.«

Sie drängte an Carlo und Francesca vorbei und rief: »Hier entlang, Jungs. *Vite! Vite!*«

Auf ihren hochhackigen Schuhen schwankte sie über den glänzenden Marmorboden zur Treppe, die in den Keller führte, und ihr junger Liebhaber, ihr Agent, ihre Filmcrew und ihre Ratte von einem Hund hasteten hinterher.

»Oh, um Himmels willen«, murmelte Carlo. »Tut mir leid, Frankie.«

»Nicht deine Schuld«, erwiderte Francesca. »Sei in deinem nächsten Leben einfach ein bisschen wählerischer, wenn es um die Frau geht, die dich zur Welt bringen soll.«

Sie lächelte ihn an und drückte liebevoll seinen Arm. »Na, komm, gehen wir, bevor die noch den Weinkeller plündern.«

Am Fuß der Treppe gelang es Francesca, sich nach vorn zu drängeln.

»Ich habe den Schlüssel«, erklärte sie Sandrine geduldig, die missbilligend mit der Zunge schnalzte, weil sie nicht, wie sonst immer, die Erste sein konnte.

Carlo blieb hinten und folgte den übrigen durch die Gänge mit den Weinregalen. Es war dunkel und kalt hier unten im

Keller. Carlo zitterte. In diesem Keller hatte er schon immer eine Gänsehaut bekommen. Er erinnerte sich daran, wie er als Kind hier Verstecken gespielt hatte. Er hatte sich heruntergeschlichen und zwischen staubigen Flaschen mit Spitzenweinen aus der Domaine de la Romanée-Conti und vom Château Petrus versteckt. Er war von Natur aus ehrgeizig, doch hier unten hatte er sich immer gewünscht, dass Francesca oder Angel ihn schnell finden würden. Einmal hatte er sich derart erschreckt, als eine Katze plötzlich von einem Regal gesprungen war, dass er eine Flasche Wein umgestoßen hatte. Sie war auf dem Boden zerschellt.

»Das ist ein Romanée-Conti, Jahrgang 1978!«, hatte sein Vater gebrüllt. »Der ist über zehntausend Pfund wert, du dämlicher Bengel!«

Argh. Bei der Erinnerung an die Prügel, die er an jenem Abend bezogen hatte, schauderte es Carlo. Er hasste den Keller. Unterdessen schloss Francesca die schwere Metalltür zum Tresorraum auf.

»Bitte schalten Sie die Kamera aus«, sagte sie. »Aus Gründen der Sicherheit.«

»*Non*«, widersprach Sandrine. »Wir werden den Film sorgfältig schneiden. Wenn ihr wollt, könnt ihr euch das Filmmaterial gerne vorher ansehen. Aber ich brauche diese Aufnahmen. Ich will, dass meine Fans mein glückliches Gesicht sehen, wenn ich mein geliebtes Gemälde zurückbekomme.«

Carlo sah, wie seine Schwester die Augen verdrehte. Sie drückte die Tür auf und suchte nach dem Lichtschalter. Die grelle Neonbeleuchtung flackerte drei, vier Male, ehe sie den gewaltigen Tresorraum erleuchtete.

»Was zum …?«, stieß Francesca hervor.

Carlo spähte ihr über die Schulter. Als er das letzte Mal hier unten gewesen war, war der Raum voller Gemälde, Skulpturen, goldener Artefakte und unbezahlbarer Möbelstücke gewesen. Er hatte ausgesehen wie Aladins Höhle. Nun jedoch war der Raum beinahe völlig leer. Nur ein einziges großes Gemälde lehnte an der Wand.

»Heilige Scheiße!«, fluchte jemand. »Was ist denn hier passiert?«

»*Mon Dieu*!«, rief Sandrine. »Wo ist mein Gemälde?!«

»Wo sind die ganzen Gemälde?«, fragte Carlo. »Und die Skulpturen?«

»Das verstehe ich nicht«, sagte Francesca mit schwacher Stimme. »Wo ist das alles geblieben?«

»Na, wenn das keine Überraschung ist.« Blaine Edwards gab sich keine große Mühe, seine Erregung zu verhehlen. »Hast du nicht gesagt, hier drin befände sich Kunst im Wert von einer Milliarde Euro, Sandrine? Aber da ist so gut wie gar nichts! Das wird ganz großes Fernsehen!«

»Schalten Sie die Kamera aus!«, rief Francesca.

»Wo ist mein Gemälde?!«, kreischte Sandrine und schlug die Hände vors Gesicht.

»Schalten Sie die verdammte Kamera aus«, wiederholte Francesca zornig.

»Auf keinen Fall«, rief Blaine schadenfroh. »Das ist preisverdächtig.«

»Was hat dieser Mistkerl Giancarlo LaFata mit meinem Toulouse-Lautrec gemacht?«, wollte Carlos Mutter wissen und wandte sich dem Kameramann zu, damit er das Entsetzliche ihrer Situation auch ja einfinge.

»Schalten Sie die Kamera aus!«, brüllte Francesca. »Sofort!«

Ungläubig sah Carlo mit an, was sich vor seinen Augen abspielte: Seine Mutter mimte eine Ohnmacht, Blaine Edwards rieb sich aufgeregt die fleischigen Hände, der winzige Hund kläffte, der Kameramann filmte einfach weiter, und Francesca schrie: »Hören Sie auf zu filmen!«

Und dann hatte er genug. Jemand musste die Sache in die

Hand nehmen, und dieser Jemand würde er sein müssen. Der Kameramann war klein und schmächtig. Es war ein Leichtes für Carlo, ihm die kleine Handkamera abzunehmen.

»Was tust du da, Carlo?«, kreischte seine Mutter. »Leg die Kamera hin!«

»Okay«, erwiderte Carlo ruhig. Und dann schmetterte er die Kamera auf den Steinboden. Befriedigt sah er zu, wie Glas- und Kunststoffsplitter in alle Richtungen flogen und zwischen den Weinregalen verschwanden.

»Die Show ist vorbei«, sagte er kühl, und dann ging er zurück durch die Gänge mit den Weinregalen und die Treppe hinauf ins Tageslicht.

28

Robbie schwitzte in seiner eleganten Kleidung. Er saß am Strand und starrte hinaus aufs Meer. Er beobachtete eine Yacht, die mühelos am Horizont entlangsegelte, und dachte über das Leben nach. Es war später Nachmittag, die Sonne brannte auf den Strand nieder. Hinter ihm wurden die Absperrungen für das Grand-Prix-Wochenende errichtet. Er würde Freitagmorgen wieder abfliegen. Ob er sich am Donnerstag ein paar der Vorqualifikationen würde ansehen können? Nein, das war verrückt, er würde zu viel zu tun haben. Und er würde ohnehin vor den Qualifikationstrainings am Samstag und dem eigentlichen Grand Prix am Sonntag fort sein. Das war nicht fair. Gerade wenn Monaco richtig zum Leben erwachte, musste er fort. Schlimmer noch, er würde Fran verlassen. Und wieder zu seinem einsamen Junggesellenleben zurückkehren. Mit der Arbeit lief es gut, doch das Herz war ihm schwer. Ein Mann brauchte mehr im Leben als nur seine Karriere. Er würde eine Million Titelstorys für die Liebe einer guten Frau geben. Für Frans Liebe …

Dennoch, was Florence ihm gerade erzählt hatte, würde Francesca niederschmettern. Wie konnte er veröffentlichen, was er herausgefunden hatte? Würde sie ihm vergeben? Würde sie verstehen, dass er nur seine Arbeit tat? Die Wahrheit sagte? Oder würde sie den Überbringer der schlechten Nachricht abschießen? War er bereit, das Risiko einzugehen?

Florence war Darcie LaFatas beste Freundin gewesen. Sie war eine kleine elfenhafte Frau ungefähr in Robbies Alter, mit schwarzen Haaren, braunen Augen, herzförmigem Gesicht und einem knabenhaften Kurzhaarschnitt. Sie hatte eine Gauloise nach der anderen geraucht und dazu schwarzen Kaffee getrunken, während sie ganz offen über ihre beste Freundin gesprochen hatte.

»Jetzt kann ich reden«, hatte sie Robbie erklärt. »Giancarlo LaFata ist tot, das weiß jeder. Und ich habe es satt, mir auf die Zunge zu beißen. Ich war feige. Ich habe Darcies Andenken nicht geehrt. Ich war zu sehr damit beschäftigt, mich um mich selbst zu kümmern.« Sie biss sich so lange auf die Unterlippe, bis sie blutete, leckte sich über die Wunde und fuhr fort.

»Ich hatte Angst vor dem, was LaFata mir antun würde, wenn ich offen spräche, aber jetzt habe ich keine Angst mehr. Ich muss Ihnen sagen, was ich weiß.«

Dann erzählte sie es ihm. Darcie war achtundzwanzig gewesen, als sie Giancarlo LaFata kennengelernt hatte, und bereits eine Opernsängerin von Weltrang, ein Superstar. Er hatte sich unsterblich in sie verliebt, doch sie war nicht leicht zu gewinnen gewesen.

»Er ist monatelang hinter ihr her gewesen«, erzählte Florence Robbie. »Mit Blumen, Diamanten, Haute-Couture-Kleidern, sogar einem Welpen!«

Schließlich hatte Darcie seinem Werben nachgegeben, und innerhalb weniger Monate waren sie verheiratet gewesen und hatten zusammen in *Le Grand Bleu* gewohnt. Doch Darcies Karriere hatte sie weiterhin durch die ganze Welt geführt.

»New York, Tokio, Sydney … Ich wusste nie, wo sie gerade war. Ich glaube, die Hälfte der Zeit über wusste sie selbst nicht, in welcher Stadt sie morgens aufwachte. Giancarlo hat das nicht gefallen. Er war oft wütend.«

Fatty hatte versucht, seine neue Frau davon zu überzeugen, dass sie ihre Karriere aufgab. Er wollte ein Kind mit ihr haben, weil er hoffte, dann würde sie in seiner Nähe bleiben.

»Darcie hat ihm gesagt, sie würde versuchen, schwanger zu werden«, vertraute Florence Robbie an. »Doch das war gelogen. Sie war ein Workaholic. Sie hat für den Gesang gelebt. Und deshalb hat sie hinter seinem Rücken weiter die Pille genommen. Sie war noch nicht bereit, Mutter zu werden und sesshaft zu sein. Sie war so ehrgeizig und immer noch sehr jung, und ich glaube, sie hatte auch Bedenken, ein Kind von Giancarlo zu bekommen.«

»Hat sie ihn denn nicht geliebt?«, wollte Robbie wissen.

Florence zuckte die Achseln, hob die Hände zum Himmel und schürzte die scharlachroten Lippen. »Was ist Liebe? Wie misst man dieses Gefühl?«, fragte sie. »Ich glaube, sie hatte Giancarlo auf jeden Fall sehr gern, aber nein, er war nicht ihre große Liebe. Nicht die Liebe ihres Lebens.«

»Die Oper«, hatte Robbie sinniert. »Die Oper war die Liebe ihres Lebens.«

»*Non*«, widersprach Florence knapp. Zigarettenrauch verhüllte halb ihr Gesicht. »Die Oper war ihre Leidenschaft, aber die Liebe ihres Lebens war Javier Alvorado.«

Robbie hätte sich beinahe an seinem Kaffee verschluckt. »Javier Alvorado?«

»*Oui.*« Florence nickte energisch, so dass ihre kurzen schwarzen Haare flogen. »Javier war derjenige, welcher.«

»Aber …?« Robbie kam da nicht mehr mit. Javier Alvorado war ein argentinischer Formel-1-Rennfahrer. Beziehungsweise er war es gewesen, bis er bei einem tödlichen Zusammenstoß beim Warm-up für den Großen Preis von Malaysia einige Jahre zuvor ums Leben gekommen war.

»Sie liebten sich. Darcie liebte ihn. Javier liebte sie. Es war eine dieser sehr leidenschaftlichen Affären. Man kann nicht mit, aber auch nicht ohne leben. Sie haben sich gestritten, sich getrennt, geweint, sich wieder versöhnt und so weiter. Aber er wollte Darcie nicht heiraten. Er meinte, er sei zu jung und noch nicht bereit, sich zu binden. Also hat sie ihn verlassen und aus Trotz LaFata geheiratet, glaube ich. Aber Javier war Darcies Geliebter vor LaFata, während LaFata und nach LaFata.«

»Nach LaFata?«, fragte Robbie verwirrt. »Aber sie war doch noch mit Fatty zusammen, als sie starb.«

»*Non.*« Wieder schüttelte Florence den Kopf. »Sie hat ihn ein paar Tage vor ihrem Tod verlassen. Das Baby, es war nicht von ihm. Es war von Javier. Sie konnte mit dieser Lüge nicht leben. Sie lastete zu schwer auf ihrem Gewissen, also hat sie Giancarlo die Wahrheit gesagt.«

»Woher wusste sie denn, dass das Baby von Javier und nicht von Giancarlo war? Ich dachte, sie hat die Pille genommen«, hakte Robbie nach.

»Sechs Monate vor ihrem Tod wurde sie schwer krank. Es war ein schwerer Magen-Darm-Infekt, den sie sich auf Tournee in Hongkong zugezogen hatte, und Sie wissen sicher, wenn eine Frau sich übergeben muss, wirkt ihr Verhütungsmittel manchmal nicht. Giancarlo war nicht bei ihr in Hongkong, aber Javier schon. Von der Zeit her passt es. Außerdem gefiel Darcie der Sex mit Giancarlo nicht. Er wurde langsam alt und war damals schon sehr übergewichtig. Sie mochte seinen Humor und seine Freundschaft, aber körperlich war sie an ihm nicht interessiert. Javier dagegen – sie war Wachs in seinen Händen ...«

»Und sie hat Giancarlo alles erzählt? Sogar dass das Baby von Javier war?«

»*Oui*, sie war sehr ehrlich, meine Darcie. Ehrlicher, als gut für sie war, *tristement* ...«

»O mein Gott«, entfuhr es Robbie. »Sie hat alles gebeichtet, und dann hat sie Selbstmord begangen?«

»*Non.*« Wieder schüttelte sie mit dem Kopf. »Ich glaube, Giancarlo hat sie ermordet. Er hat sie zu sehr geliebt. Er konnte es nicht ertragen, sie an einen anderen Mann zu verlieren. So war er. Er musste alles besitzen – Unternehmen, Yachten, Flugzeuge, Häuser, Menschen. Darcie war eine freie Seele, sie konnte er niemals besitzen. Ich glaube, das hat ihn wahnsinnig wütend gemacht.«

»Aber was für Beweise haben Sie, Florence?«, wollte Robbie wissen.

»Darcie hat mich vom Haus am Comer See aus angerufen. Giancarlo hatte sie dorthin geschickt, damit sie über alles nachdenken konnte. Er hat gehofft, sie würde ihre Meinung ändern, und sie würden das Kind als sein Kind aufziehen. Wissen Sie, er hat sie wirklich geliebt! Aber sie wollte nicht zurück zu Giancarlo gehen, sie wollte zu Javier. Sie hatte schon das Ticket. Sie hat mich angerufen, um sich von mir zu verabschieden.«

»Sie hatte gar keine Selbstmordabsichten?«, fragte Robbie nach.

»*Non*, sie war voller Vorfreude.« Florence zündete sich eine weitere Zigarette an. »Sie hat sich auf die Zukunft gefreut. Javier hatte gesagt, dass er sie heiraten werde. Er freute sich über das Baby. Sie hat Giancarlo gesagt, es sei endgültig aus, und kurz darauf war sie tot. Aber sie hat sich nicht umgebracht. Darcie war von Zeit zu Zeit depressiv. Sie war Künstlerin, sie hatte starke Gefühle, aber sie wollte niemals sterben. Sie hat das Leben geliebt, sie hat Javier geliebt, und sie hat das Baby in ihrem Bauch geliebt. *Non*. Sie hat diese Tabletten nicht aus freien Stücken genommen.«

»Also glauben Sie, Giancarlo LaFata hat sie dazu gezwungen?«, fragte Robbie mit wild klopfendem Herzen. Das war es. Das war die große Story!

Florence nickte. »Nicht persönlich natürlich. Der Mann hat sich nicht die Hände schmutzig gemacht, aber einer seiner Männer wird es getan haben. Da bin ich mir sicher. Sie haben sie gezwungen, diese Tabletten zu nehmen, und sie dann allein in diesem einsamen Haus am See sterben lassen. *Salaud!*«

Wütend drückte Florence ihre Zigarette im Aschenbecher aus und blickte mit tränenfeuchten Augen zu Robbie hoch.

»Erzählen Sie das der ganzen Welt, Robbie McLean«, flehte sie ihn förmlich an. »Für Darcie. Bitte tun Sie das für Darcie und für mich.«

Robbie hatte genickt. Es war sein Job und auch seine Pflicht, die Wahrheit zu berichten. Doch er war hin- und hergerissen. Er beobachtete die Yacht, bis sie außer Sicht war; sie segelte ostwärts Richtung Cannes mit seinem glitzernden Filmfestival. Wie würde Fran reagieren, wenn Robbie die Story über ihren Vater veröffentlichte? Er nahm eine Handvoll Sand und sah zu, wie er zwischen seinen Fingern hindurch auf den Strand rieselte. Er wollte Francesca nicht verletzen. Er liebte sie. Da war er sich jetzt sicher. Doch was war mit Darcie LaFata? Und mit all den anderen, deren Leben Fatty zerstört hatte? Vor seinem geistigen Auge sah Robbie ein Haus am Comer See und eine verängstigte, schwangere junge Frau, die man einem langsamen, qualvollen, einsamen Tod überlassen hatte. Nein. Das konnte er nicht für sich behalten. Francesca würde es verstehen. Wenn sie ihn so liebte wie er sie, würde sie es verstehen.

»Entschuldige«, sagte Carlo bedrückt und versteckte sich hinter seiner Zigarette. »Ich hab die Beherrschung verloren. Ich hätte die Kamera nicht zerschlagen dürfen, und ich hätte Mum nicht so vor die Tür setzen dürfen, aber …«

Francesca schüttelte den Kopf und setzte sich neben ihn auf die Bank im Pavillon. Er sah so gut aus in dem cremefarbenen Anzug mit seiner braungebrannten Haut, aber da war noch etwas. Hatte er in letzter Zeit zugenommen? Oder vielleicht hatten seine Gesichtszüge sich verändert. Plötzlich wirkte ihr kleiner Bruder gar nicht mehr wie ein zu groß geratenes Kind. Und ehrlich gesagt war Francesca stolz auf Carlo, weil er seiner Mutter die Stirn geboten und die Sache in die Hand genommen hatte.

»Ich hätte das Gleiche getan, wenn du mir nicht zuvorgekommen wärst«, sagte sie und lächelte ihren jüngeren Bruder liebevoll an.

»Im Ernst?« Misstrauisch blickte Carlo sie an. »Du bist nicht sauer auf mich?«

»Nein!« Francesca lehnte den Kopf an seine Schulter. »Es war völlig unmöglich von deiner Mutter, ausgerechnet jetzt mit dieser Filmcrew hier aufzukreuzen. Ich bin stolz auf dich, Carlo.«

Er lächelte matt zurück.

»Aber was ist mit der Kunstsammlung, Frankie?«, fragte er. »Wo ist die geblieben?«

»Ich fürchte, das weiß nur Dad. Wusste ...« Francesca brach ab. Sie hatte sich noch immer nicht daran gewöhnt, in der Vergangenheitsform von ihrem Vater zu sprechen.

»Glaubst du, er hat alles verkauft?«, fragte Carlo und blies Rauchringe in den Spätnachmittagshimmel.

Francesca zuckte die Achseln. »Vermutlich. Ich habe in der vergangenen Woche mehr über Dads Geschäfte erfahren als in den ganzen fünfzehn Jahren, die ich jetzt für ihn arbeite. Er war finanziell ruiniert. Er muss das Bargeld gebraucht haben. Ich meine, keiner hätte die Sammlung stehlen können. Nur Dad und ich hatten Schlüssel, und wer hätte das Haus unbemerkt mit Monets, Manets und Toulouse-Lautrecs unter dem Arm verlassen können?«

Carlo nickte nachdenklich.

»Ich wollte William anrufen, um ihn zu fragen, ob er etwas darüber weiß, aber er geht immer noch nicht ans Telefon. Ich bezweifle sowieso, dass er mehr weiß als wir.«

»Werden wir alles verlieren, Frankie?« Carlo lehnte seinen Kopf an ihren.

Francesca überlegte sich ihre Antwort gründlich. Carlo war in großen Reichtum hineingeboren worden. Er kannte kein anderes Leben. Francesca konnte sich noch an das Leben in einer Sozialwohnung ohne Heizung erinnern. Manchmal war es so kalt geworden, dass ihre Mutter sich neben sie in ihr kleines Bett gelegt und sich an sie gekuschelt hatte, wenn sie ihr eine Gutenachtgeschichte erzählte. An den meisten Abenden war Francesca in die schützenden Arme ihrer Mutter gekuschelt eingeschlafen. Sie hatte kein Geld benötigt, solange sie gewusst hatte, dass sie aus tiefstem Herzen geliebt wurde, und in gewisser Weise hatte jene Zeit zu den glücklichsten Zeiten ihres Lebens gehört. Sie wusste, es gab eine Welt jenseits des Geldes. Aber Carlo? Carlo und Angelica kannten nichts anderes als Yachten, Privatjets und Bedienstete. Angelica konnte wenigstens auf ihre Modelkarriere zurückgreifen, doch Carlo hatte nichts – keine Qualifikation, keine Ausbildung, keine Berufung. Würde er den Boden unter den Füßen verlieren, wenn das Geld weg wäre? Sie blickte zu ihm hoch und bemerkte die stolze Linie seines Kinns und den entschlossenen Blick. Carlo hatte sich verändert, und nun sah sie auch, inwiefern. Vielleicht hatte der Verlust seines Vaters endlich den Beginn seiner Entwicklung zu einem erwachsenen Mann ausgelöst.

»Möglicherweise verlieren wir das alles hier«, sagte Francesca und ließ den Blick über die riesige Gartenanlage, die Tennisplätze, den Swimmingpool, die Autos in der Auffahrt, das Haus selbst schweifen. »Aber wir werden niemals alles verlieren, Carlo. Wir haben uns.«

Carlo nickte und lächelte sie an. »Und das ist mehr wert als alles andere, nicht wahr, Frankie? Familie. Das ist alles, was zählt. Das hat Dad doch immer gesagt.«

29

Der Italiener fährt in seinem Ferrari zurück nach Monaco. Er hört Vivaldi und denkt an die Arbeit, die noch vor ihm liegt, ehe er nach Haus fahren kann. Der Journalist McLean erweist sich zunehmend als Problem. Er gräbt zu tief, steckt bereits bis über beide Ohren drin wie sein Freund Pete Wallace vor ihm. Er muss vorsichtig sein, sonst sieht er Schottland oder seine geliebten Töchter nie wieder. Und jetzt hat er mit Florence Michel gesprochen. Dummer Junge. Neugier ist der Katze Tod, weiß er das denn nicht?

Und Francesca glaubt, sie verliebt sich in ihn! Ah, sie ist ein dummes, dummes Mädchen. Er mag clever sein und attraktiv für Frauen mit seinem guten Aussehen und seinem schottischen Charme, aber er ist unter ihrem Niveau. In mancher Hinsicht ist Francesca eine sehr kluge Frau, aber bei Männern hatte sie noch nie einen guten Geschmack. Wenigstens William Hillier wird ihr keinen Ärger mehr machen. Er ist tot, und seine Freundin Jade auch. Ein Glück, dass sie die beiden los ist! Er war ein Dieb und sie eine Hure – ein Bund, der im Himmel geschlossen wurde. Mögen sie in der Hölle schmoren!

Die Polizei hat herausgefunden, dass LaFata International nicht ganz so erfolgreich war, wie es schien. Das Vermögen ist eingefroren, Bankkonten wurden gesperrt. Giancarlo LaFatas Privatgeschäfte werden genau unter die Lupe genommen, und bald wird man das ganze Ausmaß des Betrugs und der Schulden entdecken. Francesca wird darunter leiden. Das arme Mädchen hat gedacht, sie führe ein gesetzestreues Unternehmen. Sie ist stolz und hat einen ausgeprägten Sinn für richtig und falsch. Es wird ihr sehr zusetzen, dass sie so eng mit diesen unklugen kleinen Geschäften in Verbindung gebracht wird. Sie betrachtet das Leben durch ihre rosarote Brille, sieht nur das Gute in den Menschen und erwartet, dass jedermann nach derselben strengen Moralauffassung lebt wie sie. Aber sie ist naiv. Oder vielleicht ist sie auch eine frische Brise. Ist es ihre Stärke oder ihre Schwäche, dass sie solche strengen Moralvorstellungen hat? Nur die Zeit wird das zeigen.

Mit dem Russen wird sie jetzt natürlich allein fertigwerden müssen. William kann ihr ja nicht mehr helfen, das Geld aufzutreiben. Auch über die Bankkonten kann sie jetzt nicht mehr an so viel Bargeld herankommen. Es wird ein Test sein. Es wird ihr guttun.

Giancarlo junior ist eine Überraschung. Eine angenehme Überraschung. Er ist nicht zusammengebrochen, wie man hätte vermuten können. Wie er seiner Mutter entgegengetreten ist, war beeindruckend. Sie ist ein Idiotin – die dümmste Blondine, die je gelebt hat –, aber ihr Sohn hatte ihr bis heute noch nie Paroli geboten. Vielleicht hat der Junge ja doch Mumm. Es wird interessant sein zu beobachten, wie es weitergeht, wenn er erkennt, dass ihm nichts bleibt als sein Name und das Designerhemd, das er am Leib trägt. Das wird die wahre Prüfung für ihn werden. Carlo LaFata – Mann oder Junge?

Arme Angelica, sie kommt nicht so gut zurecht wie ihre Geschwister. Sie will einfach nicht akzeptieren, dass Daddy für immer fort ist. Aber ihr Vater kann sie jetzt nicht mehr schützen. Es ist tragisch, aber wahr, und bis sie der Wahrheit ins Auge blickt, lebt sie in einer Traumwelt. Sie hat sich wieder – wie immer – dem Alkohol und den Drogen zugewandt, um ihren Schmerz zu betäuben, aber sie schiebt das Unvermeidliche nur hinaus. Bald wird sie ganz unten sein. Sie stürzt bereits ab, jetzt in Cannes. Wer wird sie diesmal aufheben und wieder auf die Beine stellen? Daddy ist nicht mehr da. Er kann ihr nicht mehr helfen. Vielleicht ist es so ja am besten. Es ist an der Zeit, dass das Küken der Familie auch endlich erwachsen wird.

Was ist ein LaFata ohne Geld? Ohne Macht? Ist der Name auch mit Substanz verbunden? Der Vater hat bei null angefangen. Er hat sich aus dem Nichts ein Vermögen aufgebaut. Er hat nicht immer den rechtschaffenen Weg genommen, aber er hat sich seinen Weg an die

Spitze auf die einzige Art erkämpft, die er kannte. Und nun hat er es der nächsten Generation LaFatas überlassen, sich allein durchzuschlagen. Sie treiben mitten im Ozean ohne eine Planke, an die sie sich klammern könnten. Es ist interessant, sie zu beobachten, wie sie um sich schlagen, weil sie den Boden unter den Füßen verloren haben. Werden sie untergehen oder lernen sie zu schwimmen?

30

Robbie stand unter der Dusche, doch er konnte nicht abschalten. Giuseppe Romano, Darcie LaFata, Javier Alvorado, Pete Wallace – sie alle waren gestorben, nachdem sie Fatty in die Quere gekommen waren. War das bloß ein bizarrer Zufall? Ließ Robbie sich von seinen Verschwörungstheorien mitreißen? Es war alles zu viel auf einmal.

Er wollte Fran abends unbedingt sehen, aber wie sollte er das alles vor ihr verschweigen? Er hatte so viele Fragen an sie. Doch sie hatten eine Vereinbarung – er würde sie nicht nach ihrem Vater fragen, und sie würde nichts über ihn erzählen. Dennoch … Sie konnte unmöglich von alledem wissen, oder? Francesca war absolut ehrlich, dessen war Robbie sich so sicher, wie er sich jemals einer Sache sicher gewesen war. Simon hatte ihm erzählt, dass sämtliche Geschäfte, die Francesca getätigt hatte, legal waren, dass sie einen ausgezeichneten Ruf als ehrliche und vertrauenswürdige Geschäftsfrau hatte und an der Wall Street, in der City und darüber hinaus bewundert wurde. Es hatte Robbie mit Stolz erfüllt, als Simon ihm erzählt hatte, wie entsetzt Francesca über Fattys windige Geschäfte gewesen war. Sie war eine gute Frau. Seine Frau.

Robbie trocknete sich ab und schlüpfte in seine neuen Kleider. Er betrachtete sich im Spiegel. Er sah durchaus elegant aus, doch war er jetzt gut genug für Francesca LaFata? Hmm, er bezweifelte es. Man brauchte lediglich an der Oberfläche zu kratzen, und der Junge aus der Arbeiterklasse aus Wester

Hailes würde wieder zum Vorschein kommen. Aber er wirkte recht überzeugend in seinem Designeroutfit. Er musste an Rubys Lieblingsmärchen denken: »Des Kaisers neue Kleider«. War er auch so? Zog in seiner schicken Verkleidung durch ganz Monaco und hielt sich für den Größten, obwohl jeder seinen Schwindel sofort durchschaute?

Er war beinahe bereit für seine Verabredung, da klopfte Dan an die Tür und tänzelte mit dem breitesten Grinsen herein, das Robbie je an ihm gesehen hatte. Er sah aus, als würde er vor Aufregung gleich platzen.

»Beruhig dich, Dan«, sagte Robbie. »Du holst dir noch einen Leistenbruch, wenn du so herumtänzelst.«

»Ich hab sie, Rob!«, verkündete Dan, rieb sich die Hände und wippte auf und ab. »Die Sensationsmeldung des Lebens. Und sie gehört ganz allein mir!«

Robbie musterte Dan argwöhnisch. Er konnte doch unmöglich ebenfalls den geheimnisvollen Todesfällen auf der Spur sein. Er war ein Klatschreporter, er schrieb über Streitigkeiten, Affären und die Drogensüchte der Reichen, nicht über Mord.

»Aye? Was denn?«, fragte Robbie und richtete sich vor dem Spiegel die Krawatte. Heute Abend zog er für Francesca alle Register – elegante Hose, weißes Hemd, schwarze Krawatte, glänzende Schuhe.

»Ach, das kann ich dir nicht sagen, Rob«, neckte Dan ihn und hüpfte schwungvoll aufs Bett. »Die Story ist mehr wert als mein Leben.«

Im Spiegel beobachtete Robbie seinen Freund, der auf dem Bett herumhüpfte wie ein Fünfjähriger. Er konnte offensichtlich kaum an sich halten.

»Was willst du dann hier? Wenn du mir nicht davon erzählen willst.«

»Ich wollte dich fragen, ob du heute Abend Lust auf einen Trip runter nach Cannes hast«, erwiderte Dan. »Ich habe zwei VIP-Ausweise für die Party des Jahres auf der Yacht von irgend so einem indischen Prinzen, und wenn du nicht mitkommst, muss ich Simon mitnehmen. Und sosehr ich den alten Kauz mag, er wird meiner Street-Credibility nicht unbedingt guttun, oder? Wohingegen du, Mr Prada, mir helfen würdest, die Damen an Land zu ziehen …«

»Tja, danke für die Einladung und das Kompliment – kam mir jedenfalls vor wie ein Kompliment …«, erwiderte Robbie.

»Das war es auch.« Dan nickte. »Ich weiß nicht genau, wie du das machst, aber die Frauen liegen dir zu Füßen, McLean. Die Frauen bei mir im Büro reißen sich um die Kriminalstorys, weil sie wissen, dass du sie auch recherchieren wirst.«

»Im Ernst?«, fragte Robbie unwillkürlich geschmeichelt. »Das tun sie?«

»Ja, im Ernst. Sie nennen dich Herzensbrecher-Rob. Aber lass dir das nicht zu Kopf steigen, klar? Und jetzt hör auf, dich herauszuputzen, Romeo, und sag mir – kommst du mit nach Cannes?«

Herzensbrecher-Rob. Er hatte ja keine Ahnung gehabt! Vielleicht war es doch nicht so unglaublich, dass Fran ihn mochte. Robbie lächelte seinem Spiegelbild zu. Er gehörte doch noch nicht zum alten Eisen. Er ging auf die vierzig zu, wie Simon ihm in Erinnerung gerufen hatte – na, und?

»Also?«, fragte Dan. »Kommst du mit?«

»Tut mir leid, Dan, würde ich sehr gerne, aber ich muss heute Abend arbeiten«, erwiderte Robbie und dachte an Fran und die »Arbeit«, die sie später in ihrem Zimmer im Hotel Negresco verrichten würden.

»Arbeit? In dem Aufzug?« Dan hob skeptisch eine Augenbraue.

»Genau.«

»Na klar. Simon hatte gleich den Verdacht. Du hast eine Frau, stimmt's, McLean?« Dan grinste.

Robbie schüttelte den Kopf. »Sei nicht albern«, leugnete er, vielleicht ein wenig zu hastig. »Ich hab doch gesagt, das ist Arbeit.«

»Quatsch«, konstatierte Dan lachend. »Herzensbrecher-Rob hat ein heißes Date.«

»Nein, hab ich nicht«, entgegnete Robbie energisch.

»Ach, reg dich nicht auf, Kumpel«, sagte Dan. »Alle tun es. Du würdest staunen …«

»Ach, ja? Das ist also deine Sensationsmeldung? Eine Affäre? Wer? Fatty?«

Dan schüttelte den Kopf. »Mann, ich dürfte dir wirklich nichts davon sagen, aber es ist so aufregend. Und ich habe meinen Artikel schon eingereicht. Du liest morgen sowieso darüber.«

»Dann sag's mir«, forderte Robbie ihn auf. Er konnte es kaum erwarten, den neuesten Klatsch zu hören und zugleich das Thema zu wechseln.

»Ach, ich weiß nicht …« Dan tat so, als müsse er darüber nachdenken. »Ich weiß nicht, ob ich dir vertrauen kann.«

»Schau mal, Dan. Wenn es nicht die Kriminalstory des Jahrhunderts ist, besteht keine Gefahr, dass ich dir deine Sensationsmeldung klaue. Außerdem warst du jetzt sowieso schneller, dein Geheimnis ist also sicher bei mir.«

»Okay«, sagte Dan und hüpfte wieder auf dem Bett herum. »Jade LaFata war eine Domina.«

»Eine Domina? Was? Sie hat angeschafft? Mit Peitschen und allem Drum und Dran?«, fragte Robbie. »Junge, Junge, das ist wirklich eine gute Story.«

»Es kommt noch besser«, sagte Dan aufgeregt. »Sie hat sich Madame Juju genannt und richtige Hardcoresachen gemacht. Sie hat in Pornofilmen gespielt und hatte eine eigene Website.

So ist Fatty auch auf sie aufmerksam geworden. Der schmutzige alte Sack hat sich an dem ganzen Zeug aufgegeilt.«

»Nicht möglich!« Robbie lachte.

»Und das ist noch nicht alles«, fuhr Dan fort und riss die Augen auf. »Die Ehe war eher eine Geschäftspartnerschaft als sonst was. Einfach gesagt, er hat ihr den Lebensstil einer Vorzeigegattin ermöglicht, und sie hat ihn ausgepeitscht und in den fetten alten Arsch getreten, wenn ihm danach war.«

»Das ist richtig gut«, sagte Robbie grinsend.

Mittlerweile verabscheute er Giancarlo LaFata und alles, wofür dieser Mann stand. Deshalb fand er die Vorstellung, dass die ganze Welt von dessen verkorksten Sexualpraktiken erfuhr, sehr reizvoll. Aber dann dachte Robbie an Fran und daran, wie erschüttert und bestürzt sie sein würde, wenn sie die Zeitung las, und sein Lächeln verblasste. Arme Fran. Einen solchen Mann zum Vater zu haben! Robbie hatte immer gedacht, er hätte den Vogel abgeschossen, was Väter betraf, aber neben Fatty wirkte sein Vater wie Mary Poppins.

»Da ist noch mehr«, fuhr Dan fort, stand auf und stellte sich hinter Robbie vor den Spiegel. »Jade hatte eine Affäre.« Er nickte zum Nachdruck.

»Echt?« Also, das war ja interessant.

»Mit ...« Dan wollte ihn auf die Folter spannen. »Jetzt pass auf ...«

»Nun sag schon!«

»William Hillier!«, verkündete Dan mit einer schwungvollen Geste. »Mit dem Mann ihrer Stieftochter. Ist das zu fassen? Die Domina und der bebrillte Banker. Wer hätte das gedacht?«

Robbie spürte, wie er erbleichte, als er zu begreifen versuchte, was Dan gerade gesagt hatte. Jade hatte, wie Darcie vor ihr, eine Affäre gehabt. Das konnte kein Zufall mehr sein. Und ausgerechnet mit Frans Ehemann. O Gott, wie sollte er ihr mit diesem Wissen heute Abend noch gegenübertreten?

»Geht's dir nicht gut, Robbie?«, fragte Dan und musterte seinen Freund im Spiegel. »Du bist ein bisschen blass um die Nase.«

Robbie nickte und versuchte, sich wieder zu fassen. »Ja, ja, ich bin nur ein bisschen überrascht, das ist alles. Ich frage mich, ob Fatty davon wusste.«

»Das glaube ich nicht«, meinte Dan. »Ich bin von allein auf die Domina-Geschichte gestoßen, als ich Jades Vorgeschichte recherchiert habe. Sie war Waise, wusstest du das? Ist in Südlondon in Pflegefamilien aufgewachsen. Und das wusste Fatty offenbar, aber die Affäre … Nein. Die war topsecret. Simon hat mich drauf gebracht.«

»Simon?«, fragte Robbie. »Woher wusste der denn von dieser Affäre?«

»Er hat doch recherchiert, wohin das ganze Geld verschwunden ist. Und Hilliers Art zu investieren hat seinen Verdacht erregt. Ach, ich weiß auch nicht, ich verstehe nichts von diesem Scheiß, aber jedenfalls, das Interessante war, dass er ein Offshore-Konto gefunden hat, das Hillier auf Jades Namen eingerichtet hatte und auf das er im letzten halben Jahr Monat für Monat große Summen eingezahlt hat. Ich schätze, das war das Geld, mit dem sie abhauen wollten. Ich denke, die unglückseligen Liebenden wollten zusammen weg. Vielleicht hat Hillier es sich anders überlegt, als Fatty gestorben ist, vielleicht hat er kalte Füße bekommen. Vielleicht hat Jade sich deshalb umgebracht. Vielleicht hat das gar nichts mit Fattys Verschwinden zu tun.«

Robbies graue Zellen arbeiteten auf Hochtouren.

»Und Francesca?«, fragte er. »Wusste die davon?«

Dan schüttelte den Kopf. »Sie ist die einzige LaFata, die mit weißer Weste aus dem Ganzen hervorgeht. Fatty war ein perverser Betrüger. Jade war ein Pornostar. Hillier ein Dieb und Ehebrecher. Angelica ist ein Junkie, und Carlo, tja, der ist zwar kein Verbrecher, so weit ich weiß, aber er hat die Freundin seines besten Freundes gebumst, als sein Vater verschwunden ist, er ist also schon mal kein Heiliger. Aber Francesca La-Fata …«

Er zuckte die Achseln und nickte. »Sie scheint ein echtes Goldmädchen zu sein. Alle lieben sie. Außer ihr Ehemann offensichtlich, denn der hat ja die Schwiegermutter gevögelt!«

»Mein Gott, was für ein Schlamassel«, war alles, was Robbie dazu einfiel. »Arme Fran.«

»Fran?«, fragte Dan lachend. »Für dich immer noch Francesca. Für die Familie Frankie, hab ich gehört, aber sie mag es nicht, wenn andere Leute sie so nennen. Okay, ich bin dann in Cannes. Kann ich dich wirklich nicht in Versuchung führen?«

»Wirklich nicht.«

Noch nie war er sich einer Sache so sicher gewesen. Eine Party mit einem Haufen hohler Celebritys, egoistischer Milliardäre und europäischer Adeliger? Oder eine Nacht in einem Hotelzimmer mit Fran? Mit seiner süßen, schönen, perfekten Fran. Das war nun wirklich keine schwere Entscheidung.

»Tja, genieß deine ›Arbeit‹, McLean.« Augenzwinkernd wandte Dan sich zur Tür. »Und kein Wort über das, was ich dir gerade erzählt habe, oder ich sage Molly Buchan, dass Herzensbrecher-Rob ganz heiß auf sie ist, klar?«

»Klar.« Robbie zwang sich zu einem Lächeln. Molly Buchan war Nachrichtenredakteurin bei Dans Zeitung. Sie war eine fünfundneunzig Kilo schwere Frau mit der Figur einer Sumoringerin und sah aus wie Peter Kaye in Frauenkleidung.

»Ach, bevor ich's vergesse«, rief Dan, als er schon an der Tür war. »Morgen Abend ist Kasinoabend für dich, Simon und mich. Es ist alles arrangiert. Ihr müsst ja am Freitag weg, du und Si, also haben wir beschlossen, mit deinen restlichen Spesen zu spielen. Mal sehen, ob du nicht Profit aus dieser Reise schlagen kannst. Herrenabend. Keine Ausreden.«

»Ich werde da sein«, versprach Robbie. Doch der morgige Abend schien noch sehr weit weg.

Als Robbie nach Nizza fuhr, drehte sich ihm der Kopf, so viel Neues hatte er erfahren. Fran gegenüberzutreten, in dem Wissen, dass William eine Affäre mit Jade gehabt hatte, und es ihr nicht sagen zu können, das würde schwer werden. Und wie sollte er reagieren, wenn diese Story morgen erschien? Sie war bereits jetzt Journalisten gegenüber argwöhnisch, und nun würde sie sie noch mehr verabscheuen. Die Presse fiel über ihr Leben her wie Aasgeier über eine Leiche. Was, wenn sie ihn mit den anderen in einen Topf warf? Sie schlief mit dem Feind. Wie lange würde es dauern, bis sie ihn aus ihrem Bett verbannte?

Ach nein, Fran und er passten gut zusammen, oder etwa nicht? Sie konnten den Rest der Welt ausblenden und völlig in der Gesellschaft des anderen aufgehen. Sie würde ihn nicht wegen seiner Arbeit abschreiben. O Gott, das hoffte er jedenfalls. Er konnte die Vorstellung, sie zu verlieren, wo er sie doch gerade erst gefunden hatte, nicht ertragen.

Robbie hatte noch mehr Sorgen. Die größte davon war, dass Jades Ableben dem von Darcie so unheimlich ähnlich war. Aber Fatty war drei Tage vor Jades Tod verschwunden. Er konnte unmöglich etwas damit zu tun haben. Es sei denn, einer seiner »Männer«, wie Florence sie genannt hatte, hätte sich um das gekümmert, was nach Fattys Tod unerledigt geblieben war. Aber warum sollte derjenige das tun? Loyalität? Obwohl der Boss tot war? Das kam Robbie unwahrscheinlich vor. Geld? Aber was hätte einer von Fattys Männern durch Jades Tod zu gewinnen? Nein. Das ergab keinen Sinn. Vielleicht hatte Jade doch Selbstmord begangen. Vielleicht hatte Dan recht, und William Hillier hatte kalte Füße bekommen und ihr das Herz gebrochen. Es konnte unmöglich noch jemand anderes darin verwickelt sein. Nein, er sah Gespenster, ließ sich von der Dramatik der Ereignisse mitreißen.

Nun fuhr Robbie durch die abendlich belebten Straßen Nizzas und die palmengesäumte Promenade des Anglais entlang, bis er das große rosafarbene Kuppeldach des Hotels Negresco entdeckte. Robbie fand, mit seinen Rundungen, dem Kuppeldach und den Terrassen sah das Gebäude eher wie ein Palast aus als wie ein Hotel. Das Negresco lag direkt an der Promenade des Anglais mit Blick auf die Baie des Anges, wie eine wunderschöne rosafarbene Ananas. Robbie hielt vor dem Hotel und reichte einem Angestellten die Autoschlüssel. Dann sah er auf die Uhr. Er war fünf Minuten zu früh. Somit blieb ihm Zeit, einen kurzen Anruf zu tätigen.

»Florence?«, fragte er, als sich eine Frauenstimme meldete.

»*Oui, qui est-ce?*«

»Florence, hier ist Robbie McLean.« Robbie sprach leise und schnell. »Hören Sie, wahrscheinlich sehe ich bloß Gespenster und bin übervorsichtig, aber ich mache mir ein bisschen Sorgen um Sie.«

»Sorgen um mich? Inwiefern, Robbie?«, fragte Florence beunruhigt.

»Ich mache mir Sorgen um Ihre Sicherheit, Florence. Ich will Ihnen nicht unnötig Angst machen, und wie gesagt, wahrscheinlich sehe ich bloß Gespenster, aber ich glaube, Sie sollten für eine Weile wegfahren.«

»Wegfahren?« Jetzt klang Florence verwirrt. »Aber warum?«

»Nur vorsichtshalber. Bis sich alles ein bisschen beruhigt hat. Was Sie mir über LaFata erzählt haben, das sind ernste Sachen, und ich mache mir Sorgen, dass jemand wütend auf Sie sein könnte, weil Sie mir das erzählt haben.«

»Aber Giancarlo ist tot«, sagte Florence. »Ich verstehe Sie nicht. Wer sollte mir jetzt weh tun wollen?«

»Ich weiß es nicht«, entgegnete Robbie. »Aber LaFata hatte Freunde. Es ist nur eine Vorsichtsmaßnahme, Florence.« Robbie versuchte, gelassen zu klingen. »Waren Sie mit dem, was Sie mir erzählt haben, bei der Polizei?«

»*Non*«, erwiderte Florence. Nun klang ihre Stimme dünn und zittrig. »Ich habe ja keine Beweise. Das ist nur mein Instinkt. Die Polizei würde mich nicht ernst nehmen. Bei alldem, was gerade passiert. Sie würden denken, ich wäre bloß eine – wie sagt man auf Englisch? Eine Spinnerin. Die würden mich für verrückt halten.«

Robbie dachte kurz nach. Wahrscheinlich hatte Florence recht. Sicher tauchten täglich Leute mit bizarren Geschichten über Giancarlo LaFata bei der Polizei auf. Sie würden Florences Verdacht nicht ernst nehmen. Zudem war die Polizei so damit beschäftigt, nach LaFatas Leiche zu suchen und seine Geschäfte unter die Lupe zu nehmen, dass alte Verbrechen vermutlich ganz unten auf ihrer sehr langen Prioritätenliste standen.

»Tja, dann sollten Sie definitiv wegfahren, Florence, finde ich«, beharrte Robbie. »Können Sie irgendwohin? Außerhalb Monacos? Je weiter weg, desto besser. Bloß bis sich hier alles wieder ein bisschen beruhigt hat.«

»Meine Schwester lebt in Österreich«, erwiderte Florence. »Ich war noch nie dort. Es ist so weit weg. Aber ich will sie schon seit Jahren besuchen. Sie hat ein Baby bekommen, das ich noch gar nicht kenne. Einen Jungen ...«

Nun klang sie wirklich verängstigt, und Robbie hatte ein schlechtes Gewissen. Doch vielleicht hatte er ihr gerade den größten Gefallen ihres Lebens getan. Vielleicht hatte er ihr gerade das Leben gerettet.

31

Carlo lag im Bett und hielt die schlafende Sasha im Arm. Allmählich fand er sich damit ab, dass alles verloren war – sein Vater, das Geld, die Kunstsammlung, Jade. Die Grundfesten seines Lebens waren in nicht einmal einer Woche hinweggeschwemmt worden, und er verstand die Welt nicht mehr. Doch im Augenblick ging es ihm gut. Hier in der Dunkelheit, mit der nackten Sasha neben sich, fühlte er sich sicher und im Einklang mit sich und der Welt. Sie hatte mit Christian Schluss gemacht. Nicht seinetwegen. Das wusste Carlo. Sie hatte mit Christian Schluss gemacht, weil sie mit ihm nicht glücklich gewesen war. Es hatte nichts mit ihrem Flirt mit Carlo zu tun. Das hatte sie klargestellt. Von Beziehung war nicht die Rede gewesen. Sie hatte ihm nichts versprochen, ihm keine falschen Hoffnungen gemacht. Himmel, sie hatte ihm noch immer nicht ihre Telefonnummer gegeben. Doch sie war hier. Und nun schlief sie, an seine Brust gekuschelt, und es fühlte sich tröstlich an. Einstweilen genügte das.

Carlo betrachtete ihre vollen roten Lippen, die im Schlaf bebten. Wovon mochte sie träumen? Von ihm? Er hoffte es. Er war unsterblich verliebt. Unsterblich verliebt in dieses verführerische Kätzchen. Noch nie hatte er so etwas für eine Frau empfunden. Er war süchtig nach ihrer unverhohlenen Erotik. Er begehrte sie so sehr, dass es weh tat, auch nur an sie zu denken. Aber es war nicht nur der Sex. Er liebte auch ihre provozierenden draufgängerischen Reden. Er genoss es, wenn sie ihn neckte und ihn in Frage stellte und nie, nicht ein Mal, auf den Quatsch, den er redete, hereinfiel wie die anderen Mädchen. Er liebte ihren Sinn für Humor, ihren messerscharfen Verstand und ihr unglaubliches Selbstvertrauen. Er liebte es sogar, dass sie ihn dazu brachte, ihr nachzujagen. Es erregte ihn. Dadurch begehrte er sie umso mehr. Carlo hoffte nur, sie würde eines Tages nachgeben und zulassen, dass sie zu ihm gehörte.

Sein Handy auf dem Nachttisch klingelte. Diesmal gab es keine Champagnerflasche, die er hätte umwerfen können. Sasha mochte keinen Schampus. Sie war der geradlinige Typ Frau, der auf harten Alkohol stand. Und auch das liebte Carlo an ihr. Nun öffnete sie verschlafen die Augen.

»Wer ist das?«, murmelte sie. »Ich hab gerade so schön geschlafen.«

Carlo sah aufs Display.

»Ach du Scheiße, das ist Christian«, sagte er. »Soll ich es klingeln lassen?«

Sasha rekelte sich wie eine Katze und schüttelte ihre zerzauste Mähne. »Nein, geh ruhig ran, Honey.« Sie gähnte. »Ich hüpfe schnell unter die Dusche und haue ab. Hab was zu erledigen, muss Leute treffen. Ich bin ein sehr beschäftigtes Mädchen …«

Carlo schluckte und versuchte, sich seine Enttäuschung nicht anmerken zu lassen. Sie stieg aus dem Bett, splitterfasernackt, und rekelte sich nochmals, den wunderschönen Rücken ihm zugewandt. Er konnte die Augen nicht von ihr losreißen. Die glatte braungebrannte Haut, der kecke Po, die kurvigen Hüften. O Gott, sie war wirklich eine Nummer für sich. Er merkte, dass er wieder einen Ständer bekam, und streckte die Hand nach ihr aus, doch sie schlug sie spielerisch fort.

»Nein, jetzt nicht, du junger Hengst.« Sie lachte. »Geh ans

Telefon. Christian will dir bestimmt alles über das herzlose amerikanische Biest erzählen, das ihm gerade den Laufpass gegeben hat.«

Sie verschwand im Bad, und Carlo ging widerstrebend ans Telefon.

»Christian«, sagte er und zwang sich zu einem ungezwungenen Tonfall, dem das schlechte Gewissen nicht anzumerken war. »Was gibt's?«

»Ach, nicht viel.« Christian klang bedrückt. »Sasha hat heute mit mir Schluss gemacht.«

Carlo zuckte zusammen. »O Gott, Christian, Kumpel, das tut mir leid.«

»Nein, ist schon okay«, sagte Christian. »So ist es vermutlich am besten. Wir haben eigentlich nicht zusammengepasst. Ich hab dir doch gesagt, sie ist nicht der Typ für die Ehe, oder?«

»Ja, hast du«, erwiderte Carlo. »Und es schwimmen noch viel mehr Fische im Meer …«

Bei dieser abgedroschenen Bemerkung krümmte er sich selbst innerlich. Aber was konnte er schon sagen? Sasha stand in diesem Moment unter seiner verdammten Dusche!

»Ich weiß, ich weiß.« Christian seufzte verzagt. »Aber sie ist wirklich scharf, und ich werde sie vermissen. Ich weiß, du magst sie nicht, aber man kann wirklich viel Spaß mit ihr haben, wenn man sie besser kennenlernt.«

Carlo musste daran denken, wie viel Spaß er gerade mit Sasha gehabt hatte.

»Ja, kann ich mir schon vorstellen«, erwiderte er. »Aber es gibt noch mehr Frauen. Du bist beliebt. Du findest bestimmt bald die Frau, die du heiraten willst.«

»Hm, vielleicht«, grübelte Christian. »Aber im Augenblick muss ich einfach ein bisschen Spaß haben. Deshalb rufe ich auch an. Party heute Abend? In Cannes? Heute ist Amars Fete, auf seiner Yacht. Müsste toll werden. Jede Menge Celebritys da wegen des Filmfestivals. Du kennst doch Amar. Seine Partys sind die besten!«

Amar war mit Carlo und Christian zur Schule gegangen. Seine Partys waren fabelhaft, das stimmte. Er war der Sohn eines indischen Prinzen und so reich, dass Carlos monatliche Zuwendungen neben Amars Kontostand wie ein ärmliches Taschengeld wirkten. Er gab mehr Geld für eine Party aus als Carlo in einem ganzen Jahr. Und das wollte etwas heißen, denn Carlo war ein Ass im Geldausgeben. Amar hatte zudem einige sehr beeindruckende Freunde. Er verbrachte den Großteil seiner Zeit in seiner Junggesellenbude in Knightsbridge (einem fünfstöckigen herrschaftlichen Haus nur einen Steinwurf von Harrods entfernt) und war mit sämtlichen britischen Celebritys dick befreundet. Und wenn er gerade nicht in London war, hatte er noch das Haus am Strand von LA, so dass er auch mit den Hollywood-Leuten per du war. Ja, es war sehr nützlich, Amar zum Freund zu haben. Aber Carlo war nicht in Stimmung für eine Party.

»Nein, tut mir leid, Chris«, sagte er bestimmt. »Aber ich bin nicht in der richtigen Verfassung für Gesellschaft. Ich muss einen klaren Kopf behalten bei alldem, was hier los ist.«

Christians Antwort war besonnen wie immer. »Ich habe mir schon gedacht, dass du das sagst, Carlo«, erwiderte er. »Und ich verstehe es gut. Ich bewundere, wie du mit alledem fertig wirst. Dein Vater wäre stolz auf dich. Ich wollte dich bloß fragen für den Fall, dass du gerne mal raus möchtest.«

»Danke, Kumpel.« Carlo beobachtete, wie Sasha in ein flauschiges weißes Handtuch gehüllt aus dem Bad kam. »Aber nein. Feier schön. Versuch, das mit Sasha zu vergessen …«

Frech streckte Sasha ihm die Zunge heraus und ließ das Handtuch zu Boden fallen, so dass er ihre Killerkurven bewundern konnte.

»So toll ist Sasha auch nicht. Ich finde gar nichts an ihr«, fuhr Carlo fort, zwinkerte ihr zu und schlug die Bettdecke zurück, damit sie seine Erektion sehen konnte.

»Nein, du hast ja recht. Vielleicht kommt Scarlett Johansson auf die Party. Also, die sieht aus wie gutes Heiratsmaterial«, sagte Christian stoisch.

»Tja, viel Spaß. Grüß Scarlett von mir, und morgen erzählst du mir dann alles, ja? Ciao.«

Carlo hatte kaum das Telefon hingelegt, da war Sasha auch schon wieder über ihm, küsste seinen Bauch und kitzelte ihn mit der Zunge. O Gott, sie war gut. Sie war toll. Sie war toll und noch viel mehr!

Francesca hatte die Grenze erneut überschritten. Du lieber Gott, diesmal war sie regelrecht über sie hinweggesprungen. Robbie zog sie an wie eine Flamme die Motten, und nichts konnte sie von ihm fernhalten. Nicht einmal die überwältigenden Schuldgefühle, die ihr im Magen lagen und das Herz schwermachten. Sie wusste, was sie hier tat, war falsch. Aber warum bloß hatte sich nichts je so richtig angefühlt, wie hier in seinen Armen zu liegen?

Die Hotelsuite war erlesen, selbst nach den Maßstäben der LaFatas. Francesca lag in der goldenen Badewanne und kam sich vor wie der Star in ihrem eigenen Film – eine Liebesgeschichte natürlich. Sie hatten auf dem Zimmer gegessen, nur sie beide, ein Festmahl aus Jakobsmuscheln und Kaviar als Vorspeise, gefolgt von saftiger Seezunge, gefüllt mit Haselnüssen und Pfifferlingen, das alles hinuntergespült mit einem köstlichen gekühlten Chablis. Dann hatten sie sich in dem riesigen, mit blauer Seide umkleideten Himmelbett geliebt. Langsam und genüsslich hatten sie den Körper des anderen erforscht, hatten jede Berührung und jeden Kuss ausgekostet. Danach hatte er ihr ein heißes Schaumbad eingelassen und holte ihr nun gerade ein Glas eiskalten Champagner.

Lächelnd ließ Francesca sich tiefer in die Wanne gleiten. Sie musste sich regelrecht zusammenreißen, um nicht vor Freude zu jauchzen; sie grinste wie ein Honigkuchenpferd. Außerhalb dieser vier Wände war ihr Leben ein einziges Chaos, voller Kummer und Sorgen, Schuldgefühle und Leid, doch hier und jetzt war Francesca in einen Kokon aus Liebe gehüllt. Heute Nacht kam niemand an sie heran. Nur Robbie.

Er lächelte sie an, ein ungezwungenes, entspanntes Lächeln, das sich langsam über sein ganzes attraktives Gesicht ausbreitete.

»Für Sie, Madame«, sagte er und reichte ihr eine Champagnerflöte. »Darf ich mich zu Ihnen gesellen?«

»Oh, ein nackter Kellner? Einen so engagierten Service habe ich noch nie erlebt.« Sie musste kichern. »Bitte, nur zu.«

Er stieg in die tiefe goldene Badewanne und ließ sich hinter ihr ins Wasser gleiten, schlang seine starken Arme und Beine um sie, streichelte ihre nasse Haut und küsste sie sanft auf den Nacken, so dass sie sich völlig von ihm eingehüllt fühlte.

»Glaubst du, wir haben eine Chance?«, fragte sie ihn hoffnungsvoll.

Robbie seufzte ihr ins Ohr, und sie spürte, wie er die Schultern hängen ließ. O nein, sie hatte das Falsche gesagt, hatte sich gestattet, sich zu viel zu wünschen. Hätte sie diese Frage doch nicht gestellt. Sie kannte ja die Antwort. Wie sollte das gehen? Ja, sie waren perfekt zusammen, hier in ihrer Seifenblase. Aber in der wirklichen Welt? Nein. Es war unmöglich. Wie sollten sie eine gemeinsame Zukunft haben?

»Ich weiß es nicht«, antwortete er ein wenig traurig. »Ich möchte es gern. Ich fände es wundervoll. Aber du bist verheiratet, wir leben in verschiedenen Ländern, wir haben beide Kinder, an die wir denken müssen. Eines Tages vielleicht, Fran. Vielleicht kommt unsere Zeit noch, weißt du? Wenn wir Geduld haben …«

»Wer weiß, was die Zukunft bringt.« Francesca zwang sich, zu lächeln, obwohl ihr das Herz weh tat.

»Wer weiß, was die Zukunft bringt«, wiederholte Robbie. »Darauf lass uns trinken.«

Francesca drehte sich zu ihm um und stieß mit ihm an. Die Zukunft. Ein leeres Blatt. Es war noch nicht beschrieben worden, und bis es so weit war, hatten sie eine Chance, Francesca und ihr Robbie. O Gott, sie war dabei, sich mit Haut und Haaren in ihn zu verlieben. Er war ihr kleiner Hoffnungsschimmer inmitten einer düsteren Welt.

Sie verließ ihn wieder. Wie immer. Zu ihren Bedingungen und wann es ihr passte. Carlo wollte nicht, dass sie ging. Er wollte, dass sie über Nacht in seinem Apartment blieb. Verdammt, er wollte, dass sie für immer blieb! Er wusste, sie spielte mit ihm, aber er konnte nicht anders. Wenn es um Sasha Constantine ging, brachte er nicht die Willenskraft auf, sich zu wehren.

»Kann ich deine …«, setzte er an, als sie die Wohnungstür öffnete.

Sasha fuhr herum und legte den Finger an die Lippen. Ihre Nägel waren lang und leuchtend rot lackiert.

»Nein, Carlo«, sagte sie. »Du weißt doch Bescheid. Keine Besitzansprüche, keine Versprechen, keine Zukunft und definitiv keine Telefonnummer.«

»Aber ich dachte …« Carlo versuchte, sich seine Verzweiflung nicht anhören zu lassen. Nun hatte sie es zum dritten Mal getan, und er begriff es einfach nicht. Warum wollte sie ihn vögeln, ohne sonst etwas von ihm zu wollen?

Sie stellte sich auf die Zehenspitzen und küsste ihn ganz leicht auf die Lippen. Er roch ihr Parfüm, diesen Duft nach Orangen und Vanille, vermischt mit dem durchdringenden Geruch nach Sex. Er erwiderte den Kuss, leidenschaftlich, heftig. Er wollte für immer so verharren, in den Anblick ihrer Schönheit vertieft. Doch sie löste sich von ihm.

»So, wir werden uns eine Weile nicht sehen«, verkündete sie unbeschwert und warf die Haare nach hinten. »Gleich nach dem Grand Prix fahre ich. In die Hamptons, zu meinen Leuten, den Sommer über. Ich komme erst im Herbst zurück nach Monaco, Carlo, Baby. Vermiss mich nicht zu sehr. Ciao!«

Und schon stolzierte sie den Korridor hinab, fort aus seinem Leben, diesmal für mehrere Monate, ohne einen Blick zurück. Carlos Herz wollte ihr hinterherlaufen, doch seine Füße blieben fest auf dem Boden. Er wollte sie aufhalten, aber er wusste, es hatte keinen Sinn. Sie wollte ihn nicht. Das hatte sie überdeutlich gemacht. Er sah ihr hinterher und musste gegen den Drang ankämpfen, einfach in Tränen auszubrechen. Ein ganzer Sommer ohne Sasha! Der Gedanke war unerträglich.

Um Mitternacht musste Francesca gehen – wie Aschenputtel. Sie musste zurück nach Hause für den Fall, dass die Kinder mitten in der Nacht wach wurden und sie brauchten. Robbie verstand das. Er dachte an seine beiden Mädchen und fragte sich, ob sie ihn so vermissten wie er sie.

Er beobachtete, wie Fran ihre Schuhe anzog und die Haare bürstete. Er war berauscht von ihr. Alles an ihr faszinierte ihn. Ihr Gang, der Klang ihrer Stimme, die Neigung ihres Kopfes. Er wollte sie mit jeder Faser seines Körpers, doch konnte er sie auch haben? Nein. Das war lächerlich. Ihnen standen zu viele Hindernisse im Weg. Würde sie ihn morgen überhaupt noch kennen wollen, wenn die Boulevardblätter erst vor ihrer Tür gelandet waren? Hm, er hatte Angst. Jahrelang war er so vorsichtig gewesen, seit Heather ihn verlassen hatte. Er hatte sein Herz in Watte gepackt und keine Frau an sich herangelassen, aus Angst, wieder verletzt zu werden. Doch Francesca konnte ihn verletzen. Das wusste er jetzt schon. Er hatte sich verdammt nochmal viel tiefer in diese Sache verstrickt, als er es jemals für möglich gehalten hätte. Tiefer als bei Heather. Fran überwältigte ihn völlig. Auch wenn das verrückt klang nach so kurzer Zeit, aber er war sich ziemlich sicher, dass er sich in sie verliebte. Und hieß es nicht: Alles besiegt die Liebe? Also vielleicht doch, eines Tages? Wer weiß, was die Zukunft bringt? Das war jetzt ihr Mantra. Nur so ließ die Situation sich ertragen.

Morgen würde Dans Titelstory erscheinen, und Fran würde mit einem weiteren Skandal im Zusammenhang mit dem Verschwinden ihres Vaters fertig werden müssen. Schon die ganze Woche hatte Fatty die Titelseiten beherrscht. Einige Exgeliebte und Prostituierte waren bereits an die Boulevardblätter herangetreten und hatten ihre Storys über Fattys Bettfertigkeiten verkauft, und in den seriösen Zeitungen füllten die Spekulationen über seine windigen Geschäfte Spalten über Spalten. Doch diesmal würde auch Francesca mit hineingezogen werden.

Die Nachricht von Williams Affäre mit Jade würde ein furchtbarer Schock für sie sein. Er glaubte ihr, wenn sie sagte, dass sie den Mann nicht liebte, aber er war dennoch ihr Ehemann und der Vater ihrer Kinder. Sie würde völlig entgeistert sein. Und dann kam Robbie unversehens ein sehr eigensüchtiger Gedanke: Würde sie William nun verlassen? Francesca könnte bald frei von William sein. Unwillkürlich fragte Robbie sich, ob Williams Affäre sich als Vorteil erweisen würde. Würde es nun leichter für Fran und ihn sein, sich zu treffen? Nein! Er verlor sich schon wieder in Tagträumen. Bleib vernünftig, Robbie! Da waren noch immer vier Kinder, zwei Exehepartner, eine breite Kluft, was ihren gesellschaftlichen Status betraf, und tausend Meilen zwischen Edinburgh und Monaco, die sie voneinander fernhielten.

Robbie kam sich illoyal und schuldig vor, wie er hier saß, Fran dabei zuschaute, wie sie sich anzog, und wusste, was sie nicht über William und Jade und ihren Vater wusste. Ein Teil von ihm wollte sie warnen – vor der Story, vor der zwielichtigen Vergangenheit ihres Vaters. Himmel, womöglich war auch Fran in Gefahr. Sie war Fattys Stellvertreterin bei LaFata International, und nun, da Fatty tot war, war seine Tochter das erste Ziel für jeden, der meinte, die LaFatas schuldeten ihm Geld …

»Fran«, setzte er zögerlich an. »Wenn ich etwas herausfinde … du weißt schon, über deinen Vater …«

Sie hob die Hand. »Nein, Robbie«, unterbrach sie ihn, nicht zornig, aber entschieden. »Sag mir nichts. Niemals. Nur so kann das hier funktionieren. Ich werde Dad in deiner Gegenwart nie erwähnen, und du fragst mich nicht nach ihm. Ich dachte, darauf hätten wir uns geeinigt.«

»Haben wir ja auch.« Robbie nickte. »Aber da sind all diese Geschichten, Gerüchte und Fragen. Und nicht nur über deinen Vater …«

Doch sie unterbrach ihn erneut, ehe er sie warnen konnte.

»Ich bin schon ein großes Mädchen, Robbie.« Nun lächelte sie, um ihm zu zeigen, dass sie nicht verärgert war, aber sie wirkte entschlossen, sich durchzusetzen. »Egal, was sie über ihn sagen, ich kann damit umgehen. Ich weiß, er war kein Engel, aber er war mein Vater, und ich habe ihn geliebt, egal, was er getan hat. Bitte mach dir keine Sorgen um mich. Du musst mich nicht vor der Wahrheit schützen. Du musst mich nicht retten. Sei einfach nur für mich da, okay? Mein neuer bester Freund, denk dran.«

»Okay«, willigte er ein. »Bester Freund mit gewissen Vorzügen. Ich unterschreibe den Vertrag!«

Das war der leichte Teil. Das Zusammensein mit Fran war

völlig ungezwungen. Es fiel ihm so leicht wie das Atmen. Und sie retten? Tja, er hoffte, dazu werde es niemals kommen, doch wie hieß es so schön: Wer weiß, was die Zukunft bringt.

32

Christians Laune hob sich, sobald er Amars gigantische Superyacht betrat. Amar war so reich, dass er vermutlich ganz Cannes hätte kaufen können, und Antibes und Juan-les-Pins gleich dazu, sogar jetzt zum Filmfestival, mit Stars und allem. Vor dem Schiff parkte nicht ein Rolls-Royce, sondern da reihten sich gleich drei an der Zahl aneinander, und auf dem Heliport stand ein glänzender grüner Hubschrauber, der gerade erst Beyoncé und Jay-Z abgesetzt hatte. An Deck parkte ein hübscher rosafarbener Porsche, mit einer gewaltigen rosafarbenen Schleife verziert.

»Christian, mein Freund«, rief Amar und schritt in einem makellos weißen Smoking wie ein Messias durch die Menge. Obwohl es bereits nach Mitternacht war, trug er eine riesige Zuhältersonnenbrille und so viel Schmuck um den Hals, an den Handgelenken und an den Ohren, dass man damit die britische Staatsverschuldung zweimal hätte bezahlen können.

Er hatte Christian dabei ertappt, wie dieser sich den Porsche ansah, und sich sofort in einen seiner Monologe gestürzt. Amar war schon immer der redseligste Mensch gewesen, dem Christian je begegnet war. Wenn er einmal in Fahrt geriet, holte er zwischendurch kaum Atem.

»Wie ich sehe, hast du meinen pinkfarbenen Pussy-Porsche entdeckt. Kleiner Scherz von mir.« Er sprach sehr schnell und aufgeregt und klopfte seinem alten Schulfreund auf den Rücken. »Der Preis für den besten Poledance heute Abend. Ich habe auf der Tanzfläche eine Stange aufstellen lassen, einfach zum Spaß. Die Mädchen lieben sie. Und die Jungs scheinen es auch zu genießen, wenn du weißt, was ich meine. Ich vermute, Kate Moss ist die heißeste Anwärterin, sie hat es so gut gemacht in diesem White-Stripes-Video, erinnerst du dich? Aber Angelica LaFata macht sich auch ziemlich gut dabei. Sie ist völlig verrückt, die Gute. Sie ist ihr Geld wirklich wert heute Abend, wirklich.«

Er schob Christian durch die Menge aus Hollywoodstars, die wegen des Festivals hier waren, Formel-1-Fahrern, die wegen des Grand Prix hier waren, gutaussehenden jungen Milliardären, die einfach zuschauen wollten, und langbeinigen jungen Blondinen, die der Milliardäre wegen hier waren. Amar plauderte immer weiter.

»Und, o Gott, Chris, Angelicas Mutter Sandrine! Sie hat sich auch im Poledance versucht, das war einfach zum Schreien komisch. Sie glaubt, sie hat es immer noch drauf, dabei wird einem ganz anders bei dem Anblick. Ich sage dir, absolut das Komischste, was ich je gesehen habe. Die Frau muss fünfzig sein oder so, also uralt, und sie hat ihren Boyfriend dabei. Und Boy ist genau das richtige Wort! Er ist vermutlich jünger als wir, aber er sieht natürlich lange nicht so gut aus. Komm. Komm. Hier lang. Wo ist übrigens Carlo? Hab ihn die ganze Woche nicht gesehen. Wobei, ich vermute, er hat im Augenblick eine ganze Menge um die Ohren. Mein Gott, ist das mit Fatty zu fassen? Was für ein Horror! Hat Angelica aber nicht abgehalten. In Topform ist die heute Abend, unsere Angel. Absolut in Topform, in Topform! Die stirbt aufrecht, das sag ich dir.«

Also war Angelica hier. Christian zog unwillkürlich sein Hemd gerade und fuhr sich mit den Händen durch die Haare, während er Amar immer tiefer ins Gedränge der glamourösen Party folgte.

»Scarlett Johansson ist auch irgendwo hier«, sagte Amar gerade. »Sieht völlig, absolut umwerfend aus. Du stehst doch auf sie, oder? Ich stelle dich ihr vor, wenn du willst …«

Doch Christian interessierte sich nicht mehr für Scarlett Johansson. Jetzt wo er wusste, dass *sie* hier war. Angel. Seine Angel. Er ging weiter hinter Amar her und reckte immer wieder den Hals in der Hoffnung, sie irgendwo in der Menge zu entdecken. Er schob sich an Lewis Hamilton und Nicole Scherzinger vorbei und kletterte über die ausgestreckten Beine von Nicolas Cage. Links hielt Flavio Briatore Hof und war von einer gackernden Schar junger Models umringt, während zu seiner Rechten Roman Abramowitsch mit drei Söhnen russischer Oligarchen plauderte, und dann – mitten im Gewühl – erblickte er Angel.

Offenen Mundes starrte Christian sie an. Sie hatte eine Stange in der Mitte des Raums umschlungen und war umgeben von einer Horde sabbernder Männer verschiedener Altersstufen. Ihr trägerloses Kleid war ihr bis auf die schmale Taille herabgerutscht, so dass sie sich oben ohne um die Stange herum rekelte. Das dicke schwarze Augen-Make-up lief ihr in der Hitze der Party bereits über das schöne Gesicht. Die langen blonden Haare fielen ihr wie schwere Vorhänge über die knochigen Schultern und streiften ihre nackten Brüste, während sie sich um die Stange wand und drehte. Entsetzt sah Christian, wie sie sich aufreizend über die Lippen leckte, den Kopf zurückwarf und stöhnte, als hätte sie gerade einen Orgasmus. Auf ihrem Gesicht lag ein seltsam starres Lächeln, doch ihre Augen waren tot, das Licht war ausgegangen. Hinter diesen riesigen babyblauen Augen tat sich nichts mehr, und Christian hätte am liebsten geweint.

»Entschuldige mich, Amar«, sagte er. Ihm war klar, dass er unhöflich war, aber im Moment sorgte er sich nur um Angelica.

Er drängte sich an den lüstern grinsenden oder höhnisch lachenden Männern vorbei und streckte die Hand nach Angelica aus, als sie gerade den Reißverschluss ihres Kleides öffnen wollte.

»Angelica, was tust du da, verdammt?«, fragte er und versuchte, ihr in den Arm zu fallen. »Hör auf damit!«

»Christian!«, schrie sie, um die Musik zu übertönen. »Ich bin gut, oder? Mach mir den Reißverschluss auf, Christian. Ich werde nackt tanzen.«

»Nein«, sagte Christian. »Komm hier runter, du benimmst dich wie eine Stripperin, Angel.«

»Ich bin niemandes Engel!« Sie lachte hysterisch, schlüpfte ohne Christians Hilfe aus dem Kleid und warf es in die Menge. »Ich bin ein böses Mädchen, Christian. Weißt du das? Ein böses, böses Mädchen.«

Nun war sie bis auf einen winzigen roten String und etwa zwölf Zentimeter hohe Pantoletten mit Leopardenmuster völlig nackt. Es hatte Zeiten gegeben, da hätte Christian sein gesamtes Erbe dafür gegeben, Angelica LaFata einmal nackt zu sehen, aber nicht hier, nicht jetzt, nicht so.

»Komm schon, Angel«, schrie er, zog sein Jackett aus und versuchte, es ihr zu geben. »Bitte. Zieh dir was an. Komm da weg.«

Die Männer, die Angelica zusahen, ärgerten sich über Christian, buhten ihn aus und riefen ihm zu, er solle sich verpissen.

»Ja, verpiss dich, Christian«, schrie Angel. »Du bist genauso langweilig wie Carlo neuerdings. Was ist los? Bist du schwul? Willst du meinen Körper nicht sehen?«

Sie ließ einen Finger um eine ihrer Brustwarzen kreisen und sah ihn mit ihren toten Augen an. Erschüttert schüttelte Christian den Kopf und wandte sich ab. In einer Ecke fand er Sandrine, die wie ein Teenager in der Schuldisco mit ihrem jungen Liebhaber knutschte.

»Sandrine.« Christian berührte sie an der Schulter. »Sandrine!«

Sandrine drehte sich um und verzog den wulstigen Forellenmund zu einem Schmollen.

»Christian«, sagte sie. »Christian, Darling, ich bin sehr beschäftigt, siehst du das nicht? Wo sind deine Manieren? Deine Mutter, sie hat dich nicht so erzogen.«

»Sandrine, tut mir leid, wenn ich störe, aber hast du nicht Angelica gesehen?«, wollte Christian wissen.

»*Mais oui, oui!*«, erwiderte Sandrine fröhlich. »Sie ist sexy, *non*? Sie ist sehr gut darin, die Jungs zu unterhalten. Genau wie ihre Mutter.«

»Sandrine, sie hat ihr Kleid ausgezogen. Schau doch! Sie ist nackt!«.

Sandrine reckte den Hals und sah nach ihrer Tochter. »Oh, wie lustig«, zwitscherte sie. »Angelica macht sie alle heiß. Ah, aber sie hat so einen schönen Körper. Was ist denn dabei?«

Christian traute seinen Ohren nicht. Welche Mutter ermutigte ihre Tochter, sich so zu benehmen?

»Sandrine, sie ist ganz offensichtlich high.« Er sprach langsam und deutlich, damit sie ihn auch richtig verstand. »Es scheint ihr nicht gutzugehen. Ich mache mir Sorgen um sie.«

»O Christian, Christian«, beschwichtigte Sandrine und strich Christian mit ihren Krallen über die Wange. »Du bist immer schon so ein ernsthafter Junge gewesen. Angelica geht es gut. Sie hat doch nur Spaß. Vielleicht solltest du auch ein bisschen lockerer werden und ein bisschen Spaß haben, *non*?«

Damit wandte sie sich wieder ihrem Spielzeug zu und steckte ihm die Zunge in den Hals. Christian wusste nicht, was er tun sollte. Er wünschte, Carlo wäre hier, oder Francesca – sie würde sich darum kümmern. Angelica befand sich offensichtlich am Rand des Zusammenbruchs, doch er fühlte sich völlig hilflos. Er konnte sie ja wohl kaum einfach von der Tanzfläche zerren, sie würde kreischen und um sich treten. Er nahm sich ein Glas Champagner vom Tablett eines Kellners, wartete ab und beobachtete aus der Ferne, wie Angelicas Darbietung immer pornographischer wurde und die Meute zunehmend außer Rand und Band geriet.

Nun spielte sie mit ihrem String, stachelte ihr Publikum aus lüsternen Widerlingen weiter an, zupfte an dem winzigen Fetzchen Stoff auf ihrem Schenkel. Christian stürzte den Champagner hinunter und drängte Tränen der Wut zurück. Wie hatte es so weit kommen können? Was war aus dem niedlichen kleinen Mädchen geworden, das sich immer in Carlos Schrank versteckt hatte? Wohin war Angel verschwunden? Christian erkannte sie nicht wieder in der Frau, die da nackt mitten im Raum tanzte.

Und nun zog sie den String herunter, ließ ihn fallen und zeigte der Welt ihren Hollywood-Cut. Die Meute geriet außer sich, Christian war übel. Sie sah so mager aus, so jung und verletzlich, wie ein Rehkitz inmitten von Jägern.

»Nein, Angelica!«, brüllte er. Doch sie konnte ihn nicht hören; die Musik und die Sprechgesänge der Meute waren zu laut. Er schob sich durch die wogenden Leiber, versuchte verzweifelt, zu ihr durchzudringen, doch die glotzenden Männer hatten einen engen Kreis um die Stange gebildet, und er konnte Angelica nicht einmal mehr sehen. Dann brach das Jauchzen plötzlich ab, und ein gespenstisches Raunen ging durch die Menge. Der Kreis um die Stange brach auf, und Christian konnte sich nach vorn durchdrängen, gerade rechtzeitig, um mit anzusehen, wie Angel an der Stange hinunterrutschte und auf dem Boden in sich zusammensackte.

»Angel!«, brüllte Christian. »Angel!«

Er wollte sie berühren, doch unvermittelt erschauderte ihr Körper und begann zu zucken. Seine wunderschöne Angel begann zu zittern, ihre Augen verdrehten sich, Schaum drang ihr aus einem Mundwinkel, und aus ihrer Nase rann Blut.

»O mein Gott!«, schrie Christian. »Ist hier ein Arzt? Wir brauchen einen Arzt! Bitte! Bitte!«

Eine der langbeinigen Blondinen trat vor und ging in ihrem engen weißen Cocktailkleid neben Angel in die Hocke.

»Ich bin Krankenschwester«, erklärte sie ruhig, nahm Christian die Jacke ab und legte sie Angel unter den zuckenden Kopf. »Sie hat einen Anfall. Ist das schon einmal passiert? Ist sie Epileptikerin?«

»Nein«, antwortete Christian. »Sie ist drogensüchtig. Das ist es, was mit ihr nicht stimmt.«

»Okay«, sagte die Krankenschwester, noch immer sehr ruhig. »Alle zurücktreten. Geben Sie ihr Raum.«

Die Krankenschwester strich Angel über die Haare und sprach leise und besänftigend auf sie ein. Das Blutrinnsal hatte eine tiefrote Pfütze gebildet und befleckte das weiße Kleid der Krankenschwester. Allmählich ließ der Anfall nach, Angels Arme und Beine lagen still, und auch das Augenrollen hörte auf. Sie stöhnte wie ein verwundetes Tier und starrte völlig verängstigt zu Christian hoch.

»Ich hab Angst, Christian«, flüsterte sie. »Bitte hilf mir. Bitte hilf mir. Ich will nicht sterben.«

Sie schloss die Augen und lag völlig still.

»Angel«, sagte Christian verzweifelt. »Angel?«

Er schüttelte ihre knochige Schulter und versuchte, sie zu wecken, doch sie reagierte nicht.

»Was ist mit ihr?«, fragte er die Krankenschwester voller Panik. »Warum wacht sie nicht auf?«

»Wir müssen Sie ins Krankenhaus bringen. Ist sie Ihre Lebensgefährtin?«

»Nein.« Christian schüttelte den Kopf. »Sie ist eine sehr alte Freundin von mir. Ich kenne sie, seit sie ein kleines Mädchen war. O Gott, bitte, lassen Sie nicht zu, dass ihr etwas geschieht. Sagen Sie mir, dass Sie wieder in Ordnung kommt.«

»Das kann ich nicht«, erwiderte die Krankenschwester. »Wir müssen sie sofort ins Krankenhaus bringen.«

»Nehmt meinen Hubschrauber«, sagte Amar, der unvermittelt neben ihnen auftauchte. »Ich rufe im Krankenhaus an und sage Bescheid, dass ihr unterwegs seid.«

»Können wir sie zurück nach Monaco bringen?«, fragte Christian hoffnungsvoll. »Sie muss nach Hause.«

Die Krankenschwester nahm Angels Handgelenk und überprüfte ihren Puls, dann nickte sie. »Ihr Puls ist schwach, aber sie atmet. Wie lange dauert es, sie zurück nach Monaco zu bringen, Amar?«, fragte sie.

»Eine Viertelstunde«, erwiderte er. »Soll ich Carlo anrufen?«

»Ja, bitte.« Christian wischte sich eine Träne von der Wange. »Sag ihm, wir bringen sie direkt ins Krankenhaus Princesse Grace.«

Mit wild schlagendem Herzen und einem dicken Kloß in der Kehle rannte Carlo durch die Gänge. Frankie hatte gesagt, sie sollten Angel in Ruhe lassen, bis sie ganz unten ankam, doch sie hatte sich geirrt. Sie hätten niemals mit dem Leben ihrer Schwester spielen dürfen. Es war zu kostbar. Er hätte mit nach Cannes fahren sollen, er hätte das verhindern können. In vollem Lauf bog er um eine Ecke und prallte mit Christian zusammen, der ruhelos auf dem Korridor auf und ab ging. Er wirkte gequält und war ganz grau im Gesicht. Christian verschüttete seinen Kaffee über sie beide. Das heiße Getränk verbrannte ihnen die Hände und bespritzte ihre weißen Hemden mit braunen Flecken, doch keinen von ihnen kümmerte das jetzt.

»Scheiße! Entschuldige, Chris«, sagte Carlo. »Wo ist sie? Ist sie okay?«

Christian schluckte und nickte in Richtung einer geschlossenen Tür. Carlo sah, dass Christian geweint hatte, und befürchtete ganz kurz das Schlimmste.

»Sie ist da drin, die Ärzte sind jetzt bei ihr«, erwiderte Christian. »Sie ist bewusstlos. Sie haben gesagt, es sei ernst, aber ihr Zustand sei stabil. Wir müssen hier draußen warten. Sie geben uns Bescheid, wenn sich etwas verändert. O Gott, Carlo, es tut mir so leid. Ich habe alles versucht, aber sie war schon in einer schrecklichen Verfassung, als ich da ankam.«

Also lebte sie, das immerhin. Carlo hatte auf dem Weg ins Krankenhaus kaum atmen können aus Angst, seine kleine Schwester könnte tot sein, wenn er dort ankäme. Amar hatte am Telefon nur erzählt, Angelica sei auf der Yacht zusammengebrochen und hätte irgendeinen Anfall gehabt. Sie sei bewusstlos gewesen, als Christian und eine Krankenschwester, die zufällig auch auf der Party gewesen war, sie mit dem Hubschrauber nach Monaco gebracht hätten. Carlo blickte durch das winzige Glasfenster in der Tür und erhaschte einen Blick auf einen mageren Körper, der an Schläuche und Apparate angeschlossen war. Dann wurde plötzlich eine Gardine vorgezogen.

»Was hat sie denn? Eine Überdosis?«, fragte Carlo verzweifelt und kaute auf den Fingernägeln.

Christian nickte. »Sieht so aus, aber sie warten noch auf die Laborergebnisse.«

Carlo ließ sich auf einen harten Stuhl mit gerader Rückenlehne fallen und vergrub das Gesicht in den Händen. Er weinte heftig, die Tränen strömten ihm nur so übers Gesicht, die Augen brannten ihm. Christian setzte sich neben ihn und tätschelte ihm das Knie.

»Wir können nur warten«, sagte er.

»Ich habe es satt zu warten«, schluchzte Carlo mit bebenden Schultern. »Ich ertrage das nicht mehr, Chris. Ich bin nicht stark genug.«

»Doch, das bist du«, entgegnete Christian. »Du bist verdammt nochmal stark genug, Carlo.«

Aber das war Carlo nicht. Er wusste es. Es war alles zu viel. Carlo fühlte sich, als müsste er gleich explodieren. Dann hörte er das energische Klappern von Francescas Absätzen, noch ehe sie mit bestürzter Miene um die Ecke bog.

»Was ist passiert?«, fragte sie. »Wo ist Angel?«

Carlo stand auf und starrte seine Schwester an – die Heilige Francesca, die ihm gesagt hatte, sie sollten Angelica verrecken lassen. Noch immer strömten ihm die Tränen übers Gesicht, und in seinem Magen brannte heiß die Wut.

»Sie ist da drin und bekommt eine Notfallbehandlung, weil sie eine verdammte Überdosis genommen hat, Frankie!«, schrie er. »Und das ist alles deine Schuld. Du hast gesagt, wir müssen sie gehen lassen. Tja, du siehst ja, was passiert ist. Wahrscheinlich hast du sie umgebracht!«

Er stieß Francesca gegen die Schulter, so dass sie rückwärts taumelte und mit dem Kopf gegen die Wand prallte. Verwirrt und gequält starrte sie ihn an.

»Carlo, hör auf«, sagte Christian, erhob sich und zog ihn von seiner Schwester fort. »Es ist nicht Francescas Schuld.«

»Doch, das ist es!«, brüllte Carlo. »Ich wollte sie davon abhalten, nach Cannes zu fahren.«

Francesca rieb sich den Kopf. Sie sah so erschöpft und bekümmert aus, dass Carlo beinahe ein schlechtes Gewissen bekam, weil er so wütend auf sie war. Aber sie hatte gesagt, Angelica würde in Ordnung kommen. Doch so war es nicht. Angelica war ganz und gar nicht in Ordnung. Sie war jetzt da drin, und überall in ihrem Körper steckten Schläuche, und irgendwelche Apparate überwachten ihren Herzschlag.

»Nein, er hat recht, Christian«, sagte Frankie kläglich. »Es ist meine Schuld. Es ist alles meine Schuld.«

Sie setzte sich auf einen Stuhl und starrte ins Leere. Christian und Carlo setzten sich ihr gegenüber. Es herrschte quälende Stille. Carlo kaute auf den Fingernägeln, bis seine Finger bluteten. Hin und wieder kam ein Arzt oder eine Krankenschwester aus dem Zimmer und eilte mit gesenktem Kopf an ihnen vorüber, um den Blicken der Angehörigen auszuweichen. Niemand sprach. Sie hatten nichts zu sagen.

Die drei saßen die ganze Nacht dort. Christian holte hin und wieder Kaffee und Wasser, aber abgesehen davon sagte niemand auch nur ein Wort. Francesca nahm es Carlo nicht übel, dass er wütend auf sie war. Im Gegenteil. Sie war selbst wütend auf sich. Sie hatte gedacht, Angel müsse allein mit sich ins Reine kommen, aber das arme Kind war dazu überhaupt nicht in der Lage gewesen. Sie war schon zu weit gekommen auf der Straße der Selbstzerstörung, um noch klar zu sehen. Sie hatte Francescas Hilfe gebraucht, doch Francesca hatte die Augen davor verschlossen. Warum? Warum hatte sie nach all den Jahren, in denen sie diejenige gewesen war, die Angel aufgefangen hatte, ausgerechnet jetzt entschieden, sich herauszuhalten und sie abstürzen zu lassen? Sie saß auf ihrem Stuhl und geißelte sich innerlich.

Als es gerade hell wurde, traf Sandrine mit ihrem Liebhaber und der Filmcrew im Schlepptau ein. Francesca merkte, wie sie kochte, als Angels Mutter über den Korridor auf sie zuwackelte, aufgedonnert in einem scharlachroten Bleistiftrock. Sie wischte sich Krokodilstränen von der Wange und sah mit Trauermiene in die Kamera, als wäre sie am Boden zerstört.

»Wo ist meine Kleine?!«, jammerte sie und breitete melodramatisch die Arme aus. »Was ist meiner armen kleinen Angel zugestoßen?«

Francesca erkannte an Christians und Carlos finsteren Mienen, dass die beiden sich von Sandrines gespielter Verzweiflung ebenso wenig beeindrucken ließen wie sie selbst.

»Ach, bist du auch schon da, Mum«, sagte Carlo eisig.

Francesca fiel auf, dass er seine Mutter nicht einmal ansehen konnte. Er blickte auf seine Füße, als er diese Worte hervorstieß.

»Wir sitzen hier schon seit Stunden. Du warst auf der Party, als das passiert ist. Warum hast du also so lange gebraucht, um herzukommen?«, wollte er wissen.

»Oh, *mon chéri*, Carlo. Sprich nicht so mit mir. Ich weiß, du bist fassungslos, aber ich hatte noch etwas zu erledigen. Siehst du, ich habe Angel Blumen gekauft«, erklärte Sandrine und hielt einen Strauß rosafarbener Rosen in die Höhe.

»O ja, das wird ihr jetzt wirklich weiterhelfen, nicht wahr, Mum?«, erwiderte Carlo beißend. »Sie ist nicht mal bei Bewusstsein. Wo warst du also?«

»Ach, hier und da«, erwiderte Sandrine unbestimmt.

»Sie ist nach Hause gefahren, um sich umzuziehen, und dann musste sie noch auf ihre Filmcrew warten«, murmelte Christian.

»*Mon Dieu!*« Gekränkt warf Sandrine Christian einen finsteren Blick zu. »Carlo, willst du etwa zulassen, dass er so mit mir, deiner Mutter, spricht?«

»Ja«, erwiderte Carlo, den Blick immer noch zu Boden gerichtet. »Mum, hau einfach ab nach Saint-Tropez. Hier will dich niemand haben. Du bist hier nicht willkommen.«

»Giancarlo!«, kreischte Sandrine. »So redest du nicht mit mir! Hab ich dich etwa neun Monate lang in mir getragen, damit du jetzt so mit mir redest? *Non!*«

»Du magst mich vielleicht neun Monate lang ausgetragen haben, aber das war auch das Letzte, was du je getan hast, um mir zu helfen«, stieß Carlo hervor. »Und bei Angel genauso. Was zum Teufel hast du je für sie getan? Außer sie zu ermutigen, über die Stränge zu schlagen. Du warst dabei. Du hast gesehen, was sie getan hat, und du hast nichts unternommen. Christian hat ihr geholfen. Christian, irgendeine Krankenschwester – eine völlig Fremde – und Amar. Und du? Einen Scheißdreck hast du getan. Du bist komplett überflüssig, Mum. Und jetzt geh. Geh einfach, und nimm deine Filmcrew mit. Du bist eine Schande. Es ist mir peinlich, dich zur Mutter zu haben.«

»So lasse ich nicht mit mir reden, Carlo!«, kreischte Sandrine in voller Lautstärke. »*Bâtard! Ingrat bâtard!*«

Unvermittelt schlug sie mit dem Rosenstrauß auf ihren Sohn ein, immer wieder, bis überall auf dem Korridor rosa Blütenblätter wie Konfetti umherflogen. Entsetzt sah Francesca zu. Armer Carlo. Eine solche Mutter zu haben. Arme Angelica. Kein Wunder, dass die beiden sich immer an Francesca gewandt hatten, wenn sie Liebe und Unterstützung gebraucht hatten. Sie hatten niemand anderen. Und Francesca hatte sie im Stich gelassen. Sie war so mit ihrem eigenen Leben beschäftigt gewesen – mit Dad, dem Unternehmen, Robbie –, dass sie sie auf ihrer Prioritätenliste nach unten verschoben hatte. Francesca stand auf und stellte sich vor Sandrine. Es war an der Zeit, wieder die Kontrolle zu übernehmen. Francesca war noch nie im Leben gewalttätig geworden, doch nun packte sie die ältere Frau grob an den Schultern. Sie war auf Socken schon gut zehn Zentimeter größer als Sandrine, doch nun trug sie nach ihrem Treffen mit Robbie immer noch ihre höchsten Schuhe und ragte regelrecht über Sandrine auf. Adrenalin schoss durch ihre Adern. Sie stieß Sandrine mit dem Rücken gegen die Wand, stützte sich mit den Händen links und rechts von ihr ab und hielt sie so dort fest.

»Pass auf, Sandrine«, sagte sie eisig, das Gesicht dicht vor Sandrines Gesicht. »Tu, was Carlo dir sagt. Fahr nach Hause. Du bist eine unglaubliche Schande.«

Sandrine schnaubte. »Du sagst mir nicht, was ich zu tun

habe, Francesca«, zischte sie. »Ich gehe nirgends hin. Angelica ist meine Tochter, und ich bleibe.«

Francesca warf einen Blick zu Carlo. Er saß erschüttert auf seinem Stuhl und zog sich schweigend Rosendornen aus der Kopfhaut. Ein kleines Blutrinnsal schlängelte sich über seine Stirn und sickerte in eine Augenbraue. Francesca schubste Sandrine ein letztes Mal und gab sie dann frei. Neben Carlo ging sie in die Hocke und wischte ihm sanft das Blut vom Auge ab.

»Es tut mir leid, Carlo«, sagte sie sanft. »Dass ich Angel im Stich gelassen habe. Das mache ich nie wieder, versprochen.«

Er vergrub den Kopf in ihren Armen und weinte. Sie hielt ihn einfach fest.

Irgendwann kam ein Arzt aus Angelicas Zimmer. Sie beobachteten ihn alle argwöhnisch, während er die Brille abnahm und auf sein Klemmbrett schaute. Francesca hielt den Atem an. Er hielt ihrer aller Hoffnung in Händen.

»Ich bin Dr. Schneider«, stellte er sich mit einem harten deutschen Akzent vor, nickte jedem von ihnen einzeln zu und sah dann stirnrunzelnd den Kameramann an. »Bitte schalten Sie sofort die Kamera aus.«

Der Kameramann gehorchte. Dr. Schneider sah aus wie jemand, mit dem man sich besser nicht anlegte.

»Angelicas Zustand ist jetzt stabil«, sagte Dr. Schneider und seufzte tief. »Aber sie hatte eine schwierige Nacht. Als sie hier ankam, hatte sie einen weiteren Anfall und hörte auf zu atmen. Sie war beinahe eine Minute lang klinisch tot, ehe es uns gelang, sie wiederzubeleben.«

Francesca drückte Carlos Hand. Er erwiderte den Druck sofort, fester als sie.

»Die Laborergebnisse zeigen, dass sie eine beträchtliche Menge Kokain und Ecstasy genommen hatte, und zwar bei einem hohen Blutalkoholspiegel. Ihr Blutdruck und ihre Herzfrequenz waren ungewöhnlich hoch, doch die haben wir jetzt unter Kontrolle. Bei ihrer Ankunft hier hatte sie außerdem schwere Atemschwierigkeiten. Wir befürchten immer noch ein Organversagen, da weder die Nieren noch die Leber im Moment wirksam arbeiten. Sie wird einige Zeit im Krankenhaus bleiben müssen. Angelica ist eine sehr kranke, zerbrechliche junge Frau, aber sie hat Glück gehabt und ist noch am Leben, dafür müssen wir also alle sehr dankbar sein.«

»Danke, Doktor«, sagte Francesca. »Ist sie bei Bewusstsein? Dürfen wir sie sehen?«.

»Ihre Schwester schläft. Sie ist sediert, Ms LaFata«, erklärte der Arzt. »Am besten, Sie gehen jetzt alle nach Hause und ruhen sich aus. Man wird Sie informieren, wenn Miss LaFata bei Bewusstsein ist und Besuch empfangen kann. Danke für Ihre Geduld. Auf Wiedersehen.«

Und schon eilte er den Korridor hinab, den Kopf in seinen Notizen vergraben, und ließ die Familie allein.

»Ah, also ist sie okay«, sagte Sandrine forsch. »Wir können nach Hause gehen. *Allons-y!*«

Carlo stand auf und starrte seine Mutter bitterböse an. »Okay? Angelica ist okay?«, brüllte er.

Francesca legte ihm die Hand auf den Arm, doch er ließ sich nicht beschwichtigen.

»Sie hat zwischendurch aufgehört zu atmen, Mum. Was ist daran okay, verdammt nochmal?«, wollte er wissen.

»Ich habe jetzt genug von deinem Benehmen, Giancarlo«, fuhr Sandrine ihn an. »Ich bin nicht in Stimmung für deine Wutanfälle. Ich hätte heute Nacht fast meine Tochter verloren. Hast du keine Achtung vor dem Kummer einer Mutter?«

»O mein Gott!«, brüllte Carlo. »Du bist unglaublich! Einfach unglaublich!«

Er wollte sich auf seine Mutter stürzen, doch Christian und Francesca hielten ihn zurück.

»Lass sie, Carlo«, sagte Francesca und sah Sandrine hinterher, die den Korridor hinabwackelte, gefolgt von ihren Speichelleckern. »Sie ist es nicht wert.«

Sie warteten fünf Minuten, bis Carlo sich wieder beruhigt hatte. Außerdem hielt Francesca es für ratsam, Sandrine einen Vorsprung zu geben. In seiner gegenwärtigen Stimmung wäre Carlo fähig, sie zu erwürgen, wenn sie ihm noch einmal über den Weg liefe. Die Ärzte ließen sie einige Minuten lang durch das kleine Fenster in der Tür in Angelicas Krankenzimmer schauen. Es brach Francesca das Herz, ihre kleine Schwester so zu sehen, an Apparate angeschlossen, bewusstlos und mit weit offenem Mund. Ihre Haut war grau, und sie hatte tiefe Ringe unter den Augen. Angelica atmete, doch sie sah aus wie eine Leiche. Bei dem Gedanken, was hätte passieren können, lief es Francesca kalt den Rücken hinunter.

»Kommt«, sagte sie zu Carlo und Christian. »Gehen wir.«

Langsamen Schrittes verließen sie gemeinsam das Krankenhaus, Francesca in der Mitte, flankiert von ihren beiden starken jungen Männern.

»Die verdammte Presse ist hier«, murmelte Christian, als sie sich dem Ausgang näherten.

»Haltet die Köpfe gesenkt und ignoriert alles, was sie sagen«, riet Francesca ihnen.

Selbstverständlich war die Presse hier. Angelicas Leben war immer eine gute Nachricht wert, und ihre Nahtoderfahrung würde es sicherlich ebenfalls auf die Titelseiten schaffen.

»Das würde ihr gefallen«, sagte Carlo und lächelte traurig. »Sie liebt die Aufmerksamkeit.«

Schon waren sie von Fotografen umringt, wurden angerempelt und gestoßen, während sie versuchten, sich zum Parkplatz durchzukämpfen.

»Wie geht es Angelica?«, wollten wildfremde Menschen von ihnen wissen.

»Kommt sie wieder auf die Beine?«

»War es eine Überdosis?«

»War es ein Selbstmordversuch?«

Die drei hielten die Köpfe gesenkt und kämpften sich einen Weg durch die Menge.

»Hatte sie von den sexuellen Perversionen ihres Vaters gehört?«, schrie ein bereits recht kahler Mann.

»Ignoriert sie einfach«, wiederholte Francesca und versuchte, die Paparazzi auszublenden.

Sie hatten in der vergangenen Woche so viel Mist über ihren Vater gedruckt, dass sie allmählich immun gegen solche Fragen wurde. Das musste es gewesen sein, wovor Robbie sie am vergangenen Abend hatte warnen wollen. Zweifellos eine weitere absurde Geschichte von einer der alten Flammen ihres Vaters.

»Was ist mit Ihrem Mann, Francesca«, schrie ein großer rothaariger Mann. »Wussten Sie von seiner Affäre mit Jade LaFata?«

Es dauerte eine ganze Weile, bis diese Worte zu Francesca durchdrangen. Was zum Teufel …? Wovon redeten die? William und Jade? Das war doch absurd. Sie sah zu Carlo, und er erwiderte den Blick verständnislos, offensichtlich ebenso verwirrt wie sie. Francesca starrte auf ihre Schuhe und zwang sich, die Füße zu bewegen.

»Wo ist William Hillier?«, wollte eine Frauenstimme wissen. »Haben Sie ihn der Affäre wegen zur Rede gestellt?«

Francesca drehte sich der Kopf. Als sie aufblickte, sah sie ihr Auto nur wenige Meter entfernt stehen, doch ihre Beine waren wie aus Gummi, und sie wusste nicht, wie sie es bis zum Auto schaffen sollte.

»Hat Jades Selbstmord etwas mit ihrer Affäre mit Ihrem Mann zu tun?«, fragte eine Männerstimme.

»Was ist bloß los?«, flüsterte Francesca Carlo verzweifelt zu.

»Ich weiß es nicht«, erwiderte er, nahm ihren Ellbogen und führte sie zum Auto.

Christian preschte vor, drängte die Paparazzi zur Seite und machte ihnen den Weg frei.

»Stimmt es, dass Ihr Mann mit dem LaFata-Vermögen verschwunden ist?«, fragte ein anderer Journalist.

»Mir ist schwindelig«, flüsterte Francesca Carlo zu. »Ich glaube, ich werde ohnmächtig.«

»Nein, Frankie«, entgegnete er sanft. »Du schaffst das. Ignorier sie einfach, denk dran. Das hast du selbst gesagt.«

Christian und Carlo verfrachteten Francesca auf den Beifahrersitz und stiegen dann ebenfalls ein.

»Ich fahre«, sagte Carlo. »Ich lasse meinen Wagen hier stehen und hole ihn später ab.«

Er jagte den Motor hoch, hupte und raste dann mitten durch die Journalisten. Francesca starrte aus dem Fenster auf ihre schreienden Gesichter, blinzelte, wenn Kameras blitzten, und versuchte, dieser total wahnsinnig gewordenen Welt einen Sinn abzugewinnen.

»Ich muss William anrufen«, sagte sie und durchsuchte mit zitternden Händen ihre Handtasche. »Ich muss wissen, was da los ist.«

Sie hatte eine neue Nachricht. Die las sie zuerst.

Hab gerade das von Angelica gehört. Es tut mir so leid, Liebling. Ich hoffe, sie ist o. k. Du hast jetzt vielleicht von der heutigen Story gehört. Ruf mich an, falls Du kannst. Ich denke an Dich. R xxx

Doch Robbie und seine Küsse würden warten müssen. Während Carlo den Wagen durch die Straßen von Monaco jagte, wählte sie Williams Nummer, obwohl sie keine Ahnung hatte, was sie sagen sollte, falls er sich meldete. William und Jade?

Unmöglich. Was hätte Jade in ihm sehen sollen? Andererseits, da waren diese vertraulichen Teestunden gewesen ... Und was hatten sie noch gesagt? Er sei mit dem LaFata-Vermögen verschwunden? Er war in London bei einem Meeting. Morgen würde er zurück sein. In was für einer Phantasiewelt lebten diese Journalisten? Mit angehaltenem Atem wartete sie darauf, dass bei William das Telefon klingelte. Sie wartete und wartete. Doch die Leitung blieb tot.

33

Robbie starrte auf den Bildschirm seines Computers und las seine Notizen immer wieder durch. Er hatte so viel Dreck über Giancarlo LaFata zusammengetragen, dass er einen ganzen Roman über den Kerl hätte schreiben können, von einem Artikel ganz zu schweigen. Doch würde er sich das trauen? Diese Woche war die gesamte Familie LaFata Freiwild für die Presse. Fakten oder Erfindungen, das schien keine Rolle zu spielen. Jede Zeitung brachte täglich mindestens zwei LaFata-Artikel. Fatty war alles Mögliche vorgeworfen worden, von Erpressung bis hin zu Perversion. Doch Robbies Story unterschied sich davon. Robbie klagte den Mann praktisch des Mordes an. Also, was sollte er tun? Sein Kopf sagte: Bring den Artikel und scheiß drauf. Doch sein Herz sagte: Was ist mit Francesca?

Zum x-ten Mal an diesem Morgen sah er aufs Display seines Handys. Sie hatte noch immer nicht angerufen oder ihm auch nur eine SMS geschickt. Robbie wusste, dass Angelica LaFata auf der Party in Cannes eine Überdosis genommen hatte. Himmel, wie sollte er das auch nicht wissen? Dan und Simon waren dort gewesen und hatten den Vorfall mit eigenen Augen gesehen. Dan hatte ihn vor einiger Zeit angerufen und ihm die grausigen Einzelheiten berichtet – der nackte Poledance, die Zuckungen, das Blut, das ihr aus der Nase getropft war. Es hatte entsetzlich geklungen. Ob Francesca wohl noch immer im Krankenhaus war? Hatte sie Dans Artikel schon gelesen? Ob sie zurechtkam? Wünschte sie, er wäre bei ihr und würde sie in die Arme nehmen?

Robbie rief Dan auf dessen Handy an. Dan hatte die ganze Nacht vor dem Krankenhaus verbracht und mit den übrigen Boulevardjournalisten Wache gehalten.

»Hey, Robster«, meldete Dan sich vergnügt. »Wie läuft's?«

»Gut, gut«, log Robbie. »Hab mich bloß gefragt, was am Krankenhaus los ist. Bin einfach neugierig …«

»Ach, ich bin schon wieder in der Stadt. Am Ende war es ein bisschen enttäuschend. Angelica kommt anscheinend durch. War aber knapp, nach allem, was man hört. Die Familie ist vor etwa einer Stunde gegangen. Die arme Francesca tat mir schrecklich leid. Sie war die ganze Nacht da drin und hat sich offenbar zu Tode gesorgt um ihre Schwester, und dann kommt sie raus und wird mit Fragen über die Affäre ihres Mannes mit der Frau ihres Vaters bombardiert!«

»Dan«, wandte Robbie geduldig ein, »du warst derjenige, der diese Story geschrieben hat. Du solltest dich also richtig mies fühlen!« Himmel, wenn Dan wüsste, wie nahe er der Wahrheit mit seiner Einschätzung kam. Robbie malte sich aus, wie Fran sich diese Fragen hatte anhören müssen, und sie tat ihm unendlich leid.

»Ich habe keine Schuldgefühle«, gab Dan zurück. »Kein bisschen. Ich habe nur meine Arbeit getan. Und woher sollte ich wissen, dass ihre Schwester sich eine Überdosis gibt, bevor die Story an die Kioske kommt? Nein, es hat mir nur leidgetan, weil ihr perfektes Leben innerhalb einer Woche völlig auf den Kopf gestellt worden ist, dabei scheint sie die Nette in der Familie zu sein. Das ist alles.«

»Also keine schmutzigen Details über Fran, ähm, äh, Francesca?«, bohrte Robbie hoffnungsvoll weiter. Er könnte es nicht ertragen, wenn Dan anfangen würde, Lügen über sie zu verbreiten.

»Kein Staubkörnchen«, erwiderte Dan entschieden. »Die Frau ist eine Heilige in einer Familie von Sündern.«

»Das denke ich auch«, sagte Robbie und lächelte in sich hinein. »Okay, ich mache mich lieber wieder an die Arbeit. Wir sehen uns heute Abend im Kasino.«

»Kann's kaum erwarten, Mr McLean«, sagte Dan. »Ich hab das Gefühl, heute ist mein Glückstag.«

Francesca hatte jeden einzelnen ihrer Londoner Geschäftskontakte angerufen. Sie hatte es bei ihren Anwälten, ihren Buchhaltern, ihren größten Anteilseignern und dem Geschäftsführer ihrer Bank versucht, aber keiner hatte William gesehen. Niemand hatte auch nur davon gewusst, dass er nach London kommen wollte. Es hatte in dieser Woche kein Meeting in London gegeben, weder ein dringendes noch sonst eines. Er hatte sie angelogen, und nun wusste sie auch, warum. Ihre Gefühle schwankten zwischen Wut und Verzweiflung und allem, was dazwischen lag. Sie hatte geglaubt, William zu kennen. Den verlässlichen, glaubwürdigen, langweiligen, verdammten William! Den gar nicht so langweiligen verdammten William, wie sich nun herausstellte. Der Presse zufolge hatte ihr reizender Ehemann seit Monaten die Frau ihres Vaters gevögelt, und das Paar hatte geplant, zusammen fortzugehen.

Tja, damit hatten sich die Schuldgefühle wegen ihrer Affäre mit Robbie erledigt. Was sie William angetan hatte, war nichts im Vergleich zu dem, was er ihr angetan hatte. Zumal wenn man den Zeitungen glauben durfte und er sich mit dem wenigen Geld, was noch übrig gewesen war, aus dem Staub gemacht hatte. Und William hatte von Dubrowski gewusst! Bei diesem Gedanken begannen Francesca die Hände zu zittern. Sie war erledigt. Diesmal war sie wirklich völlig erledigt. Ihr Mann hatte sie effektiv dem Tod überlassen. O Gott, wie sehr musste er sie gehasst haben. Was zum Teufel hatte sie getan, um das zu verdienen? Und welcher Mann lässt seine Kinder in solcher Gefahr zurück? Nun hatte sie keine Möglichkeit mehr, das Geld zu beschaffen.

Carlo lehnte an der Tür, beobachtete sie und fuhr sich nervös mit den Händen durch die Haare.

»Was kann ich tun, Frankie?«, fragte er. »Kann ich irgendjemanden für dich anrufen?«

Francesca dachte kurz nach. Sie hatte panische Angst, sie war erschöpft, sie war todunglücklich und verzweifelt, doch sie würde nicht einfach kapitulieren. Jetzt hing alles von ihr ab. Ihre Kinder waren auf sie angewiesen, und sie würde sie nicht im Stich lassen. Nicht kampflos.

»Ja«, sagte sie und warf ihm ihren Organizer zu. »Ruf jede Fluggesellschaft an, die dir einfällt, und erkundige dich, ob er irgendwo anders hingeflogen ist. Ich finde diesen verlogenen Scheißkerl, und dann hänge ich ihn an den Eiern auf. Aber zuerst rufe ich die Polizei an.«

»Die Polizei?« Carlos Augenbrauen schossen in die Höhe. »Aber eine Affäre zu haben, ist kein Verbrechen, Frankie. Ich weiß, du bist wütend und verletzt, aber du kannst William nicht festnehmen lassen, weil er Jade gebumst hat.«

»Nein«, erwiderte sie, atmete tief durch und versuchte, Ruhe zu bewahren. »Ich kann ihn nicht wegen Ehebruchs festnehmen lassen oder weil er mit seiner Schwiegermutter geschlafen hat, und ehrlich gesagt, es hat mich auch einen feuchten Dreck interessiert, mit wem er es trieb. Unsere Ehe ist schon seit Jahren kaputt.«

»Im Ernst?« Carlo war offensichtlich überrascht.

»Im Ernst«, bestätigte Francesca. »Aber ich kann ihn wegen Diebstahls festnehmen lassen.«

»Diebstahl?« Carlo sah sie fragend an. »Aber das ist doch alles Unsinn. Dass er mit dem Familienvermögen abgehauen ist, oder?«

Francesca starrte auf ihren Laptop und versuchte, den verschiedenen Konten und Kontoständen, die sie aufgerufen hatte, einen Sinn zu entlocken.

»Nein, verglichen mit dem Gesamtschaden hat er nicht viel gestohlen. Dad hat es viel besser hinbekommen, die Milliarden zu verschleudern. Aber William hat unser gemeinsames Bankkonto geplündert«, erklärte sie düster. »Und es sieht so aus, als hätte er, lass mich sehen ...« Rasch addierte sie im Kopf die Zahlen. »... Rund sieben Millionen Euro aus der Unternehmenskasse genommen.« Ungläubig und angewidert schüttelte sie den Kopf. »Gleich vor meiner Nase, Carlo. Er ist mein Ehemann. Er hat mich bestohlen – uns alle! Er hatte eine Affäre mit Dads Frau, und jetzt ist er auf und davon, und wir können sehen, wie wir zurechtkommen. Er hat hier zwei kleine Söhne. Er ist einfach auf und davon und hat sie verlassen. Was für ein Mensch tut so etwas?«

»Ich weiß nicht, Frankie«, entgegnete Carlo verzagt. »Offenbar ist hier niemand so wie er zu sein scheint.«

Francesca lächelte ihren kleinen Bruder matt an. »Tja, ich habe mich nicht verändert, mein Lieber«, verkündete sie. »Ich bin immer noch deine tyrannisch große Schwester, also hau schon ab und ruf die Fluggesellschaften für mich an, bitte. Ich brauche hier ein bisschen Ruhe. Gib mir eine Stunde Zeit, und dann fahren wir wieder ins Krankenhaus und sehen nach Angel.«

Carlo nickte und ging aus dem Zimmer. Francesca schloss die Tür hinter ihm und wählte Robbies Nummer.

»Fran!«, meldete er sich sofort.

Sie fragte sich, ob er auf ihren Anruf gewartet hatte. Sie hoffte es. Sie hatte sich den ganzen Vormittag danach gesehnt, mit ihm zu sprechen.

»Bist du okay? O Gott, dämliche Frage, natürlich nicht. Was ist los? Hast du mit William gesprochen? Wie geht's Angelica?«, bombardierte er sie mit Fragen.

»Langsam«, sagte sie. »Eins nach dem anderen, Robbie.«

»Entschuldige. Aber ich habe mich die ganze Nacht um dich gesorgt, ich hab mich so hilflos gefühlt, weil ich nichts tun konnte.«

»Du hilfst mir doch«, erwiderte sie wahrheitsgemäß. »Dich einfach nur in meinem Leben zu haben, hilft mir.«

»Danke, aber ich kann mir nicht vorstellen, dass das im Moment reicht. Also, das Wichtigste zuerst. Angelica – wie geht es ihr?«

»Tja, wir hätten sie fast verloren.« Francesca seufzte. »Aber das haben wir nicht. Und sie ist am richtigen Ort. Im Krankenhaus ist sie viel sicherer als allein in Cannes. Wir müssen einfach die Daumen drücken und hoffen, dass sie sich bald wieder erholt.«

»Das ist gut«, erwiderte Robbie. »Und du? Wie kommst du mit dieser ganzen Sache mit William zurecht?«

»Ganz ehrlich? Wenn ich diesen verlogenen Scheißkerl, diesen Dieb, diesen miesen Betrüger in die Finger bekäme, würde ich ihm den verdammten Hals umdrehen. Aber ich habe keine Ahnung, wo er ist ...«

Sie brach ab. Robbie war Journalist. Er war ihr Geliebter und ihr bester Freund, aber er war dennoch Journalist – der Feind.

»Ich kann nicht mit dir darüber reden, Robbie«, erklärte sie. »Du kannst für mich da sein, aber du darfst nicht nach Einzelheiten fragen, okay? Du bist nun mal Journalist.«

»Ich habe nicht als Journalist gefragt.« Robbie klang gekränkt. »Ich habe gefragt, weil ...«

Er zögerte.

»Ich habe gefragt, weil ich dich liebe, Fran«, sagte er schließlich. »Das ist alles.«

Ihr ging das Herz auf, und unwillkürlich musste sie trotz ihrer verzweifelten Lage lächeln. Jahrelang hatte sie alles besessen, was sie begehrt hatte: Geld, Macht, Karriere, Status. Alles außer Liebe. Nun besaß sie nichts mehr. Es war alles fort. Doch dafür hatte sie endlich aus heiterem Himmel gefunden, was in ihrem Leben gefehlt hatte: die Liebe eines Mannes.

»Ich liebe dich auch«, erwiderte sie sanft.

Frankie war mit der Polizei beschäftigt und berichtete den Beamten alles, was sie über Williams Aktivitäten wusste. Sie schien finster entschlossen, ihren Ehemann zu finden und ihn büßen zu lassen. Carlo konnte es ihr nicht verdenken. Er war nie ein großer Fan von William gewesen. Er hasste den Mann nicht. Nein. Es war eher Gleichgültigkeit. Er hatte sich nie groß für William interessiert. Der Mann war einfach immer da gewesen, im Hintergrund. Auf Carlos Leben hatte er keinen großen Einfluss gehabt. Nun allerdings schon. Einen sieben Millionen Euro schweren Einfluss! Und keiner von ihnen hatte es kommen sehen. Nicht einmal Frankie. Stille Wasser sind tief, hieß es ja immer …

Carlo beschloss, allein ins Krankenhaus zu fahren. Er hatte jede Fluggesellschaft angerufen, die ihm einfiel, aber es hatte zu nichts geführt. Am Telefon gaben sie keine Auskunft über Passagiere. Francesca würde es wohl einfach der Polizei überlassen müssen, William zu fassen. Rasch gab er Frankie Bescheid, dass er Angel besuchen wollte. Sie nickte und versprach nachzukommen, sobald sie konnte.

Er lieh sich den alten Aston Martin seines Vaters aus. Tja, der würde ihn jetzt ja nicht mehr brauchen, und den Lamborghini hatte Carlo am Morgen vor dem Krankenhaus stehenlassen. Er benötigte beinahe eine Stunde für die wenigen Kilometer zum Princesse-Grace-Krankenhaus. Monaco platzte aus allen Nähten, jetzt, wo die Massen zum Grand-Prix-Wochenende herbeiströmten. Heute begannen die Vorqualifikationen, und viele Straßen waren bereits abgesperrt. Eigentlich liebte Carlo das Grand-Prix-Wochenende. Es war das größte Ereignis im gesellschaftlichen Kalender von Monte Carlo, und normalerweise freute er sich darauf wie ein Kind auf Weihnachten. Dieses Jahr jedoch ließ der Grand Prix ihn kalt. Er bezweifelte, dass er sich je wieder so darauf freuen würde wie früher. Wie konnte er den Grand Prix noch genießen? Er würde ihn von nun an immer an die schlimmste Zeit seines Lebens erinnern.

Die Fotografenmeute vor dem Krankenhaus war zu einem kleinen Häuflein geschrumpft, und Carlo hatte keine Probleme, sich zum Eingang durchzudrängeln. Scheißjournalisten! Sie waren allesamt Abschaum. Die hatten Nerven, seine Familie zu verurteilen! Journalisten machten ihn krank. Sie waren doch bloß Parasiten, die sich vom Leid anderer ernährten.

Angelica schlief noch immer, als Carlo eintraf, doch die Ärzte erlaubten ihm, sich still an ihr Bett zu setzen, ihre Hand zu halten und ihr über die zerzausten Haare zu streicheln. Er beobachtete, wie ihre Brust sich sanft hob und senkte, und lauschte dem rhythmischen Piepen des Herzmonitors, beruhigt, dass sie wenigstens noch lebte, gebrochen, aber nicht tot. Sie war um so vieles kostbarer als alles, was er sonst verloren hatte. Seine Schwester. Sein Fleisch und Blut. Carlo hätte mit Freuden seine Yacht, sein Auto und sein Apartment hergegeben für nur fünf Minuten in ihrer Gesellschaft. Er wünschte, sie würde aufwachen und wieder seine Angel sein. Nicht der egoistische Junkie, zu dem sie geworden war, sondern das liebenswerte, lustige Mädchen, das ihm in ihrer Kindheit wie ein Welpe überallhin gefolgt war. Er vermisste diese Angel und wollte sie zurückhaben.

Er drückte ihre Hand und erschrak zu Tode, als er spürte, wie der Druck erwidert wurde – kaum merklich, aber unverkennbar.

»Angelica?«, fragte er hoffnungsvoll. »Angelica?«

Die Zunge bewegte sich in ihrem offenen Mund, als suchte sie ihre trockenen Lippen, und dann drehte ihr Kopf sich ein kleines Stück in seine Richtung.

»Angel? Liebes? Ich bin's, Carlo. Ich bin hier.«

Die Lider flackerten, doch sie schlug die Augen nicht auf; ihr Mund bewegte sich, aber sie gab keinen Laut von sich. Carlo drückte erneut ihre Hand, fester diesmal, und wieder spürte er eine kaum merkliche Erwiderung. Er streichelte ihr über Stirn und Wangen, küsste sie aufs Haar und flüsterte: »Wach auf, Angel. Wach auf, Liebes.«

Und plötzlich murmelte sie mit sehr leiser, krächzender Stimme: »Carlo … Carlo.«

Wieder flatterten die Lider, der Kopf drehte sich abrupt hin und her, und plötzlich waren ihre großen blauen Augen offen. Voller Staunen sah Carlo zu, wie seine kleine Schwester wieder lebendig wurde. Sie sah halb tot aus, bleich und viel zu dünn, aber sie war wach, und in ihren Augen war Leben. Er hielt ihr ein Glas Wasser an die aufgeplatzten Lippen. Mühevoll hob sie den Kopf ein Stück vom Kissen und trank.

Sie sah ihm in die Augen. »Carlo.« Ihre Stimme war so dünn und schwach. »Ich habe meinen Schultern zugehört. Ich bin zu dem Schluss gekommen, dass der Engel recht hat. Ich habe dem Teufel gesagt, er soll zur Hölle fahren.«

Sie plapperte nur so daher, aber wenigstens war sie bei Bewusstsein.

»Schsch, Angel«, sagte Carlo sanft. »Ruh dich aus, Liebes. Alles wird gut.«

Und dann klingelte er nach dem Arzt.

James Sanderson war betrunken. Es war noch nicht einmal Mittagszeit, doch der Mann, der sein ganzes Leben lang einem streng geregelten Tagesablauf gefolgt war und sich stets vorbildlich verhalten hatte, war sternhagelvoll, stockbesoffen, total hinüber. O Mann, er war so unsicher auf den Beinen, dass er nicht wusste, ob er es noch zur Toilette schaffen würde, dabei hatte er das schreckliche Gefühl, dass er sich gleich würde übergeben müssen. Ach, scheiß drauf, ein weiterer Scotch konnte nicht schaden. Er hatte schließlich nichts Besseres zu tun …

Im Port Hercule drängten sich die Yachten und Superyachten. Der Grand Prix war das betriebsamste Wochenende des Jahres. James beobachtete die Besatzungen, die auf den Yachten im Hafen arbeiteten, und in seinem Bauch brannten heiße Wut und Enttäuschung. Diese Männer wurden gebraucht, sie hatten ihre Arbeit, ihr Leben, ihren Tagesablauf. O Mann, wie er sie darum beneidete! Denn James wurde nicht mehr gebraucht. Er stürzte seinen Scotch hinunter und bestellte noch einen. Warum auch nicht, verdammt? Was war ein Kapitän ohne sein Schiff, hm? Die *Vigorosa III* war von der Polizei beschlagnahmt worden, und wenn man der Presse glauben konnte, würde die Familie LaFata die Yacht nicht so schnell zurückbekommen. Sein Boss war tot, ertrunken, er würde sicher bald irgendwo an der Küste angespült werden. Und Fattys Kinder waren pleite, so stand es jedenfalls in der Zeitung. Sie taten ihm leid, wirklich, aber was war mit ihm selbst? Er war völlig überflüssig und diese Woche überdies nicht bezahlt worden. Nach allem, was man hörte, war einfach kein Geld da, um ihn zu entlohnen.

Irgendwie bezahlte er seine Getränke, allerdings konnte er den Unterschied zwischen einem Fünfzig- und einem Fünfeuroschein nicht mehr erkennen. Die Kellnerin verschwamm ihm vor den Augen, und der Boden unter seinen Füßen schwankte, doch es gelang ihm irgendwie, auf die Herrentoilette zu stolpern, ehe er sich heftig ins Urinal übergab. Argh. James fühlte sich wie der Tod. Er stierte in den Spiegel. Er sah scheiße aus, und alt. Was hatte er mit seinem beschissenen Leben angefangen? Er war neunundvierzig Jahre alt und hatte nichts vorzuweisen. Ach, Scheiße. Er war immer auf Nummer Sicher gegangen, immer schön nach dem Lehrbuch, hatte nie auch nur einen Tag bei der Arbeit gefehlt, hatte sich nie krankgemeldet, hatte nie jemanden im Stich gelassen. Und was hatte er nun davon? Nichts. Nein, es waren nicht die Rechtschaffenen wie James, die das Spiel des Lebens gewannen, es waren die Glücksritter und Spieler. Wie hatte er so lange in Monaco leben können, ohne das zu merken? Er hätte von Fatty lernen sollen. Der Mann war nie auf Nummer Sicher gegangen. Er hatte gespielt und gewonnen, immer und immer wieder. Okay, am Ende hatte das Glück ihn offenbar verlassen, aber hey, was für ein Leben der Mann geführt hatte! Als Giancarlo LaFata im Wasser versunken und sein ganzes Leben blitzartig an ihm vorübergezogen war, hatte er garantiert nicht einen Augenblick davon bereut. Tja, heute würde James sich ein Beispiel an seinem Boss nehmen. Nennen wir es eine Hommage. Heute würde er Fatty LaFatas Andenken angemessen ehren.

Der Bankkassierer wirkte nicht allzu begeistert, als James an den Schalter schwankte, doch was sollte es. Es war sein Geld, er hatte ein Recht darauf, selbst wenn er sturzbetrunken war. Er stopfte sich die Ersparnisse seines gesamten Lebens in die Gesäßtasche seiner Jeans und stolperte den Hügel hinauf Richtung Kasino. Zwanzigtausend Euro – nicht gerade viel für ein ganzes Leben …

34

Robbie eilte zurück ins Hotel, um sich für seinen Herrenabend bereitzumachen. Er hatte keine Zeit gefunden, sich die Vorqualifikationen anzusehen, doch er hatte einen sehr produktiven letzten Tag in Monaco gehabt, hatte offene Fragen geklärt und weitere Belege für seine Behauptungen gefunden. Er hatte mit einem ehemaligen Kriminalpolizisten gesprochen, der seinerzeit nach Italien gefahren war, um Darcies Tod zu untersuchen. Der Mann hatte das Ganze von Anfang an sehr verdächtig gefunden – Darcie hatte Prellungen um den Mund sowie an Handgelenken und Armen gehabt. Doch »Freunde« von Giancarlo LaFata hatten ihn bedroht, und als die Familie LaFata auf einer privaten Autopsie bestanden hatte, hatten die Vorgesetzten des besagten Kriminalpolizisten eingewilligt. Der Todesfall wurde zum Selbstmord erklärt, und das war das Ende der Ermittlungen gewesen. Nicht lange danach, so hatte Robbies Informant erklärt, hatte man ihm Manipulation von Beweisen im Rahmen einer Ermittlung wegen Unregelmäßigkeiten beim Glücksspiel angehängt, und er war aus dem Polizeidienst entlassen worden. Der Mann war ganz offensichtlich verbittert und verfolgte seine eigenen Absichten, doch Robbie glaubte ihm, als er sagte, Fatty LaFata habe seine Karriere zerstört.

Als Patterson Robbie anrief und ihm auf den Zahn fühlte, wie es bei ihm liefe, hatte er seinem Chef versprochen, am kommenden Nachmittag wieder an seinem Schreibtisch zu sitzen, und zwar mit der skandalösesten, sensationellsten Verbrecherstory, die seine Zeitung je gedruckt habe. Und das hatte er ernst gemeint. Er hatte sich unterdessen entschieden. Er musste diese Story veröffentlichen. Sie war zu groß, um sie zurückzuhalten, gleichgültig, welche Konsequenzen das haben würde. Augen zu und durch. Doch Fran würde es verstehen, da war er sich sicher.

Ah, Fran. Prächtige, wunderbare Fran. Er hatte ihr gesagt, dass er sie liebte. Es war ihm einfach so herausgerutscht, als er mit ihr telefoniert hatte. Aber er hatte es ernst gemeint. Er liebte sie wirklich! Vielleicht war er verrückt. Er konnte sich gut vorstellen, was seine Freunde sagen würden, wenn sie davon erführen. »Bist du jetzt völlig weich in der Birne geworden, Robbie?!« Aber er war nicht verrückt. Er war völlig und absolut klar im Kopf. Sie hatten einander alles erzählt – nun, *fast* alles –, und er hatte das Gefühl, sie verstand ihn besser als sonst jemand. Natürlich würde sie ihm verzeihen, dass er seine Arbeit tat. Oder?

Er wollte sie vor seinem Abflug am nächsten Morgen unbedingt noch einmal sehen, aber die Umstände hatten sich gegen sie verschworen. Sie war den ganzen Vormittag mit der Polizei beschäftigt und den Nachmittag über bei ihrer Schwester im Krankenhaus gewesen. Und nun hatte er diesen bescheuerten Kasinoabend mit den Jungs. Robbie hätte die Sache von einem Moment auf den anderen abgeblasen, aber Fran hatte das nicht gewollt.

Nein, geh ruhig, Liebling. Ich bin heute sowieso keine gute Gesellschaft. A geht es körperlich besser, aber psychisch ist sie in keiner guten Verfassung. Und dann W… Aber darüber können wir nicht reden. Vielleicht kann ich Dich eines Tages, wenn das alles vorbei ist, nach Deiner Arbeit fragen, und Du mich nach meiner Familie. Ich freu mich schon! Schönen Abend, verlier nicht alles! Vielleicht können wir morgen zusammen frühstücken, ehe Dein Flug geht? xxx

Zusammen zu frühstücken war besser als nichts. Aber eine Stunde war einfach nicht genug. Ehrlich gesagt graute es ihm davor, nach Hause zu fliegen, zurück zu Heather und dem Regen. Er sehnte sich danach, die Mädchen zu sehen und sie in die Arme zu nehmen, doch es bedeutete, Fran zu verlassen, und das brach ihm das Herz. Robbie liebte seine Arbeit, aber es gab ja noch mehr Zeitungen. Vielleicht konnte er Französisch lernen oder für eine englische Zeitung hier in der Region arbeiten. Vielleicht konnte er Teilzeitkorrespondent an der Riviera für eine schottische Zeitung werden. Wenn die Kinder nicht wären, würde er alles hinschmeißen und hier bei Fran in der Sonne bleiben. Aber das ging nicht. Er hatte diese Kinder, und er liebte sie wahnsinnig, daher war er für immer an Edinburgh gebunden. Tausend Meilen von seiner Seelenverwandten entfernt. Unvermittelt war Robbie niedergeschlagen. Ein schnelles Croissant mit ihr morgen früh, und wann würde er sie dann wiedersehen?

Er war bereits spät dran für seine Verabredung mit Dan und Simon. Um halb acht war er zum Abendessen mit ihnen verabredet gewesen, und nun war es schon zehn vor acht. Im Laufschritt eilte er in die Hotellobby und stürzte auf den Aufzug zu. Da rief die Rezeptionistin nach ihm.

»Monsieur McLean! Ich habe eine Nachricht für Sie!«

Er blieb stehen und nahm ihr das Blatt Papier ab. Er las es im Aufzug.

Bernie Ferguson hatte aus Edinburgh angerufen, wegen eines Mannes namens Enzo LaFata junior. Na, wenn das keine Überraschung war! Robbie ging zurück in sein Zimmer, schickte Dan hastig eine SMS, er sei in zehn Minuten bei ihnen, und wählte dann mit zitternden Händen Bernies Nummer.

Francesca lief in ihrem Schlafzimmer auf und ab, immer wieder, murmelte vor sich hin und versuchte, die Ruhe zu bewahren. William. Es gab nicht viel, was sie Williams wegen unternehmen konnte. Die Polizei hatte ihr gesagt, man habe Interpol eingeschaltet, und nun sei eine internationale Großfahndung im Gange. Er konnte nirgendwohin fliegen, konnte keine Fähre und keinen grenzüberschreitenden Zug nehmen, ohne gefasst zu werden. Doch er hatte zwei Tage Zeit gehabt, um zu fliehen, ehe sie bemerkt hatten, dass er fort war. Die bei der Telefongesellschaft gespeicherten Anrufe von seinem Handy ergaben, dass er zumindest gestern am frühen Morgen in Italien gewesen war. Italien? Was tat er in Italien? Das war nur wenige Hundert Kilometer entfernt. Doch danach war das Telefon ausgeschaltet worden, und seither wusste niemand mehr etwas über seinen Verbleib. Mittlerweile konnte er Gott weiß wo sein. Francesca stellte ihn sich in der Karibik vor, wie er in einem Hawaiihemd in einer Strandbar Cocktails schlürfte. Ihre Urlaube auf den Westindischen Inseln hatte er immer genossen. Dort würde ihn niemand finden. Wenn sie ihn nur in die Finger kriegen könnte, sie würde ihm den Hals umdrehen!

Und dann war da Angelica, die arme verkorkste Angelica. Francesca war außer sich vor Sorge um ihre kleine Schwester. Der Arzt hatte ihr erklärt, sie habe einen schweren Leberschaden und dürfe nie wieder Alkohol trinken oder Drogen nehmen. Auch ihr Herz war durch den jahrelangen Drogenmissbrauch geschwächt worden, und ihre Nieren waren ebenfalls in schlechter Verfassung. Glücklicherweise war sie noch sehr jung, so dass ihr Körper sich mit der Zeit regenerieren würde, sofern sie trocken und clean blieb. Am besorgniserregendsten war jedoch, was der Psychologe gesagt hatte.

»Angelica ist sehr labil. Ihr Bezug zur Wirklichkeit ist gestört, und sie zeigt Anzeichen von wahnhaftem, paranoidem, narzisstischem und, ich würde sogar sagen, schizophrenem Verhalten. Selbstverständlich müssen wir weitere Tests und Untersuchungen vornehmen, sobald sie körperlich wieder kräftiger ist, ehe wir zu einer Diagnose kommen können, aber ich fürchte, die Langzeitauswirkungen ihrer Alkohol- und Drogenabhängigkeit werden eher psychischer als physischer Natur sein.«

Schizophren! Immer wieder sagte Francesca sich das Wort vor. Wahnhaft? Ja, das traf auf Angelica zu. Paranoid? Hm, möglich. Narzisstisch? Ja, definitiv. Aber schizophren? Das klang wirklich ernst. Schizophrenie war der Stoff, aus dem Albträume waren – Gummizellen und Zwangsjacken.

»Sie hört Stimmen«, hatte Carlo ihr erzählt und auf seinen bereits abgekauten Nägeln gekaut. »Sie sagt immer wieder, sie würde mit ihren Schultern reden!«

»Sie ist stark sediert«, hatte Francesca Angels Verhalten entschuldigt. »Und den Laborergebnissen zufolge hat sie genügend Drogen genommen, um einen Elefanten umzuhauen. Da ist es nur logisch, dass sie ein bisschen verwirrt ist.«

»Ich weiß nicht«, hatte Carlo erwidert. »Sie ist aufgewacht, aber sie ist nicht ganz da, Frankie. Ich sag dir, das Mädchen da drin ist nicht die Angel, die sie einmal war.«

Als Francesca zu Angel ins Krankenzimmer gegangen war, hatte diese in einem Lehnstuhl am Fenster gesessen. Zuerst hatte Francesca das für ein gutes Zeichen gehalten. Als sie ihre kleine Schwester zuletzt gesehen hatte, war sie bewusstlos gewesen, doch nun war sie nicht mehr an den Herzmonitor angeschlossen und saß aufrecht da. Zugegeben, sie sah aus wie ein Gespenst – totenblass, mit dicken schwarzen Ringen unter den Augen und so schmerzlich dünn in ihrem Krankenhaushemd, dass Francesca Angst hatte, sie könne durchbrechen, wenn sie sie umarmte –, aber zumindest lebte sie.

»Hi, Frankie«, hatte Angel versonnen mit seltsam hauchiger Stimme gesagt. Sie sah kurz zu ihrer Schwester hoch und starrte dann wieder aus dem Fenster.

»Ich rede mit den Leuten da«, sagte sie und zeigte aus dem Fenster.

Francesca stellte sich neben Angelica und legte ihr den Arm um die knochige Schulter.

»Mit wem redest du, Liebes?«, fragte sie verwirrt.

Francesca sah vor dem Fenster nur den Cimetière de Monaco und das klare blaue Meer dahinter.

»Komische Stelle für ein Krankenhaus«, sinnierte sie, »gleich neben einem Friedhof. Ein bisschen deprimierend, wenn man durchs Krankenhausfenster gleich auf einen Haufen Gräber schaut.«

»Nein, gar nicht«, antwortete Angel seltsamerweise. »Das ist absolut sinnvoll.«

»Wie meinst du das, Liebes? Meinst du, weil du jetzt auch da unten liegen könntest?«

Angel nickte. »Ja, in gewisser Weise. Ich wäre heute Nacht fast gestorben, Frankie. Ich habe mich dagegen entschieden. Ich schwöre es. Ich habe alles gesehen. Ich habe mich selbst gesehen wie in einem Film, und dann wurde ich vor die Wahl gestellt – zu bleiben oder zu gehen. Ich habe mich entschieden, zu bleiben.«

Francesca biss sich heftig auf die Lippe und drückte Angels Schulter. Allmählich begriff sie, was Carlo meinte. Angel war der Wirklichkeit tatsächlich ein wenig entrückt. Eine außerkörperliche Erfahrung? Oje …

»Und jetzt, weil ich eine von ihnen war«, fuhr Angelica fort. »Du weißt schon, eine Tote, ganz kurz. Tja, jetzt reden sie auch mit mir. Deshalb ist es eigentlich die ideale Stelle für ein

Krankenhaus, weil die lebenden Toten mit den richtigen Toten plaudern können und niemand einsam ist, verstehst du?«

»Das ist nett, Liebes«, sagte Francesca und lächelte geduldig, obwohl ihr zum Heulen zumute war. Angel sprach mit Geistern!

Das war nicht gut. Überhaupt nicht. Francesca lief weiter auf und ab. Carlo war den ganzen Tag über im Krankenhaus gewesen und hatte mit dem Psychologen sprechen können, den man hinzugezogen hatte. Sie hatten über die Möglichkeit einer Langzeitbehandlung in der Psychiatrie gesprochen. Carlo schien das für eine gute Idee zu halten, für einen Schritt in die richtige Richtung, aber Francesca war sich da nicht so sicher. Angelica war doch nicht verrückt. Oder? Ein bisschen labil und selbstbezogen vielleicht. Und sie hatte offensichtlich eine Suchtpersönlichkeit, doch das bedeutete nur nochmals Entzug, nicht wahr? Nicht Psychiatrie. Und seit wann traf eigentlich Carlo solche Entscheidungen? Carlo war immer der verrückte, wilde, chaotische Junge gewesen, der seine Autos zu Schrott fuhr, Geburtstage vergaß und in der Gegend herumbumste. Er hatte kein Fünkchen Verantwortungsgefühl. Und plötzlich redete er mit psychologischen Beratern und hatte eine Meinung zu dem, was mit Angel geschehen sollte. Zwar predigte Francesca ihm seit Jahren, er solle erwachsen werden, doch nun, wo er es endlich wurde, war sie sich nicht sicher, ob es ihr gefiel.

Aber einstweilen war Angelica in guten Händen. Die Hauptsache war, dafür zu sorgen, dass es ihr wieder besserging, und dann konnten sie darüber nachdenken, was als Nächstes geschehen sollte. Im Augenblick hatte Francesca drängendere Probleme. Sie musste ihren Söhnen erklären, dass ihr Vater fortgegangen war und sie ihn womöglich nie wiedersehen würden. Sie hatte noch überhaupt keine Ahnung, wie sie ihnen das beibringen sollte. Sie hatte ihnen gerade erst von ihrem Großvater erzählt. Sie hatte ihnen erklärt, er sei von der Yacht gefallen und ertrunken. Sie hielt es für das Beste, ganz offen zu den Kindern zu sein und ihnen keine falschen Hoffnungen zu machen, dass ihr Großvater eines Tages doch wieder auftauchen könnte. Francesca glaubte nicht mehr daran, dass sie ihren Vater je wiedersehen würde, und damit mussten sie sich nun alle abfinden. Aber William … O Gott, wie sollte sie ihnen das mit William erklären?

Francesca hatte nicht gewusst, dass sie so wütend werden konnte. Wenn sie daran dachte, was er ihr und den Jungen angetan hatte, hätte sie gegen die Wand boxen, Türen eintreten, das ganze Haus zusammenschreien können! Sie war immer eine sehr gelassene, vernünftige Frau gewesen, doch wenn William jetzt zur Tür hereinkäme, würde sie den nächstbesten Gegenstand packen und ihm mit Freuden den Schädel damit einschlagen.

Doch William würde nicht zur Tür hereinkommen. Der Mistkerl war fort, und Francesca konnte sehen, wie sie zurechtkam. Sie dachte an Dubrowski und erschauerte. Wie zum Teufel sollte sie bis morgen an zehn Millionen Euro kommen? Das Betrugsdezernat hatte sämtliche Geschäftskonten eingefroren, und William war mit dem Wenigen abgehauen, was sie darüber hinaus noch besessen hatten. Sicher, sie stand hier in einem Anwesen, das Millionen wert war, mit einer Dreiergarage und einer Auffahrt voller absurd teurer Autos. Sie hatte eine Yacht im Hafen und ein Landhaus in der Nähe von Valbonne. Sie hatte Diamanten im Safe, einen Weinkeller voller seltener Jahrgangsweine, und an ihren Wänden hing unbezahlbare Kunst, doch nichts davon konnte sie innerhalb von zwei Tagen zu Geld machen. Das war einfach nicht möglich.

Francesca merkte, dass sie kaum atmen konnte. Panik stieg in ihr auf wie ein Schwarm wütender Bienen, die in ihrem Kopf summten und jeden klaren Gedanken verhinderten. Es war heiß und stickig in ihrem Zimmer. Sie stieß die Balkontüren auf, taumelte nach draußen und stützte sich am schmiedeeisernen Geländer ab.

»Atme«, sagte sie sich. »Atme einfach.«

Sie starrte hinab, wie sie es unzählige Male getan hatte, über die Dächer hinweg auf das glitzernde Monte Carlo, wo das Leben ungeachtet ihrer eigenen Tragödie einfach weiterging. Sie dachte an die Touristen, die in aufgeregten Scharen zum Grand Prix herbeiströmten, herausgeputzt und bereit für Monte Carlo. Sie dachte an Robbie, der jetzt mit Freunden zu Abend aß, in glücksseliger Unwissenheit um ihre Zwangslage. Was würde er tun, wenn er von dem Russen wüsste? Würde er ihr helfen? Konnte er ihr helfen? Er hatte kein Geld, in dieser Hinsicht wäre er ihr überhaupt keine Hilfe. Doch würde er sie retten, wenn er könnte? Sie kannte die Antwort, doch es war einfach zu viel verlangt. In dieser Angelegenheit war sie auf sich allein gestellt.

Francesca sah hoch zu den Sternen am klaren schwarzen Himmel. Sie funkelten genau wie immer. Was kümmerte es die Sterne, wenn ihre kleine Familie ausgelöscht wurde? Was kümmerte es irgendwen, global betrachtet? Nichts würde sich verändern, wenn sie alle verschwänden. Die Welt würde sich weiterdrehen, die Sterne würden noch immer am Himmel funkeln, und die Touristen würden auch nächstes Jahr wieder zum Grand Prix nach Monte Carlo strömen.

Nie zuvor war Francesca so bewusst gewesen, wie unbedeutend sie war. Sie war nur ein einziges kleines Geschöpf auf diesem Planeten. Nur ein Haufen Zellen, nicht wichtiger oder unwichtiger als andere Tiere. Sie musste an einen Besuch in der Bank einige Wochen zuvor denken, ehe alles schiefgelaufen war. Sie hatte Schlange gestanden und daran gedacht, dass sie in ihrer Ehe mit William in der Falle saß. Plötzlich kreischte eine Frau, und Francesca hörte über sich ein Flattern. Eine Taube hatte sich in die Bank verirrt und flog nun voller Panik durch den Raum. Plötzlich prallte sie mit einem übelkeiterregenden Geräusch gegen eine Scheibe und fiel betäubt zu Boden. Einige Kunden lachten. Eine Frau sagte: »Oh, das ist ja widerlich. Bringen Sie sie weg!« Doch Francesca sah entsetzt mit an, wie der arme Vogel wieder auf die Beine kam, zur Decke hochflog und erneut gegen die Scheibe prallte. In jenem Augenblick wusste Francesca genau, wie der Vogel sich fühlen musste. Er saß in der Falle. Er sah die Welt draußen, hatte die Freiheit vor der Nase, aber er konnte nicht dorthin gelangen. Er zerstörte sich selbst bei dem Versuch, ins Freie zu kommen, aber er war entschlossen auszubrechen.

Während die übrigen Anwesenden gafften, ging Francesca zu dem Vogel hinüber und hob ihn sanft auf. Der kleine Körper war noch warm, doch sie wusste nicht, ob er noch atmete.

»Fassen Sie sie nicht an, Madame«, riet ihr ein älterer Herr. »Tauben sind Ungeziefer. Sie übertragen Krankheiten.«

Francesca achtete nicht auf ihn. Sie trug den Vogel sanft nach draußen und setzte sich mit ihm auf eine Bank. Sie strich ihm übers Gefieder und wünschte sich, er möge aufwachen. Irgendwann regte der Vogel sich wieder. Francesca sah ihm in die runden schwarzen Augen und sagte: »Sei frei, kleiner Vogel. Du hast ein Recht darauf.« Dann warf sie die Taube in die Luft und beobachtete voller Staunen, wie sie flog. Die Taube umkreiste zweimal Francescas Kopf, flog über das Dach des nächsten Gebäudes und war verschwunden.

Francesca wünschte, jemand würde sie jetzt behutsam aufheben und retten. Seit Jahren prallte sie immer wieder gegen jene gläserne Wand, und nun stand sie hier – verängstigt und allein. Ihr Vater hatte ihr immer das Gefühl gegeben, sie wäre unbesiegbar. Er hatte sie glauben gemacht, nichts könne ihr etwas anhaben, weil sie eine LaFata war. Doch er hatte sich geirrt. Er hatte lediglich eine gläserne Barriere zwischen seiner Familie und dem Rest der Welt errichtet. Und nun zersplitterte diese Wand, und die Splitter flogen ihnen um die Ohren. Die LaFatas waren nichts Besonderes. Sie waren nicht wichtiger als irgendeine andere Familie. Sie hatten einfach nur Glück gehabt. Und nun hatte das Glück sie verlassen.

35

»Du hast eine richtige Glückssträhne heute Abend, Rob!«, brüllte Dan quer über den Roulettetisch.

»Heute ist mein Glückstag!«, schrie Robbie zurück.

Und so war es auch. Der Anruf bei Bernie hatte alle seine Erwartungen übertroffen. Bernie, der Gute, hatte es übernommen, Robbies Spuren in Edinburgh weiterzuverfolgen, während Robbie in Monaco beschäftigt war. So war er Enzo LaFata junior, Fattys Erzfeind, auf die Spur gekommen. Er war der Cousin, der das Nachsehen gehabt hatte, als sein Vater das Pizzeriageschäft Fatty anstelle von Enzo hinterlassen hatte. Bernie hatte ihn in Glasgow auf der Straße, gleich vor dem Hauptbahnhof, aufgestöbert, bettelnd und nach Bier stinkend.

Es hatte nicht viel gekostet, Enzo die schmutzigen Einzelheiten aus der Nase zu ziehen: eine Portion Fish and Chips, ein Sixpack Tennent's Lager und eine im Voraus bezahlte Woche in einer Obdachlosenunterkunft. Bernie hatte Enzo seine Wünsche gerne erfüllt. Und dann hatte Enzo ausgepackt, die ganze Geschichte. Enzo hatte seiner jahrelang aufgestauten Wut Luft gemacht, überglücklich, seinen Cousin bloßstellen zu können. Robbie hatte ein schlechtes Gewissen, weil er Bernies journalistische Fähigkeiten je in Zweifel gezogen hatte. Der Mann war ein Genie. Er hatte Robbie die Sensationsmeldung seines Lebens verschafft. Robbie war bester Laune. Er befand sich auf dem Höhepunkt seiner Karriere. Scheiß drauf. Er würde Edinburgh verlassen. Er würde bis aufs Messer mit Heather um die Mädchen kämpfen, aber er würde nicht weiter dieses unbedeutende Leben führen. Jetzt, wo er Francesca gefunden hatte, würde er sich eine Lösung für ihre Situation einfallen lassen. Nach allem, was William getan hatte, würde sie sich von ihm scheiden lassen müssen. Es würde kompliziert werden und lange dauern, vielleicht jahrelang, doch sie würden vorankommen und auf die Zukunft hinarbeiten. Alles war möglich. Träume konnten wahr werden. Das sah Robbie jetzt.

Der Besuch im Kasino von Monte Carlo war, als betrete man den Schauplatz eines James-Bond-Films, und allmählich fühlte Robbie sich auch wie Sean Connery. Sie hatten sich für diesen Abend alle einen schwarzen Smoking geliehen. Das war Dans Idee gewesen, und Robbie hatte es zunächst übertrieben gefunden, doch nun, umgeben von so viel Reichtum und Eleganz, war er froh, dass er sich die Mühe gemacht hatte. Er mochte in einer sozial schwachen Siedlung in West Lothian aufgewachsen sein, doch hier hatte er seine spirituelle Heimat gefunden! Du lieber Gott, dieses Kasino war etwas Besonderes – die hohe gewölbte Decke, die kunstvollen Gemälde an den Wänden, die gläsernen Kronleuchter, die gepflegten Männer in ihren Anzügen, die schönen Frauen in Cocktailkleidern mit ihrem Schmuck … Robbie wünschte nur, Francesca wäre an seiner Seite. Sein ganz persönliches Bond-Girl. Das wäre wirklich perfekt gewesen. Nächstes Mal würde er Fran mitbringen.

»Sechzehn!«, rief er dem Croupier zu. »Rot.«

Sechzehn. Das war Frans Geburtstag.

»Wow!« Die übrigen Spieler am Tisch schnappten nach Luft. »Sechzehn!«

Simon klatschte aufgeregt in die Hände.

»Wie viel macht das jetzt, Robbie?«, fragte er. Seine Brille war wieder einmal beschlagen. »Fünf Riesen?«

»Sechseinhalb!«, jubelte Robbie.

Er konnte sein Glück kaum fassen. Er hatte seine Story bekommen, er hatte die Frau bekommen, die er wollte, und nun spielte er noch alle seine Ausgaben wieder herein. Noch ein paar Tausend, und er könnte Florence das Flugticket nach Perth bezahlen, dazu den Mietwagen und das Hotel. Patterson würde ihm die Füße küssen, wenn er zurückkehrte. Er konnte die Gehaltserhöhung praktisch riechen.

»Einundzwanzig«, rief er diesmal. »Schwarz.«

Grace' Geburtstag. Robbie wusste, dass er gewinnen würde, noch ehe das Rad sich drehte. Heute war einfach einer dieser Tage, an denen alles richtig lief.

»Verdammt, ich glaub das nicht!«, brüllte Dan auf der anderen Tischseite, als die Kugel an der Grenze zur schwarzen Einundzwanzig schwankte und dann brav hineinfiel. »Heute Abend hast du offenbar Gott auf deiner Seite!«

»Halleluja! Der Herr sei gepriesen!« Robbie lachte.

»Meinst du nicht, du solltest jetzt aufhören?«, fragte Simon, der wieder nervös wurde.

»Si, du hast ihm schon bei fünfhundert gesagt, er soll aufhören, und jetzt hat er acht Riesen«, spottete Dan. »Eine noch, Robbie. Nur noch eine, dann hast du zehn. Zehn Riesen!«

»Drei«, rief Robbie. »Rot.«

Rubys Geburtstag. Rubinrot. Das konnte gar nicht schiefgehen.

Die Kugel wirbelte herum, so schnell, dass Robbie sie kaum erkennen konnte, dann wurde sie langsamer, hüpfte ein paar Mal, fiel in die schwarze Sieben, sprang wieder heraus, schwankte an der Grenze zur roten Elf, überlegte es sich anders, hüpfte noch einmal und kam in der roten Drei zur Ruhe. Robbie hatte es gewusst.

»Du Prachtstück!«, schrie Dan so laut, dass selbst der Croupier kichern musste und das halbe Kasino zu ihnen herübersah.

»Okay, ich höre auf.« Frohlockend rieb Robbie sich die Hände. »Zehn Riesen. Das genügt mir, vielen Dank.«

Er raffte seine Chips zusammen und grinste die anderen an.

»Die Drinks gehen auf mich, Jungs«, sagte er. »Noch mal Champagner?«

»Da kann ich wohl nicht nein sagen.« Dan grinste.

»Die Sache ist die«, erklärte Robbie an der Bar und reichte den beiden ihre Gläser. »Was ich da gewonnen habe, zahlen die hier aus der Portokasse. Es ist sehr uncool, dass wir wegen zehn Riesen so aus dem Häuschen waren, das wisst ihr, ja?«

»Ja, aber zehntausend Euro sind viel Geld«, erwiderte Simon vernünftig. »Für die meisten Menschen.«

»Aber die hier sind nicht die meisten Menschen«, rief Dan ihm in Erinnerung. »Die hier tragen Armbanduhren, die mehr kosten.«

»Da haben Sie nicht unrecht, Sir«, mischte sich ein massiger Amerikaner in weißem Smoking mit roter Fliege ein, der neben ihnen an der Bar saß. »Ist dieses Kasino nicht etwas ganz Besonderes? Apropos die Spielbank sprengen … Sehen Sie den Mann da drüben? Am anderen Ende der Bar? Er hat gerade elf Millionen Euro gewonnen!«

Er deutete auf einen blonden Mann in mittleren Jahren, der ganz in ihrer Nähe zusammengesunken auf einem Barhocker saß.

»Unmöglich!«, rief Dan, der schon ordentlich betrunken war.

»Doch möglich.« Der Amerikaner nickte nachdrücklich. »Offenbar hatte er eine schlechte Woche. Hat seine Arbeit verloren. Hat seine gesamten Ersparnisse genommen, sie heute Nachmittag und Abend hier eingesetzt, und jetzt ist der Kerl ein verdammter Multimillionär! Sie sehen also, in Monte Carlo werden Träume wahr! Cheers!«

Er hob sein Glas. Robbie, Dan und Simon taten es ihm nach.

»Er sieht aber nicht gerade glücklich aus«, bemerkte Simon und musterte den frischgebackenen Millionär.

»Ach, der ist bloß völlig hinüber«, erwiderte der Amerikaner lachend. »Er kann kaum noch sprechen. Aber wenn er morgen aufwacht und begreift, dass er ein sehr reicher Mann ist, kommt er über den Kater hinweg.«

Der Champagner stieg Robbie sofort zu Kopf. Er war normalerweise eher ein Biertrinker und hatte den Überblick darüber verloren, wie viele Gläser Schampus er heute Abend schon gehabt hatte. Er wollte Fran eine SMS schicken. Er wollte ihr von dem Geld erzählen, das er gewonnen hatte, und von der Entscheidung, die er bezüglich ihrer Zukunft getroffen hatte. Er wollte ihr sagen, dass er sich etwas einfallen lassen würde. Plötzlich musste er das sofort tun.

»Entschuldigt mich, Jungs.« Er glitt vom Barhocker hinunter. »Bin gleich zurück. Der Ruf der Natur …«

Er ließ Dan und Simon mit ihrem neuen Bekannten allein und suchte einen ruhigen Ort, an dem er Fran schreiben konnte. Er fand eine Terrasse mit Blick aufs Meer.

Habe gerade zehn Riesen gewonnen! Das, was ich vorhin gesagt hab, ist ernst gemeint. Ich liebe Dich, Fran. Ich weiß, unsere Situation ist sehr schwierig, aber bin fest entschlossen, es möglich zu machen. Ich hoffe, Du auch. xxxxxxxxxx

Er drückte auf Senden und war sehr zufrieden mit sich. Wann hatte das angefangen, dass alles richtig lief? Er blickte auf. Unterhalb der Terrasse fiel der Hang steil ab. Der Ausblick von hier war atemberaubend.

»Ist eine wunderbare Aussicht, nicht wahr?«, hörte er hinter sich eine Männerstimme.

Robbie drehte sich um und erblickte den makellos gepflegten Italiener, den er im Café und im Restaurant gesehen hatte. Den Mann mit der Narbe.

»Oh, hi«, sagte Robbie, ganz froh, ein bekanntes Gesicht zu sehen. »Wir laufen uns offenbar immer wieder über den Weg.«

Der Italiener kam zu ihm herüber und stellte sich neben ihn. »Wissen Sie, wie diese Terrasse genannt wird?«

Robbie schüttelte den Kopf.

»Die Selbstmörderterrasse.« Der Mann holte eine kubanische Zigarre aus der Tasche und zündete sie mit einem goldenen Feuerzeug an. »Hier sind schon viele Männer runtergesprungen, nachdem sie das Familienvermögen am Roulettetisch verloren haben.«

»Im Ernst?« Robbie spähte über die Brüstung auf die Felsen unter ihnen. »Das ist ein bisschen übertrieben. Es ist doch nur Geld.«

»Nur Geld?« Der Italiener hob eine perfekt gezupfte Augenbraue und zog an seiner Zigarre. »Sie haben nicht viel Achtung vor dem Geld, Robbie McLean.«

»Na ja, das auch wieder nicht, es ist nur ...« Robbie brach ab. »Woher kennen Sie meinen Namen?«

»Es ist meine Aufgabe, den Namen eines Mannes zu kennen, wenn dieser seine Nase in meine Angelegenheiten steckt«, erwiderte der Mann.

Er lächelte Robbie zu, doch seine Augen waren kalt. Er blies Robbie Zigarrenrauch ins Gesicht und grinste.

»Ich verwirre Sie, Robbie McLean. Sie sind gar nicht so clever, wie Sie gedacht haben, hm? Vielleicht kennen Sie doch nicht die ganze Geschichte.«

Robbie wünschte, er könnte den Champagnernebel vertreiben, der seinen Kopf einhüllte. Er versuchte zu denken, doch seine grauen Zellen arbeiteten nur mühsam. Was zum Teufel sollte das hier?

»Schauen Sie, Kumpel«, sagt er und versuchte, sich seine

Angst nicht anmerken zu lassen. »Ich weiß nicht, wer Sie sind oder was Ihr Problem ist, aber …«

Der Italiener warf seine Zigarre über die Brüstung und packte Robbie am Kragen.

»Nicht ich habe hier ein Problem, Mr McLean«, sagte er bedrohlich, das Gesicht ganz dicht vor Robbies Nase. »Sie haben eins.«

Er hob Robbie am Kragen hoch und warf ihn gegen die Brüstung.

»Sie haben sich hier in der Gegend sehr unbeliebt gemacht. Haben zu viele Fragen gestellt. Mit den falschen Leuten gesprochen«, stieß er hervor.

Der Italiener war ungefähr so groß wie Robbie, und obwohl er schlank war, war er unglaublich kräftig. Robbie konnte spüren, wie sich die Muskeln des Mannes unter seinem Anzug bewegten. Heilige Scheiße, er schien aus Stahl zu bestehen. Er verdrehte Robbies Krawatte, bis er ihm die Luft abschnürte. Robbie spürte, wie die Faust des Italieners immer fester gegen seinen Adamsapfel drückte. Er schnappte nach Luft. Er hatte das Gefühl, seine Augen träten aus den Höhlen, und sein Kopf fühlte sich durch den Sauerstoffmangel so leicht an, als würde er ihm gleich von den Schultern schweben.

»Sie fliegen zurück nach Schottland«, erklärte der Italiener, hob Robbie noch weiter hoch und drückte ihn fester gegen die Brüstung. »Sie werden nicht ein Wort über Giancarlo LaFata veröffentlichen.«

Natürlich, hier ging es um Fatty. Worum sonst? Plötzlich fiel Robbie wieder ein, wie seltsam es gewesen war, dass Jade nach Giancarlos Verschwinden gestorben war. Er hatte ja bereits vermutet, Fattys Einfluss reiche über sein nasses Grab hinaus – nun wusste er es mit Sicherheit. Der Italiener hob Robbie immer weiter hoch und drückte ihn dann nach hinten über die Brüstung, so dass nichts als frische Luft ihn von den Felsen darunter trennte. Sein Rücken fühlte sich an, als würde er unter seinem Gewicht gleich durchbrechen, und er bekam kaum noch Luft, da sein Kragen ihm die Kehle zuschnürte und sein Kopf rücklings über dem Abgrund baumelte. Er versuchte zu sprechen, doch aus seinem Mund kamen keine Worte, nur unartikuliertes Gurgeln. »Ich werde sterben«, dachte er. »So werde ich also sterben.«

»Sie haben zwei sehr hübsche Töchter, Robbie«, sagte der Italiener. »Grace und Ruby. Solch blonde, blauäugige Schönheiten. Ich habe sie zur Schule gehen sehen. Ich habe sie beobachtet. Ihre Exfrau, die ist immer pünktlich, aber Sie kommen immer zu spät, wenn Sie sie abholen. Sie warten am Tor auf Sie, manchmal eine halbe Stunde lang, jeden Dienstag. Ganz allein. Es wäre eine solche Schande, wenn zwei so entzückenden Mädchen etwas zustoßen würde, finden Sie nicht?«

Unvermittelt spürte Robbie einen Adrenalinstoß durch seine Adern jagen. Mit ihm selbst mochten sie tun, was sie wollten, aber seine Mädchen würden sie nicht anrühren. Nicht ein kostbares blondes Haar würden sie ihnen krümmen! Er nahm all seine Kraft zusammen und versuchte, nach dem Italiener zu schlagen, ihn zu treten und ihm auf die Arme zu boxen, zerrte an der Hand, die ihm die Kehle zudrückte, ihn gurgeln und würgen ließ. Er wollte kämpfen. Er musste kämpfen. Doch er war so machtlos wie eine Maus in den Fängen eines Löwen.

»Wie süß.« Der Italiener lachte. »Die Liebe eines Vaters zu seinen Kindern. Und Sie lieben auch eine Frau, oder, Robbie? Oder vögeln Sie Francesca LaFata nur zum Spaß, hm?«

Robbie kämpfte noch immer, doch es hatte keinen Sinn. Der Italiener geriet nicht einmal ins Schwitzen. Sein Gesicht war so gelassen und attraktiv wie eh und je, während er Robbie weiter über die Brüstung schob. Er lockerte den Griff um Robbies Kehle – kaum merklich, doch Robbie konnte leichter atmen. Allerdings kam er dadurch dem Absturz zugleich ein Stück näher. Robbie hörte, wie der Stoff seines Smokings unter seinem Gewicht nachzugeben und zu reißen begann. Nur die Nähte seiner Smokingjacke bewahrten ihn davor, in den Tod zu stürzen. Er hing buchstäblich an einem seidenen Faden. Sein Herz schlug dröhnend laut in seiner Brust. Es war das Einzige, was er hören konnte – den Schlag seines Herzens und die Wellen, die gegen die Felsen unter ihm brandeten.

»Ich schlage Ihnen eine Abmachung vor, Robbie McLean«, sagte der Italiener. »Sie versprechen mir zwei Dinge, und ich lasse Sie und Ihre Töchter in Ruhe. Jedenfalls vorerst.«

Robbie nickte. Er konnte nicht sprechen, aber er würde allem zustimmen, wenn es bedeutete, Ruby und Grace zu retten.

»*Numero uno*: Sie schreiben in Ihrem Leben nicht ein Wort über Giancarlo LaFata. *Numero due*: Sie werden Francesca LaFata nie wiedersehen, nie mehr mit ihr sprechen oder sich mit ihr in Verbindung setzen. *Capito*?«

Robbie nickte. Er hörte das unheilvolle Geräusch reißenden Stoffes. Der Italiener grinste ihn mit seinen makellosen weißen Zähnen an und ließ ihn noch ein wenig länger über dem Abgrund baumeln. Mittlerweile war Robbie alles Blut in den Kopf geströmt, und er fürchtete, gleich ohnmächtig zu werden.

»Sie schicken Francesca eine Nachricht. Eine. Mehr nicht. Sie schreiben Ihr, es ist vorbei. Sie fliegen zurück nach Schottland, und das ist das Ende Ihrer Affäre. Sagen Sie ihr, dass Sie sie nicht lieben. *Capito*?«

Wütend starrte Robbie den Italiener an. Noch nie hatte er solchen Hass verspürt. Er wollte dem Mann das Herz herausreißen. Denn das tat er gerade mit Robbie. Was für eine Wahl ließ er ihm? Das Leben seiner Töchter oder Francescas Liebe?

Das war keine Wahl. Niemand konnte es mit Ruby und Grace aufnehmen. Nicht einmal Fran.

Schließlich nickte Robbie mit zusammengebissenen Zähnen.

»Gut«, sagte der Italiener heiter. »Dann haben wir eine Abmachung.«

Er zog Robbie langsam zurück auf die Terrasse und warf ihn zu Boden. Dort lag er nun keuchend und versuchte, wieder zu Atem zu kommen.

»Eine letzte Sache«, sagte der Italiener. »Das Geld, das Sie gerade gewonnen haben, das geben Sie mir.«

»Was?« Robbie rieb sich den malträtierten Nacken und seinen schmerzenden Rücken. »Nein!«

Sein Glückstag hatte sich in den schlimmsten Tag seines Lebens verwandelt. Es war ein Albtraum.

»Nein?« Der Italiener lachte. »Aber es ist doch nur Geld, Robbie McLean. Haben Sie das nicht gerade noch zu mir gesagt? Und was ist schon Geld, verglichen mit, sagen wir, dem Leben eines Kindes?«

Robbie kapitulierte. Er hatte keinen Kampfwillen mehr. Er hatte versucht, mit den großen Jungs zu spielen, und verloren. Dies war eine Welt, die er nicht verstand. Eine Welt, von deren Existenz er nichts geahnt hatte und in der er so rasch den Boden unter den Füßen verloren hatte, dass er schneller ertrank als Fatty.

»Da«, sagte er, holte die Chips aus der Tasche und warf sie dem Italiener zu. »Da haben Sie das verdammte Zeug. Wenn es das ist, was Geld aus Ihnen macht, dann will ich keinen Penny davon.«

Lässig hob der Italiener die Chips auf und steckte sie in seine Anzugtasche. Dann streckte er Robbie die Hand hin, um ihm aufzuhelfen.

»Verpiss dich!«, stieß Robbie hervor und kämpfte gegen die

Tränen an. »Ich hoffe, du schmorst in der Hölle mit diesem Scheißkerl Giancarlo LaFata!«

Der Italiener lachte – über einen Witz, dessen Pointe er allein kannte – und entgegnete: »Oh, ich denke nicht, dass Mr LaFata in der Hölle ist. Ich denke, er ist jetzt im Himmel. Auf Wiedersehen, Mr McLean. Ich verlasse mich darauf, dass wir nie mehr geschäftlich miteinander zu tun haben werden.«

Robbie sah zu, wie die glänzenden schwarzen Lederschuhe des Italieners sich entfernten. Es waren Schuhe, die er bewundert hatte. Die Schuhe, die seine Träume zertrampelt hatten. Und dann weinte Robbie. Er rollte sich auf dem kalten Steinboden zusammen und weinte um seine Träume, die er nun aufgeben musste. Er spürte, wie die warme Brise der Riviera sie hinwegtrug, abwärts, über die Brüstung, außer Reichweite. Und dann zerschellten sie unten auf den Felsen.

36

Francesca lag im Bett, und die Tränen strömten ihr übers Gesicht. Nach einer unruhigen Nacht voller Albträume und kalter Schweißausbrüche war sie früh erwacht. Sie hatte nach dem Handy gegriffen und zwei Nachrichten von Robbie vorgefunden. Sie würden sich zum Frühstück treffen, und sie konnte es kaum erwarten. Er flog heute nach Hause, aber daran wollte sie jetzt nicht denken. Sie wollte jetzt nur denken, dass sie ihn noch ein letztes Mal sehen würde.

Die erste Nachricht war Balsam für ihre gequälte Seele gewesen. Er schrieb, er liebe sie. Er wolle sich eine Lösung für ihre Situation einfallen lassen. Erst da begriff Francesca so richtig, dass sie frei war von William. Sie war so in ihrer Wut und Verzweiflung gefangen gewesen, dass sie den positiven Aspekt des Ganzen völlig übersehen hatte – William war fort, er hatte mit Jade geschlafen, er hatte ihr Geld gestohlen, er hatte das Ehegelübde gebrochen. Nun konnte sie sich doch sicherlich von ihm scheiden lassen und frei sein. Francesca spürte, wie eine Last von ihr abfiel. Sie würde das alles durchstehen. Sie konnte mit dem Russen fertigwerden, und mit Angelica auch. Sie würde den Tod ihres Vaters und den Verlust des Familienvermögens bewältigen. Und wenn diese furchtbare Krise erst überstanden war, konnte sie Robbie haben.

Lächelnd öffnete sie seine zweite Nachricht. Sie war um zwei Uhr morgens abgeschickt worden. Oje, da musste er bereits ein wenig beschwipst gewesen sein … Sie legte sich wieder hin, um seine, wie sie vermutete, rührselig-trunkene Nachricht zu lesen.

Geliebte Fran, ich kann leider nicht zum Frühstück kommen. Tut mir leid. Wir können uns nicht wiedersehen. Zu Hause warten Kinder auf mich. Du bist eine wundervolle Frau, und in einem anderen Leben hätte es funktionieren können, aber es ist nur ein Traum und kann niemals wahr werden. Ich habe es ernst gemeint, als ich sagte, dass ich Dich liebe. Ich liebe Dich. Sehr. Aber ich muss das tun. Bitte hab Verständnis. Ich habe keine andere Wahl. Es tut mir so leid, Dich zu verlassen, während Dein Leben so in Aufruhr ist. Wisse einfach, dass ich immer an Dich denken werde und wünschte, es hätte anders laufen können. Pass auf Dich auf und werde glücklich. R xxx

Sie hatte das Handy quer durchs Zimmer geworfen und gejault wie ein verwundetes Tier. Er war ihr einziger Hoffnungsschimmer gewesen, und nun war er fort. Jetzt – drei Stunden später – strömten ihr die Tränen noch immer über die Wangen und tränkten ihr Kopfkissen. Ein Hahn war aufgedreht worden, und sie konnte ihn nicht mehr schließen. Mit der Faust schlug sie auf das nasse Kopfkissen ein und schrie: »Warum, Robbie? Warum?« Sie begriff es nicht. Hatte sie ihm nichts bedeutet? War es bloß ein Flirt gewesen? Hatte er nur Sex von ihr gewollt? Nein. Es war mehr als das gewesen. Wie hatte sie sich so in ihm irren können? Sie war so sicher gewesen, dass alles echt gewesen war: das besondere Band zwischen ihnen, die körperliche Anziehungskraft, wenn sie im selben Raum waren, die Stunden, in denen sie atemlose Gespräche geführt oder einfach schweigend dagelegen und einander umarmt gehalten hatten. Sie wusste, das alles war echt gewesen. Warum behandelte er sie dann wie einen Urlaubsflirt? Das fühlte sich alles so grauenvoll falsch an. Es schmerzte. Es tat so weh, dass Francesca am liebsten ihren Körper verlassen und ihn dort auf dem Bett liegengelassen hätte, während ihr Geist einen glücklicheren Ort aufsuchte, weit weg von all dem Kummer und Schmerz.

Sie hatte ihr Handy wieder vom Boden aufgehoben und ihm eine Antwort geschickt, hatte ihn gefragt, warum. Sie hatte eine Erklärung verlangt und ihn gebeten, sie anzurufen, ehe er nach Hause flog. Doch er hatte nicht geantwortet, und er hatte auch nicht angerufen. Sie hatte versucht, ihn anzurufen, immer wieder, aber er hatte es klingeln lassen und sich einfach nicht gemeldet. Sie sah auf die Uhr. Sein Flugzeug würde jeden Moment starten. Er verließ sie und hatte offensichtlich nicht die Absicht, je zurückzukommen.

Und jetzt, wo Francesca sich nur noch zusammenrollen und vor der Welt verstecken wollte, blieben ihr noch vier Stunden bis zu ihrer Verabredung mit dem Russen. Vier Stunden, um zehn Millionen Euro aufzutreiben. Aber es kümmerte sie nicht. Was würde geschehen, wenn sie das Geld nicht auftrieb? Im schlimmsten Fall würde er sie töten. Und was spielte das noch für eine Rolle?

Da hörte sie von irgendwoher Kinderlachen. Francesca quälte sich aus dem Bett und ging hinaus auf den Balkon. Unten in der Auffahrt tobten Luca und Benito. Sie trugen bereits die Schuluniform, grinsten, schlugen mit ihren Mützen nacheinander und jagten dabei ums Auto herum, während das Kindermädchen sie halbherzig tadelte. Francesca beobachtete sie, und ihr Herz flog ihnen zu. O Gott, wie konnte sie so egoistisch sein? Zu denken – und sei es nur für einen Augenblick –, dass sie nichts hätte, wofür zu leben sich lohnte! Benito blickte hoch und entdeckte seine Mutter.

»Hi, Mummy«, rief er und winkte überschwänglich. »Hab dich lieb, Mummy!«

»Hab dich lieb, Mummy!«, stimmte Luca ein. »Mmmmah! Mmmmmah!« Sie warfen ihr Kusshände zu.

»Hab euch auch lieb, Jungs«, rief sie zurück und zwang sich zu lächeln. »Viel Spaß in der Schule, wir sehen uns dann später. Und jetzt hopp, ins Auto. Sonst kommt ihr zu spät.«

Sie beobachtete, wie sie in den Geländewagen stiegen und immer noch winkend davonfuhren. Sie würde sie nach der Schule sehen. Sie waren alles, was sie hatte, und sie war alles, was die Jungen nun hatten, nachdem William fortgegangen war. Sie würde das Geld für Dubrowski auftreiben. Ihr blieb keine andere Wahl. Ihr eigenes Leben hatte Francesca aufgegeben, aber ihre Kinder konnte sie nicht aufgeben. Von nun an würde sie für ihre Kinder leben, nur für sie allein.

Carlo setzte sich an Angelicas Bett und nahm ihre Hand.

»Wie geht's dir heute, Schatz?«, fragte er besorgt. Sie war noch blasser als am Tag zuvor, und ihr Gesicht war so abgehärmt, dass es nur aus Augenhöhlen und Wangenknochen zu bestehen schien. Wie der Cartoon eines Gespensts, schoss es ihm durch den Kopf.

»Ganz okay«, sagte sie matt. »Der Kopf tut mir weh, und mir ist ständig übel. Sie müssen mich damit ernähren ...«

Sie deutete auf den Schlauch.

»Weil ich keinen Appetit habe.«

»Der kommt bald wieder«, beruhigte Carlo sie. »Das sind die Medikamente. Der Arzt hat es uns erklärt, erinnerst du dich? Davon wird dir übel.«

Angelica nickte. »Ich weiß, ich komme wieder in Ordnung«, sagte sie und versuchte zu lächeln.

»Das ist gut, Liebes«, bestärkte Carlo sie. »Das ist schon mal die halbe Miete. Sag dir immer wieder, du bist auf dem Weg der Besserung, und dann ist das auch so.«

»Na ja, Daddy hat mir gesagt, dass ich wieder in Ordnung

komme«, erwiderte sie ganz ernsthaft. »Er hat mich gestern Nacht besucht.«

Carlo wurde das Herz schwer. Er hatte gehofft, die Halluzinationen und Stimmen wären eine Begleiterscheinung der sedierenden Medikamente gewesen, die sie bekommen hatte, und die hatte man ja bereits abgesetzt.

»Angelica, du weißt doch, dass Dad tot ist, oder?«, fragte er, bemüht, sich seine Enttäuschung nicht anhören zu lassen.

Angelica lachte. »Sei nicht albern, Carlo«, spottete sie. »Daddy ist nicht tot. Er war gestern Nacht hier. Ich hab's dir doch gesagt, er hat mich besucht. Er hat mir gesagt, ich soll niemandem davon erzählen, weil er sonst Schwierigkeiten bekommt, aber dir kann ich es doch erzählen. Du bringst Daddy doch nicht in Schwierigkeiten, oder?«

»Nein«, erwiderte Carlo. »Ich bringe ihn nicht in Schwierigkeiten.«

O Gott, sie war in noch schlimmerer Verfassung, als er gedacht hatte.

»Daddy hat gesagt, er ist stolz darauf, wie du mit allem umgehst, Carlo.« Sie drückte seine Hand. »Er ist immer noch für uns da, weißt du?«

Jetzt wusste er definitiv, dass sie halluzinierte. Als ob ihr Vater jemals sagen würde, er sei stolz auf Carlo!

»Das ist schön«, erwiderte er geduldig. »Jetzt ruh dich aus, Liebes. Ich will nur kurz mit den Ärzten sprechen.«

Angelica nickte und schloss die Augen. Er beobachtete, wie sie wieder eindöste, und eine Welle der Zuneigung stieg in ihm auf. Ihr Vater war nicht da, um auf sie aufzupassen. Das war reine Einbildung. Doch Carlo war für sie da, und er würde alles tun, was in seiner Macht stand, um sie zu retten.

»Ich möchte, dass sie in psychiatrische Behandlung kommt, sobald sie kräftig genug dafür ist«, erklärte er dem Psychologen in dessen Büro.

Der Arzt nickte. »Ich bin froh, dass Sie so denken, Mr LaFata. Ich glaube, in einer psychiatrischen Klinik ist Angelica am besten aufgehoben. Aber aus freiem Willen wird sie nicht dorthin gehen, das ist Ihnen doch klar?«

Carlo nickte. »Sie glaubt, mit ihr sei alles in Ordnung.«

»Ja, unglücklicherweise akzeptieren die Patienten selbst ihre psychische Erkrankung meistens als Letzte. Wer ist ihr nächster Angehöriger?«

Unser Vater, hätte Carlo beinahe geantwortet, doch er konnte es sich gerade noch verkneifen.

»Unsere Mutter, schätze ich«, sagte er stattdessen.

Ach du Scheiße, er würde mit Sandrine sprechen müssen.

»Was, wenn sie sich weigert, ihre Einwilligung zu geben?«, fragte er. Er befürchtete, Sandrine würde wie immer bestreiten, dass mit Angelica etwas nicht stimmte.

»Reden Sie mit ihr«, ermutigte ihn der Arzt. »Erklären Sie ihr die Situation. Vielleicht überrascht sie Sie ja.«

Das tat Sandrine tatsächlich. Ihr Mangel an Mutterinstinkt verblüffte Carlo noch jedes Mal.

»Ach, ich bin nicht eure nächste Hörige«, sagte sie munter am Telefon.

»Nächste Angehörige«, berichtigte Carlo sie.

»Ja, das habe ich doch gesagt. Wie auch immer. Das habe ich eurem Vater alles unterschrieben, als wir uns haben scheiden lassen. Er war so ein Kontrollfreak, Giancarlo, er hat mich bei euch Kindern nie irgendetwas entscheiden lassen.«

»Und wer ist dann Angelicas nächster Angehöriger, jetzt wo Dad tot ist?«, fragte Carlo, bemüht, sich seine Wut nicht anmerken zu lassen.

»Das bist dann wohl du, Carlo. Du und Francesca. Ich muss jetzt Schluss machen, ich habe Freunde zum Essen da, und meine Haare sind noch nass. Ciao, Baby.«

Unglaublich! Carlo seufzte. Und dann rief er Francesca an.

»Wir müssen ein paar Formulare unterschreiben, damit Angelica die Behandlung bekommen kann, die sie braucht«, erklärte er ihr.

»Natürlich«, erwiderte Francesca, doch sie klang eigenartig, unbeteiligt. »Wenn es ihr hilft.«

»Frankie, mit diesen Formularen geben wir unser Einverständnis, dass man sie in die Psychiatrie verlegt.«

Da war nur Schweigen am anderen Ende der Leitung.

»So ist es am besten«, fügte er hinzu, denn er wusste, dass Frankie der Gedanke, Angel in eine psychiatrische Klinik zu schicken, zuwider war. Ihm selbst ging es genauso, doch was war die Alternative? Angel war krank, und es lag an ihnen, sich darum zu kümmern.

Er hörte Francesca tief seufzen, und dann sagte sie: »Okay, Carlo. Ich unterschreibe diese Formulare. Wenn du meinst, dass es das Richtige für sie ist, dann vertraue ich deiner Einschätzung.«

»Im Ernst?« Carlo war überrascht. Frankie hatte ihn noch nie eine Entscheidung treffen lassen, jedenfalls nicht ohne Streit. »Kannst du jetzt gleich herkommen und unterschreiben? Je eher, desto besser …«

»Nein, Carlo. Jetzt nicht, mein Lieber. Ich habe etwas zu erledigen, danach fahre ich ins Krankenhaus. Das kann doch bestimmt bis heute Abend warten, oder?«

»Ich denke schon«, erwiderte Carlo. »Sie wird sowieso erst in ein paar Tagen kräftig genug für eine Verlegung sein.«

»Gut, dann sag ihr, dass ich sie liebe und später vorbeikomme, okay?«

»Okay.«

Carlo ging zurück in Angelicas Zimmer. Christian saß an ihrem Bett und betrachtete sie bekümmert.

»Du hast doch nichts dagegen, oder?«, fragte Christian und blickte hoch. »Ich wollte sie nur mal sehen.«

Carlo schüttelte den Kopf. »Natürlich nicht, Chris. Du gehörst doch zur Familie. Du hast sie gerettet. Sie wird sich freuen, dich zu sehen, wenn sie aufwacht.«

»Geht's dir gut, Carlo?«, fragte Christian. »Du siehst müde aus, Kumpel.«

Carlo zuckte mit den Schultern. Er war müde. Er hatte in den letzten beiden Nächten kaum geschlafen. Na und? Angelica war jetzt die Hauptsache.

»Hey, pass auf, das wird dich aufheitern«, sagte Christian. »Rate mal, was James Sanderson passiert ist?«

»Was? Dads Skipper James Sanderson?«, fragte Carlo gleichgültig. James war ein ganz netter Typ, aber er rangierte nicht gerade an vorderster Front in Carlos Gedanken.

»Genau.« Christian nickte. »Er hat gestern Abend praktisch die Spielbank von Monte Carlo gesprengt. Hat offenbar elf Millionen gewonnen!«

»Kann nicht sein!« Ungläubig schüttelte Carlo den Kopf. »Was für ein Glückspilz!«

Christian lachte. »Und außerdem soll er so besoffen gewesen sein, dass er danach an der Bar eingeschlafen ist.«

»Tja, freut mich, dass wenigstens einer eine Glückssträhne hat«, sagte Carlo. »Ansonsten ist Glück hier im Augenblick ja eher Mangelware.«

»Es wird auch wieder besser«, meinte Christian. »Wart's ab.«

Dann sah er wieder Angel an. In seinem Blick lag so viel Zärtlichkeit und Liebe, dass Carlo sich plötzlich wie ein Störenfried vorkam. In diesem Augenblick dämmerte ihm, dass sein bester Freund in seine Schwester verliebt war. Und das fühlte sich genau richtig an.

Francesca betrachtete die Weinflaschen und rechnete ihren Wert im Kopf zusammen. Fünftausend hier, ein paar Hundert da, der eine oder andere Jahrgangswein im Wert von zehn

Riesen oder mehr … Aber nein, die Sammlung war umfangreich und ein kleines Vermögen wert, doch damit würde sie den Russen niemals auszahlen können. Sie schloss den Tresorraum auf und wartete, bis die Neonröhren flackernd aufleuchteten. Nur ein Gemälde war noch übrig, eine große Leinwand, in Stoff gehüllt und an die Wand gelehnt. Francesca wickelte das Bild behutsam aus und trat zurück, um es anzusehen. Ah, es war ein Cézanne. Eine exquisite postimpressionistische Landschaft in Gelb-, Grün- und Blautönen, die ihr Vater in dem Jahr gekauft hatte, in dem sie an die Riviera gezogen waren. Cézanne stammte hier aus der Gegend, er war in der Provence geboren worden, und Fatty hatte es als passend empfunden, ein Stück Lokalgeschichte zu kaufen.

Doch wie die meisten seiner Kunstgegenstände war auch dieses Gemälde zu wertvoll, um es an die Wand zu hängen, und so war es hier unten gelandet. Francesca betrachtete das Meisterwerk und dachte, wie traurig es doch war, dass ein so wunderschönes Gemälde vor den Blicken der Menschen verborgen blieb. Was für eine tragische Ironie: Kunst, die zu gut war, um ausgestellt zu werden. Das ergab keinen Sinn. O Gott, Geld war etwas so Zerstörerisches, dachte Francesca, wickelte das Bild behutsam wieder ein und trug es unter dem Arm aus dem Tresorraum. Geld entstellte und korrumpierte alles. Vielleicht sollte sie sich freuen, es los zu sein. Vielleicht würde das Leben für sie – und für ihre Söhne – besser sein, jetzt, wo alles fort war.

Francesca musste zu Fuß ins Büro gehen. Das Grand-Prix-Wochenende hatte begonnen, und ganz Monaco war auf den Beinen. Sie ging den Hügel hinab und drängte sich mit ihrem kostbaren Kunstwerk durch die Menschenscharen. Es stank nach verbranntem Gummi und Benzin. Auf den Straßen herrschte eine karnevaleske Stimmung. Im Büro jedoch war es totenstill, als sie dort eintraf. Die Polizei war wieder fort und hatte sämtliche Computer und Akten mitgenommen. Zurückgeblieben waren nur leere Schreibtische und verlassene Stühle. Diesmal hielt Francesca sich gar nicht erst mit dem Schlüssel auf. Es war zwei Minuten vor zwölf, er würde bereits hier sein und auf dem Stuhl ihres Vaters warten. Kühn stieß sie die Tür auf und sagte: »Hallo, Mr Dubrowski.« Sie hatte keine Angst. Sie hatte bereits alles verloren. Nun konnte ihr nichts mehr etwas anhaben.

Der Russe grinste sie an wie eine lange vermisste Freundin.

»Francesca, mein schönes Mädchen, Sie sind hier«, sagte er. »Und Sie haben mein Geld, ja?«

»Nein«, erwiderte Francesca rundheraus. »Aber ich habe Ihr Gemälde. Das ist es, wofür Sie meinen Vater bezahlt hatten. Die zehn Millionen. Sie wollten den Cézanne kaufen.«

Dubrowski atmete geräuschvoll ein und schüttelte den Kopf.

»Nein«, entgegnete er. »Ich will Ihr Gemälde nicht. Ich habe Bargeld verlangt.«

»Mr Dubrowski«, erwiderte Francesca gelassen. »Ich habe mich bei drei unabhängigen Sachverständigen erkundigt. Das Gemälde wird auf zehn Millionen Euro geschätzt. Es ist das letzte Kunstwerk, das von der Sammlung meines Vaters übrig ist, und es war bereits eingewickelt, zum Verkauf bereit. Sie haben meinem Vater exakt diese Summe gegeben. Man muss kein Genie sein, um darauf zu kommen, dass Sie den Cézanne kaufen wollten. Also, hier ist er.«

Sie legte das Gemälde vor ihn auf den Schreibtisch.

»Tja, vielleicht habe ich meine Meinung geändert«, sagte Dubrowski beinahe störrisch. Es schien ihn zu ärgern, dass Francesca herausbekommen hatte, wofür das Geld bestimmt gewesen war.

»Ich glaube nicht, dass große Kunstwerke auf Probe gekauft werden«, erwiderte Francesca. »Sie bekommen nicht Ihr Geld zurück, bloß weil Sie beschließen, dass Ihnen die Farben nicht gefallen. Das ist keine Strickjacke!«

»Da irren Sie sich. Mrs Dubrowski hat den Salon neu streichen lassen. Sie sagt, der Cézanne beißt sich mit der neuen Farbe.« Stur verschränkte er die Arme vor der Brust. »Ich will das Gemälde nicht. Ich will mein Geld zurück.«

Francesca war nicht in Stimmung für Dubrowskis Starrsinn. Sie ließ sich nicht beirren.

»Sie haben das Bild gekauft. Mein Vater hat das Geld guten Glaubens angenommen.«

Dubrowski schnaubte. »Ihr Vater hat niemals etwas guten Glaubens getan. Er hat im Kartenspiel betrogen und bei seinen Geschäften ebenfalls. Ich will dieses Bild nicht mehr. Es ist befleckt. Wahrscheinlich wird die Polizei es beschlagnahmen. Und so wie ich Fatty kenne, könnte es sogar eine Fälschung sein. Geben Sie mir mein Geld, Francesca, oder Sie werden es bereuen.«

Er zog die Pistole aus dem Hosenbund und legte sie neben das Gemälde auf den Schreibtisch.

»Also, was soll es sein, Frankie?«, höhnte er. »Ihr Geld oder Ihr Leben?«

Francesca musste schlucken. Das lief nicht nach Plan. Sie hatte gedacht, er würde sich freuen, das Bild zu bekommen, für das er bezahlt hatte. Sie hatte gedacht, dieses Problem hätte sie gelöst. Doch nun saß sie in einem verlassenen Büro mit einem wütenden Russen, der eine geladene Waffe hatte.

»Ich habe kein Geld, Mr Dubrowski«, erwiderte sie mit bebender Stimme. »Das wissen Sie sicher. Ich habe nur dieses Gemälde.«

»Ich will das Gemälde nicht.«

»Oder meine Yacht«, schlug sie vor. Sie dachte fieberhaft nach. »Sie können meine Yacht haben. Die ist mindestens …«

»Ich besitze bereits eine schöne Yacht, vielen Dank, Francesca. Außerdem habe ich Ihre *Conqueror* gesehen, sie ist hässlich. Sie gefällt mir nicht. Ich würde nicht mal zehn Cent dafür bezahlen, geschweige denn zehn Millionen.«

Innerlich gab Francesca ihm recht. Die Yacht hatte William ausgesucht, sie selbst hatte sie auch immer hässlich gefunden.

»Ich habe einen Landsitz in der Nähe von Valbonne.« Allmählich stieg Verzweiflung in ihr auf.

»Nur etwa fünf Millionen wert.« Dubrowski zuckte die Achseln. »Ich habe ihn gesehen. Ganz hübsch, aber nichts Besonderes.«

»Tja, was schlagen Sie vor?« Argwöhnisch betrachtete Francesca die Waffe. »Sie können mich töten, wenn Sie wollen, aber so bekommen Sie Ihr Geld bestimmt nicht zurück.«

»Frankie, ich möchte Sie nicht töten«, erklärte der Russe. »Sie scheinen eine wirklich nette junge Frau zu sein. Ich weiß, Sie haben Kinder, und ich möchte ihnen nicht die Mutter nehmen. Aber ich brauche mein Geld.«

Sie befanden sich in einer Sackgasse. Dubrowski nahm die Waffe in die Hand und beschäftigte sich beinahe liebevoll mit ihr.

»Ich hätte nicht gedacht, dass ich sie heute benutzen muss«, sagte er ein wenig traurig. »Sie haben mich enttäuscht, Frankie. Ich dachte, Sie seien die einzige LaFata, der man trauen kann.«

Francesca hörte das Klicken, mit dem er die Waffe entsicherte. Sie fuhr zusammen. Würde er das wirklich tun? Was hatte er davon? Er schien ihre Gedanken zu lesen.

»Ich fürchte, das ist eine Frage des Stolzes, Francesca«, erklärte er ihr. »Ich kann Sie nicht einfach gehen lassen, wenn Sie mir eine solche Summe schulden. Wir hatten eine Abmachung, und Sie haben Ihren Teil nicht eingehalten, daher muss ich bedauerlicherweise meinen Teil einhalten.«

Er hob die Pistole und zielte auf ihren Kopf. Plötzlich schien keine Luft mehr im Raum zu sein, und Francesca fiel das Atmen schwer. Sie hatte nicht um ihrer selbst willen Angst, doch als sie sich Lucas und Benitos Gesichter vor Augen rief, gaben ihre Knie nach.

»Bitte, tun Sie das nicht«, flehte sie den Russen unwillkürlich an. »Meine Jungen. Denken Sie an meine Jungen. Sie haben schon ihren Großvater und ihren Vater verloren. Nehmen Sie ihnen nicht auch die Mutter. Bitte, Mr Dubrowski. Ich will alles tun. Alles.«

»Ich habe es Ihnen gesagt, Frankie, ich will nur mein Geld.« Seufzend sicherte er die Waffe wieder und legte sie auf den Schreibtisch. Er kratzte sich am Kopf und sah nachdenklich aus. Francesca hatte den Eindruck, dass er sie wirklich nicht töten wollte. Dass er sich verpflichtet fühlte, seine Drohung wahr zu machen, es aber lieber nicht täte, wenn es irgendeinen anderen Ausweg gäbe.

»Rufen Sie Ihren Bruder an«, sagte er schließlich und schob ihr das Telefon hin, das auf dem Schreibtisch stand. »Sagen Sie ihm, er hat eine Stunde, um das Geld aufzutreiben.«

Was für eine Gnadenfrist sollte das sein? Francesca wusste, dass Carlo nicht so viel Geld zur Verfügung hatte. Er lebte von einer monatlichen Zuwendung von fünfhunderttausend Euro. Das war eine Menge Geld, aber nicht annähernd genug, um sie zu retten.

»Er hat das Geld nicht«, erwiderte sie. »Welchen Sinn soll das haben?«

»Wenn er Sie liebt, wird er einen Weg finden«, versetzte Dubrowski und lehnte sich zurück. »Rufen Sie ihn an.«

Nervös wählte Francesca die Telefonnummer ihres Bruders. Wie zum Teufel sollte sie Carlo bitten, in einer Stunde so viel Geld aufzutreiben?

»Frankie.« Carlo klang müde. »Wie läuft's?«

Er hatte beinahe ununterbrochen an Angels Bett gewacht,

und das ging nicht spurlos an ihm vorüber. Es war ihr furchtbar unangenehm, ihn um einen so unmöglichen Gefallen zu bitten, wenn er bereits derart unter Druck stand.

»Hör zu, Carlo«, begann Francesca und versuchte gelassen zu klingen, um ihn nicht in Panik zu versetzen. »Ich bin in einer etwas schwierigen Lage.«

»In einer schwierigen Lage?« Schon klang Carlo beunruhigt.

»Keine Fragen jetzt, und egal was du tust, keine Panik«, fuhr Francesca fort. »Hör mir einfach zu und tu, worum ich dich bitte. Ich bin im Büro mit einem Mann namens Andrea Dubrowski. Dad schuldet ihm zehn Millionen Euro. Er hat eine Waffe, Carlo, und er sagt, wenn du nicht in einer Stunde mit dem Geld hier bist, tötet er mich.«

»Was soll der Scheiß?!« Francesca entfernte das Telefon vom Ohr, so laut hatte Carlo geschrien.

»Ich habe doch gesagt, keine Panik«, beschwichtigte sie ihn. »Eine Stunde, Carlo. Im Büro. Zehn Millionen Euro in bar.«

»A… a… aber …?«, stammelte Carlo.

»Versuch einfach dein Möglichstes, Carlo«, sagte Francesca und legte auf.

»Braves Mädchen. Setzen Sie sich, setzen Sie sich doch. Möchten Sie meine Zeitung haben, solange wir warten? Da ist ein recht interessanter Artikel über Ihren Vater …«

37

Carlo drängelte sich durch die Massen von Grand-Prix-Fans – übergewichtige Amerikaner, die stolz Ferrari-T-Shirts und Mützen trugen, braungebrannte junge Männer in weißen Hemden, mit goldenen Ray-Bans und kichernden Freundinnen am Arm, hübsche junge Mädchen in Jeansminiröcken und weißen Westen, die stolz ihre VIP-Ausweise trugen. Ganz Monaco hallte wider vom Motorenlärm und Geschnatter der vielen Menschen, doch Carlo hörte nur seine eigene innere Stimme, die ihn antrieb, Frankie zu retten. Er ging zielstrebig, den Blick geradeaus gerichtet, schob sich an den Menschen vorbei und trat ihnen dabei auf die Füße, ohne sich zu entschuldigen. Er war auf einer Mission: Er musste das Leben seiner Schwester retten. Das war nicht die Zeit für Nettigkeiten.

Er durchsuchte vier Hafenbars, ehe er James Sanderson im hinteren Teil eines Lokals, in der Nähe der Küche, zusammengesunken auf einem Stuhl fand. Er hielt sich an einem Glas Whiskey fest. Draußen war es ein prächtiger sonniger Tag, doch James saß hier im Dämmerlicht.

»James«, sprach Carlo den Kapitän an und setzte sich neben ihn auf einen Stuhl. »Wie ich höre, hatten Sie gestern Glück.«

»Und wie, Carlo.« Der betrunkene Kanadier grinste. »Ich feiere immer noch. Trinken Sie ein Glas mit mir.«

Doch dafür hatte Carlo jetzt keine Zeit. Er schüttelte den Kopf und kam direkt zur Sache.

»James, wollen Sie meine Yacht kaufen?«, fragte er rundheraus.

Überrascht blickte der Kapitän auf. »Carlo, ich habe elf Millionen gewonnen. Die *Pulling Power* ist fünf Mal so viel wert.«

»Ich weiß. Aber das Angebot steht. Geben Sie mir jetzt zehn Millionen in bar, und sie gehört Ihnen.«

Schweigend starrte James Carlo an. Carlo konnte praktisch hören, wie der Kapitän das Angebot in seinem betrunkenen Kopf hin und her wendete.

»Sie verkaufen mir die *Pulling Power* für einen Bruchteil ihres Werts?«, fragte er schließlich, als könnte er es noch immer nicht glauben.

»Ja.« Carlo nickte mit Nachdruck. »Dann bleibt Ihnen immer noch eine Million. Damit haben Sie für den Rest Ihres Lebens ausgesorgt. Sie können sie vermieten und davon leben. Sie brauchen nicht mehr für andere zu arbeiten. Sie sind dann frei, James. Selbständig, Ihr eigener Boss.«

»Meinen Sie, das könnte ich?«, fragte James und riss die Augen auf.

»Ich weiß es«, erwiderte Carlo. »Sie sind der beste Skipper auf dem Mittelmeer. Jetzt kommen Sie schon, das Angebot gilt noch …« Er sah auf die Uhr. »Noch fünfunddreißig Minuten, dann ist es abgelaufen. Abgemacht?«

James grinste und hob das Glas. »Abgemacht.«

Der Russe seufzte und legte die Zeitung ab. Er sah auf die Uhr an der Wand und richtete dann den Blick auf Francesca.

»Noch fünf Minuten«, sagte er düster. »Mehr bleibt Carlo nicht. Ist der Junge pünktlich?«

Francesca dachte an die Abendessen im Familienkreis, zu denen Carlo meistens drei Stunden zu spät gekommen war, an die Hochzeiten, bei denen er erschienen war, wenn der Empfang halb vorüber gewesen war, und an die Geburtstage, die er völlig vergessen hatte. Sie schüttelte den Kopf.

»Nein, Carlo kommt immer zu spät«, erwiderte sie.

»Ist eine Schande«, murmelte Dubrowski und nahm die Zeitung wieder auf. »Ist eine große Schande.«

Francesca beäugte die Waffe auf dem Schreibtisch. Sie fragte sich, ob sie sie irgendwie an sich bringen und davonlaufen konnte. Oder ihrerseits Dubrowski erschießen. Aber dann musterte sie den Russen: seine riesenhafte Gestalt, die Pranken, die blauen Augen mit dem verschlagenen Blick, die kaum in die Zeitung sahen. Ständig starrte er zu ihr herüber, um sich zu vergewissern, dass sie blieb, wo sie war. Er wirkte entspannt, hatte sich zurückgelehnt und die gewaltigen Füße zwischen die Waffe und den Cézanne auf den Schreibtisch gelegt. Doch das war nur Schau, das sah Francesca. Er war sprungbereit, wie ein Tiger in der Savanne. Die Muskeln unter dem dünnen Sommerhemd waren angespannt, und die Hand, die er in den Schoß gelegt hatte, ballte sich unentwegt zur Faust. Er wäre im Nu bei ihr, sollte sie irgendetwas versuchen.

Sie dachte an die Jungen. Sie hatte ihnen versprochen, dass sie sich nach der Schule sehen würden. Doch nun fragte sie sich, ob sie sich überhaupt wiedersehen würden. Es war zu viel verlangt gewesen von Carlo. Es wäre von jedem zu viel verlangt gewesen. Zehn Millionen Euro in einer Stunde. Eine absurde Bitte. Unmöglich. Francesca seufzte. Sie hätte nie gedacht, dass sie so sterben würde. Die Atmosphäre war von Höflichkeit und Respekt geprägt. Die Drohung dessen, was geschehen würde, lag schwer im Raum. Dubrowski wollte sie nicht töten, und sie wollte nicht sterben. Doch es würde geschehen, wenn Carlo nicht auftauchte, in den nächsten …

»Zwei Minuten«, sagte der Russe, ohne den Blick von der Zeitung zu heben.

Francescas Herzschlag beschleunigte sich. Sie spürte Schweiß auf der Stirn, er rann ihr durch die Augenbrauen und brannte ihr in den Augen. Sie wollte nicht sterben. Sie hatte Robbie verloren und ihren Vater, sie hatte ihr Vermögen verloren und ihren Arbeitsplatz, doch sie erkannte, dass sie wirklich, wirklich nicht sterben wollte. Sie sehnte sich nach ihren Söhnen. Bei der Vorstellung, nie wieder ihre klebrigen Küsse zu spüren oder ihr Kichern zu hören, brannten Tränen in ihren Augen. Doch sie sagte kein Wort. Sie stand einfach dort, mitten im Raum, und die Tränen liefen ihr übers Gesicht, und an der Stelle, an der ihr Herz sich hätte befinden sollen, klaffte ein schmerzhaftes Loch.

»Weinen Sie nicht, meine schöne Frankie«, sagte Dubrowski, faltete die Zeitung zusammen und legte sie auf den Schreibtisch. »Sie werden nichts spüren. Ich will Ihnen nicht weh tun. Es ist bald vorbei.«

Er nahm die Pistole, ging um den Schreibtisch herum, stellte sich hinter sie und hielt ihr die Waffe an den Hinterkopf. Francesca spürte den kalten Stahl im Genick.

»Nein«, wimmerte sie. »Bitte, Andrea, tun Sie das nicht. Meine Jungen. Ich flehe Sie an. Meine Jungen …«

Die Pistole an ihrem Kopf bebte, doch Francesca wusste nicht, ob es daran lag, dass ihr Körper bebte oder Dubrowskis Hand. Sie konnte sein Gesicht nicht sehen, aber sie hätte schwören können, dass er leise schluchzte.

»Es tut mir aufrichtig leid, Francesca«, sagte er schniefend und drückte ihr den Pistolenlauf fester in den Nacken.

Francesca hörte das unheilvolle Klicken, mit dem die Waffe entsichert wurde, dann einen lauten Knall, einen dumpfen Aufprall, und sie lag auf dem Boden.

Robbie saß vor seinem Haus im Auto. Das Haus war leer und dunkel. Er hatte keine Lust hineinzugehen. Im Augenblick fühlte es sich nicht an wie sein Zuhause. Er dachte daran, wie es früher gewesen war. Er sah die Mädchen vor sich, wenn sie gerade aus der Schule gekommen waren, im Wohnzimmer den Fernseher eingeschaltet hatten, auf dem Sofa hüpften und ihre Mutter um Chips, Kekse und Erfrischungsgetränke anbettelten. Damals war das Leben so normal gewesen. So gewöhnlich und vorstädtisch. So harmlos. Er dachte an die Woche, die er gerade hinter sich hatte, an die Menschen, die er getroffen, und die Geschichten, die sie ihm erzählt hatten, und es kam ihm alles unwirklich vor – eine Million Meilen von seinem gewöhnlichen kleinen Leben in Edinburgh entfernt. Doch nun waren die beiden Welten miteinander kollidiert. Der Italiener hatte Robbies Töchter an der Schule beobachtet, er wusste, wo Robbie lebte. Robbie hatte Ruby und Grace in Gefahr gebracht, und wofür? Für nichts und wieder nichts!

»Wie meinst du das, du hast keine Story?«, hatte Patterson gebrüllt und mit der Faust auf den Tisch geschlagen, dass die Papiere nur so durch den Raum geflogen waren. »Du hast über achttausend Scheißpfund ausgegeben. Du hast irgendeine französische Opernsängerin nach Australien geschickt. Du hast einen verdammten Audi R8 gemietet und im nobelsten Hotel in Monte Carlo gewohnt. Du kommst mit neuen Klamotten zurück und siehst aus wie ein verdammter Reservoir Dog, und dann erzählst du mir, du hast keine verdammte Story, McLean!«

Robbie sah, wie das Gesicht seines Chefs puterrot anlief und die Adern an seinen Schläfen pulsierten. Er wusste, was nun kommen würde.

»Jetzt reicht's, Robbie«, fuhr Patterson fort. »Ich habe dir deine Giancarlo-LaFata-Marotte jahrelang durchgehen lassen. Ich habe dich schon einmal nach Monaco fliegen lassen, deine Spesen bezahlt und hingenommen, dass deine Story noch nicht so weit war, aber jetzt? Jetzt bringt jede Zeitung im Land täglich LaFata-Artikel, nur wir haben nichts. Du bist ein hervorragender Autor, Robbie, und ein Topjournalist. Du warst immer schon ein kleines bisschen größenwahnsinnig, aber du hast Talent, also hab ich dir das durchgehen lassen. Aber diesmal nicht. Du verarschst mich, mein Sohn. Du bist gefeuert! Räum deinen Schreibtisch aus und geh mir aus den Augen. Du bist eine Schande, McLean. Komplett überflüssig.«

Und so saß er nun hier vor seinem leeren Haus, und auch sein Herz war leer. Er hätte gerne Ruby und Grace gesehen, ihre warmen kleinen Körper in seinen Armen gespürt. Aber das würde Heather nicht erlauben. Es war nicht sein Tag. Er wünschte, er könnte Fran anrufen und sich vergewissern, dass es ihr gutging. Er hätte ihr gerne gesagt, dass ihm keine andere Wahl geblieben war, als Schluss zu machen. Er malte sich seine Töchter hinter den Fenstern aus: Ruby schlug auf dem Sofa Purzelbäume, während Grace zu einem Song tanzte, den er nicht hören konnte. Selbstverständlich waren sie nicht da, sie waren in Morningside, übten Klavier und lernten, brave Mittelschichtmädchen zu sein. Doch wenigstens waren sie in ihrer Vorstadtseifenblase in Sicherheit, und Robbie musste dafür sorgen, dass das so blieb. Fran war das Opfer, dass er dafür hatte bringen müssen. Fran und seine Karriere. Diese Mädchen waren jetzt wirklich alles, was er noch hatte auf der Welt. Ach, scheiß auf Heather. Es scherte ihn nicht, ob heute sein Tag war oder nicht. Er würde nicht in ein leeres Haus zurückkehren. Er musste seine Töchter jetzt sehen. Wie ein Irrer raste Robbie nach Morningside.

»Dad«, kreischten Grace und Ruby einstimmig, als sie die Tür öffneten. »Du bist wieder da!«

Sie warfen ihm die Arme um die Taille und drückten ihn so fest, dass er beinahe vornübergefallen wäre.

»Oooh, deine Haare gefallen mir«, sagte Grace. »Du siehst sehr cool aus.«

»Und du hast neue Klamotten«, fügte Ruby aufgeregt hinzu. »Hast du uns was mitgebracht? Hast du? Hast du?«

»In meinem Koffer im Auto sind Geschenke. Die bekommt ihr morgen«, sagte er, drückte die beiden fest an sich und genoss die Wärme ihrer Körper.

Nun kam Heather mit gerunzelter Stirn an die Tür. »Was willst du hier?«, wollte sie wissen. »Du hast die Mädchen erst morgen.«

»Ich wollte sie nur sehen, Heather«, sagte er. Das stimmte. Er hatte keinerlei Hintergedanken.

Argwöhnisch starrte Heather ihn an.

»Ist etwas nicht in Ordnung?«, fragte sie.

»Grace, Ruby«, sagte Robbie. »Lasst mich eine Minute allein mit Mum sprechen, ja?«

Sie nickten und rannten wieder ins Haus. Er konnte es ihr ebenso gut jetzt sagen. Sie würde es ohnehin bald erfahren, dann, wenn er die nächste Unterhaltszahlung nicht aufbringen konnte.

»Es ist doch etwas passiert.« Heather blickte ihn finster an. »Es steht dir ins Gesicht geschrieben. Du kannst mir nicht in die Augen sehen.«

»Ich habe meine Arbeit verloren«, murmelte er.

»Was?!«, kreischte Heather. »Wie meinst du das? Wie? Warum? Was hast du getan, Robbie?«

»Ich habe die Story nicht bekommen, hinter der ich her war«, spielte er die Vorfälle herunter. »Ich bin auf ein paar ziemlich zwielichtige Gestalten gestoßen, und kurz gesagt: Ich habe keine Story. Patterson hat mich rausgeschmissen.«

»Was? Einfach so?«

»Ja. Einfach so. Im Journalismus geht es knallhart zu.«

Heather sah aus, als wüsste sie nicht recht, wie sie reagieren sollte. Sie schien hin- und hergerissen zwischen Selbstgefälligkeit, weil er sich nun endgültig als Nichtsnutz erwiesen hatte, und Verärgerung darüber, dass ihre armen Töchter von nun an als Kinder eines arbeitslosen Vaters stigmatisiert sein würden. Ach ja, und dann war da noch der Unterhalt …

»Tja, was zum Teufel hast du dir dabei gedacht, Robbie? Du hast zwei Kinder, für die du sorgen musst! Du hast eine Hypothek abzubezahlen! Und jetzt bist du arbeitslos!«

»Ja.« Robbie nickte und ließ sie reden. Was hätte er auch zu seiner Verteidigung sagen können? Es stimmte ja alles.

»Du bist verdammt nochmal zu nichts zu gebrauchen, Robbie.« Halb lachte sie, halb schüttelte sie den Kopf. »Wie willst du jetzt für die Mädchen aufkommen? Wie willst du dafür sorgen, dass sie weiterhin ein Dach über dem Kopf haben, wenn sie bei dir sind? Oh, der arme Fraser. Du vermasselst alles, und er muss dann dafür geradestehen, stimmt's? Aber ich sag dir eins, Robbie, wenn du das Haus verlierst, bleiben die Mädchen nicht mehr über Nacht bei dir, verstanden? Ich lasse nicht zu, dass sie in irgendeiner heruntergekommenen Bude schlafen, hörst du? O Gott, wie soll ich das den Mädchen beibringen? Fraser und ich versuchen, ihnen eine vernünftige Arbeitseinstellung zu vermitteln, und du gehst her und verlierst deine Arbeit. Was sollen sie daraus lernen?«

Robbie seufzte. »Ich versuche, das so schnell wie möglich wieder in Ordnung zu bringen«, sagte er. »Ich wollte dir nur Bescheid geben, denn ich werde logischerweise eine Weile Schwierigkeiten haben, Unterhalt zu zahlen.«

Heather schnappte nach Luft. »Gut«, sagte sie. »Kein Unterhalt, keine Besuche. So einfach ist das. Wenn du nicht zahlst, bekommst du die Mädchen nicht zu sehen. Punktum.«

Robbie verlor die Beherrschung. »Das kannst du nicht machen!« brüllte er. »Sie sind auch meine Töchter.«

»Tja, daran hättest du denken sollen, bevor du deine verdammte Arbeit verloren hast, Robbie!« Auch Heather verlor nun die Nerven. Voller Verachtung starrten sie einander an.

»Mum, was ist los?«, fragte Grace und kam aus dem Wohnzimmer. »Warum schreist du Dad an?«

»Ich habe meine Arbeit verloren, Liebes«, erklärte Robbie sanft. »Mum ist nur ein kleines bisschen sauer auf mich.«

»Dein Vater«, sagte Heather und versuchte, die Beherrschung zurückzugewinnen, obwohl sie vor Wut zitterte, »hat euch Mädchen im Stich gelassen. Aber er geht jetzt, also sagt ihm einfach auf Wiedersehen, damit er los kann. Nicht wahr, Robbie?«

Es war keine Frage. Es war ein Befehl.

Ruby tauchte neben Grace auf.

Robbie zerzauste ihr liebevoll die Haare. »Alles in Ordnung, Mädchen«, sagte er. »Es wird alles gut.«

Heather versuchte die Mädchen von ihm wegzuziehen, doch Ruby schrie: »Ich will Daddy! Lass mich zu meinem Daddy!«

Grace stand schluchzend daneben und blickte verwirrt von ihrer Mutter zu ihrem Vater.

In diesem Augenblick erschien Fraser an der Tür.

»Was zum Teufel ist hier los? Ich denke, du solltest gehen, Robbie«, sagte er streng. »Ich weiß nicht, was hier vorgeht, aber das alles ist sehr schädlich für die Kinder.«

Ruby war jetzt völlig hysterisch, schlug und trat um sich und kreischte, sie wolle ihren Vater. Grace sah entsetzt zu, und die Tränen liefen ihr über die Wangen. Robbie konnte das nicht mehr ertragen. Er liebte diese Mädchen mehr als sein Leben. Er konnte sie nicht so leiden sehen.

»Ich gehe jetzt«, sagte er mit einem dicken Kloß im Hals. »Mädchen, ich hab euch ganz furchtbar lieb. Macht euch keine Sorgen. Wir sehen uns bald.«

Heather schlug ihm die Tür vor der Nase zu. Er blieb noch

eine Weile dort stehen und lauschte dem Geschrei seiner jüngeren Tochter, ohne sie ihn die Arme nehmen oder irgendwie trösten zu können. Es war die reinste Qual. Schlimmer als alles, was er mit dem Italiener durchgemacht hatte. Vielleicht war er ja wirklich zu nichts zu gebrauchen und völlig wertlos und all das andere, was Heather über ihn sagte. Aber er war nicht egoistisch. Für diese Mädchen würde er mit Freuden sein Leben opfern. Himmel, hatte er das denn nicht etwa gerade getan?! Wenn Heather nur wüsste, was er für diese Kinder aufgegeben hatte.

38

Drei Monate später …

Francesca sah den Jungen beim Spielen im gepflegten kleinen Garten ihres gemieteten Hauses in Antibes zu. Ihr Onkel Carlo hatte sich als überdimensionierter Cowboy verkleidet und jagte die beiden kleinen Indianer mit einer Wasserpistole um eine Palme. Angelica hatte an diesem Nachmittag Ausgang aus der Klinik und saß zufrieden bei Christian auf dem Schoß, aß Schokoladeneclairs und trank Tee. Es ging ihr deutlich besser, sie hatte ein paar Pfund zugelegt, und die Farbe war in ihre Wangen zurückgekehrt, doch noch lag ein langer Weg vor ihr. Das arme Mädchen schwor nach wie vor, ihr Vater besuche sie mitten in der Nacht.

Fatty war tot. Seine Leiche war noch immer nicht aufgetaucht, doch die polizeilichen Ermittlungen schienen in eine Sackgasse geraten zu sein. Das Geld war natürlich auch fort. Das Betrugsdezernat hatte in Fattys Geschäftsbüchern ein ergiebiges Betätigungsfeld gefunden, und mittlerweile war so ziemlich alles beschlagnahmt. Carlo war über sich hinausgewachsen. Er hatte nicht nur die *Pulling Power* an James Sanderson verkauft und Francesca das Leben gerettet, sondern auch sein Apartment, sein Auto und bei eBay sogar seine Rolex versetzt! Francesca war so stolz auf ihren kleinen Bruder. Sie lächelte in sich hinein, als sie daran dachte, wie er mit einem Koffer voller Bargeld derart vehement in Fattys Büro geplatzt war, dass sie und Dubrowski zu Boden geschleudert worden waren. Sie wusste nicht, wer erleichterter gewesen war – sie selbst, Carlo oder Andrea Dubrowski, der wohl widerwilligste Mörder der Welt. Die eine Kugel, die sich in dem Tohuwabohu gelöst hatte, war in der Decke steckengeblieben.

Den Landsitz in Valbonne hatte Francesca selbstverständlich verkaufen müssen. Die Yacht ebenfalls. Sie hatte das Kindermädchen entlassen, und als die Schulferien vorüber gewesen waren, hatte sie die Kinder selbst zur Schule gebracht. Die Jungen gingen nun auf die örtliche Schule. Eine Privatschule konnte Francesca sich nicht mehr leisten. Sie war angenehm überrascht gewesen darüber, wie gut ihre Kinder die ganzen Veränderungen bewältigt hatten. Sie schienen recht glücklich zu sein. Manchmal fragten sie noch, ob ihr Vater bald nach Hause käme, aber Francesca machte ihnen keine Hoffnungen, und die Jungen schienen das zu akzeptieren. William war kein Vater zum Anfassen gewesen, daher gab es nicht viel, was seine Söhne vermissten.

William hatte sich in Luft aufgelöst. Francesca war sicher, dass er sich noch immer auf irgendeiner Karibikinsel sonnte und vom gestohlenen LaFata-Geld lebte, während sie und die Kinder alles hatten verkaufen müssen, was sie besessen hatten, um über die Runden zu kommen. Aber er konnte das Geld gerne behalten. William hatte sein gesamtes Erwachsenenleben lang nichts anderes getan, als mit Finanzen zu jonglieren, doch Francesca bezweifelte, dass er das Glück in einem dicken Bündel Geldscheine finden würde. Wenn Francesca in diesem Jahr eines gelernt hatte, dann, dass Geld im Großen und Ganzen nichts bedeutete. Was zählte, war Liebe. Sie beobachtete ihre Familie, die den heißen Augustnachmittag genoss, und lächelte. Sie war beinahe zufrieden. Wenn Robbie nicht wäre …

O Gott, sie wünschte, sie könnte aufhören, an ihn zu denken. Jedes Mal, wenn ihr Handy piepte, weil eine SMS angekommen war, setzte ihr Herz aus, und sie fragte sich für den

Bruchteil einer Sekunde, ob er es war. Er war es nie, doch sie hatte die Hoffnung noch nicht völlig aufgegeben. Sie brachte es nicht übers Herz, seine gesammelten Nachrichten zu löschen. An manchen Abenden lag sie im Bett und las sie immer wieder durch, bis ihr die Tränen über die Wangen liefen und ihr Herz vor Sehnsucht schmerzte. Noch jetzt, drei Monate später, fühlte es sich an wie eine offene Wunde – und so falsch! Es war der Beginn von etwas Besonderem gewesen, nicht das Ende. Was war mit ihm geschehen? Warum hatte er sie einfach so verlassen? Francesca fragte sich, ob sie das je erfahren würde …

Robbie starrte auf die nikotinfleckige Tapete, die sich über dem Fernseher von der Wand ablöste. Es war eine glänzende Strukturtapete mit braunen und orangefarbenen Wirbeln, und sie war bereits in diesem Zustand, seit er fünfundzwanzig Jahre zuvor auf eben demselben Sofa gesessen und *Grange Hill* angeschaut hatte. Seine Mutter saß in ihrem Lieblingssessel, stopfte sich mit Vanillecremeplätzchen voll und schaute dabei gebannt die Spielshow *Deal or No Deal* an. Sie war mittlerweile schwer übergewichtig, und ihr Emphysem machte ihr sehr zu schaffen. Robbie wohnte als Untermieter bei ihr, doch er wurde immer mehr zu einer Art Haushaltshilfe. Er machte den Abwasch und ging für sie Zigaretten kaufen. Es war ein erbärmliches Leben.

Sein Haus hatte er vermieten müssen. Er konnte die Hypothek nicht mehr abbezahlen, seit er arbeitslos war, und so schwach, wie der Immobilienmarkt derzeit war, hatte es keinen Sinn gehabt, zu versuchen, das Haus so zu verkaufen. Eine Familie war eingezogen: Mann, Frau, zwei niedliche kleine Kinder. Er hoffte, sie würden glücklich dort. Glücklicher als er es gewesen war.

Sein Anwalt hatte ihm gesagt, er werde seine Töchter wieder häufiger sehen können, sobald er eine eigene Wohnung habe, wo sie übernachten konnten. In der winzigen Wohnung seiner Mutter war kein Platz, und außerdem war diese Bruchbude ohnehin nicht der rechte Ort für die Mädchen. Heather hatte zähneknirschend eingewilligt, dass er die Mädchen dienstags nach der Schule und jeden zweiten Sonntag sehen durfte. Aber er musste sie bis sechs Uhr abends wieder zu Hause abgeliefert haben. Sie fehlten ihm schrecklich.

Robbie zahlte so viel Unterhalt, wie er konnte. Hin und wieder verdiente er etwas mit freiberuflicher journalistischer Arbeit, doch viel war es nicht. Er war auch nicht mehr mit dem Herzen dabei. Vergangene Woche hatte er ein Stellenangebot bei einer Londoner Boulevardzeitung abgelehnt. Wie konnte er jetzt in den Süden ziehen? Er vermisste die Mädchen ja jetzt bereits wahnsinnig, dabei lebte er nur auf der anderen Seite der Stadt.

Auch Fran vermisste er. Er vermisste sie so sehr, dass er im Stillen imaginäre Unterhaltungen mit ihr führte. Jede Nacht schlich sie sich in seine Träume. Er verbrachte Stunden im Internet, nur um sich Fotos von ihr anzusehen und sich dabei daran zu erinnern, wie es sich angefühlt hatte, sie im Arm zu halten. Tausend Male hatte er kurz davor gestanden, ihr eine SMS zu schicken, doch er hatte es nie getan. Er durfte seine Töchter um nichts auf der Welt in Gefahr bringen. Nicht einmal für Fran.

Francesca setzte Angelica und Christian wieder am Krankenhaus ab und fuhr von dort aus schweren Herzens hinauf zu *Le Grand Bleu*. Mit einem Male erschien ihr der verblichene blaue Anstrich, den sie immer so geliebt hatte, sehr alt und verwittert. Neuerdings war das Haus ein trauriger, verlassener Ort. Die riesigen Zimmer waren leer, die Antiquitäten sowie die sonstige Einrichtung waren verkauft und die Dienstboden ausbezahlt worden. Auch die Autos hatten sie verkauft, bis auf den Aston Martin, Dads Lieblingsauto. Der verblieb beim Haus, sollten die neuen Eigentümer sich daran erfreuen. Der Garten war verwildert. Der Rasen war während des heißen Rivierasommers beinahe vertrocknet, und Brombeergestrüpp überwucherte allmählich die Rhododendren.

Fatty war in Abwesenheit für bankrott erklärt und das Haus gepfändet worden. Morgen würden die neuen Eigentümer einziehen. Francesca verspürte nicht den Wunsch, noch einmal in ihr altes Zuhause zurückzukehren. Sie war seit Wochen nicht dort gewesen, seit sie das restliche Kinderspielzeug eingepackt hatte und nach Antibes umgezogen war. *Le Grand Bleu* weckte nun so viele schlimme Erinnerungen. Doch ihr blieb keine andere Wahl. Sie musste noch ein paar Dinge holen, ehe sie die schwere Haustür zum letzten Mal hinter sich zuziehen konnte.

In den leeren Räumen hallte es, Dielen knarrten und Türen quietschten. Francesca hatte sich nie klargemacht, wie groß das Haus war, bis sie nun allein im Eingangsbereich stand und dem Ächzen des leeren Gebäudes lauschte. Sie erschauerte. Draußen war es glühend heiß, doch im Haus war es bitterkalt und ohne jedes Anzeichen von Leben.

Okay, sie würde das so schnell und schmerzlos wie möglich hinter sich bringen. Sie nahm den Karton, den sie mitgebracht hatte, ging in den Salon und begann damit, alte Fotos in Zeitungspapier einzuschlagen und behutsam in den Karton zu packen. Über sich hörte sie ein Knarren, und es lief ihr kalt den Rücken hinunter. Himmel, dieses Haus war unheimlich. Warum war ihr das früher nie aufgefallen? Sie machte sich wieder an die Arbeit, packte Porzellan und goldene Tischuhren ein. Plötzlich ertönte im Stockwerk über ihr ein Knall. Francesca fuhr zusammen und hätte beinahe eine Uhr fallen lassen.

Allmählich wurde sie paranoid. Machte sich selbst verrückt. Hör auf, dich so albern zu benehmen, ermahnte sie sich. *Le Grand Bleu* ist doch kein Spukhaus. Dann hörte sie einen Fensterladen gegen ein Fenster prallen und einen weiteren Knall. Und ja, da waren Schritte auf der Treppe, schwere Schritte. Jetzt schlug Francesca das Herz bis zum Hals. Sie ergriff den eisernen Schürhaken und ging auf Zehenspitzen zur Tür. Die Schritte hatten das Erdgeschoss erreicht und schienen jetzt aus der Küche hinten im Haus zu kommen.

Geräuschlos schlich Francesca durch die Eingangshalle Richtung Küche. Einen Augenblick blieb sie vor der geschlossenen Tür stehen, atmete mehrmals tief durch, nahm ihren ganzen Mut zusammen, stieß die Tür auf und schrie: »Was wollen Sie? Das ist Privatbesitz!«

Er stand da wie angewurzelt, die Hand auf der Klinke der Hintertür, fluchtbereit, doch auf frischer Tat ertappt. Zunächst wirkte er erschüttert, doch dann verzog sein Gesicht sich zu einem warmherzigen Grinsen, und er streckte die Hände aus. »Frankie, meine *bambina*. Du siehst so gut aus. Hast du mich vermisst?«

»Dad«, murmelte Francesca und ließ den Schürhaken zu Boden fallen. »Du lebst.«

Francesca hatte sich jedes mögliche Szenario ausgemalt – Selbstmord, ein Unglück und sogar Mord –, doch nie, nicht eine Sekunde lang, hatte sie damit gerechnet, dass ihr Vater lebendig – irgendwie sogar überlebensgroß – wiederauftauchen könnte. Offenen Mundes starrte sie ihn an. Er sah genauso aus wie damals, als sie ihn zuletzt gesehen hatte, ein wenig zerzauster als gewöhnlich vielleicht, doch ansonsten ganz der alte Fatty in seinen beigefarbenen Chinos und dem schicken weißen Hemd, mit dem gewaltigen Bierbauch, der ihm über den Hosenbund hing, und einem strahlenden Lächeln im gummiartigen Gesicht.

Sie wusste nicht, was sie tun oder wie sie sich verhalten sollte. Himmel, sie wusste ja nicht einmal, was sie empfinden sollte. Sie stand unter Schock. Zutiefst unter Schock. Und nun zitterte sie in ihrem dünnen Sommerkleid. Erst jetzt ging ihr die wahre Bedeutung des Wortes »zerrissen« auf. Einerseits war sie so sehr erleichtert, ihn am Leben zu sehen, dass sie am liebsten zu ihm gerannt wäre, ihn fest in die Arme genommen und nie mehr losgelassen hätte. Und andererseits war sie dermaßen wütend auf ihn, weil sie das alles seinetwegen hatten durchmachen müssen, dass sie am liebsten den Schürhaken genommen und ihm damit den Schädel eingeschlagen hätte. Drei Monate Kummer und Sorgen, polizeiliche Ermittlungen, Presseübergriffe, vom Bankrott sowie Jades Tod und Angelicas Zusammenbruch ganz zu schweigen!

Ihr Vater nahm ihr die Entscheidung ab. Er ging zu ihr, lächelte schief, zuckte mit den Schultern und sagte: »Frankie, es tut mir so leid, dass ich mich nicht verabschiedet habe.« Und dann hüllten seine gewaltigen Arme sie ein, er drückte sie fest an sich, und sie schluchzte in sein Hemd und atmete den vertrauten Geruch seines Parfüms, vermischt mit Brandydunst und einem ganz schwachen Hauch kubanischer Zigarren, ein. Lange verharrte sie so, fühlte sich sicher in seinen Armen, ließ all jene quälenden Wochen von sich abfallen, ließ zu, dass er sie auf die Haare küsste und ihr Entschuldigungen ins Ohr flüsterte.

»Daddy«, schluchzte sie. »Wo bist du gewesen? Wir dachten, du bist tot.«

Erneut zuckte Fatty die Achseln.

»Ich habe über dich gewacht, Frankie. Keine Sorge. Ich hab immer dafür gesorgt, dass meiner *bambina* nichts Schlimmes zustößt.«

Nichts Schlimmes zustößt?! Wie ein Film im Schnellvorlauf zogen die Ereignisse der vergangenen Monate vor ihrem inneren Auge vorüber: der Tag, an dem sie sein Verschwinden bemerkt hatten, Dubrowski, Williams Verschwinden, Angelicas Überdosis, Robbie … Und da stieg Wut in ihr auf, und die unbeantworteten Fragen dröhnten in ihrem Kopf. Mit aller Kraft stieß sie ihn von sich und schlug mit den Fäusten auf seine Brust ein, immer noch hysterisch schluchzend.

»Warum, Dad?«, fragte sie immer wieder. »Warum? Warum? Warum?«

Er packte ihre Hände und hielt sie fest, bis ihre Wut verrauchte, und nur die Frage übrig blieb.

»Warum, Dad?«, schluchzte sie.

»Ich will dir eine Geschichte erzählen, *bambina*«, sagte er. »Genau wie damals, als du noch ein kleines Mädchen warst, ja? Ein Freund von mir, er hat mich in einem kleinen Schlauchboot von der *Vigorosa* abgeholt. Es war ganz leicht.« Er zuckte mit den Schultern, als wäre es keine große Sache. »Ich habe die Taue losgemacht, gewartet, bis sie ein bisschen in den Hafen rausgetrieben war, und ihn dann angerufen, er solle mich abholen. Dann habe ich mein Handy ins Wasser geworfen, zwei Gläser neben dem Brandy stehen lassen und *ecco*! Ein Rätsel!«

»Aber warum hast du uns das angetan? Wie konntest du nur?«, wollte Francesca wissen.

»Setz dich, *bambina*«, sagte er sanft und zog ihr einen Küchenstuhl heran. Sie ließ sich auf den Stuhl fallen, und er setzte sich schwerfällig neben sie. Sein gewaltiger Hintern quoll über die Sitzfläche hinaus.

»Wie ich Angel schon erklärt habe …«, setzte er an.

»Ach, Herrgott! Du hast sie wirklich besucht?«, tobte Francesca. »Wir haben sie in eine psychiatrische Klinik einweisen lassen, weil wir dachten, sie habe Wahnvorstellungen! Hast du eine Ahnung, wie viel Schaden du angerichtet hast?«

»Schsch«, versuchte er sie zu beschwichtigen. »Ich weiß, es

ist schwer zu verstehen, aber ich hatte keine andere Wahl, Frankie.«

»Man hat immer eine Wahl, Dad«, fauchte sie. »Wovor bist du geflohen? Gefängnis?«

Fatty zuckte die Achseln. »Vor dem Gefängnis auf jeden Fall, einige meiner Geschäfte waren ein bisschen … wie soll ich sagen? Ähm, schillernd.«

»Schillernd?«, wiederholte Francesca höhnisch. »Na, das ist eine interessante Umschreibung für Betrug, Unterschlagung, Geldwäsche und Diebstahl, finde ich …«

»Ts, ts, Frankie, ich bin kein Dieb. Ich halte mich bloß nicht immer an die Regeln«, erwiderte er. »Aber ich bin nicht vor der Polizei geflohen.«

»Vor wem dann? Vor Dubrowski?«, fragte Francesca. »Nette Freunde hast du. Ich habe ihn kennengelernt. Er hat mir eine Pistole an den Kopf gehalten und hätte mich erschossen, wenn Carlo nicht gewesen wäre.«

»Ja, ich weiß«, erwiderte ihr Vater geduldig. »Ich habe euch *bambini* im, ähm, Auge behalten. Aber Dubrowski hat ein weiches Herz, tief drin. Er hätte niemals gewagt, dich zu töten. Er hat eine Schwäche für schöne Frauen, weißt du? Hahaha. Das ist sein Schwachpunkt. Also – nein, ich bin nicht vor Andrea Dubrowski geflohen.«

»Vor wem dann?«, wollte Francesca wissen. »Was war so gefährlich, dass du deine Familie verlassen musstest?«

Fatty betrachtete sie mit dem gleichen gönnerhaften Blick wie an jenem Tag im Mai. »Frankie, meine schöne Frankie«, setzte er an. »*Sei ancora ingenua* …«

»Ja, ja.« Francesca verdrehte die Augen. »Ich bin immer noch naiv. Tja, das war ich vielleicht noch vor ein paar Monaten, aber jetzt definitiv nicht mehr. Ich weiß genau, was du vorhattest, Dad. Du bist bloß ein Gauner. Ein kleiner Gauner.«

Ihr Vater lachte über einen Witz, den er nicht mit ihr teilte, und schüttelte den Kopf. »Nein, Frankie. Ich bin kein kleiner Gauner. Ich bin besser – und ich bin schlimmer –, als du es dir je vorstellen könntest.«

»Das glaube ich sofort«, versetzte sie bedrückt. »Also vor wem? Und warum?«

»Vor allen und niemandem.« Er sprach weiter in Rätseln. »Ich bin weggelaufen und hingelaufen.«

»Wo hingelaufen?« Frankie war nicht in Stimmung für alberne Wortspiele.

Erneut zuckte er die Achseln. »In die Zukunft, die Vergangenheit. Es war einiges schiefgelaufen. Unsere Welt war nicht gut, Frankie. Sie war auf Sand gebaut und ist allmählich ins Meer abgerutscht. Es wurde Zeit, dass ihr auf eigenen Beinen steht, du und deine Schwester und dein Bruder. Ohne das Geld seid ihr besser dran. Jetzt kommt ihr allein zurecht. Jetzt kommt ihr ohne mich zurecht.«

»Ohne dich …? Also gehst du wieder fort.«

Sie betrachtete sein Gesicht. Es war ihr so vertraut, und dennoch verstand sie diesen Mann überhaupt nicht. Wie konnte er behaupten, er hätte sie geliebt, und trotzdem so grausam sein? Und nun würde er wieder fortgehen. Francesca wusste nicht, sollte sie erleichtert sein oder trauern? Hasste sie ihn jetzt oder liebte sie ihn noch immer? Die Antwort war einfach: beides. Ebenso gut hätte er ein Küchenmesser nehmen und ihr Herz in zwei Hälften schneiden können. Er war sowohl der Engel als auch der Teufel, von denen Angelica immer redete. Er war beides, in Gestalt eines sehr gefährlichen Mannes.

Ihr Vater nahm ihre Hand in seine Pranke. Wie erstarrt saß sie da, wollte ihm gerne die Hand entziehen, konnte sich aber nicht rühren. »Ich hätte gar nicht zurückkommen dürfen. Ich wollte mich von diesem Haus verabschieden. Ich habe euch beobachtet, meine Engel, und ich bin sehr stolz auf euch. Aber diesmal gehe ich für immer fort.«

Francesca nickte düster.

»Logisch«, erwiderte sie und fand endlich die Kraft, ihm die Hand zu entziehen. »Du bist ein Feigling, Dad. Nur ein großer, dicker, verlogener, betrügerischer Feigling. Du machst das alles ...« Sie breitete die Arme aus. »Du machst alles kaputt. Du zerstörst fast deine eigenen Kinder, und dann läufst du davon, weil du Angst hast, dafür geradezustehen.«

»Ich habe keine Angst.« Fatty gluckste. »Mir macht nichts Angst.«

Sie hatte große Lust, ihm das selbstgefällige Grinsen aus dem Gesicht zu wischen. Denn tief drinnen hatte er Angst. Nicht vor der Polizei oder vor Dubrowski oder vor den anderen zwielichtigen Typen, mit denen er »Geschäfte« gemacht hatte. Aber er hatte Angst vor Nähe. Sogar bei seinen eigenen Kindern. Ganz besonders bei seinen eigenen Kindern. Er hatte Angst vor der Liebe. Beinahe tat er Francesca leid. Was blieb ihm denn jetzt noch? Sein Leben, ja. Aber was war das für ein Leben ohne Liebe? Was für einen Sinn hatte das, verdammt nochmal? Vielleicht war es wirklich am besten, wenn er wieder fortging. Sie wusste nun, dass er lebte, und das genügte. Ihre Beziehung war zu stark beschädigt, um fortzubestehen, aber das Wissen, dass ihr Vater lebte und atmete, wo auch immer, tröstete sie dennoch. Er scherte sich ganz offensichtlich keinen Deut um sie, doch umgekehrt war er Francesca noch immer wichtig. Trotz allem. Er war noch immer ihr Vater, gleichgültig, welche Sünden er begangen hatte. Und nun würde er sie um Hilfe bitten.

»Du willst, dass ich für dich lüge, nicht wahr?«, fragte sie.

Er nickte und sah ihr in die Augen, flehte sie an.

»Sag niemandem, dass du mich gesehen hast. Nicht mal Carlo.« Seine Stimme hatte einen bedrohlichen Unterton.

»Carlo war großartig«, verteidigte Francesca ihren Bruder. »Du kannst ihm vertrauen.«

»Das weiß ich.« Ihr Vater seufzte. »Ich bin stolz darauf, dass mein Junge endlich zum Mann geworden ist, aber er darf nicht wissen, dass ich noch lebe. Niemand darf das wissen. Du musst Angelica davon überzeugen, dass sie sich etwas eingebildet hat. Sie ist jetzt stärker, aber mit der Zeit wird sie dir glauben, Frankie.«

Francesca schüttelte den Kopf. »Das gefällt mir nicht, Dad. Es hat zu viele Lügen gegeben. Du, das Unternehmen, Jade und William ...«

Fatty schnaubte wütend und schlug mit der Faust auf den Tisch. »Abschaum. Um die müssen wir uns keine Sorgen mehr machen.«

Argwöhnisch musterte Francesca ihren Vater. Etwas an der Art, wie er den Kopf schräg hielt und sie trotzig ansah, verursachte ihr eine Gänsehaut.

»Hast du Jade getötet?«, fragte sie ihn. Sie hatte Angst vor der Antwort, doch sie musste es wissen.

»Möglicherweise hat ein Freund von mir ihr bei der Entscheidung zu springen geholfen«, erwiderte er leidenschaftslos.

Francesca nickte. Wurden plötzlich ihre schlimmsten Albträume wahr? Sie hatte das Gefühl, ihr würde gleich übel. Sie schmeckte Galle. Ihr Vater stieß sie ab.

»Und Darcie?«, fragte sie, und ihre Stimme brach. Francesca hatte Darcie verehrt. Sie hatten sich sehr nahegestanden.

Diesmal schlug Fatty noch heftiger mit der Faust auf den Tisch. »Ich will nicht über Darcie sprechen«, donnerte er. »Es ist zu schmerzlich. Die Frau hat mir das Herz gebrochen. Sie musste dafür bezahlen.«

»Was? Mit ihrem Leben?« Nun schrie Francesca ebenfalls. Wer war dieses Ungeheuer, das hier neben ihr saß? Das war nicht der Vater, den sie geliebt und bewundert hatte. Er war ein Verbrecher, ein Mörder.

»Das ist der Preis, den wir alle irgendwann zahlen müssen«, entgegnete ihr Vater leise.

»Ich hasse dich, Daddy!«, schrie Francesca und stand auf. Sie nahm den Stuhl und richtete ihn mit den Beinen voran gegen ihren Vater, halb um sich zu schützen, halb als Drohung. Sie wusste nicht, was sie tun oder wohin sie sich wenden sollte. Kampf oder Flucht? Ein Teil von ihr wollte nur aus der Küche rennen, hinaus ins Licht, fort von diesem Ungeheuer mit dem finsteren Herzen. Doch Francesca hatte noch immer Fragen. Sie konnte noch nicht gehen.

»Stell den Stuhl hin, du dummes Mädchen«, sagte Fatty ungeduldig, als würde er ein aufsässiges Kleinkind maßregeln.

»Nein!«, schrie sie. »Ich traue dir nicht. Du hast Darcie getötet. Sie war meine Freundin.«

»Sie war eine Hure«, höhnte Fatty. »Ich habe es dir doch gesagt. Sie musste bezahlen.«

»Und was ist mit William?«, wollte Francesca wissen. »Hast du ihn auch bezahlen lassen, Dad?«

Fattys Gesicht verzog sich zu einem zufriedenen Grinsen. »William«, sagte er. »William schläft bei den Fischen.«

Francescas Herz krampfte sich zusammen. Sie hasste William für das, was er getan hatte, aber er gehörte ins Gefängnis, nicht in ein nasses Grab.

»Er war der Vater deiner Enkel!«, schrie sie. »Dad, was hast du getan? Wer bist du? Ich erkenne dich nicht mehr!«

Sie presste ihm die Stuhlbeine gegen die Brust. Sie wollte ihn verletzen, wollte, dass er ihren Schmerz spürte. Aber das waren eigentlich seine Mittel. Gewalttätig zu werden. Das hatte sie nicht nötig. Am ganzen Leib zitternd, schleuderte sie den Stuhl durch den Raum. Er versuchte, ihre Hand zu packen, doch sie riss sie weg.

»Ich wünschte, du wärst tot, Dad«, sagte sie leidenschaftlich und meinte es ernst. »Du verdienst es nicht weiterzuleben.«

»Ach, du denkst, ich bin ein schlechter Vater?«, fragte er überheblich. »Ich denke nicht. Ich habe euch Kindern alles gegeben.«

»Ja, und jetzt hast du uns alles genommen«, schrie sie. »Nichts hast du uns gelassen.«

»Oh, arme *bambini*«, spottete er. »Arme reiche Kinderlein, jetzt gar nicht mehr so reich. Meinst du, als Kind hatte ich Geld? Meinst du etwa, mein nichtsnutziger Vater hätte mir auch nur einen Cent gegeben?«

»Er hat dich garantiert nicht so kaputtgemacht wie du uns!«, brüllte sie. »Ich wette, dein Vater hat nicht mit dem Leben der Menschen gespielt und es zerstört, ich wette, er hat nicht einfach jeden getötet, der ihm in die Quere kam!«

»Nein«, gab Fatty trotzig zurück. »Ich habe ihn getötet, als er mir in die Quere kam. Es war das Beste, was ich je getan habe.«

Entgeistert starrte Francesca ihren Vater an. Hatte sie richtig gehört? Er hatte seinen eigenen Vater getötet?

Seine Worte trafen sie wie Säure, sie brannten und nagten an ihrer Seele. Francesca sackte zu Boden.

»Geh einfach, Dad«, wimmerte sie, gebrochen. »Geh einfach. Verschwinde. Diesmal für immer. Für mich bist du sowieso gestorben. Ebenso gut könntest du ertrunken sein.«

»Okay, Frankie.« Seufzend sah er sie an und schüttelte traurig den Kopf. »Ich liebe dich sehr wohl. Ich liebe euch alle. Aber ihr müsst jetzt auf eigenen Füßen stehen.«

Francesca brachte kein Wort heraus, sie konnte nicht aufstehen, sie war wie gelähmt, also nickte sie nur und deutete zur Hintertür. Mit ausgestreckten Armen trat ihr Vater einen Schritt auf sie zu, bot an, ihr aufzuhelfen, doch Francesca schüttelte den Kopf. Sie wollte seine Hilfe nicht mehr.

»Rühr mich nicht an, Dad«, sagte sie.

Liebevoll tätschelte er ihr den Kopf und wandte sich zum Gehen. An der Hintertür blieb er nochmals stehen und sagte: »Eins noch, Frankie, meine *bambina.* Tu nicht, was ich tue, tu, was ich sage, okay? Achte deinen Vater. Bewahre unsere Geheimnisse bis zum Grab. Bleib mir treu, trotz all dem, was ich getan habe. Nur darum bitte ich dich.«

Sie starrte ihn an und empfand Liebe, Hass, Mitleid, Wut, Verbitterung, Scham. Doch sie versprach ihm nichts. Francesca hatte noch keine Ahnung, was sie tun würde.

»Wohin gehst du?«, fragte sie.

»Das ist meine Sache, Frankie. Du wirst mich nie wiedersehen, aber ich werde oft an euch denken.«

»Wie großzügig von dir«, murmelte sie und sah ihrem Vater nach, der durch die Hintertür verschwand.

Sie lag auf dem Küchenboden, hatte die Beine an die Brust gezogen und versuchte zu begreifen, was er ihr erzählt hatte. Jade, Darcie, William, sein eigener Vater, Herrgott! Wie viele noch? Mit dem Wissen, dass ihr Vater ein Gauner war, hätte sie leben können, aber ein Mörder? Nein. Sie hörte, wie der Motor des Aston Martin ansprang, dann jagte der Wagen röhrend die Auffahrt hinab. Sie dachte an die schwangere, verängstigte Darcie, die man gezwungen hatte, Tabletten zu nehmen, die sie umbringen würden. Was für ein Ungeheuer tat so etwas? Aber er war ihr Vater …

Ihre Gedanken überschlugen sich. Was sollte sie tun? Wie lange war er schon fort? Eine Minute? Zwei? Sie hatte keine Zeit zu verlieren. Er war sicher unterwegs nach Italien, bald würde er die Grenze überqueren, und auf der anderen Seite würden ihm Freunde helfen. Warum verdammt nochmal sollte er ungestraft davonkommen? Sie dachte an das Chaos, das Fatty angerichtet hatte. Tu nicht, was ich tue, tu, was ich sage. Francesca grübelte über diesen Slogan ihres Vaters nach, bis die Erkenntnis sie traf. Sie würde sich ihrem Vater widersetzen. Sie würde ihm endlich die Stirn bieten. Sie würde genau das tun, was er getan hatte. Sie würde ihren eigenen Vater vernichten, wie er seinen Vater vernichtet hatte. Doch Francesca würde es auf ihre Weise tun.

Mit wackligen Beinen stand sie auf, holte mit zitternden Händen ihr Handy aus der Tasche und wählte die Nummer. Noch während sie den Anruf tätigte, rannte sie zu ihrem Auto.

»Bleiben Sie, wo Sie sind«, befahl die Stimme am anderen Ende der Leitung. Doch Francesca war nicht in der Stimmung, Befehle entgegenzunehmen.

Draußen an der Straße beschnitt ein Gärtner eine Hecke.

»In welche Richtung ist der Aston Martin gefahren?«, rief sie ihm durchs Fenster zu.

Der Mann deutete nach rechts, Richtung Stadt. Also doch nicht nach Italien, sinnierte Francesca. Sie jagte den Wagen den Hügel hinab, haarscharf vorbei an Touristen, Rentnern und – du lieber Gott! – sogar Kindern! Als sie auf den Hafen zuraste, erhaschte sie einen Blick auf ihn. Er fuhr bereits den Berg hinauf, wieder aus der Stadt hinaus. Francesca hielt das Lenkrad so fest umklammert, dass ihre Knöchel weiß hervortraten. Sie holte auf. Er saß hinter einem Bus mit Fahrtziel Nizza fest, der den Hügel voll beladen mit Touristen hinaufkroch. Sie sah, dass der Aston Martin immer wieder ausscherte und zu überholen versuchte, dann aber in letzter Sekunde wieder hinter den Bus zurückfiel, weil ihm ein Wagen entgegenkam. Mit jedem Auto, das Francesca überholte, kam sie ihm ein paar Meter näher. Mittlerweile musste er sie im Rückspiegel entdeckt haben. Was er jetzt wohl dachte? Sie hatte sich ihm widersetzt. Er würde wütend sein. Doch vermutlich war er auch stolz auf sie.

Francesca kam bis auf drei Wagen an ihren Vater heran, ehe es ihm gelang, den Bus zu überholen. Und dann war er fort, mit aufheulendem Motor in einer Staubwolke verschwunden.

Doch Francesca hatte nicht vor aufzugeben. Sie kannte ihren Vater, und sie kannte seine Lieblingsroute. War sie sie nicht hundertmal mit ihm zusammen gefahren? Als sie am Bus vorbei auf die Abfahrt zur Grande Corniche zuraste, hörte sie hinter sich Sirenen. Sie fragte sich, ob die Polizei wegen überhöhter Geschwindigkeit hinter ihr her war oder hinter ihrem Vater. Es spielte keine Rolle. Sie würde nicht anhalten. Francesca musste das jetzt bis zum Ende durchstehen. Sie konnte nicht zulassen, dass er einfach so zum zweiten Mal aus ihrem Leben verschwand. Nicht ohne Gegenwehr. Diesmal wollte sie sehen, wie er fortging.

Doch ihr Range Rover war dem Aston Martin nicht gewachsen. Während sie über die Grande Corniche aus Monaco hinausraste, verlor sie ihn gänzlich aus den Augen. Verflucht sollte er sein! Verflucht, verflucht, verflucht! Ihr Handy klingelte unaufhörlich, doch sie ignorierte es. Das war sicher die Polizei, die ihr sagen wollte, sie solle anhalten. Man hatte ihr befohlen, beim Haus zu bleiben, und war sicher nicht glücklich über ihre Entscheidung, Fatty selbst zu jagen. Doch Francesca kümmerte das nicht. Sie sah nur die Straße vor sich, spürte nur das Adrenalin, das durch ihre Adern brauste. Sie wusste nicht einmal, warum sie ihn jagte, was sie zu erreichen hoffte, falls es ihr gelang, ihn einzuholen und irgendwie aufzuhalten. Sie wusste nur, dass sie nicht mehr das Opfer ihres Vaters sein wollte. Sie hatte ihr Schicksal jetzt selbst in die Hand genommen. Irgendetwas zu tun war immer besser, als nichts zu tun. Das wusste sie nun.

Es war früh am Abend, und Francesca fuhr direkt auf die untergehende Sonne zu. Jedes Mal, wenn sie scharf um eine Kurve bog, war sie kurz geblendet und verlor zu ihrem Entsetzen mehrmals beinahe die Kontrolle über den Wagen. Sie hatte den Aston Martin jetzt seit Kilometern nicht mehr gesehen. Was, wenn Fatty sie durchschaut hatte und eine andere

Strecke fuhr? Francesca bog scharf auf die Straße ab, die sie zur Moyenne Corniche bringen würde, und hoffte, dass sie unterwegs einen Blick auf den Wagen ihres Vaters erhaschen könnte. Doch sie sah nur die Straße, den blauen Himmel und eine schwarze Wolke, die von unten aufstieg.

Francesca war so versessen darauf, ihren Vater einzuholen, dass sie sich beim Anblick dieser schwarzen Wolke zunächst nichts dachte. Sie war einfach dort, in der Ferne, vielleicht einen oder zwei Kilometer vor ihr, und sie stieg immer höher auf, breitete sich aus, stieg noch höher, beschmutzte den strahlend blauen Himmel. Doch als Francesca näherkam, nahm sie Brandgeruch wahr, und alles Blut wich aus ihrem Gesicht. O nein, bitte nicht, nicht jetzt, nicht so, nicht …

Die schwarzen Reifenspuren auf der Straße waren so deutlich, als wären sie gemalt. Mit zitternden Händen fuhr Francesca an den Straßenrand und stellte den Wagen ab. Sie verspürte Beklemmung in der Brust. Zu Fuß folgte sie den Reifenspuren bis zum Straßenrand. Sie strich über das zerknautschte Blech der Leitplanke an der Stelle, an der sie durchbrochen worden war, und atmete die giftigen Dämpfe des Feuers unter ihr ein. Und dann stand sie am Abgrund, atmete tief durch und sah hinab.

Von dem Aston Martin war nichts übrig. Sie sah lediglich eine vom abstürzenden Wagen umgeknickte Zypresse, tiefe Schrammen in der Felswand, wo der Wagen abgeprallt sein musste, einen einzelnen Reifen, der sich in einem Stechginsterstrauch verfangen hatte, und dann ganz unten, inmitten eines lodernden Feuers eine zerknautschte Metallmasse, die einst der ganze Stolz ihres Vaters gewesen war.

Entsetzt schlug Francesca die Hand vor den Mund. Diesmal war er wirklich tot. Polizeisirenen näherten sich, sie übertönten ihre Schreie: »Daddy! Daddy! Daddy!« Doch Francesca wusste, diesmal würde Fatty nicht zurückkehren.

Im Fernsehen lief *Countdown*. Robbies Mutter hing mit den Augen am Bildschirm, doch er selbst war gelangweilt, er konnte sich nicht entspannen und er konnte sich auch nicht konzentrieren.

»Ach, um Himmels willen, Robbie, hörst du mal auf zu zappeln? Du lenkst mich von meiner Sendung ab, Junge. Wenn du was zu tun brauchst, mach mir 'nen Tee, mein Mund ist trockener als ein Furz.«

Seine Mutter war schon immer die Königin der unfeinen Vergleiche gewesen. Vielleicht hatte er seine Liebe zum Wort von ihr.

Robbie erhob sich von seinem Sofagefängnis. Er hatte genügend Nachmittagsprogramm für ein ganzes Leben angeschaut, da stellte sogar Teekochen für seine Mutter eine Abwechslung dar. Er stand in der schäbigen kleinen Küche, wartete darauf, dass das Wasser kochte, und blickte aus dem Fenster im siebten Stock über den Parkplatz hinweg auf das Einkaufszentrum dahinter. Regen rann die Scheiben hinab, und der Himmel hatte die Farbe von Champignonsuppe. Es war August, aber bisher war es ein lausiger Sommer gewesen. Er musste an sein Lieblingszitat von Billy Connolly denken: »In Schottland gibt es zwei Jahreszeiten – Juni und Winter.« Flüchtig musste er lächeln. Doch dann stellte er sich die Farbe des Himmels über Monaco vor, wo *sie* war. Er dachte an Fran unter diesem strahlenden Himmelblau.

Als sein Handy klingelte, war das das aufregendste Ereignis des Tages. Dan Donovan. Robbie hatte seit Wochen nichts von seinem Kollegen gehört. Tja, er konnte es Dan nicht verdenken. Robbie war sozusagen von der Bildfläche verschwunden, und er war im Moment sowieso keine besonders angenehme Gesellschaft.

»Herzensbrecher-Rob«, begrüßte Dan ihn mit Begeisterung in der Stimme. »Ich hab Neuigkeiten für dich!«

»Schön, von dir zu hören, Dan«, erwiderte Robbie. Und das meinte er ernst. Er war viel zu lange von der Außenwelt abgeschnitten gewesen. »Was gibt's?«

»Fatty LaFata ist tot«, verkündete Dan.

Robbie war verwirrt.

»Ähm, ja, das wissen wir doch, Dan. Er ist vor drei Monaten ertrunken.«

»O nein«, erwiderte Dan triumphierend. »Er ist vor ein paar Stunden bei einem Autounfall gestorben.«

»Was?« Robbie kratzte sich am Kopf. »Was redest du da, Dan?«

»Der hinterlistige Kerl ist gar nicht ertrunken. Er hat sein Verschwinden selbst inszeniert. Dann ist er heute Nachmittag in seinem alten Haus aufgetaucht, und Francesca LaFata hat ihn dort erwischt ...«

Robbie schnappte nach Luft, als Dan ihren Namen erwähnte. Er hatte ihn zwar ständig lautlos vor sich hin gesagt, aber ihn nun ausgesprochen zu hören, und das von jemand anderem, machte sie plötzlich wieder sehr real.

»Du machst Witze!«, sagte Robbie.

»Nein, ich schwöre, es stimmt. Ich habe es gerade von meinem Kontakt da draußen bestätigt bekommen. Francesca hat ihren alten Herrn angezeigt, sie hat die Bullen gerufen. Dann ist sie ihm selbst hinterhergejagt. Sie war als Erste am Unfallort.«

»Ist sie okay?«, fragte Robbie beinahe flehentlich. Doch Dan schien das nicht aufzufallen.

»Aye, es geht ihr gut. So langsam muss sie sich ja daran gewöhnt haben, dass ihr Vater stirbt, was?« Dan gluckste in sich hinein.

»Tapfere Frau«, meinte Robbie.

»Jedenfalls, Fatty war in einem Oldtimer, einem Aston Martin, unterwegs. Francesca und die Polizei waren ihm auf den

Fersen, und er ist mit ihnen kreuz und quer durch die Riviera gejagt. Ich meine, kannst du dir das vorstellen? Das ist echter James-Bond-Stoff! Die wilde Jagd hat über eine Stunde gedauert. Auf diesem Abschnitt zwischen Grande und Moyenne Corniche war sie dann zu Ende – du weißt schon, wo auch Grace Kelly gestorben ist.«

Robbie dachte daran, wie er auf dem Weg zu seiner ersten Verabredung mit Fran genau die gleiche Straße gefahren war. Er hatte seine Möchtegern-Formel-1-Fahrer-Nummer abgezogen. Die Straße war steil und gewunden und voller trügerischer Haarnadelkurven, und Robbie hatte dort einige haarige Augenblicke erlebt. Er stellte sich Fatty in seinem Aston Martin vor, mit Fran und den Bullen auf den Fersen, und er wusste, was Dan als Nächstes berichten würde.

»Und dann hat Fatty eine Kurve unterschätzt und ist direkt in den Abgrund gerast«, verkündete Dan triumphierend. »Der Wagen ist 300 Meter in die Tiefe gestürzt, mehrmals von der Felswand abgeprallt und brennend in einen Olivenhain gestürzt. Als die Polizei das Wrack erreichte, war es völlig ausgebrannt. Von dem Aston Martin war nur noch ein zerknautschter Blechhaufen übrig, und von Fatty nur ein Haufen schwelender Knochen.«

»Mein Gott!« Robbie wusste nicht, was er sagen sollte. Er konnte kaum fassen, was er da gerade gehört hatte. »Also ist er diesmal endgültig tot?«

»Ach, sei doch nicht albern, Robbie«, spottete Dan. »Man stürzt ja wohl nicht 300 Meter in einem brennenden Wagen in die Tiefe und kommt lebend davon, oder?«

39

Die Polizei hatte die Leiche erst nach einem Monat freigegeben, doch heute waren sie den alten Mistkerl endlich losgeworden. Sie hatten Fatty beerdigt. Oder zumindest hatten sie die Handvoll Knochen und Asche beerdigt, die nach dem Autounfall von Fatty übrig geblieben war. Tja, weg mit Schaden! Carlo kippte seinen Jack Daniels und beobachtete die Trauergäste, die in dieser opulenten Lounge des Hôtel de Paris höflich plauderten. Sie waren ein Haufen Heuchler, alle miteinander. Die meisten hatten seinen Vater kaum gekannt, sie waren ausschließlich des Spektakels wegen hier. Sie wollten Anteil am LaFata-Skandal haben, damit sie ihren Enkeln später erzählen konnten, sie seien dabei gewesen, als Giancarlo LaFata endlich unter die Erde gebracht worden war. Es gab ihnen einen Kick. Und sie wollten ihre Gesichter in die Zeitungen von morgen bringen. Tja, sollten sie doch ihre Viertelstunde Berühmtheit haben. Carlo kümmerte es nicht. Er wollte nur, dass endlich alles vorbei war.

Er ging hinaus auf die Terrasse, setzte sich mit Blick aufs Meer und wandte dem Leichenschmaus drinnen den Rücken zu. Es war eine Farce, er wollte nichts damit zu tun haben. Er zündete sich eine Zigarette an und starrte wütend zum Horizont, wo das Meer perfekt türkisfarben war. Er hatte Monte Carlo satt. Es glänzte, aber es war garantiert kein Gold. Schon eher Narrengold. Es war eine armselige Attrappe von einer Stadt, und er wollte nur noch weg.

Jemand knallte ein Glas Jack Daniels neben seines.

»Was dagegen, wenn ich mich dazusetze?«

Er erkannte ihre Stimme sofort, obwohl er sie seit Monaten nicht mehr gehört hatte, außer in seinen Träumen – da hörte er sie ständig.

»Sasha Constantine, was zum Teufel tust du hier?« Er grinste die verführerische Brünette an, die sich rittlings auf den Stuhl neben ihm setzte.

»Ach, ich weiß auch nicht, Carlo, Baby«, erwiderte sie gedehnt. »Hab gedacht, du willst heute vielleicht ein freundliches Gesicht sehen.«

»Du siehst gut aus«, sagte er und musterte ihre braungebrannte Haut. Ganz offensichtlich waren ihr die Hamptons gut bekommen.

»Tja, du siehst miserabel aus«, erwiderte sie. »Aber wahrscheinlich musst du mal gevögelt werden.«

Carlo grinste. Zum ersten Mal seit Monaten fühlte er sich wirklich glücklich.

»Ist das ein Angebot?«, fragte er.

»Das ist eine Forderung«, erklärte sie und erhob ihr Glas.

»Cheers«, sagte Carlo und stieß mit ihr an. »Worauf trinken wir?«

Sasha zuckte die Achseln. »Multiple Orgasmen?«

»Auf die multiplen Orgasmen.« Carlo lachte.

Sie grinste ihn an, und ihre grünen Augen funkelten.

»Ich hab dich vermisst, Carlo, Baby«, sagte sie.

Und dann wurde sie rot. Sasha Constantine, die Queen of Coolness, war tatsächlich errötet!

»Ich hab dich auch vermisst, du unhöfliche, abscheuliche kleine …«

Doch er brachte den Satz nicht zu Ende, denn sie hatte sich auf seinen Schoß gesetzt, und dann lagen ihre weichen Lippen auf seinem Mund und ihre Hände auf seiner Brust, und er verlor sich im Duft von Orange und Vanille.

Unvermittelt löste sie sich von ihm. »Warte! Jetzt hätte ich's fast vergessen. Ich hab was für dich.«

Sie wühlte in ihrer Abendtasche.

»Was? Ein Geschenk?«, fragte Carlo, streichelte ihr den Rücken und beobachtete ihr schönes Gesicht, während sie suchte.

»So ungefähr«, erwiderte sie. »Aha! Da ist sie ja!«

Sie zog ein grünes, mit Kolibris bedrucktes Kärtchen heraus.

»Meine Visitenkarte«, verkündete sie. »Ich denke, du wirst meine Telefonnummer unten rechts finden.«

»Du gibst mir deine Telefonnummer?«, fragte Carlo. »Ich dachte schon, die gibst du mir nie!«

»Carlo, Baby.« Sie lächelte. »Denken ist eben Glückssache.«

Sie küsste ihn, sehr zärtlich diesmal, ohne die grünen Augen zu schließen. Ihr Blick war so intensiv, dass Carlo das Gefühl hatte, sie sehe bis in seine Seele hinein. Sie war alles, was er an Frau brauchte. Er konnte es kaum erwarten, morgen neben ihr zu erwachen, und übermorgen ebenfalls, und am Morgen danach … Plötzlich klang »für immer« gar nicht mehr so beängstigend.

Mit einem mulmigen Gefühl im Bauch sah Robbie das Mittelmeer rechts an sich vorbeiziehen. Das Taxi raste über die Küstenstraße nach Monaco, zu ihr. Himmel, war er nervös. Nun waren sie beide frei, doch würde sie ihn noch wollen? Sie hatten in diesem Sommer so viel durchgemacht. Die Welt hatte sich für sie beide unwiderruflich verändert. Der Boden unter ihren Füßen war erschüttert worden wie bei einem Erdbeben, und danach hatten sie vor den Ruinen ihrer bisherigen Leben gestanden. Tausend Meilen voneinander entfernt.

Die Einladung war ihm ins Büro geschickt worden.

Fatty LaFata war vermutlich der einzige Mensch auf der Welt, zu dessen Beerdigung formelle Einladungskarten mit

Goldprägung verschickt worden waren. Sie wirkten eher wie Hochzeitseinladungen. Andererseits war der Familie unter den gegebenen Umständen vermutlich eher nach Feiern als nach Trauern zumute, dachte Robbie. Immer wieder betastete er die Einladung und hoffte – betete darum –, Fran selbst möge sie ihm geschickt haben. Hatte sie ihm damit einen Olivenzweig geschickt? Falls ja, hatte Robbie mit beiden Händen danach gegriffen. Aber wenn die Einladung nun nicht von Fran stammte? Wenn der Italiener sie geschickt hatte, um ihn zurückzulocken und seine Arbeit zu Ende zu bringen? Robbie wusste, dass er möglicherweise sein Leben aufs Spiel setzte. Doch selbst der kleinste Hoffnungsschimmer genügte ihm. Er musste sie wieder in seinem Leben haben.

Am Ende hatte Patterson ihm seine Stelle wieder angeboten. Nachdem Fatty gestorben war – diesmal wirklich –, war Robbie zu dem Schluss gekommen, dass er seine Story jetzt gefahrlos veröffentlichen konnte. Die große Story. Die eine Story, deretwegen er beinahe gestorben wäre. Er erzählte seinem Chef die ganze grausige Geschichte und gab seine Erkenntnisse dann an die Polizeibehörden in Monaco, Italien und Schottland weiter – überall dort war Giancarlo LaFata für Verbrechen verantwortlich gewesen. Und dann wusste es endlich die ganze Welt. An dem Tag, an dem seine Story endlich die Titelseite beherrschte, konnte er nur an eines denken: Würde Fran sie lesen? Und falls ja, was würde sie davon halten? Und dann kam der Umschlag im Büro an, an ihn adressiert.

Patterson hatte diesem neuerlichen Ausflug an die Riviera widerwillig zugestimmt, damit Robbie einen Folgeartikel über die Nachwirkungen von Fattys Tod schreiben konnte. Doch diesmal gewährte er ihm nur ein mickriges Spesenbudget – daher auch die Taxifahrt vom Flughafen und das preiswerte Hotel in der heruntergekommensten Gegend von

Nizza. Doch an diesem Nachmittag fuhr er nicht der Arbeit wegen nach Monaco. Nein. Heute hatte er nur ein Ziel vor Augen. Leben oder Tod? Er wusste es nicht.

Das Taxi setzte ihn vor dem Hôtel de Paris ab – an dem Ort, an dem alles begonnen hatte. Robbie strich den Anzug glatt und richtete die Krawatte. Auf dem Bürgersteig vor dem Hotel wimmelte es von Presseleuten, doch Robbie drängte sich zwischen ihnen durch bis ganz nach vorn. Ein stämmiger Wachmann hob die Hand. Robbie zog die Einladung aus der Tasche. Wer würde ihn empfangen? Vor Nervosität bekam Robbie kaum Luft.

»Ich bin eingeladen«, sagte er dem Wachmann.

Der Mann nickte knapp und ließ ihn passieren. Als Ersten erblickte Robbie Carlo LaFata. Er fläzte sich auf einem Stuhl auf der Terrasse, und auf seinem Schoß saß eine kleine Brünette, die sehr sexy war. Carlo hatte seine Zunge im Hals der Frau und seine Hände unter ihrem Rock. Robbie lächelte. Manche Leute änderten sich nie. Selbst auf der Beerdigung seines Vaters hatte der International Playboy seinen Spaß. Das musste man dem Kerl lassen. Er war ein Naturtalent!

Doch Robbie war nicht neidisch. Er wollte gar nicht, dass die Frauen bei ihm Schlange standen. Er wollte nur eine. Robbie atmete tief durch und stieß die Tür zur Lounge auf. Er sah lauter vertraute Gesichter – Formel-1-Fahrer, Schauspieler, Models, aber Gott sei Dank keinen Italiener! Robbie ließ seinen Blick über die Schar der Celebritys wandern und suchte verzweifelt nach dem einen ersehnten Gesicht.

Unvermittelt sah er sie, sie plauderte mit einer anderen Frau und hatte sein Eintreffen noch nicht bemerkt. Erwartete sie ihn überhaupt? Er beobachtete, wie sie die Haare hinters Ohr strich, lebhaft plauderte und dabei gestikulierte. Die andere Frau hörte aufmerksam zu. Alle wollten ein Stück von Francesca. Mitten im Satz sah sie in seine Richtung. Ihre Reaktion kam mit Verzögerung. Zunächst starrte sie ihn bloß offenen Mundes an, während ihre Gesprächspartnerin verwirrt ihrem Blick folgte. Aber dann verzog sie das Gesicht zum wunderbarsten Lächeln, das Robbie je gesehen hatte. Winkend und trotz der hochhackigen Schuhe halb im Laufschritt drängte sie sich durch die Trauergäste, ein Lächeln im Gesicht und ein Leuchten in den wunderschönen grau-blauen Augen. Alle anderen Anwesenden schien sie vergessen zu haben. Sie rannte zu Robbie und warf ihm die Arme um den Hals. Robbie spürte die Wärme ihres Körpers und ihre Lippen auf seinem Mund. Ihm war schwindelig vor Glück, und sein Herz jubilierte. Er zog sie so fest an sich, dass ihre Füße ein Stück vom Boden abhoben. Er hatte nicht die Absicht zuzulassen, dass diese Füße jemals wieder den Boden berührten.

»Von allen Spelunken dieser Welt …«, sagte er, als der lange Kuss schließlich doch endete.

»Muss er ausgerechnet in meine kommen«, beendete Fran den Satz grinsend und mit geröteten Wangen.

Epilog

1. Januar 2010, Acapulco, Mexiko

Die beiden alten Männer sitzen auf einem Hang mit Blick aufs Meer und sehen sich das Feuerwerk an, das über der Stadt unter ihnen explodiert.

»Ein gutes neues Jahr, mein Bruder«, sagt der größere, silberhaarige Mann und hebt sein Glas, in dem sich ein guter Tequila befindet.

»Ein gutes neues Jahr, Gabriele, mein lieber Bruder«, erwidert sein Cousin vergnügt, trinkt seinen Tequila in einem Schluck aus und knallt das Glas auf den Tisch.

Die beiden sind selbstverständlich keine richtigen Brüder, sondern Blutsbrüder. Das Band zwischen ihnen wurde viele Jahre zuvor, viele Meilen von Mexiko entfernt, geknüpft.

»Ich kann mich immer noch nicht daran gewöhnen, dass du dein Hundehalsband nicht mehr trägst«, bemerkt der ältere Cousin lachend.

»Und ich kann mich nicht daran gewöhnen, dass du so mager geworden bist!«, erwidert der jüngere Cousin. »Ich hab dich am Flughafen gar nicht erkannt. Du siehst gut aus, mein Bruder. Die Latinoschönheiten werden dir die Tür einlaufen.«

»Es tut so gut, endlich hier zu sein«, fährt der jüngere Cousin, Gabriele Fontana, nach kurzem Schweigen fort. »Ich kann es noch gar nicht fassen, dass wir es geschafft haben.«

»Du hast viel Geld für das Kreuz des heiligen Nicasius bekommen. Du hast uns beiden Ehre gemacht, mein Bruder. Jetzt können wir unseren Ruhestand hier genießen. Wir werden würdelos zusammen alt werden.«

Der ältere Cousin hat das Versprechen eingelöst, das er all die Jahre zuvor gegeben hatte. Er hat die Reliquie sicher aufbewahrt, bis der richtige Zeitpunkt gekommen war, und dann hat er sie zurück nach Sizilien zu Gabriele geschickt. Und der wusste selbstverständlich genau, wohin er sie bringen musste.

»Wenn man Geld von der Kirche will, ist es nützlich, wenn man Priester ist«, sagt Gabriele grinsend. »Sie waren sehr froh in Rom.«

»Du bist jetzt ein ehemaliger Priester«, ruft sein Cousin ihm in Erinnerung. »In Acapulco brauchst du das Zölibat nicht!«

»Dieses spezielle Gelübde habe ich sowieso nie groß beachtet.« Gabriele lacht. »Also, mein Freund, vermisst du deine Familie?«

Sein Cousin zuckt mit den Schultern. »Natürlich, ein bisschen, aber ich habe meine Kundschafter und weiß, dass sie gut ohne mich zurechtkommen. So ist es am besten.«

»Dein Sohn?«, fragt Gabriele.

»Der ist mit seiner amerikanischen Freundin auf Reisen. Im Augenblick arbeiten sie in Vietnam in einem Waisenhaus. Dabei wird er nicht reich, aber vielleicht macht es ihn glücklich.«

»Und deine Jüngste?«

»Der geht es schon viel besser. Sie hat einen Freund. Einen netten zuverlässigen Mann.«

»Und die Älteste?«

Der ältere Cousin lächelt. Auf seine älteste Tochter ist er besonders stolz. Sie war immer das brave Mädchen, aber am Ende hatte sie sich behauptet. Sie war die Stärkste. Sie hatte nicht das getan, was er ihr gesagt hatte.

»Sie ist ihren eigenen Weg gegangen. Sie schreibt ein Buch, mit Hilfe des Journalisten, mit dem sie jetzt zusammenlebt.«

»Ein Buch über dich?«, fragt Gabriele.

Sein Cousin nickt und grinst. Ihm gefällt die Vorstellung, in einem Buch verewigt zu werden.

Das Feuerwerk unter ihnen erreicht allmählich seinen Höhepunkt. Der Himmel wird von einem gewaltigen Bogen aus vielfarbigen Sternen erleuchtet.

»Dann also ein sehr gutes neues Jahr für dich, Gabriele!« Der ältere Cousin muss schreien, um das Knallen der Feuerwerkskörper zu übertönen. Er nimmt zwei weitere Gläser Tequila und reicht eines davon seinem Begleiter.

»Auch für dich ein sehr gutes neues Jahr, Giancarlo«, erwidert dieser.

Sie stoßen an und kippen ihre Drinks. Sie laufen nicht mehr fort. Endlich, nach all den Jahren. Sie laufen nicht mehr fort, aber sie werden sich immer verstecken müssen.

»Eine letzte Frage habe ich noch, Giancarlo«, sagt Gabriele grüblerisch. »Wen haben sie bei deiner Beerdigung begraben? Wessen Knochen liegen in dem Sarg? Ich war so neugierig, als ich zugesehen habe, wie sie ihn zur letzten Ruhe gebettet haben.«

Giancarlo gluckst in sich hinein und schenkt seinem Cousin nach. »Das war Stephano.«

»Stephano? An einen Stephano kann ich mich gar nicht erinnern.«

»Der Junge mit der Narbe«, erwidert Giancarlo. »Der Gutaussehende. Er war ein bisschen größenwahnsinnig geworden. Er wusste zu viel, und er wurde langsam überheblich.«

»Und wie wir wissen, mein Freund«, sinniert Gabriele, »kommt Hochmut vor dem Fall.«

»In diesem Fall 300 Meter tief.« Giancarlo lacht. »Ah, aber er war ein braver Junge, loyal bis ins Grab.«

»Tja, dann … trinken wir auf Stephano«, sagt Gabriele, immer noch bester Laune.

»Auf Stephano«, wiederholt Giancarlo LaFata vergnügt und hebt nochmals sein Glas. »Er ruhe in Frieden.«

Danksagung

Ich danke meiner tollen Agentin Lizzy Kremer bei David Higham Associates, die immer zur Stelle war mit einer Schulter, an der man sich ausheulen konnte, oder einem Tritt in den Allerwertesten – je nachdem, was ich gerade brauchte. Lizzy, ohne Dich hätte ich das niemals geschafft. Zudem danke ich dem netten Team bei Orion, besonders meiner sehr fähigen und geduldigen Lektorin Genevieve Pegg für ihre unbeirrbare Unterstützung und Ermutigung, auch in Krisenzeiten.

Ich danke meiner wunderbaren Familie dafür, dass sie mich erträgt, mich unterstützt, mir Gästezimmer zur Verfügung stellt und Babysitterpflichten übernimmt. Ebenso danke ich meinen phantastischen Freunden dafür, dass sie mich inspiriert, mich aufgemuntert, meine Rohfassungen gelesen und guten (manchmal auch schlechten) Einfluss auf mich ausgeübt haben, wenn ich Abgabetermine hatte. Ich hoffe, Ihr entdeckt alle die Nebenrollen und Insiderwitze, die ich zu Eurem Vergnügen eingebaut habe!

Ein herzlicher Dank geht an Victoria Fulljames und Pegeen Rowley, die mit mir nach Monaco gereist sind. Ich hätte niemals so umfassende Recherchen betrieben ohne Euch großartige Mädels, die Ihr mit mir Champagner getrunken, Plots ausgeheckt und die exorbitanten Taxipreise geteilt habt.

Schließlich geht ein riesiger Dank an den Experten, der mir die Fakten zu schnellen Autos, Superyachten, dem Grand Prix und den Körperpflegegewohnheiten der Männer geliefert hat.

Ohne die Hilfe all dieser Menschen wäre dieses Buch niemals zu Ende geschrieben worden. Glaubt mir! Es war eine turbulente Zeit, aber Nizza war der reinste Sonnenschein.

Mary Kay Andrews
Die Sommerfrauen
Roman
Aus dem Amerikanischen
von Andrea Fischer
Band 19341

Ellis, Dorie und Julia sind grundverschieden und beste Freundinnen, seit sie denken können. Jetzt haben sie endlich einmal den ganzen Sommer Zeit füreinander: vier Wochen lang, in einem Ferienhaus direkt am Meer mit Sonne satt – ein Urlaub zum Träumen.

Da taucht plötzlich die geheimnisvolle Madison auf. Sie ist vor ihrem alten Leben auf der Flucht, und die drei Freundinnen nehmen sie bei sich auf. Nach und nach begreifen Ellis, Dorie und Julia, dass auch sie vor etwas davonlaufen. Wird dieser Sommer alles verändern?

»Dieser Roman ist wie der schönste Tag am Strand –
er soll nie zu Ende gehen!«
Susan Elizabeth Phillips

Fischer Taschenbuch Verlag

fi 19341 / 1

Paige Toon

Du bist mein Stern

Roman

Aus dem Englischen von Birgit Schmitz

Band 17936

Meg kann es nicht fassen – sie soll die neue persönliche Assistentin von Rockstar Johnny Jefferson werden! Und zwar sofort. Und bevor Meg auch nur begreifen kann, was da gerade mit ihr passiert, sitzt sie auch schon im Flugzeug nach Los Angeles und taucht ein in eine Welt voller Glamour und Promisternchen. Meg versucht ihren Job so professionell wie möglich zu machen, aber Johnny macht ihr die Sache nicht wirklich leicht. Er ist einfach viel zu sexy und seine Augen viel zu unverschämt schön! Zum Glück ist da noch Johnnys Freund Christian, der Meg mit seiner ruhigen Art dabei hilft, einen kühlen Kopf zu bewahren. Allerdings – wie lange noch?

»Du bist mein Stern« ist der zweite traumhaft schöne Liebesroman von Paige Toon!

Fischer Taschenbuch Verlag

fi 17936 / 1

Kajsa Ingemarsson

Es ist nie zu spät für alles

Roman

Aus dem Schwedischen von Stefanie Werner

Band 18014

Eine typische Straße in einer kleinen schwedischen Stadt: Hier leben Nina, Ellinor und Miriam. Alle drei Frauen stehen an einem Wendepunkt in ihrem Leben, doch erst die geheimnisvolle Janina, die in das leerstehende Haus am Ende der Straße einzieht, wird ihnen zeigen, wie sie neue Wege beschreiten können.

»Der neue Roman von Kajsa Ingemarsson handelt von Veränderung und Geborgenheit, Liebe und Freundschaft, und von den Wegen, die uns manchmal auf völlig unerwartete Art und Weise weiterführen.«
Svenska Dagbladet

Fischer Taschenbuch Verlag

fi 18014 / 1